마(魔)의 산 II

토마스 만

일신서적출판사

차 □ 례

제 6 장

제 7 장

제 6 장

변　　화

시간이란 무엇인가? 이것은 한낱 수수께끼이다. 실체(實體)란 없고 동시에 전능한 것이다. 현상계(現象界)에 존재하는 하나의 조건으로, 공간 속의 물체의 존재는 운동과 결부하여 혼합되어 있는 하나의 운동이다. 그러나 운동이 없으면 시간도 존재하지 않는 것인가? 시간은 공간 작용의 하나인가? 그렇지 않으면 그 반대일까? 아니면 두 가지는 같은 것일까? 얼마든지 물어 보라! 시간은 활동적이고 동사적(動詞的)인 성질을 가지고 있어, 『낳는』 힘을 가지고 있다. 대관절 시간은 무엇을 낳는 것일까? 변화를! 현재는 벌써 당시가 아니고 여기는 이미 저쪽이 아니다. 두 개의 사이에는 운동이 있기 때문이다. 그러나 우리들이 시간을 측정하는 운동은 순환적이고 그 자체로써 완결된 것이기 때문에, 이 운동은 거의 정지와 정체(停滯)되어 있다고 해도 좋을 것이다. 당시는 쉬지 않고 현재 속에, 저쪽은 쉬지 않고 여기에 되풀이되기 때문이다. 그리고 또 종말이 있는 시간과 유한적인 공간이라는 것은 필사적인 노력을 해도 상상할 수 없는 것이기 때문에 우리들은 시간은 영원하고, 공간은 무한한 것이라고 생각하도록 이미 결정되었다. 간단하게 그렇게 생각할 수는 없다고 하더라도 이편이 어느 정도 생각하기 쉬울 것이라는 의미에서이다. 그러나 영원과 무한을 용인한다는 것은 국한된 것과 유한한 것을 모두 논리적으로, 계산적으로 부정하고 상대적으로 그것을 영(零)으로 환원시키는 것을 의미하는 것이 아닐까? 영원 속에서 전후가, 무한 속에서 좌우가 있을 수 있을까? 영원과 무한이라는 임시적인 가정과 거리, 운동 변화, 그리고 우주 속의 국한된 물체의 존재들은 어떻게 조화될 것인가? 얼마든지 물어 보라!

한스 카스토르프도 머릿속에서 이렇게, 그리고 이와 비슷한 질문을 하였다. 그의 머리는 이 산 위에 도착하자마자 곧 이러한 무모한 생각과 꼬치꼬치 캐묻는 본성을 드러냈다. 그 뒤 그릇된, 그러나 강렬한 욕구를 만족시키고 나서 무모한 생각을 하는 것에 더한층 예민해지고, 캐묻는 것에 대담해졌다. 그는 이러한 의문을 스스로에게 제기했을 뿐 아니라 선량한 요아힘에게도 물었고, 먼 옛날부터 깊은 눈에 덮여 있는 골짜기에게도 물었지만, 처음부터 그 어느 것으로부터도 해답다운 해답이라고 말할 수 있는 것을 기대할 수 없을 것 같았다. 어느 것에 가장 기대할 수 없었는가는 말하기 곤란하였다. 자기에게 질문을 했다는 것은 자기 스스로가 모르고 있다는 것에 불과했으니까.

요아힘으로 말하자면, 이 사람은 그런 문제에 관심을 가질 것 같지 않았고, 한스 카스토르프가 언젠가 밤에 프랑스 어로 말한 것처럼 평지에서 군인이 되는 것만을 생각하고 있었지만, 그 희망이 이루어질 날이 가까이 온 듯하다가도 다시 조롱하듯이 그에게서 멀리 사라져 버리기 때문에 점점 초조한 빛이 더해져 갔다. 최근에는 그 초조감을 직접 행동으로 나타내려는 태도까지도 보이기 시작하였다. 그렇다, 선량하고 인내심이 강하고 성실한, 근면하고 규율의 상징과도 같은 요아힘도 반항의 유혹에 굴복하여 『가프키 법』에 도전하였다. 가프키 법이란, 진단법의 일종으로——보통 『실험』이라고만 부르고 있는——지하의 시험실에서 환자가 보유하고 있는 박테리아의 수를 조사하여 그것을 표시하는 방법으로, 분석된 담(痰) 속에 박테리아 양이 아주 적게 존재하는지 아니면 무수히 집단적으로 존재하는지를 가프키 번호의 크기가 규정하기 때문에 그 번호가 문제였다. 그 번호의 크기가 그 환자의 회복 가능성의 정도를 공평하게 나타냈고 환자가 이 위에 앞으로 머물러야 할 월수, 연수를 반 년 정도의 단기 체재에서 시작하여 『종신』 선고에 이르기까지——이것도 시간적으로 거의 문제가 안 되는 극히 짧은 기간인 경우도 종종 있었다——를 간단하게 결정하는 것이었다.

요아힘은 이 가프키 법에 반항하여 그 권위 자체를 공공연하게 거부하였다. 그렇게 공공연하게 요양원의 간부들에게 대들며 거부한 것은 아니었지만 사촌을 향해 그것도 식사 때 그의 이의를 표명했다.

「난 이제 지쳤어, 이 이상 더 바보가 될 순 없어.」 요아힘은 큰 소리로 이렇게 말하고는 갈색으로 그을은 얼굴이 더한층 상기되었다.

「2주일 전에는 가프키 2호로 증상이 가벼워 전망이 아주 좋다고 했는데, 오늘은 9호로 그야말로 박테리아가 우글거려 평지로 돌아가는 것은 말도 안 된다는 거야. 이렇게 되면 어떻게 될 것인지 귀신이 아니면 모를 일이야. 이제는 더 참을 수 없어. 위의 샤츠알프 요양원에 그리스에서 온 농부가 있는데, 이 사람은 아르카디아에서 보내 온 사나이로, 그곳 대리업자에 의해서 이곳으로 보내졌어. 정말 희망 없는 케이스로 병세가 급진적으로 악화되어 오늘 내일하는 용태였는데, 이 사나이는 지금까지 한 번도 박테리아가 발견된 일이 없다는 거야. 그 반대로 내가 여기에 왔을 때 건강해져서 퇴원한 벨기에의 뚱뚱한 대위는 가프키 10호로 박테리아가 우글거렸다는데 사실은 아주 작은 공동(空洞)이 하나 있었을 뿐이래. 가프키 같은 것은 집어치우라지. 나는 이제 결말을 내야겠어. 집으로 가겠어. 죽는 한이 있더라도 말이야.」

이렇게 말하는 것이었다. 언제나 온순하고 침착한 청년이 이렇게 흥분하는 것을 보고는 모두 무어라고 말할 수 없는 충격을 받았다.

한스 카스토르프도 요아힘이 모든 것을 포기하고 평지로 돌아가겠다고 위협하는 것을 듣고는 제삼자에게서 프랑스 어로 들었던 말을 생각하지 않을 수 없었다. 그러나 그는 무슨 말을 해야 할지 몰랐다. 슈퇴르 부인이, 당신 사촌인 카스토르프를 모범으로 삼으라고 말하는 것처럼 요아힘에게 훈계할 수 있을까? 슈퇴르 부인은 요아힘에게 그렇게 보기 흉하게 성을 내지 말고 겸손하게 단념하고 나의 부단한 노력을 따르라고 타일렀다. 자기 카롤리네 슈퇴르는 완전히 건강해진 아내가 되어 언젠가는 남편 품에 돌아가기 위해 여기에서 계속 머물러 요양하면서 켄슈타트에 있는 사랑의 집에서 주부로서 일하게 되기를 고대하고 있다고 말했다. 그러나 한스 카스토르프는 아무리 해도 슈퇴르 부인처럼 말할 수는 없었다. 특히 그는 사육제를 지내고 난 뒤로는 요아힘에게 양심의 가책을 받고 있었기 때문에 더욱 그러했다.

즉, 요아힘에게 직접 그날 밤 일을 이야기하지는 않았지만 요아힘은 그날 밤 일을 알고 있음에 틀림없었다. 하루에 다섯 번씩이나 별 이유 없이 웃는 버릇과 오렌지 향수 냄새 등에 자극을 받으면서도, 근엄하고 단정하게 두 갈색 눈을 접시 위에 떨어뜨리고 있는 요아힘으로서는 그날 밤 일을, 사촌의 배신적인 탈영 행위를 충실치 못한 것으로 느끼고 있음이 틀림없다고 한스 카스토르프의 양심이 속삭였다. 아니, 한스 카스토르프는 그의 『시간』에 관한 사고와 견해에 대해 요아힘이 나타낸 무언의 저항에도 그의 양심에 대해 비난을 품고 있는 군인다운 근엄성을 느끼는 것처럼 생각했던 것이었다. 그런데 한스 카스토르프가 기분 좋은 침대 의자에서 형이상학적인 질문을 던진, 깊은 눈에 덮인 겨울 골짜기에 대해, 말하자면 그 뾰족한 둥근 봉우리, 절벽 그리고 갈색과 녹색과 담홍색으로 물든 숲은 조용히 흘러가는 지상의 시간에 싸여, 시간의 흐름 속에 묵묵히 서서 어떤 때는 푸른 하늘 아래로 비치고 어떤 때는 운애(雲愛)에 덮여 석양의 산들은 핑크빛으로 물들고 또 어떤 때는 달밤의 이상한 아름다움으로 금강석처럼 차게 빛났다. 그러나 황급히 지나가기는 했지만 기분에 무겁고 길게 느껴지는 9개월 동안 골짜기는 언제나 눈에 덮여 있어 손님들은 모두 눈을 보는 것이 이제는 싫고 지긋지긋해졌다.

여름에도 눈에 대한 호기심은 실컷 충족되어 있는데도 자나깨나 모두 눈, 쌓인 눈, 눈의 쿠션, 눈의 사면, 이렇게 되면 우리 인간의 힘으로는 도저히 감당할 수 없게 되어 정신과 감정은 질식해 버릴 지경이라고 불평을 했다. 그리고 손님들은 녹색, 황색, 빨강색의 안경을 끼었지만 그것은 눈을 보호하기 위해서라기보다는 오히려 정신을 보호하기 위해서였다.

골짜기와 산이 눈에 덮인 지 벌써 6개월이 된다고? 아니 벌써 7개월이 된 것이다. 우리들이 이야기하고 있는 동안에도 시간은 쉬지 않고 흐르고 있는 것이다. 우리들이 이야기에 소비하고 있는 『우리들의』 시간과 마찬가지로 위의 눈 속에 있는 한스 카스토르프 및 그와 같은 운명에 있는 사람들이 깊이 매몰되어 간 시간도 계속 흐르고 있어서 거기에 변화를 낳고 있었다. 모든 것이 한스 카스토르프가 예언한 것처럼 될 것 같았다. 그가 사육제날 읍내 산보에서 돌아올 때에 수다스럽게 예언하여 세템브리니 씨에게 분노를 산 것처럼 되어 가고 있었다. 하지(夏至)가 눈앞에 다가온 것은 아니었지만, 부활절은 이미 흰 골짜기를 지나갔고 4월이 되어 오순절이 임박해져 있었다. 이윽고 봄이 되어 해빙이 될 것이다. 그러나 눈이 완전히 없어져 버리지는 않을 것이다.

여름 동안 내리는 눈은 쌓이지 않기 때문에 말할 것도 없지만, 남쪽에 늘어서 있는 산봉우리와 북쪽의 레티콘 연산의 바위 협곡에는 1년 내내 눈이 희게 남아 있을 것이다. 어떻든 간에 가까운 장래에 1년의 전환기인 봄이 결정적인 변화를 가져올 것은 확실했다. 한스 카스토르프가 쇼샤 부인에게서 연필을 빌려 그것을 나중에 다시 반환하고 그 대신 어떤 것을, 그가 지금 가지고 다니고 있는 기념품을 간청하여 얻었던 사육제의 밤으로부터 6주일, 즉 한스 카스토르프가 처음에 이곳에 머무를 작정이었던 3주일의 두 배가 되는 시간이 흘러가 버렸다.

한스 카스토르프가 클라브디아 쇼샤와 가까워져서, 요양 근무에 충실한 요아힘이 방으로 돌아가고 나서도 오랫동안 있다가 자기 방으로 돌아간 그날 밤부터 실로 6주일이 지난 것이다. 그 다음날, 쇼샤 부인이 코카서스 산맥 너머의 다게스탄으로 잠시 여행을 떠난 날로부터 6주일이 지나가 버렸다. 그녀의 출발은 한동안의 일시적인 출발로, 그녀가 다시 돌아올 작정이라는 것, 언제가 될지는 몰라도 언젠가는 다시 돌아올 예정이며 돌아오지 않으면 안 된다는 것을 확언받았다. 본인의 입으로 직접 확언받았지만 그 확언은 우리들이 소개한 프랑스 어의 회화 속에서 행해진 것이 아니라, 그 뒤 시간의 흐름과 결부되어 있는 이 이야기의 진행을 중단시키고, 시간을 순수한 시간으로만 흘러가게 한 공백의 막간 시간에 행해진 것이었다. 어쨌든 청년은 34호실로 돌아가기 전에 그 확언, 그 위로의 말을 들었다.

다음날 쇼샤 부인과는 한 마디도 말을 나누지 않았으며 그 모습을 두 번 정도 멀리서만 보았을 뿐이었다. 한 번은 점심 식사 때 그녀가 푸른 나사지의 스커트에 흰 털실의 스웨터 차림으로 유리문을 쾅 소리내어 닫고는 사랑스럽게 발소리를 죽이며 식탁으로 걸어갈 때였다. 그는 심장의 고동이 목에까지 울려 와 엥겔하르트 양의 날카로운 주시를 받지 않았더라면 두 손으로 얼굴을 가릴 지경이었다. 또 한 번은 그녀가 오후 3시에 출발할 때, 그는 그 자리에 나가지 않고 마차가 내려다보이는 복도의 유리문으로 보고 있었다.

출발 광경은 한스 카스토르프가 이곳에서 여러 번 보아 온 것과 같은 장면이었다. 썰매 아니면 마차가 현관 앞 층계에서 기다리고 마부와 하인이 트렁크를 잡아매고 완쾌했거나 안 했거나, 살기 위해서든 죽기 위해서든 평지로 돌아가려는 여행자와 그의 친구들, 그리고 출발을 구경하면서 자극을 얻기 위해 요양 근무를 빼먹는 구경꾼들, 연미복 차림을 한 사무국의 신사와 때로는 의사들이 모습을 나타내고 얼마 안 있으면 출발하려는 본인이 나왔지만, 대개의 사람들은 얼굴을 반짝이면서 호기심에 차 모여든 사람들과 뒤에 남는 사람들에게 상냥하게 인사를 하고 출발의 모험에 한동안 마음이 들떠 있었다.

오늘 거기에 나온 사람은 쇼샤 부인으로, 털가죽으로 가장자리를 댄 길고 거친 천의 여행용 외투를 입고 큰 모자를 쓰고 팔에 꽃을 한아름 안고 미소지으며 나왔는데, 얼마 안 되는 거리를 그녀와 동행하려는 가슴이 납작한 같은 러시아 인인 불리긴 씨가 따라오고 있었다. 의사의 허가에 의한 출발이든지, 자포자기로 지긋지긋해져서 하는 출발이든지, 위험을 무릅쓰고 하는 것이므로 양심의 가책을 받는 출발이든지 간에 상관없이 출발할 때는 모두가 생활이 변한다는 것만으로 마음이 들뜨는지 쇼샤 부인도 그러했다. 그녀의 볼은 빨갛게 상기되었고 다리를 털가죽 무릎덮개로 에워싸고 있는 동안도 러시아 어로 계속 말하고 있었다. 쇼샤 부인과 같은 나라 사람들인 식탁의 멤버뿐만 아니라 그밖의 손님들도 몇 사람 얼굴을 보이고 있었다. 크로코브스키 의사도 호탕한 미소를 지으며 콧수염 속의 누런 이빨을 보이고 있었다. 여기에서도 꽃이 선물로 주어졌고 왕고모는 과자를, 언제나 『작은 과자』라고 부르는 러시아의 마멀레이드를 선사했다. 이밖에 여교사가 있었고, 만하임 인도 있었는데, 이 사람은 좀 떨어진 장소에서 우울한 얼굴로 엿보며 서 있었다. 괴로움을 띈 눈은 요양원의 건물을 따라 기어올라가 보도의 유리창 뒤의 한스 카스토르프의 모습을 발견하자, 우울한 눈을 청년의 모습 위에 꼼짝 않고 쏟고 있었다. 베렌스 고문관의 모습은 보이지 않았지만 이 사람은 출발하는 부인과는 다른 사사로운 기회에 작별 인사를 하였음에 틀림없었다.

이윽고 썰매를 끄는 말들은 주위에 선 사람들이 손을 흔들고 외치는 가운데 달리기 시작했다. 쇼샤 부인은 썰매가 출발할 때의 반동으로 상반신이 쿠션에 넘어지면서 다시 한 번 미소를 짓고 베르크호프 건물 정면을 재빨리 훑어 보고는 한스 카스토르프를 짧은 순간이나마 응시했다. 뒤에 남은 청년은 창백한 얼굴로 방으로 뛰어들어가, 방울 소리를 울리면서 마을로 향해 차도를 미끄러져 내려가는 썰매를 발코니에서 다시 한 번 보고는 침대 의자에 몸을 던져 가슴에 달린 주머니에서 기념품을, 담보품을 끄집어 내었다. 이번에는 옛날처럼 적갈색의 연필을 깎은 부스러기가 아니라 좁다란 틀에 끼어 있는 작은 판——유리판으로 광선에 비추지 않으면 보이지 않는 유리판이었다——즉 클라브디아의 내면 초상으로 얼굴은 없었지만, 그녀의 상반신의 섬세한 골격이 살의 부드러운 형태에 몽롱하게 싸여서 흉강(胸腔)의 여러 기관과 함께 식별할 수 있었다.

쇼샤 부인이 떠난 이후에도 시간은 변화를 일으키며 흘러가고 있었지만, 그 사이에 한스 카스토르프는 이 물건을 몇 번이나 바라보고 입술에 대었던 것일까! 클라브디아 쇼샤가 공간적으로 멀리 떨어져 모습이 보이지 않게 된 이 산 위의 생활에 익숙해진 것도 시간의 흐름이 낳은 하나의 변화이고 또 의외로 곧 익숙해져 버렸다. 이 산 위의 시간은 익숙해지지 않는 것에 익숙해지는데 적합했고, 그것을 목적으로 구성되어 있기도 했다. 다섯 번의 많은 횟수의 식사 시간이 시작될 때의 탕탕 소리는 이제는 기다려도 헛된 일로, 울리지 않게 되었다. 쇼샤 부인은 이제 어딘가 다른 장소의 먼 곳에서 문을 탕탕 닫고 있을 것이다. 이것은 시간이 공간 속의 물체와 결합되어 섞여 있는 것처럼 그녀의 존재와 병이 결부되어 섞여 있는 성격적인 두들김으로 그녀의 병과 같은 것이고 다른 것은 아니었을 것이다. 그러나 그녀가 눈에 보이지 않고 모습이 없다 해도 한스 카스토르프의 기분에는 그녀가 눈에도 보이고 모습도 있어, 그녀는 이 위 세계에 있어서 그의 수호신이었다. 그녀는, 평지의 아늑하고 감미로운 노래는 하나도 어울리지 않는 위험하고 모험적인 시간에 한스 카스토르프가 맛보고 이미 자기 것으로 만들어 버린 수호신이었고, 그는 이 수호신의 내면의 그림자를 최근 9개월 사이에 높이 뛰고 있는 심장 위에 곱게 간직하고 있었다.

그날 밤 그 시간에 한스 카스토르프의 떨리는 입술은 외국어와 모국어를 섞어 가며 엉뚱한 제안을 절반은 무의식중에 절반은 숨을 헐떡이며 토로했는데 그 제안, 그 엉뚱한 계획과 의도는 모두 당연한 일이었지만 쇼샤 부인의 동의를 얻을 수는 없었다. 수호신을 코카서스 산맥 저쪽에까지 동반하겠다든가, 뒤를 쫓아가 그녀가 선택하는 장소에서 기다려 그 다음부터는 두 번 다시 떨어지지 말자는 등의 그런 무모한 제안들이었다. 단순한 청년이 당치도 않은 모험의 시간에서 얻은 것은 그녀의 내면적 초상이 담보였고, 그녀에게 자유를 보증해 주는 병의 용태 여하도 조만간 이 위에서의 네번째 체류를 위해 또다시 돌아올 것이라는 거의 가정에 가까운 예상뿐이었다. 그러나 조만간이 언제가 되든 간에, 그는 그녀가 다시 돌아올 무렵이면 반드시 벌써 멀리 가버리고 없을 것이라고 예언했고, 이 예언의 경멸적인 의미는 그 예언대로 되길 바라는 의미에서 예언하는 것이 아니라 예언대로 되지 말아 달라는, 말하자면 불안에 대한 예방의 의미로의 예언이라는 것을 생각하지 않았더라면 더욱 견디기 어려운 예언이었을 것이다. 그런 예방적인 예언은 장래가 어떻게 될 것인가를 예언함으로써 그렇게 되는 것을 부끄러워하도록, 조롱의 의미에서 하는 것이다.

게다가 수호신은 앞장에서 소개한 대화 속에서나 이밖의 대화에서 한스 카스토르프를 『다소 침윤된 데가 몇 군데 있는 순진한 소시민』이라고 불렀다. 이것은 세템브리니의 『인생의 걱정거리 자식』이라는 표현을 번역한 것이었지만 그 두 가지 특성 가운데서 어느 것이 강점을 보이는지, 이를테면 소시민인지 아니면 침윤된 부분인지 그것이 문제였다. 게다가 수호신은 생각하는 것을 잊고 있었다. 즉, 그녀 자신도 여러 번 출발했다가는 그때마다 여기로 되돌아와야만 했다는 것, 그러기에 한스 카스토르프도 어떤 순간에 다시 이곳으로 되돌아올 것이라는 것을 고려에 넣지 않았던 것이다. 물론 그가 이 위에 아직 머무르고 있는 것은 다시 되돌아올 필요가 없게 하기 위해서이고 이밖에도 여러 가지로 이유는 있었겠지만 그것도 확실한 이유 중의 한 가지였다.

사육제날 밤의 쇼샤 부인의 조롱적인 예언은 적중하여 한스 카스토르프의 체온 커브는 좋지 않았다. 톱니 같은 굴곡을 나타내며 급각도로 올라가 한스 카스토르프는 그것을 매우 들뜬 기분으로 체온표에 기입했다. 그리고 나서 커브는 이삼 도 떨어지자 고원(高原)처럼 평평하게 진행하여 가벼운 물결은 있었지만 지금까지 언제나 그러했던 평평한 선의 높이에 머물렀다. 이것이야말로 과도체온(過度體溫)으로 이 정도 높이의 체온의 지속은 고문관의 말에 따르면 환부 상태와는 일치하지 않는 체온이었다.

「당신은 외모와는 달리 독이 많은 사람이군요, 친구. 어떻습니까, 주사를 한 번 맞아 보지요. 효과가 있을 겁니다. 내 생각대로 된다면 삼사 개월 안에 당신은 물을 만난 물고기처럼 원기왕성해질 것입니다.」

이리하여 한스 카스토르프는 1주일에 두 번, 화요일과 토요일 아침에 가벼운 산보를 마치고는 곧 지하의 『실험실』에 가서 주사를 맞게 되었다.

두 의사 중의 한 사람이 약을 체내에 주사로 놓아 주었는데, 고문관은 노련한 사람답게 바늘을 찌르는 순간에 주사를 해버려 눈 깜짝할 사이에 끝냈다. 그러나 바늘이 어디를 찌르든 개의치 않았기 때문에 가끔 주사 맞은 자리에 참지 못할 정도로 아픈 몽우리가 섰다. 게다가 주사는 유기체의 전체를 완전히 피로하게 만들어 심한 운동을 한 뒤처럼 신경 계통을 뒤흔들었지만, 이것은 주사의 숨은 효력을 증명하는 것으로서 주사를 맞은 뒤 한동안 열이 올라가는 것으로 보아 그 효력은 확실했다. 고문관도 열이 올라가는 것을 늘 예언했던 바이고 언제나 예언한 대로였기 때문에 예언된 현상에 대해 이의를 말할 수는 없었다. 순번이 오면 주사는 곧 끝났고 순식간에 해독제는 넓적다리의 피부 또는 팔의 피부 등 아무튼 피부의 아래에 주사되었다. 그러나 고문관이 이야기하고 싶은 기분이거나 한스 카스토르프가 담배를 많이 피워 기분이 울적하지 않을 때면 주사를 맞은 뒤에 두세 번 말을 나눈 적이 있는데 대강 다음과 같은 말을 했다.

「나는 언젠가 당신 집에서 커피를 대접받았던 유쾌한 시간을 지금도 기억하고 있습니다, 고문관님. 작년 가을이었습니다만 우연히 그렇게 되었었지요. 어젠지, 아니면 좀더 전인지 모르겠습니다만 사촌과 그때의 이야기를 했답니다.」

『가프키 1호』라고 고문관은 말했다.

「최근의 결과이지요. 그 청년은 아무리 해도 해독이 되지 않아요. 그런데도 그는 여기를 떠나 칼을 차고 다니고 싶어서 나를 귀찮게 굴며 괴롭히고 있는데 최근에는 특히 심해졌지요. 어린애 같으니라구. 3개월의 다섯 배 정도쯤 여기 있었던 걸 가지고 여기서 영원히 지낸 것처럼 떠들어 댑니다. 무슨 일이 있어도 여기서 뛰쳐나가겠다고 하는 것입니다. 당신에게도 이렇게 말한 적이 있습니까? 한 번 당신이 잘 타일러 주십시오. 당신 생각인 것처럼, 강하게 말입니다! 거기 있는 지도(地圖) 오른편의 당신네 고장에서 너무 빨리 정취(情趣)에 넘친 축축한 안개를 호흡하였다가는, 그 사람은 곧 죽습니다. 저렇게 전후를 분별 못 하는 자는 머리를 쓸 필요도 없습니다만 좀더 사려와 분별도 있고 문화인이며 시민적 소양을 가지고 있는 당신은 그 사람이 어리석은 일을 저지르기 전에 머리를 식혀 주어야 할 것입니다.」

「그렇게 하겠습니다. 고문관님.」 한스 카스토르프는 이야기의 유도(誘導)를 단념하지 않은 채로 이렇게 대답했다. 「그가 그렇게도 거역한다면 얼마든지 타일러 볼 것이며 그도 내 말을 알아들으리라고 생각합니다. 그러나 눈에 띄는 예가 모두 모범이 될 만한 것은 아닙니다. 이것이 바로 독입니다. 차례차례로 출발하기 때문입니다. 제멋대로, 참된 자격도 없이 평지로 출발하는데도 훌륭한 퇴원인 것처럼 화려하게 출발하기 때문에 의지가 약한 사람은 유혹을 받습니다. 가령 얼마 전에도…… 누구였던가? 글쎄, 얼마 전에 출발한 인물은? 부인이었지요. 일류 러시아 인석의, 그렇습니다, 쇼샤 부인. 소문에 의하면 다게스탄인가요? 나는 그쪽 기후는 모릅니다만 다게스탄이라는 곳은 아무래도 지도의 오른편에 있는 항구 도시인 함부르크보다 나쁘다고는 말할 수 없겠지요. 그러나 지리적으로는 산지이겠지만 우리들이 보면 역시 평지입니다. 나는 그곳 사정에 밝지는 못합니다만 그런 토지에서 도대체 어떻게 지낸다는 것입니까, 아직 완쾌하지 않았음에도 불구하고. 그리고 기본 개념이 결여되어 있는 곳, 아무도 이 위의 우리들의 관습인 안정 요양과 검온 방법도 모르는 곳에서 말입니다. 게다가 그녀는 다시 돌아올 것이라고 어떤 기회에 말했습니다. 그런데 왜 그녀 얘기가 나왔지요? 그렇습니다. 그때 우리들은 당신을 뜰에서 만났습니다. 고문관님, 기억하고 계십니까? 즉 당신이 우리들과 함께 있었습니다. 우리들은 벤치에 앉아 있었습니다. 어느 의자에 앉아 시거를 태우고 있었는지를 나는 아직도 기억하고 있어 당신에게 정확하게 알려드릴 수도 있습니다. 나만 시거를 피우고 있었는데, 사촌은 웬일인지 담배를 피우지 않았습니다. 당신도 그때 아침 시거를 태우고 있어서 우리들은 각기 시거를 교환하기까지 하였습니다. 지금 그것을 기억합니다만 당신의 브라질 산 시거는 훌륭한 맛이었지만 어린 말을 조심해서 다루듯이 피워야 했습니다. 그렇지 않으면 언젠가 당신이 그 귀여운 수입 담배 두 개 때문에 가슴을 떨면서 이 세상과 작별할 뻔했던 것처럼 이상한 모양이 될지도 모르기 때문입니다. 아무 일도 없이 끝났기 때문에 웃으면서 말할 수 있습니다만. 그건 그렇고 나는 최근 또 마리아 만치니를 이삼 백 개 브레멘에서 주문해 받았습니다. 나는 그 제품을 아주 좋아합니다. 모든 점에서 내 마음에 듭니다. 그러나 물론 관세와 송료 때문에 값이 비싸지는 것이 꽤 마음 아픕니다. 그래서 이번 진찰에서 또 상당한 기간이 추가되게 된다면 고문관님, 나도 할 수 없이 이곳 시거로 바꾸지 않을 수 없을 겁니다. 쇼윈도에 제법 피울 만한 것이 진열되어 있으니 말입니다. 그런데 참 그 다음에 우리들은 당신의 그림을 보았었지요? 어제 일처럼 생생하게 기억하고 있습니다. 그리고 아주 즐겁게 보았습니다. 당신이 유화구로 모험하는 묘기에는 정말 나도 놀랐습니다. 나는 도저히 선생님의 적수가 될 수 없습니다. 우리들은 피부가 일류급으로 잘 그려진 쇼샤 부인 초상화도 보았고…… 나는 정말 감격했다고 말할 수 있겠습니다. 그 무렵에 나는 모델의 얼굴과 이름만을 알고 있었을 뿐 모델인 부인에 대해서는 잘 몰랐습니다. 그 뒤 그녀의 출발 직전에 나는 그녀와 개인적으로 인사를 했습니다.」

「무슨 말을 하는 거요!」하고 고문관은 말했는데 이전으로 거슬러 올라가는 것이 허락된다면, 한스 카스토르프가 처음으로 진찰받을 때에 열도 좀 있다는 것을 알렸을 때 고문관은 그때도 역시 「무슨 말을 하는 거요!」라고 말했었다. 고문관은 그뿐으로 아무 말도 없었다.

「아니, 그렇습니다, 정말입니다.」한스 카스토르프는 역설했다. 「경험으로 말해서, 이 위에서 서로 가까이 지낸다는 것은 결코 쉬운 일이 아닙니다만 쇼샤 부인과 나는 마지막 시간에 그런 사이가 되어 우리는 대화를 통해…….」

한스 카스토르프는 입술을 깨물고 숨을 들이마셨다. 주사 바늘이 그의 몸을 뚫었던 것이다. 「휴.」 그는 얼굴을 뒤로 하고 말했다. 「우연히도 대단히 중요한 신경에 바늘이 찔린 것 같습니다, 고문관님. 몹시 아픈데요. 고맙습니다, 조금 마사지하면 아픈 것이 덜할 것입니다. ……대화를 통해 우리는 가까운 사이가 되었습니다.」

「그래요! 그래서요?」고문관은 말했다. 그는 고개를 끄덕이면서 「그래서요?」하고 물었지만 상대방이 찬미하는 것을 예측하고 그 예기되는 찬미에 자기의 경험에 의한 찬미도 포함시키려는 얼굴빛으로 물었다.

「나의 프랑스 어는 좀 신통치 않았으리라고 생각합니다.」 한스 카스토르프는 꽁무니를 뺐다. 「내가 프랑스 어를 어떻게 자유자재로 할 수 있겠습니까? 그렇지만 일단 다급하면 여러 가지 떠오르는 대로 이럭저럭 이해시킬 수가 있었습니다.」

「그렇겠지요. 그래서요?」 고문관은 재촉을 되풀이했다. 그리고 자기 쪽에서 덧붙였다. 「재미있었지요, 어때요?」

한스 카스토르프는 와이셔츠의 단추를 끼우면서 두 다리와 팔꿈치를 뻗고 얼굴을 천장으로 돌리고 있었다.

「결국 이상한 일도, 아무것도 아닙니다.」 그는 말했다. 「어떤 요양지에서 두 인간 또는 두 가족이 여러 주일을 같은 지붕 아래에서 따로따로 지내고 있었습니다. 그러던 것이 어느 날 가까워져서 서로 마음으로부터의 호의를 가지고 있었는데 어느 한쪽이 출발하려는 것을 알게 됩니다. 이런 유감스러운 일은 인생에 흔히 있는 것이라고 나는 생각합니다. 그래서 서로 살아 있는 동안 접촉을 끊지 않으려고 서로 소식을 알고 싶은, 즉 편지로써 말입니다. 이렇게 생각하는 것이 인정입니다. 그러나 쇼샤 부인은…….」

「그렇지, 그녀는 그것을 희망하지 않지요?」 고문관은 유쾌하게 웃었다.

「그렇습니다. 그녀는 전혀 상대를 하지 않더군요. 그녀는 당신에게까지도 소식을 보내지 않던가요? 그녀가 차례로 머무르는 곳에서 말입니다.」

「천만에 말씀입니다.」 베렌스는 대답했다. 「그녀는 그런 것을 생각도 하지 않을 겁니다. 첫째로 게을러서 그렇고 둘째, 대체 어떻게 쓴단 말인가요? 러시아 어는 나를 읽을 수가 없어요. 필요하면 엉터리로 말할 수는 있지요. 그러나 단어 하나도 읽을 수가 없습니다. 당신도 마찬가지지요. 그리고 그 새끼 고양이는 프랑스 어, 게다가 표준 독일어를 아주 귀엽게 야옹거릴 수는 있지만 글로 쓰려면 몹시 당황을 하게 되는 것이지요, 그 정자법(正字法)이라는 것이. 이봐요, 그렇지요., 서로 단념하도록 합시다. 젊은이, 그녀는 불쑥 생각난 듯이 또다시 되돌아올 것입니다. 아까도 말했지만 기술의 문제, 기질의 문제이지요. 어떤 사람은 가끔 출발하고 그때마다 다시 되돌아오지 않으면 안 되고, 어떤 사람은 두 번 다시 돌아오지 않아도 될 수 있게 처음부터 꾸준하게 체재합니다. 당신 사촌이 지금 출발하려 하거든 그에게 그렇게 말하십시오. 당신이 아직 여기 있는 동안에 당당하게 또 입성하게 될 것이라고요.」

「그러나 고문관님, 당신 생각으로는 나는 얼마만큼…….」

「당신 말이오? 지금 말하는 것은 그 사람 말이오! 그는 이 위에 있었던 만큼도 아래에는 있지 못할 것이오. 이것은 나의 솔직한 의견 표시입니다. 이것을 당신이 그에게 타일러 주었으면 합니다. 부탁드릴 수 있으면 말입니다.」

이렇게 대화는 한스 카스토르프에게 교묘히 유도되어 가면서 진행되었지만 그 수확은 거의 무(無)였고 애매한 것이었다. 완쾌를 기다리지 않고 출발하여 버린 부인의 귀환을 맞이하려면 여기에 앞으로 얼마만큼 머물러 있어야 하는지에 관해서도 애매했고 없어져 버린 부인의 소식에 관해서는 수확이 거의 전혀 없었다. 공간과 시간의 신비가 그녀를 떼어 놓고 있는 동안 그녀의 소식은 아무것도 들을 수가 없을 것이다. 그녀는 편지를 쓰지 않을 것이고 그도 편지를 쓸 방법이 없을 것이다. 게다가 잘 생각해 보면 도대체 무엇 때문에 사태가 지금과는 달라야 한다는 말인가? 전에는 두 사람이 서로 말하는 것이 바람직하긴 하지만 필요하지는 않다고 느꼈는데, 편지를 서로 주고받아야 한다고 생각하는 것은 극히 소시민적이고 옹졸한 생각이 아닐까? 그리고 저 사육제날 밤에도 그녀 옆에서 정말 교양 있는 사람처럼, 유럽 식으로 말했던가? 그렇지 않으면 오히려 외국 말로 꿈속에서 말하는 것처럼 그다지 문명적이라고 말할 수 없는 방법으로 말했던 것이 아니었던가?

그런데도 그것을 지금 새삼스럽게 왜 쓴다는 말인가? 편지지로 또는 평지의 집에 진찰 결과의 변동을 가끔 알릴 때에 사용한 그림 엽서로? 클라브디아가 병이 주는 자유에서 편지를 쓰는 의무로부터 해방되어 있다고 느끼고 있는 것은 당연한 것이 아닐까? 말하는 것, 쓰는 것은 극히 인문주의이고 공화적인 사항이며, 덕과 악덕에 관해 책을 내고 피렌체 인들에게 단련을 주고, 그들에게 화술을 가르치고, 그들의 공화국을 정치의 원칙에 따라 통치하는 기술을 가르친 부르네토 라티니 씨의 관심사인 것이다.

그래서 한스 카스토르프의 생각은 로도비코 세템브리니에게 이르러 그 순간 그의 얼굴은 언젠가 이 문필가가 뜻하지 않게 밝은 병실로 들어온 것을 보았을 때처럼 붉어졌다. 이 인문주의자의 노력은 지상 생활의 이해로 향해져 있었기 때문에 한스 카스토르프의 형이상학적인 신비에 관한 질문에 대하여 인문주의자에게서 해답을 기대할 수는 없었지만, 그러나 단지 도전하고 반항한다는 의미에서는 그런 질문을 보낼 수 있었을 것이다. 그러나 사육제날 밤에 세템브리니가 피아노실에서 흥분해서 퇴장한 뒤로, 한스 카스토르프와 이탈리아 인 사이에는 전자의 가책과 후자의 교육자다운 강한 불쾌감에 기인되었겠지만, 그 때문에 두 사람은 서로 피하고 몇 주일 동안 한 마디도 말을 나누지 않았다. 한스 카스토르프가 세템브리니 씨의 눈에는 지금도 일생의 걱정거리 자식으로 보이는 것인가? 아니, 도덕을 이성과 지조 안에서 찾는 인문주의자의 눈에 한스 카스토르프는 이미 구원할 수 없는 인간으로서 비치고 있는 것일까? 한스 카스토르프는 세템브리니 씨에게 완고해졌다.

그와 얼굴을 마주치면 뾰로통해져서 얼굴을 찡그렸으며 세템브리니 씨는 꺼멓게 빛나는 눈에 무언의 비난을 담은 채 청년에게 쏟고 있었다. 그러나 한스 카스토르프의 차가운 얼굴은 전에도 말했듯이 몇 주일에 걸친 침묵 뒤에 문학자가 처음으로 말을 걸어 온 순간 해소되어 버렸다. 비록 말을 걸어 왔다 해도 옆을 지나가면서 신화적으로 비꼬는 형식으로 말을 걸어 왔기 때문에 그 비꼼을 이해하기에는 유럽적인 교양을 필요로 했다.

점심 식사 후의 일인데 두 사람은 이제는 소리를 내지 않게 된 유리문 옆에서 마주쳤다. 세템브리니는 청년을 앞질러 가면서 처음부터 곧 청년으로부터 떨어질 자세를 취하며 말했다.

「그런데 엔지니어, 석류의 맛은 어떻습디까? (구약 성서의 《아가》에서 솔로몬은 처녀의 전신(全身)을 석류의 동산에 비교했다. 구약성서 《아가》 제4장 13절)」

한스 카스토르프는 기뻐 당황하면서 미소지었다.

「그 말씀은……. 무슨 의미입니까? 세템브리니 씨. 석류라고요? 식사 때에 나오지 않았는데요? 나는 아직 한 번도……, 아니, 꼭 한 번 석류 과즙을 소다수에 섞어서 마신 일이 있습니다. 달착지근한 것이었지요.」

이탈리아 인은 옆을 지나가면서 이쪽을 돌아보고 말 하나하나에 힘을 주어 말했다.

「신들과 인간들은 가끔 저승을 방문하고 다시 돌아올 수가 있었습니다. 그러나 저승 사람들은 저승의 실과를 먹은 사람이 저승에 떨어지는 것을 알고 있습니다.」

세템브리니는 이렇게 말하고 전과 같이 밝은 색의 바둑판 무늬 바지를 입고 의미심장한 빈정거림으로 『폐부를 꿰뚫렸을』 한스 카스토르프를 뒤에 남기고 지나갔다. 한스 카스토르프는 정말 다소 그러했지만 그것을 예견했던 이탈리아 인의 심사에 화가 나기도 하고 우습게도 느껴져 중얼거렸다.

「라티니, 카르두치, 라치 마우지 팔리(쥐덫. 쥐덫은 이탈리아 인이 발명한 것으로 여기서는 이탈리아 인을 말한다)를, 가만히 있게 해주시오!」 그러나 그는 오래간만에 또 말을 걸어 온 데 대해 정말 행복한 감동을 느꼈다. 예의 전리품, 음산한 선물을 가슴에 간직하고는 있었지만, 그는 세템브리니 씨를 경애하고 있었고, 그가 곁에 있어 주는 것을 고맙게 느끼고 있으며, 그에게서 영원히 배척을 받고 저버림을 받는다는 생각은, 알빈 씨처럼, 학교에서 이제는 문제도 되지 않고 불명예의 특전을 향수하고 있는 생도의 기분보다 더 괴롭고 무서운 일이었음에 틀림없었다. 그러나 이쪽에서 먼저 선생에게 말을 걸 용기는 없었기 때문에 선생이 다시 걱정거리 자식인 제자를 가까이하기까지는 몇 주일이 지나갔다.

이 두번째의 접근은 영원히 단조로운 리듬을 갖고 몰려 오는 시간의 흐름을 타고 부활절에 찾아왔다. 이 위에서는 모든 명절이 깍듯이 축하되었는데, 그 이유는 하루하루를 보내는 일이 단조로운 것이 되는 것을 막기 위해서였다. 부활제가 베르크호프에서 축하되었을 때의 일이었다. 그날의 첫번째 아침 식사에는 모든 좌석의 식기 옆에 오랑캐꽃 다발이 놓였고, 두번째 아침 식사에는 모두가 물들인 달걀(부활절에는 부활과 다산의 상징으로 물들인 달걀과 토끼 모양을 한 과자를 아이들에게 주는 습관이 있다. 또 풀 속에 채색한 달걀을 숨기고 찾아 내는 놀이도 한다)을 받았으며, 화려한 점심 식사의 식탁은 설탕과 초콜릿으로 만든 귀여운 토끼로 장식되어 있었다.

「당신은 배로 여행을 한 일이 있습니까, 소위님? 그렇지 않으면 엔지니어, 당신은?」 세템브리니는 식사 후 이쑤시개를 입에 물고 홀에서 사촌들의 테이블로 가까이 와서 물었다. 사촌들은 손님의 대부분이 그러했듯이 오늘은 정오의 안정 요양을 10분간 단축해서 코냑이 든 커피를 마시려고 테이블에 앉아 있었다.

「나는 저 토끼, 저 물들인 달걀을 보고 큰 기선 위에서의 생활을 상기했습니다. 몇 주일을 짭짤한 소금물의 황야에서 공허한 수평선을 바라보며 떠다니면서 사치스러운 배 안의 설비도 황야의 무한대를 다만 표면적으로 잊어버리게 할 뿐으로 마음 한가운데서는 무한대의 의식이 남모르는 공포가 되어 살짝 마음을 파먹어 가고 있는 생활을 말입니다. 나는 그런 네모난 배에서 육지의 축제를 경건하게 상기하고 축하하는 정신을 이 위에서도 식별합니다. 그것은 인생의 뒤안길에 있는 자의 회상, 캘린더에 의한 감상적인 회상입니다. 오늘이 육지에서는 부활절이지요, 그렇지요? 육지에서는 오늘 주님의 부활을 축하하고 있습니다. 우리들도 할 수 있는 축하를 하고 있습니다. 우리들도 인간이기 때문에 말입니다. 그렇지 않습니까?」

사촌들은 동의하며 사실 그렇다고 말했다. 한스 카스토르프는 말을 걸어 준 것에 감격했다. 양심의 가책 때문에, 세템브리니의 말을 함축성 있는 훌륭한 문필가다운 말이라고 칭찬을 하고 상대방의 말에 박자를 맞추려고 애썼다. 세템브리니 씨가 아주 조형적으로 표현한 것처럼 대양 기선상의 사치스러운 생활도 주변과 그 무서움을 표면적으로 잊게 하여 주었을 뿐이며, 만약 그에게 자기의 생각을 첨가할 수만 있다면 배 안의 완비된 생활 자체가 경박하고 도전적인 기분으로 느껴지며, 옛날 사람들이 오만이라고 부른 것과 유사한 기분——하고 한스 카스토르프는 상대방의 의견에 영합하려고 옛날 사람들의 말까지 인용했다——또는「나는 바빌론의 왕이다!(인류의 최고 문명의 발상지 중의 하나인 바빌론의 황금 시대는 기원전 네부캇 네자르 왕 시대이다. 구약 성서 〈다니엘〉 제4장 참조)」라고 한 기분, 요컨대 오만이 느껴진다. 그러나 한편으로는 갑판 위에서의 호화 생활은 인간 정신과 인간 존엄성의 위대한 승리를 내포하고도 있다. 『내포』라니! 즉 인간은 호화롭고 쾌적한 생활을 짭짤한 파도 위에까지 진출시켜서 거기에 대담하게 수립하여 이로 인해 4대의 야만스러운 자연의 난폭한 힘을 말하자면 정복하는 것이다. 그리고 이것이야말로 이러한 말을 자기 스스로 사용하는 것을 허락받는다면 혼돈에 대한 인간 문명의 승리를 내포하고 있는 사실이다.

세템브리니는 두 발을 모으고 팔짱을 낀 채 뻗어 올라간 콧수염을 이쑤시개로 점잖게 쓰다듬으면서 귀를 기울여 듣고 있었다.

「이상한 일입니다.」그는 말했다.

「우리들은 조금이라도 종합된 일반적인 의견을 말하면, 그로 인해 자기의 모든 것을 표현하여 자기도 모르게 그 속에 자기를 포함시키고 자기 생활의 지도 원리와 근본 문제를 어떤 형태로든지 비유적으로 말해 버리고 마는 것 같습니다. 지금의 당신 경우가 그렇습니다, 엔지니어. 당신이 지금 말씀하신 것은 정말로 당신의 인격 근저에 놓여 있는 것이며, 또 당신 인격의 현재 상황을 시적으로 표현하고도 있습니다. 그것은 여전히 실험 상태입니다.」

「실험 채택이죠!」한스 카스토르프는 동의를 표시하기도 하도 웃기도 하면서 이탈리아 식으로 부드럽게 발음하여 말했다.

「그렇습니다. 그 실험은 인생 실험의 훌륭한 정열에서 일어난 것이지, 방종에서 일어난 것이 아니기 때문입니다. 당신은『오만』이라고 말하면서 그 말을 사용하였습니다. 그러나 자연의 암담하고 난폭한 힘에 대한 이성의 오만은 인간성의 가장 숭고한 표시인 것으로, 그로 인해 질투심이 강한 신들의 복수를 사서 가령 호화스러운 배가 암초에 부딪쳐 바닷속으로 침몰했다 해도 그것은 명예스러운 파멸입니다. 프로메테우스의 행위도 오만한 것으로 스퀴티아의 암산 위에서의 그의 고난은 우리들에게 아주 신성한 순교라고 생각됩니다. 이와는 반대로 다른 오만은 어떤가요? 이성의 적, 인류의 적인 모든 힘을 방종을 위해 실험하여 보고, 그로 인해 파멸하는 것은? 이것도 명예로운 파멸이라고 말할 수 있을까요? 그렇습니까, 그렇지 않습니까?」

한스 카스토르프는 비어 있는 커피잔을 젓고 있었다.

「엔지니어, 엔지니어.」 이탈리아 인은 머리를 끄덕이면서 말하고는 꺼먼 눈으로 깊이 생각하는 듯이 응시했다. 「당신은 육욕의 죄인을 튀어오르게 하고 흔들어 대는 제2지옥(단테의 서사시 〈신곡〉의 지옥편 참고)의 선풍이 무섭지 않습니까? 쾌락 때문에 이성을 배반한 불쌍한 인간을 튀어오르게 하는 선풍이? 아, 신이여! 당신이 엄벙덤벙 돌아가는 꼴을 생각하면 나는 슬픈 나머지 송장이 넘어가듯 쓰러질 것만 같습니다.」

사촌들은 세템브리니가 농담을 시적인 것과 섞어 말해서 안심하고 웃었다. 그러나 세템브리니는 덧붙였다.

「당신은 사육제날 밤에 포도주를 마시던 때의 일을 기억하고 계시지요, 엔지니어? 당신은 나에게 말하자면 작별을 했습니다. 그렇습니다, 바로 그런 느낌이었습니다. 그런데 그것이 오늘은 내 차례입니다. 이렇게 말을 하고 있습니다만, 여러분, 나는 여러분에게 작별 인사를 하게 되었습니다. 나는 여기를 떠납니다.」

두 사람은 정말 놀랐다.

「무슨 말씀입니까! 농담이시겠지요?」 한스 카스토르프는 과거의 다른 때처럼 부르짖으며 외쳤다. 그는 그때와 거의 마찬가지로 놀랐으며 세템브리니도 그때의 부인과 꼭 마찬가지로 대답했다.

「절대로 농담은 아닙니다. 당신에게 말씀드린 대로입니다. 그리고 이것은 지금 처음으로 말씀드리는 것은 아닙니다. 나는 전에도 한 번 당신에게 말씀드린 일이 있습니다. 내가 일의 세계로 돌아갈 가망이 없다면 그 순간에 임시 숙소를 청산하고 어딘가 이 땅에서 영주할 장소를 찾아 볼 작정이라는 것을 말입니다. 그런데 드디어 그 순간이 찾아왔습니다. 나는 병이 나을 가망이 없습니다. 이제 결정을 해버렸습니다. 더 살 수 있다고 해도 그것을 위해서는 이 땅을 떠나야 합니다. 판결, 최종 판결은 『종신』입니다. 베렌스 고문관은 예의 매우 좋은 기분으로 나에게 그것을 선고하였습니다. 좋습니다. 나는 그 판결에 따라 행동하겠습니다. 방도 빌리고 얼마 안 되는 세속적인 소지품과 문학상의 일하는 도구를 새 거처로 운반시키려 하고 있습니다. 여기서 그렇게 멀지 않습니다. 『마을』 안에 있습니다. 앞으로 우리들은 만날 수 있을 겁니다. 반드시 나는 당신에게서 눈을 떼지는 않을 것입니다. 그러나 동숙인(同宿人)으로서 당신들에게 공손하게 작별 인사를 드릴 때가 된 것 같습니다.」

세템브리니는 부활절 일요일에 이렇게 털어놓았다. 사촌들은 이 말에 더 말할 나위 없이 감동된 것 같았다. 두 사람은 계속하여 한동안 문필가와 이야기를 하고 그 결심에 관해 이야기했다. 문필가가 이제부터 혼자가 되어 요양 근무를 어떻게 계속할 것인가에 관해, 또 그가 인수한 광범위한 백과사전 작업, 고뇌와 그 해소를 대상으로 한 문학상의 걸작의 집대성을 새 거처에 옮겨 놓고 계속하려는 일에 관해서, 또 세템브리니 씨가 『양념집』이라고 부른 집, 2층에 관해 말을 했다. 그는 말했다. 양념집 주인은 이 집 소유의 2층을 보헤미아 출신인 부인복 재단사에게 빌려 주었는데 이 재단사가 또 하숙인을 두고 있는 것이라고.

그러나 이 대화도 과거의 일이 되어 버렸다. 시간은 흘러 벌써 여러 가지 변화를 일으키고 있었다. 세템브리니는 국제 요양원 베르크호프에서 기거를 하고 있지 않았고, 부인복 재단사인 루카세크의 가게에 하숙하고 있었다. 벌써 이삼 주일 전부터였다. 그의 이사는 썰매를 타고 출발하는 것이 아니고, 깃과 소매에 털가죽을 단 누렇고 짧은 외투를 입고 현관 앞에서 식당 아가씨의 볼을 손가락으로 꼬집은 뒤에 문학에 관한 짐과 세속적인 짐을 실은 손수레를 한 사나이에게 끌게 하고 지팡이를 흔들면서 걸어서 이사하는 것이었다. 앞에서도 말했지만 4월도 거의 지나고, 4분의 1 가량만 남아 있었지만 아직 한겨울임에는 틀림없었다. 아침의 실내 온도는 6도, 바깥 기온은 영하 9도로 발코니에 두었던 병 속의 잉크는 하룻밤 사이에 석탄처럼 얼어 버렸다. 그러나 역시 봄이 가까운 것을 느꼈고 해가 내리쬐는 점심때에는 봄의 가냘프고 희미한 촉감이 가끔 공중에 떠돌기 시작하여 해빙기의 계절이 눈앞에 다가왔음을 느끼게 했다. 베르크호프에서 차례차례로 일어난 변화는 봄이 가까워진 것과 관계가 있어, 권위자의 힘이나 고문관의 열성스러운 말로도 그 변화를 막을 수는 없었다. 고문관은 병실에서나 식당에서 진찰할 때마다, 회진할 때마다, 식사할 때마다, 해빙기의 계절에 대한 일반의 편견을 타파하려고 애썼다.

고문관은 물었다. 자기가 돌보아 주고 있는 것은 겨울 스포츠맨인가, 그렇지 않으면 환자인가? 대체 환자에게 눈이, 얼어붙은 눈이 왜 필요한가? 해빙기의 계절이 환자에게 좋지 않은 계절이라고? 천만에, 가장 환영할 만한 계절이다! 1년 중 다른 어떤 계절보다도 이 계절에는 골짜기 어디서나 침대에 누워 지내는 환자의 수가 적다는 것은 통계적으로 분명하다!

이 계절의 기상(氣象) 조건은 꽤 훌륭한 편이다. 세계의 어느 지방도 이곳처럼 결핵 환자에게 좋은 곳은 없다. 약간의 분별이 있는 인간이라면 이 위에 계속 머물러 기상 상태의 단련 작용을 활용할 것이다. 이 위에서 단련을 받으면 베이든지 찍히든지 꼼짝 않게 되어 세계의 어떤 기후에도 견뎌낼 수 있게 된다.

그러나 그렇게 되려면 병이 나을 때까지 이 위에 계속 머물러 있어야 한다고 고문관은 역설을 했다. 그러나 고문관이 아무리 역설을 해도 효과가 없었다. 해빙기의 계절에 대한 편견은 모든 사람들의 머리에 박혀 버려 요양지는 쓸쓸해지기 시작했다. 다가오는 봄은 환자들의 기분을 흥분되게 하였고 이 위에 여러 해를 주저앉아 있던 사람들도 들뜨게 하여, 변화를 찾도록 만들었기 때문에 베르크호프 요양원에서는 무모한 출발, 그릇된 출발이 걱정스러울 지경으로 늘어났다. 가령 암스테르담에서 온 잘로몬 부인은 진찰의 쾌감, 진찰에 따르는 고급 레이스의 속옷을 드러내는 쾌감을 희생하고 완전히 무모하고 그릇된 출발을 하였다. 전혀 허락없이. 그것도 병이 나아가기 때문이 아니라 악화일로였기 때문이었던 것이다. 그녀의 이 위에서의 체재는 한스 카스토르프보다도 훨씬 전에 시작되었으며, 여기에 와서 일 년 이상 되었지만 처음에는 아주 경환자여서 처음 판결은 3개월이었다.

4개월 후에는 「앞으로 4주 안으로는 반드시 건강해진다.」고 했지만 그로부터 6주일 후에는 병이 낫는다는 것은 생각도 못 하는 상태가 되어 적어도 앞으로 4개월은 있어야 한다고 했다. 이렇게 하여 오늘에 이르렀던 것인데, 여기는 감옥이 아니고 시베리아의 광산도 아니므로 잘로몬 부인은 이 위에서 계속 머물러 고급 속옷을 선보이고 있었다. 그러나 최근 진찰에서 해빙기의 계절을 눈앞에 두고 왼쪽 가슴 위에서 들리는 피리 소리와 왼쪽 겨드랑이 밑에서 분명히 들리는 탁음 때문에 또다시 5개월이 추가되자 드디어 참을 수가 없어서 『마을』과 『읍내』에 대해, 유명한 공기에 대해, 국제 요양원 『베르크호프』에 대해, 의사들에 대해 악담을 퍼붓고 항의와 함께 바람이 센 물의 도시 암스테르담으로 출발하였던 것이다. 이 출발은 현명한 것이었을까? 베렌스 고문관은 어깨를 움츠리고 두 팔을 들었다가 그것을 허벅지 위에 탁 하고 떨어뜨렸다. 「늦어도 가을에는,」 하고 고문관은 말했다. 「잘로몬 부인은 다시 돌아올 것이지만 그때는 종신형이 될 것이다.」 고문관의 예언대로 될 것인가? 우리들은 그것을 보게 되겠지. 우리들은 이 환경에 한동안은 있어야 하기 때문에. 그러나 잘로몬 부인과 같은 경우가 예외는 아니었다.

시간은 계속 변화를 일으켰다. 지금까지도 그랬겠지만 아직은 느린 속도였고 그렇게 눈에 뛸 정도는 아니었다. 식당에는 빈 자리가 생겼다. 일곱 개의 어느 식탁에도, 일류 러시아 인석에도, 이류 러시아 인석에도, 옆을 향한 식탁에도, 가로로 향한 좌석에도 빈 자리가 눈에 띄었다. 이것만으로 요양원의 경기를 확실히 말할 수 있는 것은 아니었다. 다른 계절 때와 마찬가지로 도착하는 사람도 있었고, 방도 차 있었을 것이다. 그러나 이것은 말기적 용태 때문에 거주 선택의 자유를 제한받는 사람들이었다. 지금도 말했듯이 식당에서는 거주 선택의 자유를 아직 가지고 있기 때문에 모습을 감춘 사람들도 몇 사람 있었고, 더 심각하고 공허한 의미에서 없어져 버린 사람들도 있었다. 예를 들어 닥터 블루멘콜의 경우 지금은 이 세상에 없는 자로서, 무언지 맛이 없는 음식을 입에 넣은 것 같은 얼굴 표정을 지으며 오랫동안 침대에서 살다가 죽었지만 아무도 그것이 언제 일인지 확실히 알지 못했다. 언제나와 마찬가지로 조심조심 살짝 처리되어 버렸다. 이것도 하나의 공석이었다.

슈퇴르 부인은 그 공석 이웃에 앉아 있어서 그 공석을 기분 나쁘게 생각하고 있었다. 그래서 부인은 바로 이웃인 짐센 저쪽의 좌석, 즉 완쾌하여 퇴원한 로빈슨 양의 좌석으로 옮겨, 한스 카스토르프의 왼쪽 이웃에서 조금도 동요치 않고 계속 머무르고 있던 여교사와 마주앉았다. 현재로 여교사는 식탁 저쪽에 혼자가 되었고 다른 셋은 비어 있었다. 학생인 라스무센은 날이 갈수록 멍해지고 기력이 없어지더니 침대에서만 지내게 되어 위독 환자로 간주되었다. 왕고모는 조카손녀와 풍만한 가슴의 마루샤를 데리고 여행을 떠났다. 우리들은 모든 사람이 『여행을 떠났다』고 해둔다. 세 사람이 가까운 장래에 돌아올 것은 기정 사실이기 때문이었다. 가을에는 세 사람 다 되돌아올 것이 분명한데 이것도 출발이라고 부를 수 있을까? 눈앞에 다가오는 오순절이 찾아오게 되면 하지까지는 금방이 아닐까? 그리고 하지가 지나면 그로부터는 점점 급속도로 겨울이 되며, 요컨대 왕고모와 마루샤는 이제는 거의 돌아와 있는 거나 마찬가지이다. 이것은 좋은 일이었다. 웃기 좋아하는 마루샤는 결코 완쾌한 것이 아니고 병독이 없어진 것도 아니다. 여교사의 말에 따르면 갈색 눈의 마루샤는 풍만한 가슴에 결핵성의 궤양이 있어 그렇게 여러 번 수술받아야 했다. 한스 카스토르프는 여교사가 그것을 말했을 때 요아힘의 얼굴을 힐끗 쳐다보았으나 요아힘은 반점이 있는 얼굴을 접시 위에 떨구고 있을 뿐이었다.

명랑한 왕고모는 같은 식탁의 멤버인 사촌들과 여교사 그리고 슈퇴르 부인에게 레스토랑에서 철갑상어의 알젓, 샴페인, 리큐르 등의 만찬을 작별 인사로 대접하여 주었지만, 이 향연이 있는 동안 요아힘은 조용히 말없이 앉아 가끔 쉰 목소리로 몇 마디 말할 뿐이었기 때문에 호인인 왕고모는 그에게 기운을 주기 위해 문명 사회의 예의범절을 무시하고 요아힘을 『자네』라고 불렀다.

「아무것도 아닌데 왜 그렇게 신경을 쓰지요? 마시고 먹고 말을 하지 그래요. 우리는 곧 돌아오겠어요.」 하고 그녀는 말했다. 「모두 먹고 마시고 지껄여 봅시다. 비관할 이유는 조금도 없다고 생각해요. 눈 깜짝할 사이에 하나님이 또 가을을 주실 겁니다. 비관할 필요가 어디 있는지 생각해 보세요.」

그리고 다음날 아침 그녀는 식당의 거의 모두에게 『작은 과자』가 담긴 여러 색깔의 작은 상자를 기념으로 돌리고 두 젊은 아가씨와 함께 한동안 여행을 떠났다.

그러면 요아힘은 어떠하였을까? 그는 그 이후 기분이 해방되어 한결 가벼워졌을까? 그렇지 않으면 식탁의 공석이 된 옆자리를 보고 참을 수 없는 공허를 느꼈을까? 그답지 않은, 요즈음에 시작된 반항적인 초조, 이 이상 더 놀려 대면 무모한 출발을 하겠다고 하는 위협은 마루샤의 출발과 관계가 있는 것일까? 그렇지 않으면 오히려 그가 곧 출발은 하지 않고 고문관의 해빙기의 계절 예찬에 귀기울인 것은 풍만한 가슴을 한 마루샤가 정말로 출발하여 버린 것이 아니라, 잠깐 여행을 떠난 것뿐으로 이 위의 시간의 최소 단위인 다섯이 지나면 다시 돌아온다고 하는 것과 연관을 지어 생각할 것인가? 아, 이런 것에 대해서 한스 카스토르프는 요아힘과 서로 말을 하지 않아도 그것을 상상할 수 있었다. 한스 카스토르프는 요아힘이 잠깐 여행을 떠난 또 한 사람의 부인의 이름을 입밖에 내는 것을 피하고 있었던 것처럼 마루샤의 일을 입밖에 내는 것을 엄격히 삼가고 있었다.

그건 그렇고, 세템브리니의 식탁에는, 이탈리아 인의 좌석에는, 네덜란드 인들 사이에 섞여서——이 네덜란드 인들의 식욕은 대단한 것이어서 모든 남자가 매일 5품 요리의 점심 식사 전, 아직 수프도 나오기 전에 계란 프라이를 세 개씩 가져오게 했다——누가 앉아 있었을까? 흉막 진탕(胸膜震盪)의 지옥과 같은 모험을 겪은 안톤 카를로비치 페르게였다! 그렇다. 페르게 씨는 침대를 떠나 있었다. 기흉(氣胸)을 하지 않아도 될 정도로 용태가 좋아져 하루의 대부분의 시간을 옷을 입고 걸어다니며 지냈다.

선량한 인상을 주는 수염, 역시 선량한 인상을 주는 큰 결후를 보이며 식사를 함께 하였다. 사촌들은 가끔 페르게 씨와 식당 아니면 홀에서 이야기를 했다. 요양 근무의 산보도 사촌들은 가끔 형편이 좋으면 페르게 씨와 함께 하였다. 이 소박한 인종자에게 깊은 애정을 느끼면서. 안개가 자욱한 해동의 진흙 속을 함께 산보하면서 페르게 씨는 고상한 말은 아무것도 이해하지 못한다는 것을 미리 전제한 후 고무신 제조에 관한 것과 러시아 벽지인 사마라와 조지아에 관한 것을 꽤 재미있게 들려 주었다.

정말 길은 거의 걸을 수 없을 만큼 완전히 죽 같은 상태로 되었고 안개도 자욱했다. 고문관은 그것이 안개가 아니라 구름이라고 했지만 이것은 한스 카스토르프가 듣기에는 궤변이었다.

봄은 찾아오는 데 악전고투를 계속하고 있었다. 3월에도 해가 비치는 날은, 발코니에서 침대 의자에 누워 있으면 아주 얇게 옷을 입고 파라솔을 펴놓아도 더워서 견딜 수 없었다. 부인들 가운데는 첫번째 아침 식사에 벌써부터 여름 옷차림인 모슬린 옷을 입고 나타나는 사람도 있었다. 이 위의 기후는 다른 데와는 달라서 계절의 기상을 뒤섞어 놓아 혼돈하기 쉬웠다. 이 점에서 부인들의 이런 조급함도 어느 정도 당연하다고 말할 수 있지만, 그러나 부인들의 조급함은 인식 부족과 공상력의 부족 때문이기도 했다. 상황이 어떻게 변할지 모른다는 것을 미처 생각지 못하는 찰나주의자들의 어리석음 때문이기도 했고, 게다가 무엇보다도 변화를 찾고 시간을 뛰어넘는 성급함 때문이기도 하였다.

때는 3월로 봄인데 여름이라고도 할 수 있어, 모슬린 옷을 꺼내어 가을이 찾아오기도 전에 그 옷을 입은 모습을 보이려는 것이었다. 정말이지 이제는 가을이라고도 할 수 있었다. 4월로 접어들자 축축하고 냉랭한 날이 계속되었고, 연일 비가 휘몰아치는 신설(新雪)로 변했다. 발코니에서 자고 있노라면 손가락이 얼고 두 장의 낙타 담요가 다시 사용되기 시작했고 가죽 부대까지 나올 지경이었다.

사무국은 스팀을 넣기로 결정했고, 모두가 봄을 놓쳤다고 불평했다. 5월 말경에는 모든 것이 깊은 눈에 덮여 버리게 되었다. 그러나 민감한 경험자들이 예감하고 예언한 것처럼 남쪽 바람이 불기 시작했다. 슈퇴르 부인도, 상아색의 레비 양도, 헤센펠트 미망인도 남쪽의 화강암 산봉우리 위에 한 점의 구름도 나타나지 않았는데 입을 모아 남쪽 바람이 불기 시작한 것을 예언했다. 헤센펠트 미망인은 곧 히스테리칼하게 울음을 터뜨렸고 레비 양은 드디어 누워 버렸으며 슈퇴르 부인은 토끼 같은 이빨을 드러내며 각혈을 할지도 모른다는 미신적인 공포를 한 시간마다 털어놓았다. 남쪽 바람은 각혈을 촉진시키고 각혈을 유발한다는 소문이 퍼져 있었기 때문이었다.

믿기 어려울 정도로 날씨가 따뜻해져서 스팀은 꺼지고 발코니로 나가는 문은 아침부터 열려져 있었지만 아침의 실내 온도는 11도였다. 눈은 녹아 버려 얼음 같은 색깔이 되고 벌집처럼 구멍이 생겼고 많이 내려 쌓인 눈은 무너져 땅 속으로 기어들어갈 것 같았다. 어디서나 눈이 녹는 소리, 뚝뚝 떨어지는 소리, 흘러가는 소리가 들렸고 숲속에서는 물이 떨어지는 소리와 눈이 미끄러져 떨어지는 소리로 차 있었다. 찻길의 양쪽에 삽으로 치워진 눈더미도, 풀밭의 창백한 눈의 융단도 순식간에 없어지기에는 양이 많았지만 서서히 없어졌다. 그리고 골짜기의 규정된 산책길에는 이상한 현상, 전에 한 번도 본 일이 없는 동화 같은 봄의 경이(驚異)가 일어났다. 거기에는 넓고 푸른 초원이 있었고 그 저쪽에는 아직 깊은 눈에 덮인 슈바르츠호른의 돔 같은 봉우리가 솟아 있으며, 그 오른쪽에는 깊은 눈에 덮인 스칼레타 빙하가 보였다. 어디엔가 건초를 높이 쌓아 올린 초원 지대도 아직 눈을 뒤집어쓰고 있었지만, 그 눈옷은 벌써 얄팍해서 지면의 부풀어오른 곳은 꺼멓고 거칠게 나타나 있었고 마른풀이 도처에 보였다.

산책을 하는 사촌들이 보았던 것처럼 풀밭 위의 적설은 어디나 똑같은 것이 아니라 저쪽 숲의 비탈로 가까이 감에 따라 깊어져 있었으며, 사촌이 보고 있는 가까운 곳은 아직 겨울처럼 색이 바랜 풀 위에 눈이 점점이 꽃처럼 뿌려져 있을 뿐이었다. 사촌들은 그것을 더 가까이에서 보고 깜짝 놀라 그 위에 몸을 구부렸다. 눈이 아니라 꽃이었다. 눈꽃, 꽃눈, 대가 짧은 작은 화관, 흰색과 청담색의 꽃, 틀림없이 사프란이었다. 눈이 녹은 풀밭으로부터 눈이라고 잘못 보아도 이상하지 않을 만큼 수없이 많이 사방에 피어올라 멀어짐에 따라 어느 사이에 정말로 눈으로 변해 있었다.

사촌들은 자기들의 착각에 웃고 눈앞의 봄의 기적, 모든 것에 앞서 용감하게 다시 땅 위에 머리를 들어올린 유기체의 그 가련하고, 수줍어하는, 주위에 적응하는 모양을 보고 기뻐 웃었다. 두 사람은 그 꽃을 꺾어서 가련한 술잔 모양의 모습을 바라보며 조사하고 단추 구멍에 꽂아 가지고 가 컵에 옮겨 꽂았다. 골짜기의 무기적 경직 상태(無機的硬直狀態)가 계속되는 것이 짧기는 했지만 길기도 했던 때문이었다.

그러나 꽃눈은 또다시 진짜 눈으로 덮여 버려서 사프란 다음에 핀 푸른 앵초 속과 누렇고 붉은 앵초도 같은 운명에 빠졌다. 그렇다. 봄은 계속 싸워 이 위의 겨울을 뚫고 살아나가기 위해 얼마나 악전고투를 계속하는 것일까! 봄은 이 위에 발판을 굳히기까지 여러 번 내동댕이쳐졌다. 다음 겨울이 다시 흰 눈보라와 얼음 섞인 바람과 난방 장치를 동반하여 찾아오기까지 이 위에 머물러 있기 위하여. 5월 초에(우리들이 눈꽃에 대해 이야기하고 있는 사이에 벌써 5월 초가 되어 있었다) 발코니에서 평지에 엽서를 쓰는 것이 고통스러웠다. 11월 같은 매운 추위로 손가락이 어는 것이었다. 주위의 얼마 안 되는 활엽수는 1월의 평지의 수목처럼 스산한 모습이었다. 1주일이나 억수 같은 비가 계속 쏟아져 여기 침대 의자에 누워 있는 기분 좋은 위안이 없다면, 물안개 속에서 축축하고 빳빳한 얼굴을 하고 여러 시간을 바깥에서 누워 있는 것은 고행이었을 것이다. 그러나 계속 내리는 비는 역시 봄비여서 계속 내림에 따라 그것을 확실히 느낄 수 있었다. 그 비로 거의 모든 눈이 사라져 버렸고 여기저기 회색으로 더럽혀진 얼음처럼 된 눈이 남아 있을 뿐으로 흰 것은 어디서나 없어지고 드디어 풀밭은 푸르러지기 시작했다!

한없이 오랫동안 흰빛뿐이었던 뒤에 풀밭의 푸른색들은 눈에 얼마나 큰 기쁨을 주었던가! 풀밭에는 그밖에도 푸른색이 있었다. 어린 풀의 푸른색보다 더 가련하고 신선한 부드러움을 가진 푸른색들이. 그것은 가문비나무의 어린 침엽으로 한스 카스토르프가 언제나 규정된 산책 도중에 그것을 손으로 어루만지고 그것에 볼을 대보지 않을 수 없었던 것처럼 부드러움과 신선함이 이루 말할 수 없을 만큼 사랑스러웠다.

「식물학자가 되어도 좋겠어.」 한스 카스토르프 청년은 함께 간 사촌에게 말했다. 「이 위에서 겨울이 끝나 자연이 눈을 뜨기 시작하는 것을 보는 기쁨은 식물학에 흥미를 느끼지 않을 수 없게 하는 면이 있어. 저것은 용담이야. 저기 비탈에 보이는 것 말이야. 그리고 저기 저것은 누렇고 작은 오랑캐꽃의 일종인데 내가 아직 모르는 종류야. 그리고 여기에 금봉화도 있지. 평지에서 보는 것과 그다지 다를 바 없는 것 같아. 미나리과의 식물인데 이것은 이상하게 중엽(重葉)이구나. 아주 매력적인 식물이야. 게다가 양성화(兩性花) 식물로 보는 바와 같이 많은 화분 주머니와 몇 개의 씨방이 있어. 수술과 암술이라는 것으로 기억하고 있어. 나는 식물학의 헌 책을 한두 권 사들여 생명과 과학 분야도 좀 조사해 보겠어. 정말이지 온 천지가 이루 말할 수 없이 화려하게 울긋불긋해졌는걸.」

「6월이 되면 더 아름다워질 거야.」 요아힘은 말했다. 「여기의 꽃들은 유명하다네. 그러나 나는 그때까지는 여기에 있지 않을 거야. 자네가 식물학을 공부하고 싶다는 것은 아마 크로코브스키의 영향이겠지?」

크로코브스키의? 그건 또 왜 그럴까? 아, 그렇군. 사촌이 그런 말을 한 것은 크로코브스키가 연속 강연의 일부로 요즈음 식물학자처럼 말했기 때문이었다. 시간이 만들어 내는 변화가 일어남에 따라 닥터 크로코브스키의 강연도 마지막이라고 생각하는 사람이 있다면 그것은 물론 큰 오산이었다! 그는 지금도 2주일에 한 번씩, 샌들을 여름 한동안만 신었기 때문에——그래서 얼마 안 있으면 또 신을 것이지만——아직 신고 있지는 않았지만 여전히 연미복 차림으로 한스 카스토르프가 여기에 와 있을 무렵, 피투성이가 되어 늦게 출석한 때처럼, 식당에서 격주의 월요일 강연을 계속하고 있었다. 분석학자는 9개월 동안 사랑과 병에 관해 계속 이야기를 했다. 한꺼번에 많이 이야기를 하지 않고 조금씩 30분 아니면 45분간 잡담 형식으로 과학적이고 철학적인 지식을 피력하여 누구든지 이 학자가 영원히 중단되는 일이 없이 언제까지나 그런 식으로 이야기를 계속할 것 같은 인상을 받았다.

그것은 반 달에 한 번씩의 아라비안나이트와 같은 것으로, 매회 때마다 새 길로 들어가, 샤라자드 왕비의 이야기처럼 호기심이 강한 왕을 즐겁게 하여 무모한 행동을 단념시키는 힘을 가지고 있었다. 닥터 크로코브스키의 테마는 망막하고 한정이 없다는 점에서 세템브리니가 협력하고 있는 고뇌 백과사전의 작업을 연상시켰는데, 그것이 얼마나 변화가 심한 테마였던가는, 강연자가 요즈음에 식물학, 더 자세히 말하면 버섯에 관해서까지 끄집어 내는 것에서도 상상할 수 있을 것이다. 물론 그는 대상을 다소 변경하여 최근에는 오히려 사랑과 죽음을 취급하기 시작했는데, 한편 이 테마는 우아한 시적인 관찰에, 또 한편으로는 준엄한 과학적인 관찰에 향해져 있었다. 분석학자는 이런 테마로 식물학, 즉 버섯에 대해 언급한 것이었다. 동양인답게 질질 끄는 악센트, 즉 입천장에 혀를 한 번 대는 r음으로 말하면서. 그 성장력이 왕성한 환상적인 유기 생명의 은생 식물(隱生植物)은 육감적인 성질을 갖고 동물계에 가까이 접근하고 있는 동물성 신진대사의 산물로, 조직 속에 단백질 글리코겐, 즉 동물성 전분을 가지고 있다. 닥터 크로코브스키는 어떤 버섯에 관해 이야기했는데, 그 버섯은 고전적 고대 이래 그 형태 때문에, 그리고 그것이 가지고 있다고 믿어지는 성능 때문에 유명해진 버섯이었다. 즉 물우산의 일종으로 그 라틴 명에는 『음탕한』이라는 형용사가 포함되어 있으며 형태가 사람을, 냄새가 죽음을 연상시켰다. 왜냐하면 그 음탕한 버섯의 종 모양의 삿갓에서 푸르스름한 끈적끈적한 점액, 포자(胞子)를 붙이고 있는 점액이 뚝뚝 떨어지는데 떨어질 때에 발산하는 냄새가 이상하게도 시체 냄새를 연상시키기 때문이었다. 그러나 이 버섯은 오늘날에도 무지한 사람들 사이에서 미약(媚藥)이 되고 있다.

이것이 부인들에게는 좀 심한 말이었다고, 고문관의 선전을 도덕적인 근거로 삼아 여기서 해빙기의 계절을 보내고 있었던 파라반트 검사가 비평했다. 마찬가지로 이 위에 꿈쩍도 하지 않고 계속 머물러 무모한 출발의 어떠한 유혹에도 넘어가지 않았던 슈퇴르 부인도 오늘 있었던 크로코브스키의 고전 버섯 이야기는 아무리 생각해도 외매(猥昧)했다고 식탁에서 비평했다. 이 어이없는 부인은 음탕을 『외매』라고 했는데 이 말할 수 없는 무교양으로 병을 모독하고 있는 것이었다.

그러나 한스 카스토르프가 이상하게 느낀 것은 요아힘이 닥터 크로코브스키와 그 식물학의 이야기를 꺼낸 것이었다. 사촌 두 사람은 분석학자에 관해서, 쇼샤나 마루샤에 관해서와 마찬가지로 말을 해본 적이 없었다. 두 사람 모두 분석학자에 대해 언급한 적이 없고 이 학자의 인물과 활동을 묵살하고 있었다. 그런데 요아힘은 지금 조수의 이름을 불렀는데 그 말투는 초조한 것 같았다. 게다가 들꽃이 만발하기까지 여기에 있을 생각이 없다고 한 어조로 내뱉는 것이었다. 선량한 요아힘은 점점 평정을 잃은 듯 말하는 목소리가 신경질이 된 나머지 떨려서 온건하고 사려 깊었던 사촌과는 딴 사람처럼 되어 있었다.

그는 오렌지 향수 냄새를 맡지 못하게 된 것을 괴로워하고 있는 것일까? 가프키 번호에 조롱되어 자포자기가 되어 있는 것일까? 여기서 가을을 기다릴 것인가, 그렇지 않으면 그릇된 출발을 할 것인가, 아직 자기 스스로도 결정을 짓지 못한 것이 아닐까?

요아힘의 목소리가 신경질이 난 것처럼 떨리며 거의 조롱하는 듯한 어조로 최근의 식물학 강의에 대해 언급한 데에는, 사실은 또다른 원인이 있었던 것이다. 이 원인에 관해서 한스 카스토르프가 아무것도 몰랐다기보다는 요아힘이 그것을 알고 있다는 것을 모르고 있었다. 모험가이고 인생과 교육학에 있어서 걱정거리 자식인 그 자신이 그것을 너무나 잘 알고 있었기 때문이다. 한마디로 말해 요아힘은 사촌의 어떤 비밀을 발견했다. 사촌이 사육제인 화요일에 범한 행위와 똑같은 성질의 불신 행위를 또다시 범하고 있는 것을 우연히 보았던 것인데, 한스 카스토르프가 이번에는 그것을 상습적으로 계속하고 있다는 확고한 증거가 있었기 때문에 더욱 악질적인 배신 행위였다.

시간의 흐름의 영원히 단조로운 리듬, 매일매일이 같은 날의 연속이고 어느 것이나 혼동되며, 당황하리만큼 똑같이 정지하고 있는 영원이면서 어떻게 변화가 생길 것인가 하고 이상하게 느껴지는 매일의 구성, 이러한 평일의 신성한 일과 속에는 닥터 크로코브스키의 오후 8시부터 4시까지의 병실 전체의 회진이 포함되어 있다는 것은 독자들도 아직 기억하고 있을 것이다. 발코니를 한 바퀴 돌고 침대 의자로 방문하고 다니는 회진이었다. 한스 카스토르프는 조수가 그를 우회해서 그를 문제삼지 않는 것을 수평 상태에서 분개한 일이 있었지만, 그 뒤 베르크호프의 평일은 몇 번이나 되풀이되었던 것일까! 그 무렵의 방문객은 벌써 동료로 변해 있어서 닥터 크로코브스키가 용태를 보러 들어왔을 때에, 『동료』라는 이름으로 여러 번 부르고, 혓바닥을 외국인답게 입천장에 한 번만 치는 r 음의 이 군대 용어는 한스 카스토르프가 요아힘에게 말한 바에 의하면, 크로코브스키에게는 몸서리쳐질 정도로 어울리지 않았다. 그러나 조수의 억센 남성기질의 밝은 태도, 순진하게 신뢰하기를 재촉하는 태도는 꺼먼 콧수염과 창백한 얼굴 때문에 어딘지 모르게 가짜같이 느껴지고 정말 무언가 의심스러운 느낌이 언제나 붙어다니고 있었다.

「그런데, 동료. 어떻게 지냅니까, 용태는 어떻습니까?」 닥터 크로코브스키는 행실이 나쁜 러시아 인 부부의 발코니에서 이동하여 와서는 한스 카스토르프의 침대 의자의 베갯머리에 가까이 왔지만, 그토록 용감한 말로 불려진 청년은 두 손을 가슴 위에 모으고 의사의 꺼먼 수염 사이에 보이는 누런 이빨을 바라보면서 몸이 오싹하는 부름에 매일 억지로 상냥하게 미소지었다.

「아주 잘 쉬었습니까?」 닥터 크로코브스키는 계속했다. 「커브는 내려갑니까? 오늘은 위로 올라갔습니까? 괜찮습니다. 결혼식까지는 잘될 겁니다. 자, 그러면 안녕.」 이 안녕도 『알녕』이라고 발음하여 역시 몸이 오싹했지만 크로코브스키는 이렇게 인사를 하고 요아힘의 발코니로 사라졌다. 잠깐 용태를 보러 다니는 회진은 그것뿐이었다.

물론 닥터 크로코브스키는 「안녕!」 하며 회진을 계속하기 전에 가끔 넓은 어깨를 보이고 서서 남성적인 미소를 짓고 동료와 날씨, 출발한 사람과 도착한 사람, 환자의 기분, 환자의 개인적 사정, 출생과 장래의 일 등에 관해 이것저것 말을 나누었다. 한스 카스토르프는 기분을 바꾸기 위해 두 손을 이번에는 머리 밑에 넣고 역시 미소를 지으면서 조수의 질문에 모두 대답했다. 물론 온몸이 오싹 오므라드는 느낌을 가진 채였다. 두 사람은 낮은 목소리로 이야기했다. 발코니에 방마다 칸막이를 한 유리판은 완전히 각 방을 갈라놓은 것은 아니었지만 요아힘은 이웃 발코니의 회화를 알아들을 수 없었고 억지로 들어 보려고도 노력하지 않았다. 그는 사촌이 침대 의자에서 일어나기까지 하며 닥터 크로코브스키와 방안으로 들어가는 소리를 들었다.

아마 체온표를 보이기 위해서 들어간 것이겠지만, 대화는 방안에서도 한동안 계속되었던 모양이어서 조수가 안쪽 복도를 나와 요아힘 앞에 얼굴을 나타내는 데는 시간이 걸렸다.

두 사람은 무엇을 서로 이야기했을까? 요아힘은 그것을 생각해 보려고 하지는 않았지만, 우리들 가운데 요아힘의 그런 결백성을 따르지 않고 그것을 상상해 보는 사람이 있다면 우리들은 그 사람에게 막연하게나마 다음 사항을 지적해야 할 것이다. 즉 두 사람의 동료 중 한 사람은 수양의 도상에서 물질을 정신의 타락, 정신의 의심스러운 자극 증대라고 생각하는 영역에 도달해 있었고, 또 한 사람은 의사이긴 하지만 유기 질환의 제2차적 성질을 평소부터 주장하고 있는 인물이니 어느 쪽의 근본 관념도 이상주의적인 색채를 띄고 있는 두 사람, 동료 사이에서는 정신적 교환의 재료와 계기가 얼마나 많았을 것이랴? 비물질의 파렴치한 타락이라는 의미에서의 물질, 물질의 음탕의 결과로서의 생명, 생명의 방종한 형태로서의 병에 대해 두 사람은 토론하고 이야기하는 일이 얼마나 많았을 것인가 하고 나는 말하고 싶다. 가령 지금 계속하고 있는 강연에 관련하여, 병을 형성하는 힘으로서의 사랑에 대해, 징후의 정신적 의의에 대해, 『낡은』 환부와 『신선한』 환부에 대해, 가용성 독소와 미약에 대해, 무의식 세계의 의식화에 대해, 정신 분석의 효능에 대해, 징후의 환원에 대해——이밖에 여러 가지 사항에 대해——서로 말을 주고받았지만 이것은 모두 닥터 크로코브스키와 한스 카스토르프 청년 두 사람이 어떤 것을 말했을까 하고 생각해 본 경우에 우리들의 사견(私見)과 억측임에 불과한 것이다.

그러나 이제는 두 사람 모두 말을 하지 않기로 되어 있었다. 그것은 오래 전의 일, 잠시 동안의 일로 이삼 주 사이에 나눈 것이었다. 요즈음의 닥터 크로코브스키는 이 환자가 있는 곳에도 다른 환자들이 있는 곳보다 더 오래 있지 않게 되었고 그 방문은 또다시 『그런데, 동료는?』 『안녕』으로 줄어들어 버렸다. 그 대신 요아힘은 다른 사실을 발견했는데, 이것을 그는 한스 카스토르프의 배신 행위라고 느꼈던 것이다. 그가 이것을 발견한 것은 정말 우연이었다.

군인답게 담백한 그가 탐정 같은 짓을 하지 않았다는 것은 믿어도 좋다. 요아힘은 수요일 아침의 안정 요양 때 마사지를 하도록 불려져 지하실로 내려갔던 것인데 거기서 우연히 보았다. 그는 깨끗한 리놀륨이 덮인 진찰실 입구의 문이 내려다보이는 계단을 내려갔다.

진찰실의 양쪽에 두 개의 투시실이 있는데, 왼쪽에는 유기 투기실, 즉 뢴트겐 실이었고 오른쪽 구석에는 복도에서 한 계단 내려가 정신 투시실, 즉, 정신 분석실이 있어 이쪽 문에는 닥터 크로코브스키의 명함이 있었다. 계단을 내려오던 요아힘은 한가운데서 발을 멈추었다.

한스 카스토르프가 주사를 맞고 진찰실에서 나오는 것이었다. 사촌은 바쁜 발걸음으로 나와서 그 문을 두 손으로 닫고 정신을 가다듬어 오른쪽으로 명함이 편으로 붙어 있는 문에 오륙 보 소리 없이 몸을 구부리고 발을 옮겨 그 문 앞으로 갔다.

그리고 문을 두드리고 귀를 기울였다. 방안으로부터 주인의 바리톤 음성으로 『들어오시오!』라는 외국인다운 발음의 r 음과 비뚤어진 ei의 복모음(複母音)이 들려왔고, 요아힘은 사촌이 닥터 크로코브스키의 함정과 같은 분석실의 어둠 속으로 사라져 가는 것을 보았던 것이다.

또 한 사람

낮이 긴 날, 1년 중에서 가장 낮이 긴 날이 계속되었다. 길다고 해도 이것은 태양의 숫자적인 개념으로 말한 것이지, 하루하루를 개별적으로 생각하거나 또 하루하루의 단조로운 흐름에 관해 생각해 볼 때, 그것은 천문학상의 길이와는 상관없이 실상은 하루가 짧게 느껴졌다. 춘분으로부터 거의 8개월이 지나 지금은 하지였다. 그러나 이곳 산 위의 세계에서 실제의 계절은 달력상의 계절 표시보다는 늦어지게 마련이어서 요즘에 와서야 비로소 봄이 되었다. 아직 여름의 짓눌리는 것 같은 괴로움은 전혀 없고, 향기롭고 상쾌하며 가벼운 공기와 은색으로 빛나는 푸른 하늘과 귀여운 들꽃들이 만발한 봄이 들어서는 참이었다.

한스 카스토르프는 전에 그가 올 때 요아힘이 친절하게도 환영의 뜻으로 방에 장식해 주었던 몇 송이의 꽃, 톱풀꽃과 방울꽃이 다시 비탈에 피어 있는 것을 보았다. 이것이 그에게는 이 산 위에 온 지 벌써 1년이 지났다는 것을 의미했다. 그러나 골짜기의 비탈과 초원의 어린 풀 속에서 종 모양, 별 모양, 술잔 모양, 그리고 고르지 않은 모양의 얼마나 많은 유기 생명이 햇빛으로 따뜻해진 공기를 마른 향기로 채우면서 모습을 나타내었던가. 끈끈이대나물, 야생의 3색 오랑캐꽃이 사방에 피고, 데이지, 마거리트, 황색과 적색의 앵초 등은 한스 카스토르프가 평지에서 본 기억이 있는 것보다도——평지에서 그가 이런 것에 눈여겨 보았었다면 말이다——훨씬 크고 아름다웠다. 그리고 이

지방의 특산인 청색, 자색, 장미색의 암매(岩梅)도 섬모가 붙은 종 모양의 작은 꽃을 피우고 고개를 까닥이고 있었다.

한스 카스토르프는 이 귀여운 꽃들을 다 꺾어서 그 꽃다발을 가지고 돌아왔는데 그것은 진지한 목적에서였다. 말하자면 그것으로 방을 꾸미기 위해서라기보다는 그것을 엄정한 과학 실험의 재료로 쓰기 위해서였다. 식물학 방면의 도구도 몇 점 구비하였고, 식물학 개론 책 한 권, 식물 채취용 작은 삽 하나, 건조 식물 표본 한 권, 도수 높은 확대경 하나, 이것들을 사용하여 청년은 발코니에서 연구를 계속하였다. 다시 여름 옷차림으로, 여기에 올 때 가지고 온 옷 중의 하나를 입고 연구를 계속했다. 이것 역시 1년이 다시 돌아왔다는 것을 의미했다.

그는 신선한 꽃을 여러 개의 컵에 담아서 잠자리가 쾌적한 침대 의자의 사이드 테이블 위에 놓았다. 시들기 시작하여 약해지긴 했지만 아직 말라 버리지 않은 꽃은 발코니의 난간 위와 발코니의 마루 위에 흩어져 있었고 다른 꽃은 알뜰히 펼쳐서 수분을 빨아 내는 압지 사이에 끼워져 돌로 눌려져서 앨범에 붙이기에 알맞은 편평한 건조 표본으로 변해 가고 있었다. 한스 카스토르프는 두 무릎을 세우고 동시에 두 다리를 포개고 침대 의자에 누워 가슴 위에 입문서를 지붕 모양으로 펴서 덮고 확대경의 둥글고 두터운 렌즈를 한쪽 눈과 꽃 사이에 들고 있었다. 그 꽃의 화관 일부는 꽃기둥을 잘 들여다볼 수 있게 잘리어 있어서 강한 렌즈에 대보면 꽃모양이 거대할 만큼 살이 두꺼운 모양으로 확대되어 보였다. 꽃줄기 끝에 달려 있는 꽃가루 주머니에서 노란 꽃가루를 떨어뜨리고 씨방에서는 머리를 가진 암술대가 나와 있어 칼로 그 암술대를 자르면 가운데에 가느다란 도관(導管)이 있어 그 속을 화분핵(花粉核)과 화분관(花粉管)이 당질(糖質)의 분비물에 의해 배낭(胚囊) 속으로 보내지는 것이 보였다. 한스 카스토르프는 관찰하여 조사하고 비교했다. 꽃받침과 잎과 꽃잎의 구조와 위치, 암수의 생식 기관의 구조와 위치를 조사하고, 눈으로 관찰한 결과가 책에 표시된 도형이나 사진과 일치하는가를 검사하고 그가 알고 있는 식물이 과학이 설명한 대로의 구조를 가지고 있는 것을 알고는 만족을 느끼고, 이름을 알 수 없는 꽃들은 린네(1707~1778) 식물 분류로 유명한 스웨덴의 자연 과학자의 식물 통관의 안내로 유(類)·군(群)·과(科)·종(種)·족(族)·속(屬) 별로 분류하는 작업에 착수했다. 그는 시간이 아주 많았기 때문에 비교형태학에 의거한 식물 분류를 어느 정도 이해하게 되었다. 그리고 앨범의 건조 표본 밑에 라틴 명을 보기 좋은 꼼꼼한 필체로 적어 넣고 그 꽃의 특성도 덧붙여 적어 그것을 선량한 요아힘에게 보여 주어서 그를 깜짝 놀라게 하였다.

밤에는 별을 관찰했다. 돌아가는 해(年)에 강한 흥미를 느꼈기 때문인데 지구가 20회 이상 돌아가는 동안 지상에 살고 있던 그는 그런 것에는 아직 한 번도 흥미를 가져 본 일이 없었다. 우리들은 『춘분』이라는 말을 자신도 모르게 사용했지만 이것은 한스 카스토르프도 같은 경우로 여기서 지금 얘기하고 있는 것이 이미 염두에 있었기 때문이었다.

요즘 가끔 한스 카스토르프의 입에 오르내리는 용어는 그쪽 방면의 말이 많았으며, 또 그 방면에 지식이 있어 사촌을 깜짝 놀라게 했다.

「지금 태양은 거해궁(巨蟹宮)으로 들어가려고 하고 있어.」 그는 어느 날 산책하면서 이런 말을 하기 시작했다. 「자네는 그것을 알고 있나? 12궁 중에서 최초의 여름의 궁이야, 알았어? 얼마 안 있으면 태양은 사자궁과 처녀궁을 지나 추분점, 즉 낮과 밤의 평분점의 하나로 향하지. 9월 말에는 말이야. 그리고 그때에는 이 3월의 태양이 백양궁에 들어갔을 때처럼 태양의 위치가 또다시 천구의 적도 위에 오게 되지.」

「그건 몰랐는데.」 요아힘은 투덜거렸다. 「자네는 수다스럽게 무슨 말을 하고 있는 거야? 백양궁? 12궁?」

「그래, 12궁, 황도대야. 태고적 그 대로의 십이궁이야. 천갈궁, 인마궁, 마갈궁, 보병궁 외의 여러 가지가 있는데 어떻게 흥미를 갖지 않을 수가 있겠나. 한 계절에 대해 세 개씩 있는데, 오르막과 내리막 궁으로 나뉘어져 있어. 태양이 통과하는 성좌의 원이야. 말하자면 이것이야말로 웅장하지. 생각해 봐, 자네. 이것이 이집트의 어떤 사원의 천장에 그려져 있는 것이 발견되었어. 미의 여신인 아프로디테를 모신 테베(나일 강의 오른쪽 기슭에 있는 도시로 사원과 궁전 유적이 많다) 근처에 있는 사원의 천장에서야. 칼데아 인(바빌로니아에 칼데아 왕조를 기원전 626년경에 건설함)들도 벌써 그것을 알고 있었어. 칼데아 인들 말이야. 자네, 태고의 저 뛰어난 민족 칼데아 인들을 알고 있지? 그들은 아라비아 계의 셈 쪽으로 점성술과 점에 뛰어난 민족이 있지. 그들도 유성의 궤도인 황도대를 이미 연구하여 그것을 12개의 궁, 즉 도데카테모리아로 나누어 이것이 현재 전해지고 있어. 웅대하지. 이것이야말로 인류야!」

「자네도 이제 『인류』라는 말을 하나? 세템브리니처럼!」

「그래, 그 사람처럼 말이야. 혹은 좀 다른 의미일 수도 있지. 우리들은 인류를 있는 그대로 평가하지 않으면 안 되지만, 그렇다고 하더라도 인류는 웅장해. 나는 침대 의자에 누워 칼데아 인들도 이미 알고 있었던 유성을 바라보고 있으면 그들 일이 곰곰이 회상돼. 그들은 총명한 민족이었지만 유성 전부는 알지 못하고 있었어. 그러나 그들이 알지 못한 유성은 우리들도 볼 수 없는 유성이야. 천왕성은 요즈음 망원경으로 비로소 발견되었어. 1백20년 전에 말이야.」

「그것이 요즈음인가?」

「괜찮으면 요즈음이라고 부르고 싶어. 발견되기까지의 3천 년에 비교하면 말이야. 나는 침대 의자에 누워 유성을 보고 있으면 그 3천 년도 요즈음으로 되어 버려. 그 같은 유성을 바라보면 그것을 규명해 낸 칼데아 인의 일들이 곰곰이 회상되는 거야. 이것이야말로 인류야.」

「그럼 좋아. 자네는 장대(壯大)한 구상에 빠져 있구나.」

「자네는 『장대』라고 하지만 말이야. 나는 『친밀』이라고 말하고 싶네. 어느 쪽이나 마찬가지지만. 그래서 태양이 약 8개월 후에 천평궁에 들어오면 낮이 또다시 짧아지고, 낮과 밤의 길이가 같아져서 크리스마스 때까지 낮은 계속 짧아지는 거야. 이것은 자네도 알고 있겠지. 그래서 말인데 생각해 보게. 태양이 겨울의 궁, 즉 마갈궁, 보병궁, 쌍어궁을 통과하고 있는 동안 낮이 또다시 길어지는 거야. 춘분이 다시 돌아오는 거야. 칼데아 인들 때부터 3천번째이지. 그리고 낮이 다시 길어져 해가 바뀌어 여름이 시작되기까지 그것이 계속되는 거야.」

「당연한 일이지.」

「그렇지 않아. 이것은 일종의 장난이야! 겨울 동안 낮이 길어지고 1년에 가장 낮이 긴 날, 초여름의 6월 1일이 되면 다시 내리막으로 들어서 낮이 다시 짧아져 겨울로 향하게 되네. 자네는 이것을 당연하다고 말하지만 다르게 생각하면 불안해져서 걱정이 될 정도야. 순간적으로 말이야. 그리고 발작적으로 무언가에 매달려 보고 싶어진다네. 오일렌 슈피겔(1305년에 죽은 독일의 장난꾸러기로 이 인물을 주인공으로 한 많은 이야기들이 있다) 자신이 겨울 초에 사실은 봄이 시작되고 여름 초에 사실은 가을이 시작되는 것처럼 꾸민 것 같은 이야기야. 코를 끌려 어떤 한 점을 향해 빙빙 돌려져 그 한 점이 곧 회전점으로 바뀌는 거야. 원주상(圓周上)의 회전점이 된다는 거지. 원주는 연장이 없는 회전점이 모아진 것이니까 말이야. 곡선에는 직선적인 길이가 없고 똑같은 방향으로 달리는 순간은 한순간도 없이 영원은 『곧장으로』가 아니라 메리고라운드처럼 『빙빙』 도는 거야.」

「이제 그만!」

「하지의 축하!」 한스 카스토르프는 말했다.

「하지! 산불, 활활 타오르는 불 주위를 손을 잡고 춤을 추어 대는 윤무! 나는 그것을 아직 한 번도 본 적이 없지만, 자연인들은 그렇게 춤을 춘다고 들었어. 사실은 가을이 시작하는 여름의 최초의 밤을 자연인들은 그렇게 축하한다는 거야. 1년의 정오이고 절정인 거야. 그리고는 다시 내리막길을 시작하는 첫날밤 말이야. 그들은 춤추고 빙빙 돌면서 환호성을 지르는 거야. 그들은 자연인의 본능에서 그렇게 환호성을 지르는 걸 거야. 자네 그런 걸 알겠나? 그들은 어째서 그렇게 들떠 법석을 떠는 걸까? 이제부터 내리막이 되어 캄캄해지기 때문일까, 아니면 이때까지 계속 올라가 드디어 회전점이자 머무를 데 없는 낙하점인 한여름밤의 절정이 기쁨 속에 우수를 숨기고 돌아왔기 때문일까? 나는 있는 그대로를 생각나는 대로 말하고 있어. 자연인들이 환성을 올리고 불덩이 주위를 춤추며 돌아가는 것은 우수를 감춘 환희, 환희에 넘친 우수에서이며, 양성의 절망에서 온 것이야. 즉 원(圓)의 장난, 지속적 방향을 한시도 갖고 있지 않은 모든 것이 빙빙 도는 순환인 영원한 장난에 경의를 표시해서 하는 것이야. 자네 이렇게 말하고 싶지 않은가?」

「나는 아무것도 말하고 싶지 않아. 그런 것을 나더러는 말하지 말아 주게나. 자네가 밤에 누워서 생각하고 있는 것은 요원한 것이야.」

「나도 부정하지 않아, 자네가 러시아 어 문법을 공부하는 것이 더 유익하다는 것을 말이야. 자네는 얼마 후 그 나라 말을 유창하게 말하게 될 것이 틀림없어. 그렇게 되면 자네는 대단한 존재야. 전쟁이라도 시작되면 말이야. 물론 전쟁은 없어야겠지만.」

「전쟁이 없었으면 좋겠다고? 문화인이 말할 수 있는 것인데, 전쟁은 필요해. 전쟁이 없으면 세계는 곧 썩어 버릴 것이라고 몰트케 자신도 그렇게 말했어.」

「그렇기도 해. 이 세상은 확실히 그런 경향이 있어. 그리고 이것만은 나도 인정할 수 있네만…….」 하고 한스 카스토르프는 말하기 시작하면서 칼데아 인으로 말을 돌려, 칼데아 인은 셈 족으로 거의 유태인이었지만 전쟁을 해서 바빌로니아를 점령한 것이라고 말하려 했는데, 그때에 이들 사촌들은 바로 앞을 걸어가고 있는 두 사람의 신사가 이쪽 말에 끌려 자신들이 말하던 것을 그치고 이쪽을 돌아보는 것을 동시에 보았다.

그곳은 번화가로 요양 호텔과 벨베데레 호텔의 중간이었으며, 다보스 마을로 가는 귀로였다. 골짜기는 화려하게 단장을 하여 가냘프고 밝은, 기쁨에 찬 색채로 물들어 있었다. 공기는 이루 형용할 수 없이 상쾌하였다. 건조하고 청명해진 날씨에 따뜻해진 대기는 갖가지 들꽃 향기의 교향악으로 채워져 있었다.

그들은 로도비코 세템브리니가 낯모를 신사와 나란히 있는 것을 보았지만 세템브리니 쪽에서는 상대방이 누구라는 것을 몰랐는지 그렇지 않으면 사촌들과 함께 하는 것을 원하지 않았는지 좌우간 그는 서둘러 다시 얼굴을 정면으로 돌리고는 제스처를 애써 써가면서 동반자와 이야기를 하며 발걸음을 빨리하려고까지 하였다. 사촌들은 그의 옆으로 다가가 반가이 인사를 하였다. 그는 물론 놀란 표정으로 「어이구 이거! 뜻밖입니다!」 하고는 놀란 시늉을 하며 기뻐하는 얼굴을 보이면서 이번에는 발걸음을 천천히 하면서 사촌들 옆을 지나 앞으로 나아가려고 했다. 사촌들은 이것을 이해하지 못했다. 왜냐하면 그런 일은 생각조차 할 수 없었기 때문이었다. 오히려 그들은 오랜만에 만난 세템브리니여서 진심으로 기쁘게 생각했다. 그들은 세템브리니 옆에 서서 악수를 하고 근황을 물으며 그가 동반자를 소개해 주기를 고대하면서 공손히 쳐다보았다. 그러나 세템브리니는 확실히 마음이 내키지 않는 것 같았다. 사촌들은 자기들에게 동반자를 소개해 줄 것을 당연하게 생각하고 있었기 때문에 그는 걸어가면서 반쯤 서서 소개를 하지 않으면 안 되었다. 세템브리니는 세 사람을 연결해 주는 몸짓과 명랑한 말로 세 사람을 각각 소개하고 자기 눈앞에서 악수시켰다.

사촌들과는 초면인 이 신사는 세템브리니와 같은 연배로 보였는데, 세템브리니와 같은 집에 살고 있다는 것을 알았다. 부인복 재단사인 루카세크의 방을 빌리고 있는 한 사람으로 청년들이 들은 바로는 나프타라는 이름의 인물이었다. 마르고 키가 작은 사나이로 수염은 깎았지만 얼굴이 마치 찌르는 듯한, 부식적(腐蝕的)이라고 해도 좋을 만큼 흉해서 사촌들은 깜짝 놀랐다. 그의 얼굴은 전체적으로 찌르는 듯한 느낌을 주었다. 얼굴 인상을 결정하고 있는 매부리코와 다물어진 얇은 입술이며 엷은 회색 눈에 끼고 있는 테가 가느다란 두꺼운 안경알까지 모든 것이 차디찬 느낌을 주었고, 계속되고 있는 침묵으로 보아 한번 입을 열었다 하면 신랄하고 이론이 정연할 것이라는 인상이었다. 그리고 아주 고급 옷을 입고 있었는데 사촌들의 능숙한 눈이 본 바로는, 곤색에 흰 줄무늬가 들어간 플란넬 옷으로 유행을 고상하고 점잖게 따르고 있었다. 그리고 사촌들은 나프타 쪽에서 두 사람의 복장을 날카롭게 훑어 보고 있는 것을 알아챘다. 로도비코 세템브리니가 올이 굵은 거친 나사지의 저고리와 바둑판 무늬 바지를 점잖고 고상하게 입는 기술을 알지 못했더라면 이 스마트한 동반자와 나란히 섰을 때 그는 틀림없이 흉하게 보였을 것이다.

그러나 바둑판 무늬의 바지는 다리미로 잘 다려져 있어 얼핏 보면 새 옷으로 생각될 정도로 말끔했기 때문에 조금도 손색이 없었다. 이 다리미 솜씨는 그의 하숙집 주인인 루카세크의 솜씨였음이 틀림없었다. 보기 흉한 나프타는 옷이 멋지고 스마트한 점에서는 그의 동숙자보다는 오히려 사촌들에게 가까웠지만, 청년들보다 나이가 더 먹었다는 점과 또다른 점에서도 청년들에게 대항해서 오히려 세템브리니의 친구였다. 그것은 이 두 조(組)의 얼굴빛 때문이라고 생각하는 것이 더 알기 쉬운 설명일 것이다. 한 조는 갈색과 붉은색으로 그을려 있었고, 또다른 한 조의 두 사람은 다같이 창백하였기 때문이다. 요아힘의 얼굴은 겨울 사이에 더한층 적동색으로 되어 있었고 한스 카스토르프의 얼굴은 금발 밑에 장미색으로 반짝이고 있었는 데 반하여, 세템브리니 씨의 이탈리아 인다운 창백함은 햇빛에도 영향을 받지 않았고 검은 콧수염이 아주 고상하게 길러져 있었다. 그의 동행도 머리칼은 금발이었지만——오히려 회색을 띈 금발로 금속적이고 광택이 없고 높이 솟은 이마에서 올백으로 빗어 넘겨져 있었다——얼굴빛은 갈색에 광택 없는 독특한 흰 우유빛이었다. 네 사람 중에서 지팡이를 가지고 있었던 사람은 한스 카스토르프와 세템브리니 두 사람뿐으로 요아힘은 군인이라는 이유에서 지팡이를 가지고 있지 않았고, 나프타는 소개가 끝나자 두 손을 곧 등 뒤로 돌린 것으로 보아 갖고 있지 않은 모양이었다. 나프타의 손은, 발이 아주 작았던 것처럼 역시 작고 아담하여 작은 체구에 어울리는 손이었다. 감기에 걸려 있는 듯 기운이 없는 연약한 기침을 했지만 그의 경우에는 그것이 남의 주의를 끌지는 않았다.

세템브리니는 청년들을 보았을 때의 당황한, 혹은 불쾌한 듯한 기분을 교묘하게 극복해 버렸다. 그리고는 아주 기분 좋은 태도를 보이며 세 사람을 농담을 섞어 가며 소개했다. 가령 나프타를 『스콜라 학파의 우두머리』라고 소개하는가 하면, 아레티노의 말을 빌려 「내 가슴의 넓은 방에는 기쁨이 기라성과 같은 궁전을 소유하고 있다.」라고 말하면서 그것은 봄의 공적, 찬미할 봄의 공적을 의미한다고 말했다. 또 그는 이와 같이 덧붙였다. 「내가 이 위의 생활에 대해 여러 가지로 할 말이 있을 것이라는 사실은 여러분들도 알고 계시는 바와 같이 지금까지도 여러 번 울분을 토로한 대로입니다. 그러나 이 고원의 봄만큼은 꼭 찬미하고 싶습니다! 이 위의 봄은 이곳의 모든 추악한 현상을 잠시나마 화해시켜 줍니다. 평지의 봄처럼 마음을 혼미하게 하거나 자극시키는 일이 조금도 없는 봄인 것입니다. 밑바닥에서 끓어오르는 것이 없는 봄으로, 수증기를 담은 무거운 안개도 없습니다! 청명, 건조, 명랑과 오직 아름다움뿐입니다. 내가 소망하는 대로의 봄, 절호의 봄인 것입니다!」

네 사람은 줄을 맞추지 않고 걸어가고 있었다. 될 수 있는 대로 나란히 걸어갔지만, 전방에서 사람이 오면 오른쪽의 세템브리니가 차도로 내려가기도 하고, 네 사람 중의 누군가가, 가령 왼쪽의 나프타, 아니면 인문주의자와 요아힘 사이에 끼어 있는 한스 카스토르프가 열 뒤로 빠졌다가 다시 열로 돌아오곤 하여 형태가 가끔 무너졌다. 나프타는 코감기 때문에 탁한 목소리로 짧은 웃음소리를 냈고, 말하는 목소리는 금이 간 접시를 손가락 관절로 치는 것처럼 울렸다. 그는 세로줄 오른쪽 끝을 걷고 있는 이탈리아 인을 턱으로 가리키면서 질질 끄는 악센트로 말했다.

「여러분, 볼테르주의자이며 합리주의자가 하는 말을 들어 보십시오. 그가 자연을 찬미하는 것은 자연이 가장 번식적인 계절로 신비로운 수증기를 가지고 인간을 혼미롭게 하지 않고, 고전적인 건조성을 잃지 않기 때문이랍니다. 그러나 라틴어로 습기는 무어라고 합니까?」

「후모르(라틴 어로는 체액기질(體液氣質), 독일어로는 활계, 해학의 뜻).」 세템브리니가 대답하였다.

「그리고 우리들 교수의 자연관의 후모르는 교수가 빨간 앵초를 볼 때마다 시에나의 성녀(聖女) 카테리나처럼 그리스도의 빨간 상처를 연상한다고 하는 것에 있습니다.」

나프타는 대답했다.

「그것은 유머라고 하기보다는 기지라고 해야 될 것입니다. 그러나 아무튼 그것은 자연에 정신을 주입하는 것에 있습니다. 자연은 그럴 필요가 있습니다.」

「자연은,」 하고 세템브리니는 목소리를 낮추어 이번에는 어깨 너머로 왼쪽을 향하지 않고 완전히 왼쪽 어깨를 내려다보면서 말했다. 「당신의 정신을 필요로 하지 않습니다. 자연은 그 자신이 정신입니다.」

「당신은 일원론(一元論)만 믿고 나가는 것이 지루하지도 않습니까?」

「아, 그렇다면 당신은 자기 스스로 인정하시는군요. 당신이 세계를 서로 반대되는 두 부분, 신과 자연으로 떼어 놓는 것은 지적(知的) 유희에 지나지 않는다는 것을 말입니다!」

「내가 정열이라고 부르고 정신이라고 부르는 것을 지적 유희라고 말씀하시는 것은 흥미있군요.」

「그런 저속한 욕구에 그런 어마어마한 말을 사용하는 당신이 나를 언제나 웅변가라고 말씀하시다니요.」

「당신은 정신을 저속한 것이라고 규정하고 있습니다만 정신이 원래 이원적이라는 것에 대해 유감을 표명하신다 해도 어쩔 수 없습니다. 이원론, 반대명제, 이것이야말로 세계를 움직이는 정열적, 변증적, 지적 원리입니다. 세계를 서로 상반된 두 부분으로 떼어 놓고 생각한다는 그 자체가 정신입니다. 모든 일원론은 지루합니다. 아리스토텔레스도 언제나 투쟁을 좋아했습니다.」

「아리스토텔레스? 그는 보편적 이념의 실재성을 각 개체에 옮겼습니다. 이것은 범신론입니다.」

「틀렸습니다. 토마스와 보나벤투라가 아리스토텔레스 학파의 입장에서 그렇게 한 것처럼, 당신도 개체에 실재성을 인정하고 만물의 본성을 보편적인 것으로부터 개개의 현상에 옮겨 생각하게 되면 세계는 최고의 이념과의 모든 일치성을 잃고 신으로부터 분리되고 신은 초월적인 존재로 변합니다. 이것이야말로 고전적 중세(中世)입니다.」

「고전적 중세라, 재미있는 표현이군요?」

「용서를 빌겠습니다. 그러나 나는 고전적이라는 개념이 꼭 들어맞는다고 생각되는 경우에는 서슴지 않고 사용합니다. 즉, 하나의 이념이 절정에 이르렀을 경우에 사용하는 것을. 고대는 항상 반드시 고전적인 것은 아니었습니다. 나는 당신이 범주의 자유성을, 절대성을 혐오하고 계시는 것을 알았습니다. 당신은 절대적 정신도 원하고 있지 않습니다. 당신은 정신이 어디까지나 민주주의적 진보일 것을 요구하고 있습니다.」

「정신은 아무리 절대적인 것일지라도 결코 반동의 대변자가 될 수는 없다고 확신하는 점에서 우리들은 생각을 같이하기를 희망합니다.」

「그러나 정신은 언제나 자유의 대변자입니다.」

「그러나라구요? 자유란 인간애의 원리이지 니힐리즘이나 악의가 아닙니다.」

「당신은 그 두 가지를 무서워하고 있는 것 같군요.」

세템브리니는 머리 위로 팔을 휘젓는 듯한 몸짓을 하였다. 논쟁은 중단되었다. 요아힘은 깜짝 놀란 눈으로 두 사람을 비교하여 보았고, 한스 카스토르프는 눈썹꼬리를 치켜뜨고 발끝에 눈길을 떨어뜨렸다. 나프타는 넓은 의미에서 자유를 옹호하는 입장이었지만 그의 어조는 날카롭고 단정적이었다. 특히 『틀렸습니다』 하고 항의하는 어조는 『슈』의 음으로 입술을 내밀고 난 다음 굳게 다물었는데 보고 있으면 불쾌했다.

세템브리니는 명랑하게 응수했다. 가령 어떤 근본적 의견에서 두 사람의 생각이 일치하는 것에 주의를 환기시킬 때에는, 말에 아름다움과 따뜻함을 품고 있었다. 그리고 그는 나프타가 입을 다물면 사촌들이 지금 토론을 듣고 있는 초면인 나프타에 대해 여러 가지 알고 싶을 것이라고 생각하고 나프타에 대해 설명을 하였다. 나프타는 이 설명을 개의치 않는다는 듯이 하는 대로 그냥 내버려 두고 있었다. 세템브리니는 이탈리아 인답게 소개되는 인물의 지위를 될 수 있는 대로 드러내 보이면서, 나프타는 프레드릭 대왕 학교 상급반의 고전어 교수라고 설명했다. 나프타의 운명은 세템브리니의 운명과 비슷했다. 그는 건강 상태 때문에 5년 전에 이 위에 올라왔지만 장기 체재를 필요로 한다는 진단을 받고는 요양원을 나와 부인복 재단사인 루카세크의 집에 하숙인으로 기거하게 되었던 것이다. 이 지방의 고등 교육 기관이 이 출중한 라틴어 학자, 어떤 수도원 부속 학교의 졸업생을——세템브리니는 다소 애매하게 설명했다——현명하게도 강사로서, 학교의 자랑으로서 맞이했던 것이었다. 요컨대 세템브리니는 이때까지 이론 투쟁을 했던 상대방인 나프타, 당장 또 포문이 열릴 응수의 상대인 보기 싫은 나프타를 적지 않게 추어올렸던 것이다. 다음으로 세템브리니는 사촌들을 나프타에게 설명했는데 그는 나프타에게 전에 한 번 말한 적이 있는 듯했다. 이쪽이 베렌스 고문관에게 침윤 부분을 발견당한, 3주일 예정으로 온 젊은 엔지니어이고 저쪽이 프러시아 군대의 젊은, 희망에 찬 짐센 소위입니다, 하고 세템브리니는 소개했다. 그리고 그는 요아힘의 반항적 기분과 출발 계획을 말하고 나서, 엔지니어도 요아힘과 마찬가지로 작업의 세계로 돌아가는 날을 손꼽아 고대하고 있다고 생각하지 않으면 엔지니어에게 실례가 될 것이라고 말했다.

나프타는 얼굴을 찡그리며 말했다.

「두 분에게는 이렇게 웅변가 후견인이 있군요. 나는 세템브리니 씨가 두 분의 생각과 희망을 옳게 소개하셨다는 것을 의심하고 싶지 않습니다. 어떻습니까, 그가 작업, 작업이라고 하는 이 용감한 말로 효과를 얻을 수 없었던 시대, 오히려 이상과는 반대의 것이 훨씬 존경받았던 시대가 있었다는 것을 내가 지적한다면, 그는 나를 곧 인류의 적이라고 규정할 것입니다. 가령 베른하르트 폰 클레르보는 로도비코 씨가 꿈에도 생각지 못했던 완전한 생활 단계를 가르치고 있습니다. 어떤 단계인지 알고 싶으시지요? 그 생활의 최하위 생활은 『제분소』, 그 두번째가 『밭』, 제삼의 가장 존경해야 할 단계는——세템브리니 씨 듣지 말아 주십시오——『침대 위』입니다. 제분소, 이것은 세속 생활의 상징입니다. 잘못된 비유는 아닙니다. 밭은 설교사와 성직에 있는 선생들이 경작해야 할 세속인들의 영혼을 의미합니다. 이 단계는 제일의 단계보다도 존경할 만한 단계입니다. 그러나 침대 위야말로…….」

「이제 그만! 알고 있습니다!」하고 세템브리니는 외쳤다. 「여러분, 이 사람은 여러분들에게 침대의 목적과 용도를 피력할 것입니다.」

「당신이 그렇게 점잖은 분이신 줄은 몰랐습니다. 로도비코 씨. 아가씨들에게 추파를 던지는 당신을 보면…… 저 이교도적인 천진난만성은 어디에 가버렸습니까? 그리고 침대란 사랑하는 자와 사랑을 받는 자가 잠자리를 함께 하는 장소, 인간이 하나님과 잠자리를 함께 하기 위하여 세계와 피조물로부터 명상적으로 은신하는 상태를 상징하고 있습니다.」

「안 돼! 그만둬요. 그만둬요!」이탈리아 인은 거의 울상이 되어 가로막았다. 모두 웃어 버렸다. 그리고 세템브리니는 진지한 얼굴로 돌아가 계속했다.

「그렇습니다, 나는 유럽 인, 서유럽 인입니다. 당신의 서열은 순전히 동양인입니다. 동양인은 행동을 싫어합니다. 노자(老子)는 무위(無爲)가 천지간의 모든 것보다도 유익하다고 했으며, 모든 인간이 행동하는 것을 그만두게 될 때 지상에는 완전한 평화와 행복이 찾아올 것이라고 했습니다. 이것이 당신이 말하는 잠자리를 함께 한다는 것입니다.」

「무슨 말씀을 그렇게 하십니까? 그러면 유럽의 신비주의는? 페넬롱을 그 일파의 한 사람이라고 생각할 수 있는 정적주의는? 하나님만이 행동할 것을 원하기 때문에, 인간이 행동하려고 하는 것은 언제나 하나님의 불쾌한 감정을 사고 따라서 악이라고 가르친 정적주의는? 나는 몰리노스의 제창을 인용한 것뿐입니다. 그러나 행복을 정적 속에서 찾으려고 하는 정신적 경향은 동서를 막론하고 인간에게 공통된 것입니다.」

여기서 한스 카스토르프도 입을 열었다. 그는 단순한 용기를 갖고 논쟁에 끼어들여 허공을 쳐다보면서 말했다.

「명상의 경지, 은둔 상태, 나쁘지는 않군요. 들어 둘 가치가 있습니다. 이 위에 우리들은 꽤 높은 고지에서 은둔 생활을 하고 있다고 하겠습니다. 우리들은 54피트의 고지에서 아주 기분 좋은 의자에 누워서 세계와 피조물을 내려다보며 명상에 잠기고 있습니다. 잘 생각해 보면, 그리고 사실을 말한다면 침대는, 즉 침대 의자는 말입니다, 오해 말아 주십시오, 평지의 제분소가 이때까지 몇십 년 걸려도 이룩할 수 없었던 나를 10개월 사이에 진보시키고 많은 것을 생각하게 했습니다. 이것은 아무래도 부정할 수 없는 사실입니다.」

세템브리니는 슬픈 빛을 띈 채 꺼먼 눈으로 청년을 바라보았다. 「엔지니어.」그는 짜내는 듯한 목소리로 말했다. 「엔지니어.」그리고 한스 카스토르프의 팔을 잡고는 다른 일행이 듣지 않게 개인적으로 타이르려는 듯이 그를 조금 옆으로 끌어당겼다.

「내가 이때까지 당신에게 몇 번이나 말해 드렸습니까. 당신 자신이 어떤 사람이라는 것을 알아차리고 스스로에게 알맞는 생각을 하시라는 것 말입니다! 어떤 제창이 있더라도 유럽 인의 이상은 이성, 분석, 행동, 진보이지 수도사의 나태한 침대는 아닙니다!」

나프타가 그 말을 들어 버렸다. 그는 뒤를 돌아보며 말했다

「수도사의? 유럽의 문화는 수도사 덕택입니다. 현재의 독일, 이탈리아, 프랑스가 원시림과 원시의 못에 덮이지 않고 우리들에게 곡식과 실과와 포도를 베풀어 주는 것은 수도사의 힘에 의한 것입니다. 수도사는 정말 근면하게 일했습니다.」

「아니, 그래 그게 어떻다는 겁니까?」

「가만 계십시오. 종교가의 작업은 그 자신이 목적이 아니라, 즉 정신을 마비시키는 수단이 아니며 또 세계를 진보시킨다든지 경제적 이익을 획득하는 것이 목적이 아니었습니다. 종교가의 작업은 순전히 금욕적인 수업, 참회 고행의 일부, 영혼의 구제 수단이었습니다. 육욕에 대한 방어, 정욕의 억압이었던 것입니다. 따라서 그러한 작업은——단정하는 것을 용서해 주십시오——완전히 비사회적인 성질의 것이었습니다. 극히 순수한 종교적인 이기주의였습니다.」

「깨우쳐 주셔서 고맙습니다. 그리고 작업에 의한 축복이 인간의 의도에 반하여서도 실현된다는 것을 알아 기쁩니다.」

「그렇지요, 인간 의도에 반하여도 이것에 의해 배울 수 있는 것은 공리적인 작업과 인간적인 작업과의 차이점 그 자체입니다.」

「나는 당신이 또다시 세계를 두 개로 갈라 놓으리라는 것을 알고 무엇보다도 그것을 불만으로 생각합니다.」

「불만을 사게 해드려 미안합니다. 그러나 우리들은 모든 현상을 구분하고 정리하여 하나님의 자식인 인간이라는 이념을 불순한 성분으로부터 보호해야 합니다. 당신들 이탈리아 인은 환금(換金)과 은행을 발명해 냈습니다. 하나님이 당신들의 죄를 용서해 주시기를. 그러나 영국인을 용서하지는 않을 것입

니다.」

「아, 인류의 수호신은, 저 섬 나라의 위대한 경제학자들의 마음속에서도 살아 있었습니다. 무슨 말씀을 하려고 했습니까, 엔지니어?」

한스 카스토르프는 그것을 부정했지만 그러나 무엇인가를 지껄이기 시작하여 나프타도 세템브리니도 다소 긴장하여 청년의 말에 귀를 기울였다.

「그렇다면 나프타 씨, 당신은 내 사촌의 직업에 공감을 가지고 있고 사촌이 그 직업에 종사하고 싶은 나머지 못 견디게 초조해 하는 것을 이해하고 계시겠군요. 내가 철두철미한 문화인이라 해서 사촌은 그걸 곧잘 비난합니다. 나는 한 번도 군복무를 한 일이 없으므로 그야말로 평화의 자식임을 명백히 언명하는 바입니다. 성직자도 충분히 될 수 있었지 않았나 하고 가끔 생각하기도 합니다. 사촌에게 물어 봐 주십시오. 나는 그런 소망을 여러 번 말했습니다. 그러나 그런 개인적인 취미를 떠나 생각해 볼 때, 그리고 정확하게 말해서 그것을 떠나 생각할 필요는 조금도 없겠지만, 나는 군인의 계급에 관해서는 꽤 깊은 이해와 호감을 가지고 있습니다. 군인의 계급은 아주 진지한 성질의 서열로 우리가 말할 수 있다면 『금욕적』이라고도 할 수 있는 성질의 계급입니다. 당신은 아까 어딘가에서 『금욕적』이라는 말을 사용하셨지요. 그리고 군인의 계급은 언제나 죽음과 관계를 맺을 각오를 가져야 하는 것입니다. 게다가 성직자의 계급도 죽음과 관계가 있는 계급입니다. 이것 말고는 관계를 맺는 것이 없기 때문입니다. 그래서 군인의 계급은 단정(端正), 서열, 복종, 그리고 이렇게 말해서 괜찮을지 모르지만, 스페인 식의 명예를 존중합니다. 그리고 군인의 계급이 군복의 딱딱한 칼라를 달고, 성직자의 계급이 풀먹인 깃을 하고 있다는 차이는 거의 문제가 아니라 어느 쪽이나 같은 것으로, 당신이 아까 적절하게 표현한 것처럼 『금욕적』이라는 점에서 같은 것입니다. 어떻습니까, 내가 생각하고 있는 것을 올바르게…….」

「물론 잘 압니다. 물론입니다.」 이렇게 나프타는 말하고 세템브리니 쪽을 힐끗 보았으나 세템브리니는 지팡이를 흔들면서 하늘을 바라보았다.

「그래서 나는 생각하고 있습니다.」 한스 카스토르프는 계속 말했다. 「나프타 씨가 말씀하시는 것으로 보아 당신도 사촌인 짐센의 취향에 공감을 느끼고 있음에 틀림없다고 생각합니다. 나는 결코 『왕권과 제단(祭壇)』 그리고 이밖에도 단지 질서를 사랑하는 단순한 마음씨의 사람들이 그 두 개의 권력, 동속성을 가끔 정당화하는 그런 배합을 말하는 것은 아닙니다. 나는 군인 계급의 직업, 즉 근무——군인의 경우에는 이렇게 말하고 있습니다만——이것은 상업적 이익의 목적으로 행해지는 것은 전혀 아니고, 또 당신이 『경제 사회학』이라고 부르는 것과도 전혀 관계가 없다고 나는 생각하고 있는 것입니다. 그러므로 영국인들은 거의 군인을 가지고 있지 않고 인도(印度)를 위한 얼마 안 되는 군인과, 본국에서는 사열식을 위해 얼마 안 되는 병력을 가지고 있을 뿐입니다.」

「아무리 해도 소용 없습니다, 엔지니어.」 세템브리니는 가로막았다. 「군인의 존재는――우리 소위님의 기분을 상하게 하려는 것은 아닙니다――정신적으로는 이론의 여지가 없는 것입니다. 순전히 형식적 존재로서 그 자체로서는 내용을 가지지 않는 존재입니다. 군인의 원형은 이 목적 저 목적에 따라 모집된 용병(傭兵)입니다. 요컨대 스페인의 반종교 개혁의 군인, 혁명군의 병사, 나폴레옹의 병사, 가리발디의 군인, 프러시아의 군인이 있었을 뿐입니다. 군인에 관해서는 무엇 때문에 서로 싸우는가를 알아야 비로소 말할 수 있습니다.」

「서로 싸우는 것은,」 하고 나프타는 말했다. 「좌우간 군인의 특성이라고 말할 수 있습니다. 그것으로 충분하다고 할 수 있겠습니다. 그 특성만으로 그 계급을 당신이 말하는 의미에서 『정신적으로 이론의 여지가 있는』 것으로 하기에는 충분하지 않을지 모르지만 그것만으로도 그 계급을 시민적 현세주의로는 알 도리가 없는 영역으로 높여 주는 것입니다.」

「당신이 시민적 현세주의라고 부르는 것은……,」 세템브리니 씨는 입술 끝만을 움직이고 입술의 양끝은 뻗쳐 오른 콧수염 밑에서 곧게 다물고 아주 이상하게 목을 칼라에서 비스듬히 위로 비틀면서 대답했다. 「이성과 윤리의 귀중한 이념을 지키기 위해서는, 그리고 그 이념이 청년들의 흔들리는 영혼에 올바른 영향을 주기 위해서는 어떤 형식으로라도 싸우는 것을 그치지 않을 것입니다.」

침묵이 계속되었다. 두 청년은 깜짝 놀라 앞을 쳐다보고 있었다. 몇 발짝 걸어간 후에 세템브리니는 머리와 목을 다시 정상적인 위치로 돌리고 말했다. 「놀라지 마십시오. 이 사람과 나는 가끔 토론을 합니다만, 아주 우호적인 분위기에서 일어나는 것이며, 여러 가지 점에서 서로 양해가 되는 상태하에서 하는 것입니다.」

이것은 고마운 말이었다. 세템브리니 씨의 신사적이고 인간적인 마음씨에서 온 것이었다. 그러나 요아힘으로서는 역시 선의에서 대화를 부드럽게 계속하려는 의도였겠지만 무언가 눈에 보이지 않는 압박과 강요 때문에 그런 것처럼, 말하자면 본의 아니게 이렇게 말해 버렸다.

「우리들도 우연히 전쟁 이야기를 했습니다. 사촌도 나도…… 조금 전 두 분의 뒤를 걷고 있을 때에 말입니다.」

「들었습니다.」 하고 나프타가 말했다.

「나는 그 말을 듣고 뒤를 돌아보았던 것입니다. 정치를 논하고 있었습니까? 세계 정세를 논하고 있었습니까?」

「아니 천만에 말씀입니다.」 한스 카스토르프는 웃었다. 「어떻게 우리가 그런 것을 말할 수 있었겠습니까! 사촌은 직업상 정치를 논하는 것은 온당치 못하며 나는 내 쪽에서 정치론은 기권입니다. 아무것도 모르니까 말입니다. 이 위에 올라온 후로 아, 한 번도 신문을 읽어 본 적이 없습니다.」

세템브리니는 언젠가 말했듯이 이번에도 그것은 현명한 것이 못 된다고 꾸짖었다. 그는 곧 세계 정세를 누구보다도 잘 알고 있음을 과시하면서 세계 정세가 문명에 유리하게 진전되고 있는 경우에는 그것에 호의를 갖고 평했다. 그의 말에 따르면 유럽 천지는 평화 사상과 군축안(軍縮案)으로 가득 차 있었다. 민주 사상은 세력을 떨치고 있었다. 세템브리니는 청년 터키 당 운동이 민주적 혁명 운동의 준비를 완료하려고 한다는 신뢰할 만한 정보를 가지고 있는 것 같았다. 터키가 민족 자립의 국가로, 입헌국으로 변한다는 것은 얼마나 찬란한 인간성의 승리인가!

「이슬람교의 자유주의화!」 나프타는 비웃었다. 「걸작입니다. 계몽된 광신, 훌륭합니다. 게다가 이것은 당신에게 관계 있는 일입니다.」 하고 요아힘에게 말했다. 「압둘 하미드가 몰락하면 터키에 있어서의 당신 나라의 세력은 마지막이 되고 영국이 터키의 보호자로 등장하게 될 것입니다. 당신들은 세템브리니 씨의 정보와 연락을 절대 주요시해야 합니다.」 하고 나프타는 사촌들에게 말했지만 이것도 무례한 충고로, 그는 사촌들이 세템브리니 씨가 말하는 것을 중요시하지 않으리라고 생각하는 것 같았다.

「민주적 혁명 운동에 관해서 세템브리니는 정통해 있습니다. 그의 나라에는 영국의 발칸 문제 위원회와 긴밀하게 연락하고 있는 사람들이 있습니다. 그러나 로도비코 씨, 당신의 진보적인 터키 인들이 성공한다고 하면 레발 협정은 어떻게 됩니까? 에드워드 6세는 러시아에 대해 다다넬즈 해협의 자유 통행권을 승인하지 못하게 될 겁니다. 그리고 오스트리아가 그럼에도 불구하고 적극적인 발칸 정책에 매진한다면, 그렇게 되면…….」

「또 세계가 멸망한다는 예언입니까!」 하고 세템브리니는 가로막았다. 「러시아 황제인 니콜라이 2세는 평화를 사랑하고 있습니다. 최고급의 도덕적 산물인 헤이그의 평화 회의는 니콜라이의 노력으로 실현되었던 것입니다.」

「아니지요, 러시아는 동양에서 좀 실패를 했기 때문에(패배당한 노일(露日) 전쟁을 의미한다) 한동안 휴식을 취할 필요가 있었습니다.」

「무슨 말이오. 당신은 이상 사회를 건설하려는 인류의 동경을 조롱하는 것은 아니겠지요. 인류의 그러한 노력을 방해하는 민족은 도덕적 부패를 경험하지 않고는 안 될 것입니다.」

「정치는 도덕적으로 부패하는 기회를 서로 주는 것 외에 어떤 존재 이유를 갖고 있습니까!」

「당신은 범게르만주의의 찬미자이시군요?」

나프타는 반듯하지 않은 어깨를 움츠렸다. 그는 얼굴이 보기 흉한데다가 몸매도 역시 다소 비뚤어져 있었다. 그는 상대를 얕보고 대답하려고 하지 않았다. 세템브리니는 비평했다.

「어쨌든 당신이 말씀하시는 것은 악의적입니다. 민주주의가 전세계를 민주화하려는 고매한 노력을 당신은 단지 정치적인 관계로만 생각하려고 합니다.」

「당신은 나에게 그러한 노력에 대해서 이상주의 혹은 경건한 정신을 인정하라고 요구하는 모양이군요? 그것은 아무에게서도 인정받지 못하는 세계관이 자기 보존 본능의 잔재를 가지고 최후의 약하디약한 발버둥을 치고 있는 것뿐입니다. 멸망은 반드시 찾아오게 되며 찾아오지 않을 수 없습니다. 모든 방법으로, 여러 가지 모습으로 찾아올 것입니다. 영국의 정책을 생각해 보십시오. 인도라는 보루를 확보하려는 영국의 욕구는 정당한 것입니다. 그러나 그 결과는? 에드워드는 페테르스부르크의 위정자들이 만주(滿洲)에서의 실패를 속여 가며 민심을 혁명으로부터 다른 데로 돌려야 할 필요가 꼭 있다는 것을 당신과 나와 마찬가지로 모두 알고 있습니다. 그는 그것을 알면서도 러시아의 팽창욕을 유럽으로 돌리려 하고 있습니다. 아마 그는 이렇게 하지 않을 수 없었을 것입니다. 페테르스부르크와 비엔나 사이에 잠자고 있는 경쟁 의식을 눈뜨게 하려는 것입니다.」

「아! 비엔나! 당신이 세계 진보의 장애가 되는 비엔나를 걱정하는 것은 비엔나를 수반으로 하여 죽어 가는 제국 오스트리아에 신성 로마 제국의 미이라를 인정하기 때문이겠지요, 아마!」

「그리고 당신은 러시아 후원이시군요. 정교 합일주의(政敎合一主義)에 대한 인문주의적인 공감 때문이겠지요, 아마.」

「민주주의는 비엔나의 궁정에 대해서 보다 많은 기대를 할 수 있습니다. 그리고 이것은 루터와 쿠텐베르크를 낳은 나라의 치욕입니다.」

「그리고 이것은 어리석은 짓이기도 합니다. 그러나 그 어리석음도 숙명입니다!」

「아, 숙명 같은 것은 들먹이지 말아 주십시오! 희망만 한다면 인간의 이성은 숙명보다 더 강하고 좋은 것입니다. 원한다면 더욱더 강해질 수 있는 것입니다.」

「원해지는 것은 언제나 운명뿐입니다. 자본주의적 유럽도 스스로의 운명을 원하고 있습니다.」

「전쟁을 그다지 철저히 혐오하지 않는 인간만이 전쟁이 올 것을 믿습니다.」

「당신의 전쟁 혐오는 논리적인 모순입니다. 애초에 국가 그 자체까지를 혐오하지 않는 한.」

「민족 국가는 지상의 원리입니다. 당신은 그것을 악마의 것인 것처럼 말씀하시지만. 그러나 각 국의 국민을 자유롭게 하고, 평등하게 하고, 약소 국민을 압박에서 지키고 정의를 수립하고 민족간의 경계선을 확립하게 되면.」

「브레네르 경계선 말이군요, 알고 있습니다. 오스트리아의 파산, 내가 알고 싶은 것은 그것이 어떻게 전쟁 없이 실현될 수 있을까 하는 것입니다.」

「내가 알고 싶은 것은, 언제 내가 민족 전쟁까지를 부정했는가 그 말입니다.」

「나에게도 귀가 있습니다.」

「아니지요, 이제 내가 세템브리니 씨를 위해서도 증언해야겠군요.」 하고 한스 카스토르프는 논쟁에 끼여들었다. 그는 걸어가면서 머리를 비스듬하게 하고는 그때그때의 발언자의 말을 주의 깊게 경청하고 있었다. 「사촌과 나는 이미 세템브리니 씨와 함께 그런 문제와, 그리고 그와 비슷한 문제에 대해 언급했던 적이 있었습니다. 그때마다 그는 그의 의견을 전개하고는 거기에 대한 모든 것을 명확하게 단정했던 것이, 우리들이 경청한 것뿐인 결과가 되었던 것은 사실입니다. 그래서 나는 증언할 수 있고 사촌도 기억할 수 있다고 생각합니다만 세템브리니 씨가 진보와 반항, 그리고 세계 개혁의 원리에 대해 아주 감격해서 여러 번 말씀하셨던 것입니다. 그 원리 자체는 그다지 평화적인 것은 아니라고 생각합니다만, 그 원리가 세계 어느 곳에서나 승리를 거두고 전세계에 행복한 세계 공화제가 선포되기까지는 아직 많은 노력이 필요하다는 것이었습니다. 물론 훨씬 조형적이고 저술가다운 말씀이었다는 것은 두말할 필요가 없겠습니다만 좌우간 그런 의미의 말씀이었습니다. 그러나 나는 건전한 문화인으로서 정말 놀랐기 때문에 지금도 잘 기억하고 있습니다. 세템브리니 씨 말씀이, 그 승리의 날은 비둘기의 발로 찾아오지 않으면 독수리의 날개를 갖고 찾아올 것이라고 말씀하셨습니다. 나는 그 독수리의 날개라는 말에 정말 놀랐습니다. 아직도 기억하고 있습니다만 그리고 그 경사스러운 날을 맞이하기 위해서는 비엔나의 머리 위에 철퇴를 내려야 한다고 말씀하셨습니다. 그렇기 때문에 세템브리니 씨가 한마디로 전쟁 그 자체를 거부한다고는 말할 수 없습니다. 내가 말한 것이 맞습니까, 세템브리니 씨?」

「대체로 그렇습니다.」이탈리아 인은 얼굴을 돌리고 지팡이를 흔들면서 간단하게 대답했다.

「좋지 않은데요.」하고 나프타는 징그럽게 미소지으며 말했다. 「당신은 제자에게 호전적(好戰的)인 경향을 지적당했습니다. 그대 독수리의 날개로 오라…….」

「볼테르 자신도 문명 전쟁을 긍정하고 프리드리히 2세에게 터키에 대한 선전 포고를 진언했습니다.」

「그렇지만 프리드리히 2세는 터키하고 동맹을 맺었지요, 헤헤, 게다가 세계 공화제! 행복과 통일이 실현되면 진보와 반항의 원리는 어떻게 될 것인지는 묻지 않겠습니다. 그러나 그 순간에 반항은 범죄가 될 것입니다.」

「내가 의미하고 있는 것은 무한으로 생각되어질 수 있는 인류의 진보라는 것을 당신은 잘 알고 있겠지요, 여러 젊은이도 역시.」

「그러나 모든 운동은 원을 형성하고 있습니다.」하고 한스 카스토르프는 말했다. 「공간적으로도 그렇고 시간적으로도 그렇습니다. 이것은 질량불변(質量不變)의 법칙과 주기율(週期律)이 가르쳐 줍니다. 사촌과 나는 조금 전 여기에 대해서도 말을 했습니다. 다만 방향의 지속이 없는 주기적 운동에 진보가 있을 수 있을까요? 나는 밤에 누워서 황도대(黃道帶)를 관찰합니다만 우리들 눈에 보이는 것은 절반뿐입니다. 그리고 고대의 현명한 민족들을 생각하면…….」

「당신은 환상이나 몽상에 빠져서는 안 됩니다, 엔지니어.」하고 세템브리니는 가로막았다. 「당신 연령의 행동력과 종족의 본능에 필연코 따라가야 합니다. 당신은 당신의 자연 과학적 교양의 입장에서 진보의 이념에 맞게 살아가야 합니다. 당신은 생명이 오랜 세월을 거쳐 적충류(滴蟲類)에서 인간으로 진화 발달한 것을 보셨지요. 그리고 인간의 무한한 가능성도 의심치 않으시지요. 또 당신이 어디까지나 수학을 고집한다면 당신의 원주(圓周)를 완전에서 완전에로의 원추 운동이라고 생각하고는 18세기의 가르침, 즉 인간은 원래 선량하고 행복하고 완전했는데 사회적 결함 때문에 왜곡되고 타락되었을 뿐이며, 사회 기구를 비판하고 개량함으로써 다시 선량하고 행복하고 완전하게 해야 될 것이라는 가르침에 기쁨을 가져야 할 것입니다.」

「세템브리니 씨, 거기에 더 첨부해야 할 것이 있습니다.」 나프타는 말 중간에 끼여들었다.

「루소의 국가가 교회 교리의 개혁이라는 것, 인간의 본래의 무국가(無國家) 상태와 무죄 상태, 하나님에게 직접 속해 있고 하나님의 아들이었던 상태를 설교하고 인간이 이런 상태로 다시 되돌아가야 한다고 설교하는 교회 교리의 궤변적 개악(改惡)이라는 것을 말입니다. 그러나 지상 국가의 모든 형태가 분해되었을 때의 하나님의 나라의 재건은 지상과 천상, 감각계와 초감각계가 접촉하는 곳에서 행해지며, 구원이란 초경험적입니다. 그리고 박사님, 당신의 자본주의적 세계 공화제 말인데, 이와 관련하여 당신이 『본능』에 대해 말씀하시는 것은 정말 이상하게 느껴집니다. 본능이란 국민적인 것의 측면에만 있는 것으로 하나님 스스로가 인간에게 자연적 본능을 부여했으며 그 본능에 의해 각 민족은 여러 국가로 분열했습니다. 전쟁은…….」

「전쟁은,」 하고 세템브리니는 외쳤다. 「전쟁도 지금까지의 진보를 도와주는 결과가 되었습니다. 이것은 당신도 당신이 좋아하는 어떤 시대의 사건의 하나, 즉 십자군 전쟁을 상기한다면 나에게 반대하지는 않을 것입니다! 저 문명 전쟁은 여러 국민의 관계를 경제적 교역, 그리고 상업 정책적 교역면에서 현저하게 촉진시켰고 유럽의 인류를 한 가지 이념(理念)의 기치(旗幟) 아래 결합시켰습니다.」

「당신은 이념에 대해서 아주 관용적입니다. 그렇다면 나도 한층 더 공손하게 당신의 생각을 정정해 드리고자 합니다만, 십자군과 그 결과로 생긴 교통의 발달은 모든 국민을 접근시키는커녕 서로의 상이점을 자각시켰고 민족적 국가 관념의 형성을 현저하게 촉진시켰던 것입니다.」

「옳은 말씀입니다. 성직자 계급에 대한 모든 국민의 관계만을 문제로 하는 경우에는 그렇습니다! 그 당시부터 교회의 전횡(專橫)에 대해 국가적·국민적 자각심이 높아지기 시작했습니다.」

「여기서 당신이 성직자 계급의 전횡이라고 부르는 것은, 정신의 기치에 의한 인류 결합의 이념에 지나지 않습니다!」

「우리들은 그 정신이 어떤 정신인지를 알고 있습니다. 그리고 그것을 거부합니다.」

「당신의 국민적 광신(狂信)이 교회의 세계 극복에 의한 동포주의를 혐오하는 것은 이상하지 않습니다. 그러나 당신이 그 혐오를 전쟁 혐오와 어떻게 조화시키려는 것인지, 그것을 가르쳐 주셨으면 합니다. 당신의 복고적인 국가 예찬에서 당신은 법률의 실증적(實證的) 해석의 옹호자로 되지 않을 수 없겠지만, 그 옹호자로서…….」

「이번에는 법률입니까? 국제법에는 자연법과 보편적 이성이라는 생각이 계속 살아 있습니다.」

「아니, 당신의 국제법이라는 것은 자연과 이성과는 아무 관계도 없는 계시에 의거한 신권(神權)의 루소적 개악에 지나지 않습니다.」

「명칭을 가지고 서로 이러니저러니 논쟁하는 것은 그만둡시다. 교수! 내가 자연법, 국제법으로서 존중하는 것을 당신은 당신 좋으실 대로 신권이라고 부르십시오. 중요한 것은 민족 국가의 실증적 법률 위에 상위(上位)의 보편적인 법이 존재하고 있으며, 국가간의 이해 문제가 국제 중재(仲裁)에 의해 해결될 수 있다는 것입니다.」

「중재 재판에 의해서란 말이군요! 황송한 말씀입니다! 지상의 문제를 재판하는 시민적 중재 재판소에 의해 하나님의 뜻을 찾고 역사를 좌우하다니요! 좋습니다. 비둘기의 발에 관해서는 그 정도로 해둡시다. 그러면 독수리의 날개는 어떻습니까?」

「시민적 문명은…….」

「아니지요, 시민적 문명은 자신이 무엇을 원하고 있는지를 모릅니다! 그들은 출산율 감퇴의 방지를 외치고 자녀의 양육비와 직업 준비, 교육비의 경감을 떠들어 댑니다. 또한 인구 과잉 때문에 질식할 것 같으며, 모든 직업은 과잉 인원으로 생존 경쟁의 무서움이 과거의 어떤 전쟁의 두려움까지도 능가하고 있습니다. 공지와 전원 도시(田園都市)! 종족의 체질 향상! 이렇게 외치고 있습니다. 그러나 문명과 진보가 전쟁이 일어나지 않기를 원한다면 어떻게 해서 체질적 향상이 이룩될 수 있습니까? 전쟁은 모든 것을 방지하고 모든 것을 촉진시키는 수단입니다. 체질 향상을 자주하고 출산율의 감퇴를 방지하기까지 합니다.」

「당신은 농담을 하고 있습니다. 이제는 더 이상 진지한 이야기가 나오지 않는군요. 우리들의 이야기는 산만해지고 있습니다. 아주 알맞은 순간에 말입니다. 우리들은 이제 다 왔군요.」

세템브리니는 이렇게 말하고는 멈추어 서서 사촌들에게 네 사람 눈앞에 있는 담장문 뒤의 작은 집을 지팡이로 가리켰다. 『마을』 입구에 가까운 거리로 향해 있고 좁은 뜰이 거리를 막고 있는 소박한 집이었다. 포도덩굴이 땅에 드러나 있는 뿌리에서 뻗어 입구의 문을 둘러싸고 있었고 구부러진 가지는 벽을 따라 오른쪽 1층의 유리문, 작은 소매상의 진열창 쪽으로 기어올라가 있었다. 세템브리니는 1층은 소매상인의 거처라고 설명했다. 나프타의 방은 2층 재단사 거처 가운데 있고 세템브리니 자신은 다락방에 살고 있다는 것이었다. 조용한 서재라고 덧붙였다.

나프타는 놀랄 정도로 어울리지 않게 상냥한 어조로 이것을 계기로 제2, 제3의 회합을 갖고 싶다는 희망을 표명했다.

「우리들을 방문해 주십시오.」 하고 그는 말했다. 「세템브리니 박사가 여러분들의 오랜 친구가 아니라면 나를 방문해 달라고 말하고 싶을 지경입니다. 다소라도 대화를 하고 싶으면 언제든지 와주십시오. 나는 젊은이들과 이야기를 나누는 것을 좋아합니다. 아마 나에게도 교육자의 전통이 전혀 없는 것은 아닐 것입니다. ……우리들의 비밀 공제 조합 지부장——이렇게 말하고는 세템브리니를 턱으로 가리켰다——이 모든 교육자적 소질과 천직을 시민적 인문주의의 독점물이라고 생각한다면 거기에 대해 항의를 해야 하겠습니다. 자, 그러면 가까운 장래에 또 만납시다.」

세템브리니는 그것은 어려울 것이라고 말하며 난처한 기색을 보였다. 소위님이 이 위에 있을 날이 앞으로 얼마 안 될 것이고 엔지니어도 뒤따라 평지로 돌아가기 위해 요양 근무에 더한층 노력을 해야 할 것이라고 말했다.

두 청년은 나프타와 세템브리니에게 번갈아 가며 동의를 표시해 보였다. 나프타의 초대에는 경의를 표하며 받아들이고, 그 초대에 대해 세템브리니가 열거한 난점에도 곧 머리와 어깨로 찬의를 표시했다. 이렇게 하여 모든 것이 미결정 상태로 남게 되었다.

「그 사람은 세템브리니를 무어라고 불렀지?」 요아힘은 베르크호프로 향한 차도를 걸어가면서 사촌에게 물었다.

「비밀 공제 조합 지부장이라고 그랬어.」 하고 한스 카스토르프는 말했다. 「나도 그것을 생각하고 있었어. 농담을 한 것이 아닐까. 두 사람은 서로 이상한 이름으로 부르고 있어. 세템브리니도 나프타를 스콜라 학파의 우두머리라고 불렀지. 이것도 나쁘지 않군. 스콜라 철학자는 중세의 신학자이자 독단적인 철학자라고도 할 수 있기 때문에 말이야. 게다가 이밖에도 중세가 여러 가지로 화제에 올랐었지. 그래서 생각난 것인데 세템브리니는 내가 처음으로 그를 만났을 때 말하기를, 이 위의 우리들이 있는 곳에는 중세를 연상시키는 것이 여러 가지 있다는 거야. 우리들은 아드리아티카 폰 밀렌동크부터 그런 이야기가 시작되었던 것이지. 그녀의 이름 때문에 말이야. 자네는 그에게서 어떤 인상을 받았나?」

「그 작은 사람 말인가? 좋지 않아. 그렇지만 그가 말한 것 중에는 마음에 드는 것이 여러 가지 있기는 했어. 정말이지 그가 말한 대로 중재 재판이란 것은 위선이야. 그러나 그 사나이 자신이 인상이 나쁘기 때문에 아무리 멋진 말을 많이 해도 말하는 인물이 수상쩍으니 아무 소용이 없어. 수상쩍은 사람이야. 그것은 자네도 부정할 수 없을 거야. 『잠자리를 함께 하는 장소』의 이야기만 해도 아주 이상한 거야. 게다가 그 코, 그 매부리코는 어때? 그리고 그렇게 작은 몸집으로 보아 유태인임에 틀림없어. 자네는 정말 그 사람을 방문할 작정인가?」

「물론이지, 방문하고말고!」 하고 한스 카스토르프는 선언했다. 「자네는 군인이기 때문에 몸집이 작은 것에 대해서 이러쿵저러쿵 말하고 있는 거야. 그러나 칼데아 인들도 그런 코를 하고 있었지만 신비학(神秘學) 방면뿐만 아니라 다른 면에 있어서도 아주 우수한 인종이었어. 나는 나프타의 신비학적인 면에 적지 않게 흥미를 느끼고 있어. 오늘만으로 그를 다 알았다고 할 수는 없지만 이제부터 자주 함께 있으면 알게 될 거야. 그리고 그때마다 우리들은 다른 방면에서도 더 현명하게 될 수 있을 거야.」

「정말이지 자네는 생물학이니 식물학이니 쉬지 않는 전환점이니 하는 따위로 이 위에서는 점점 현명해지고 있군. 『시간』 문제만 해도 이 위에 온 다음 날부터 상관했단 말이야. 그러나 우리들이 이 위에 있는 것은 건강하게 되기 위해서이지, 현명하게 되기 위해서는 아니야. 건강해져서, 완전히 건강해져서 그들도 급기야는 우리들을 자유롭게 해주어 완치된 인간으로서 평지로 돌아갈 수 있게 하기 위해서야!」

「산 위에 자유가 있다니!」 하고 한스 카스토르프는 마음이 들떠 노래불렀다. 「무릇 자유란 무엇인가를 들려 주기 바라네.」 그는 노래부르는 것을 중지하면서 얘기했다. 「나프타도 세템브리니도 아까 이 문제를 갖고 논쟁을 했지만 결국 의견이 일치하지 않았어. 『자유는 인간애의 원리다!』라고 세템브리니는 말하지만 이것은 그의 조부인 카르보나리의 말투야. 그러나 카르보나리가 아무리 용감하다고 해도 또 우리들의 세템브리니가 아무리 용감하다고 해도…….」

「그렇지. 개인적인 용기라는 이야기를 했을 때 그는 안절부절 못하는 기색이었어.」

「……그는 작은 나프타가 무서워하지 않는 것을 무서워하고 있지 않을까? 그리고 그가 흔히 말하는 자유도, 용기도 도량이 좁은 것이 아닐까? 자네는 세템브리니에게 자기 몸을 죽이고, 혹은 몸에 상처를 입히기라도 할 용기가 있다고 생각하나?」

「왜 또 프랑스 어로 말하는 거야?」

「그냥 해보는 거야. 여기의 분위기가 아주 국제적이기 때문이야. 저 두 사람 중의 어느 쪽이 여기 분위기에 더 만족을 느끼는지, 시민적 공화제의 세템브리니인지, 아니면 교회적 세계 동포주의의 나프타인지 나로서도 그것을 알 수가 없단 말이야. 보다시피 나는 두 사람의 말을 긴장하여 듣고 있었지만 뭐가 뭔지 모르고 끝나 버렸어. 오히려 나는 두 사람의 대화에서 일어난 것은 심한 혼란뿐이라는 것을 느꼈지.」

「그건 언제나 그래. 토론을 하여 의견을 말할 때는 혼란이 일어나기 마련이라는 것은 자네도 잘 알고 있지 않나. 생각컨대 우리들이 어떠한 의견을 가지고 있느냐 하는 것이 문제가 아니라, 신뢰할 수 있는 인간인지 아닌지가 문제인 거야. 처음부터 의견 같은 건 전혀 가지지 말고 할 일을 묵묵히 실행하는 것이 제일 좋은 거야.」

「그렇지, 자네는 『용병』이고 순전히 형식적인 존재이기 때문에 그렇게 말할 수도 있지. 그러나 나의 경우는 좀 사정이 달라. 나는 문화인으로 어느 정도 책임을 가지고 있어. 그래서 말이야. 저렇게 혼란상을 보고 있으면 흥분해 버려. 한 사람은 국제적 세계 공화제를 설교하고 원칙적으로는 전쟁을 승인하지 않으면서 또한 지독히 애국적이어서 어디고 간에 브레네로 경계선을 확정할 것을 주장하면서 그것을 위해서는 문명 전쟁도 불사하지 않고, 또 한 사람은 국가를 악마의 것이라고 생각하여 지상과 천상이 접촉하는 지평선에 있는 인류 결합을 구가하면서도 다음 순간에는, 자연적 본능의 권리를 옹호하고 평화회의를 조롱하고 있으니 말이야. 그 혼란을 해결하기 위해서도 꼭 방문할 필요가 있어. 자네는 우리들이 여기서 현명해지는 것이 아니라 보다 더 건강해져야 한다고 말하지만, 건강해지는 것과 현명해지는 것은 양립시키지 않으면 안 되는 일이야. 그렇게 생각하지 않는다면 자네는 세계 양분을 기도하는 인물이야. 그런 짓을 하는 것은, 자네에게 말해 두지만, 언제나 큰 잘못이야.」

신의 나라와 사악한 구원(救援)

한스 카스토르프는 발코니에서 식물의 소속을 조사하고 있었다. 천문학상의 여름이 시작되어 낮이 다시 짧아진 요즈음 여기저기에 밀생하고 있던 금봉화과의 매발톱꽃은——일명 아킬레기아——관목처럼 무성하게 자라 줄기가 길고 청색, 보라색, 적갈색의 꽃을 피워 채소같이 넓은 잎을 가지고 있었다. 이 꽃은 여기저기에 피어 있었지만 특히 한스 카스토르프가 약 1년 전에 처음으로 이 꽃을 보았던 외진 골짜기에 밀생하고 있었다. 1년 전 혈기에 찬 나머지 너무 서둘렀기 때문에 체력에 맞지 않아 그날의 산책을 실패로 끝냈던 작은 다리와 휴식용 벤치가 있는, 물살이 빠른 얕은 여울 소리가 들리는 고요한 장소를 그는 다시 여러 번 방문했었다.

그 당시 너무나 대단한 기세로 밀어붙였기 때문에 그런 결과로 끝나 버렸지만 사실 거기까지는 그리 멀리 않았다. 『마을』의 쌍썰매 경주의 결승점에서 비탈을 조금 올라가면 샤츠알프에서 내려가는 쌍썰매 코스가 군데군데 나무다리 밑을 횡단하는 숲길을 지나가는데, 길을 돌아간다든지, 오페라 노래를 부른다든지, 피곤하여 휴식을 취하지 않으면 20분 정도의 시간으로 그 그림과 같은 장소를 찾을 수가 있었다. 요아힘이 진찰, 뢴트겐 사진 촬영, 혈액 검사, 주사, 체중 측정 같은 요양 근무 때문에 외출할 수 없는 날에는 한스 카스토르프는 날씨가 좋은 경우 두번째의 아침 식사를 끝마치고, 어떤 때는 첫번째의 아침 식사 바로 뒤에 그곳으로 갔다. 때로는 오후의 차 마시는 시간과 저녁 식사 전 시간을 이용하여 좋아하는 이 장소를 찾아가 1년 전에 코피를 심하게 쏟았던 때에 앉았던 벤치에 앉아 머리를 갸우뚱하면서 시냇물 소리에 귀를 기울이고 주위의 고요한 풍경과 금년에도 변함없이 피어 있는 푸른 매발톱꽃을 바라보았다.

그는 이런 이유만으로 이곳을 찾아왔던 것일까? 아니, 혼자서 수 개월 동안의 인상과 모험의 갖가지를 돌아보고 모든 것을 생각해 보기 위해 벤치에 앉아 있었던 것이다. 인상과 모험은 그 수가 많고 종류가 많아 그것이 여러 가지로 엉클어지고 섞여 있는 것처럼 느껴져 현실에 있었던 일에 대해 단순히 생각했던 일, 꿈꾸었던 일, 공상했던 일과 분리할 수 없어 정리하기에 그리 쉽지 않았다. 그러나 모든 것이 예외없이 모험성에 가득 차 있어, 그것을 회상할 때마다 이 위에 온 첫날부터 민감해진 채로 정상 상태로 돌아가지 않는 심장이 갑자기 멎는 듯하다가 다시 빠르게 고동을 치는 것이었다. 혹은 1년 전에 코피가 나와 생활력이 감퇴되었을 때 프리비슬라프 히페의 모습이 역력히 눈앞에 떠오른 장소에 아킬레기아가 변함없이 피어 있는 것이 아니라, 벌써 다시 꽃을 피우고 있어 처음 예정이었던 『3주일』이 얼마 안 있으면 꼭 1년이 되려 하고 있는 것을 생각하고 흥분해서 심장이 그렇게 이상하게 고동을 치고 있는 것일까?

물론 이제는 시냇가의 벤치 위에 앉아 있어도 코피가 나오지 않았고 그것은 벌써 지나간 일이었다. 여기 기후에 익숙해지는 일의 어려움은 이 위에 오자 곧 요아힘으로부터 들었고 한스 카스토르프도 그것을 경험했었지만 요즈음에는 거기에도 꽤 익숙해져서 11개월 후의 현재에는 순응이 완료되었다고 해도 좋을 만큼 이 방면에서는 이 이상의 것이 희망할 수 없을 정도로 되었다. 위(胃)의 화학적 반응도 되찾았고 순응이 되어, 마리아 만치니에 대한 미각을 회복했으며 그의 마른 코 점막의 신경은 시거의 진가를 얼마 전부터 다시 느낄 수 있게 되었다. 이 국제 요양지의 진열창에도 마음에 드는 담배가 눈에 띄었지만 한스 카스토르프는 마리아 만치니가 떨어질 것 같으면 보수적인 경건한 마음에서 여전히 브레멘에서 마리아를 주문해 오고 있었다. 마리아는 평지에서 이탈한 한스 카스토르프와 평지를, 또 그와 고향을 연결하는 끄나풀이 되어 준 것이 아니었을까? 가령 그가 보내는 마리아의 주문이 가끔 평지의 숙녀들에게 보내는 엽서보다 평지와의 연결을 더 효과 있게 유지시켜 주는 것이 아닐까? 그 엽서는 그가 이 위의 시간 관념에 젖어 대규모의 시간 소비를 몸에 익힘에 따라 점점 사이가 멀어지게 되었다. 살짝 눈에 덮인 골짜기나 여름 골짜기 풍경이 그려진 아름다운 그림엽서를 사용했는데, 이것은 쓸 여백이 적어 의사의 최근 진단 내용의 보고와 매월 종합 진찰의 결과를 명백하게 친척들에게 보고하고, 가령 청진 결과와 뢴트겐 사진의 결과로는 분명히 병이 나아가고 있다는 것은 인정하지만 아직 완전히 병독이 해소되었다고는 말할 수 없고, 여전히 가벼운 열이 있으며 이 열은 아직 작은 환부가 없어지지 않고 남아 있기 때문이며 꾹 참고 치료를 계속하면 반드시 그것도 없어져 다시 이곳에 올라올 필요는 없을 것이라는 보고로 그 여백이 꽉찼다. 더 자세한 내용의 편지를 요구하거나 기다릴 염려가 없는 것은 확실했다.

편지를 읽는 사람들은 인문주의자적인 웅변가가 아니었고 이쪽에서 받는 답장도 그렇게 열성을 띈 답장은 아니었다. 평지로부터의 답장과 함께 돌아가신 아버지의 유산의 이자에서 나오는 생활비를 받는 경우가 많았는데, 그 송금은 이 위의 돈으로 바꾸면 매우 환산율이 좋았기 때문에 다음 송금을 받기 전에 전회분을 다 써버리는 일은 한 번도 없었다. 편지는 타이프로 친 여러 행의 편지로 제임스 티나펠이 서명하고, 종조부와 그리고 때로는 해군에 있는 페터의 인사와 안부말이 덧붙여져 있었다.

한스 카스토르프는 고문관이 요즈음 주사를 놓아 주는 일을 그만두었다는 것을 고향에 보고했다. 이 젊은 환자에게는 주사는 체질에 맞지 않는 모양으로 두통・식욕 감퇴・체중 감소・피로가 따르게 되어 주사를 맞고 나면 곧 『체온』이 올라가 한참 뒤에도 내려가지 않았다. 이 『체온』은 메마른 열이 되어서 그의 장미빛 얼굴은 타오르는 것처럼 느껴졌다. 이것은 평지와 그 습기찬 기후 속에서 태어난 청년에게는 이 위의 기후에 익숙해지는 것이, 역시 익숙해지지 않는 것에 익숙해지고 있다는 것을 말해 주고 있었다. 물론 라다만트 자신도 익숙해지지 않는 모양으로 언제나 푸른 얼굴을 하고 있었다.

「아무리 해도 익숙해지지 않는 사람도 드물지는 않아.」 이렇게 요아힘은 그가 이곳에 처음 도착했을 때 설명하여 주었지만 한스 카스토르프도 이 부류의 한 사람인 것 같았다. 그가 이 위에 와서 곧 고통을 받기 시작한 목의 경련도 없어지지 않고 걸어갈 때나 말하고 있을 때에 으레 시작되었고, 푸른 꽃들이 만발하고 있는 명상의 장소로 올라와서 모험의 가지가지를 회상하고 있을 때에도 기다리고 있었다는 듯이 시작하여, 그 때문에 한스 로렌츠 카스토르프처럼 그 중후한 턱을 당겨붙이는 것이 이제는 거의 습성이 되어 버렸다. 즉 한스 카스토르프 자신도 떨리는 것을 막기 위해 턱을 당겨붙이며 할아버지의 높은 칼라, 주름잡힌 예복을 입은 자세, 담황색의 둥근 세례반, 경건한 『증(曾), 증』 소리, 이밖에 이와 비슷한 일들을 혼자 생각하고, 자신의 희귀한 운명을 새삼 되돌아보지 않을 수 없었다.

프리비슬라프 히페의 모습은 11개월 전처럼 확실하게 나타나지 않게 되었다. 그의 이 위에서의 순응은 완료되었고, 이제는 환영이 나타나지 않았다. 몸만이 벤치 위에 움직이지 않고 누워 있으며, 영원이 예전으로 돌아가는 일은 없어졌다. 그런 일은 이제는 일어나지 않게 되었다.

추억의 모습이 눈앞에 떠오르는 일은 있어도 그 선명함과 생생함이 정상적인 건강의 영역을 넘지는 않았다. 한스 카스토르프는 추억의 상이 떠오를 때

가슴에 달린 주머니에서 유리로 된 기념품을 꺼내어 보는 일이 종종 있었다. 그것은 이중 봉투에 넣어 다시 지갑 속에 보존하고 있었지만, 지면과 평행한 위치로 보면 꺼멓게 반짝일 뿐 불투명한 유리판이었다. 그러나 광선에 비추면 밝아지고 인체 같은 상이 나타나 인체의 투명상, 늑골의 구조, 심장 모양, 횡격막의 궁형, 폐장의 풀무, 쇄골과 상박골이 보이고 그것이 모두 청백의 몽롱한 물질, 한스 카스토르프가 사육제의 밤에 이성(異性)에 반(反)해서 만져 본 살에 싸여 있었다.

거친 휴식용 벤치에 기대어 두 팔을 모으고 고개를 비스듬하게 하고 시냇물 소리에 귀를 기울이고 앉아서 짙푸르게 만발해 있는 매발톱꽃과 기념품을 번갈아보며 『모든 것』을 회상하였다. 명상할 때마다, 민감해진 심장이 멎었다 빨리 뛰었다 한다고 해서 그것이 이상하였을 것인가?

별이 반짝이던 추운 밤에 고상한 연구를 하던 때와 마찬가지로 지금 한스 카스토르프의 눈앞에는 유기 생명의 고귀한 상, 인간상이 떠올라 그는 그 상을 볼 때마다 여러 가지 문제를 검토하고 해부했다. 선량한 요아힘은 그런 문제에 상관할 의무를 가지지 않았고, 한스 카스토르프도 아래 평지에서는 그러한 문제를 한 번도 의식한 일이 없었는데, 아마 의식하지 않고 지냈을 것이지만, 5천 피트 높이의 관조적인 은둔 상태에서 세계와 피조물을 내려다보고 명상에 빠지는 이 위에서는 그것이 절실한 문제로 되고 그것에 상관해야 할 의무가 있는 것처럼 느끼기 시작했다. 아마 이것은 메마른 열이 되어 얼굴에 불타고 있었던 육체의 앙진(昻進), 가용성 독소에 의한 육체의 강조에 기인한 것이리라. 한스 카스토르프는 그 상을 볼 때 이에 관련하여 세템브리니의 일, 손풍금장이의 교육자를 생각했다. 그리스에서 태어난 인문주의자를 아버지로 가지고, 인간상에 대한 사랑을 정치, 반항, 웅변의 의미로 해석하고, 시민의 창을 인류의 제단에 봉헌하는 세템브리니를. 또 동료인 크로코브스키의 일도 생각하고 얼마 전부터 이 동료와 함께 컴컴한 밀실에서 행했던 것을 생각하면서 분석의 명·암 양면의 성질을 생각하고 분석의 어디까지가 행동과 진보에 도움이 되고, 어디까지가 묘혈(墓穴)과 그 추잡한 분해와 흡사한가를 생각했다. 또 반항적인 할아버지와 경건한 할아버지, 각기 다른 이유에서 양쪽이 다 일생 동안을 검은 옷을 입었던 두 사람의 할아버지를 생각하고, 두 할아버지를 비교·대조하였으며 각자의 존엄성을 저울질해 보았다. 또 형식과 자유, 정신과 육체, 명예와 불명예, 시간과 영원이라는 고매한 문제에 대해서도 명상하고, 그리고 매발톱꽃이 다시 피고, 1년이 된 것을 생각하고는 순간적이긴 했지만 심한 현기증에 빠졌다.

한스 카스토르프는 그림과 같은 은둔 장소에서의 책임 있는 명상을 이상한 이름으로, 『술래잡기』라고 부르고 있었다. 이 명상은 공포와 현기증, 갖가지 심장의 혼란을 동반했고, 얼굴의 상기를 격화시켰지만 그는 이것을 사랑스러운 놀이라고 느끼고 『술래잡기』라는 유희의 말, 아이들의 용어로 부르고 있었다. 『술래잡기』 놀이는 항상 긴장을 동반하기 때문에 턱을 가슴에 당겨붙이고 있지 않으면 안 되었지만 이것을 『술래잡기』 놀이에 어울리지 않는 현상이라고는 느끼지 않았다. 이러한 현상은 눈앞에 떠오르는 고귀한 상을 보면서 빠져 버리는 『술래잡기』가 마음에 불러일으키는 육중한 기분과 어울렸기 때문이었다.

얼굴이 미운 나프타는 영국의 사회학에 대항하여 인간의 모습을 옹호하면서 그것을 『신의 아들인 인간』이라고 불렀다. 한스 카스토르프가 문화인으로서의 책임감과 『술래잡기』의 흥미에서 요아힘과 함께 이 작은 사나이를 방문해야 한다고 생각했다고 해서 이상한 것이었을까? 그러나 세템브리니는 분명 이것을 기뻐하지 않았다. 한스 카스토르프는 그것을 명확하게 느낄 수 있는 두뇌와 신경을 가지고 있었다. 그가 나프타와 처음으로 만났을 때에도 인문주의자는 그것을 좋지 않은 일이라고 생각하여 가로막으려 했고 두 청년을, 특히 한스 카스토르프를, 틀림없는 『걱정거리 자식』으로 생각했다. 그래서 교육자답게 나프타와 가까이하지 말도록 한 것이었다. 그런데도 세템브리니 자신은 나프타와 교제를 하고 나프타와 논쟁을 벌이고 있는 것이었다. 교육자란 그런 것이었다. 그들은 흥미있는 대상에 대해 자기들은 『면역』되었다고 주장하고 그 대상과 가까이하기를 그만두지 않치만 젊은이에게는 그것을 금지하고 흥미있는 대상에 대해 『면역』이 되어 있지 않다는 것을 강조한다. 손풍금장이는 사실 한스 카스토르프에게 무엇이든, 금할 권리는 없었다. 진정으로 무엇이든지 금하려고 하지 않는 것은 다행한 일이었다. 걱정거리의 제자는 무신경을 가장하고 멍청한 것처럼 하면서 작은 나프타의 초대에 상냥하게 응해서 안 될 이유가 없었고, 드디어 방문을 실행에 옮겼던 것이었다. 나프타를 처음 알게 된 날부터 며칠 후인 어느 일요일 오후, 정오의 안정 요양을 마친 후에 좋든 싫든 간에 동행을 하게 된 요아힘과 함께 방문했다.

베르크호프의 차도를 내려가 포도덩굴이 감겨진 입구까지는 몇 분 정도 걸리는 거리였다. 현관으로 들어가 오른쪽에 보이는 구멍가게 입구를 지나 갈색의 좁은 계단을 올라가면 2층 입구가 나오는데 초인종 옆에는 부인복 재단사인 루카세크의 문패가 붙어 있었다. 사촌들에게 문을 열어 준 소년은 줄무늬의 짧은 저고리에 각반 차림의 제복을 한 아직 나이 어린 귀여운 사환으로 머리를 짧게 깎고 붉은 볼을 하고 있었다. 사촌들은 나프타 교수가 집에 계시냐고 묻고는 두 사람 다 명함을 가지고 있지 않았기 때문에 두 사람의 이름을 여러 번 되풀이해서 말한 후에야, 사환은 그것을 나프타에게 알리기 위해 안으로 들어갔다. 소년은 나프타의 이름을 교수라는 명칭을 붙이지 않고 불렀다. 입구에 마주보이는 열린 문 사이로 재단사의 작업장이 보였다. 안식일인데도 루카세크가 다리를 포개고 작업대 앞에 앉아 재봉을 하고 있었다. 루카세크는 안색이 좋지 않으며 머리가 벗겨지고, 굉장히 큰 매부리코 밑에 꺼먼 콧수염이 까다롭게 입술 좌우에 드리워져 있었다.

「안녕하십니까!」 한스 카스토르프가 인사를 했다.

「어서 오십시오.」 재단사는 그의 이름과 외모에 어울리지 않는 다소 어색한 느낌을 주는 스위스 사투리로 대답했다.

「수고하시는군요.」 한스 카스토르프는 고개를 끄덕이면서 계속 말했다.

「오늘은 일요일인데요.」

「급한 일이라서요.」 루카세크는 짧게 대답하고 계속 재봉틀질을 했다.

「아주 고급 옷인 것 같군요.」 한스 카스토르프는 짐작으로 말했다. 「급히 필요한 모양이지요? 사교 무도회나 뭔가로.」

재단사는 이 질문에 한동안 대답을 하지 않고, 실을 이빨로 끊고는 다시 새로 바늘에 실을 꿴 후에 고개를 끄덕여 보였다.

「멋진 것이 되겠군요.」 한스 카스토르프는 계속해서 물었다. 「소매를 달을 겁니까?」

「네, 소매를 답니다. 나이 든 부인의 옷이니까요.」 루카세크는 심한 보헤미아 사투리로 대답했다. 문 너머의 대화는 소년 사환이 돌아왔기 때문에 그것만으로 끝나 버렸다. 소년은 나프타 씨가 손님들을 들어오시도록 하라는 말을 했다고 전하면서 두세 발짝 오른쪽에 있는 문을 열고 그 뒤에 처져 있는 커튼을 손님들을 위해 올려 주었다. 나프타는 이끼 같은 녹색의 융단 위에 가죽 슬리퍼를 신고 선 자세로 들어오는 두 사람을 맞았다.

사촌들은 안내된, 유리창이 둘 있는 서재가 아주 눈이 부실 정도로 호화스러운 데 깜짝 놀랐다. 집 전체, 계단, 보잘것없는 복도를 생각해 보건대 이런 호화스러운 방이 기다리고 있으리라고는 생각할 수 없었다. 이런 대조가 나프타의 방 장식에 동화 같은 느낌을 주었다. 만일 이 대조가 없었으면 이 방의 장식만으로는 그런 느낌이 없었을 것이고 한스 카스토르프와 요아힘 짐센에게도 그런 느낌은 일어나지 않았을 것이다. 그러나 좌우간 훌륭했고, 사무용 책상과 책장이 있기는 했지만 남자의 방이라는 느낌은 사실 없었다.

연짓빛 비단, 빨간 비단 등 많은 비단이 사용되었으며, 허름한 문을 감추고 있는 커튼, 가구 세트의 커버도 비단이었다. 이 세트는 방의 좁은 쪽에 있는 두번째 문의 반대쪽에 놓여져 있었고, 벽을 거의 남기지 않고 가리고 있는 벨벳으로 만든 벽걸이 앞에 배치되어 있었다. 금속으로 장식된 둥근 테이블과 그 주위에 있는, 팔걸이에 가느다랗게 쿠션이 달린 바로크 양식의 팔걸이 의자, 그리고 둥근 테이블 뒤에 비단 쿠션을 둔 역시 바로크 양식의 소파가 하나 있었다. 책장은 두번째 문 옆의 벽 부분을 감추고 있었다. 이 책장은 마호가니 제인데 유리문이 달려 있고 그 안에는 녹색 비단이 늘어져 있었다.

두 개의 유리창 사이에 놓여 있는, 사무용 책상이라기보다 오히려 생선묵 모양의 뚜껑이 달려 있는 책상도 마호가니 제였다. 그리고 소파 세트의 왼쪽 구석에 미술품 한 점이 붉은 천으로 덮은 대좌(臺座) 위에 놓여 있었는데 그것은 채색을 한 큰 나무 조각(彫刻)이었다. 정말로 처절한 느낌을 주는 조각으로, 그리스도의 시체를 안고 서러워하는 성모 마리아를 표현한 《피에타》였는데 단순하고 그로테스크하기까지 한 인상을 주는 작품이었다.

수건을 쓴 성모는 눈썹을 찌푸리고 비통에 이지러진 입을 벌리고 무릎 위에 수난의 그리스도를 안고 있었는데 그 그리스도의 모습은 각 부분의 크기의 균형이 졸렬하고, 해부학적으로 과장이 되어 오히려 해부를 전혀 모른다는 것을 느끼게 했다. 드리워진 머리에 가시관이 얹혀 있고 얼굴과 사지에는 피가 묻고 옆구리의 상처와 손발에 있는 못 자국에는 흘러 나온 피가 큰 포도알같이 엉겨 있었다. 이 미술품이 비단투성이의 방에 독특한 인상을 주었던 것은 물론이었다.

책장 위와 유리창 좌우 벽의 벽지도 확실히 현재의 하숙인이 바른 것으로 그 벽지의 녹색 세로 무늬가 마룻바닥에 깐 부드러운 빨간 융단 색과 일치했다. 낮은 천장만은 어떻게 할 수 없는 것 같아 그 상태대로 틈이 가 있었다. 그러나 베네치아풍의 작은 샹들리에가 천장에 드리워져 있었다. 창에는 마룻바닥까지 내려온 크림색의 커튼이 달려 있었다.

「우리 두 사람은 대담을 하고자 왔습니다.」 한스 카스토르프는 눈길을, 이뜻하지 않은 화사한 방의 주인보다 구석에 있는 처절하고 신성한 조각을 향한 채 말했다. 나프타는 사촌들이 약속대로 찾아온 것을 고맙다고 말했다. 그는 작은 오른손을 상냥하게 흔들면서 손님들을 비단 의자로 안내했지만 한스 카스토르프는 조각 작품으로 끌려가듯이 곧장 그리로 가서는 손을 허리에 대고 고개를 갸우뚱하고 그 앞에 계속 서 있었다.

「이건 무슨 조각입니까?」그는 작은 목소리로 말했다. 「정말 굉장히 잘 만들어졌군요. 이런 고뇌의 모습이 과거에 있었습니까? 오랜된 것이지요, 물론?」

「14세기의 것입니다. 아마 라인 강 지방의 것일 겁니다. 감탄하셨습니까?」

「몹시 감탄했습니다. 이것을 보고 감명을 받지 않는 이는 아마 없을 것입니다. 나는 정말이지 생각하지 못했습니다. 이렇게 추악하고——실례입니다만——또 동시에 이렇게 아름다운 것이 있으리라고는 말입니다.」

「영혼의 세계를 표현한 것의 산물은,」하고 나프타는 말했다. 「언제나 아름답기 때문에 추악하며 추악하기 때문에 아름다운 것입니다. 이것이 보통입니다. 이것은 정신적인 아름다움이지 육체적인 아름다움은 아닙니다. 육체적인 아름다움은 절대적으로 어리석습니다. 게다가 추상적이기도 합니다. 육체의 아름다움은 추상적입니다. 진실성은 내면적인 아름다움, 종교적 표현의 아름다움에만 있습니다.」

「아주 명확하게 구분하고 분류하여 주셨습니다.」하고 한스 카스토르프는 말했다. 「14세기입니까?」하고 그는 확언하듯 말했다. 「……천3백 몇 년이 되는 군요. 그렇다면 정말 중세군요. 내가 요즈음 중세에 대해서 생각했던 것이 이 조각 속에서 말하자면 그대로 확인되고 있습니다. 나는 사실은 그러한 것에는 전혀 문외한이었습니다. 나는 기술적 진보라는 방면의 인간이기 때문입니다. 그러나 이 위에서는 중세에 대한 생각과 여러 가지 형태로 친근하게 되었습니다. 중세에는 경제 사회학 같은 건 아직 없었습니다. 이것만은 확실합니다. 도대체 이것을 만든 예술가는 어떤 사람입니까?」

나프타는 어깨를 움츠렸다.

「그것이 왜 문제가 될까요? 우리들은 그것을 문제로 삼을 필요가 없을 것입니다. 이것이 만들어진 당시에도 그것은 문제가 되지 않았으니까요. 이것은 아무개라는 개인을 작자로 갖는 작품이 아닙니다. 무명의 공동 작품입니다. 물론 이것은 훨씬 후기, 중세의 고딕 시대의 것으로 금욕의 상징입니다. 로마네스크 시대가 십자가에 못박힌 그리스도를 상징하는 데 필요하다고 생각하고 있었던 기술과 미화, 가령 왕관, 세속에 대한 빛나는 승리와 순교자는 이 작품의 어느 곳에서도 이제는 찾아 볼 수 없습니다. 모든 것이 고뇌와 육체의 무력에 의한 과격한 표현입니다. 고딕 취미야말로 비로소 회의적, 금욕적인 취미라고 할 수 있습니다. 당신은 인노센트 3세의 《인간 조건의 비참에 관하여》라는 저서를 읽어 보지 않으셨지요? 아주 기지에 찬 저서입니다만. 이것은 12세기 말에 나온 것으로 이 조각이 비로소 그 저서에 삽화를 제공해 주고 있습니다.」

「나프타 씨.」 한스 카스토르프는 한숨을 쉬었다. 「당신이 말씀해 주시는 모든 말이 나의 흥미를 끄는군요. 『금욕의 상징』이라고 말씀하셨지요? 그 말을 잘 기억해 두겠습니다. 또 아까는 『무명의 공동 작품』이라고 말씀하셨습니다만 그것도 생각해 볼 만한 말이라고 생각됩니다. 교황의 저서를——인노센트 3세가 교황이었다고 생각합니다만——내가 모를 것이라고 말씀하셨는데 유감스럽게도 그렇습니다. 그렇습니다, 그 책은 금욕적이고 기지에 차 있는 책이라고 들었습니다. 정말인가요? 솔직히 말씀드려서 나는 금욕과 기지가 결합할 수 있을 것이라고는 한 번도 생각한 일이 없었지만 잘 생각해 보면 정말 결합이 가능한 것으로 수긍되기도 합니다. 물론 인간의 비참에 관한 논문은 기지를 농(弄)하기 쉽습니다. 육체를 희생하고 말입니다. 그 책을 살 수 있습니까? 나의 라틴어 실력을 짜내면 그럭저럭 읽어 내려갈 수 있을 것 같습니다.」

「나에게 그 책이 있습니다.」 나프타는 책장 하나를 턱으로 가리키면서 말했다. 「좋으실 대로 이용하십시오. 그런데 아무튼 앉지 않으시렵니까? 《피에타》는 소파에서도 볼 수 있습니다. 약간의 음식이 나왔으니…….」

소년 사환이 찻잔과 은제 금속으로 장식한 아름다운 바구니를 가지고 들어왔는데 바구니 속에는 피라밋 모양의 케이크 여러 조각이 들어 있었다. 그때 소년 뒤에서 「이거 뜻밖입니다!」를 연발하면서 섬세한 미소를 띈 채 들어온 것은 누구였을까? 한 층 위에서 살고 있는 세템브리니 씨가 손님들을 상대하기 위해 들어온 것이었다. 사촌들이 오는 것을 창으로 보고, 쓰고 있던 백과사전의 한 페이지를 급히 서둘러 다 쓰고 역시 손님으로 들어왔던 것이다.

그가 온 것은 조금도 이상할 게 없었다. 베르크호프의 주민들과는 오랜 친구였고 나프타와 심각한 의견 대립은 있어도 교제와 대담을 활발하게 하고 있는 모양으로, 방 주인도 놀란 기색 없이 논적을 맞아들였다.

그러나 한스 카스토르프는 세템브리니가 얼굴을 내밀었을 때 확실히 두 가지 인상을 받지 않을 수 없었다. 첫째로, 세템브리니가 모습을 나타낸 것은 한스 카스토르프와 요아힘을——정말은 단지 한스 카스토르프를——키가 작고 얼굴이 추한 나프타와 같이 있게 하지 않고 자기도 거기에 버티고 있으면서 교육자로서 대항할 생각으로 출두한 것처럼 느껴졌고, 둘째로는 세템브리니 씨가 다락방 생활을 잠시 동안 벗어나 나프타의 비단으로 된 사치스러운 방에서 잘 준비된 차를 마실 자리에 동석하는 것에 아무런 이론(異論)도 없었을 뿐만 아니라, 이 기회를 적절히 이용하고 있는 것이 확실히 느껴졌다. 그는 유난히 새끼손가락만 털이 나 있는 누런 손을 비빈 뒤에 접시에 손을 뻗어 초콜릿과, 그물코 모양으로 얽은 생선묵 모양의 케이크의 얇은 조각을 손에 쥐고는 사뭇 맛있다는 듯이 찬사를 보내면서 먹었다.

한스 카스토르프가 처음부터 《피에타》를 주의 깊게 바라보고 또 거기에 대한 이야기를 했기 때문에 《피에타》를 중심으로 대화가 계속되었다. 한스 카스토르프는 세템브리니 씨를 향하여 말하면서 인문주의자에게 그 미술품을 비판하도록 선동했지만 인문주의자가 그 미술품을 싫어하고 있는 것은 그쪽을 돌아보는 눈짓에도 역력히 나타나 있었다. 그는 그쪽에 등을 대고 앉아 있었다. 생각하고 있는 바를 사양하지 않고 말해 버리는 그런 무례한이 아닌 세템브리니 씨는 《피에타》 조상의 각 부분의 균형과 형태에 나타난 결함을 비판하는 데 그쳤고, 그 반사실성은 그 조각이 만들어진 시대의 유치한 기술 부족이 원인이 아니라 어떤 악의, 근본적인 악의에 원인이 있기 때문에, 자기에게 감동을 주기에는 거리가 너무 멀다고 말했는데, 여기에는 나프타도 비웃듯이 찬성했다. 물론 기술 부족 같은 것은 문제가 아니다, 그것은 정신을 자연의 속박에서 의식적으로 해방시키려고 하는 것이며, 자연에 복종하는 것을 전면적으로 부정함으로써 자연이 얼마나 불쌍한 것인가를 종교적으로 나타낸 것에 지나지 않는다고 나프타는 말했다. 여기에 대해 세템브리니는 자연과 그 연구를 경시하는 것은 인간적으로 사도(邪道)라고 말하고, 중세와 중세를 모방한 시대를 이상으로 한 부조리한 몰(沒)형식주의에 대해서 그리스와 로마의 문화, 고전주의 형식, 미, 이성, 이교적 명랑성을 구가하고 그것만이 인간의 사명을 촉진시킨다는 것을 탄력 있는 말로 논하기 시작하자 한스 카스토르프도 끼여들었다. 세템브리니 씨가 말한 대로라고 한다면, 자기 자신의 육체를 부끄러워했던 플로티누스는 어떻게 되는 것일까. 그리고 리스본의 파렴치한 지진에 대해 이성의 이름으로 반항한 볼테르는 어떻게 될 것인가 하고 반문했다. 이것도 부조리란 말인가? 이것도 부조리일는지는 몰라도, 그러나 곰곰이 생각해 보면, 자기가 생각하는 바로는 부조리한 것이야말로 정신적으로 훌륭한 것이라고 말할 수 있으며, 고딕 예술의 부조리한 반자연성도 결국은 플로티누스나 볼테르의 태도와 마찬가지로 훌륭하다고 할 수 있고 운명과 현실로부터의 해방을 의미하고 있는 점에서 마찬가지인 것으로 어리석은 힘인 자연에 복종하는 것을 거절하는 불굴의 자랑을 의미하고 있다.

나프타는 금이 간 접시를 연상케 하는 목소리로 웃었지만 그것이 마지막에는 기침으로 변하였다. 세템브리니는 품위 있게 말했다.

「그렇게 기지를 부리면 이쪽 주인에게 미안하고 이렇게 값진 케이크 대접에도 실례가 됩니다. 도대체 당신은 감사할 줄 알고 계십니까? 물론 감사한다는 것은 받은 선물을 잘 쓰는 것이라고 생각합니다만…….」

한스 카스토르프가 부끄러워했기 때문에 세템브리니는 애교 있게 덧붙였다.

「당신이 장난꾸러기라는 것을 잘 알고 있습니다, 엔지니어. 나는 훌륭한 대상을 선의로 놀려 대는 버릇이 있는 당신이 그 대상을 사랑한다는 것을 의심하지는 않습니다. 당신도 물론 알고 있겠지요. 자연에 대한 정신의 반항도 인간의 존엄과 아름다움에 의한 반항만이 훌륭하다고 말할 수 있는 것이며, 인간의 모욕과 타락을 염원하지 않는다 해도 그 원인에 기인한 반항은 결코 훌륭한 반항이라고는 할 수 없습니다. 나의 뒤에 있는 미술품을 낳은 시대가 얼마나 비인간적인 잔인성, 피에 굶주린 편협한 시대였는가를 당신은 알고 있을 것입니다. 나는 당신에게 저 종교 재판관의 무서운 타입을, 가령 콘라드 폰 마르부르크의 피비린내나는 인품과, 그가 초자연적인 것의 지배에 조금이라도 방해가 될 만한 모든 것을 마구 죽이려고 했던 파렴치한 광신을 연상한다면 그것으로 충분합니다. 당신은 칼과 화형(火刑)의 장작을 인간애의 도구라고는 도저히 인정하지 않겠지요.」

「그렇지만,」하고 나프타는 말했다. 「성직자 회의는 이러한 도구를 이 세상에서 나쁜 시민을 제거하는 인간애를 위해서 사용했습니다. 교회의 형벌은 화형이나 파문, 모두 영혼을 영원한 타락에서 구원하기 위해 행사한 것이지만――이것은 자코뱅 당원의 살육욕과는 비교가 안 됩니다――내세의 신앙에서 출발하지 않은 고문과 피비린내나는 재판은 모두가 비굴하고 무의미한 것이라고 말하고 싶습니다. 그리고 인간의 타락의 역사는 시민 정신의 역사와 완전히 보조를 맞추고 있습니다. 르네상스, 계몽 정신, 19세기의 자연 과학과 경제 사상은 인간의 타락을 조금이라도 조장할 수 있는 것에게는 모두 이것을 가르쳐 왔던 것입니다. 우선 첫째로 천문학이 그것입니다. 신과 악마가 서로 수중에 넣으려고 열망하는 피조물인 인간을 사이에 두고 양자가 서로 싸우는 존엄한 무대인 우주의 중심지인 이 지구를 근세 천문학은 한 개의 평범한 작은 유성으로 바꿔 버리고 이로 인해 인간의 위대한 우주적 지위, 즉 점성술의 성립을 가능케 하는 기초 지위를 당분간 종결짓고 만 것입니다.」

「당분간이라니요?」하고 세템브리니 씨는 진술자가 의심할 여지도 없이 죄에 빠져들어가게 되기를 원하는 종교 재판관이나 판사 같은 몸짓으로 반문했다.

「물론입니다. 거의 이삼 백 년 동안은 말입니다.」나프타는 냉정하게 단언했다. 「모든 정세가 틀리지 않는다면 이 점에서도 스콜라 학파의 명예를 회복할 때가 가까워 오고 있습니다. 아니, 지금 잘 진행되어 가고 있습니다. 코페르니쿠스는 프톨레마이오스에 의해 패배당할 것입니다. 태양 중심설은 점점 정신적 반격을 받게 되어 이 반격의 시도는 아마 소기의 목적을 달성할 것입니다. 과학은 교회의 교리가 이 지구를 유지시키려고 했던 모든 빛나는 지위를 부득이 다시 철학적으로 승인해야만 되겠지요.」

「무어라고요? 정신적 반격? 부득이 다시 철학적으로? 소기의 목적을 달성한다고? 그건 또 무슨 주의설(主意說)입니까? 그렇다면 무전제적(無前提的) 탐구는요? 순수 인식은? 자유와 밀접한 관계를 가지고 있는 진리의 개념은 어떻게 되는 것입니까. 당신은 과학에 종사하는 사람들을 지구를 비방하는 사람들이라고 말하고 있지만 오히려 지구의 영원한 자랑이라고 할 수 있는 순교자인 그 사람들을 낳은 진리의 개념은 어떻게 되는 것입니까?」

세템브리니는 대들 듯이 물었다. 뒤로 젖힌 듯이 앉아서 작은 나프타 씨의 머리 위에 진지하게 퍼붓다가 마지막에는 언성을 높였다. 나프타 씨의 응답을 부끄러워하는 침묵에 지나지 않은 것이라고 확신하고 있는 것 같았다. 그는 손가락 사이에 피라밋 모양의 케이크 한 조각을 들고 얘기하고 있었는데 이렇게 따진 다음 먹을 생각이 나지 않았는지 케이크를 쟁반에 도로 놓았다.

나프타는 무서우리만큼 침착하게 대답했다.

「이 친구, 순수 인식이란 존재하지 않습니다. 아우구스티누스의『나는 인식하기 위해 믿는다』라는 말에 요약되어 있는 교육 철학은 움직일 수 없는 진리입니다. 신앙은 인식의 기관이며 지성은 제2의적인 존재입니다. 당신이 말하는 무전제적 과학은 단지 신화에 불과합니다. 하나의 신앙, 세계관, 이념, 즉 하나의 의지가 언제나 존재하고 있어, 이성은 단지 그것을 논평하고 증명할 따름입니다. 언제나, 어떠한 경우에라도 항상 마지막으로 문제되는 것은『무엇을 증명하려고 하였는가』입니다. 이미 증명이라는 개념은 심리적으로 볼 때 많은 주의적 요소를 내포(內包)하고 있습니다. 12세기와 13세기의 위대한 스콜라 학자들은 신학의 입장에 어긋난 진리는 철학적으로 진리일 수는 없다고 확신한 점에서 모든 생각이 일치하고 있었습니다. 원하신다면 신학은 잠시 논의하지 말도록 합시다. 그러나 철학에 비추어서 오류인 것과 자연 과학에서도 진리일 수는 없다는 것을 부정하는 인문주의는 참된 인문주의가 아닙니다. 갈릴레이에 대한 종교 재판의 판결은 그의 설이 철학적으로 부조리하기 때문이었습니다. 이 이상 더 적절한 논증은 없습니다.」

「천만의 말씀입니다. 우리들의 불행하고 위대한 갈릴레이의 논증은 더욱 확실했다는 것이 증명되었습니다! 아니, 좀더 진지하게 말해 봅시다. 교수님! 열심히 듣고 있는 젊은 두 분 앞에서 대답해 주십시오. 당신은 진리를 믿고 있습니까? 객관적 진리, 과학적 진리를? 모든 도덕의 최고 목적이 그 진리를 추구하는 것이며, 또 권위에 대해 그 진리를 승리케 하는 것이 인간 정신의 빛나는 역사를 의미한다고 하는 진리를?」

한스 카스토르프와 요아힘은 세템브리니에게서 나프타에게로 눈길을 옮겼지만 전자는 후자보다도 눈길을 더 빨리 옮겼다. 나프타는 대답했다.

「당신이 말하는 승리는 불가능합니다. 왜냐하면 권위는 인간 자신이며, 인간의 이해, 인간의 존엄성, 인간의 구원이 권위이기 때문입니다. 그리고 권위와 진리 사이에 충돌 같은 것은 있을 수가 없습니다. 양자는 일치합니다.」

「그러면 진리란…….」

「인간에게 도움이 되는 것이 진리입니다. 자연은 인간 속에 요약되어 있습니다. 모든 자연 가운데서 인간만이 창조되었고 다른 자연은 모두 인간을 위하여 만들어진 것입니다. 인간이 만물의 척도이며, 인간의 구원이야말로 진리의 표지입니다. 인간의 구원이라는 이념에 실제적 관련이 없는 이론적 인식은 참으로 흥미 없는 것이어서 진리로서의 가치를 조금도 인정할 수 없고 그러한 인식은 용납될 수 없습니다. 그리스도교적 세기의 전부는 자연 과학이 인간에게 있어서 아무 가치도 갖고 있지 않다는 점에서 완전히 일치된 생각을 가지고 있었습니다. 콘스탄티누스 대왕이 왕자의 교사로 선택한 라크탄티우스도 솔직하게 말하고 있지 않습니까. 나일 강의 수원지가 어느 곳에 있는가를 알고 있어도, 또 물리학자들의 천체에 대한 바보 같은 이야기를 알고 있어도 그것이 인간의 구원에 무슨 도움이 될 것인가를 정확한 의미에서 올바르게 물었습니다만, 그것을 당신이 라크탄티우스에게 가르쳐 주십시오! 플라톤 철학이 다른 모든 철학보다 더 존경을 받는 것은 그 철학이 자연 인식을 문제로 삼지 않고 신의 인식을 문제로 삼고 있었기 때문입니다. 나는 요즈음의 인류는 내가 말한 바와 같은 견해로 되돌아가고 있다고 단언할 수 있습니다. 참된 과학의 임무란 구원이 없는 인식을 쫓아가는 것이 아니라, 해로운 것, 혹은 단지 관념적으로 가치가 없는 것을 원칙적으로 배제하고 한마디로 말해서 본능, 절도(節度)의 선택을 가르치는 데 있다는 것을 통찰하기 시작했습니다. 교회가 광명에 대항하여 암흑을 옹호했다고 생각하는 것은 유치하기 이를 데 없습니다. 교회가 자연 인식의 무전제적 추구를, 즉 정신을 고려하지 않고 구원의 목적을 고려하지 않은 인식 추구를 벌 주어야 한다고 한 것은 아주 현명하다고 하겠습니다. 오히려 무전제적이고 비철학적인 자연 과학이 인간을 암흑으로 인도하였으며 지금도 더욱 어두운 곳으로 인도하고 있습니다.」

「당신은 일종의 실용주의를 창도하고 계시군요.」 하고 세템브리니는 말했다. 「그 실용주의를 정치 세계로 옮겨서 생각한다면 그 엄청난 위험성을 알 수 있을 것입니다. 좋습니다. 국가에 이익이 되는 것만이 진리이고 옳은 것이라고 합시다. 그리고 국가의 행복, 국가의 존엄, 국가의 융성만이 도덕의 표시라고 합시다. 좋습니다! 그 결과 모든 범죄의 문호가 열리게 되면 인류의 진리, 개인의 권리, 민주주의, 이것이 어떻게 될 것인지 두고 볼 만합니다.」

「좀 논리적으로 말해 주십시오.」 하고 나프타는 응수했다. 「프톨레마이오스와 스콜라 학파의 생각이 옳은 것이라고 한다면 세계는 시간적, 공간적으로 유한한 것이 됩니다. 그렇다면 신은 초월적인 존재이며, 신과 세계의 대립은 엄연히 존재하며, 인간도 이원적 존재가 되어 영혼의 문제는 감각적인 면과 초감각적인 면의 투쟁을 의미하여 모든 사회적인 문제는 더욱더 제2의적인 것이 됩니다. 나는 이런 의미의 개인주의만을 시종일관된 논리로서 인정할 수 있습니다. 이와는 반대로 당신이 말한 것처럼 르네상스 학파의 천문학자들의 주장이 진리라고 한다면 우주는 무한입니다. 그렇다면 초감각적 세계는 존재하지 않으며 이원론도 성립하지 않게 되고 내세는 현세 속에 포함되고 신과 자연의 대립은 해소됩니다. 이 경우에 인간의 인격은 서로 대립되는 두 원리의 투쟁의 무대가 아닌 조화적이고 단일적인 것으로 돌변합니다. 따라서 인간의 내면적인 투쟁은 개인과 집단의 이해 충돌에 기인하게 되고 국가의 목적이 도덕의 기준이 된다는, 그야말로 이교도적인 도덕관에 도달하게 됩니다. 이상의 두 가지 견해 가운데 하나입니다.」

「나는 항의합니다!」 세템브리니는 찻잔을 든 손을 상대방에게 내밀 듯이 하면서 외쳤다. 「나는 근대 국가가 개인의 저주받을 노예 상태를 의미한다고 하는 비방에 항의합니다! 또한 당신이 우리들에게 프러시아주의와 고딕적 반동의 어느 한쪽을 택하게 하는 번거로움에 항의합니다! 민주주의의 의의는 국가 지상주의에 개인주의적 수정을 가하는 데에 있습니다. 진리와 정의야말로 개인주의 도덕의 정화이며 이 두 가지가 국가의 이해와 모순되는 경우에는 반국가적 사상과 같은 외관을 나타낼는지 모르지만 사실은 국가의 한층 더 높은, 대담하게 말한다면 초지상적인 복지를 염두에 두고 있는 것입니다. 르네상스가 국가 신화(神化)의 근원이라니! 이런 궤변이 또 어디 있습니까! 르네상스와 계몽 정신이 서로 싸워서 쟁취한 전리품은——나는 어원적으로 쟁취했다고 말하는 것입니다만——인격과, 인간의 권리와 자유입니다.」

세템브리니 씨의 웅변적인 응수에 숨을 죽이고 듣고 있던 사촌들은 숨을 크게 쉬었다. 한스 카스토르프는 조심스럽기는 했지만 테이블 가장자리를 손가락으로 두드리지 않을 수 없었다. 「훌륭합니다!」하고 그는 말했다. 요아힘도 프러시아주의를 좀 공박받기는 했지만 깊은 만족의 빛을 표시했다. 그리고 두 사람은 반격받은 나프타에게 다시 눈길을 돌렸지만 한스 카스토르프는 긴장한 나머지, 돼지의 선화(線畫)를 그릴 때처럼 팔꿈치를 테이블 위에 얹고 턱을 주먹으로 받치고 나프타 씨의 얼굴을 바로 옆에서 응시하고 있었다.

나프타 씨는 마른 손을 무릎 위에 놓고, 조용히 긴장해서 앉아 있었다. 그는 말했다.

「나는 말을 논리적으로 하려고 했습니다만 당신은 여기에 대해 유창한 웅변으로 대답했습니다. 르네상스가 소위 개인주의, 자유주의, 인문적 시민주의를 초래한 것은 나도 어느 정도 알고 있습니다. 그러나 당신이 말하는 『어원적 강조』는 나에게 흥미가 없습니다. 왜냐하면 당신이 이상으로 하는 진리와 정의는 그 『싸우는』 영웅적 시기를 벌써 통과해서 이미 죽어 버렸고, 현재에는 적어도 빈사 상태에 있으며 그러한 당신의 이상에 최후의 일격을 가하는 새로운 이상이 찾아오려고 하고 있기 때문입니다. 당신은 내가 잘못 본 것이 아니라면 혁명가를 자칭하고 있습니다. 그러나 장래의 혁명적 산물이 자유라고 생각하고 계신다면 그릇된 생각입니다. 자유의 원리는 과거 5백 년 동안 할 일을 다해서 노쇠해 버렸습니다. 또한 오늘날 계몽 정신의 후예를 자처하면서, 비평, 개인의 해방과 육성, 절대시되어 온 생활 양식의 폐지를 교육 수단이라고 생각하는 그런 교육은 웅변에 의해 일시적으로 갈채를 받을 수는 있겠지만 그 반동성은 식자(識者)의 눈엔 의심스러운 점이 많습니다. 모든 교육 단체는 언제나 모든 교육의 목표가 무엇인가를 알고 있습니다. 즉 교육의 목표는 절대 명령, 절대 복종, 규율, 희생, 자기 부정, 인격의 억압에 있습니다. 청년들이 자유를 좋아한다고 생각하는 것은 청년을 자상하게 이해하려고 하지 않는 것입니다. 청년의 깊은 기쁨은 복종입니다.」

요아힘은 자세를 가다듬었다. 한스 카스토르프는 얼굴을 붉혔다. 세템브리니 씨는 흥분하여 아름다운 콧수염을 손으로 비틀었다.

「그렇습니다! 자기 해방과 발전은 시대의 비밀도 명령도 절대 아닙니다. 시대가 필요로 하고 요구하고 실현시킴에 틀림없는 것, 그것은, 테러리즘입니다.」

나프타는 이 마지막 말을 이제까지의 말보다도 목소리를 낮추어 안경알을 번쩍이면서 부동자세로 말했다.

그의 말을 듣고 있던 세 사람은 깜짝 놀랐다. 세템브리니도 처음에는 그랬지만 얼마 후에 곧 평정을 되찾고 미소를 띠었다.

「그렇다면 질문을 해도 좋겠습니까?」하고 그는 물었다. 「당신은 누가, 또는 무엇이——나는 늘 이렇게 모두 질문투성이여서 어떻게 물어 보아야 할지 모를 지경입니다만——당신의 말을 되풀이하는 것이 주저됩니다만, 그 테러리즘의 담당자라고 생각하십니까?」

나프타는 안경알을 번쩍이면서 조용히, 그리고 날카로운 자세로 앉아 있었다. 이윽고 그는 말했다.

「대답해 드리겠습니다. 나는 인류의 이상적인 원시 상태, 국가도 없고 권력도 없었던 상태, 직접 신의 자식이었던 상태로, 지배도 예속도 없고, 법률도 없고, 형벌도 없고, 부정도 없고, 육신의 결합도 없고, 계급 차이도 없고, 노동도 없고, 재산도 없으며, 오직 평등과 우정과 윤리적 완성만이 존재하고 있었던 시대를 가정하는 점에서 당신과 의견을 같이하고 있다고 생각해도 좋을 것입니다.」

「좋습니다. 찬성입니다.」세템브리니는 단언했다. 「육신의 결합을 제외하면 말입니다. 이 결합은 어느 시대에나 존재함에 틀림없기 때문입니다. 인간이 아주 고도로 발달한 척추 동물임에도 불구하고 다른 생물과 마찬가지로…」

「그 점은 좋을 대로 생각하십시오. 나는 원죄로 말미암아 잃었던 원시의 낙원적인 무법률 상태, 단지 신의 직접적인 아들이었던 상태에 대해서 우리 두 사람의 의견이 근본적으로 일치하고 있는 것을 확인한 것뿐입니다. 우리는 앞으로도 한동안 의견이 일치할 수 있을 것입니다. 즉 국가의 기원은 죄를 가려

내고 부정을 방지하기 위해 체결된 사회 계약에 근거를 둔 것이어서, 국가를 지배 계급의 권력의 근원이라고 생각하는 점에서도 우리는 의견을 같이하고 있습니다.」

「명언입니다.」하고 세템브리니는 외쳤다. 「사회 계약…… 이것이야말로 계몽 정신입니다. 루소입니다. 의외입니다. 당신이…….」

「가만히 계십시오. 우리는 여기에서 생각이 갈라지기 시작합니다. 지배와 권력의 모든 것이 본래는 민중의 것이라는 사실, 그리고 민중이 입법의 권리와 모든 권력을 국가와 군주에게 위탁했다는 사실로 볼 때 당신의 학파는 군주에 대한 민중의 혁명 권리를 결론짓고 있습니다. 그러나 이에 반(反)하여 우리들은…….」

『우리들?』하고 한스 카스토르프는 긴장하면서 생각했다. 『우리들이란 누구를 말하는 것일까? 나중에 반드시 세템브리니에게 들어 보아야 하겠다. 나프타의 『우리들』이란 누구인가를.』

「우리들로서는…….」하고 나프타는 말했다. 「아마 당신들에게 지지 않을 혁명적인 생각일 겁니다만, 무엇보다도 맨 먼저 교회는 지상의 국가보다 우위에 있다는 것을 결론지었습니다. 왜냐하면 국가의 세속적인 본성이 확실하게 표면화하지 않더라도 국가란 본래 민중의 의사에 근거를 둔 것이며, 교회처럼 하나님의 뜻에 의거한 제도라고 생각할 수 없다는 역사적 사실에서도, 국가가 악의적인 제도는 아니라고 할지라도, 어쨌든 임시적이며 죄에 빠지기 쉬운 불완전한 사실이라는 것이 증명되기 때문입니다.」

「국가는, 이것 보시오…….」

「당신의 민족 국가에 대한 견해는 나도 알고 있습니다. 『조국애와 무한한 명예심은 모든 것에 우선한다』이것은 베르길리우스의 말입니다. 이것을 자유주의적 개인주의로 다소 수정하면 그것이 민주주의입니다만, 그러나 그로 인해 국가에 대한 당신의 근본적 관계는 조금도 변하지 않습니다. 국가의 영혼은 금전이라고 말씀드려도 당신은 반론하지 않을 것입니다. 그렇지 않다면 이의가 있습니까? 고대는 국가 중심이었기 때문에 자본주의적이었습니다. 그리스도교적 중세는 확실히 세속적 국가의 자본주의적 경향을 인식하고 있었습니다. 『금전은 황제가 되리라』이것은 11세기의 예언이었습니다. 모든 것이 예언대로 되었고 이로 인해 인생의 타락이 절정을 이루었다는 것을 당신은 부정하시겠습니까?」

「친구, 그대로 계속해 주십시오. 나는 테러의 담당자, 위대한 수수께끼의 담당자를 알고 싶어 이제 더 이상 참을 수가 없습니다.」

「세계를 구렁텅이로 몰고 간 자유의 담당자이며, 사회 계급의 대변자인 당신으로서는 대담한 호기심이라고 할 수 있습니다. 내 말에 대한 당신의 논박을 듣는 것을 단념해도 무방하겠습니다. 나는 시민 계급의 정치적 이데올로기를 알고 있습니다. 시민 계급의 목표는 민주주의 국가이며 민족 국가의 원리를 보편적 원리로 확대하는 것, 즉 세계 국가입니다. 이 국가의 황제는 누구이겠습니까? 나는 그것이 누구인지를 알고 있습니다. 당신들의 유토피아는 추악한 것입니다. 그러나 우리들은 여기서 다시 의견이 일치하는 것 같습니다. 왜냐하면 당신의 자본주의적 세계 공화제는 초월적 성질을 가지고 있기 때문입니다. 그렇습니다. 세계 국가는 세속적 국가의 초월적인 존재입니다. 그리고 우리들은 인류의 완전한 원시 상태의 재현으로서, 지평선 저쪽에 완전한 이상경을 믿는 점에서 생각이 일치합니다. 신의 나라의 창시자인 그레고리우스 1세의 시대부터 교회는 인간을 신의 통치하에 복귀시키는 것을 임무로 생각해 왔습니다. 법왕의 지배권 요구는 지배권 그 자체가 목적이 아니었고, 교황이 신의 대리자로서 행사한 독재권은 인류 구원이라는 목적을 위한 수단과 길이었고 세속적 국가에서 신의 국가에 도달하기 위한 과도기적 형태였습니다. 당신은 여기 듣고 있는 두 사람에게 교회의 살육 행위나 형벌의 비관용성을 말씀하셨지만 정말 우스운 일입니다. 왜냐하면 신의 신앙이 평화적일 수 없는 것은 당연한 것이라고 그레고리우스도 말했기 때문입니다. 『칼에 피를 묻히기를 꺼리는 자는 저주받을지어다!』라고. 권력이 악이라는 것은 우리들도 알고 있습니다. 그러나 신의 나라를 도래시키려면 선과 악, 내세와 현세, 정신과 권력의 이원론은 금욕과 지배로 이루어진 원리에 의해 잠시 지양되어야 합니다. 그리고 이것이 내가 말하고자 하는 테러리즘의 필연성입니다.」

「그 주체는! 주체는!」

「그것을 묻고 싶으십니까? 자유 무역학파인 당신들은 경제학의 인간적 극복을 의미하는 사회학의 존재를 깨닫지 못했습니까? 그리스도교적인 신의 나라와 원칙과 목적을 하나로 하는 사회학의 존재에? 교회의 장로들은 『나의 것』, 『당신의 것』이라는 말을 위험한 말이라고 칭하면서 사유 재산을 약탈, 절도라고 불렀습니다. 장로들은 토지의 사유를 비난했습니다. 신의 자연법에 따르면 토지는 만인의 소유물인 것이며, 만인이 공동으로 사용할 수 있도록 곡식이 결실을 맺기 때문입니다. 장로들은 원죄의 결과인 탐욕만이 소유권을 옹호하고 사유 재산제를 낳은 것이라고 가르쳤습니다. 장로들은 비상업적이고 인간적이라고 할 만큼 모든 경제 활동을 영혼의 구원, 즉 인간성에 위험한 것이라고 불렀습니다. 금전과 금융업을 미워하고 자본적 재화를 지옥불의 연료라고 불렀습니다. 그들은 또 물가는 수요 공급 관계의 결과라고 하는 경제 원칙을 철저하게 멸시하여 경기의 이용을 이웃의 곤궁을 이용하는 비열한 착취라고 배척했습니다. 그러나 그들로 볼 때에, 가장 모독적인 착취는 시간에 의한 착취, 오로지 시간이 경과함에 따라 프리미엄, 즉 이자를 지불하게 하고 이로 인해 만인 공유의 신성한 조직인 시간을, 사리(私利)를 위하여 남에게 해를 끼치면서까지 그것을 악용한다는 것이었습니다.」

「명언입니다.」 한스 카스토르프는 감격한 나머지 세템브리니 씨가 찬성할 때의 말투를 흉내내어 외쳤다. 「시간…… 만인 공유의 신성한 조직…… 정말 중요한 것이군요…….」

「물론입니다.」 나프타는 계속했다. 「인간성이 풍부했던 장로들은 금전의 자동적 증가라는 것을 혐오의 대상으로 여기고 금리적이거나 투기적 직업을 모두 부정한 폭리 행위라는 개념하에 한데 묶어, 부자는 모두 도둑 아니면 도둑의 상속인이라고 하였습니다. 그들은 또 한 걸음 더 나아가서 토마스 아퀴나스와 마찬가지로 모든 장사, 순수한 상업 행위는 이익을 거두어들일 뿐이며, 경제적 재화의 가공과 개량을 생각하지 않는 상거래를 천한 직업이라고 하였습니다. 대체로 장로들은 노동 그 자체를 존중하지 않는 경향이 있었습니다. 왜냐하면 노동이란 윤리적인 문제이지 종교적인 문제는 아니며, 생활을 위한 것이지 신을 위한 일은 아니기 때문입니다. 그리고 문제가 단순히 생활과 경제의 문제일 경우에는 생산적인 활동을 경제적 이익의 조건, 귀천의 표준으로 해야 한다고 그들은 요구하였습니다. 그들의 눈에 존경할 만한 인간은 농민·수공업자였으며 상인과 기계 공업가는 아니었습니다. 왜냐하면 그들은 수요에 따르는 생산을 요구했고 대량 생산을 싫어했기 때문입니다. 그래서 이 모든 경제 원칙과 기준은 수백 년 동안 파묻혀 있다가 근대 공산주의의 운동으로 부활된 것입니다. 이 양자의 부합은 국제 노동 계급이 국제 상인 계급과 투기자 계급에 대항하여 내걸고 있는 지배 요구의 의미에 이르기까지 일치하고 있을 정도입니다. 현세계의 시민적 자본주의의 부패에 대항하여 인도주의와 신의 나라를 창도하려는 세계, 무산 계급이 내걸고 있는 요구의 의미에 이르기까지 일치하고 있습니다. 노동자 계급의 독재, 시대의 정치적·경제적 구원의 요구는 지배 그 자체가 목적의 영원에 걸친 지배를 의미하는 것이 아니라 십자가의 이름 아래 정신과 권력의 대립의 일시적 지양, 지상 지배라는 수단에 의한 지상 극복, 과도성과 초월성, 즉 신의 나라라는 의미를 가지고 있습니다. 노동자 계급은 그레고리우스 교황의 사업을 이어받고 그레고리우스의 신에 대한 열정은 프롤레타리아 계급 속에 불타고 있어 손에 피를 묻히는 것을 그레고리우스처럼 두려워해서는 안 될 것입니다. 프롤레타리아 계급의 임무는 세계 구원을 위해, 구원의 목표 달성을 위하여 국가도 계급도 없는 신의 자식 상태를 재현하기 위해, 공포 정치를 행하는 데 있습니다.」

나프타는 이렇게 날카로운 열변을 토했다. 세 사람의 경청자는 아무 말이 없었다. 두 청년은 세템브리니 씨를 쳐다보았다. 세템브리니가 응수할 차례였기 때문이다. 그는 말했다.

「놀라운 일입니다. 그렇습니다. 정말 놀랐습니다. 꿈에도 예기치 못했던 일입니다. 『로마는 말했노라』 그 말은 어떠한 것이었겠습니까! 우리들 눈앞에서 성직자적 곡예(曲藝)를 해보였습니다. 곡예에 성직자적이라는 형용사가 모순된 것이라고 해도 로마는 그 모순을 『한동안 지양』했습니다. 아, 그렇습니다! 되풀이하여 말합니다만 놀라운 일입니다. 이의를 제기해도 괜찮겠습니까, 교수? 다만 시종일관이라는 점에서의 이의를? 당신은 아까 신과 세계의 이원론에 입각한 그리스도교적 개인주의를 우리들에게 설명하려고 하시면서 그 개인주의가 정치적 색채를 띈 모든 윤리성에 우선한다는 것을 이해시키려고 하였습니다. 그런 당신이 몇 분 뒤에는 사회주의를 창도하고 독재와 테러까지도 찬미하고 있습니다. 이 두 가지가 어떻게 조화를 이룬다는 것입니까?」

「서로 대립하는 것은,」 하고 나프타는 대답했다. 「서로 조화를 이루지 않는 것은 어중간한 것, 평범한 것뿐입니다. 당신의 개인주의는, 아까도 주의를 환기시켰지만 불완전하고 타협적인 것입니다. 당신의 개인주의는 당신의 이교도적 국가 도덕을 얼마 안 되는 그리스도교, 얼마 안 되는 『개인의 권리』, 얼마 안 되는 소위 자유로 수정한 것입니다. 그것에 불과합니다. 이와는 반대로 개인의 영혼의 우주적 점성술적인 중요성에서 출발하는 개인주의, 인간성을 자아와 사회의 상극으로 경험하지 않고 자아와 신, 육체와 정신의 상극으로써 경험하는, 이른바 비사회적이고 종교적인 개인주의, 이러한 본래의 개인주의는 아무리 구속이 많은 공동체와도 조화를 이룰 수 있습니다…….」

「그것은 익명이고 공동적인 것이군요.」 하고 한스 카스토르프는 말했다.

세템브리니는 한스 카스토르프의 얼굴을 깜짝 놀라 쳐다보았다.

「당신은 잠자코 계십시오, 엔지니어!」 그는 신경질적이며 긴장한 듯한 어조로 엄숙하게 명령했다. 「당신은 배우려고만 하십시오. 의견을 내세워서는 안 됩니다!」 그리고 그는 다시 나프타를 향해 말했다. 「그것도 하나의 대답입니다. 만족을 줄 만한 것은 아니지만 하나의 대답임에는 틀림없습니다. 그러면 그 대답에서 결론을 끌어내 봅시다. 그리스도교적 공산주의는 공업을 부정함으로써 기술, 기계, 진보를 부정합니다. 당신이 상인 계급이라 부르는 것, 즉 금전이나 고대 사회에서 농업이나 수공업보다 더 높이 평가되었던 금융업을 배격함으로써 자유도 부정하게 됩니다. 왜냐하면 그렇게 함으로써 중세에 있어서와 마찬가지로 공사(公私)의 관계 모두가, 그리고…… 그리고 입 밖에 내는 것도 주접스럽습니다만, 인격까지도 토지에 얽매이게 된다는 것이 분명합니다. 토지만이 인간을 기를 수 있다고 한다면 자유를 주는 것도 토지뿐인 것이 됩니다. 수공업자와 농부가 아무리 훌륭한 존재라 할지라도 토지를 가지지 않는 한 토지를 가지고 있는 자에게 예속되지 않을 수 없습니다. 사실 중세 말기까지 도시에 사는 대부분의 주민들은 노예였습니다. 당신은 아까부터 인간의 존엄에 대해 말씀하셨지요. 그런 당신이 인간의 예속과 오욕의 원인이 되는 경제 도덕을 변호하고 있습니다.」

「존엄과 오욕에 관해서는,」 하고 나프타는 대답했다. 「여러 가지 말할 것이 있습니다. 그러나 오늘은 당신과의 이야기에서 자유를, 다만 하나의 아름다운 제스처로 생각하지 말고 하나의 문제로 생각할 수 있다면 나에게도 만족이라고 하겠습니다. 당신은 그리스도교적 경제 도덕이 아름답고 인간적인 것인데도 불구하고 노예를 만든다고 말씀하셨습니다. 나는 거기에 반대해서 자유의 문제, 더 구체적으로 말하면 도시의 문제라고 말할 수 있습니다만, 이 문제는 아무리 도덕적이라고 해도 경제 도덕의 가장 비인간적인 부패, 근대 상업주의와 투기 사상의 모든 참화(慘禍)와 금전과의 거래에서 오는 악마적 도량과 역사적으로 밀접한 관계가 있다고 단정합니다.」

「나는 당신이 회의와 이율 배반만을 내세우지 말고 자신이 가장 추악한 반동에 가담하고 있다고 확실히 공언할 것을 원하지 않을 수 없습니다!」

「참된 자유와 인간성에 도달하기 위해서는 『반동』이라는 개념에 겁을 먹지 않는 것이 무엇보다 중요합니다.」

「이제 그만합시다.」 세템브리니 씨는 찻잔과 과자 그릇을 물리고는——둘 다 비어 있었지만——비단 소파에서 일어나 떨리는 목소리로 말했다. 「오늘 하루치로는 이것으로 충분합니다, 교수. 우리들은 맛있는 다과의 대접과 정신적인 말씀에 깊이 감사드립니다. 베르크호프의 이 친구들은 요양을 하러 돌아가야 하고 그 전에 나는 이 두 사람에게 위층의 나의 암실을 보여 드리려고 생각합니다. 자, 두 분 같이 갑시다! 안녕히 계십시오, 장로님!」

세템브리니는 이번에는 나프타를 『장로』라고 불렀다. 한스 카스토르프는 눈썹을 치켜세우면서 그 말을 마음에 새겨 두었다. 세템브리니는 곧 산회(散會)를 선언하면서 사촌들에게는 말할 기회를 주지 않고, 나프타가 함께 구경할 것인가도 문제삼지 않았으며, 다른 세 사람도 이에 반대하지 않았다. 청년들이 감사를 드리고 작별 인사를 하자 나프타는 또 찾아오라고 했다. 두 사람이 이탈리아 인과 함께 나갈 때, 한스 카스토르프는 낡고 두꺼운 표지의 《인간 조건의 비참에 대하여》라는 책을 빌려 오는 것을 잊지 않았다. 세 사람이 다락방으로 올라가기 위해 사다리 같은 계단을 거쳐 루카세크의 열린 채로 있는 문 앞을 지나려 할 때, 루카세크는 까다로운 인상을 주는 콧수염을 하고는 아직도 작업대 앞에 앉아 노부인의 소매 달린 옷을 재봉하고 있었다. 계단을 다 올라가 층계를 자세히 보니 층계라고는 할 수 없었다. 지붕 판자 뒤로 들보가 드러나 있고 곡식을 두는 헛간처럼 더운 기가 도는 공기와 목재 냄새가 감도는 다락방이었다. 그러나 두 개의 방을 가지고 있는 이 다락방이 공화제적 자본주의자의 거처로, 《고뇌 사회학》의 문학 부문 담당자의 서재와 침실이었다. 세템브리니는 명랑하게 두 청년에게 방을 안내하면서 두 사람에게 방을 칭찬하기에 적절한 말을 제공하려고, 떨어져 있어 안정감을 주는 방이라고 설명하여 손님들도 입을 모아 그렇다고 칭찬했다. 참 멋집니다, 하고 두 사람은 말했다. 그가 말한 대로, 떨어져 있어 안정감을 주는 방이라고. 두 사람은 침실을 들여다보았다. 다락방의 한구석에 좁고 짧은 침대가 놓여 있었고 그 앞에 몇 가지 색실로 무늬를 짜넣은 작은 융단이 깔려 있었다.

사촌들은 다시 서재로 눈을 돌렸지만 이것도 초라한 점에서는 침실과 마찬가지였다. 그러나 모든 것이 깔끔히 정돈되어 거의 싸늘한 느낌을 주었다. 짚으로 엮은 고풍스러운 의자 네 개가 문의 좌우에 똑같이 배치되어 있고, 긴 의자가 벽 옆에 기대어 있으며, 녹색 커버를 씌운 둥근 테이블이 방 한가운데를 점령하고 있는데 그 위에 물이 든 물병이 목에 컵을 거꾸로 쓴 채 장식을 위한 것인지, 물을 마시기 위해서인지 아무튼 소박하게 놓여 있었다. 작은 책장에 정포장과 가포장의 책들이 비스듬히 세워져 있고 열려진 작은 창 앞에 다리가 긴 간소한 사면 책상이 있었는데, 그 앞에는 한 사람이 설 수 있을 정도의 크고 두꺼운 펠트 융단이 있었다. 한스 카스토르프는 시험삼아 얼른 그 책상 앞에 서보았다. 세템브리니 씨가 인간의 고뇌라는 측면에서 백과사전을 위해 문학과 씨름하고 있는 작업장에 서보고 여기는 정말 동떨어져 있어 안정감을 느낄 수 있다는 것을 알았다. 로도비코의 아버지도 일찍이 파두아에서, 사면 책상 앞에 긴 콧날을 하고 이렇게 서 있었을 것이라는 생각이 들었는데, 정말로 그가 서 있는 책상은 돌아가신 아버지께서 일하시던 책상이며, 짚으로 엮은 의자와 둥근 책상, 또 물병까지도 할아버지로부터 물려받은 것이었다. 짚으로 엮은 의자는 카르보나니 당원이었던 할아버지가 전에 사용했던 것으로 할아버지가 변호사였던 시절에 밀라노의 사무실 벽을 장식하고 있었던 것이다. 이것은 감명을 주었다. 그 의자를 보자 청년들은 갑자기 정치적 선동성을 띄기 시작하더니, 요아힘은 그 의자에 다리를 꼬고 무심코 앉아 있다가 그 말을 듣고는 당황하게 일어서서 어딘지 이상하다는 듯이 의자를 바라보고는 두 번 다시 거기에 앉으려고 하지 않았다. 그러나 한스 카스토르프는 세템브리니의 아버지가 사용했다는 높은 책상 앞에 서서 할아버지의 정치와 아버지의 인문주의를 문학 속에 결합시키면서 그 책상에서 일을 하고 있는 세템브리니의 모습을 상상하여 보았다. 이윽고 세 사람은 함께 나갔다. 문필가는 사촌들을 배웅하여 주겠다는 것이었다.

세 사람은 한동안 말없이 걷고 있었지만 사실은 세 사람 다 나프타를 생각하고 있었다. 한스 카스토르프는 말없이 기다려도 좋았다. 왜냐하면 세템브리니 씨가 먼저 동숙자인 나프타에 대해서 이야기하리라는 것 아니, 그것을 목적으로 사촌들을 배웅하러 나온 것이 분명했기 때문이다. 역시 한스 카스토르프의 생각은 적중했다. 마치 스타트를 끊는 것처럼 깊은 숨을 들이쉬고는 이탈리아 인이 말했다.

「여러분, 나는 여러분들에게 경고하고 싶습니다.」

세템브리니가 여기서 말을 끊었기 때문에 한스 카스토르프는 자연스레 놀란 얼굴을 하고 물었다. 「무엇을 말입니까?」 그는 적어도 『누구를요?』 하고 물을 수도 있었지만 완전한 순진성을 나타내기 위해 비인칭(非人稱) 형식으로 한 것이다. 경고의 의미는 요아힘도 확실히 알고 있었다.

「우리들이 방문했던 인물을 말입니다.」 하고 세템브리니는 대답했다. 「내가 본의 아니게 두 분에게 소개해 드린 인물을 말입니다. 아시다시피 우연히 그렇게 된 것이라 나로서는 어쩔 수 없었습니다. 그러나 나는 책임을 느끼고 아주 상심하고 있습니다. 저 인물과의 교제가 젊은 당신들에게 얼마만한 정신적인 위험을 끼치는가를 억지로라도 주의시켜 드리고 저 인물과의 교제를 위험하지 않은 범위내에 머물도록 하는 것이 나의 임무입니다. 그의 말의 외면적 형식은 논리적이지만 그 본질은 혼돈입니다.」

「그러고 보니 확실히 그런 것 같군요.」 한스 카스토르프가 말했다. 「사실 나프타 씨는 기분 나쁜 데가 전혀 없다고는 할 수 없으며, 말하는 것도 가끔 약간 이상한 느낌을 주는 것이, 태양이 지구의 주위를 돌고 있다고 본정신으로 주장하려는 것같이 들리기까지 합니다. 그러나 세템브리니 씨의 친구인 나프타 씨와 사회적인 교제를 하는 것이 현명치 않다고 어떻게 생각할 수 있겠습니까. 세템브리니 씨 자신이 말한 것처럼 우리들은 당신의 소개로 나프타 씨를 알게 되어 당신과 함께 나프타 씨를 만났으며 당신도 나프타 씨와 산책을 하고 가벼운 마음으로 나프타 씨의 방으로 차도 마시러 내려오곤 하니 요컨대 이것은…….」

「그렇습니다, 엔지니어, 물론 그렇습니다.」 세템브리니는 체념한 듯한 부드러운 목소리로 말했지만 그 목소리는 가냘프게 떨리고 있었다. 「당신이 그렇게 말씀하시는 것은 당연합니다. 좋습니다. 나는 기꺼이 대답하겠습니다. 나는 저 인물과 같은 지붕 밑에서 살고 있기 때문에, 얼굴을 맞대지 않을 수 없어 여러 가지 이야기를 나누며 가까이 지내고 있습니다. 나프타 씨는 날카로운 두뇌를 가진 인물입니다. 이건 드문 일입니다. 나도 그렇지만, 그는 토론을 좋아합니다. 나를 비난한다 해도 별수없지만, 나는 언제나 대등한 논적과 관념상의 칼을 겨눌 수 있는 기회를 놓치지 않고 이용합니다. 나는 이 위에서 이 사람 말고는 한 사람도…… 요컨대 당신이 말한 대로입니다. 나는 그를 찾고 그는 나를 찾아 두 사람이 줄곧 함께 산책도 합니다. 우리들은 논쟁을 합니다. 거의 매일 치열하게 논쟁을 하지만, 그러나 솔직히 말해서 그가 나와는 다른, 대립적인 생각을 가지고 있다는 점이, 나에게는 그와 말을 주고받는 매력으로 작용합니다. 나는 마찰을 필요로 합니다. 신념은 논쟁의 기회를 가지지 않으면 계속 유지될 수가 없습니다. 그리고 나의 신념은 논쟁으로 인해 더욱 공고해집니다. 당신은 자신에 대해서 같은 것을 주장할 수 있겠습니까? 소위님, 그리고 엔지니어 당신도? 당신들은 지적(知的) 기만에 대해 무방비이며, 저 인물의 절반은 광신적이며 절반은 악의적인 궤변의 감화로 인해 정신과 영혼에 해를 입을 위험에 처해 있습니다.」

「그렇습니다, 그렇습니다.」 하고 한스 카스토르프가 말했다. 「말씀대로일지도 모르겠습니다. 사촌과 나는 어쩌면 다소 위험에 처한 인물일 겁니다. 예의 인생의 걱정거리 자식이라는 뜻이지요. 그것은 알고 있습니다. 그러나 세템브리니 씨도 알고 계시는 바와 같이 거기에 대해서는 페트라르카의 잠언을 인용할 수 있을 것입니다. 나프타 씨의 이야기는 아무튼 경청할 가치가 있는 것으로, 이것은 공평하게 말해서 인정하지 않으면 안 됩니다. 가령 단지 시간의 경과에 의해 이득을 취해서는 안 된다는, 시간에 대한 공산주의적 입장에서의 발언은 멋진 것이었고, 교육에 대해서도 이야기를 들을 수 있었다는 것은 아주 흥미 깊은 것으로, 나프타 씨에게서가 아니면 그런 이야기는 아마 절대로 듣지 못했을 것입니다.」

세템브리니 씨가 입술을 꽉 깨물었기 때문에 한스 카스토르프는 당황하여 말을 계속하지 않을 수가 없었다. 자기로서는 물론 어느 쪽의 편을 든다든가 하는 입장을 확실하게 하는 짓을 삼가고 다만 나프타 씨가 청년의 기쁨에 대해 말한 것은 들을 가치가 있다고 느꼈을 뿐이라고 말했다. 「그건 그렇고, 설명 좀 해주시겠습니까!」 하고 그는 계속했다. 「이 나프타라는 사람…… 나는 굳이 『이 나프타라는 사람』이라고 말했습니다. 나는 그 인물에 대해 무조건 호감을 가질 수는 없고 오히려 내심으로는 그 인물에 아주 냉담한 태도를 취하고 있다는 것을 암시하려고 합니다.」

「그건 좋은 일입니다.」 세템브리니는 기쁜 듯이 말했다.

「그런데 그는 이른바 국가의 영혼이라고 하는 금전에 대해서 여러 가지로 악담을 하며 사유 재산을 절도라고 비난했습니다. 요컨대 자본주의의 부(富)를 비난하여 지옥불의 장작으로 간주했다고 생각합니다. 나의 생각이 틀리지 않았다면, 그런 식으로 한번 비평을 해놓고 나서 중세의 이자금지책(利子禁止策)을 입을 모아 격찬했습니다. 그러나 그 자신은…… 유감입니다만, 그러나 그는…… 그의 방에 발을 들여 놓으면 정말로 눈이 휘둥그래집니다. 어디나 비단투성이로…….」

「그렇습니다.」 세템브리니는 미소지었다. 「특색 있는 취미입니다.」

「그 호사스러운 옛날식 고풍 가구…….」 한스 카스토르프는 생각나는 대로 열거했다.

「14세기의 피에타…… 베니스 제의 샹들리에…… 제복 차림의 사환…… 거기다 초콜릿이 든 피라밋 모양의 케이크도 실컷 먹을 수 있게 나왔고……. 그 자신은 아마…….」

「나프타 씨는,」 하고 세템브리니가 이었다. 「개인적으로는 나와 마찬가지로 자본가는 아닙니다.」

「그러나?」 한스 카스토르프는 물었다. 「……이제 여기서 『그러나』가 나올 때쯤 되었는데요, 세템브리니 씨.」

「그네들은 동지를 굶어죽게 하지는 않습니다.」

「『그네들』이란 누구입니까?」

「장로들 말입니다.」

「장로?」

「그렇습니다, 엔지니어. 예수회 회원들 말입니다.」

한동안 침묵이 계속되었다. 사촌들은 완전히 놀란 모양이었다. 한스 카스토르프는 크게 외쳤다.

「맙소사, 원 그럴 수가. 그이는 예수회 회원입니까?」

「그렇습니다.」 세템브리니가 점잖게 말했다.

「아니, 나는 꿈에도……. 누가 그런 것을 생각했겠습니까! 그래서 당신은 그를 장로라는 칭호로 부르셨군요?」

「그건 정중하게 표현한 과장이었습니다. 나프타 씨는 장로가 아닙니다. 지금은 병 때문에 당분간 장로가 될 수 없습니다. 그러나 수련기를 마치고 이제 서원(誓願)을 끝마치고 있습니다. 그런데 병 때문에 신학 공부를 중단하지 않으면 안 되었습니다. 그러나 병을 앓는 중에도 이삼 년 동안 수도회 소속 기관에서 생도감, 즉 젊은 생도들의 감독자, 교사 일을 하고 있었습니다. 이것은 그의 교육자적 취양에 맞았습니다. 이 위에 와서도 프레드릭 대왕 학교에서 라틴어를 가르치면서 그 취향을 만족시키고 있습니다. 이 위에 온 지 벌써 5년이 됩니다만 이곳을 떠날 수 있는지, 언제 떠나게 될는지 그것도 확실치 않게 되었습니다. 그러나 그가 예수회 회원으로서 예수회와의 관계가 희박해졌다고 하더라도 그가 어디에 있든지 간에 생활에만은 부자유가 없습니다. 나는 아까 당신들에게, 그는 개인적으로는 가난하고, 즉 소유한 것이 없다고 말했었지요. 물론 그렇습니다. 그것은 예수회의 규약 때문입니다. 그러나 예수회 그 자체는 막대한 자산을 가지고 있어, 당신도 보신 바와 같이 회원들의 생활을 보장해 줍니다.」

「이건 정말…….」 하고 한스 카스토르프는 중얼거렸다. 「그런 것이 있는지도 몰랐고 있으리라고는 생각조차 못 했습니다! 예수회 회원, 그렇습니까! 그러면 한 가지 물어 보겠습니다만, 저 인물이 그쪽에서 그렇게 풍부한 생활 보장을 받고 있다면 왜 그런…… 물론 나는 당신들의 거처를 나쁘게 말하는 것은 아닙니다. 세템브리니 씨, 루카세크네 가게의 당신의 거처는 훌륭합니다. 적당히 동떨어져 있는데다 무엇보다도 안정감을 줍니다. 즉 내가 말하고 싶은 것은 나프타 씨가 그렇게 호주머니가 넉넉하다면, 탁 털어놓고 말씀드립니다만…… 그렇다면 왜 좀더 멋진, 넓은 계단이 있는 방을, 크고 더 좋은 집, 즉 다른 거처를 택하지 않습니까? 무언가 수상쩍은 이유가 있을 것 같습니다. 저런 움 속 같은 방에서 비단투성이의…….」

세템브리니는 어깨를 으쓱해 보였다.

「그가 그렇게 하고 있는 것은 체면과 취미상의 이유 때문일 것입니다. 허술한 방에서 기거하면서 그것을 생활 방식으로 보충함으로써 그는 반자본주의적 양심을 수정하고 있는 것이라고 생각합니다. 게다가 체면이라는 것도 있겠지요. 뒷구멍으로 악마가 도와주고 있다는 것을 세상에 떠벌리려는 사람은 아무도 없기 때문입니다. 정문은 아주 검소하게 해두고 방안은 비단으로 장식하는 성직자 취미를 발휘하고 있는 것입니다.」

「정말 놀랐습니다.」 한스 카스토르프는 말했다. 「솔직하게 말씀드리자면 나에게는 정말 처음인, 정말 흥분하게 하는 이야기입니다. 아니 우리들은 그 인물을 알게 된 것을 감사합니다, 세템브리니 씨. 우리는 이제부터 가끔 그곳을 찾아가 그를 방문하려고 생각합니다만 당신은 어떻게 생각하십니까? 이것은 기정 사실입니다. 이런 것이 있었는가 할 만큼 깜짝 놀랄 만한 세계를 보여 줍니다. 『진짜』 예수회 회원! 『진짜』라고 말한 것은 이미 내 머릿속에 번쩍이는 생각이 있어 이제부터 그것을 말로 표현해야 하겠습니다만 그것을 끄집어 내는 준비 작업으로 『진짜』라고 말했던 것입니다. 저 인물은 진짜일까 하는 생각을 합니다. 뒷구멍으로 악마의 도움을 받고 있는 인간이 진짜일 수 없다고 말씀하시는 것은 나도 이해할 수 있습니다. 그러나 나의 질문은 바로 이런 것이 됩니다. 그는 예수회 회원으로서 진짜일까 하는 것입니다. 이것은 머릿속에 번쩍이는 의문인 것입니다. 그는 여러 가지 견해를 밝혔습니다. 내가 어떤 견해를 의미하는 것인지는 아시는 대로입니다. 근대 공산주의의 손에 피를 묻히는 것을 두려워해서는 안 된다는 무산 계급의 광신적인 신앙에 대해, 요컨대 여러 가지로 견해를 밝혔습니다. 나는 거기에 대해서 새삼 무어라고 말하지 않겠습니다만 당신의 할아버지, 시민의 창을 가진 할아버지는 거기에 비하면 정말 청순한 어린 양과 같습니다. 이렇게 말한 것을 용서해 주십시오. 도대체 그는 이래도 좋단 말입니까? 상사의 승인을 얻고 하는 것일까요? 내가 알기로 예수회는 온 세계에 퍼져서 로마 가톨릭교를 위해 책동하고 있다는데 그 로마 가톨릭교와 그의 견해는 양립하는 것일까요? 그것은…… 무어라고 할까요, 이단적이고 탈선이고 불순한 것이 아닐까요? 나는 나프타에 관해 이렇게 생각하고 있는데 여기에 대해 당신의 생각을 듣고 싶습니다.」

세템브리니는 미소지었다.

「아주 간단합니다. 나프타 씨는 무엇보다도 먼저 예수회 회원입니다. 거짓 없는 진짜 회원입니다. 그러나 두번째로, 그는 총명한 인물입니다. 그렇지 않다면 나는 그와 교제하려고 하지 않을 것입니다. 그 때문에 그는 새로운 결합, 적합하고 시대에 알맞는 변화를 찾고 있습니다. 당신도 보셨다시피, 나도 오늘의 그의 이론에는 깜짝 놀랐습니다. 이때까지 나와 그렇게 구체적인 것을 토론해 본 일이 없었습니다. 분명히 당신들의 경청에 영향받고 있으리라는 것을 이용하여 나는 그를 자극시켜 어떤 면에서 그의 결정적인 말을 실토하게끔 했던 것입니다. 그런데 그 결정적인 말은 정말 기괴하고 몸서리쳐지는 것이었습니다…….」

「그렇습니다, 그렇습니다. 그런데 그는 대장로가 되지 않았습니까? 나이로 보면 벌써 장로가 되고도 남았을 텐데요.」

「그것은 아까도 말했습니다만 병 때문에 당분간 그렇게 될 수 없습니다.」

「그렇군요, 그렇지만 이렇게 생각할 수도 있지 않을까요? 그는 첫째로 예수회 회원이고 둘째로 총명한 사람이며 여러 가지 사상의 배합을 좋아하는 인물이라면, 이 둘째 보충은 병과 무슨 관계가 있다고 생각하지 않습니까?」

「그건 또 무슨 뜻입니까?」

「아니, 아무것도 아닙니다, 세템브리니 씨. 나는 다만 이렇게 생각합니다. 그는 침윤 부분이 있어 그것 때문에 장로가 될 수 없었을 것입니다. 또 그의 사상의 배합 취미 때문에도 장로가 될 수 없었을 것입니다. 사상의 배합 취미와 침윤 부분은 어느 정도 관련이 있는 것이라고도 생각됩니다. 그도 그 나름대로 인생의 걱정거리 자식이라고 할 수 있는 인물입니다. 그는 혹시 침윤 부분을 가지고 있는 예수회 회원이 아닐까요?」

세 사람은 요양원에 도착했다. 작별하기 전에 요양원 앞 둔덕에 기대서서 세 사람은 작은 그룹을 지어 이야기를 계속했다. 그때 현관 앞에서 왔다갔다 하던 몇 명의 환자들이 세 사람이 이야기하고 있는 것을 바라보고 있었다. 세템브리니 씨가 말했다.

「되풀이하여 말씀드립니만, 젊은 두 분에게 경고하겠습니다. 이것을 계기로 젊은 호기심에서 이 이후에도 교제를 계속하려고 하신다면 나로서는 이것을 금할 권리는 없습니다. 그러나 교제할 때에는 경계하는 마음으로써 무장하여 비판적인 저항을 결코 게을리하지 말아 주십시오. 저 인물은 한마디로 말해서 음탕한 사나이입니다.」

사촌들은 얼굴을 찡그렸다. 이윽고 한스 카스토르프가 말했다.

「그가…… 무어라고요? 그러나 그는 예수회 회원이 아닙니까. 그렇게 되려면 일정한 선서를 하지 않으면 안 된다고 듣고 있습니다. 게다가 그는 그렇게 작고 몸도 빈약한데요…….」

「어리석군요, 엔지니어, 그런 것은 몸의 빈약과는 아무런 관계가 없습니다. 그리고 선서 말인데요. 여기에도 예외가 있습니다. 그러나 내가 말한 것은 당신도 요즈음 차차 이해하시리라 생각하는 넓은 의미, 정신적인 의미에서 말한 것입니다. 당신은 아직 기억하고 있겠지요. 내가 언젠가 당신 방을 방문했을 때의 일을, 오래 전의 일입니다. 훨씬 오래 전 일인데, 당신은 뢴트겐 사진 결과에 의해서 마침 침대 생활을 끝낼 무렵이었습니다.」

「기억하고 있습니다. 당신은 석양이 깃든 방에 들어오셔서 전등불을 켰습니다. 어제 일같이 기억하고 있습니다…….」

「맞습니다. 그때 우리들은 다행히도, 우리들 사이에서는 가끔 있었던 일입니다만, 고상한 문제에 대해서 이야기를 했었지요. 삶과 죽음에 대해서도 이야기했고, 죽음이 삶의 조건이자 부속물인 경우에 죽음의 존엄성에 대하여, 정신이 추하게도 그러한 죽음을 하나의 원리로서 독립시킬 경우에 죽음이 입는 추악함에 대해 서로 얘기했습니다. 그러니 여러분!」하고 세템브리니 씨는 두 청년에게 바싹 다가서서 왼쪽 엄지와 가운뎃손가락을 포크처럼 세우는가 하면, 다시 오른손의 둘째손가락을 경고하는 것처럼 세우고 말하자면 두 사람의 주의를 환기시키려고 하였다. 「……잊지 말아 주십시오. 정신은 주권자입니다. 정신의 의지는 자유이며, 윤리적 세계의 결정자입니다. 정신이 죽음과 삶을 이원적으로 분리하게 되면 죽음은 그 정신의 의지로 말미암아 실재적이 되고, 죽음은 삶에 대한 독립된 힘, 삶에 대립하는 원리를 지닌 무서운 유혹의 힘으로 돌변하여 죽음의 세계는 음탕한 세계로 되는 것입니다. 왜 음탕한 세계인가를 물으시겠지요? 대답해 드리죠. 죽음은 분해되어 해방되기 때문입니다. 그것은 악으로부터의 해방이 아니라, 나쁜 해로운 해방이기 때문입니다. 죽음은 풍기와 윤리성을 분해시키고 기율과 절도로부터 해방시켜 음탕에로 빠지는 자유를 줍니다. 내가 본의 아니게 소개해 드린 인물을 경계하기를 간청하고, 그와 교제하고 토론을 할 때 비판 정신을 갖고 이중 삼중으로 무장해 달라고 주의시킨 것도 그의 사상이 모두 음탕한 성질의 것이기 때문입니다. 왜냐하면 그의 사상은 모두 죽음의 지배하에 있기 때문입니다.

언젠가도 당신에게 말한 적이 있는 방종하기 그지없는 힘인 죽음의 지배하에 있기 때문입니다. 나는 그때의 나의 말을 잘 기억하고 있습니다. 나는 기회를 타서 얘기한 중요하고 적절한 말을 지금도 기억하고 있습니다. 죽음은 풍기, 진보, 일, 생명에 대립하는 힘을 가진 것으로 교육자의 가장 귀중한 의무는 바로 그 악마의 호흡에서 젊은 사람들의 영혼을 지키는 일입니다.」

세템브리니 씨보다 더 멋지게, 명석하고도 완전하게 이야기한다는 것은 불가능한 일이었다. 한스 카스토르프와 요아힘 짐센은 그가 들려 준 말에 대해 진심으로 감사를 드리고 작별 인사를 끝내고는 베르크호프의 현관으로 들어갔다. 세템브리니 씨는 나프타의 비단으로 장식한 암실의 한 층 위에 있는 다락방으로, 인문주의자의 사면 책상으로 돌아갔다.

여기에서 경과를 밟아 소개한 것은 사촌들의 첫번째 나프타 방문이었다. 그 뒤 두세 번의 방문이 있었으며 한 번은 세템브리니 씨가 없을 때도 있었다. 이러한 방문은 한스 카스토르프가 푸른 꽃들이 만발한 은둔처에 앉아 마음에 떠오르는 고귀한 인간상, 이른바 신의 아들인 인간을 바라보면서 『술래잡기』를 하고 있을 때 충분한 명상의 재료가 되었다.

분노, 그리고 더 서글픈 일

8월이 왔다. 그리고 다행히도 우리의 주인공이 우리가 있는 이 위에 도착한 기념일은 월초에 슬쩍 지나가 버리고 말았다. 그날이 지나가 버렸다는 것은 고마운 일이었다. 그날이 다가오는 것이 한스 카스토르프 청년에게는 다소 불쾌하게 느껴지고 있었기 때문이다. 대부분의 경우 이렇게 느껴지는 것이 당연한 노릇이었다. 아무도 이 위에 도착한 날을 기억하고 싶어하지 않았으며 1년 또는 1년 이상 이곳에 있는 사람들도 그날을 생각조차 하지 않았다. 여느때는 축제와 축배의 구실이 될 기회는 하나도 빼놓지 않았고 1년이라는 리듬과 맥박을 타고 찾아오는 일반의 큰 행사에 가급적 많은 개인적인 사건들이 추가되었으며 생일, 종합 진찰, 임박한 자포자기의 출발과 정규의 출발, 그밖에 이러한 종류의 사건들이 레스토랑에서 요리와 샴페인 터뜨리는 소리로 축하되었지만, 이 도착 기념일만은 그저 말없이 지내고 그것을 뛰어넘어 실제로 잊어버리는 일조차 있어서 사람들이 그날을 그렇게 정확하게 기억하고 있지 않다는 것만은 분명했다.

모두가 시간의 단락을 존중하고 있어서 캘린더적 순환, 외부적 반복에는 주의를 게을리하지 않았지만 그 이외의 주어진 공간과 결부되어 있는 각자의 시간, 개인적인 사적인 시간을 셈한다든지 계산한다든지 하는 것은 단기간의 체류자와 초심자에게만 있을 뿐 그 점에 있어서 정주자는 단락이 없고, 모르는 사이에 흘러가는 영원한 시간, 10년이 하루와 같은 날을 좋아했고 서로 다른 사람도 자기와 같은 기분일 것이라고 사려 깊게 이해해 주고 있었다. 누구에게나 그 사람이 이 위에 온 지 오늘이 3년째 된다고 말한다는 것은 심한 실례요, 잔인한 일이었다. 그런 일은 일어날 수 없었다. 다른 일에서는 실수만 하고 있는 슈퇴르 부인도 이 점에서는 분명하고 세련되어서 그런 실책은 절대로 범하지 않을 것이다. 그녀가 환자라는 것, 열의 상태가 심한 무교양과 결부되어 있다는 것이 사실이었다 할지라도. 그녀는 요즈음도 식탁에서 그녀의 폐첨(肺尖)의 침윤을 습윤(濕潤)이라고 불러 화제에 올랐고, 이야기가 역사에 관계되면 역사의 연대는 그녀의 『18번』이라고 자랑을 하여 이것도 주위 사람들을 깜짝 놀라게 했다. 그러나 이런 일을 하는 그녀도 가령 2월에 짐센 청년에게 도착 기념을 상기시키는 짓은 하지 않았던 것이다. 물론 그녀가 그것을 생각하고 있었겠지만 말이다. 그녀의 불쌍한 머리는 하찮은 연월일이나 사건으로 가득 찼었고, 그녀는 남을 대신하여 날짜를 계산하기를 좋아하였다. 그러나 주위의 관습에 얽매여 잠자코 있었던 것이다.

한스 카스토르프의 기념일에 관해서도 마찬가지였다. 슈퇴르 부인은 식사 때에 그에게 한 번 의미심장한 눈짓을 하여 보였지만, 그는 부인의 그 신호를 무표정한 얼굴로 받아 넘겼기 때문에 그녀는 얼른 취소해 버리고 말았다. 요아힘도 사촌에게 1주년 이야기는 하지 않고 있었지만, 그러나 이 위를 방문하러 온 사촌을 『마을』 역으로 마중나갔던 날짜는 잘 기억하고 있음에 틀림없었다. 그러나 요아힘은 천성적으로 말이 적은 사람이어서 그 점에서 한스 카스토르프가 적어도 이 위에서 수다쟁이가 되어 버린 것과는 비교도 되지 않았고, 두 사람의 친구가 된 인문주의자인 떠버리와는 전연 비교가 안 되었다. 요아힘은 얼마 전부터 이상하게 눈에 띌 정도로 말수가 줄어들어 입을 열어도 두어 마디 띄엄띄엄 할 뿐이었다.

그러나 그의 얼굴 표정은 무언가를 심사숙고하는 것 같았으며, 그에게 『마을』 역은 마중과 도착이라는 생각 말고도 무언가 다른 생각과 결부되기 시작한 것이 분명했다. 그는 평지와 편지 왕래를 자주 하고 있었다. 그의 머릿속에는 결심이 굳어지고 있었고 그가 시작한 준비 공작은 막바지에 이르러 있었다.

7월은 따뜻하고 청명한 날씨였다. 그러나 8월에 들어서자 곧 날씨는 나빠지기 시작하여 음울하고 축축하게 눈이 섞인 비가 왔다. 이윽고 그것은 확실하게 눈이 되고, 가끔 여름 같은 맑은 날씨를 가운데에 끼고 8월 말에서 9월 초까지 나쁜 날씨가 계속되었다. 처음에는 방안의 온도가 10도 정도이고 요즈음까지의 여름 같은 나날의 잔재로 아직 따뜻하여 이만하면 이럭저럭 지낼 수 있는 온도였다. 그러나 그날부터 날이 갈수록 갑자기 추위가 심해졌고, 환자들은 골짜기를 메우는 눈이 내리기 시작한 것을 환영했다. 아무리 추워도 골짜기를 메우는 눈을 보지 않으면 사무국 사람들은 스팀을 보낼 생각을 하지 않았기 때문이었다. 처음에는 식당에만, 다음에는 각 방에 스팀이 보내지게 되어 안정 요양이 끝난 뒤 두 장의 담요를 벗어 버리고 발코니에서 방으로 돌아와 축축하게 곱은 두 손을 활기 띈 스팀관에 댈 수 있었지만, 스팀으로 건조해진 공기 때문에 볼의 상기는 더해 갔다.

벌써 겨울이란 말인가? 감각으로는 그런 인상을 지울 수가 없었다. 그리고 환자들은 자연적이고 인위적인 환경의 영향을 받아 정신적으로나 실제적으로도 시간을 낭비하여 여름을 스스로 속이고 넘겼는데도 『여름을 사기당했다』고 하면서 불평이었다. 물론 이론상으로는 아직 좋은 가을 날씨가 있을 것이라고는 생각하고 있었다. 그런 날이 잇따라 올 것이고 태양이 하늘을 지나가는 궤도가 이미 낮아졌고, 일몰 시간이 어느새 빨라진 것 등을 생각하지 않는다면 여름이라고 불러도 지나친 표현이 아닌, 따스하고 화창한 날이 찾아올 것이라고. 그러나 이런 위로의 생각보다 바깥의 겨울 풍경을 바라보는 데에서 오는 기분의 영향 쪽이 강했다. 발코니로 나가는 닫혀진 문 뒤에 서서 그 눈보라를 참지 못하겠다는 듯이 바라보는 사람이 있었다. 그는 바로 요아힘이었는데 그는 목메인 듯한 목소리로 말했다.

「또 시작하는구나.」

한스 카스토르프는 그의 등 뒤의 방안에서 대답했다.

「아직 좀 이르지 않을까. 결정적인 것은 아니겠지. 그러나 무서울 만큼 결정적인 광경을 보이고 있어. 음산함과 눈과 추위, 따뜻해진 스팀관이 겨울 풍경이라면 이제는 부정할 도리가 없는 겨울이지. 바로 요 얼마 전까지 겨울이 계속되어 겨우 해동기의 계절이 끝난 것을 생각하면 아무튼 우리들에게는 그러한 생각이 들었어. 요 얼마 전까지만 해도 봄이었던 것처럼 말이야. 그것을 생각하면 순간 기분이 이상해질 것 같아. 그건 그래. 이건 우리들의 생명감에 있어서는 위험한 일이야. 어째서 그런지를 설명해 주도록 하지. 즉 나는 이 세계는 보통 인간의 욕망에 적합하도록, 그리고 인간의 생명감에 맞도록 만들어져 있다고 생각해. 이건 누구나 인정해야 할 일이야. 나는 자연의 질서, 가령 지구의 크기, 그리고 지구가 자전과 공전에 각각 필요로 하는 시간, 하루와 사계절의 변천, 원한다면 우주의 리듬이라고 해도 좋지만 그것이 우리들의 요구에 맞추어 만들어졌다고 말하지는 않겠어. 그런 것은 철면피적이고 단순하여, 사상가의 소위 목적론이 되겠지. 그러나 우리들의 요구와 일반의 근본적인 자연 법칙이 고맙게도 꼭 합치하고 있는 것은 사실이니까 말이야. 『고맙게도』라고 한 것은, 정말 그것은 신에게 감사를 드려도 좋은 사실이기 때문이지. 그리고 평지에서 여름이 찾아오고 겨울이 찾아온다는 것, 그전에 여름 또는 겨울이 있었기 때문에 이번까지의 사이가 가장 알맞은 것으로 느껴지고, 이번의 여름 또는 겨울이 신선하게 느껴지고 고맙게 느껴지는 거야. 그리고 생명감은 이로 인해 유지되는 거지. 그런데 이 위의 이곳에서는 그 질서 있는 조화가 깨뜨려져 있어. 첫째로 자네가 언젠가 말했던 것처럼 여기에는 정말 사계절다운 사계절이 없고, 여름 같은 날과 겨울 같은 날이 두루 섞여 있을 뿐이며, 둘째로는 여기에서 흘러가는 시간은 대체로 시간이 아니기 때문에 새로이 찾아온 겨울이 조금도 신선하게 느껴지지 않고 언제나 똑같은 겨울이 되는 거야. 자네가 유리문 너머로 밖을 보며 불만을 품고 있는 기분도 여기에서 설명될 수 있어.」

「고맙네. 자네는 그런 설명을 함으로써 아마 만족하겠지. 무엇보다도 상황 그 자체에 만족하고 있는 모양이니까. 하지만 그것은……. 아냐.」하고 요아힘은 말했다. 「그만두겠어. 모든 것이 치사하고 구역질 날 정도로 더러워. 만약 자네가 아직도…… 그러나 나는…….」그리고 요아힘은 빠른 걸음으로 방을 나와 밖에서 문을 거칠게 닫았지만 만약 잘못 본 것이 아니라면, 그의 아름답고 부드러운 눈에는 눈물이 괴어 있었다.

뒤에 남은 청년은 당황한 기분이었다. 한스 카스토르프는 사촌이 어떤 결심을 공공연히 말하고 있는 동안만큼은 그것을 곧이듣지 않았다. 그러나 그 결심이 사촌의 얼굴에 말없이 나타나고 지금과 같은 태도가 보이자, 이 군인이 자기의 결심을 실행에 옮길지 모른다는 것을 느껴 깜짝 놀랐다. 새파랗게 질릴 정도로 놀랐지만 그것은 자기와 사촌 두 사람 때문에 깜짝 놀란 것이었다. 「그이는 아마 죽을 거예요.」하던 말이 생각났다. 그러나 이것은 분명 제삼자로부터의 정보임이 틀림없었으므로 절대로 지워진 적이 없는 전부터의 의혹의 고통이 또다시 되살아나, 그는 생각하지 않을 수 없었다. 요아힘이 나를 이 위에 혼자 남겨 두고 갈 수 있을까? 요아힘을 찾아서 이 위에 온 나를? 그리곤 자기 자신에게 타이르는 것이었다.

그런 일은 어리석고 무서운 것이었다. 너무나 어리석고 무서운 것이어서 얼굴이 새파래지고 심장이 불규칙하게 뛰는 것을 느낄 정도였다. 혼자서 이 위에 남게 되면…… 요아힘이 출발하여 버리면, 혼자 되는 수밖에 없었다. 요아힘과 함께 출발한다는 것은 도저히 생각할 수 없기 때문에……. 그렇게 되면…… 하고 생각만 해도 심장이 완전히 멎을 지경으로, 그렇게 되면 여기에 영원히 남게 되어, 혼자 평지로 돌아갈 희망은 절대로 없을 것이다.

한스 카스토르프는 전전긍긍하며 여기까지 생각했다. 그리고 그날 오후 안으로, 그는 그 문제의 추리에 대해서 확실히 알 수 있게 되었다. 주사위는 던져졌고 요아힘은 최후 통첩을 들이밀고 갑자기 결정해 버렸던 것이다.

차를 마신 뒤 사촌들은 매달 하는 진찰을 받기 위해 밝은 지하실로 내려갔다. 9월 초의 일이었다. 스팀으로 건조해진 지하실로 들어가자 닥터 크로코브스키는 예의 사무용 책상에 마주앉아 있었으며 고문관은 아주 창백한 얼굴로 팔짱을 끼고는 벽에 기대어 한쪽 손에 들고 있는 청진기로 어깨를 두드리고 있었다. 그는 천장을 쳐다보며 하품을 했다. 「안녕하십니까? 여러분!」 하고 나른한 목소리로 말했지만 힘이 없고 우울하여 모든 것에 흥미가 없는 것처럼 보였다. 아마 담배를 너무 많이 피운 탓이리라. 그 일에 관해서는 사촌들도 이미 들어 알고 있었지만, 지겨울 정도로 흔해 빠진 병원 안의 한 사건 때문이었다.

재작년 가을에 이 요양원에 입원했다가 6개월 뒤인 작년 8월에 완쾌하여 퇴원한 아미 쉴팅이라는 젊은 아가씨가, 집에 돌아가 『기분이 좋지 않다』는 이유로 9월도 채 끝나기 전에 이 위로 다시 돌아와, 금년 2월에 완쾌하여 이상이 없게 되자 다시 평지로 돌아갔다. 그런데 7월 중순에는 또다시 일티스 부인의 예전 식탁 좌석에 앉게 되었다. 그러나 어느 날 이 여자는 오전 1시에 폴리플락시오스라는 환자와 함께 그녀의 방에 있는 것을 발각당했던 것이었다. 폴리플락시오스는 사육제 밤에 날씬한 선의 두 다리 때문에 센세이션을 일으킨 그리스 출신의 젊은 화학자로 아버지는 피래우스에서 염료 공장을 경영하고 있었다. 오전 1시의 현장을 발견한 것은 다른 사람이 아닌 아미의 여자 친구였다. 그녀는 폴리프락시오스와 같은 통로, 즉 발코니를 따라 아미 방으로 살짝 들어가 그곳에서 본 장면 때문에 마음의 고통과 분노를 일으켜 무서운 고함을 질러 위아래에 소동을 야기시켰고 이리하여 스캔들을 드러내게 되었던 것이었다. 베렌스는 세 사람에게, 아테네 인에게도 쉘팅에게도 질투에 미쳐 부끄러움도 체면도 잊어버린 그 여자 친구에게도 추방을 선언해야 했지만 아미도, 그리고 아미의 행각을 폭로한 여자 친구도 닥터 크로코브스키의 사적인 정신적 분석요법을 받고 있었기 때문에 베렌스는 이 조수와 스캔들의 선후책을 의논하고 있었다. 베렌스는 사촌들을 진찰하고 있는 동안에도 우울과 체념의 어조로 그 문제에 대해 계속 이야기하고 있었다. 그는 청진의 권위자로 환자의 체내를 청진하면서도 계속 말하여 조수에게 청진의 결과를 기입하게 할 수 있었다.

「아, 정말 신사 여러분, 저주받을 성욕입니다!」하고 베렌스는 말했다. 「당신들은 이런 일을 물론 재미있어 할 것입니다. 지루함을 풀어 주게 되어 좋을 것입니다——폐포음(肺胞音)——그러나 원장이 되고 보면 정말이지 질색입니다——탁음——정말입니다. 폐병에는 호색이 따른다고 하지만 그걸 내가 어떻게 하겠습니까?——가벼운 수포음——내가 그렇게 주선한 것도 아닌데 나도 모르는 사이에 마치 창녀의 포주같이 되어 버렸지 뭡니까——이곳 왼쪽 어깨 밑의 타진음 단축——여기서는 분석 요법을 하고 있어서 무엇이든지 입밖에 낼 수 있습니다. 그런데 말입니다. 저 수포음 인종은 입밖에 내면 낼수록 성욕적이 됩니다. 그리고 나는 수학을 먼저 장려하고 있습니다——이쪽은 회복, 잡음 소멸——수학 공부는, 나의 의견으로서는 성욕 진정에 가장 효과가 있습니다. 그것 때문에 아주 괴로움을 당했던 파라반트 검사도 수학에 전념하여 지금은 원(圓)의 구적법(求積法)에 열중하게 되어 그렇게 괴로워하지 않게 되었습니다. 그러나 대부분의 환자는 어리석고 게으르므로 수학이 도움이 되지 않는 불쌍한 자들입니다——폐포음——그런데 여러분, 나는 잘 알고 있습니다. 젊은이들이 여기서 쉽게 타락하여 폐인이 되어 버린다는 것을요. 그래서 나도 전에는 풍기 문란을 여러 번 단속하려고 했습니다. 그런데 어떤 부인의 오빠인지 약혼자인지 하는 자가 도대체 당신은 우리들과 무슨 관계가 있느냐고 따져 물은 일이 있었습니다. 그 뒤부터 나는 오로지 의사로만 되어 있는 것이지요——오른쪽 위에 가벼운 수포음.」

고문관은 요아힘의 진찰을 끝마치자 청진기를 수술복 주머니에 넣고 큰 왼쪽 손으로 두 눈을 비볐지만 이것은 『실패』하여 우울할 때의 버릇이었다. 그는 반기계적으로 우울증 때문에 가끔 하품을 하면서 언제나 하는 설교를 유창하게 하기 시작했다.

「짐센 군, 낙심하지 말고 아무튼 기운을 내십시오. 아직 모든 상태가 생리학 책에 씌어진 대로라고는 할 수 없습니다. 여기저기 아직 잡음이 있습니다. 게다가 가프키와의 인연도 아직 완전히 끊어진 것이 아니어서……. 최근에도 계급이 일급 승진까지 하였으니까요. 이번에는 6호이지요. 그렇다고 해서 세상을 비관해서는 안 됩니다. 당신이 여기 왔을 때는 더욱 나빴습니다. 그것은 서류로 증명을 해드릴 수 있습니다. 그리고 당신이 향후 5개월이나 6개월, 옛날에는 달을 『모나트』라고 하지 않고 『마노트』라고 한 것을 알고 있습니다. 『마노트』 쪽이 사실은 훨씬 듣기가 좋습니다. 나는 이제부터는 『마노트』라고 하기로 했습니다.」

「고문관님.」 하고 요아힘은 시작했다. 그는 상반신을 드러내고 가슴을 펴더니 구두 뒤꿈치를 모으고 곧은 부동 자세로 서 있었는데, 그 안색은 한스 카스토르프가 언젠가 햇빛에 탄 얼굴이 핏기를 잃으면 어떤 색이 되는가를 처음으로 알았던 때처럼 얼룩져 있었다.

「당신이,」 하고 베렌스는 여세를 몰아 말했다. 「앞으로 만 6개월 동안 여기서 엄격한 근무를 계속하면 성공입니다. 콘스탄티노플을 점령하는 것도 가능합니다. 그렇게 되면 용맹성을 인정받아 국경 지방의 사령관이 될 수도 있을 것입니다.」

요아힘의 확고부동한 자세, 오늘이야말로 끝장을 내야지, 딱 잘라 끝장을 내자고 골똘히 생각하는 얼굴 표정에 어리둥절하지 않았다면 베렌스는 우울한 상태에서 또 무슨 말을 했을는지 몰랐다.

「고문관님.」 하고 요아힘은 말했다. 「나는 출발할 결심을 알려 드리고 싶습니다.」

「무어라고? 여행자가 된다고요? 나는 당신이 시일이 더 지난 뒤에 건강하게 되어서 군대로 들어갈 작정인 줄로만 알았는데요.」

「아닙니다, 나는 곧 출발해야 합니다, 고문관님. 1주일 안으로 말입니다.」

「내가 잘못 들은 것은 아닙니까? 당신은 예정을 단념하고 도망가려는 것입니까? 이것이 탈출을 의미한다는 것을 알고 계십니까?」

「아니오, 나는 그렇게 생각하지는 않습니다, 고문관님. 나는 당장 연대로 원대복귀해야 합니다.」

「앞으로 반 년이면 틀림없이 돌려보내 드린다고 하는데도 말입니까? 반 년이 지나지 않고서는 돌려보낼 수 없다고 하는데도 말입니까?」

요아힘의 자세는 더한층 군대식으로 되었다. 배를 들이밀고 서서 목소리를 누르면서 말을 짧게 끊었다.

「나는 여기서 1년 반 이상을 지냈습니다, 고문관님. 이 이상 더 기다릴 수 없습니다. 고문관님은 처음에 3개월이라고 말했습니다. 그 뒤 나의 요양 기간은 차례차례 3개월, 그리고 6개월로 연장되었습니다. 그런데도 나는 아직 건강하지 못합니다.」

「그것이 내 잘못이란 말입니까?」

「아니오, 고문관님. 그러나 나는 이 이상 더 기다리고 있을 수는 없습니다. 군대로 들어갈 기회를 놓치지 않으려면 여기서 완전히 병이 나을 때까지 기다리고만 있을 수는 없습니다. 지금부터 곧 아래로 내려가야 합니다. 장비와 그 밖의 준비를 하려면 아직 시간이 좀 필요합니다.」

「당신 집안 사람들과도 양해가 되어서 행동하시는 것입니까?」

「어머니는 양해해 주셨습니다. 모두 결말이 났습니다. 나는 10월 1일에 사관 후보생으로 제76연대에 입대합니다.」

「어떤 위험도 무릅쓰고 말입니까?」 베렌스는 충혈된 눈으로 청년을 쳐다보았다.

「그렇습니다, 고문관님.」 요아힘은 입술을 떨면서 대답했다.

「그렇다면 좋습니다, 짐센 군.」 고문관은 얼굴 표정을 부드럽게 하고, 몸도 마음도 느슨하게 가졌다.

「좋습니다, 짐센 군. 행동 개시! 여행이 무사하길 빕니다. 당신은 당신이 하는 일이 무엇을 의미하는지 분별하고 계시는 것 같습니다. 당신은 모든 것을 자기 책임 아래 행동하려고 합니다. 그리고 당신이 그걸 맡는 순간부터 그건 당신의 문제이지 내 문제는 아닙니다. 그건 분명합니다. 대장부란 자주독행(自主獨行)하는 법입니다. 당신은 보증 없이 여행을 합니다. 나는 전혀 책임을 지지 않겠습니다. 하지만 잘되겠지요. 당신이 하시려는 직업은 야외의 일이니까, 그것이 몸에도 도움이 되어 당신은 성공할 수 있을 것입니다.」

「나도 그렇게 생각합니다, 고문관님.」

「그런데 문명 사회의 청년, 당신은? 당신도 함께 떠나시는 거겠지요?」

이번에는 한스 카스토르프가 대답을 해야 할 차례였다. 그는 1년 전에 방문객으로부터 환자로 바뀌어진 원인이 되었던 진찰 때처럼 푸른 얼굴을 하고 그 때와 똑같은 장소에 앉아 있었고 이번에도 심장의 고동이 늑골에 울리는 것을 확실히 느꼈다.

「나는 당신이 정하는 대로 따라가겠습니다, 고문관님.」

「내가 결정하는 대로? 좋습니다!」

고문관은 청년의 팔을 잡아 끌고 타진했다. 그는 그 결과에 대해서는 기입하게 하지 않았다. 꽤 빨리 타진을 끝마치자 그는 말했다.

「당신은 여행을 해도 좋습니다.」

「그건…… 무슨 말씀인지요? 나는 건강하게 된 것입니까?」 한스 카스토르프는 말을 더듬거렸다.

「그렇습니다. 당신은 건강합니다. 왼쪽 위의 환부는 이제 문제가 아닙니다. 당신의 열은 그 환부에서 오는 것 같지는 않습니다. 그 열이 어디서 오는 열인지는 나도 말할 수가 없습니다만, 그다지 걱정할 필요가 없는 열이라고 생각합니다. 내 의견으로는, 당신은 출발하셔도 괜찮습니다.」

「그렇지만…… 고문관님……, 지금 그 말씀은 진정으로 하신 말씀이 아니시겠지요?」

「진심이 아니라니? 왜요? 당신은 나를 어떻게 생각하고 있습니까? 좀 들어 봅시다. 당신은 나를 무엇이라고 생각하고 있습니까? 창녀의 포주로 알고 있기라도 하는 겁니까?」

분노였다! 고문관의 창백한 얼굴은 끓어오른 피로 자색으로 변했고, 콧수염을 기른 입술의 한쪽 모서리만이 치켜 올라가서 그 윗이빨이 엿보였다. 황소처럼 머리를 내밀고 충혈된, 눈물이 괸 눈이 튀어나올 듯했다.

「그런 생각은 금물입니다!」하고 그는 외쳤다. 「첫째로 나는 이곳의 주인도 아무것도 아닙니다! 나는 여기의 고용인에 불과합니다! 나는 의사입니다! 단순한 의사일 뿐입니다! 알았습니까? 나는 뚜쟁이 영감이 아닙니다! 아름다운 나폴리의 톨레도의 색골은 더욱 아닙니다! 알았습니까? 나는 병을 앓고 있는 사람들의 봉사자입니다! 당신들이 여기에 있는 나를 그렇지 않은 사람으로 생각했다면 두 사람 모두 마음대로 하십시오. 소멸되든 멸망되든 마음내키는 대로 하십시오. 기쁜 여행을 빌겠습니다.」

고문관은 뢴트겐 실의 대합실로 통하는 문을 향해서 성큼성큼 걸어가서 그 문을 뒤로 쾅 밀어붙이고는 나가 버렸다.

사촌들은 어떻게 했으면 좋은가 하고 물어 보듯 닥터 크로코브스키를 바라보았지만 조수는 서류를 열심히 읽는 체했다. 사촌들은 서둘러 옷을 입었다. 계단에서 한스 카스토르프는 말했다.

「굉장한데. 전에도 저렇게 성을 낸 적이 있었나?」

「없었어, 저렇게 성을 낸 적은 없었어. 저게 상관의 벼락이라는 거야. 두말없이 묵묵한 자세로 받아들이는 것이 상책이야. 보나마나 폴리플락시오스와 쉘팅의 일로 화가 나 있었던 거야. 그러나 자네도 보았지.」 요아힘은 계속 말했는데 목적을 관철한 기쁨에 북받쳐, 가슴이 벅찬 것을 알 수 있었다. 「자네도 보았지. 내가 결심이 대단하다는 것을 알고 그가 손을 든 것을 말이야. 칼을 빼들고 끝까지 대들어야 해. 이래서 허락을 받은 거야. 그 자신도 말했어, 나는 아마 성공할 것이라고. 그리고 1주일 안으로 우리들은 출발……. 나는 3주일 안으로 연대로 가게 되어 있어.」 이렇게 말하고는 한스 카스토르프의 일을 건드리지 않고 기쁨에 떨리는 말을 자기의 영역에만 국한하였다.

한스 카스토르프는 잠자코 있었다. 그는 요아힘의 『허락』에 대해서도 가만히 있었고 자기에게도 『허락』이 나온 것에 대해 이야기할 만했지만, 여기에 관해서도 말을 하지 않고 있었다. 그는 안정 요양의 준비를 하고 체온계를 입에 물고 두 장의 낙타 담요를 간단하고 정확한 솜씨, 평지의 아무도 예상할 수 없는 완전하고도 차분한 솜씨로 몸에 감고는 초가을 오후의 싸늘한 습기 속에서 기분 좋은 침대 의자에 막대기같이 움직이지 않고 누워 있었다.

비구름이 낮게 드리워져 아래의 까닭 모를 도안의 깃발은 거두어들여졌고, 전나무의 젖은 가지 위에는 잔설이 얹혀 있었다. 1년 전에 알빈 씨의 목소리가 울려 오는 것을 처음 들었던 아래의 안정 홀로부터 요양 근무를 하고 있는 청년의 귀에 소곤대는 말소리가 들려 왔다. 한스 카스토르프의 손가락과 얼굴은 곧 축축하고 싸늘하게 굳어 버렸다. 그는 이런 것에도 익숙해져 있어서 그에게는 이제 이것이 유일한 생활 방식으로 되어 있었다. 그리고 그는 이곳의 생활 방식의 은혜, 누구의 방해도 받지 않고 누워서 모든 것을 생각할 수 있는 것을 감사했다.

드디어 결단은 내려져 요아힘은 출발하는 것이다. 라다만트는 요아힘을 석방한 것이다. 정식이 아니고, 건강한 사람으로서도 아니었지만 요아힘의 단호한 결심을 인정하고 그것을 이유로 마지못해서 석방한 것이었다. 요아힘은 협궤 철도를 타고 아랫세상의 란트크바르트에 내려가 로만스호른에 도착하여 시(詩) 속의 기사가 말을 타고 건너갔다는 넓고 깊은 호수(독일과 스위스 사이에 있는 보데 호수)를 건너 독일 전토를 횡단하여 집으로 갈 것이다. 그리고 사촌은 아랫세상, 평지 세계에서 살게 되는 것이다. 어떻게 살아야 하는지를 전혀 모르는 사람들, 체온계의 사용법, 담요를 몸에 감는 방법, 가죽 슬리핑백, 하루 세 번의 산책에 관해 전혀 모르는 사람들 사이에서 살게 되는 것이다. 평지의 사람들이 모르는 것을 하나하나 열거하는 것은 쉬운 일이 아니었다. 그러나 요아힘이 이 위에서 1년 반 이상이나 지낸 뒤에 아무것도 모르는 사람들 사이에서 지내야 한다는 생각은——요아힘에게만 관계되고, 아주 멀리에서 시험적으로만 한스 카스토르프에게도 관계되는 이 생각은——한스 카스토르프를 매우 혼란케 했다. 그는 눈을 감고 「불가능해, 불가능해.」 하고 중얼거렸다.

그것이 불가능한 것이라면, 그렇다면 이 위에서 요아힘 없이 혼자 계속 지낼 수 있을까? 정말 그렇다. 언제까지? 베렌스가 이제는 완쾌하여 석방시켜 줄 때까지. 그것도 오늘처럼이 아니라 진정으로 석방시켜 줄 때까지. 그러나 첫째로 그것은 언젠가, 요아힘이 어떤 기회에 해보였던 것처럼, 허공에 알 수 없다는 몸짓으로 그려 보인 『언제까지란 말인가』였고, 둘째로는 그때가 오면 불가능한 것이 가능하게 될 것인가? 아니 오히려 그 반대가 될 것이다. 『불가능한』 것이 그때가 오면 그야말로 정말 『가능한』 것으로 되는 것일까? 아니, 오히려 이 반대로 될 것이다. 그때가 되어 정말로 『불가능한』것으로 되어 버리기 전에 이번과 같은 일이 일어난 것은 구원의 손길이 뻗쳐진 것이라고, 공평하게 말해서 인정해야만 했다. 자기 혼자서는 영원히 평지로 돌아갈 것 같지 않은데 요아힘의 자포자기의 출발에 의해 한스 카스토르프에게도 평지로 돌아갈 지시와 인도가 부여되었던 것이었다. 인문주의적 교육자가 이 기회를 알게 되면 그 구원의 손길을 붙잡고 인도에 따르도록 극력 권했을 것이다! 그러나 세템브리니 씨는 대변자의 한 사람에 지나지 않았다. 들을 가치가 있는 것이었지만 그것만이 오직 유일한 절대 진리라고는 할 수 없는, 정신의 대변자에 지나지 않았다. 요아힘에 대해서도 이와 마찬가지였다. 그는 군인이었다. 그렇다. 그는 출발하는 것이다. 풍만한 가슴을 한 마루샤가 돌아올 때를 즈음하여——마루샤가 10월 1일에 돌아온다는 것은 모두 알고 있었다. 이와는 반대로 문화인인 한스 카스토르프는 언제 또다시 돌아올는지 전혀 알 수 없는 클라브디아 쇼샤를 기다리고 있어야 하기 때문에 출발할 수가 없으며 이것이 중요한 이유였다.

「나는 그렇게 생각하지 않습니다.」 하고 요아힘은 라다만트가 『탈주』라고 규정한 데 대해 대답했지만, 요아힘에 대해 『탈주』라고 한 것은 우울증에 걸려 있는 고문관의 헛소리라고 하지 않을 수 없었다. 그러나 문화인인 한스 카스토르프의 경우에는 역시 사정이 다를 수밖에 없었다——그렇다, 정말 의심할 여지없이 그러함에 틀림없었다. 그 결정적인 생각을 그의 기분 속에 포착하기 위하여 그는 오늘 이 축축하고 차디찬 바깥에서 누워 있는 것이었다. 그에게는 이번 기회를 잡고 무모한 혹은 무모에 가까운, 평지로의 출발을 감행하는 것은 그야말로 탈출일 것이다. 신의 자식인 인간의 관점에서 이 위에서 일어난 방대한 책임으로부터의 탈출인 것이며, 이 위의 발코니에서, 푸른 꽃이 피는 장소에서 전념했던 곤란하고 힘에 겨운, 그러나 모험적인 기쁨을 느끼게 하는 『술래잡기』의 의무에 대한 배반을 의미하는 것이었으리라.

한스 카스토르프는 입에서 체온계를 뺐다. 간호원장에게서 그 가느다란 기계를 사 가지고 처음 그것을 사용하였던 때를 제외하면 처음으로 난폭하게 입에서 빼고는 그때와 마찬가지로 수은주를 들여다보았다. 수은은 껑충 올라 37도 8부 거의 9부였다.

한스 카스토르프는 담요를 차 던지고 벌떡 일어나 방으로 뛰어들어가서 복도로 나가는 문 앞으로 달려갔지만 생각을 달리하고 다시 돌아왔다. 그리고 발코니에서 다시 원상태로 돌아갔다. 그리고 다시 수평 상태로 돌아간 뒤 작은 목소리로 요아힘에게 말을 걸어 사촌의 체온을 물었다.

「나는 이제 검온은 안 한다.」 요아힘은 대답했다.

「그래? 나는 온(溫)이 있는걸.」 한스 카스토르프는 슈퇴르 부인이 샴페인을 샴프라고 하는 식으로 체온을 줄여서 온이라고 흉내내어 말했지만, 유리 칸막이 저쪽으로부터는 아무런 대답이 없었다.

요아힘은 그날도 그 다음날도 그리고 그 뒤에도, 아무 말도 하지 않았고, 한스의 계획과 결심에 대해 아무것도 묻지 않았다. 한스의 계획과 결심은 출발이 다가왔기 때문에 행동을 하는가 아닌가에 의해 자연히 알 수 있었다. 즉 행동하지 않는 것으로 확실해졌던 것이었다. 한스 카스토르프는, 하나님은 하나님만이 행동하는 것을 희망하기 때문에 인간이 행동하려고 하는 것은 하나님을 욕되게 하는 것이라고 주장하는 정적주의를 신봉하는 것 같았다. 아무튼 한스 카스토르프가 요 며칠 사이에 행동한 것은 베렌스를 한 번 방문했을 뿐으로 그때에 두 사람 사이에 오고간 이야기에 관해서는 요아힘도 알고 있었고, 그것이 어떻게 낙착이 되었는지 요아힘은 그곳에서 들은 것처럼 상상할 수 있었다. 한스 카스토르프는 고문관이 불쾌한 상태에서 성을 내면서 한 말보다도 고문관이 평소에 말해 준 충언, 병을 철저하게 고쳐서 두 번 다시 이곳에 돌아오지 않도록 해야 한다는 충언을 존중하고 싶은 것이다. 자기는 현재도 체온이 37도 8부나 되어 정식으로 석방되었다고는 느낄 수 없다. 앞서 고문관의 말을 추방 처분이라고 해석할 것이 아니라면――그런 처분을 받을 일을 한 적은 전혀 없기 때문에――자기는 냉정하게 숙고한 결과, 요아힘 짐센의 경우에 의식적으로 따르지 않고, 더 오래 이곳에 머물러 있어 병이 완전히 해소되는 날을 기다리기로 결심했다고 설명했던 것이었다. 여기에 대해 고문관은 거의 똑같은 대답을 했음에 틀림이 없었다.「좋지, 좋아.」그리고「요전에 성을 낸 것은 나쁘게 생각하지 말도록.」그리고 고문관은 이것이야말로 분별 있는 청년의 말이라고 칭찬을 하고, 한스 카스토르프가 저 무분별자, 칼을 휘둘러 대는 자보다는 환자의 천분을 가지고 있다는 것은 처음부터 알고 있었던 바이라고도 말했다. 그밖에도 이와 비슷한 말이 오고갔던 것이었다.

이야기는 요아힘의 치밀한 추측에 따르면 이렇게 진행된 것이었지만 요아힘은 여기에 대해서는 한 마디도 말을 하지 않았다. 그는 한스 카스토르프가 그의 출발 준비에 합류하려고 하지 않는 것을 말없이 확인했다. 게다가 선량한 요아힘은 자기 자신의 일만으로도 얼마나 머리가 가득 차 있었던가. 정말이지 사촌의 운명이나, 그가 여기에 그대로 머물러 있는 것을 걱정할 겨를이 없었다. 가슴이 폭풍으로 뒤흔들리는 심정이었으리라. 그것은 상상할 수 없는 것은 아니었다. 그가 검온을 포기하고 체온계도, 그의 말에 따르면 무심코 떨어뜨려 깨뜨려 버린 것은 잘된 일이었으며, 현재의 요아힘처럼 흥분하고 기쁨과 긴장 때문에 얼굴이 붉으락푸르락 할 때에 검온이라는 것은 결심을 혼란하게 하는 결과를 초래할는지 모를 일이었다. 한스 카스토르프가 들어 판단한 바에 따르면 그는 이제는 누워 있을 수가 없어서 하루 종일, 『베르크호프』에 수평 상태가 되어야 하는 하루 네 번의 안정 요양의 시간에도 방안을 이리저리 거닐고 있었다. 여기에서 1년 반, 그리고 드디어 아래 평지로, 집으로, 정말로 연대로 돌아가는 것이었다. 정식으로 허락이 내려진 것은 아니었지만 말이다. 이것은 어떤 의미로나 결코 아무렇지도 않은 것은 아니었다. 한스 카스토르프는 안절부절 못하며 이리저리 걸어다니는 사촌의 태도로 그것에 동감할 수가 있었다. 18개월 동안, 꼬박 1년 하고 반 년 동안 이 위에서 지내고 이 위의 생활 기준, 신성한 생활 양식에 완전히 익숙해져 7일을 70번 곱한 세월 동안 어떠한 때에도 여기 생활 양식에 젖어 있다가 마침내는 집으로, 다른 세계로, 아무것도 모르는 사람들한테로 가는 것이다! 평지의 생활에 익숙해지려면 얼마나 여러 가지 곤란이 기다리고 있을 것인가? 요아힘의 일대 흥분이 기쁨 때문만이 아니라, 익숙해진 생활에서 떠나가는 불안과 슬픔으로 방안을 서성거리지 않을 수 없다고 한다면 그것이 이상한 것일까? 마루샤의 일은 별도로 친다 하더라도 말이다.

그러나 기쁨이 불안과 슬픔을 이겼다. 선량한 요아힘은 기쁨에 넘쳐 가만히 있을 수 없어 자기 일만을 이야기하고는 이제부터의 사촌의 일에 대해서는 언급하지 않았다. 그는 모든 것이 얼마나 새롭고 신선할 것인가 하고 이야기했다. 생활도 그 자신도 어느 하루도 어떤 시간도, 그는 다시 충실된 시간을 갖게 될 것이며 천천히 귀중한 젊은 세월을 보내게 될 것이라고 말하고 또한 한스 카스토르프의 외숙모 짐센 미망인 이야기를 했다. 요아힘과 마찬가지로 부드러우면서도 까만 눈을 한 짐센 부인은 아들인 요아힘이 평지로 돌아올 수 없었던 것처럼, 그녀도 지장이 있어 이 위로 아들을 방문하는 결심을 할 수가 없었다. 그 때문에 요아힘은 이 고원에 있는 동안 한 번도 어머니를 만나볼 수 없었던 것이었다. 요아힘은 얼마 뒤 수행할 입대 선서에 대해서도 감격의 미소를 띄면서 말했다.

「연대기(聯隊旗)를 앞에 세우고 장엄한 의식에 따라 연대기와 군기를 향해 선서를 하고 연대에 편입되는 것이다.」

「뭐라고?」하고 한스 카스토르프는 반문했다. 「진정이란 말인가? 나무 토막에? 헝겊에 대고?」

「암, 물론이지, 그리고 포병대에서는 대포를 향해 선서를 한다네. 상징의 의미에서.」

「거참 감상적이고 광신적인 관습인데.」하고 문화인은 말했다. 이 말에 대해 요아힘은 자랑스러운 듯, 행복한 듯이 머리를 끄덕여 보였다.

요아힘은 준비에 몰두하였다. 사무국에서 마지막 계산을 끝마치자 자기가 결정한 출발 날짜의 며칠 전부터 짐을 꾸리기 시작했다. 여름옷과 겨울옷을 짐 속에 넣고 가죽 부대와 낙타 담요도 기동 연습에 사용하는 일이 있겠지, 생각하고 요양원의 일꾼에게 부탁하여 삼베 부대 안에 넣어서 꿰매게 했다. 그리고는 나프타와 세템브리니를 찾아가 작별 인사를 했다. 혼자서 했다. 사촌은 그 방문에는 동행하지 않았고 세템브리니가 요아힘의 임박해 온 출발에 대해, 또 한스 카스토르프가 함께 출발하지 않는 것에 대해 어떻게 생각하며 무슨 말을 했는가에 대해서도 묻지 않았다. 세템브리니가, 『그래요?』 또는 『호호오』라고 했든지 그 어느 쪽을 말했든지, 또는 『불쌍한 사람』이라고 했든지 그것은 사촌에게는 아무래도 좋았다.

드디어 출발 전날 밤이 되었다. 그날 요아힘은 모든 것, 즉 식사, 안정 요양, 산보 등을 마지막으로 끝마치고 두 의사와 간호원장에게 작별 인사를 하였다. 그리고 출발 당일이 되어 요아힘은 충혈된 눈과 찬 손을 하고 아침 식사에 나타났다. 어젯밤에는 줄곧 잠을 이루지 못했다. 아침 식사도 거의 입에 대지 않았다. 난쟁이 아가씨로부터 짐이 모두 마차에 실려졌다는 보고를 받고 요아힘은 의자에서 급히 일어서서 식탁 친구들에게 작별 인사를 했다. 슈퇴르 부인은 작별 인사를 하면서 눈물을 흘렸지만 교양이 없는 여자의, 값싸고 무의미한 눈물이었다. 그녀는 그 눈물이 마르기도 전에 요아힘에게 보이지 않도록 여교사에게 머리를 흔들고 손가락을 편 손을 이쪽저쪽으로 돌려 보이면서, 요아힘의 출발 자격과 용태에 대해 오만상을 찌푸리며 사뭇 의심스럽다는 듯이 야비한 표정을 지어 보였다. 한스 카스토르프는 사촌 바로 뒤에 선 채로 커피를 마시면서 그러한 슈퇴르 부인의 얼굴을 보았다. 요아힘은 또 팁을 주고 현관에서 요양원 대표자의 공식 작별 인사말에 대답을 해야 했다. 예에 따라 오늘도 환자들이 마차의 출발을 구경하려고 모여들었다. 키가 작은 일티스 부인, 상아색의 레비, 품행이 단정치 못한 포포브와 그의 신부의 얼굴들이 보였다. 마차가 뒷바퀴에 브레이크를 걸면서 차도를 내려가기 시작하자 전송하는 사람들은 손수건을 흔들었다. 요아힘은 장미꽃을 선사받았다. 그는 오늘 모자를 쓰고 있었으나 한스 카스토르프는 쓰지 않고 있었다.

오랫동안의 음산한 날씨가 계속된 뒤에 비로소 화창하게 햇빛이 비치는 멋진 아침이었다. 쉬아호른, 그뤼넨튀르메, 그리고 도르프베르크의 둥근 정상들이 언제나와 마찬가지로 이 지대의 간판처럼 푸른 하늘을 뒤로 하고 솟아 있었고, 요아힘의 눈은 거기에 머물러 있었다. 유감인데, 하고 한스 카스토르프는 말했다.

「출발하는 날에 이렇게 좋은 날씨가 되다니 말이야, 심술궂은데. 마지막 인상이 나쁘면 작별하기가 쉬운 법이지.」

여기에 대해 요아힘은 작별하기가 쉽지 않아도 괜찮아, 하고 말했다. 군대 훈련에는 이 이상 더 바랄 수 없는 날씨로 평지에서는 마음껏 이용할 수 있을 것이라고. 현재 두 사람 사이의 사정으로 보아 물론 이렇다 하고 말할 것이 없었다. 게다가 마차 앞의 마부대 뒤에는 마부와 나란히 요양원의 절름발이 문지기가 앉아 있었다.

한 마리의 말이 끄는 이륜마차의 딱딱한 쿠션 위에 똑바른 자세로 앉아 있는 사촌들은 마차의 동요로 뛰어오르면서 시냇물과 협궤 철도를 뒤로 하고 선로와 평행으로 넓이가 일정치 않은 큰길로 나아가 창고와 별 차이가 없는 『마을』 역 앞의 돌이 많은 광장에서 마차를 내렸다.

한스 카스토르프는 모든 것을 깜짝 놀라는 기분으로 다시 보았다. 13개월 전에 이 역에 도착하여 황혼이 깃들기 시작할 때 보고 나서 그 뒤 한 번도 이 역에 온 일이 없었다. 「여기에 내가 도착했었구나.」 하고 한스 카스토르프는 너무나 당연한 말을 하였고 요아힘은「그렇지, 여기야.」라고만 대답하며 마부에게 요금을 건네주었다.

절름발이는 고맙게도 승차권, 짐 등을 모두 돌봐 주었다. 요아힘은 회색 쿠션이 모여 있는 작은 객실에 외투, 무릎 덮개, 장미꽃을 놓아 좌석을 확보한 뒤에 사촌과 장난감 같은 기차의 자기 객실 앞의 플랫폼에 나란히 섰다.

「이제 자네는 열광적인 선서를 하겠군.」 한스 카스토르프가 말하자 요아힘은 대답했다.

「암, 하고말고.」

이밖에 무슨 할 말이 있단 말인가? 두 사람은 평지의 사람들과 이 위의 사람들에게 마지막 인사를 각각 부탁했다. 그리고 난 뒤 한스 카스토르프는 지팡이로 아스팔트 위에 무엇인가를 그리고만 있었다. 승차를 재촉하는 소리를 들었을 때 그는 깜짝 놀라, 얼굴을 들어 요아힘을 쳐다보았고, 요아힘도 한스 카스토르프를 쳐다보았다. 두 사람은 손을 꼭 잡았다. 한스 카스토르프는 막연한 미소를 지었고, 요아힘의 눈은 진지한 슬픈 빛을 띄었다.

「한스!」

아! 신이여! 이렇게 참을 수 없는 일이 이때까지 이 세상에 있었을까? 요아힘은 한스 카스토르프의 이름을 불렀던 것이었다! 언제나 서로 불렀던 『자네』, 『여보게』라고 부르지 않고 관습이 갖는 신중성과 형식을 모두 버리고 도저히 참을 수 없는 감정적인 어조로 『한스』라고 불렀던 것이었다. 「한스!」라고 요아힘은 말하고 골똘히 생각하는 불안한 얼굴로 사촌의 손을 잡았지만 한스 카스토르프는 어제 잠을 자지 못한 사촌, 출발에 흥분하고 있는 사촌, 깊이 감동해 있는 사촌이 『술래잡기』 때의 한스 카스토르프와 마찬가지로 목을 흔들고 있는 것을 보아야 했다.

「한스! 곧 뒤따라 오도록 해.」

그리고는 승강대에 뛰어올랐다. 문이 닫히고 기적이 울리고 바퀴가 움직였다. 작은 기관차가 끌기 시작하자, 열차는 미끄러지기 시작했다. 이곳을 떠나는 자는 창문에서 모자를 흔들고 이 위에 남는 자는 손을 흔들었다. 한스 카스토르프는 가슴이 찢어지는 듯한 심정으로 한참 동안 멍하니 서 있었다. 그리고 그는 요아힘이 1년 전에 그를 안내하여 준 길을 천천히 다시 돌아갔다.

물리친 공격

시간의 바퀴는 굴러갔고 시간의 바늘은 돌아갔다. 제비꽃과 매발톱꽃은 시들어 버렸고 야생의 패랭이꽃도 사라져 버렸다. 진한 푸른빛의 별 모양을 한 용담과 창백하고 독이 있는 사프란이 젖은 풀 속에 다시 보였고, 숲의 표면이 붉은 빛을 띠기 시작했다. 추분이 지나 만령절(萬靈節)이 가까워 오고, 시간 낭비의 선수들에게는 강림절의 제1주일, 동지, 크리스마스의 축제일도 가까워지고 있었다. 그러나 아직도 10월의 아름다운 날씨가 계속되고 있었다——사촌들이 고문관의 유화를 본 날과도 같은 날씨가 말이다. 요아힘이 떠나고 나자 한스 카스토르프는 전의 식탁에 앉지 않게 되었다. 닥터 블루멘콜이 죽어 모습을 감추었고, 마루샤가 까닭 없이 웃으며 오렌지 향수의 손수건을 입에 대고 있었던 식탁, 슈퇴르 부인이 앉는 식탁에는 앉지 않게 되었다. 그 식탁에는 그가 전혀 알지 못하는 새로운 손님들이 앉게 되었다. 우리들의 친구는 2년 하고도 벌써 2개월이 지난 현재 사무국에서 다른 식탁을 지정받고 이때까지의 식탁과 가로놓여 있는 이웃 식탁 왼쪽 베란다로 나가는 문에 더 가까운, 지금까지의 식탁과 일류 러시아 인석에 끼인 식탁, 간단히 말하면 전에 세템브리니가 앉아 있던 식탁의 멤버가 되었다. 그렇다. 한스 카스토르프는 공석이 된 인문주의자의 좌석, 이번에도 말단 좌석에 앉아, 고문관과 조수가 회식할 때를 위해 일곱 식탁 중 언제나 비워 둔 상단 의사 좌석과 마주앉아 있었다.

빈 자리의 왼편에는 멕시코의 꼽추인 아마추어 사진사가 쿠션을 여러 개 겹친 위에 웅크리고 있었지만, 이 사나이는 여기서 오가는 언어를 전혀 몰라 벙어리와 다름없는 얼굴을 하고 있었다. 그 오른쪽에는 지벤뷔르겐에서 온 노처녀가 앉아 있었는데, 언젠가 세템브리니 씨가 한탄한 것처럼 그 부인은 아무도 모르는, 알고 싶지도 않은 형부 이야기를 아무에게나 지껄이는 것이었다. 그녀는 요양 규정의 산책에 툴라 산의 은제 손잡이의 지팡이를 가지고 돌아다녔지만, 매일 일정한 시각에 그 지팡이를 목에 비스듬히 대고 발코니의 난간 앞에 서서 위생 심호흡으로 접시처럼 납작한 가슴을 펴는 모습을 보였다. 그 노처녀의 맞은편에 체코 인이 앉아 있었는데 아무도 그 사나이의 성을 발음할 수가 없어 체코 씨라고 부르고 있었다. 세템브리니 씨도 베르크호프에 있었을 때 그 성(姓)을 구성하고 있는 까다로운 자음의 배합을 가끔 발음하여 보려고 했지만, 물론 진정으로 한 것이 아니라 그의 우아한 라틴어가 그 까다로운 음의 밀림에 속수무책인 것을 실험하여 보고 홍겨워하려는 것이었다. 그 보헤미아 인은 오소리처럼 살이 쪄 있었고, 이 위의 사람들 사이에서도 놀랄 만큼 특별한 식욕을 보였는데 4년 전부터 자기는 죽을 것이라고 계속 말하고 있었다. 그는 밤의 모임에서는 리본으로 장식한 만돌린으로 고향의 노래를 부르면서, 사랑스러운 아가씨들이 일하고 있는 그의 사탕무 재배장에 대해 이야기하였다.

이 사나이 다음에는 한스 카스토르프의 좌석 가까운 곳에 할레에서 온 양조가인 마그누스 씨와 마그누스 부인이 식탁 양쪽에 앉아 있었다. 마그누스는 당분을, 부인은 단백질을, 두 사람 다 생명에 중요한 신진대사의 산물을 잃고 있었기 때문에, 부부의 신변에는 어딘지 우울한 공기가 감돌고 있었다. 두 사람 다, 특히 마그누스 부인의 경우, 희망이라고는 전혀 갖고 있지 않는 것 같은 정신적인 빈곤이 그녀에게서 지하실 공기처럼 발산되고 있어, 한스 카스토르프가 언젠가 조화를 이루고 있지 않다고 주장하여 세템브리니 씨에게 꾸지람을 들었던, 병과 어리석음의 결합이라는 점에서 교양이 없는 슈퇴르 부인보다도 더 노골적으로 나타났다. 마그누스 씨는 부인보다는 좀 활기가 있어 가끔, 세템브리니의 문학적 신경을 건드리는 말투이긴 했지만, 말을 하기를 좋아했다. 게다가 그는 성를 잘 내 체코 씨와 정치적인 일 이외의 다른 일로 가끔 충돌을 일으켰다. 마그누스 씨는 대체로 보헤미아 인의 국민주의적인 언동이 마음에 들지 않는데다, 보헤미아 인이 금주 운동의 찬성가로 양조가의 장사에 대해 도덕적 견지에서 경멸적인 언사를 한 데 대해 자기에게 이해 관계가 밀접한 술의 위생상의 무해성(無害性)을 얼굴을 붉혀 가면서 옹호했다. 그럴 때면 전에는 세템브리니 씨가 유머러스하게 조정을 했었지만 한스 카스토르프에게는 그를 대신할 만한 역량도 없었고 사람들에게 그럴 만한 권위를 인정받을 만한 관록도 없었다.

식탁의 멤버 중에서 두 사람만이 한스 카스토르프와 비교적 친했다. 그 중 한 사람은 그의 왼쪽에 앉은 안톤 카를로비치 페르게였다. 페테르스부르크 출신의 이 선량한 인종자(忍從者)는 다갈색의 콧수염이 더부룩한 입으로 고무신 제조와 벽지, 북극권의 영원한 겨울에 대해 말했고 한스 카스토르프는 이 이웃과 규정된 요양 산책을 가끔 함께 하기도 했다. 다른 또 한 사람도 우연한 경우에는 산책하는 두 사람과 합류하였는데 그것은 멕시코 인 꼽추의 맞은편 식탁 상단 가까이에 앉아 있는, 머리숱이 적고 충치가 많은 만하임 인으로 이름은 페르디난드 베잘이라고 하며, 신분은 상인으로 쇼샤 부인의 요염한 모습에 욕정에 타는 눈길을 보냈었던 사나이였다. 이 사나이는 저 사육제의 밤부터 한스 카스토르프와 친구가 되고 싶어했다.

베잘은 한스 카스토르프의 우정을 끈기 있고 겸허하게, 우러러보는 듯한 비굴한 헌신으로 계속 희망했는데 헌신을 받는 한스 카스토르프는 그 헌신의 복잡한 의미를 간파하고 있었기 때문에 아주 싫고 몸서리나는 기분이기는 했지만 애써 인간적으로 응대하고 있었다. 이쪽에서 눈썹을 조금 찌푸리기만 하면 가련한 사나이를 당황하게 하고 흠칫하게 할 수 있다는 것을 알았기 때문에 한스 카스토르프는 그의 앞에서 자기를 낮추고 아양을 부릴 기회를 잡으려고 급급하고 있는 베잘의 비굴한 태도를 침착한 얼굴로 받아 넘겼다. 만하임 인이 산책할 때에 가끔 외투를 들어 주는 것을——일종의 경건함을 가지고 그는 팔에다 걸고 따라왔는데——참고, 마침내 만하임 인의 서글픈 이야기까지도 참고 들어 주었다. 베잘은 자꾸 질문을 했는데, 예를 들면 이런 질문을 해왔다. 이쪽이 사랑하고 있는데 저쪽은 상대도 해주지 않는 여성에게 애정을 고백하는 것은 의미가 있는 것일까? 즉 희망이 없는 애정이긴 하지만 여러분들은 여기에 대해 어떻게 생각하고 있는가? 베잘 자기로서는 그것은 기쁨이 결합되어 있는 애정이라고 생각한다. 고백하는 그 자체는, 물론 혐오를 느끼게 하고 여러 가지 굴욕감을 동반하지만, 그러나 애정의 대상을 이쪽으로 접근하게끔 만들어 그녀에게 모든 것을 털어놓아 이쪽의 정열의 불길로 끌어들이는 것이다. 물론 이로 인해 만사가 끝장이 나기도 하지만 순간의 절망적인 쾌감은 영원한 상실을 보충하고도 남음이 있다.

왜냐하면 고백은 일종의 폭력을 의미하는 것으로 상대방이 여기에 대해 저항하고 혐오를 나타내면 나타낼수록 말할 수 없는 쾌감을 느끼기 때문이다. 여기서 한스 카스토르프가 눈썹을 찌푸렸기 때문에 베잘은 물러서긴 했지만, 우리들의 주인공이 눈썹을 찌푸리는 것을 도학자(道學者)적인 완고성에서가 아니라, 고상하고 어려운 문제와는 관계가 없다는 것은 여러 번 강조하고 있는 선량한 페르게 씨의 면전임을 생각했기 때문이었다. 우리들은 한스 카스토르프를 실제보다 더 좋게도, 나쁘게도 보일 생각은 추호도 없으니까 여기서 곧 다음의 이야기를 보고해 두기로 한다. 불쌍한 베잘이 어느 날 밤 한스 카스토르프에게 사육제 모임 뒤의 체험과 경험에 대해 부디 자세하게 말해 달라고 떨리는 목소리로 애원했을 때, 한스 카스토르프는 호의를 가지고 온화하게 그것을 말해 주었던 것이다. 독자도 문제겠지만 이 조용한 이야기의 장면에는 천하고 경박한 느낌은 추호도 없었다. 그러나 우리들은 여러 가지 이유에서 독자를, 그리고 우리들 자신을, 그 말에 접촉하게 하고 싶지 않기 때문에 여기서는 다만 베잘이 그 뒤부터는 사람이 좋은 한스 카스토르프의 외투를 더한층 충실하게 들고 다녔다는 것을 부언하여 두는 것으로 그치겠다.

한스 카스토르프의 새로운 식탁 멤버에 관해서는 이 정도로 해두도록 하자. 그의 오른쪽 옆좌석은 잠시 동안, 불과 며칠 동안 다시 공석이 되어 버렸다. 며칠 동안 그 좌석에 앉아 있었던 사람은 전에 한스 카스토르프가 그러했듯이 청강생, 친척의 한 사람, 평지에서 올라온 손님, 말하자면 평지의 사자(使者)로, 한마디로 말하면 한스 카스토르프의 숙부 제임스 티나펠이었다.

뜻하지 않게도 고향을 대표하는 사자가 옛날 세계, 멀어져 간 세계, 아래에 있는 사바의 공기를 풍기면서 옆자리에 앉게 된 것은 모험적인 사건이었다. 그러나 이것은 언젠가는 와야 할 일이었다. 한스 카스토르프는 오래 전부터 평지의 이러한 공격을 남 몰래 각오하고 있었고, 마침내 그 정찰의 임무를 띠고 현실로 방문한 인물에 관해서도 처음부터 정확히 예상하고 있었는데 이 예상은 그리 어려운 것이 아니었다. 해군에 적을 두고 있는 페터가 올라온다는 것은 거의 생각할 수 없었고, 티나펠 종조부는 이 지방의 기압 사정 때문에 만일의 경우를 염려하여 열 마리의 말이 끌어도 이 위를 방문할 염려가 없다는 것은 처음부터 확실했다. 그렇다. 고향 사람들을 대표하여, 고향을 이탈한 연고자의 상황을 탐지하기 위해 오는 사자는 제임스밖에는 없었고 그가 찾아올 것은 훨씬 전부터 예상하고 있었다. 그러나 요아힘이 혼자서 평지로 돌아가서 친척들에게 이 위의 사정을 보고하고 난 뒤, 공격의 시기는 너무나도 빨리 닥쳐 왔다. 한스 카스토르프는 요아힘이 출발한 지 14일 만에 문지기에게서 한 통의 전보를 받고 올 것이 왔구나 하고 생각하며 제임스 티나펠의 단기간의 체재를 알리는 전보를 읽었을 때 조금도 놀라지 않았다. 제임스 숙부는 스위스에 용건이 있어 왔다가 그 길에 한스 카스토르프가 있는 고원에도 들러 보기로 했다는 것이었다. 모레 이곳을 방문한다는 것이었다.

『좋아.』하고 한스 카스토르프는 생각했다. 『좋지.』『어서 오십시오.』라는 말도 마음속에서 붙였다. 『숙부가 무엇을 안단 말인가.』하고 그는 다가오고 있는 사자에게 마음속으로 말했다.

요컨대 그는 그 통지를 태연하게 읽고 그것을 베렌스 고문관 사무국에 보고 하여 방을 하나 준비하게 하고——요아힘의 방이 아직 비어 있었다——다음 다음날 그 자신이 도착한 시간, 그러니까 거의 오후 8시가 되어, 이미 컴컴해진 뒤에 요아힘을 태워 보냈던 딱딱한 마차를 타고『마을』역으로 가서 정찰하기 위하여 찾아오는 평지의 사자를 맞이하기 위해 기다리고 있었다.

한스 카스토르프는 빨갛게 상기된 얼굴로 모자도 쓰지 않고 외투도 입지 않은 채 플랫폼 끝에 서 있다가 열차가 들어오자 숙부가 앉아 있는 창 밑으로 가까이 가서, 도착했으니 빨리 내리시라고 재촉했다. 티나펠 영사는——그는 부(副)영사로 이 명예직 방면에서도 늙은 아버지의 부담을 크게 덜어 주고 있었다——겨울 외투로 추운 듯이 몸을 감싸고 있었다. 10월의 저녁은 정말 몸에 느껴질 정도로 춥고 아주 심한 추위라고 할 수 있었고, 새벽에는 얼음이 얼 것임에 틀림없었다. 제임스는 깜짝 놀라고 들뜬 기분을 북서부 독일 신사다운 아주 세련된, 어딘지 섬세한 느낌을 주는 말과 태도로 객실에서 나와 오히려 사촌 같은 조카에게 인사를 하고 조카의 건강한 모습을 만족한 듯 기뻐하며, 절름발이가 짐을 모두 돌봐 준다는 것을 듣고 역에서 한스 카스토르프와 함께 마차의 딱딱하고 높은 좌석에 앉았다. 두 사람은 별이 많은 밤하늘 밑을 마차로 지나갔다. 한스 카스토르프는 머리를 뒤로 기대고 집게손가락을 들어 사촌과 같은 숙부에게 고원의 장관을 설명하고 반짝이는 성좌의 여러 가지를 말과 몸짓으로 보여 주며 유성의 이름을 설명해 주었지만, 제임스는 우주의 일보다도 옆자리의 조카의 태도에 정신을 팔면서 혼자서 생각하는 것이었다. 지금 여기서 별 이야기를 한다고 해서 나쁠 것은 없고 미친 짓이라고 말할 수 없었지만, 그밖에도 할 이야기가 많이 있을 법도 할 텐데 하고. 도대체 언제부터 하늘에 대해 그렇게 식견이 밝아졌느냐고 그가 한스 카스토르프에게 묻자, 한스 카스토르프는 대답했다. 그것은 춘하추동 언제나 발코니에서 밤의 안정 요양을 계속한 부산물이라고.

「뭐라고? 밤에도 발코니에서 잔다는 말인가?」

「그렇습니다. 영사님도 그렇게 하게 될 것입니다. 그렇게 하는 수밖에 별도리가 없을 것입니다.」

「물론이지, 여부가 있겠나.」제임스 티나펠은 환영하는 듯하면서도 좀 당황해서 대답했다. 동생처럼 함께 자란 조카는 태연하고 담담하게 말했다. 엄동설한과 같은 가을 추위에도 불구하고 조카는 모자도 외투도 없이 옆에 앉아 있었다.

「너는 조금도 춥지 않은 것 같구나?」하고 제임스는 물었지만 제임스 자신은 두꺼운 나사지 외투를 둘러쓰고도 떨고 있었다. 이빨이 맞추어지지 않는 것 같아 말투도 다소 성급한 듯 얼어붙은 것 같았다.

「우리들은 춥지 않습니다.」 한스 카스토르프는 조용히 짧게 대답했다.

영사는 한스 카스토르프의 옆얼굴을 한동안 뚫어져라 쳐다보았다. 한스 카스토르프는 고향의 친척들이나 친구들의 안부도 물어 보지 않았다. 제임스가 전한 평지의 사람들의 인사, 그리고 이미 연대로 들어가 행복과 자부심의 절정에 있는 요아힘의 인사를 전해도 한스 카스토르프는 그저 고맙다고 하며 듣고 있을 뿐, 고향의 근황에 대해서는 그 이상 아무것도 들으려고 하지 않았다. 제임스는 어딘지 막연한 불안을 느껴 그 원인이 조카에게 있는 것인지 여행 도중에 있는 제임스 자신의 생리 상태에 있는 것인지, 어느 쪽인지 판단을 내리지 못하고 주위를 돌아보았지만 고원의 경치는 거의 눈에 들어오지 않았다. 공기를 깊이 호흡하면서 멋진 공기라고 칭찬했다.

「그렇습니다. 세상에 널리 알려진 만큼의 것은 확실히 있습니다. 공기는 대단한 성능을 가지고 있습니다. 전신의 신진대사를 촉진시키고 또한 몸에 단백질을 붙게 합니다. 모든 사람이 잠재적으로 가지고 있는 병을 고치는 힘을 가지고 있는 공기이긴 하지만, 처음에는 그 병을 강하게 촉진시켜 전 유기체를 자극하고 앙진함으로써 병을, 말하자면 화려하게 폭발시키는 힘을 갖고 있습니다.」

「실례지만, 화려하게 말인가?」

「물론입니다. 숙부께서는, 병의 폭발에는 어딘가 화려한 느낌이 동반한다는 것을 한 번도 느낀 적이 없습니까? 육체의 일대 기쁨을 나타내는 듯한 느낌을요.」

「물론이지, 당연하지.」 숙부는 아래턱을 덜덜 떨면서 대답하고는, 위에는 7일간 그렇지 않으면 6일간만 있게 될 것 같다고 말했다. 그리고 한스 카스토르프의 용태는 아까도 말했지만, 정말로 뜻밖에 길어진 요양 덕택에서인지 놀랄 정도로 기운이 좋고 건강해졌으니 함께 평지로 돌아갈 수 있을 것이라고 제임스는 말했다.

「그렇게 오시자마자 너무 무리한 말씀은 말아 주십시오.」 하고 한스 카스토르프는 말했다. 제임스 숙부의 말은 평지의 인간들의 말이다. 우리들이 있는 이곳을 우선 좀 견학을 하고 여기 생활에 익숙해져 보는 것이다. 그렇게 되면 관념이 틀림없이 달라질 것이다. 병이 완치되는 것이 제일인 것이다. 즉 〈완전하게〉라는 것이 제1조건이지만 베렌스 고문관은 요 얼마 전에도 앞으로 반

년을 언도했다. 여기서 숙부는 조카를 『너』라고 부르며, 너 정신이 나갔느냐고 물었다. 휴가 여행도 3개월의 다섯 배가 되는데 아직 앞으로 반 년이라니 우리에게는 그렇게 많은 시간이 없는 거야! 이 말에 대해 한스 카스토르프는 하늘의 별을 쳐다보며 태연스레 짧게 웃었다.

「그렇습니다. 시간 말이지요. 시간, 지상의 시간에 대해서 말인데요. 숙부님은 무엇보다도 이 점에서 평지로부터 가지고 온 관념을 검토하여 고쳐야 할 것입니다. 그리고 난 뒤에 여기서 시간에 관해 의논하는 것이 좋을 것입니다.」

제임스 티나펠은 내일 안으로 한스의 문제 때문에 고문관하고 의논하겠다고 약속했다. 「좋습니다.」 하고 한스 카스토르프는 말했다. 「그는 틀림없이 숙부의 마음에 드실 겁니다. 흥미있는 성격이며, 명랑하고도 우울합니다.」 하고 한스 카스토르프는 샤츠알프 요양원의 전등불을 가리키면서 쌍썰매로 골짜기에 내려지는 시체에 관해서도 덧붙여 이야기했다.

한스 카스토르프는 손님을 요아힘의 방에 안내하고 좀 쉬게 한 다음, 두 신사는 베르크호프 레스토랑에서 식사를 함께 했다. 요하임의 방은 H_2CO로 소독이 끝났다고 한스 카스토르프는 말했다.

방 주인이 자포자기로 출발한 것이 아니라 전혀 다른 출발, 퇴거가 아니라 퇴출——죽은 것을 말한다——했을 때와 마찬가지로 철저하게 소독을 한다고 한스 카스토르프는 말했다. 숙부가 『퇴출』은 무슨 뜻인가 하고 묻자 조카는 대답했다.

「은어입니다! 우리들이 쓰는 말입니다!」

「요아힘의 경우는 탈주입니다. 군기 아래로 탈주한 것입니다. 그런 경우도 있습니다. 그건 그렇고, 갑시다, 따뜻한 음식을 먹도록 말입니다.」

이렇게 하여 두 사람은 식당에서 함께 식사를 했다. 기분 좋게 따뜻해진 식당에서 한층 높은 장소에 마주앉았다. 식당의 난쟁이 아가씨가 민첩하게 두 사람의 시중을 들었다. 제임스가 부르군트 산 포도주를 한 병 주문하자 그것은 작은 바구니 속에 담겨 테이블 위에 놓여졌다. 두 사람이 술잔을 서로 부딪치자 온화한 술기운이 몸 전체에 스며들었다. 연소자는 이 위의 네 계절에 따른 생활, 식탁의 한 사람 한 사람의 인물평을 지껄였고 선량한 페르게의 경우를 예로 들어 기흉이 어떤 것인가를 말하고, 그 수술중에 일어나는 일이 있는 흉막 진탕의 무서운 점에 관해서도 자세히 말했으며, 페르게 씨가 당했다고 하는 3색의 기절, 그리고 흉막 진탕에 한몫을 차지한 후각의 환각, 그리고 기절하면서 일으키는 껄껄 웃음에 대해 말했다. 그는 혼자서 지껄였다. 제임스는 평소부터 늘 그러했던데다 여행과 공기의 변화 때문에 식욕이 한층 더 왕성해져 마구 먹고 마셨다. 그러나 그는 영양 섭취를 가끔 그만두고 입에 꽉 찬 요리를 씹는 것도 잊어버리고 나이프와 포크를 접시 위에 팔자(八字)로 놓은 채 한스 카스토르프의 얼굴을 물끄러미 쳐다보았지만, 한스 카스토르프도 그것을 별로 꺼리지 않는 것 같았다. 블론드 머리칼이 엷어진 티나펠 영사의 관자놀이에는 혈관이 부풀어 있었다.

고향 이야기, 개인적인 가정 이야기, 도시의 이야기, 장사 이야기, 기계 제조·보일러 제작의 툰더·빌름스 회사 이야기도 전혀 화제에 오르지 않았다. 이 조선 회사에서는 젊은 견습 사원의 입사를 아직도 기다리고 있었지만 물론 이것만이 회사의 일은 아니었기 때문에 언제까지나 기다려 줄 것인지의 여부는 의문이었다. 제임스 티나펠은 그쪽 이야기를 마차 속에서도, 그 뒤에도 언급했지만, 한스 카스토르프의 침착하고 단호한 마음으로부터의 무관심한 태도에 부딪혀 무슨 이야기도 땅에 굴러 떨어져 거기서 그대로 버려졌다. 그 태연하고 불사신(不死身) 같은 태도는 가을 저녁나절의 찬 기운에 무감각한 것이라든지, 「우리들은 춥지 않습니다.」라는 말을 기억나게 했는데, 숙부가 조카의 얼굴을 옆에서 여러 번 자세히 쳐다본 것도 아마 조카의 그러한 태도 때문일 것이리라. 간호원장과 의사들의 이야기도 나왔고 닥터 크로코브스키의 강연 이야기도 나왔는데, 제임스도 여기에 1주일 있겠다고 하면 강연을 한 번은 들을 것이라고 말했다. 숙부가 그 강연에 참가할 것이라고 조카에게 말했단 말인가? 아무도 말하지 않았다. 한스 카스토르프가 그렇게 정하고 유유히, 단호하게 그것을 기정 사실로 결정하고 있었던 것이다.

숙부는 거기에 출석하지 않을는지 모르겠다고 생각하는 것조차도 부자연스럽게 느껴져, 그러한 부자연스러운 것을 잠시라도 생각한 것을 의심받지 않으려고 당황하여 「그야, 물론이지.」 하고 말했다. 조카의 그런 태도는 티나펠 씨에게 막연하긴 했지만 어떤 힘을 좋든 싫든 간에 느끼게 하여, 사촌이라고 해도 좋을 조카를 자기도 모르게 쳐다보지 않을 수 없게 했다. 이번에는 입을 벌린 채로였다.

코감기에 걸린 것도 아닌데 숨을 쉬는 코의 통로가 막혀 있었던 것이었다. 그는 조카가 여기서 모든 사람들 공통의 전문적 관심 대상인 병에 대해, 그리고 또 그 병에 대한 수용 체질(受容體質)에 대해 이야기하는 것을 듣고, 한스 카스토르프 자신의 소극적이긴 하나, 그러나 오래 끄는 병의 증상에 대해 말하는 것을 듣고, 기관지의 분지(分枝)와 폐엽의 세포 조직이 세균에서 오는 자극에 대해, 결핵 형성에 대해, 가용성의 마취성 독소의 제조에 대해, 세포의 붕괴와 폐엽의 치즈화에 대해 말하는 것을 듣고, 그 치즈화가 석회화(石灰化)와 결체 조직(結締組織)의 유착에 의해 무사히 정지하든지 한층 더 큰 연화(軟化) 구멍을 계속 형성하면서 크게 번져가는 공동을 뚫고 폐장을 파괴하는가가 문제라는 것을 들었다. 그는 또 그 파괴 현상의 과격한 분마성(奔馬性)의 형태에 대해 듣고, 그 형태가 이삼 개월 사이에, 아니 이삼 주일 안에 환자를 사망하게 만든다는 것을 듣고 고문관의 대가다운 솜씨의 기흉술, 폐절개에 대해서도 듣고, 요즈음 이 위에 온 지 얼마 안 되는 중증의 부인이 내일 아니면 모레 곧 수술을 할 것이라고 하는데 병만 없으면 매력적인 그 스코틀랜드 부인은 폐회저(肺壞疽)에 걸려 있어 체내에 암녹색의 병독이 번지기 때문에 그녀는 자기 자신에게 구역질이 나 기절하지 않으려고 하루 종일 석탄산 용액의 분무(噴霧)를 들이마셔야 한다는 이야기도 들었다.

여기서 부영사는 갑자기 웃음보를 터뜨렸다. 자기로서도 전혀 뜻밖의 일이어서 크게 부끄러워했다. 그는 웃음보를 터뜨리긴 했지만 그것을 알아차리자 곧 웃음을 억제하고 기침을 하면서 지금 자기에게 뜻밖에 일어난 일을 모든 방법을 써서 얼버무리려고 애썼다. 게다가 그는 한스 카스토르프가 지금의 무례한 태도를 알아차리지 못할 리가 없는데도 그것을 조금도 개의치 않고 무관심하게 있는 것을 보고 안심했지만 그 안심은 새로운 불안을 내포하고 있었다. 조카의 그런 무관심은 조심이라든지 사양이라든지 예절 같은 것이 아니라 순전한 무관심, 오불관언, 무서울 정도의 관용이라고 할 수 있는 것으로, 그런 실책에 신경질을 내는 것을 이미 잊어버린 태도였다. 영사는 지각없이 웃어 버린 것에 대해 뒤에라도 그럴 듯한 이유와 의미를 붙이려고 했는지 그렇지 않으면 어떤 생각에서였는지 관자놀이에 부풀어오른 혈관을 보이면서 남자들이 클럽에서 서로 주고받는 종류의 말이 생각난 것처럼 이야기하기 시작했다. 지금 함부르크의 성 파울리(함부르크 도시의 환락가)에서 떠들어 대고 있는 『샹송 가수』, 아주 멋지고 인기 있는 유행 가수 이야기를 하면서 그 여자가 고향의 신사들을 현혹시키고 있는 강력한 매력을 조카에게 설명하여 주었다. 제임스는 그것을 말하고 있을 때 혓바닥이 좀 풀리지 않았는데 조카는 거기에 대해서도 신경을 쓰지 않고 태연했기 때문에 제임스는 그것을 괴로워할 필요가 없었다.

아무튼 제임스는 여행을 하느라고 심한 피로를 느꼈고 그것이 더한층 심해져서 10시 반경엔 벌써 대화를 중단할 것을 제의하고, 홀에서 가끔 들었던 닥터 크로코브스키와 처음으로 대면하기로 되어 있었는데 내심으로는 이것을 귀찮아했다. 조수는 신문을 읽으면서 살롱의 문 옆에 앉아 있었다. 조카가 그에게 숙부를 소개했다. 닥터의 힘차고 명랑한 인사에 대해 제임스는 「정말 당연하지요.」라는 말밖에는 거의 대답할 말이 없었다. 조카는 내일 아침 식사를 함께 하러 오겠다는 말을 남기고 요아힘의 소독이 끝난 방에서 발코니를 따라 자기 방으로 돌아갔다. 제임스는 언제나 자기 전에 피우는 담배를 입에 물고 탈주병 요아힘의 침대에 몸을 던졌을 때에야 깊은 안도의 숨을 돌릴 수 있었다. 불이 붙은 담배를 입에 문 채로 두 번이나 꾸벅꾸벅 졸다가 하마터면 화재를 낼 뻔했다.

한스 카스토르프가 『제임스』라고만 불렀던 제임스 티나펠은 다리가 날씬하고 긴 40세에 가까운 신사였다. 영국제 천으로 맞춘 양복에 부드럽고 흰 속옷을 입고 있었다. 숱이 적은 머리색은 카나리아와 같은 담황색이며 푸른 눈이 좁은 간격으로 나란히 있고 엷은 갈색 콧수염을 짧게 다듬은데다 손은 아름답게 손질되어 있었다. 제임스는 수 년 전부터 남편이자 아버지의 입장이었지만 하르페스테후더 거리에 있는 늙은 영사의 저택이 너무 크고 넓었기 때문에 가정을 갖고서도 다른 데로 이사할 필요가 없었다. 아내는 그와 같은 사회 계급의 출신으로 문화적이고 세련되었고, 그와 마찬가지로 작은 목소리로 빠르게 신랄하면서도 은근히 말하는 부인이었다. 가정에서의 제임스는 아주 정력적인데다 사려 깊고 우아한 일면, 또한 냉정하고 실제적인 실업가였다. 그러나 다른 풍습이 지배하고 있는 타향을 여행하는 경우, 가령 남부 독일로 여행하면 상대방의 의사를 당황하면서 받아들이려 하는 태도가 여실히 나타나 보였다. 그러나 자기 생각을 주장하지 않는 이 정중하면서도 지나치게 기꺼이 응하는 성질은 그가 자라난 문화에 자신이 없어서가 아니라, 오히려 그 문화의 굳건한 가치를 의식하고 있었기 때문이었다. 또 자기의 귀족적인 좁은 아량을 수정하고 자기에게 괴상하게 느껴지는 풍습에 접촉해도 그것을 이상하게 느끼는 기분을 보이지 않으려는 심사에서이기도 했다.

「그건 정말 당연하지요!」하고 신사이긴 하지만 융통성이 없는 사람이라는 생각을 주지 않으려고 당황하여 말하는 것이었다. 이 위를 방문한 것은 확실히 실제적인 사명을 띤 것으로서 나간 채로 돌아오지 않는 젊은 조카의 동태를 확인하고, 그가 마음속으로 사용한 말에 따르면 조카를 『얼음 속에서 끄집어 내어』 집안 식구들의 손에 다시 넘기기 위해 찾아온 것이었다. 그러나 이 위에 와 보니, 이 위의 세계가 다른 세계라는 것을 통감했다. 여기에 도착한 순간부터 벌써 그가 손님으로 방문한 이 위의 세계, 다른 풍습이 지배하는 세계가 굳건한 자신(自信)을 가지고 있다는 점에서 그 자신의 세계에 지지 않을 뿐만 아니라, 그것을 훨씬 능가하고 있어, 그가 실무자로서의 정력과 신사로서의 교양 사이에 곧 갈등을 일으키게 하고, 그것도 대단히 심각한 갈등을 일으키게 할 것이라는 강한 예감에 사로잡혀 그를 맞이한 이 위 세계의 자신만만함은 정말 압도적이라는 것을 느꼈다.

한스 카스토르프가 영사의 전보를 읽고 남 몰래 침착하게 「어서 오십시오.」 하고 중얼거렸을 때 그가 예견한 것도 그것이었다. 그렇다고 해서 그가 이 위의 세계의 강한 개성을 의식적으로 숙부에게 이용했다고 생각해서는 안 된다. 그런 것을 하기에 그는 벌써 오래 전부터 이 위의 세계의 한 사람이었다. 따라서 공격자에 대해 이 세계의 왕성한 기력을 의식적으로 이용한 것이 아니라, 그 반대로 영사가 사명이 달성될 것 같지 않은 것을 조카의 태도에서 막연하게 예감한 순간에 시작되어 한스 카스토르프가 우울한 미소로 보내지 않으면 안 되었던 결말과 종말에 이르기까지 모든 것이 아주 단순한 외부적인 경로로 그렇게 되었던 것이었다.

다음날 아침 식사에 청강생은 본과생으로부터 식탁 멤버에 소개되었는데, 베렌스 고문관도 검은 콧수염과 파란 얼굴의 조수를 대동하고 키가 큰데다 이상한 얼굴 그대로를 하고 식당으로 들어와서 예의 수사적인 아침 인사인 『잘 주무셨습니까?』를 연발하면서 식당을 잠시 누비고 다녔다. 제임스는 그 베렌스에게서, 제임스가 혼자 있게 된 조카의 상대를 잠깐이라도 해주기 위해 이 위를 방문한 것은, 멋진 영감이었다고 들었을 뿐만 아니라 제임스 자신도 언뜻 보아 빈혈임이 분명하기 때문에 그 자신의 아주 심각한 이해 관계상으로도 현명한 일이었다는 말을 들었다. 빈혈! 내가, 이 제임스 티나펠이? 그렇습니다, 물론입니다 하고 베렌스는 말하고 제임스의 아래 눈꺼풀을 둘째손가락으로 뒤집었다.

「심한 빈혈입니다. 숙부께서도 요 몇 주일을 여기 발코니에서 유유히 누워 모든 점에서 조카의 예를 따라 정진하시면 그야말로 빈틈없는 치료 효과를 볼 수 있을 것입니다. 숙부님 같은 상태에 있으면 한동안 가벼운 폐결핵인 셈치고 생활을 하시는 것이 무엇보다도 가장 상책이라고 할 수 있을 것입니다. 게다가 폐결핵의 징조도 있습니다.」

「정말 당연합니다!」 하고 영사는 당황하여 말하고 뒷목을 둥글게 하고 헤엄치듯 가버리는 고문관의 모습을 자세히 정중하게 입을 벌리고 한참 바라보

앉지만 조카는 그 옆에 태연하게 서 있었다. 그리고 숙부와 조카는 시냇가의 벤치까지 하는 규정된 산책에 나섰다. 산책에서 돌아오자, 제임스 티나펠은 가지고 온 무릎 덮개와 조카에게서 빌린 낙타 담요 한 장을 갖고――조카는 화창한 가을 날씨에도 담요 한 장으로 충분하였다――조카에게서 지도받으면서 최초의 안정 요양을 했다. 조카는 숙부에게 담요를 몸에 감는 일정한 순서를 한 가지씩 가르쳐 주었다. 영사를 미이라처럼 둥글게 감아 놓은 뒤에 이번에는 영사에게 규정된 순서를 혼자서 되풀이하도록 하고 가끔 여기저기 손질을 해주는 데에 그쳤다. 그리고 린기르의 양산을 의자에 고정시키고 그것을 태양의 위치에 따라 이동하는 것도 가르쳐 주었다.

영사는 농담을 했다. 그는 평지의 기분을 아직 갖고 있어서 아까 아침 식사 뒤에 끝마친 규정의 산책에 대해서도 농담을 했고, 지금도 담요를 두르는 방법을 배우면서 여기에 관해서도 농담을 했다. 그러나 조카가 그 농담의 어느 것에도 전혀 상대를 해주지 않으려는 태연스러운 미소를 띄는 것을 보고, 그 미소에 이 세계의 얕볼 수 없는 자신만만함이 그대로 나타나 있는 것을 보고 불안을 느꼈다. 그리고 자신이 지닌 실무자로서의 정력이 압도당하는 것이 두려워 평지에서 가지고 온 자아 의식과 에너지를 동원할 수 있는 동안, 조금이라도 빨리 그날 오후 안에라도 조카의 일로 고문관과 중대한 의논을 하기로 갑자기 결심했다. 이 세계의 정신이 그의 사교성을 이쪽으로 끌어들여, 그의 평지의 정신과 에너지에 대해 위험한 공수 동맹(攻守同盟)을 맺어 평지의 정신과 에너지가 사라져 가는 것을 느꼈기 때문이다.

게다가 또, 제임스는 고문관이 그에게 빈혈을 이유로 하여 이 위의 환자들의 생활을 본받으라고 충고한 것도 따를 필요가 없다고 느꼈다. 그것은 당연히 그래야 하는 것이어서 달리 생각할 필요도 없는 것으로 느꼈지만, 그러나 그렇게 느낀 것이 어느 정도까지 한스 카스토르프의 태연자약한 자신만만한 태도의 영향에 의한 것인지, 어느 정도까지 그것이 객관적이며 필연적으로 그렇게 하는 수밖에는 없고 그외로는 생각할 수 없는 것인지, 이것은 신사인 제임스로서는 처음부터 구별할 능력이 없었다. 최초의 안정 요양이 끝나자 분량이 많은 두번째의 아침 식사가 나오고 아래 『마을』까지의 산책이 필연적으로 뒤따랐다. 이 세상에 이것처럼 자연스러운 일은 없었지만 그 산보에서 돌아오면 한스 카스토르프는 숙부의 몸을 다시 담요에 쌌다. 문자 그대로 숙부의 몸을 푹 쌌던 것이다. 가을 햇빛 속에서의 잠자리로는 좋기가 이를 데 없는, 아니 극도로 찬미해야 할 침대 의자에 숙부를 눕히고 난 뒤 조카도 이웃 발코니의 침대 의자에 누워 있으면 얼마 안 있어 환자들을 부르는 점심 식사의 종소리가 울려퍼졌다. 그 점심 식사는 최상, 최고의 요리로 분량도 굉장히 많아 점심 식사 뒤에 하는 정오의 안정 요양은 형식적인 관습뿐이 아니라 생리적으로도 필요한 것으로 개인적인 요구에서 하는 것이었다. 이렇게 하여 저녁 식사 때가 되는데 분량이 많은 저녁 식사가 끝나면 광학 응용의 오락 기구가 갖추어져 있는 살롱에서 밤의 사교 모임을 갖는 것이었다.

이렇게 온화하고 부드럽게 강요되는 일과에 대해서는 불평을 할래야 할 수 없었고, 영사의 판단력이 몸의 바꾸어진 상태 때문에 둔해져 있었다고 하더라도 그 일과에 대해서 이러쿵저러쿵 할 수는 없었다. 영사는 좋지 않은 몸의 상태를 병이라고까지는 말하고 싶지 않았지만 피로와 흥분이 결합되어 있어서 몸에 열이 나는 동시에 한기가 일었다.

불안한 기분으로 고대하고 있었던 베렌스 고문관과의 회담을 실현하기 위해 정규 수속이 밟아졌다. 즉 한스 카스토르프가 그것을 마사지 선생에게 부탁하여 그 선생이 그것을 간호원장에게 전달해 주었고 영사는 간호원장과의 이상한 대면을 하게 되었다. 간호원장은 영사가 누워 있는 발코니에 나타나서 둥근 통나무처럼 담요를 두르고 쓸쓸하게 누워 있는 영사에게 이 위의 이상한 관습에 따라 말을 걸어 와 예의바른 그를 아주 번거롭게 했다.

「존경하는 당신께서는 부디 이삼 일만 더 기다려 주십시오.」하고 간호원장은 말했다. 「고문관은 수술, 종합 진단으로 꼼짝을 못 하고 있습니다. 그리스도교의 가르침에 따라 병든 사람들을 우선적으로 취급해야 합니다. 영사는 건강하신 것 같으니 여기서는 제1 순서를 요구하지 마시고 한 걸음 뒤로 물러서서 기다려 주십시오. 그러나 진찰을 받으시려고 하신다면 이야기는 달라집니다. 영사가 진찰을 요구한다고 해도 아드리아티카는 그것에 별로 놀라지 않습니다. 시험삼아 나를 쳐다보아 주십시오, 그렇습니다. 눈과 눈을 마주치면 됩니다. 당신의 눈은 다소 흐리고 열에 불타고 있으며 침대 의자에 누워 있는 모습을 볼 때 무어라 해도 완전무결과는 거리가 멀다고 하지 않을 수 없으며 그다지 결백하다고도 할 수 없습니다. 그런데 영사님이 바라는 것은 진찰입니까, 그렇지 않으면 사적 회담입니까, 어느 쪽입니까? ——그것은 물론 후자의 것, 사적 회담을 원한다고 침대 의자의 사나이는 단언했다——그렇다면 나중에 통지가 있을 때까지 기다려 주십시오. 고문관은 사적 회담을 할 시간은 거의 가지고 있지 않기 때문입니다.」

요컨대 모든 것이 제임스가 기대했던 것과는 틀어져 버렸을 뿐만 아니라 간호원장과의 대화는 그의 마음에 지워질 수 없는 충격을 주었다. 조카가 이 위의 세계의 습성에 적응하고 있는 것은 조카의 태연자약한 태도에서도 확실히 느낄 수 있었지만, 그 조카에게 간호원장이 얼마나 몸서리나는 부인으로 느껴졌느냐는 실례되는 말을 한다는 것은 신사인 제임스로서는 할 수 없는 일이었기 때문에 제임스는 조심조심 조카의 생각을 타진하기로 했다. 간호원장이 좀 이상한 여자가 아닌가 하고. 여기에 대해 한스 카스토르프는 깊이 생각하는 듯 허공을 쳐다보고 난 뒤 밀렌동크 양은 체온계를 강매하지 않더냐고 반문했지만 이것은 제임스의 질문을 반은 긍정한 것이 되었다.

「아니야, 내게 말인가? 그녀가 그런 일도 한단 말인가?」 하고 숙부는 물었다.

그러나 조카가 물어 본 그런 일이 있다고 해도 조카는 그에 대해 그다지 놀라지 않았으리라는 것이 얼굴 모양에 확실히 나타나 있어 제임스는 마음이 좋지 않았다. 그 얼굴 모양에는 「우리들은 춥지 않습니다.」라고 하는 것과 꼭 같은 표정이 나타나 있었다. 영사는 추워서 견딜 수 없었다. 얼굴은 열이 올라 있었지만 몸은 언제나 얼어 있었다. 그래서 그는 이렇게 생각했다. 간호원장이 자기에게 정말로 체온계를 강매하려고 했다면 그는 물론 그것을 거절했겠지만, 그러나 거절하는 것은 결국은 옳지 않을 것이다. 왜냐하면 남의, 가령 조카의 체온계를 빌리는 것은 문명 사회의 일원으로서는 불가능한 일이기 때문이다.

이렇게 하여 며칠이 지나갔다, 사오 일 동안이나. 사자의 생활은 궤도에 올랐다. 주위에서 준비된 궤도였지만 그 궤도 밖을 달린다는 것은 생각할 수 없는 일이었다. 영사는 여러 가지를 견문했고 갖가지 인상을 받았지만 우리들은 그것을 더 이상 캐지 않기로 하자. 어느 날 그는 한스 카스토르프의 방에서 검고 작은 유리판을 손에 집어들고 보았다. 그것은 방 주인이 그의 깨끗한 거처를 장식하고 있는 자질구레한 소지품 중의 하나였다. 조각을 한 작은 사진틀에 끼워 장 위에 세워 놓은 것인데, 광선에 비춰 보면 사진이 음화인 것을 알 수 있었다.

「이건 도대체 무언가?」 하고 숙부는 그 유리판을 비춰 보면서 물었다……. 그렇게 묻는 것은 당연한 일이었다! 그 사진 모습에는 두부(頭部)가 없고 몽롱하니 살에 싸인 인체의 상반신 해골 사진으로 얼핏 보건대 부인의 몸뚱이였다.

「그거 말입니까? 기념품입니다.」 하고 한스 카스토르프는 대답했다. 숙부는 그 말을 듣자 「이것 참, 실례했는데.」 하고는 그 사진을 사진틀에 다시 꽂고 성급히 그곳을 떠났다. 이것은 요 사오 일 동안의 제임스의 견문과 인상 중에서 한 가지 예를 든 것뿐이다. 닥터 크로코브스키의 강연에도, 거기에 가지 않는다는 것은 생각할 수 없었기 때문에 얼굴을 내밀었다. 그리고 기다렸던 베렌스 고문관과의 사적 회담은 6일째에 실현되었다. 호출을 받고 제임스는 첫번째 아침 식사 뒤에 조카와 조카의 시간 낭비에 대한 일을 고문관과 단판지을 결심으로 지하실로 내려갔다.

「이런 말을 자네는 들어 본 적이 있나?」

그러나 한스 카스토르프가 그런 말은 이미 처음이 아니며 그런 말에 꼼짝도 안 할 것이 확실했기 때문에, 제임스는 그것으로 입을 다물고 조카가 그다지 흥미 없는 듯 어떤 이야기였느냐고 반문하자 「아니, 아무것도 아니야.」라고 대답했을 뿐이었다. 그러나 그때부터 영사는 그때까지는 없었던 버릇을 보이게 되었다. 즉 눈썹을 찡그리고 입술을 뾰죽하게 내밀고 위를 비스듬히 쳐다보고, 다음에는 당황하여 머리를 돌리고 반대로 위쪽을 똑같은 눈초리로 보는 것이었다. 베렌스와의 회담도 영사가 생각했던 것과는 다른 결과로 끝난 것일까? 말을 해봄에 따라 이야기는 한스 카스토르프의 일이 아니라 제임스 티나펠 자신의 일로 바뀌어 회담은 사적 회담의 성질을 잃어버린 것일까? 영사의 상태는 그러했으리라고 상상되었다. 영사는 들뜬 듯 계속 떠들며 지껄였고 이유 없이 웃으며 조카의 옆구리를 주먹으로 찌르면서 외쳤다. 「여, 선배!」 그리고 그 사이사이에 예의 저쪽을 보는 눈초리가 되었다가는 당황한 듯이 이쪽을 보는 눈이 되었다. 그러나 그의 눈은 식사 때도, 규정된 산책 때도 밤의 모임 때에도 어떤 일정한 방향으로 향해졌다. 한동안 부재중인 잘로몬 부인과 둥근 안경알의 대식가인 폴란드의 공업가 부인인 레디쉬 부인이 식탁에 앉아 있었지만, 영사는 이 부인에게 처음에는 그다지 주의를 기울이지 않았다.

그녀는 정말이지 요양 홀의 평범한 한 부인에 지나지 않았다. 게다가 뚱뚱하게 살찐 부뤼네트 형의 부인으로, 이제는 그렇게 젊지도 않고 백발이 다소 섞여 있었지만, 턱은 사랑스러운 이중턱이었고 갈색 눈이 싱싱했다. 그녀는 세련성이라는 점에서는 아래 평지의 티나펠 영사 부인하고는 비교가 안 되었다. 그러나 일요일 저녁 식사 뒤 홀에서 영사는 레디쉬 부인이 풍만한 유방을 가지고 있는 것을 발견했다. 부인의 금박을 한 검은 옷은 어깨와 가슴을 드러내어 묵직하게 양쪽에 붙은 여자다운 유방이 보였고 젖무덤 사이의 골이 꽤 아래까지 보였다. 이 발견은 한창 나이의 세련된 영사에게는 매우 신선하고 전대미문의 발견인 것처럼 그의 영혼을 뒤흔들어 놓는 매력적인 것이었다. 그는 레디쉬 부인에게 접근하려 했으며 여기에 성공했다. 처음에는 서서 오랫동안 그녀와 이야기를 나누었고 다음에는 앉아서 이야기하고는 콧노래를 부르면서 방으로 돌아왔다. 다음날에 레디쉬 부인은 금박을 한 검정 옷을 입지 않아서 어깨와 가슴은 보이지 않았지만, 영사는 어젯밤에 본 유방이 눈앞에 어른거려 그 인상을 계속 좇았다. 그는 요양의 산보에서 그녀와 동행이 되도록 하여 그녀와 나란히, 진지하고 애교에 찬 특별한 태도와 말씨로 그쪽으로 몸을 돌리고 몸을 굽히면서 걸어갔다. 식탁에서는 그녀를 향해 글라스를 들어 건배했고 그녀도 이빨에 씌운 여러 개의 금니를 번쩍이면서 미소지으며 영사를 위해 건배했다.

영사는 조카와 이야기할 때 그녀를 『여신과 같은 부인』이라고까지 불렀으며 그리고는 다시 콧노래를 시작하는 것이었다. 한스 카스토르프는 그 어느 것도, 그것이 당연하다는 듯한 얼굴로 침착하고 너그러운 태도로 바라보았다. 그러나 이것은 어느 것도 연장자인 숙부의 권위를 높이는 것은 아니었고 영사의 사명에도 일치하지 않는 것이었다.

그가 식탁에서 레디쉬 부인을 위해 술잔을 들어 건배한 것은 —— 그것도 두 번 건배했던 것으로, 생선 매운탕 때와 샤베트 때——베렌스 고문관이 한스 카스토르프와 방문객의 식탁에서 회식을 하고 있을 때의 일이었다. 고문관은 일곱 식탁의 모든 식탁을 순서대로 청강하고 다니므로 그 때문에 어느 식탁에도 상좌에 식기가 한 벌 준비되어 있었다. 고문관은 큰 손을 접시 앞에 모으고 콧수염을 한쪽으로 치켜올리곤 베잘과 꼽추인 멕시코 인과 스페인 어로 말했다. 그는 모든 나라 말을 할 줄 알아 터키 어와 헝가리 어로도 말했다. 저쪽에서 티나펠 영사가 보르도 주의 글라스를 들어 레디쉬 부인에게 경의를 표시하고 있는 것을 벌겋게 충혈되어 튀어나온 눈으로 보고 있었다.

그 뒤 식사중에 고문관은 일장의 테이블 연설을 했는데 이것은 제임스에게서 자극을 받았기 때문이었다. 제임스가 식탁 이쪽에서 저쪽으로, 인체가 부패하면 어떻게 되는가라고 변덕스러운 질문을 했기 때문이었다.

「고문관은 육체를 연구하고 있고 물론 육체가 당신의 전공 분야이니 말하자면 당신은 일종의 인체의 군주라고도 할 수 있습니다. 그러니까 만약 육체가 분해되면 어떻게 되는 것인지 말씀해 주십시오.」

「무엇보다도 복부가 파열합니다.」하고 고문관은 식탁에 두 팔꿈치를 세워 손을 모으고 그 위에 몸을 굽히면서 대답했다. 「당신은 톱밥과 대팻밥 속에 누워 있습니다. 그러면 가스가, 아시겠습니까, 가스가 당신을 부풀게 하여, 개구쟁이들이 개구리에 바람을 불어 넣는 것처럼 당신을 부풀게 합니다. 결국 당신은 풍선처럼 되어 당신의 복부의 가죽은 그 고압에 견디지 못하게 되므로 파멸하는 것입니다. 『펑!』 하면 당신은 눈에 띄게 홀가분해집니다. 이스카리오트의 유다가 나뭇가지에서 떨어진 것처럼 배 안에 있는 것을 모두 털어 내는 것입니다. 그렇습니다. 그러고 난 뒤 당신은 다시 사람들 사이로 모습을 나타낼 수 있는 것입니다. 저 세계에서 휴가를 받고 이 세상에 다시 돌아오셔도 유족들의 미움을 받지 않으실 것입니다. 이것을 가스 방출이라고 부르고 있습니다. 그 뒤에 사바의 공기를 만나도 옛날과 마찬가지로 스마트한 남자가 됩니다. 포르타 누보 근교의 카프친 수도원의 지하실에 달려 있는 파레트모 시민들의 미이라처럼 됩니다. 그들은 우아스러운 모습으로 천장에 매달려 말라서 만인의 존경을 받고 있습니다. 문제는 가스를 방출해 버리는 것입니다.」

「그렇군요.」 하고 영사는 말했다. 「대단히 감사합니다!」 그리고 그 다음 날 아침 제임스는 없어져 버렸다.

그는 아침 첫차로 평지를 향해 떠나가 버린 것이었다. 계산을 다 끝마치고 난 뒤에 출발한 것은 두말할 필요도 없다. 이것은 당연한 일이다! 회담의 내용이 변경된 진찰의 요금도 지불하고 나서 아마 전날 저녁때 아니면 출발 당일, 아직 모두가 자고 있는 이른 아침에 조카에게는 한 마디 귀띔도 하지 않고, 살짝 절름발이에게 두 개의 여행 가방에 짐을 꾸리게 하였을 것이리라. 이리하여 한스 카스토르프가 첫번째 아침 식사 시간에 숙부 방에 들어가 보니 방은 비어 있었다.

조카는 두 손을 허리에 대고 서서 「그렇군, 그랬었군.」 하고 말했다. 그리고 그의 얼굴에 우울한 미소가 떠오른 것은 그때였다.

「아, 그렇구나.」 이렇게 말하고 끄덕였다.

마침내 도망간 것이다. 지금이야말로 결단을 내릴 때다, 이 순간을 놓치면 큰 일이다 하고 아무 말도 하지 않고 재빨리 서둘러 짐을 가방 속에 넣고 도망을 친 것이었다. 훌륭하게 사명을 다하고 난 뒤 함께가 아니라 혼자서, 혼자만이라도 도망갈 수 있음에 한숨 돌리며 정직한 숙부 제임스는 평지의 인생 연대의 군기 아래로 탈주해 버렸다. 자 그럼, 여행이 무사하시기를 빌겠습니다!

한스 카스토르프는 이 위를 찾아온 숙부가 출발하기까지 그것을 자기가 전혀 모르고 있었다는 것을 아무에게도 눈치 채지 못하게 했다. 특히 영사를 역까지 전송한 젊은발이에게는 더욱 그랬다. 그는 보덴 호수에서 엽서를 받았다.

이 엽서에 따르면, 제임스는 평지로부터 전보를 받고는 상거래 일로 바삐 평지로 돌아갔다는 것이었다. 조카에게 폐를 끼치고 싶지 않았기 때문에 아무 말 없이 출발했다는 것이다. 할 수 없어 하는 거짓말이다.

「앞으로도 유쾌하게 지내도록!」 이것은 빈정대서 하는 말일까? 그렇다면 정말 속되고 나쁜 조소라고 하겠다. 이렇게 한스 카스토르프는 생각했다.

황급하게 출발한 숙부는 도저히 조소나 농담을 할 심적 여유가 없었을 것이다.

숙부는 1주일을 이 위에서 지내고 난 뒤 평지로 돌아가면, 아침 식사 뒤 요양 근무의 산책이 있는 것이 아니고, 그 뒤 정해진 순서대로 담요에 몸을 두르고 바깥에서 수평이 되는 것도 아니며, 그 대신 사무실에 출근하는 평지 생활이 한동안 완전히 그릇되고 부자연스러운 용서할 수 없는 생활이 될 것을 알아차리고, 그것을 상상하고 그 예상에 얼굴이 새파랗게 질릴 정도로 놀랐던 것이었다. 이 깜짝 놀라게 하는 예감이 그의 도망의 직접적인 원인이었던 것이다.

이 위에 머무른 채 꼼짝도 않는 한스 카스토르프를 평지로 다시 데리고 오려던 평지의 시도는 이렇게 하여 실패로 끝났다. 평지의 공격의 이 완전한 실패를 한스 카스토르프는 처음부터 알고 있었지만, 이 실패가 평지의 사람들과 그의 관계에 중대한 의미를 가진다는 사실에도 청년은 눈을 가리려 하지 않았다. 그 실패가, 평지의 사람들에게는 어깨를 움츠리고 영원히 단념해 버린 것을 의미하며, 한스 카스토르프에게는 완전히 자유의 몸이 되었다는 것을 의미했다. 그러한 생각을 해도 그의 심장은 이제 높이 뛰지 않게 되었다.

정신적 수련

레오 나프타는 갈리치아와 볼히니아 국경에 가까운 작은 마을에서 태어났다. 그는 아버지에 대해 존경심을 가지고 있었는데, 그것은 자라난 세계를 호의적으로 이야기할 수 있을 만큼 그 세계를 초탈(超脫)해 버렸다는 감정을 뚜렷하게 나타내고 있었다. 그의 아버지는 거기서 도살자 노릇을 하고 있었다. 그리고 그 직업은 직인(職人)으로 상인인 그리스도교국의 도살자와는 전혀 달랐다. 그는 공무원, 그것도 종교 관계 공무원이었다. 랍비에게서 경건한 기능 시험을 받고 나서 모세의 율법에 의해 죽여도 좋다고 인정받은 가축을 유태교 율법집 탈무드의 규정에 따라 도살하는 권능을 수여받은 엘리아 나프타는, 아들의 말에 의하면, 별과 같은 빛을 가진 푸른 눈을 하고 있었고 그 눈은 조용한 정신성으로 가득 차 있었다. 인품은 어딘지 목사 같은 면을 지니고 있었는데 그 장중한 느낌은, 도살이 사실은 고대에는 목사의 일이었다는 것을 상기시켰다. 아버지는 역도 선수 같은 유태인 타입의 젊은이를 하인으로 두고 있었는데, 힘이 장사인 이 젊은이와 나란히 있으면 금발 턱수염을 둥글게 깎은 약한 엘리아는 더한층 우아하고 가냘프게 보였다. 레오, 또는 어릴 때에 부른 이름에 따르면 라이프는 아버지가 그 젊은 하인을 조수로 하여, 앞뜰에서 의식적인 직무를 집행하는 것을 볼 수 있도록 아버지에게서 허락받았다. 사지가 빗장으로 죄어 묶여 있었지만, 의식을 잃지 않고 있는 동물을 향해 아버지는 도살용의 큰 칼을 동물의 목줄대에 깊이 찌른다. 그러면 하인이, 김이 펄펄 나면서 흘러내리는 피를 곧 사발에 한 그릇이나 되게 받았지만, 아들인 레오는 감각에 의한 견문에서 정신적인 것에까지 들어가는 어린 사람들의 눈으로 그 광경을 마음에 새기곤 했다. 별과 같은 눈을 가진 엘리아의 아들에게는 그러한 눈이 특별히 갖추어져 있었음에 틀림없었다.

레오는 그리스도교국의 도살자가 도살할 때에는 맨 처음 곤봉 아니면 손도끼의 일격으로 동물의 의식을 잃게 하고 죽이는 것을 알고 있었다. 이 규칙은 동물을 괴롭히고 잔인하게 죽이는 것을 피하기 위한 규칙이라는 것도 알고 있었다. 그리고 그의 아버지는 그리스도교국의 거친 도살자들보다 훨씬 섬세하고 총명하며, 그들 중 어느 누구도 가지고 있지 않은 별과 같은 눈을 가지고 있었지만, 모세의 율법에 따라 의식이 확실히 있는 동물에게 칼을 찔러 동물이 넘어질 때까지 피를 흘리게 하는 것이었다. 어린 라이프는, 거친 그리스도교의 방법은 불철저하고 세속적인 선량성에 근거를 두고 있다고 느꼈고, 아버지의 엄숙한 무자비함에 비한다면, 신성한 것에로의 경외심이 희박한 것처럼 느껴져 그의 마음속에는 경건이라는 생각이 잔인이라는 생각과 결부되었다. 그의 공상 속에는, 넘쳐 흐르는 피의 광경과 냄새가 신성한 것, 정신적인 것의 관념과 결부되었다. 레오는 아버지가 그러한 피비린내나는 직업을 택한 것은, 그리스도교의 근육이 억센 도살자, 그리고 또 부친 자신의 유태인 하인이 그 직업에 느끼고 있는 듯한 잔인한 취미에서가 아니라, 정신적인 의미에서 택한 것이며, 섬세한 몸짓에도 불구하고 그의 별과 같은 눈에 나타나 있는 정신에서 택했다는 것을 잘 알고 있었다. 사실 엘리아 나프타는 명상가이고 사상가였다. 모세 오서(五書)의 율법 연구가였을 뿐만 아니라, 율법의 비평가이기도 해서, 그 내용에 관해 랍비와 토론하고 논쟁으로까지 번지는 일도 드물지 않았다. 그는 그 지방에서 같은 종교인들 사이뿐만 아니라, 일반인들이 모르는 일까지도 알고 있는 인간, 어딘지 특수한 인간으로 간주되었지만 이것은 한편으로는 종교적인 의미에서였고, 또 한편으로는 어딘지 무시무시하다는 의미, 아무튼 보통이 아니라는 의미에서 그러했다. 그에게는 특별한 종파에 속해 있는 이상한 데가 있어, 신의 친근자, 바알 셈 또는 차디크, 즉 기적을 행하는 자라는 느낌을 주었다. 특히 그가 한 번은 어떤 부인의 악질 부스럼을, 한 번은 어떤 소년의 경련을, 그것도 피와 주문으로 고쳐 준 사실이 있음으로써 한층 더 기적을 행하는 자라는 느낌이 강했다. 그의 신변에 따라다니는 어딘지 이상한 종교적인 분위기는 피비린내나는 직업과 더불어 그의 파멸의 원인이 되었던 것이다. 그리스도교도의 두 아이가 수수께끼의 죽음을 당한 것에서 민중 운동과 폭동이 일어났을 때 엘리아는 참살당했고, 불붙은 그의 집 문에 못박혔던 것이었다. 아내는 폐를 앓아 누워 있었지만, 어린 라이프와 네 형제 자매를 데리고 두 손을 높이 들어 처절하게 울부짖으면서 고향을 떠났던 것이었다.

엘리아가 평상시에 저축을 해두었던 탓으로, 불행한 처자는 그날부터 거리에서 헤매게 되지는 않고, 오스트리아의 포라를베르크 지방의 작은 도시에 정착할 수 있게 되었다. 나프타 부인은 그 도시의 방적 공장에 일자리를 얻어, 건강이 허락하는 대로 거기에서 일을 계속하면서 위의 아이들을 차례차례 국민학교에 보냈다. 이 학교의 교육 내용은, 레오의 제매(弟妹)의 소질과 요구에는 충분했을는지 몰라도 장남인 레오 자신에게는 매우 불충분한 것이었다. 레오는 어머니에게서 흉부 질환의 싹을 이어받았으나 아버지에게는 우아한 몸집과 비범한 오성(悟性)을 물려받았다. 이 정신적 천분은 어릴 때부터 불손한 본능, 정신적 공명심, 귀족적 생활 양식에 대한 강한 동경과 결부되어 그가 태어난 계급을 빠져 나가려는 강한 욕망을 낳게 하였다. 14세와 15세 때의 레오는 고생하여 입수할 수 있었던 책으로 학교에서 배우는 것 외에 불규칙적이고 성급한 방법으로 정신에 양식을 계속 주었고, 오성에도 양분을 주기를 그치지 않았다. 그는 계속 쇠약해 가는 어머니가 머리를 비스듬히 양어깨 사이에 움츠리고 마른 두 손을 쳐들고 개탄하는 모습을 자주 생각했다.

교실에서 종교 시간의 레오의 태도며 대답이 경건하고 학식이 있는 그 지방의 랍비의 주의를 끌게 되어 그가 레오에게 개인 교수를 해주게 되었다. 소년의 어학 욕구에 대해서는 히브리 어와 고전어를 교수했고, 논리의 욕구에 대해서는 수학을 교수하여 그의 본능을 만족시켜 주었다. 그러나 이 선량한 학자는 그러한 노력에 대해 은혜를 원수로 돌려 받은 경우가 되어, 뱀을 가슴에 키웠다는 것이 날이 갈수록 확실해졌다. 일찍이 아버지인 엘리아 나프타와 그 논적인 랍비 사이에 일어났던 일이 이 두 사람 사이에도 일어나, 사제지간은 사사건건 의견이 맞지 않았다. 사제지간에는 종교상, 철학상의 마찰이 끊이지 않았고 그 마찰은 날이 갈수록 심해질 뿐, 성실한 율법학자는 젊은 레오의 정신적 반항벽, 비평벽과 회의벽, 항변벽, 날카로운 변증력에 정신적인 고통을 겪어야 했다. 그뿐 아니라 레오의 궤변벽과 정신적 선동벽에는 또 새로운 혁명적 색채가 더해 갔다. 오스트리아의 국회의원인 사회 민주주의자의 아들과 친해져 그 아들에 의해 아버지인 국회의원에게 소개받은 것을 계기로, 레오의 정신은 정치 방면으로 인도되어 그의 논리적 열정은 사회 비판의 경향을 띠게 되었고, 그는 온건한 사상을 충실하게 지키는 선량한 탈무드 학자에게 소름이 끼치게 하는 열변을 토해 사제지간의 화합에 최후의 일격을 가했던 것이다. 요컨대 나프타는 마침내 스승에게서 배척을 받고 그 서재에서 영원히 추방당하게 되었는데 그때가 바로 어머니인 라헬 나프타가 임종하던 때였다.

어머니가 죽고 얼마 안 있어, 레오는 운터페르팅거 신부를 알게 되었다. 그 날 16세의 레오는 살고 있던 도시의 서부에 있는 마르가레테코프라고 불리는 언덕의 고원 벤치에 혼자 앉아 있었는데, 거기서는 일 강과 라인 강 유역의 골짜기가 멀리 내다보였다. 레오가 벤치에 앉아 자기의 운명과 장래에 대해 어둡고 쓰디쓴 생각에 잠겨 있을 때, 거기에 예수회의 『효성 학원(曉星學園)』이라는 기숙 학교의 교수 한 사람이 산책하러 와서 레오 옆에 앉았다. 모자를 옆에 놓고 교구 신부 옷 밑에 다리를 모으고 한동안 성무 일과서(聖務日課書)를 읽고 난 뒤에, 레오와 이야기를 시작했는데, 이 대화가 활발히 전개되어 레오의 운명을 결정하게 되었다.

그 예수회 신부는 세상을 넓게 보고 있으며, 언동에서도 교양을 느낄 수 있었다. 열렬한 교육자이고 사람을 보는 눈이 있으며, 사람을 찾는 재주가 뛰어나 초라한 옷차림을 한 유태인 소년이 그의 질문에 대해 조롱조로 짜임새 있게 대답한 최초의 말부터 귀를 기울이고 들었다. 그는 소년의 대답에서 예리하기는 하나 자상(自傷)을 초래하는 정신이 있음을 느꼈지만 더 깊이 질문함에 따라 깊은 지식과 사고의 신랄한 세련성에 접촉하게 되었는데, 이 두 가지는 소년의 초라한 외양 때문에 한층 더 뜻밖이란 느낌을 주었다. 마르크스가 화제에 오르면 레오는 그 《자본론》을 보급판으로 읽었고, 마르크스에서 헤겔로 화제가 옮겨지자 이 철학자의 저서도 또 이 철학자에 관한 문헌도 꽤 많이 읽었기 때문에 여기에 관해서도 명석한 의견을 몇 마디 표명할 수가 있었다. 타고난 역설벽(逆說癖) 때문인지 아니면 상대방을 기쁘게 하려는 생각에서인지 레오는 헤겔을 『가톨릭적』 사상가라고 말했다. 여기에 대해 신부는 미소를 지으면서, 헤겔은 프러시아적 국가 철학자로서 본질적으로는 프로테스탄트라고 생각해야 하는데, 가톨릭적이라는 것을 어떻게 논증할 수 있는가 물었다. 레오는 『국가 철학자』라는 말이야말로 물론 교회적·교의적 의미는 별개로 치더라도, 종교적 의미에서는 헤겔이 가톨릭적 사상가라는 주장을 입증하는 것이라고 대답했다. 왜냐하면——이 왜냐하면이라는 접속사는, 나프타가 특히 좋아하는 말로서 그가 이것을 말할 때는 웬일인지 의기양양하고 가차 없는 느낌을 주었으며 그는 그 접속사를 말 속에 삽입할 때마다 안경알 뒤에서 눈을 번쩍였다——정치성이라는 개념은 가톨릭적이라는 개념에 심리적으로 결합되어 있어, 이 두 가지는 객관성, 실천성, 활동성을 실현하여 구체화한다는 개념을 포괄하는 하나의 범주를 형성하고 있기 때문이다. 이 범주에 대해 경건주의적인, 그리고 신비 사상에서 생긴 프로테스탄트의 세계가 대립하고 있다.

예수회에는, 하고 레오는 말했다. 가톨릭의 정치적 그리고 교육적 경향이 나타나 있으며, 예수회는 정치와 교육을 언제나 전문 영역이라고 생각해 왔다. 레오는 여기서 괴테의 이름을 들어 괴테는 경건주의에 의거한 프로테스탄트임에는 틀림없지만, 그의 객관주의와 행동주의에서 볼 때 극히 가톨릭적인 일면을 가지고 있었다. 괴테는 비밀 고해를 옹호했으니 교육자로서 거의 예수회 회원이었다고 말했다.

나프타는 이런 것을 믿었기 때문에 말한 것인지 그것을 기지에 찬 생각이라고 느꼈기 때문에 말한 것인지, 또는 남에게 아첨을 해야만 하는 가난한 인간, 무엇이 자기에게 이익이 되고, 무엇이 자기에게 불리한가를 신중하게 타산하는 가난한 인간으로서 상대방에게 호감을 줄 만한 것을 말하려고 한 것인지, 어느 쪽이든지 간에 어쨌든 신부는 소년의 말의 옳고 그름보다는 그 말에 나타난 전체의 총명성에 주의를 돌려 회화는 열심히 계속되었고, 예수회 신부는 얼마 안 있어 레오의 개인적인 사정도 알게 되어, 운터페르팅거가 레오에게 조만간 학원을 찾아와 줄 것을 권유하는 데서 대담은 끝났던 것이었다.

이리하여 나프타는 『효성 학원』에 발을 들여 놓도록 허락을 받은 것이었다. 학문적으로 그리고 사회적으로 자부에 찬 이 학원의 분위기는 오래 전부터 소년의 동경의 대상이었으며, 그는 그의 본질을 훨씬 깊이 평가해 주고 촉진시켜 주는 새로운 지도자와 후원자를 얻었던 것이다.

이번 지도자의 선량성은 냉정한 성질의 선량성, 널리 세상을 보고 있는 냉정한 선량성인 것으로 레오는 그 세계로 들어가는 것에 강한 동경을 느꼈던 것이다. 명석한 유태인의 대부분이 그러한 것처럼 나프타는 본질적으로 혁명가이기도 하고 귀족주의자이기도 했다. 사회주의자인 동시에 자부심이 높고 고상한, 배타적이고 전통적인 생활 양식 세계에 가입하고 싶은 꿈을 좇고 있었다. 가톨릭 신학자의 면접에서 그가 입밖에 낸 최초의 말은 순전히 분석적이고 비교적인 의미의 것이었지만 로마 가톨릭 교회에 대한 사랑의 고백이었다. 그는 로마 가톨릭 교회를 고귀함과 동시에 정신적인 권력, 즉 반유물적(反唯物的), 비현실적, 반세속적, 다시 말해 혁명적인 권력으로 느꼈던 것이다. 그리고 그의 사랑은 마음으로부터의 사랑, 그의 본성 중심으로부터의 사랑이었다. 왜냐하면 그 자신도 주장한 것처럼 유태교는 그 현세적이고 즉물적(即物的) 경향, 그 사회주의적인 정치적 경향의 방향에 의해서 영상적 경향과 신비적 주관성을 특징으로 하는 프로테스탄티즘보다 훨씬 가톨릭 세계에 가깝고 비교가 안 될 만큼 그 세계와 비슷했기 때문이었다. 따라서 유태인이 로마 가톨릭 교회로 개종하는 것은 프로테스탄트가 로마 가톨릭 교회로 개종하는 것보다 정신적으로 훨씬 자연스러운 과정을 의미하고 있었기 때문이었다.

최초의 종교 단체의 지도자와는 사이가 나빠져, 부모도 없고 의지할 곳도 없는데다가 그의 천분으로는 당연한 권리인 깨끗한 생활 환경에 강한 동경을 품고 법률상으로도 벌써 성년에 달했던 나프타는, 고해에 의한 개종의 날을 일일 천추의 기분으로 기다리고 있었기 때문에 그의 『발견자』는 이 영혼을, 그보다 이 비범한 두뇌를 자기들의 종교 세계로 끌어들이는 것에 조금도 노력을 필요로 하지 않았다. 아직 세례를 받기 전부터 레오는 신부의 진력으로 효성 학원에 우선 정착을 하게 되었고, 신변과 정신상의 보호를 받게 되었다. 이렇게 하여 그는 정신적 귀족주의자다운 무신경과 냉담성으로 동생과 누이동생은 그들의 가난한 천분에 알맞는 운명에 맡겨 빈민 구제소의 손에 넘기고 자기만이 효성 학원에 옮겨 살게 되었다.

효성 학원의 대지는 광대했고 건물은 4백 명에 가까운 생도를 수용할 수 있는 넓이를 가지고 있었다. 교내에는 여러 개의 숲과 목장이 있고 여섯 개의 운동장, 농장용의 건물, 수백 마리의 소를 넣는 목사(牧舍)가 있었다. 학원은 기숙 학교, 모범 농장, 체육 학교, 고등 학교, 극장이기도 했다. 극장이기도 했다는 것은 연극과 음악회가 언제나 개최되었던 때문이었다. 학원의 생활은 귀족적이고 수도원적이었다. 학원의 엄격한 규율과 우아함, 밝은 안정성, 정신성과 세련성, 변화에 찬 일과의 규칙성, 그러한 것이 레오의 본성에 꼭 맞았다. 그는 한없이 행복했다. 그는 학원의 복도에서와 마찬가지로 침묵의 의무가 지배하는 큰 식당에서 훌륭한 식사를 했다. 식당의 중앙에는 젊은 생도감이 높은 단 위에 앉아 식사를 하는 생도를 낭독으로 즐겁게 해주었다. 학과에 대한 레오의 지식욕은 강렬했고 오후의 스포츠와 유희 시간에도 레오는 가슴이 약한데도 불구하고 뒤지지 않으려고 온힘을 다했다. 그가 매일같이 이른 아침의 미사를 듣고 일요일마다 장중한 예식에 참가하는 경건성은 신부인 교육자들을 기쁘게 하지 않을 수 없었다.

이에 못지않게 그의 사교적인 태도도 신부들을 만족하게 했다. 축제일에는 오후 케이크와 포도주를 든 뒤에 녹회색의 제복, 높은 칼라, 줄무늬 바지, 케피 모자 차림으로 질서정연하게 열을 지어 산책을 했다.

그의 출생, 아직 날짜가 얼마 안 되는 개종, 개인적인 사정에 대해 베풀어준 관대함에 그는 그저 감사하고 기쁠 뿐이었다. 이 학원에서는 그가 급비생이라는 것을 아무도 모르는 것 같았다. 학원의 규칙은 그가 연고자가 없고 고향이 없는 신세라는 것을 학우에게 알리지 않게 되어 있었다. 먹는 것이라든지 과자류의 소포를 보내는 것은 일반적으로 금지되어 있었다. 그런데도 보내온 것은 모두에게 분배되고 레오도 나누어 가졌다. 이 학원의 국제적인 분위기에서는 레오의 민족적 특성이 유달리 드러날 두려움은 조금도 없었다. 젊은 이방인이 몇 사람 있었다. 레오보다도 훨씬 유태적으로 보이는 포르투갈 계 남아메리카 사람들이 있었기 때문에 『유태적』이라는 개념은 존재하지 않았다. 나프타와 함께 같은 시기에 입학한 이디오피아의 왕자는 곱슬머리의 흑인이었지만 매우 세련된 생도였다.

레오는 수사 학급에 올라갔을 때 신학을 배우고 싶다는 희망과, 어느 정도 여기에 해당되는 자격이 인정되면 언젠가는 예수회의 한 사람이 되고 싶다는 뜻을 말했다. 그 결과로 그는 식사와 생활이 비교적 검소한 『제2기숙사』의 급비생에서 『제1기숙사』의 급비생이 되었다. 이번에는 식사 때마다 급사가 따르고 침실도 슐레지엔의 폰 하르부팔 운트샤마레 백작과 모데나의 디 랑고니 산타크로체 후작의 침실에 각각 이웃하게 되었다. 그는 훌륭한 성적으로 졸업하여 결심한 대로 학원의 학생 생활을 끝맺고 가까이에 있는 티지스의 수도원으로 들어가 경건한 봉사 생활, 침묵과 복종, 종교적 단련 생활을 보내며 이 생활 이전의 과격한 사상에서 느낀 만족과 똑같은 정신적인 만족을 느꼈다.

그러나 그 동안에도 그의 건강은 나빠지고 있었다. 그것은 건강에 도움이 되도록 하였던 수련 생활의 엄격성 때문이라기보다는 그의 내면 생활이 원인이었다. 그에게 적용된 교육 수단은 현명함과 예리한 점에서 그의 개인적 소질과 합치했고 그의 타고난 소질을 조장하기도 했다. 그는 매일같이 낮뿐만 아니라 밤에도 정신적 수련, 양심의 검토, 관조, 사색, 명상에 있어서 심술궂게 비뚤어진 열정을 가지고 여러 가지 곤란, 모순, 당착에 부딪쳤다. 그는 담임인 묵상 지도 신부를 변증벽과 비뚤어진 사고로 매일같이 괴롭혀 지도 신부의 절망이 되기도 했고, 동시에 또 큰 기대가 되기도 했다.

「이것은 어떻게 생각하십니까?」 하고 그는 안경알을 번쩍이면서 질문했다. 궁지에 몰린 신부는 영혼의 평화를 얻기 위해서 기도하라고 권하는 수밖에 없었다. 그러나 그러한 평화는 그것이 얻어졌다 해도 자기 생활의 전면적인 마비, 질식이어서 자기의 생활이 도구로 되어 버리는 것이며 정신적인 무덤의 평화에 지나지 않았다. 수도사 나프타는 그러한 평화의 무서운 징후를 주위의 공허한 눈초리와 표정에서 인정할 수 있었지만, 그에게는 육체의 붕괴에 의지하는 것밖에는 그러한 평화를 얻는 것이 가능할 것 같지 않았다.

나프타의 이러한 회의와 의혹에도 불구하고 상사들의 그에 대한 신뢰감이 손상받지 않았다는 것은 이 사람들의 정신적인 높이를 말해 주는 것이었다. 2년의 수련기가 끝났을 때 관구장(管区長) 신부 자신이 나프타를 자기 방에 불러 예수회에 그를 받아들일 것을 직접 말했다. 이리하여 젊은 스콜라 철학자는 하급 서계(叙階), 즉 수문(守文) 미사의 시자(侍者), 독사(讀師), 구마사(驅魔師)의 자격을 받고는 『통상(通常)』 서원(誓願)을 마쳤다. 그리고 드디어 정식으로 예수회에 소속하게 되어 신학 공부를 하기 위해 네덜란드의 팔켄부르크의 신학원으로 가게 되었다.

그 무렵 나프타는 20세였지만, 3년 뒤에는 그의 체질에 위험한 북구(北歐)의 기후와 정신적 과로가 화근이 되어, 어머니에게서 물려받은 병이 악화일로에 들어서 그곳에 머물러 있는 것이 생명을 위협하게까지 되었다. 각혈을 하자, 상사들은 크게 놀랐고, 몇 주일을 생사지경을 헤매고 난 뒤 얼마쯤 회복된 그를 출발한 곳으로, 즉 효성 학원으로 돌려보냈다. 결국 나프타는 그가 한때 생도였던 교육 기관에 생도감으로서, 수도원 내 양성 아동의 감독자로서, 고전 문학과 철학 교사로서 채용되었다.

이러한 기간은 본디 규정에도 있었고, 일반적으로 이러한 근무를 이삼 년 계속한 뒤 신학원으로 돌아가 7년간 신학 연구를 계속, 완료하는 것으로 되어 있었다. 수도사 나프타는 이것을 할 수가 없었다. 그는 건강이 여전히 좋지 않았고, 의사와 상사들은 이 학원에서 신선한 공기를 마시면서 생도들 사이에서 지내고 농사일에 종사하는 것이 한동안은 그에게 가장 적합한 생활일 것이라고 생각했다. 그는 상급 품급(上級品級)의 제1단을 받아 일요일의 장엄 미사에서 사도서한(使徒書翰)을 낭송하는 품급을 받았지만, 음악적 재능이 전혀 없는데다 목소리가 병적으로 갈라져 노래부르는 데에는 적합하지 않았기 때문에 그 자격을 실제로 행사할 수는 없었다. 그는 부조제(副助祭) 이상으로는 승진하지 못하고 말았으며 조제도 되지 못했고 더구나 사제 서품까지는 이르지 못했다. 각혈이 되풀이되고 열도 없어지려고 하지 않았기 때문에, 그는 예수회의 비용으로 천천히 요양을 하도록 이 위에 오게 되었는데, 이 위의 체재도 이제는 6년째로 접어들고 있었다. 지금은 거의 요양이라고는 할 수 없고 환자들을 위한 고등학교에서 라틴어 교사로 있지만, 이미 이 공기가 희박한 세계에서 지내는 것이 그에게는 절대적인 생활 조건으로 되어 가고 있었다.

이것은 한스 카스토르프가 나프타의 입에서 직접, 사실은 좀더 자세하게 이 밖의 이야기도 첨부하여 들은 것으로 청년이 혼자서 나프타의 비단으로 꾸민 방을 방문했을 때, 또는 식탁 친구인 페르게와 베잘을 데리고 갔을 때, 혹은 산보에서 나프타와 함께 『마을』로 돌아갈 때에 들은 이야기였다.

기회 있을 때마다 단편적으로 연속 이야기처럼 들었다. 그도 그것을 아주 색다른 이야기라고 느꼈고 페르게와 베잘에게도 그렇게 생각하기를 촉구하여 두 사람도 그렇게 느꼈다. 물론 페르게는 고상한 것은 모두 이해할 수 없다는 것을 되풀이하면서였다——단순하고 평범한 인간 수준을 넘는 경험으로 그에겐 흉막 진탕의 경험이 있었을 뿐이기 때문에—— 이와는 반대로 베잘은, 처음에 불행했던 나프타가 행복해지면서부터 너무 유명해져서 하나님을 잊어버리지 않게 하기 위해, 보통 사람과 마찬가지의 다시 운이 나빠지는 이야기가 퍽 마음에 든 것 같았다.

한스 카스토르프 자신은 나프타의 중단을 애석하게 생각했고 명예를 존중하는 요아힘의 얼을 자랑스럽게 또 한편으로는 불안한 기분으로 생각하였다. 요아힘은 라다만트의 궤변의 강력한 그물을 영웅적인 힘으로 끊어 버리고 군기 밑으로 뛰어가 지금쯤은 그 깃대를 잡고 오른쪽 손의 세 손가락을 높이 쳐들고 충성을 맹세하고 있겠지, 하고 한스 카스토르프는 상상했다. 나프타도 하나의 깃발에 충성을 맹세하고 그 깃발 밑에 포섭되었던 것이었다. 이것은 한스 카스토르프가 나프타에게, 그가 소속하고 있는 예수회에 대해 말해 줄 것을 간청했을 때 나프타가 사용한 말이기도 했지만, 샛길로 빠졌거나 새로운 철학적 배합에 빠졌던 나프타는 요아힘이 그 깃발에 충성을 다한 것처럼 그의 깃발에 충성하지는 못했을 것이다. 물론 한스 카스토르프는 문화인이자 평화의 아들로서 이전의 또는 미래의 예수회의 이야기를 듣고 있으면, 요아힘과 나프타 두 사람이 다같이 서로의 직업과 계급에 호의를 느껴 자기가 거기에 서로 가깝다고 생각하고 있음에 틀림없다는 의견을 강하게 했다. 왜냐하면 어느 쪽도 각기 군대적인 계급인 것으로 그것도 여러 가지 의미에서 그러했기 때문이었다. 『금욕』이라는 의미에서도 서열, 복종, 스페인적인 명예심이라는 의미에서도 그러했다.

특히 스페인적인 명예심은 나프타의 예수회에서는 아주 큰 힘을 가지고 있었다. 예수회 그 자체의 발상지는 다 아는 바와 같이 스페인이다. 예수회의 심령(心靈) 수업의 규정은 뒷날 프러시아의 프리드리히 대왕이 프러시아의 보병을 위해 편찬한 규정과 좋은 짝을 이루고 있다. 본디는 스페인 어로 작성된 것이기 때문에 나프타도 그의 이야기와 설명 가운데 가끔 스페인 어로 말했다. 가령 지옥의 군대와 성직자의 군대가 일대 전투를 하기 위해, 각기 주위에 집결했던 『두 개의 군기(軍旗)』를 『dos banderas』라 했고, 천국의 군대는 예루살렘 지방에 진을 치고 모든 선남선녀의 『총대장(capitan general)』인 그리스도가 그것을 지휘하였으며 지옥의 군대는 바빌론의 평야에 진을 치고 지옥의 왕이 그 『수령(caudillo)』이었다고 설명했다.

효성 학원에서는 생도를 『부대(部隊)』로 나누어 성직자적 군대적인 예절을 본분으로 가르쳤으니 이것은 바로 사관 학교가 아니겠는가? 군인의 『딱딱한 칼라』와 성직자의 『스페인 식 장식의 옷깃』과의 결합이라고 할 수 있을 것이 아니겠는가? 요아힘의 계급에서 아주 주요한 역할을 하고 있는 명예와 공로라는 생각은, 나프타가 유감스럽게도 병 때문에 높이 올라갈 수 없었던 사회에서도 얼마나 확실하게 나타나 있는 것일까! 나프타의 말을 듣고 있으면 예수회는 공명심에 불타는 사관의 모임인 것으로, 그들은 근무에 있어서 남보다 뛰어나고자 하는 공명심에서 불타고 있다는 것이었다. 그것을 라틴어로 『Insignes esse』라고 했다. 창시자이고 초대 대장인 스페인의 로욜라의 가르침과 규정에 따라 사관들은 분별만으로 행동하는 사람들보다도 많은 일을, 훌륭한 일을 수행한다. 그뿐만 아니라 사관들은 그들의 임무를 필요 이상으로 수행하고 다만 육신의 반란에 저항할 뿐만 아니라——이것뿐이라면 일반의 분별만으로도 할 수 있는 일이지만——관능, 이기심, 세속적 집착의 움직임에 대해 일반에게 허락되어 있는 것에도 처음부터 적극적으로 억압하려고 하는 것이다. 적에 대해 공세로 나간다, 즉 선수를 친다는 것은 단지 수세(守勢)를 취한다는 것보다도 중요하고 명예롭기 때문이었다. 적을 약화, 분쇄하라고 야전 근무 규정에도 적혀 있어, 그 저자인 스페인의 로욜라는 그 점에서도 요아힘의 총장인 프러시아의 프리드리히 대왕이 『돌격! 돌격!』,『적을 물고 늘어져라』,『언제나 공격하라……』를 전쟁의 철칙으로 한 것과 완전히 같은 정신을 가지고 있었다.

그러나 나프타의 세계와 요아힘의 세계에서 무엇보다도 공통된 점은 피에 대한 두 사람의 관계로, 손에 피를 묻히는 것을 무서워하지 않는다는 원칙이었다. 이 점에서 이 두 세계, 예수회와 군대 계급은 똑같으며, 평화의 자식인 한스 카스토르프는 나프타가 중세의 호전적인 수도사의 타입을 이야기하는 것을 아주 흥미 깊게 들었다. 그 수도사들은 피로 쇠약(疲勞衰弱)의 극에 이르기까지 금욕적이었고, 그러면서도 종교적 정복욕에 불타 신의 나라, 초자연계의 세계 제패를 실현하기 위해 피를 흘리는 것까지도 주저하지 않았다는 것이다. 이 성당 기사 수도회는 신앙을 갖고 있지 않은 사람들과의 싸움에서 죽는 것을 침대에서 죽는 것보다도 명예로운 죽음이라고 생각하고, 그리스도를 위해 죽이고 죽임을 당하는 것은 죄악이 아니라 최고의 명예라고 생각했던 것이다. 세템브리니가 이런 말을 듣지 않았던 것은 다행한 일이었다. 이 말을 들었다면 그는 언제나와 마찬가지로 방해가 되는 손풍금장이 역할을 연출하여 평화를 창도했을 것이다. 세템브리니 자신도 현재 비엔나에서 행해지고 있는 신성한 민족 전쟁과 문명 전쟁에는 결코 반대하지 않고 그러한 정세와 약점 때문에 나프타의 조롱과 멸시를 사고 있었다. 아무튼 나프타는 이탈리아인이 그러한 민족적 감정에 불타 버리면 여기에 대해 그리스도교적 세계 동포주의를 들고 나와, 어떤 나라 어떤 조국도 부르려 하지 않고, 예수회의 니켈이라는 이름의 한 장군이 말한「조국애는 페스트와 같은 것으로, 그리스도교의 가장 확실한 사랑의 죽음인 것이다.」를 신랄한 어조로 되풀이하는 것이었다. 나프타가 조국애를 페스트와 같은 것이라고 부르는 이유는, 그의 금욕주의에 의하면 페스트라는 말로 불리우지 않는 것은 하나도 존재하지 않고, 금욕과 신의 나라라는 그의 생각에 위배되지 않는 것은 하나도 존재하지 않기 때문이었다. 가족과 고향에 애착을 느끼는 것이 그러했고 건강과 생애에 애착을 느끼는 것도 그러했다.

나프타는 이탈리아 인이 평화와 행복을 창도하면 그것을 건강과 생애에 집착하는 것이라고 하여 인문주의자를 비난하고 육신의 사랑, 관능의 사랑이라 하여 공격했으며, 생과 건강에 조금이라도 가치를 인정한다는 것은 극히 시민적이고, 반종교적이라고 하여 공박하였다.

두 사람의 건강과 병에 대한 일대 토론은 크리스마스가 가까워진 어느 날, 『마을』까지 눈 속을 산책하고 다시 집으로 돌아올 때 두 사람의 생각의 차이에서 발단되었다. 이 산보에는 세템브리니, 나프타, 한스 카스토르프, 페르게, 베잘 등 여러 사람이 참가했다. 모두 가벼운 열이 있는데다 고원의 심한 추위 속을 걸으며 지껄였기 때문에 머리가 마비되고 흥분해 있어서 한 사람도 빠짐없이 덜덜 떨고 있었다. 나프타와 세템브리니처럼 줄곧 지껄이고 있던 사람뿐만 아니라, 주로 그것을 듣고 있다가 가끔 몇 마디 의견으로 토론의 상대를 하고 있던 세 사람도 모두 열중하고 있어 자기를 잃고 여러 번 무더기가 되어 서서, 길을 막고 말을 하거나 몸짓을 하면서 서로 엉켜 서서 지껄여, 통행인들은 그들의 주위를 돌아 지나가기도 하고 옆에 서서 귀를 기울이기도 하면서 5인의 상궤를 벗어난 토론을 듣고 놀랐지만, 그들은 주위에 관심이 없었다.

토론은 카렌 카르슈테트의 일에서 발단되었다. 손가락 끝이 회저(壞疽) 때문에 헐어 불쌍한 카렌은 최근에 죽었다. 한스 카스토르프는 카렌의 병이 갑자기 악화되어 이 세상으로부터 퇴장한 것을 전혀 모르고 있었다. 알고 있었으면 동료로서 장례식에 참가했을 것이다. 어떤 장례식에도 친근감을 느낀다고 고백했던 그였으니 말이다. 그러나 카렌이 죽은 것도, 그녀가 눈모자를 옆으로 비스듬히 썼던 수호신의 동자상이 서 있는 무덤에서 영원한 수평 상태로 돌아간 것도, 그는 이곳의 관습인 비밀주의 때문에 뒤늦게 알게 되었다. 영원한 안식이 있을지어다. ……한스 카스토르프는 카렌을 추억하면서 부드러운 말을 몇 마디 했는데 이것이 계기가 되어 세템브리니는 한스 카스토르프의 자선 활동, 즉 그가 라일라 게른그로스, 장삿속이 강한 로트바인, 너무 쌀쌀한 짐머만 부인, 호언장담을 잘 하는 두 아들과 고통을 한몸에 지고 있었던 나탈리에 폰 말린크로트 부인을 방문한 것을 조롱조로 공박하면서, 그 뒤에도 엔지니어가 그런 전혀 쓸모없고 우스운 무리들에게 경의를 표시하기 위해 값비싼 꽃을 보낸 것을 조롱했다. 여기에 대해 한스 카스토르프는 그가 꽃을 보낸 사람들은, 폰 말린크로트 부인과 테디 소년은 지금 당장은 예외라고 하더라도, 모두가 거의 죽은 사람들뿐이라는 것을 강조했지만, 세템브리니는 그 사람들이 죽음으로 해서 조금이라도 존경할 만한 것이 되었느냐고 반문했다. 한스 카스토르프는 비참한 불행에 대한 그리스도교적인 존경이라고 말할 수 있다고 응수했다. 세템브리니가 그것을 공박하기 전에, 나프타는 중세에 행해진 애정 행위의 경건한 방종, 환자 간호의 광신과 도취의 놀라운 실례를 이야기하기 시작했다. 왕녀들이, 나병 환자들의 악취를 내뿜는 상처에 입을 맞추어 스스로도 나병에 감염되어 이로 인해 생긴 궤양을 나의 장미라고 부르고, 고름이 나는 환자들을 씻은 물을 마시면서 이렇게 맛이 있는 것을 맛본 일이 없다고 말했다는 것을.

세템브리니는 구토를 일으키지 않을 수 없다는 태도였다. 그러한 장면에 대한 생리적인 불쾌감보다도, 행동적인 인간애를 그렇게 해석하는 기괴한 광기가 구토를 일으키게 한다고 세템브리니는 말했다. 그는 이렇게 말하고 상반신을 다시 일으키며 밝고 우아한 태도로 돌아가 근대의 진보된 박애 행위의 형태, 전염병 방지의 빛나는 업적에 대해 말하고 중세의 무서운 장면에 대해 근대의 위생과 사회 개선을 의학의 업적과 함께 열거했다.

시민적인 의미에서는 존경할 만한 그러한 현상도, 하고 나프타는 대변했다. 그가 예로 든 세기의 사람들에게는 그다지 좋지는 못했을 것이다. 그것은 환자이고 비참한 사람들에게나 건강하고 행복한 사람들에게나 마찬가지인 것이며, 이런 건강하고 행복한 사람들은 동정심에서보다도 자기들의 영혼의 구원을 위해 환자들에게 따뜻하게 대했던 것이다. 이 사람들은 훌륭한 사회 개혁에 의해 그들의 가장 중요시되는 수단을 빼앗기고, 환자들도 신성한 뒷받침을 잃어버리게 되는 것이다. 따라서 가난과 병이 언제까지나 없어지지 않게 하는 것은 어느 쪽에도 필요한 것이며, 이런 생각은 순전히 종교적 견지를 고수할 수 있는 한은 가능한 것이다.

그것은 잘못된 견해라고 세템브리니는 말했다. 어리석은 것을 공박하는 것까지도 어리석다고 할 수 있는 그런 생각이다. 왜냐하면 『신성한 뒷받침』이라는 생각도, 또 엔지니어가 남의 흉내를 내어 비참한 불행에 대한 그리스도교적 존경이라고 부른 것도 모두 속임수인 것이며, 착각, 그릇된 감정 이입, 심리적 인식 부족에 근거를 두고 있기 때문이다. 건강한 사람이 환자에게 품는 동정, 즉 자기가 그러한 고뇌를 당하면 어느만큼 견디어 낼 수 있을까 하고 생각하고 환자에 대해 갖는 외경에 가까운 동정, 그러한 동정은 아주 지나친 동정인 것으로 환자에게 합당하지 않는 동정, 그릇된 추론과 상상에 의한 동정이다.

왜냐하면 건강한 사람은 자기 감성의 민감함을 그대로 환자에게도 상정(想定)하고, 환자를 말하자면, 병고를 지니고 있는 건강한 사람처럼 행동하도록 하는데 이것은 큰 잘못이기 때문이다. 환자는 환자인 것이며 환자대로의 체질과 약한 감성을 가지고 있을 뿐, 병은 환자를 쇠약하게 하고 병고를 그다지 고통스럽게 느끼지 않도록 하는 몸의 감성적 감퇴, 고마운 마비, 정신적·도덕적 순응과 경감 현상을 초래하지만, 건강한 사람은 그것을 계산에 넣는 것을 단순하게도 잊어버리고 만다. 그 가장 좋은 예는 이 위에서 폐를 앓고 있는 무리들도 이들의 경솔한 행동, 어리석음, 파렴치, 건강해지려는 의욕을 결여하였기 때문이다. 요컨대 동정적인 존경을 품는 건강한 사람이 자기도 병에 걸렸다가 건강하게 된다면 병이라는 것이 하나의 상태인 것은 물론이지만, 그러나 결코 명예로운 상태가 아니고 자기가 그것을 이때까지 너무 진지하게 생각하였다는 것을 깨달을 것이다.

여기서 안톤 카를로비치 페르게는 성을 내면서 세템브리니의 중상과 멸시에 대해 흉막 진탕을 옹호했다. 아니 뭐라고요? 흉막 진탕을 너무 진지하게 생각한다고요? 당치도 않은 말이지요! 페르게 씨는 결후와 선량한 콧수염을 올렸다내렸다 하면서, 수술할 때에 경험한 고통을 절대로 멸시받고 싶지 않다고 말했다. 그는 보험 회사의 출장원인 단순한 인간으로, 고상한 것과는 거리가 먼 인간이다. 아까부터의 이야기도 그의 수준을 넘는 말이다. 그러나 세템브리니 씨가, 가령 흉막 진탕을 지금 말한 것처럼 생각한다면, 유황의 악취와 세 유형의 각기 다른 기절을 동반하는 저 간지러운 지옥의 고통을 그렇게 생각한다면 그것은 당치도 않은 말이다. 그러한 생각은 절대 반대한다. 흉막 진탕에는 감퇴, 고마운 마비, 상상의 오류 같은 것은 전혀 없으며, 그것은 이 세상에서 가장 크고 가장 심한 고통을 경험한 일이 없는 사람에게는, 그런 비열한 것이란 정말…….

그렇고말고요, 그렇고말고요! 하고 세템브리니는 말했다. 페르게 씨의 진탕은 그것을 경험한 날이 멀어짐에 따라 과장된 것이 되고 점점 후광처럼 페르게 씨의 머리를 둘러싸게 되었다. 그러나 자기 세템브리니로서는, 감탄을 강요하는 환자를 존경할 기분이 나지 않는다. 그 자신도 병을 앓고 있으며, 그것도 가볍다고는 할 수 없는 병이긴 하지만 그것을 자랑스럽게 생각하지 않을 뿐만 아니라 오히려 그것을 부끄럽게 느끼고 있다. 물론 그는 개인적인 의미에서가 아니라 철학적으로 말하고 있는 것이며, 환자와 건강한 사람의 체질과 감성의 차이에 대해 말한 것도 근거가 전혀 없는 것이 아니다.

여러분들은 정신병의 경우, 가령 정신 병자의 환각을 생각해 주기 바란다. 여기에 있는 5인 중에 누군가가 가령, 엔지니어가, 또는 베잘 씨가, 오늘 밤 어스름한 방 한구석에 돌아가신 아버지가 앉아, 엔지니어를 또는 베잘 씨를 쳐다보고 말을 거는 것을 본다고 한다면 그것은 그 인물에게 정말로 기분 나쁜 경험, 극도로 놀랍고 당황하게 하는 체험일 것이다. 자기의 오관과 이성에 자신을 잃어 곧 방을 차고 나와 신경과 의사의 문을 두드리고 싶을 것이다. 그렇지 않습니까? 그러나 여러분은, 정신적으로 건강하여 그러한 일이 절대로 일어나지 않는 것은 재미있는 사실이다. 가령 그러한 것이 여러분에게 일어날 수 있다고 한다면 여러분은 건강한 것이 아니라 병에 걸려 있는 상태로, 건강한 사람 같은 반응을 보이지 않고, 즉 놀라 떨면서도 도망가지 않고 그 현상을 이상하다고 느끼지 않고 받아들여 환각증 환자의 의식으로 대화를 시작할 것이다. 그러한 환자가 건강한 사람처럼 환영에 대해 공포를 느낀다고 생각하는 것이 건강한 사람이 빠지기 쉬운 상상의 잘못이다.

세템브리니 씨는 방 한구석에 앉아 있는 아버님에 대해 아주 유머러스하게 조형적으로 말했다. 모두 웃지 않을 수 없었고 지옥과 같은 경험을 가볍게 취급받아 기분을 상한 페르게 씨도 웃었다. 인문주의자 자신은 모두의 들떠 오른 기분을 이용해서 환각증 환자와 정신병 환자는 일반적으로 논할 가치가 없다고 주장했다. 이런 인간들은 하고, 그는 말했다. 허락되어 있지 않은데도 여러 모로 자기들을 너그럽게 보게끔 만들고 있으며, 또 바보스러운 행동을 하지 않으려고 마음만 먹으면 하지 않을 수 있는 경우도 많다. 이것은 그가 정신 병원을 방문하여 목격한 사실이다. 의사나 외래인이 입구에 나타나면 환각증 환자는 많은 경우 찌푸린 얼굴, 혼잣말, 이상한 몸짓을 하지 않지만, 누가 자기를 보고 있지 않다고 의식할 때에는 다시 멋대로 하기 시작하는 것이다. 즉 광기란 대개의 경우, 자기를 억제하지 못함을 말하는 것으로 큰 괴로움으로부터의 도피이며, 약한 인간이 제 정신으로는 견딜 용기가 없는 거센 운명에 대해 나타내는 방위 수단이다. 그러할 때에는 누구라도 좋지만, 세템브리니 자신도 이때까지 몇몇 미친 사람을 노려 보는 것만으로도, 그들의 지껄임에 준엄한 이성적인 태도를 보인 것만으로도, 적어도 한동안 그들을 본심으로 돌린 일이 있다고 했다.

나프타는 비웃는 듯이 웃었지만, 한스 카스토르프는 세템브리니 씨의 말을 전적으로 믿고 싶다고 말했다. 세템브리니 씨가 콧수염 밑에서 미소지으며 엄숙한 이성적 태도로 미친 사람을 노려 보는 모양을 상상하면, 불쌍한 광인이 그의 출현을 귀찮기 그지없는 것이라고 느끼면서도 마음을 가다듬고 제 정신이 되려고 하지 않을 수 없었던 기분을 이해할 수 있었다.

그러나 나프타도 정신 병원을 방문하여 『특별실』을 견학했을 때의 일을 말했는데 그 방에서 본 모습과 장면은, 아, 신이여, 세템브리니 씨의 이성적인 응시도, 엄격한 태도도 거의 어쩔 수 없는 것이었다고 했다. 단테의 《신곡》 그대로의 장면, 공포와 고뇌에 찬 그로테스크한 광경으로 나체의 미친 자들이 목욕탕 속에 웅크리고 불안과 공포성 치매(癡呆)의 모든 포즈를 취하면서 어떤 자는 큰 소리로 슬피 울부짖고 어떤 자는 팔을 쳐들어 입을 크게 벌리고 지옥의 성분(成分)이 죄다 모인 것처럼 폭소를 터뜨리고 있었다.

「그것입니다.」 페르게 씨는 말하면서 그가 기흉 수술을 할 때 터뜨린 폭소를 모두에게 상기해 달라고 했다.

요컨대, 하고 나프타는 계속했다. 세템브리니 씨의 준엄한 교육학도 특별병동의 처절한 광경을 앞에 놓고는 말없이 물러날 수밖에는 없었을 것이다, 그 광경에 대하여는 종교적 외포(畏怖)의 전율 쪽이 우리들의 찬연한 태양 기사(太陽騎士), 솔로몬의 대리자가 즐겨 광기(狂氣)에 대치(對置)한 오만한 이성 도덕가 같은 태도보다도 더 인간적인 반응이었을 것이라고 말했다.

한스 카스토르프는 나프타가 또다시 세템브리니에게 증정한 칭호를 생각해 볼 겨를이 없었다. 그는 기회가 생기는 대로 그 칭호를 알아보자고 순간 생각했으나 지금 당장은 계속되고 있는 토론에 모든 주의를 빼앗겼다. 나프타는 인문주의자가 일반적인 경향을 날카롭게 비판하고 건강에 원칙적으로 모든 영광을 주며 병을 될 수 있는 한 천하고 가치 없는 것으로 보려는 것을 공박했다. 세템브리니 씨의 그 태도는——그도 환자의 한 사람이라는 것을 생각하면 물론 주목할 가치가 있다——거의 감탄할 정도의 공정 무사한 태도라고 나프타는 말했다. 그러나 아무리 드물게 보는 훌륭한 태도라 할지라도 그릇된 태도임에는 조금도 변함이 없다. 그것은 육체를 존경하고 숭배하는 것에서 생긴 태도로 육체가 지금처럼 오욕된 상태에 있지 않고 신의 손으로 만들어진 상태에 있으면 그것을 존경하는 것도 시인할 수 있다. 그러나 처음에 불사의 생명을 받았던 육체는 원죄(原罪)라는 자연의 타락 때문에 사악하고 추악한 것으로 변해 주검과 부패의 운명을 모면하지 못하게 되어 영혼의 감옥이라고 하는 것밖에는 다른 생각을 할 수 없는 것으로 되어 버렸다. 성 이그나티우스가 말한 것처럼 수치와 곤혹의 감정을 불러일으킬 뿐이다.

그 감정에 대해서는, 하고 한스 카스토르프가 외치는 듯이 말했다. 주지하는 바와 같은 인문주의자인 플로티노스도 말하고 있다.

그러나 세템브리니 씨는 손을 머리 위로 흔들면서 한스 카스토르프에게 여러 가지 견지를 한데 섞지 말도록 그리고 차라리 잠자코 듣고만 있으라고 요구했다.

그러는 동안 나프타는 그리스도교적 중세(中世)가 육체의 비참에 대해 표시한 외경심을 중세 사람들이 그 비참을 보고 느낀 종교적 만족감에서 설명했다. 육체의 농양(膿瘍)은 단지 육체의 타락을 확실하게 느끼게 할 뿐만 아니라, 원죄에 의한 영혼의 부패적인 타락을 느끼게도 하여 교화적, 그리고 정신적 만족을 느끼게 하지만 이와는 반대로 건강한 육체는 그릇된 생각을 하게 하여 양심을 상하게 하는 현상이며 이러한 현상은 병고에 대해 깊은 경건심을 가짐으로써 부인하는 것이 아주 바람직하다. 이 죽을 육체에서 누가 나를 해방시켜 줄 것인가? 이것은 참된 인간성의 영원한 목소리인 정신의 외침이다.

아닙니다, 그것은 암흑의 목소리입니다, 하고 세템브리니가 떨리는 목소리로 견해를 말했다.

그것은 이성과 인간성의 태양을 본 적이 없는 세계의 목소리인 것이다. 세템브리니 씨는 육체야말로 병독에 침범되어 있지만 정신의 건강성과 순결성은 그대로 가지고 있어 신부 냄새가 나는 나프타에게 육체의 문제에 대해 멋지게 응수하여 나프타가 말하는 영혼을 조롱하는 힘을 가지고 있었다. 그는 인체를 신이 계시는 참된 성당이라고까지 불렀다. 여기에 대해 나프타는 인체라는 조직체는 인간과 영원 사이에 있는 커튼에 지나지 않는다고 주장하였다. 그러자 세템브리니는 나프타가 『인간성』이라는 말을 입밖에 내는 것을 단호히 금했다. 논쟁은 이렇게 계속되었다.

추위에 얼굴은 얼었다. 그러나 모자도 쓰지 않고, 고무 오버슈즈를 신고, 길 위에 높이 쌓인, 위에 재를 뿌린 눈을 힘껏 밟기도 하고 차도에 쌓인 부드러운 눈을 밟아 가면서 말을 계속했다. 세템브리니는 해리의 털가죽 깃과 소매를 접은 곳의 털이 빠져 옴이 오른 것 같은 가죽 자켓을 멋지게 입었고 나프타는 털가죽이 안에 있으나 밖에서는 전혀 보이지 않는 외투, 복숭아뼈까지

내려오는 검정 옷깃의 외투를 입고 육체와 영혼의 문제에 대해 각자에게 절실하기 그지없는 문제인 양 열심히 논쟁하고 있었다.

두 사람 다 서로 응수하고 있을 뿐만 아니라 한스 카스토르프에게도 말을 했다. 말을 하고 있는 한 사람이 다른 한 사람 쪽을 턱과 엄지손가락으로 가리키면서 의견을 진술하는 일도 가끔 있었다. 두 사람이 한스 카스토르프를 사이에 두고 서로 응수하자, 청년은 얼굴을 이쪽 저쪽으로 돌리면서, 오른쪽으로 그리고 왼쪽으로 향해 찬성하기도 하고, 비스듬히 몸을 뒤로 젖히고 서서 염소 가죽 장갑을 낀 손으로 몸짓을 하면서 물론 유치하기 짝이 없는 자기의 의견을 말했다. 페르게와 베잘은 세 사람 주위를 돌아서 세 사람 앞으로 나가기도 하고, 세 사람의 뒤를 걷거나 혹은 세 사람과 옆으로 나란히 서기도 하다가 사람이 지나갈 때면 열을 다시 풀기도 했다.

청강자인 세 사람이 가끔 끼여든 말이 계기가 되어 말다툼은 더욱 절실한 문제로 옮아 갔다. 화장, 체형, 고문, 사형 등의 문제가 속속 화제에 올라 다섯 사람 모두 열중하였다. 태형(笞刑)이란 말을 처음으로 꺼낸 사람은 페르디난드 베잘로, 한스 카스토르프가 느낀 바로는 베잘이 끄집어 낼 만한 화제였다. 세템브리니 씨가 이 야만스러운 형벌에 교육상으로, 그리고 사법상으로까지 인간의 존엄성을 강조하면서 아름다운 말로 반대한 것은 이상하지 않았고 나프타가 태형을 지지한 것도 결코 이상하지는 않았다. 그러나 나프타의 태형 찬성의 변론은 어딘지 음산하고 노골적인 점에서 모두를 놀라게 했다.

그에 의하면 태형을 가지고 인간의 존엄성을 들고 나오는 것은 바보스러운 짓이라는 것이다. 인간의 존엄성은 육신에 있는 것이 아니고 정신에 있기 때문이다. 그리고 인간의 영혼은 자못 인생의 기쁨을 육신에서만 찾으려고 하기 쉽기 때문에 육신에 고통을 주는 것은 육신에의 기쁨을 저지시키고, 말하자면 흥미를 육신에서 정신으로 돌리고, 정신을 다시 지배자의 위치로 높이기 위한 아주 적절한 수단이다. 태형을 어딘지 특별히 저주스러운 형벌처럼 말하는 것은 바보스러운 비난이다. 성 엘리자베스도 그녀의 고해 신부인 콘라드 폰 마르부르크에게 피가 나올 정도로 맞아 그 때문에 성도전(聖徒傳)에도 『그녀의 혼은, 제3급의 천사에게까지 이르렀다』고 적혀 있다. 그리고 성녀 자신도 너무 졸려 고해를 게을리하는 노파를 매질하였다는 것이다. 어떤 수도회와 종파의 사람들, 그리고 일반적으로 진지한 사람들이 정신적인 원리를 가슴에 깊이 새겨 두려고 자기 손으로 자신의 육체에 가한 태형을, 누가 진심으로 야만적이고 비인간적이라고 말할 수 있단 말인가? 문명국이라고 자칭하는 나라에서 법률에 의해 태형을 금지하는 것을 참된 진보라고 생각하는 것은 고집하면 고집할수록 우스운 생각이다.

「물론이지요, 육체와 정신의 대립에서는,」 하고 한스 카스토르프가 말했다. 「물론 육체가, 사악한 악마적인 원리를 체현(體現)…… 하하하…… 체현하고 있다는 것은 절대로 부정할 수 없습니다. 왜냐하면 육체는 물론 자연에 속해 있어서――자연, 이것은 나쁜 말이 아닌데요! ――자연이라는 점에서 정신과 이성의 대립에 있어서는 분명히 사악이기 때문입니다. 신비롭고 사악한 것이라고도 말할 수 있을 것입니다. 교양과 지식을 근거로 하여 한 마디 한다면, 그리고 이 견지를 지킨다면, 그 견지에 따라 육체를 취급하고 신비롭고 사악하다고 할 수 있는 형벌을 육체에 가한다는 것은 논리적으로 필연적인 것입니다. 아아, 세템브리니 씨의 연약 때문에 바르셀로나의 진보 회의에 가는 것을 단념하지 않으면 안 되었을 때 성 엘리자베스와 같은 여성이 옆에 붙어 있어서 씨를 채찍으로…….」

모두 크게 웃었다. 인문주의자가 성을 낼 것 같아서, 한스 카스토르프는 앞질러 자기가 일찍이 채찍으로 맞은 경험담을 시작했다. 그가 배운 고등학교에서는 하급 클라스에서 태형이 부분적으로 아직 남아 있어서 승마용의 채찍이 배치되어 있었다. 교사들은 사회적인 고려에서, 한스 카스토르프에게는 채찍을 사용하지 않았지만 그는 동급생의 한 사람이며 그보다 완력이 있는 억센 장난꾸러기에게 그 연한 채찍으로 허벅지 위와 종아리를 맞았다. 그 아픔은 치욕적이고 잊을 수 없는, 완전히 신비적이라고 할 수 있는 아픔으로, 그는 부끄러울 정도로 엉엉 소리를 내어 울면서 분하고 불명예스러운 베잘(고통) 때문에――베잘 씨, 이 말을 사용하는 것을 널리 용서해 주십시오――눈물을 흘렸다. 게다가 어디서 읽은 일이 있었지만, 감옥에서 태형을 가하면 아무리 포악한 강도 살인범이라도 어린아이처럼 울부짖는다는 것이다.

세템브리니가 낡아빠진 가죽 장갑을 낀 두 손으로 얼굴을 가리고 있는 동안, 나프타는 정치가 같은 냉담한 태도로 반항적인 범죄인을 고문대와 채찍 없이 어떻게 다룰 수 있겠는가 묻고, 그러한 고문 도구는 감옥에 양식상의 적합한 것으로서, 인도적인 감옥 같은 곳은 미학적으로 불철저한 존재이며 하나의 타협에 불과한 것이다. 세템브리니 씨는 미문(美文)의 웅변가이긴 하지만 근본적으로 미에 대해서는 조금도 아는 것이 없는 것 같다고 규정했다. 교육학에 대해서는 더더구나 그러하다. 나프타에 의하면, 체형을 무슨 일이 있어도 폐지하려고 하는 사람들의 인간적 존엄성이라는 생각은 시민적인 인문주의 시대의 자유주의적 개인주의, 계몽적 자기 중심주의에 뿌리를 박고 있는 생각으로 그러한 것은 이미 죽어 가고 있고, 새로 탄생하고 있는 가장 남성적인 사회 이념, 즉 속박과 봉사, 강제와 복종이라는 이념에 자리를 물려 주려고 하고 있지만, 이 새로운 이념에서는 신성한 잔인성이 없어서는 안 되는 것이며, 짐승의 썩은 고기와 같은 육체에 태형을 가하는 것도 지금과는 다른 눈으로 다시 보게 될 것이다.

「그래서 그것을 짐승의 썩은 고기의 복종, 즉 맹종(盲從)이라고 부르고 있습니다.」하고 세템브리니는 비웃었지만 여기에 대해 나프타가, 신은 원죄의 벌로 인간의 육체를 비참한 부패의 오욕에 맡겼기 때문에 그 육체에 태형을 가하는 것쯤은 결코 큰 죄라고는 할 수 없을 것이라고 말했다. 그래서 화제는 곧 화장으로 옮겨졌다.

세템브리니는 화장을 찬미했다. 나프타 씨가 말하는 오욕은 화장에 의해 제거될 것이라고 그는 기쁜 듯이 말했다. 인류는 실제적인 이유에서도, 정신적인 이유에서도 부패의 오욕을 제거하려고 한다. 그리고 세템브리니 씨는 자기가 화장 보급 국제 회의의 준비 위원이라는 것을 말하면서 그 회의의 개최지는 아마 스웨덴이 될 것이라고 말했다. 그 회의에서는 현재까지의 모든 경험을 살려서 설계된 모범적인 화장터와 납골당(納骨堂)의 모델 전람이 계획되고 있는데 이 모델이 널리 각 방면을 자극, 고무할 것을 기대해도 좋을 것이다. 근대 사회의 모든 사정을 생각할 때 매장은 얼마나 전근대적인, 시대에 뒤떨어진 방법인가. 도시의 팽창! 묘지는 나날이 교외로 밀려 나가고 있다! 땅값! 근대 교통 기관의 필요에 의한 매장의 간소화! 세템브리니 씨는 그것들에 대해 실제적인 적절한 의견을 진술했다. 그는 슬픔에 잠긴 홀아비가 죽은 애처(愛妻)의 무덤을 매일같이 찾아가 그녀가 잠들고 있는 곳에서 그녀와 이야기를 하고 있는 모습을 유머러스하게 말했다. 그러한 목가적인 인물은 이 세상에서 가장 귀중한 보배인 시간을 이상하리만큼 많이 가지고 있는 것 같은데, 근세의 공동 묘지의 대량화·간소화는 그러한 시대 착오의 감상을 깨뜨려 버릴 것이다. 시체를 비참한 분해 작용과 하등 생물의 먹이에 맡기는 매장에 비교할 때 화염에 의한 시체 소멸은 얼마나 깨끗하고 위생적이고 훌륭한, 아니 영웅적인 생각인가. 이 새로운 처리법은 인간의 기분, 영속을 희구하는 기분에도 맞을 것이다. 왜냐하면, 화염에 의해 소멸되는 것은 살아 있을 때 신진대사에 의해 계속 변화를 한 부분뿐인 것으로 신진대사에 거의 영향을 받지 않은, 일생 동안 거의 변화가 없는 부분은 화염에도 멸망하는 일이 없이, 재가 될 뿐으로 유족들은 그 재를 죽은 사람의 불멸의 부분으로서 주워 모으는 것이다.

「아주 훌륭한 말입니다.」하고 나프타는 비웃듯이 말했다. 「아, 정말 훌륭한 말입니다. 인간의 불멸의 부분이 재라니요.」

그렇고말고요, 하고 세템브리니는 말했다. 나프타 씨는 생리학적인 사실에 대해 인류의 비합리적인 입장을 고집하고 있는 것이며 죽음이 공포의 대상, 신비적인 공포의 대상, 냉정한 이성의 눈을 돌려서는 안 되는 대상으로 간주되던 시대의 유치한 종교적 단계를 고집하려고 하는 것이다. 이 얼마나 야만적인 생각인가! 죽음에 대한 공포는 문화의 수준이 아직 극히 낮고 부자연스런 죽음이 보통이었던 시대의 유물인 것이며, 그러한 부자연스런 죽음에 관련된 무서운 인상이 일반적으로 죽음 그 자체에 대한 생각과 모르는 사이에 연결되어 버렸던 것이다. 그러나 일반의 위생 의식이 발달하고 개인 생명의 안전이 확보됨에 따라 자연사가 보통으로 되고, 근대의 노동자에게는 가지고 있는 힘을 합리적으로 다 사용하고 난 후 영원한 휴식으로 들어간다는 생각이 조금도 무서움을 주지 않으며, 오히려 자연스럽고 바람직하게 느껴지는 것이다. 그렇다, 죽음은 무서운 것도 신비스러운 것도 아니며, 명백히 이성적이고, 생리적으로도 필연적인 것으로 환영할 만한 현상으로, 필요 이상으로 죽음에 대한 생각에 몰두하는 것은 생의 권리를 침해하는 것이다. 그러한 이유로 앞에서 말한 모범 화장터와 부속 납골당, 즉『죽음의 전당』외에『생의 전당』이 만들어져, 거기서는 건축·회화·조각·음악·문학이 협력하여 유족의 기분을 죽음의 경험, 무익한 비애, 소용 없는 비탄으로부터 생의 재보(財寶)로 돌리는 것도 계획되고 있다.

「그렇다면 빨리 하셔야지요!」하고 나프타가 비웃었다. 「유족이 죽음의 예배에 너무 빠져 버리기 전에, 아니, 죽음이라는 단순한 사실, 그것이 없으면 건축·회화·조각·음악·문학도 존재하지 않는 사실의 예배에 너무 깊이 빠져 버리기 전에 말입니다.」

「유족이 죽음의 군기(軍旗) 밑으로 탈주해 버리기 전에 말이지요.」하고 한스 카스토르프가 꿈을 꾸듯 말했다.

「당신은 어떻게 그런 애매한 말을 할 수 있습니까, 엔지니어?」세템브리니는 한스 카스토르프에게 말했다. 「비난을 받아 마땅합니다. 죽음의 경험은 결국, 생의 경험이어야 합니다. 그렇지 않다면 죽음의 경험은 순전히 환상에 불과한 것입니다.」

「아까의 〈생의 전당〉은 고대의 석관(石棺)에서 가끔 볼 수 있듯이 음란한 상징화로 장식되어 있는 것입니까?」하고 한스 카스토르프는 진지하게 물었다.

좌우간 멋진 눈요기가 될 것이라고 나프타는 비웃었다. 대리석과 유화구로 인체를 찬란하게 표현한 것이다. 부패에서 구원해 준 인체를. 이것은 조금도 이상할 것이 없다. 너무도 귀여운 나머지 채찍 한 번 대고 싶은 생각이 없으니 말이다.

여기서 베잘이 고문을 화제에 올렸지만 이것도 그에게는 어울리는 테마였다. 고통을 주어 신문한다――여러분은 이것을 어떻게 생각하는가. 페르디난드는 문화를 자랑하는 지방을 여행할 때, 옛날에 고문이라는 양심 탐색이 행해졌던 숨겨진 장소를 견학하는 기회를 언제나 빼먹지 않았다. 가령 뉘른베르크와 테겐베르크의 고문실도 견학하고 교양의 목적으로 그곳을 자세히 돌아보았다. 물론, 거기서는 영혼의 구원을 위해 육체를 정말 거칠게, 갖가지 교묘한 방법으로 고통을 주었던 것이다. 그러나 부르짖는 소리 하나도 없었다. 고문의 역사상 유명한 배, 그렇지 않아도 맛이 있다고 할 수 없는 배를 입에 틀어넣고……. 이리하여, 벌이 행해지는 가운데도 거기에는 고요만이 지배하고 있었다.

「더럽습니다.」세템브리니가 이탈리아 어로 중얼거렸다.

페르게는 배를 이용한 고요 속의 고문 집행도 이상적이나 흉막을 탐색하는 것 이상으로 야비한 것은 그 당시에도 고안해 내지 못했을 것이라고 말했다.

그것은 치료를 위해 행해진 일이 아니냐고 세템브리니는 말했다.

영혼의 구원뿐만 아니라 영혼에게 개전의 정이 없이 정의가 해를 입었다고 하는 경우, 잠정적인 잔인은 정당화될 수 있을 것이다. 그뿐만 아니라 고문은 합리적인 진보의 소상이라고 나프타가 응수했다.

「나프타 씨는 아마 본정신이 아니겠지요.」하고 세템브리니는 말했다.

「아니오, 나는 본정신으로 말했습니다. 세템브리니 씨는 문필가이기 때문에 중세의 사법사(司法史)가 곧 머리에 떠오르지 않을 것입니다. 중세의 사법사는 정말 합리화 운동의 진전의 역사로서, 즉 이성적인 생각에 기반을 두고 사법으로부터 점차 신이 추방당한 것입니다. 신에 의한 재판은 강자가 옳지 않아도 이기는 것을 알았기 때문에 없어진 것입니다. 세템브리니 씨 같은 회의가, 비평가가 그 사실을 확인하고 옛날의 소박한 재판 대신 심문에 의한 재판을 등장시키는 데 성공한 것입니다. 이것은 진실을 확실하게 하는 데에 신이 협력한다는 생각에 의지하는 것을 포기하고 피고(被告)로부터 진실의 고백을 끄집어 내려고 하는 것입니다. 자백 없이는 선고 없음……. 의심나신다면 오늘이라도 민중 사이를 다니면서 물어 보아도 좋습니다. 이 원리가 본능적으로 깊이 뿌리를 박고 있으며, 증거가 정연하게 갖추어져 있어도, 자백이 없으면, 어떠한 선고도 위법이라고 느껴지는 것입니다. 그러면 어떤 방법으로 자백을 시킬 것인가? 단지 추측, 혐의에 머물지 않는 확실한 진실을 알려면 어떻게 해야 할 것인가? 진실을 감추고 자백을 거절하는 인간의 마음과 머리를 들여다보려면 어떻게 해야 하는가? 정신이 말을 듣지 않으면 말을 듣는 육체에 물을 수밖에 없습니다. 반드시 필요로 하는 자백을 끌어 내는 수단으로써 고문은 이성의 요구에 의한 것입니다. 그리고 자백에 의한 재판을 요구하고 그것을 실현시킨 것은 세템브리니 씨인 것으로, 씨는 고문의 원조(元祖)입니다.」

인문주의자는 모두에게 나프타가 말한 것을 믿지 말도록 부탁했다.

「정말 악질적인 농담입니다. 모든 것이 나프타가 말하는 대로입니다. 이성이 무서운 고문의 발명자라고 해도, 그것은 이성이 언제나 주위로부터의 지지와 계몽을 얼마나 필요로 하였는가를 증명하며, 또 자연 본능의 찬미자들은 이성의 세력이 지상에서 너무 커져 가는 것을 무서워할 필요가 없다는 것을 증명할 뿐입니다. 그러나 나프타 씨가 말한 것은 확실히 그릇된 것입니다. 고문이라는 재판상의 만행은 지옥의 신앙에서 시작된 것으로서 이성의 소산이라고는 할 수 없습니다. 박물관과 고문실을 돌아 보시면 아실 것입니다. 거기에 진열되어 있는 조르는 것, 비트는 것, 불로 지지는 도구들은 분명히 말해, 모두가 유치하고 어리석은 공상에서 나오는 것으로 영원한 괴로움이 주어지는 지옥에서 사용된 것을 그대로 모방하려고 한 것입니다. 게다가 또 고문은 범죄자를 도와주는 것이라고도 생각했습니다. 범죄자의 불쌍한 영혼은 자백을 하려고 하는데도 사악한 원리인 육신이 양심을 방해하고 있는 것이라고 생각했기 때문입니다. 그래서 범죄자의 육체를 고문에 의해 약화시키는 것은 사랑의 봉사를 베푸는 것이라고도 생각했던 것입니다. 금욕적인 망상입니다.」

「그러면 고대 로마 인들도 그러한 망상에 사로잡혀 있었을까요?」하고 나프타는 비웃었다.

「로마 인이? 천만의 말씀!」세템브리니는 대답했다.

「그렇지만 로마 인도 재판의 수단으로 고문을 알고 있지 않았던가요?」하고 나프타가 반문했다.

논쟁은 곤궁에 빠져 버렸다. 한스 카스토르프는 그것을 타개하려고 설전의 사회자인 양, 그리고 자기 자신의 문제인 양, 사형 문제를 화제에 올렸다. 그는 말했다. 오늘날에도 예심 판사가 피고를 괴롭히려고 술책을 부리고 있는 것은 변함없는 일이지만 고문만은 폐지되었다. 그러나 사형은 어느 세상에도 존재하고 있고, 없어서는 안 되는 것 같다. 문화가 가장 발전한 나라에서도 사형을 폐지하려고 하지 않는다. 프랑스 인들은 사형을 국외로 추방하였다는데, 그 대신 쓰라린 경험을 하였다. 사람의 가죽을 쓴 짐승에 가까운 인간을, 목을 자르는 것 외에 어떻게 취급할 것인지 정말 알 수 없는 경우가 있다.

그러한 인간도 『인간의 가죽을 쓴 짐승』은 아니다. 이렇게 세템브리니 씨는 꾸짖었다. 그들도 엔지니어나 지금 말을 하고 있는 나와 마찬가지 인간이다. 단지 의지가 약하고, 불완전한 사회의 희생자일 뿐이다. 이렇게 말하고 세템브리니 씨는 어떤 전과(前科) 몇 범인 살인범 이야기를 했다. 그 사나이는 검사가 논고에서 『짐승과 같은 인간』, 『인간의 모습을 한 짐승』이라고 부르는 타입의 사나이였지만, 그 사나이는 독방의 벽을 시를 써서 채웠다. 그 시는 결코 서투른 시가 아니고 검사들이 기회 있을 때마다 쓰는 시보다 훨씬 훌륭한 것이었다.

그것은 예술의 특이한 일면을 암시하는 사실이라고 나프타는 말했다. 그러나 이밖에는 어떠한 점에서도 문제로 삼을 것은 아니다.

한스 카스토르프는 나프타가 사형의 존속을 찬성하는 것임에 틀림없다고 생각한다고 말했다. 나프타 씨는, 하고 그는 말했다. 세템브리니 씨와 마찬가지로 혁명적이기는 하지만 보수적인 의미에서 혁명적, 즉 보수적 혁명가이다라고 덧붙였다.

여기에 대해 세템브리니 씨는, 세계는 반인문적인 반동적 혁명을 뛰어넘고 본궤도에 오를 것이라고 자신만만하게 미소지으면서 말했다. 나프타 씨는, 예술이 극악한 인간까지도 인간으로 높여 주는 사실을 인정하지 않기 위해서 오히려 예술 그 자체에 혐오를 가지고 싶을 것이다. 그러나 그러한 광신에 의해서는 광명을 찾는 젊은 사람들의 마음을 잡을 수는 없다. 모든 문명국에 있어서 법률상 사형이 폐지될 것을 목표로 하는 국제 연맹이 반드시 탄생할 것이다. 세템브리니 자신도 그 연맹의 한 사람으로서의 영광을 가진 자이다. 처음 회의의 개최지는 이제부터 결정되지만 그 회의에서 열변을 토하는 사람들이 사형에 대해 훌륭한 반대론을 준비하고 있는 것은 믿어도 좋을 만한 이유가 충분히 있다. 이렇게 말하고 세템브리니는 사형에 반대하는 이유를 여러 가지 열거했지만 그 가운데에는 그릇된 심리에 의해 죄 없는 사람들을 사형에 처할 위험이 언제나 있다는 것, 범죄자의 개전의 희망이 전혀 없다고는 할 수 없는 것 등의 이유가 있었다. 그는 『원수는 내가 갚으리라(신약 성서 〈로마서〉 제12장 제19절)』는 말까지 인용해 국가가 원하는 것이 교화이며, 폭력이 아니라면 악을 없애는 데 악을 가지고 해서는 안 된다고 역설하고 『죄』라는 개념을 과학적 결정론의 입장에서 배격하고 나서 『벌』이라는 개념을 부정했다.

이어서 『광명을 찾는 청년들』은, 나프타가 세템브리니의 논거 하나하나에 목을 졸라 가는 것을 경청해야 했다.

나프타는, 박애주의자인 세템브리니의 피를 두려워하고 생명을 존중하는 태도를 비웃고, 개인의 생명 존중은 극히 저속한 시민적 안이주의 시대의 것이며, 『안이』를 넘는 하나의 이념, 가령 무언가 초개인적, 초자아적인 이념이 등장하자마자, 개인의 생명 같은 것은 그러한 열정적인 사정 아래에서는 그 높은 이념 때문에 언제나 희생되어 버릴 뿐만 아니라, 개인 자신도, 스스로 주저함이 없이 생명을 저버리곤 하지만 그것이야말로 인간에게 어울리는, 따라서 높은 의미에서 인간의 정상 상태이기도 한 것이다. 자기의 논적의 박애주의는, 하고 나프타는 말했다. 생명에서 모든 무게가 있는 진지한 악센트를 제거하고 생명의 거세(去勢)를 목표로 하고 있어 그 과학적 결정론도 같은 거세를 목적으로 하고 있다. 그러나 죄의 개념은 결정론에 의해 제거되는 일은 없고, 결정론에 의해 무게와 무서움이 더한층 깊어지는 것이 사실이다.

「그거 괜찮은 말입니다. 그러면 나프타 씨는 사회의 불쌍한 희생자가 마음으로 죄를 자각하고, 만족하여 단두대에 오르기를 요구하는 것인가요?」하고 세템브리니는 물었다.

「물론이지요.」 범죄자는 자의식을 가짐과 동시에 자신의 죄를 의식하고 있다. 왜냐하면 그는 있는 대로의 그인 것이며, 다른 그가 될 수도 없고 되기를 원할 수도 없다. 그리고 이것이 그의 죄인 것이다. 이리하여 나프타는 죄와 공적을 경험적인 차원에서 형이상학적인 차원으로 옮겨 버렸다. 그는 말했다. 행위나 행동에 있어서는 결정론이 물론 성립하고 거기에는 자유가 있을리 없지만, 인간의 본성에는 자유가 있다. 인간은 그렇게 있으려고 희망한 대로의 인간인 것이며 멸망할 때까지 그렇게 있으려고 희망하는 인간인 것이다. 범죄자는 『생명을 걸고』 스스로 사람을 살해했기 때문에, 따라서 그것을 생명으로 지불해도 비싼 대가라고는 할 수 없다.

그는 죽어도 좋은 것이다. 가장 깊은 쾌락을 맛보았으니까 말이다.

「가장 깊은 쾌락을?」

「그렇습니다. 가장 깊은 쾌락을.」

모두는 입을 굳게 다물었다. 한스 카스토르프는 기침을 했고 베잘은 아래턱을 일그러뜨리고 있었다. 페르게 씨는 한숨을 쉬었다. 세템브리니는 점잖게 말했다.

「일반론으로 말하면서도 또한 대상에게 개인적인 취미를 띄게 말하는 방법이 있는 것 같군요. 당신은 살인을 하고 싶은가보지요!」

「그것은 당신과 아무런 관계도 없는 일입니다. 그러나 내가 누군가를 살인했을 때, 인도주의자들이 나를 죽이는 대신 내가 천명을 다할 때까지 콩밥만으로 살려 두려고 한다면 나는 그 인도주의적인 무지를 비웃어 줄 것입니다. 살해자가 피해자보다 더 오래 산다는 것은 무의미합니다. 두 사람은 살짝 두 사람만이 비밀을 나눠 갖고 그 비밀에 의해 영원히 결부되어 있는 것입니다. 이와 유사한 또 하나의 경우처럼, 한 사람은 능동적으로, 또 한 사람은 수동적으로 결부되어 있는 것입니다. 두 사람은 서로 일체를 이루고 있는 것입니다.」

여기에 대해 세템브리니는 그러한 죽음과 살인의 신비론을 이해할 능력은 자기에게는 없고, 또 그것을 유감스럽게 생각하지 않는다고 냉담하게 말했다. 나프타 씨의 종교적인 재능을 무어라고 할 생각은 없으며 그 재능이 자기 세템브리니의 재능을 능가하리라는 것을 믿어 의심하지 않지만, 분명하게 말한다면, 그것을 부럽다고 생각하지는 않는다. 실험을 좋아하는 카스토르프 청년이, 아까 언급한 비참에 대한 존경이 단지 생리적인 방면뿐만 아니라 정신적인 방면에도 넓혀져 있는 세계, 즉 덕과 이성, 그리고 건강이 멸시되고 악덕과 병이 이상하게도 존경받고 있는 세계에 가까이 가는 것을 그의 억누를 수 없는 결백이 역시 용서하지 않는다고 말했다.

덕과 건강은 사실, 종교적인 상태는 아니라고 나프타는 단언했다. 종교는 대체로 이성, 그리고 도덕과 조금도 관련이 없다는 것이 명백해진다면 그것만으로도 좋은 것이다. 왜냐하면, 하고 나프타는 덧붙였다. 종교는 대체로 인생과는 아무런 관련을 가지지 않기 때문이다. 인생의 일부분은 인식론에, 일부분은 도덕의 영역에 속해 있는 모든 제약과 기초에 기반을 두고 있다. 인식론에 속해 있는 것은 시간, 공간, 인과율인 것이며, 도덕의 영역에 속해 있는 것은 윤리성과 이성이다. 이것들은 모두 종교의 본질과는 관련이 없을 뿐만 아니라, 그것과는 대립 관계에 있는 것이다. 왜냐하면 그러한 것은 인생을 형성하고 있는 것, 소위 건강, 즉 저속하기 짝이 없는 가장 시민적인 것을 형성하고 있는 것이지만, 종교의 세계는 그것과는 절대적으로 정반대의 것, 더구나 절대적으로 천재적인 정반대의 것이라고 해야 하기 때문이다.

물론 나프타 자신은 인생의 세계에도 천재의 가능성이 전혀 없다고 말하고 싶지는 않다. 장엄할 만큼 우직스럽다고 말할 수밖에 없는 현세적(現世的) 시민성, 속물적 위대성이 존재하기 때문이며, 그 장엄한 시민성이 뒷짐지고 가슴을 내밀고 발을 벌리고 거만하게 떡 버티고 서 있는 모습은 반종교성의 권화(權化)를 의미한다고 생각하는 한 존경할 가치가 있다고 해도 좋을 것이다.

여기서 한스 카스토르프는 학교에서 하는 것처럼, 집게손가락을 들었다. 그는 두 사람 중 어느 쪽의 기분도 건드리려고는 하지 않지만, 하고 말했다. 여기서 지금 문제가 되고 있는 것은 분명히 진보, 인류의 진보인 것이며, 따라서 어느 정도 정치와 웅변적 공화(共和)와 교양이 있는 서구 문명이기도 한 것이다. 자기의 생각으로는 인생과 종교의 차이점, 혹은 나프타 씨가 무슨 일이 있어도 대립이라고 한다면, 양자의 대립은, 궁극에 가서는 시간과 영원의 대립이 될 것이다. 왜냐하면 진보는 시간 속에만 존재하며 영원 속에는 진보도 없고, 정치도, 웅변도 없기 때문이다. 영원 속에서는 말하자면 신의 품 속에 머리를 기대고 눈을 감는 것이다. 그리고 두서없이 표현했습니다만 이것을 도덕의 차이점이라고 말했다.

「엔지니어의 말하는 식의 유치함보다도,」 하고 세템브리니는 말했다. 「남의 생각에 거역하지 않으려고 하는 약점과 악마적인 생각에 타협하려고 하는 경향 쪽이 더 위험한 것입니다.」

아니오, 그 악마에 관해서라면, 하고 한스 카스토르프는 말했다. 이 문제는 두 사람이 함께 1년 전에도 토론한 일이 있다. 그때 세템브리니 씨는 「오, 악마여, 오, 반역자여!」라고 말했는데 그러면 지금 한스 카스토르프는 도대체 어느 쪽의 악마와 타협을 하고 있다는 것인가. 반역과 일, 그리고 비판의 악마라는 것인가, 그렇지 않으면 다른 악마하고라는 것인가? 정말 위험한 말이다. 오른쪽에도 악마, 왼쪽에도 악마라면, 악마의 이름에 걸어 말하지만, 도대체 어떻게 빠져 나가야 하는 것인가!

그러한 방법으로는, 하고 나프타는 말했다. 세템브리니 씨가 실현하려는 사태는 올바르게 표현되어 있지 않다. 씨의 세계상의 결정적인 특징은, 씨가 신과 악마를 두 개의 별개의 인물, 혹은 별개의 원리라고 생각하며, 또한 극히 중세적인 모범에 따라 『인생』을 두 개의 원리 사이에 쟁탈물로 두고 있는 점이다. 그러나 사실, 신과 악마는 하나인 것이며 인생에게 대립하고 있을 뿐이다. 신과 악마는 서로 결합하여 종교적 원리를 나타내고 인생, 현세적 시민성, 윤리, 이성, 덕과 대립하고 있을 뿐이다.

「정말 구역질이 나는 혼합이군요. 가슴이 답답해지는 혼합입니다.」하고 세템브리니는 외쳤다. 선과 악, 신성한 것과 악행의 모든 것이 혼합되어 있다! 비판도 없다! 의지도 없다! 배격해야만 하는 것을 배격할 가력도 없다! 대체 나프타 씨는 이 청년들의 면전에서, 신과 악마를 뒤범벅으로 하고 그 방종한 혼합에 의해 윤리적 원리를 부정하는 것이 무엇을 부정하는 것을 의미하는지를 이해하고 있는 것일까? 씨는 이로 인해 가치를 부정하는 것이다. 모든 가치 판단을 부정하는 것이다. 말하기도 무서운 일이다. 좋다, 선도 없고, 악도 없고, 윤리적 질서가 없는 세계만이 있다고 하자! 그러면 비판의 존엄성을 가진 개인도 존재하지 않고 모든 것을 삼켜 버리고 평균하여 버리는 공동체만이 존재하고 개인은 그 공동체 속에 흔적도 없이 사라져 버리게 될 것이다. 개인은…….

세템브리니 씨가 또다시 개인주의자라고 자처하는 것은 재미있는 일이다! 하고 나프타는 외쳤다. 개인주의자이기 위해서는 윤리성과 종교적 지복(至福)의 구별을 알아야 하는데 계명 결사 이단자(啓明結社異端者)이고 일원론자(一元論者)인 세템브리니 씨는 그것을 전혀 알지 못하고 있는 것 같다. 어리석게도 인생이 자기 자신을 목적이라고 생각하고 인생보다도 우위에 있는 의의와 목적을 전혀 생각하지 않을 때에는 종족(種族)의 윤리, 사회 윤리, 척추 동물적 도덕은 있어도, 참된 개인주의는 종교성과 신비성의 세계, 세템브리니 씨가 말하는 『윤리적 질서가 없는 세계』에만 존재하는 것이다. 세템브리니 씨의 윤리성이란 도대체 어떤 것이며, 무엇을 바라는 것인가? 그 윤리성은 생활에 결부되어 있어 유용하다는 것 이외에 아무것도 아니어서 불쌍할 만큼 비영웅적이다. 나이를 먹어 행복하게 되고, 유복하고, 건강하기 위한 윤리성인 것이며 그것으로 끝장이다. 이 저속한 이성관과 작업관이 씨에게는 윤리인 것이다. 이와는 반대로 나프타 자신은 자꾸만 되풀이해서 말하는 것 같지만, 그러한 윤리를 불쌍한 현세적 시민주의라고 말하고 싶다고 했다.

여기에 대해 세템브리니는 나프타에게 진정해 주기를 바란다고 부탁했지만 그렇게 말하는 그도 흥분하여 떨리는 목소리로 나프타 씨가 왜 그러는지를 모르겠으나, 경멸적인 어조로 여러 번 『현세적 시민주의』라고 부르고 이와 반대의 것——인생과 대립하는 것이 무엇인지는 잘 알고 있지만——그것이 인생보다 더 고귀한 것같이 말하는 것은 차마 들을 수가 없다고 했다.

이렇게 하여 또다시 새로운 표어가 등장했다. 이번에는 고귀성, 귀족성의 문제가 화제에 올랐다. 한스 카스토르프는 추위와 화제의 문제성 때문에 흥분이 되고 피로하여, 자기 자신의 말씨가 남에게 이해가 되는지 그렇지 않으면 잠꼬대와 같은 엉뚱한 말이었는지 자신 없는 생각을 가지면서 추위에 마비된 입술로 지껄였다. 자기는 죽음을 스페인 식으로 풀을 먹여 주름을 잡은 깃을 단 것, 높은 칼라의 약식 정장과 결부하여 생각했고, 이와는 반대로 생을 현대의 낮은 칼라와 결부시켜 생각해 왔다고 말했다. 그리고 한스 카스토르프는 자기 말씨가 도취적이고 몽상적, 비사회적인 것을 느끼고는 깜짝 놀라, 그것을 말할 생각은 없었다고 변명했다. 그리고 그는 계속 지껄였다. 이 세상에는 너무나 속되어 그 때문에 죽을 것 같지 않은 인간, 그러한 타입의 인간이 있는 것이 아니겠는가! 다시 말하면 생활력이 넘쳐 있어 결코 죽을 것 같지도 않은 인간, 죽음의 세계를 받을 가치가 없게 느껴지는 인간이 있는 것이 아니겠는가!

여기에 대해 세템브리니는 한스 카스토르프가 그런 말을 입밖에 내는 것은 그것에 대해 반박을 받기 위해 말한 것이라고 생각하는데, 이것이 잘못된 생각이 아니기를 바란다고 했다. 한스 카스토르프 청년이 그러한 위험한 생각에 정신적으로 저항하려고 할 때에는 언제나 자기 세템브리니는 조력을 아끼지 않을 것이다. 『생활력이 충만하여』라고 하려는 것인가, 아니면 경멸적인 속된 의미에서 그렇게 부른다는 것인가? 어쨌든 『살아 있을 가치가 있다』는 이 말로 대치해야 할 것이다. 그러면 여러 개념은 융화하여 정말로 아름답게 서로 조화될 것이다. 『살 가치 있는』 하고 말하면 곧 『사랑할 가치 있는』이라는 생각이 아주 자연스럽고 쉽게 연상된다. 『사랑할 가치 있는』이라는 생각은 『살 가치 있는』이라는 생각과 아주 흡사하여 정말로 살 가치 있는 것만이 정말로 사랑할 가치가 있는 것이라고 말할 수 있다. 그리고 이 두 가지, 즉 살 가치 있는 것과 사랑할 가치 있는 것이 결합하여 고귀한 것이라고 불리는 것을 만들어 내는 것이다.

한스 카스토르프는 이 이야기를 멋진 이야기, 지극히 경청할 가치가 있는 말이라고 했다. 세템브리니 씨의 조형적인 이론에 완전히 매혹당했다고도, 그는 말했다. 그러나 가령, 병은 높아진 생명의 상태인 것이며, 따라서 병에는 다소 화려한 데가 있다는 것——물론 반대도 할 수 있지만 그러한 반대는 그만두고라도——병은 육체적인 것의 과도한 강조를 의미하고 있으며, 인간을 육체만의 존재로 바꾸고 되돌려 버려, 이로 인해 인간의 존엄성에 아주 위험한 것으로, 즉 인간을 단순한 육체로 전락시켜 버림으로써 존엄성을 무로 돌려 버린다는 사실이다. 따라서 병은 비인간적이다.

병이 아주 인간적인 것이라고 나프타는 곧 반대하면서 인간이란 것은 병이기 때문이라고 말했다. 그렇다, 인간은 원래 병을 앓는 생물인 것이며, 병을 앓는다는 것이 인간을 비로소 인간으로 만드는 것이다. 최근, 신생활의 창도자, 생식주의자(生食主義者), 옥외 생활 예찬자, 일광욕 지도자들이 예언자인 양 선전하고 있는 것, 인간을 건강하게 하자, 인간을 자연과 화목하게 하여 『자연으로 돌아갈 것』을 『인간은 한 번도 자연이었던 일이 없었는데도』 권하려고 하는 것은, 즉 모든 루소주의는 인간의 비인간화와 동물화를 지향하고 있는 것 이외의 아무것도 아니다. 인간성? 고귀성? 자연에서 완전히 이탈하여 자신을 자연과 전혀 반대의 존재라고 느끼고 있는 인간을, 다른 모든 유기 생명으로부터 구별하고 있는 것은 정신인 것이다. 인간의 존엄성과 고귀성은 정신에, 병에 있는 것이다. 한마디로 말하면 인간은 병을 앓고 있으면 앓고 있을수록 인간적인 것으로 병의 수호신은 건강의 수호신보다 더 인간적인 것이다. 인간의 애호가로 자처하는 자가 인간성의 이러한 근본 진리에 눈을 감으려는 것은 이상하다고 하지 않을 수 없다. 세템브리니 씨는 입버릇처럼 진보를 말한다. 진보라는 것이 있다면 그것은 병만이 주는 것이며 또한 천재만의 보물인 것이다. 천재란 병 외의 아무것도 아니다! 건강한 사람은 어느 시대나 병이 만드는 것에 의해 살아온 것이다! 인류를 위해 진리를 인식하려고 하여 자기 스스로 병과 광기에 빠진 사람들이 있었는데, 이 사람들이 광기에 의해 쟁취한 인식은 건강한 인식으로 변하고 이 영웅적인 희생 행위에 의해 인류가 소유하고 이용하는 인식은 이미 병과 광기의 흔적을 남기지 않고 있는 것이다. 이것이야말로 정말 십자가상의 죽음이다.

그렇구나, 하고 한스 카스토르프는 생각하였다. 이론의 배합을 좋아하여 십자가상의 죽음이라는 새로운 해석까지 끌어들이는 부당한 예수회 회원! 당신이 신부가 되지 못한 것도 나는 이해할 수 있다. 약간의 침윤 부분이 있는 멋진 예수회 수사! 그러면 으르렁 소리를 질러라. 사자! 하고 한스 카스토르프는 마음속에서 이번에는 세템브리니 씨에게 말했다. 그러자 세템브리니 씨는 『으르렁 소리를 지르기』 시작했다. 그는 나프타가 지금 역설한 것은 모두 속임수, 궤변, 세계 교란이라고 단정했다.

「확실히 말하십시오.」 그는 논적을 향해 외쳤다. 「이 교화되기 쉬운 청년들 앞에서 교육자로서의 책임감을 가지고 확실히 말하십시오. 그들을 정신이 병이라고! 당신은 이로써 청년들에게 정신에 봉사하는 용기를 주고 정신의 힘의 신봉자로 바꿀 수가 있을 것입니다! 그리고 또 병과 죽음은 고귀한 것이고 건강과 생명을 저속한 것이라고 말하여――그야말로 제자들에게, 인류에의 봉사를 생각하게 하는 가장 적절한 수단일 것입니다――정말로 무서운 일입니다!」 그리고 세템브리니는 자연이 주는 건강과 생의 귀족적 정신을, 즉 겁낼 필요가 없는 귀족성을 기사처럼 옹호했다. 「형태!」라고 그는 말하고, 나프타는 고자세로「로고스!」라고 말했다. 그러나 로고스 같은 것을 문제삼으려고 하지 않는 세템브리니는「이성!」이라고 말하고 로고스의 기사는 『열정』을 옹호했다. 마지막으로 한쪽은 『예술』을 다른 한쪽은 『비평』을 외쳐 아무튼 마지막까지 『자연』과 『정신』이 반복되어 그 어느 쪽이 더 고귀한가 하는 것, 즉 『귀족성의 문제』가 논의되었다.

그러나 토론에는 질서도, 명랑도 일원적 대립의 명랑성도 없고 모든 것이 서로 충돌했을 뿐만 아니라 뒤범벅이 되어 논쟁하는 두 사람 다 자기가 말하는 것과도 모순이 되는 것을 주장했다. 세템브리니는 『비평』에 대해 여러 번 웅변조의 만세를 외쳤지만 그때에 비평과는 반대의 것인 『예술』을 귀족적인 원리라고 들고 나섰다. 나프타가 여러 번 『자연 본능』의 옹호자로 자처하면, 세템브리니는 자연을 『어리석은 힘』, 하나의 사실과 운명에 지나지 않는다고 하고 이성과 인간의 자랑은 자연에 굴복할 필요가 없다고 역설했는데, 나프타가 이번에는 정신과 『병』 쪽에 서서 귀족성과 인간성은 정신과 『병』에만 있다고 주장하자, 세템브리니는 이때까지의 해방적 사상을 모두 잊어버리고 자연과 그 건강한 귀족성의 변호사로 탈바꿈을 했다. 『객체』와 『주체』에 관해서도 혼란 상태는 같았을 뿐만 아니라 언제나 같은 성질의 것이었던 혼란이, 여기서는 수습할 수 없게까지 되어, 도대체 어느 쪽이 경건하고 어느 쪽이 자유사상 쪽인지, 문자 그대로 아무도 알 수 없게까지 되었다. 나프타는 세템브리니 씨에게 『개인주의자』라고 자칭하는 것을 엄한 말로 금하고, 그 이유로서 세템브리니가 신과 인간의 대립을 인정하지 않고 인간이라는 문제, 내면적 개인의 싸움을 개인의 이해와 전체의 이해의 싸움이라고만 이해하고 인생을 목적 자체라고 생각하며 비영웅적으로 실리(實利)만을 노리고 국가의 목적을 도덕률이라고 생각하는 윤리성, 현세주의적이고 시민적인 윤리성을 옹호하는 것을 공격했다.

이와는 반대로 나프타 자신은 내면적 인간의 문제는 오히려 감각적인 것과 초감각적인 것과의 싸움에 있다는 것을 확실히 인식하고 있어, 그런 의미에서 참된 신비적인 개인주의를 대변하고 있고, 참된 의미에서 자유와 주체의 옹호자라고 역설했다.

나프타가 자유와 주체의 옹호자라고 한다면, 하고 한스 카스토르프는 생각했다——지금 곧 모순 당착의 일례를 든다면——언젠가의 『무명성(無名性)과 공동성』은 어떻게 되는 것일까? 그리고 전에 나프타가 운터페르팅거 신부와의 대화에서 국가 철학자 헤겔의 『가톨릭성』, 『정치적』과 『가톨릭적』이라는 두 개의 개념의 내적 연관성, 이 두 개의 개념이 결부되어 이루고 있는 객체적이라는 범주에 대해 언급한 신기한 설은 어떻게 되는 것일까? 정치와 교육은 언제나 나프타가 속해 있는 수도회의 전문적인 활동 영역이 아니었던가? 그러나 무슨 교육이었을까! 세템브리니 씨도 확실히 열성스러운 교육자, 방해가 될 정도며 귀찮을 정도로 열성스러운 교육자였지만, 그의 교육 원리는 금욕적, 자아 부정적이고 객관적이라는 점에서 나프타의 원리와는 도저히 맞설 수가 없었다. 절대 명령! 강철과 같은 구속! 강제! 복종! 공포! 이것도 훌륭한 원리일는지 몰라도 개인의 비판적 존엄성에는 거의 일고(一顧)의 가치도 주지 않는다. 프러시아의 프리드리히 대왕과 스페인의 로욜라의 규정이 경건하고 피비린내날 정도로 남성적이지만 단 한 가지 문제가 되는 것은, 나프타는 순수인식, 무가정적(無假定的) 탐구, 즉 진리, 객관적 진리, 과학적 진리를 조금도 믿지 않는다고 공언하고 있는데도, 왜 피비린내나는 절대주의만을 믿게 되었는가 하는 것이다. 로도비코 세템브리니는 객관적 진리를 추구하는 것을 인간 윤리성의 최고 법칙이라고 생각하고 있다. 세템브리니의 이 생각은 경건하고 진지한 데 반하여 나프타가 진리를 인간에게 관계시키고, 인간을 위하는 것이 진리라고 주장하는 것은 성실하지 않고 방종인 것이다. 진리를 인간의 이해에 종속시키는 것이야말로, 현세적 시민주의의 실용광(實用狂)이 아닐까? 엄밀히 말해서 그것은 철(鐵)과 같은 객관성이라고는 할 수 없고 레오 나프타가 생각하고 있는 것보다 훨씬 더 자유와 주관성을 내포하고 있다.

물론 그것은 세템브리니의 교훈적인 『자유는 인간애의 원칙』이라는 말과 마찬가지로 『정치』이기는 했지만. 그 세템브리니의 말은 그가 자유를 인간에게 결부시키고 있는 것을 말하지만, 이것은 나프타가 진리를 인간에게 결부시키고 있는 것과 마찬가지이다. 이것은 확실히 자유라고 하기보다 오히려 경건이라고 할 수 있는 것이지만 이 구별도 이렇게 정의함에 따라 사라져 버린다.

아, 세템브리니 씨! 그는 문필가, 다시 말하면, 정치가의 손자요, 인문주의자의 아들이 될 만도 한 것이었다. 비평과 아름다운 해방을 감격적으로 염원하면서도 노상에서 아가씨에게 콧노래를 부르고 있다. 한편 날카로운 작은 사나이 나프타는 서약에 몸이 묶여 있는 것이다. 그 나프타는 자유 사상 같은 말만을 입에 담는 음탕자에 가깝고 한편 세템브리니는 말하자면 도덕광이라고 할 수 있다. 세템브리니 씨는 『절대 정신』에 공포를 느껴, 정신을 무슨 일이 있어도 민주적 진보에 결부시키려고 하고, 군대적인 나프타가 신과 악마, 신성과 악행, 천재와 병을 뒤범벅으로 만들어 어떤 가치 판단, 이성에 대한 판단도 인정하려고 하지 않는 종교적 방종에 세템브리니는 떨고 있는 것이다.

도대체 어느 쪽이 자유이고 어느 쪽이 경건이란 말인가. 그리고 인간의 참된 자격과 본질을 이루고 있는 것은 무엇이란 말인가. 모든 것을 삼키고 평균화시키는 집단 속으로 침몰해 버리는 것인가. 『이것은 방종임과 동시에 금욕적인 것이기도 하다.』 그렇지 않으면 호언장담과 시민적 근엄이 서로의 영역을 침해하려는 『비평적 주체』인 것인가! 아, 원리라든지 견해는 쉴새없이 서로 영역을 침범하고 내용적인 모순 당착에 차 있어, 문화인의 책임감으로는, 대립하는 원리의 어느 쪽을 선택할 것인가를 결정함은 물론, 그것을 표본으로 하여 분류, 정리하는 것까지도 무섭고 곤란한 것이며, 나프타의 『윤리적 질서가 없는 세계』에도 거꾸로 뛰어들고 싶은 유혹이 자못 큰 것이다. 모든 것이 교차하여 얼키고, 일대 혼란이어서, 논쟁하는 두 사람도 논쟁하면서 그 혼란에 감정이 무거워지지 않았더라면, 이처럼 흥분하지는 않았을 것이라고 한스 카스토르프는 생각했다.

다섯 사람은 함께 베르크호프까지 올라갔다. 그리고 베르크호프에서 지내는 세 사람이 두 사람의 외숙자(外宿者)를 그 하숙까지 바래다 주고, 그 집 앞에서 오랫동안 눈 속에 서서 나프타와 세템브리니의 논쟁을 —— 한스 카스토르프도 잘 알고 있었던 것처럼 교육 목적을 가진 논쟁, 광명을 찾는, 염색되기 쉬운 청년을 염색시키려는 —— 듣고 있었다. 페르게 씨에게는, 그가 여러 번 선언한 것처럼, 어떤 이야기도 너무나 고상했고, 베잘도 태형과 고문이 화제에 오르지 않게 된 뒤로는 흥미가 없는 모양이었다. 한스 카스토르프는 고개를 숙이고 지팡이로 눈을 파면서 일대 혼란에 대해 생각을 하고 있었다.

드디어 다섯 사람은 작별 인사를 하였다. 영원히 함께 서 있을 수는 없었고, 아무리 토론을 계속해도 한이 없기 때문이었다. 베르크호프의 세 사람은 다시 그들의 요양원으로 돌아갔다. 두 사람의 교육적 논쟁가는, 한 사람은 비단으로 꾸민 방으로, 또 한 사람은 사면 책상과 물병이 있는 인문주의적인 다락방으로 어깨를 나란히 하고 돌아가는 것이었다. 그리고 한스 카스토르프는 자기 방 발코니로 돌아왔지만, 예루살렘과 바빌론에서 진격한 양군이 두 개의 군기 아래 충돌하여 일대 혼전을 벌이는 사람 소리와, 무기 소리로 아직도 귀가 울렸다.

눈

일곱 개의 식탁에서는 하루 다섯 번 식사를 할 때마다, 금년 겨울의 일기 상태에 대해 이구동성으로 불만을 털어놓았다. 모두의 생각에 따르면, 금년 겨울은 고원의 겨울로서의 임무를 아주 게을리하고 있어, 이곳에서 자랑으로 삼고 있는 요양에 맞는 일기 상태가, 안내서에 선전되어 있는 것처럼, 또 여러 해를 이 위에 있었던 사람들이 매년 보아 온 것처럼, 그리고 새로 온 손님들이 상상한 것처럼 만족할 만한 것이 금년은 못 되었다. 병 치료에 중요한 조건으로, 그 도움이 없으면 회복이 늦어지는 일광이 이 겨울에는 아주 부족하다는 것을 우선 들어야 했다. 이 고원에 모여 있는 요양객들이 완쾌와, 이 위의 『고향』에서 평지로 향한 귀환을 얼마만큼 진심으로 생각하고 있는가에 대해서 세템브리니 씨가 어떻게 판단을 내리고 있는가는 별도로 하고라도, 요양객들은 그들의 권리를 요구하며, 부모, 남편이 내고 있는 자본금을 빼내려고 하면서 식탁에서, 승강기 속에서, 홀에서 불평을 털어놓는 것이었다. 사무국도 조력과 보상의 의무를 충분히 느끼고 있다는 것을 나타냈다. 고원의 태양을 인공적으로 보충하는 『태양등』의 장치도 지금까지의 두 대만으로는, 전기의 힘으로 얼굴을 그을리게 하려는 사람들의 수요를 채워 줄 수는 없었기 때문에 또 한 대를 새로 사들였다. 태양등에 의한 그을림은 젊은 아가씨와 부인들에게 잘 맞았지만, 실은 남자들에게도, 수평 상태로 지내고 있음에도 불구하고 억센 스포츠맨답고 정복자다운 외양을 가져다 주었다. 그렇다, 그 외양은 구체적인 성과를 얻었다. 부인들은 그러한 남성적인 것이 기계에 의한 공학적인 성질의 결과라는 것을 잘 알고 있으면서도, 어리석어서인지 교활해서인지는 모르나 착각에 빠진 채, 환영에 도취되어 여성답게 마음을 빼앗겼다.

「아이 멋져!」 하고 베를린에서 온 머리칼이 빨갛고, 눈 가장자리가 붉은 환자 쉰 펠트 부인이, 어느 날 밤 홀에서 다리가 길고 가슴이 움푹 들어간 신사에게 말했다. 그 사나이는 명함에 『면허 비행사, 독일 해군 소위』라는 타이틀을 프랑스 어로 박아 가지고 있는 기흉의 소유자로, 점심 식사에는 스모킹 차림으로 나타나고 밤에는 그것을 벗었는데 해군에서는 이것이 규칙으로 되어 있다고 했다.

「아이 멋져!」 하고 쉰 펠트 부인은 해군 소위를 탐내듯 들여다보면서 말했다. 「고원의 햇빛에 멋지게 그을렸군요. 독수리 사냥꾼 같아요. 오입쟁이!」

「각오하고 있어요, 물의 요정님!」 하고 소위는 승강기에 타면서 부인의 귀에 속삭여 부인을 와들와들 떨게 하였다. 「당신의 뇌쇄적인 추파는 그 대가를 치러야 합니다.」 그러고는 오입쟁이 독수리 사냥꾼은 발코니를 따라 유리 칸막이를 지나 물의 요정 방으로 살짝 들어갔던 것이다.

그러나 고원의 태양의 대용물인 인공 태양도 금년 겨울의 심한 햇빛 부족을 충분히 보충한다고 할 수는 없었다. 쾌청한 날씨——물론 그런 날에는 회색의 깊은 안개의 베일이 점점 걷혀 가는 가운데에서, 햇빛이 더욱 찬란하게 비쳐, 흰 연산의 봉우리 뒤에 깊은 벨벳과 같은 푸른 하늘이 나타나 끝없는 은세계가 금강석처럼 반짝여 사람들은 목과 얼굴에 쾌적한 태양열을 느꼈지만——그런 날이 수 주일에 이삼 일 있는 것만으로, 위안을 아무리 요구해도 지나침이 없는 운명의 사람들에게는 너무 적었다. 이 사람들은 평지에서의 인간 생활의 기쁨과 슬픔을 버린 대가로, 활기는 없지만 아주 여유 있는 쾌적한 생활—— 시간을 느끼게 하지 않는, 실증이 나지도 않는, 정말로 좋은 생활——을 보장받을 것을 남 몰래 기대하고 있었다. 고문관은 베르크호프의 생활이 이런 일기 상태라 해도 감옥이나 시베리아 탄광의 생활과는 다른 것이라고 타일렀고, 이 위의 공기는 희박하고 가벼워서 거의 우주의 공허한 에테르나 다름없으며, 지상의 갖가지 혼잡물은 좋은 것이든 나쁜 것이든 여기에는 적으니까 햇빛이 없더라도 평지의 안개나 증기에 비하면 역시 훌륭한 장점을 가지고 있다는 것을 지적했지만 그것은 그다지 효과가 없었다. 우울과 불만이 날이 갈수록 더해 가고 자포자기의 출발로 위협하는 환자의 수가 날로 늘어가 최근에도 잘로몬 부인의 슬픈 귀향과 같은 실례를 보면서도, 위협을 실행에 옮기는 사람들이 속출했다. 잘로몬 부인의 병은 고질이긴 했지만 원래 그다지 중한 증상은 아니었는데도 습기가 많고 바람이 센 암스테르담에 제멋대로 머물러 있었기 때문에 불치의 병이 되어 버렸다.

그러나 햇빛 대신 눈이 있었다. 한스 카스토르프가 이 세상에 태어나 아직 본 일이 없는 많은 양의 눈이었다. 작년 겨울에도 눈의 양이 적지는 않았지만 금년 겨울의 눈의 양에 비하면 문제가 되지 않았다. 금년 겨울의 적설량은 이상할 정도로 엄청나서 이 위의 세계가 특이하고 야릇하다는 것을 통감케 했다. 날이면 날마다 밤낮의 구별도 없이 눈은 계속 내렸다. 흩어져 떨어지듯 내리기도 하고 바로 앞이 보이지 않을 정도로 흩날리기도 했는데 아무튼 눈은 계속 내렸다. 걸어다닐 수 있게 만들어 놓은 좁은 길 양쪽에는 사람의 키보다도 높은 눈벽이 서 있었다. 이 때문에 길이 좁게 보이고, 석고처럼 흰 벽면은 수정알처럼 번쩍여서 보기에 기분이 좋았다. 고원의 손님들은 그 벽면에 글씨와 그림을 그려, 여러 가지 알림, 농담, 빈정거림을 전달하는 데에 이용했다. 양 벽 사이에 끼인 통로는 눈을 어느 정도까지 치워 올렸으나, 그 밑에는 아직 눈이 듬뿍 쌓여 있다는 것이, 눈의 부드러운 부분이나 구멍으로도 알 수 있었다. 그리고 그런 곳에서는 뜻하지 않게 발이 무릎 가까이까지 푹 들어가, 잘못하여 다리를 다치지 않도록 조심하는 것이 현명했다. 휴식용 벤치도 눈에 덮여 모습을 감추었고, 팔걸이의 일부가 겨우 보일 뿐이었다. 아래 마을에서는 거리의 높이가 완전히 변하여, 건물의 1층에 있던 가게가 지하실처럼 바뀌고 보도에서 가게로 가려면 눈계단으로 내려가야 했다.

이러한 적설 위에 눈은 더욱더 쌓였다. 낮이나 밤이나 적당한 냉기 속에 소리없이 내려서 쌓였다. 영하 10도 아니면 15도로 살을 에는 추위는 아니었다. 추위는 거의 느낄 수 없고 5도 아니면 2도 정도의 추위밖에 안 된다고도 할 수 있다. 바람이 없고 공기가 건조하여, 찌르는 듯한 추위는 느껴지지 않았다. 아침에는 아주 어두웠다. 아침 식사는 둥근 천장 가장자리에 재미있는 무늬가 장식된 식당에서 샹들리에의 인공 달빛 아래서 했다. 바깥은 음울한 허무, 유리창에 달라붙는 희뿌연 솜, 눈보라와 안개에 두툼하게 싸여 버린 세계였다. 연산의 모습은 보이지 않았다. 가장 가까운 침엽수의 숲도 가끔 희미하게 보일 뿐, 눈을 덮어쓴 숲은, 곧 또 다른 눈보라 속에 사라져 버리고, 가끔 가문비나무 한 그루가 무겁게 얹힌 눈을, 잿빛 속에서 그것을 흰 가루처럼 털었다. 10시쯤 태양은, 산 위 하늘에 약하게 비치는 연기처럼 올라와 분별하기 어려운 무의 세계에 약한 요괴 같은 생기와 청백색의 현실미를 주려고 하였다. 그러나 모든 것은 몽롱한 부드러움과 청백색에 녹아 버려 눈으로 확실히 잡을 수 있는 선은 어디에도 보이지 않았다. 봉우리의 윤곽도 희미하게 안개와 연기에 덮여 있었다. 창백하게 비치는 눈의 사면이, 밑으로부터 위로 쌓여서 그것을 더듬는 눈길을 공허한 상공으로 인도했다. 그리고 어디선가의 절벽 앞에 빛을 받은 한 조각의 구름이 연기처럼 길게 형상을 바꾸지 않고 떠 있었다.

정오경에 태양이 구름을 약간 밀어 내면서 안개를 푸른 하늘로 바꾸려는 노력을 시작하였다. 그 노력은 거의 성공을 거두지 못했지만, 푸른 하늘이 잠깐씩 보였고 얼마 안 되는 빛이 새어 나왔으며 사바의 눈으로 이상하게 변형된 풍경은 그 얼마 안 되는 빛으로 멀리에까지 금강석처럼 반짝였다. 눈은 대체로 정오경에 일단 멈추고, 말하자면 적설량을 구경시켜 주고자 하는 것 같았다. 눈보라가 멎고 하늘에서 직사하는 햇빛으로 신설(新雪)의 무어라 말할 수 없는 참신한 설면을 녹이려는 쾌청한 날이, 얼마 안 되지만, 사이에 낀 것도 그러한 목적 때문인 것 같았다. 주위의 풍경은 동화의 세계 같고, 어딘지 재미있는 데가 있었다. 나뭇가지에 쌓여 있는 두껍고 부드럽게 뿌려진 듯한 눈의 쿠션, 키가 작은 식물과 바위 머리를 눈이 감추고 있는 지면의 융기(隆起)가 웅크린다든지 매몰되어, 유머러스하게 가장한 풍경은 난쟁이의 세계를 생각케 하는 우스운 광경으로 옛날 이야기의 세계에서 온 것 같기도 했다. 고생을 하며 걷는 사람들의 눈에 가까이 보이는 경치는 동화책에서 나온 것처럼 유머러스하게 느껴졌지만, 멀리에서 이쪽을 엿보는 배경, 눈에 덮인 알프스의 높이를 경쟁하는 입상(立像)은 숭고하고 신성한 기분을 불러일으켰다.

한스 카스토르프는 오후 2시부터 4시까지 발코니에서 누워, 몸을 담요로 따뜻하게 감싸고 경사가 급하지도 않고 평평하지도 않은, 꼭 알맞는 멋진 침대의자의 등받이에 머리를 대고 눈의 쿠션이 놓인 난간 너머로 숲과 연산을 바라보고 있었다. 눈을 쓴 암녹색의 전나무숲이 비스듬히 펼쳐져 있고 나무와 나무 사이에는 어디나 부드러운 눈이 이불처럼 깔려 있었다. 그 숲 위에는 바위산이 잿빛 하늘을 배경으로 솟아 있어 그 한없이 넓은 눈의 사면 군데군데에 꺼멓게 튀어나왔고, 능선은 안개로 부드럽게 흐려져 있었다. 소리 없이 눈이 내리고 있었다. 시선은 눈솜에 덮여 무의 세계로 빨려들어가 멍하니 졸기 시작했다. 잠드는 순간, 선뜻한 한기를 느꼈지만, 얼음처럼 찬 공기 속의 이러한 잠보다 순수한 잠은 없다. 내용이 없는, 공허한, 습기 없는 공기를 호흡하는 것은 죽은 사람이 호흡하지 않는 것처럼 유기체에 부담이 되지 않으며, 꿈을 꾸지 않는 잠은 유기체의 생의 영위에 의한 막연한 괴로움에 구애받지 않았다.

눈을 뜨자, 연산은 눈의 안개 속에 완전히 모습을 감추고 그 일부분인 둥근 봉우리와 바위 하나가 이삼 분 동안 교대로 나타났다가는 다시 안개에 싸여 버렸다. 안개의 베일이 부리는 요술을 미묘한 변화에 이르기까지 엿보려면 날카롭게 주시해야 했다. 안개 속으로부터 바위로 된 산맥의 일부분이, 봉우리도 산기슭도 보이지 않고 험하게 불쑥 나타났다. 그러나 순간, 거기에서 눈을 떼고 있는 사이에 이제는 보이지 않게 되고 말았다.

이윽고 눈보라로 변해, 그 눈보라가 갑자기 바닥과 잠자리와 가교, 모두를 두껍게 덮어 버릴 것 같아 발코니에 머물러 있을 수가 없었다. 그렇다, 고원의 별천지에도 눈보라가 치는 일이 있었다. 희박한 대기가 난동을 부리기 시작하여, 바로 눈 앞조차 볼 수 없게 지상은 눈송이의 난무로 채워졌다. 숨이 막힐 듯한 거센 돌풍이 눈보라를 광포하게 휘몰아쳐 아래에서 위로, 골짜기에서 공중으로 회오리치게 하고, 종횡무진 회전시켜 춤추게 했다. 이제는 단순히 눈이 오는 것이 아니었다. 희고 검은 혼돈, 난맥, 상식을 벗어난 세계의 처절한 탈선이었고, 갑자기 떼를 지어 모습을 나타낸 눈방울새만이 그 세계를 자기의 집인 양 날고 있었다.

그러나 한스 카스토르프는 눈 속의 생활을 사랑했다. 그는 눈 속의 생활이 여러 가지 점에서 해변가의 생활과 비슷한 것을 느꼈다. 자연의 모습의 원시적인 단조로움이, 두 개의 세계에 공통된 점을 가지고 있었다. 이 위에서는 눈, 깊고 가볍고 깨끗한 가루눈이 평지의 해변가의 황색을 띈 모래와 같은 역할을 했다. 어느 쪽도 감촉이 맑았는데, 추위로 마른 가루눈은, 평지의 저 바다 깊이에서 밀어올린 모래, 먼지 없는 돌과 조개의 가루처럼 구두와 옷에서 털어 낼 수 있었고, 조금도 뒤에 남지 않았다. 눈 속을 걸어가는 것은, 표면이 태양열로 녹아 밤이 되어 굳게 얼어붙은 경우는 별도로 하고, 바닷가의 모래 언덕을 걸어다니는 것과 마찬가지로 고생스러웠다. 그러나 굳게 얼어붙은 눈 위는, 마루 위보다도 사뿐하고 기분 좋게 걸을 수 있어, 파도치는 기슭의 부드럽고 젖어서 탄력이 있는 모래 위를 걷는 것과 마찬가지로 사뿐하게 걸을 수가 있었다. 그러나 금년은 강설과 적설이 예년에 없이 많아 스키어를 제외하고는 누구나가 야외에서 돌아다닐 수 있는 기회가 완전히 제한되었다. 제설차가 활약은 했지만 요양지의 사람이 가장 많이 붐비는 거리와 중앙통을 이럭저럭 다닐 수 있게 하는 것까지도 쉬운 일이 아니었다. 제설된 몇 개 안되는 길은 제설되지 않은 곳에는 더 이상 나가지 못하는, 이곳에서 사는 건강한 사람과 환자, 호텔은 갖가지 국적의 손님들로 붐비고 있었다. 그러나 걸어다니는 사람들 틈으로 일인용 썰매를 타고 달리는 사람들이 뛰어들 때도 있었다. 이들 남녀는 몸을 뒤로 눕힌 채, 두 발을 앞으로 내밀고, 썰매놀이를 얼마나 진지하게 느끼고 있는가를 생각케 하는 경고의 외침 소리를 지르면서 작은 썰매에 타고 정신없이 흔들리면서 사면을 미끄러져 내려갔다. 다 내려가면, 유행되는 장난감의 줄을 끌고 다시 고개를 올라갔다.

한스 카스토르프는 이런 산책길에 진저리가 났다. 그는 두 가지 소망을 품고 있었다. 이 중 더욱 강한 소망은 혼자가 되어 명상을 하고 『술래잡기』를 하고 싶다는 것인데 이것은 발코니에서 형식적이나마 할 수는 있었다. 또 다른 한 가지 소망이란, 지금 말한 소망과 관련이 있는 것으로, 관심을 갖게 된 산, 눈으로 뒤덮인 산과 더 친밀하게 자유로이 접촉해 보고 싶다는 것이었다. 그러나 이 소망은, 그것을 원하는 본인이 장비도, 날개도 없는 보행자에 지나지 않는 한, 꿈인 것으로, 제설된 통로는 어느 것이나 곧 막다른 골목이 되어 그 종점에서 한 발짝이라도 앞으로 나가려고 하면 곧 가슴 위까지 눈 속으로 빠져 버리는 것이었다.

그래서 한스 카스토르프는 이 위에서 두번째의 겨울을 맞게 된 이 겨울 어느 날, 자기의 소망을 실현하기 위해서, 스키를 사서 실지로 필요로 하는 정도의 기술을 몸에 익히기로 결심했다. 그는 스포츠맨은 아니었다. 몸을 단련할 생각이 없었던 그는 스포츠맨이었던 적은 한 번도 없었고, 스포츠맨을 동경한 적도 없어, 이 점에서 베르크호프의 몇몇 손님들과는 달랐다. 이런 손님들은 이곳의 정신과 유행에 따라, 멋부리는 옷차림을 하였다. 특히 부인들에게 이것이 많았다. 가령 헤르미네 클레펠트가 그 중 한 사람이었는데, 호흡곤란 때문에 코끝과 입술이 언제나 창백했지만, 양털의 반바지 차림으로 다리를 넓게 벌리고 앉아, 정말 보기 흉한 모습을 하고 있었다.

만약, 한스 카스토르프가 그의 엉뚱한 계획을 고문관에게 털어놓고 허락해 줄 것을 부탁했다면, 당치 않은 말이라고 거절당했을 것이다. 베르크호프에서는 일반적으로 이 위의 사람들이 스포츠 같은 것을 즐기는 것은 엄중히 금지되어 있었다. 이 위의 공기는 가볍게 들어오는 것처럼 느껴졌지만, 사실은 심장의 근육에 큰 부담을 주어 환자는 스포츠를 할 수 없었다. 한스 카스토르프 자신에 대해서 말하자면, 그는 『익숙하지 못한 것에 익숙해지도록 노력한다』는 경구(警句)는 현재도 그대로 진리였고, 라다만트가 침윤 부분 때문이라고 설명하는 발열은 현재도 완강하게 없어지려고 하지 않았다. 그것이 없어진다면 이 위에서 무엇을 더 이상 찾을 필요가 있겠는가? 그래서 그의 소망과 계획은 모순된 것이었고 허락될 수가 없었다. 그러나 그의 기분만은 이해해 주어야 한다. 그는, 유행이라면 공기가 탁한 실내에서의 카드 놀이에도 꼭 같이 열중하였을 옥외 산책을 하는 멋쟁이 남성들이나, 멋진 의상뿐인 스포츠맨과 겨루어 보겠다는 그런 야심에 사로잡힌 것은 아니었다. 그는 관광객의 한 사람이 아니라 구속된 사람들의 한 사람이라는 것을 분명히 느끼고 있었고 또다른 견지, 더한층 새로운 견지에서도, 세상 사람들로부터 그를 떼어 놓고 있는 자부심과 자중을 부여하고 있는 책임감에서도, 관광객들처럼 마음이 들떠 눈 속에서 미친 사람처럼 뒹굴고 다니는 것은 어울리지 않는다고 느꼈다. 그는 분수에 어긋나는 행동을 할 생각이 없고, 과격하게 하려 하지 않았기 때문에, 그가 계획했던 일은 라다만트도 허락해 주어도 좋았을 것이다. 그러나 라다만트는 요양원 규칙을 내세워 역시 허락해 줄 것 같지 않았으므로 그는 몰래 실행하기로 했다.

한스 카스토르프는 자기의 계획을 세템브리니 씨에게 어떤 기회에 이야기하여 보았다. 세템브리니 씨는 기뻐 어쩔 줄 몰라 청년을 껴안으려고까지 하였다.

「좋습니다, 좋아요. 엔지니어. 꼭 실행해 보십시오! 아무에게도 상담하지 말고 하십시오. 그야말로 당신의 수호신의 분부입니다! 생각이 변하기 전에 곧 시작하십시오! 나도 함께 가드리겠습니다. 함께 가게로 가서 그 축복의 도구를 곧 사도록 합시다! 산에도 함께 가서 메르쿠리우스(상신(商神)을 말한다)처럼 날개 달린 구두를 신고 함께 마음껏 날고 싶습니다만, 나에게는 그것이 허락되지 않습니다…… 아니죠, 허락되어 있지 않다고요? 『허락되어 있지 않을』 뿐이라면 하겠습니다만, 나에게는 불가능합니다. 나는 이제는 가망이 없는 사람입니다. 그러나 당신에게는…… 아무 해가 없습니다. 그렇습니다. 좀 지장이 생긴다 해도, 역시 당신을 수호하는 천사가 그것을 당신에게……, 나는 이 이상 아무것도 말하지 않겠습니다. 그렇지만 얼마나 멋진 계획입니까! 여기에 2년 동안 있었으면서 아직도 그런 것을 생각해 낼 수 있다니요. 아, 당신은 착실합니다. 당신 일로 절망한 일이 없습니다. 브라보! 브라보! 당신은 저 위의 염라대왕의 눈을 속이고 스키를 사서 내 방이나 루카세크 아니면 우리들 집 아래의 향료점에 맡겨 두도록 하십시오. 그리고 그것을 꺼내 신고 연습하십시오. 그리고 곧장 미끄럼을 타보는 것입니다…….」

세템브리니가 말한 대로 되었다. 스포츠는 아무것도 모르면서 그럴 듯한 스키어를 자처하는 세템브리니 씨 눈앞에서 한스 카스토르프는 중심가의 전문

점에서 한 벌의 멋진 스키를 샀다. 질이 좋은 물푸레나무에 담갈색 래커가 칠해져 있고 멋진 가죽끈이 붙어 있으며 앞이 뾰죽하게 위로 올라간 스키와 끝에 쇠가 박히고 고리가 달린 지팡이도 사서 그것을 어깨에 메고 세템브리니의 하숙집까지 운반하였다. 그는 그것을 아무에게도 시키지 않고 자기 스스로 했고, 향료점에 매일 그것을 보관해 두어도 되도록 가게 주인에게서 허락을 받았다. 그 운동구의 사용법은 여러 번 보아 알고 있었기 때문에 한스 카스토르프는 코치 없이 연습장의 혼잡에서 멀리 떨어진 사면, 베르크호프 요양원 뒤에서 멀지 않은, 거의 나무 하나 없는 사면에서 매일 서투른 스키를 탔다. 세템브리니 씨도 가끔 거기에 나타나, 두 다리를 유연하게 모으고 지팡이에 몸을 기대고 서서 좀 떨어진 데에서 청년의 연습 광경을 지켜 보면서, 기술이 늘어 가는 것을 브라보를 연발하면서 기뻐했다.

어느 날 한스 카스토르프는 소매 상인의 가게에 스키를 맡기려고 제설한 길을 따라 『마을』로 향해 내려가던 중, 고문관을 우연히 만났다. 그러나 무사했다. 초심자인 스키어는 고문관과 거의 부딪힐 뻔하였으나 대낮인데도 베렌스는 한스 카스토르프를 알아보지 못하고 시거의 연기에 싸인 채, 발을 힘차게 밟으면서 지나가 버렸다.

한스 카스토르프는 요구되는 기술을 육체적으로도 곧 마스터할 수 있다는 것을 알았다. 스키의 명수가 되려는 생각은 없었다. 그가 필요로 하는 정도의 기술은 과도하게 열을 올린다든지, 숨차 헐떡거리지 않아도 며칠 안에 습득할 수 있었다. 좌우의 스키를 가지런히 평행으로 해서 평행선이 되도록 연습하고, 활강할 때에 지팡이를 어떻게 조종하여 미끄러져 가는가를 실험하고, 지면의 작은 돌출의 장애는 두 팔을 벌리고 거친 파도를 넘어가는 작은 배처럼 몸을 띄우기도 하고 움츠리기도 하면서 스윙을 하여 뛰어넘는 것도 배웠다. 스무번째의 연습부터는 전속력으로 활강하면서 한쪽 무릎을 앞으로 내밀고 또 한쪽 무릎을 뒤로 꺾어 굽혀 텔레마크의 회전법으로 브레이크를 걸어도 넘어지지 않게 되었다. 차차 연습의 장소를 넓혀 갔다. 그러던 어느 날 세템브리니 씨는 한스 카스토르프가 회백색의 안개 속으로 사라져 가는 것을 보고 두 손을 오목하게 해서 입에 대고 주의하라고 외치고는 교육자다운 만족을 느끼면서 하숙집으로 돌아갔다.

겨울 산 속은 아름다웠다. 온화하고 친근한 아름다움이 아니라 사나운, 서쪽 바람이 광란하는 북해의 아름다움과 같았다. 사실은 죽은 듯 고요했지만 북해와 조금도 다르지 않은 외경심을 불러일으켰다. 한스 카스토르프는 날씬하고 긴 스키에 몸을 싣고 모든 방향으로 미끄러져 내려갔다. 왼편의 사면을 따라 클라파델 방향으로 미끄러져 내려갔고, 암젤플루의 산줄기가 안개 속에 몽롱하게 서 있는 전방의 프라우엔키르히와 글라리스의 기슭을 오른쪽으로 내려갔다. 디슈마 골짜기에도 내려갔고 베르크호프의 뒤를 올라가, 숲으로 싸인, 눈의 뾰죽 봉우리만이 식물대(植物帶) 위에 솟아 있는 제호른 방향으로도 내려갔다. 깊은 눈이 쌓인 레티콘 연산이 창백하게 불에 비친 그림자 같은 배경을 하고 있는, 드루자차 숲의 방향으로 미끄러져 내려갔다. 긴 스키를 메고 케이블카로 샤츠알프의 가파른 사면을 올라가 2천 미터의 높이에서, 가루눈이 반짝이는 그 위의 사면을 한가로이 타고 돌아다녔다. 전망이 좋은 쾌청한 날씨에는 그의 갖가지 모험의 무대인 웅장한 풍경을 멀리 바라볼 수 있었다.

한스 카스토르프는, 보통 때에는 갈 수 없는 장소에도 갈 수 있게 해주고, 장애도 거의 없는 것으로 만들어 준 기술의 습득이 기뻤다. 그 기술 덕분으로 소망이었던 혼자만의 세계로 들어갈 수 있었는데, 그 세계는 이 이상 더 깊은 정적을 상상할 수 없는 세계, 불안한 기분이 가슴을 스쳐 가는 비정과 위험의 세계였다. 한쪽으로는 전나무로 덮인 급사면이 눈의 안개 속에 있었고, 또 한편으로는 바위벼랑이 솟아 있어, 그 바위벼랑에 거인처럼 당치도 않게 큰 적설이 반월 모양이 되어 아치를 만들고 있었다. 스키의 소리가 나지 않게 하려고 멈추어 서면, 주위의 정적은 절대적인 것, 완전한 것이 되어, 눈에 덮인 정적은 들은 일도 없고, 경험한 일도 없는 정적, 딴 곳에는 없는 깊은 것이었다. 나뭇가지를 살랑살랑 흔들리게 하는 미풍도 없고, 재잘대는 새 소리도 없었다. 한스 카스토르프가 지팡이에 몸을 기대고 서서, 고개를 갸우뚱하고 입을 벌리고 들은 정적은 태고의 정적으로, 이 정적 속에 눈은 쉬지 않고 소리도 없이 잠잠하게 떨어지면서 쌓이고 있었다.

아니, 밑바닥이 없는 깊은 침묵에 싸인 이 세계는 아주 무뚝뚝했다. 그것은 내방자를 받아들이기는 하되, 위험이 생겨도 아무 책임을 지려 하지 않는 세계였다. 그리고 사실 이것은 맞아들인다고는 말할 수 없는 것이었다. 그의 침입, 그의 체류를 일종의 무시무시한, 그 무엇도 보장하지 않는 방법으로 감수(甘受)하는 이 세계에서 나오는 것은 말없이 위협하는 원시적인 것, 적의(敵意)도 없으면서 오히려 무관심하게 생명을 뺏는 것이라는 감정이었다. 태어날 때부터 야성적인 자연과는 거리가 멀고 관계가 적은 문명의 아들은, 어릴 때부터 자연을 의지하고 자연과 함께 생활을 하고 있는 순박한 자연의 아들보다 자연의 위대함에 훨씬 더 민감하다. 문명의 아들이 눈썹을 치켜올리고 자연 앞으로 나아가는 종교적인 외경심은 자연의 아들이 거의 모르는 기분이지만, 이 외경심은 문명의 아들의 자연에 대한 모든 감정의 기저를 이루고 있어 사라지지 않는 경건한 감동과 떨리는 흥분을 계속 가지게 하는 것이다. 한스 카스토르프가 소매가 긴 낙타 조끼를 입고, 각반을 매고, 질이 좋은 스키를 타고 원시의 고요, 죽음을 감춘, 소리도 없는 겨울의 황량(荒涼)에 귀를 기울이면, 사실 자기는 너무 앞뒤 생각이 없는 사람처럼 느껴져 돌아오는 길에 안도감을 느꼈는데 그 안도감은, 아까까지의 위험 상태를 확실히 일깨워 주었고 여러 시간을 남 모를 신성한 외경심에 차 있었던 것을 느끼게 했다.

한스 카스토르프는 한때 질트 섬의 노도가 부딪치는 바닷가에서 흰 바지 차림으로, 마음 편하고 유연한 기분으로, 무서운 이빨을 보이면서 큰 입을 낙타처럼 벌리고 하품을 하는 사자 우리 앞에 서 있듯이 선 일이 있었다. 그리고 그는 헤엄을 쳤지만, 감시인은 각적(角笛)을 불어, 대담하게 해변 가까이의 파도를 헤치고 멀리 헤엄쳐 나가려는 사람들, 또는 몰려 오는 거친 파도 가까이에 너무 접근하는 사람들에게 위험을 경고하고 있었다. 물살이 빠른 여울 같은 큰 파도를 몸에 맞았는데, 사자의 앞다리로 맞은 것 같았다. 그때부터 한스 카스토르프 청년은 자연의 힘에 완전히 안기는 것이 파멸을 의미하며 동시에 그러한 자연의 힘과의 가벼운 사랑 놀이가, 감격에 찬 행복을 의미한다는 것도 알게 되었다. 그러나 그가 알 수 없었던 것은 무서운 자연과의 감격적인 접촉을 깊이하여 완전히 안기는 데까지 끌고 가 보는 기분이었다. 무장을 하고, 문명의 힘으로 이럭저럭 장비되어 있기는 하지만 원래 왜소한 인간의 자식인 그가 무서운 자연 세계에 계속 깊이 파고 들어가, 혹은 언제까지나 그 세계에서 도망쳐 나오려고 하지 않고 있어, 자연과의 놀이가 드디어는 놀이로 되지 않고, 자유로이 한계를 정할 수가 없게 되고, 바위에 부딪혀 튀는 물결이나 앞발의 가벼운 두드림만으로는 만족하지 않고 파도에, 나락에, 바다에 삼켜 버리게 되는 위험이 있다는 것을 한스 카스토르프는 아직 모르고 있었다.

한마디로 말해, 한스 카스토르프는 이 위에서 용감해졌다. 자연의 힘에 대해 용감하다고 하는 것이 자연력에 대한 무리고 무관심을 의미하는 것이 아니라 의식적인 외경심을 의미하며, 친애감에 의한 죽음의 공포를 억제하는 것을 의미한다면 말이다. 친근감? 물론이다. 한스 카스토르프는 문화인다운 가냘픈 가슴속에, 자연의 힘에 친근감을 품고 있었다. 그리고 미끄러지고 넘어지고 하는 사람들을 보고 느낀 새로운 자부심, 발코니에 있는 호텔식의 고독이 아니라, 더 깊은 위대한 고독을 바람직하고 소망스러운 것으로 느끼게 한 새로운 자부심과, 자연의 힘에 대한 친근감의 사이에는 관련이 있었다. 그는 발코니에서 안개에 덮인 높은 연산과 미친 듯이 날뛰는 눈보라를 바라보며 발코니의 난간에 보호를 받으면서 여유 있게 자연을 바라보고 있던 자기를 내심 부끄럽게 생각했다. 그렇기 때문에 스키를 연습했던 것이지 스포츠 열이나 체육에 대한 천성적인 취미에서 욕구가 일어난 것은 아니었다. 거대한 자연, 눈이 계속 내리는 죽은 듯한 고요 속에서 그는 두려운 생각이 들었는데――문명의 아들인 그로서는 분명 두렵게 느껴졌다――그는 이 두려움을 오래 전에 이 위에서 정신과 감각으로 이미 맛보고 있었던 것이다. 나프타와 세템브리니의 논쟁만 하더라도 무시무시한 것이어서 역시 정글의 세계, 아주 위험한 세계로 말려 들어가는 그런 논쟁이었다. 한스 카스토르프가, 황량한 겨울의 자연의 거대함에 대해 친근감을 품게 된 까닭을 말할 수 있다면, 그것은 그가 자연에 대해 경건한 공포를 느끼면서도, 자연을 그의 갖가지 사상적 의문을 해결하는 데 알맞은 무대라고 느꼈기 때문이며, 신의 자식인 인간의 위치와 본성에 대해 『술래잡기』를 하는 의미를 가지게 된 인간, 어떻게 그가 그러한 의무를 가지게 되었는지 몰라도, 그러한 인간에게 있어서 자연은 그것에 알맞는 무대라고 느꼈기 때문이었다.

무분별한 인간에게 각적으로 위험을 경고하는 감시인은 여기에는 한 사람도 없었다. 시계(視界)에서 사라져 가는 한스 카스토르프의 뒷모습에 대고 두 손을 입에 모으고 외친 세템브리니 씨가 감시인이 아니라고 한다면. 그러나 한스 카스토르프는 용기와 공감을 가지고 있었다. 그는 등 뒤의 외침 소리를 이제 돌보지 않았다. 일찍이 사육제가 있던 날 밤, 뒤에서 들려 온 외침 소리에 신경을 쓰지 않았던 것처럼. 「여보시오, 엔지니어. 좀 이성을 가지시오. 여보시오!」 아, 이성과 반역의 교육자적 악마 같으니라구, 하고 한스 카스토르프는 생각했다. 그러나 그래도 나는 당신이 좋아. 당신은 허풍쟁이 손풍금장이이지만, 당신에게는 착한 마음씨가 있다. 당신은 저 날카롭고 작은 예수회 회원인 테러리스트, 안경알이 번쩍이는 스페인의 고문리(拷問吏)와 태형리(笞刑吏)보다는 마음씨가 좋다. 나는 당신 편이 더 좋아. 물론 당신들이 언쟁을 벌일 땐 후자 쪽이 거의 언제나 옳지만…… 중세에 신과 악마가 인간을 둘러싸고 싸웠던 것처럼 교육적인 견지에서 나의 불쌍한 영혼을 둘러싸고 싸울 때에는…….

한스 카스토르프는 두 다리가 가루눈투성이가 되어, 어딘지 모를 새하얀 사면을 올라가고 있었다. 홑이불을 깐 것 같은 그 사면이, 점차로 테라스를 만들면서 계단의 무도장처럼 위로 위로 계속되어 어디까지 올라가는 것인지 끝이 없었다. 거기에는 종점이라는 것이 없는 것 같았다. 위쪽이 희고 몽롱하게 하늘과 서로 융합되어 버려 어디서부터가 하늘인지 분간을 할 수 없었다. 봉우리도 산등성도 보이지 않고 모두 희미한 무(無)이며, 한스 카스토르프는 거기로 향해 올라가고 있었다. 그리고 그의 배후에서도 세계는, 사람이 사는 골짜기는 눈 깜짝할 사이에 닫혀져 보이지 않게 되어, 거기로부터는 소리 하나 들리지 않았으므로, 그의 고독, 아니 실종은 부지중에 더 이상 바랄 수 없는 깊이가 되어서 공포를 느끼게까지 깊어졌는데, 공포야말로 용기의 원천인 것이다. 『무릇 이 세상의 것은 무상이니라.』 한스 카스토르프는 이렇게 인문주의적 정신에 어울리지 않는 것을 라틴어로 중얼거렸는데, 그 문구는 언젠가 나프타에게서 들었던 것이었다. 그는 멈추어 서서 주위를 살펴보았다. 흰 하늘로부터 흰 지면에 떨어져 오는 하나하나 작은 눈송이 외에는 아무것도 보이지 않고 주위의 고요는, 압도당할 정도로 공허한 정적이었다. 한스 카스토르프는 흰 무(無)가 눈부셔 눈초리가 희미해졌고, 계속 올라가자 심장이 심하게 뛰는 것을 느꼈다. 근육 조직에서 생긴, 이 기관의 동물 같은 형태와 고동 상태를, 그는 언젠가 뢴트겐 실의 탁탁 소리내는 전광 속에서 무례하게도 본 일이 있었다. 그리고 지금 그의 심장, 자연 속에서 고동하고 있는 인간의 심장, 얼음 눈에 덮인 이 위의 무의 세계에서 의문과 수수께끼에 대해 생각하면서 완전히 자기 혼자가 되어 뛰고 있는 심장에 대해, 단순하고 경건한 친근감이 솟아오르는 것을 느꼈다.

그는 계속 앞으로, 위로, 하늘로 올라갔다. 가끔 지팡이의 끝을 눈 가운데 박고 그것을 다시 빼낸 구멍 밑으로 푸른빛이 지팡이를 따라 올라오는 것을 보았다. 그것에 흥미를 느껴, 한동안 멈추어 서서, 이 사소한 광학 현상을 여러 번 실험하여 보았다. 그 푸른 빛깔은 산과 땅 속의 독특한 빛, 녹색을 띤 푸른빛으로 얼음처럼 투명하고, 그러면서도 그림자진 신비스러운 매력에 찬 빛이었다. 한스 카스토르프는 그 빛을 바라보면서, 어떤 눈――세템브리니 씨가 인문주의자의 입장에서 『타타르 인의 눈』, 『초원의 늑대의 눈』이라고 멸시하여 말한 눈, 숙명적인 저 사팔눈――어렸을 때 보고, 이 위에서 숙명적으로 다시 만난 히페와 클라브디아 쇼사의 번쩍이는 눈빛을 상기했다.

「좋아요.」 그녀는 고요 속에서 작은 목소리로 속삭였다. 「그렇지만 부러뜨리지 않도록 조심하세요. 나사를 틀어서 만든 거예요.」 그러자 그는 뒤에서 이성을 가지라고 경고하는 낭랑한 목소리가 울려 오는 것을 들은 것 같았다.

오른편의 좀 떨어진 곳에 숲이 안개처럼 떠올랐다. 한스 카스토르프는 초현실적이고 흰 세계에서 눈을 현실적인 목표로 향할 생각으로 그 숲 쪽으로 몸을 돌리고 지면이 아래로 내려간 것을 전혀 모르고 갑자기 활강하기 시작했다. 흰빛 일색에 눈이 부셔 지형을 식별하는 것이 불가능했다. 아무것도 보이지 않고 모든 것이 눈 앞에서 몽롱해져 있었다. 전혀 뜻밖의 장애에 몸을 부딪히기도 하면서 그는 사면의 경사도를 눈으로 재지도 않고 오직 스키의 활강에 몸을 맡겼다.

그를 끌어당긴 숲은, 그가 뜻하지 않게 미끄러져 들어간 골짜기의 저쪽에 있었다. 부드러운 눈에 덮인 골짜기 바닥은, 계속된 산의 사면을 따라 내려가 있었다. 그는 그곳으로 조금 내려가서 그것을 알아차렸다. 내려감에 따라 좌우의 사면이 높아 오고, 내려가는 움푹 파인 길처럼 주름이 산 속을 파고 들어간 것 같았다. 이윽고 스키의 끝이 다시 올라가기 시작하여 설면이 오름길이 되었으므로 한스 카스토르프의 정처 없는 방황은 다시 넓게 펴진 산중턱을, 하늘을 향해 계속 올라갔다.

뒤쪽 측면의 다리 밑에 있는 침엽수의 숲을 보고 그쪽으로 스키의 방향을 돌려 곧장 내려가 눈을 쓴 전나무숲에 이르렀는데 사각형으로 나란히 서 있는 전나무는 안개에 덮인 숲의 전초(前哨)처럼 나무가 없는 사면에 나와 있었다. 한스 카스토르프는 그 전나무 가지 아래서 휴식을 취하고 시거를 피웠지만, 기분상으로는 여전히 주위의 깊은 정적과 모험적인 고립감에 어느 정도 압박과 긴장, 가슴이 답답해짐을 느꼈다. 그러나 이렇게 자기 혼자가 된 것에 자부심을 느끼고, 이러한 세계를 찾을 자격이 자기에게도 있다는 자부심에서 용기를 느끼기도 했다.

오후 3시였다. 정오의 안정 요양의 일부분과 오후의 차 마시는 시간을 걸러 스키를 타고, 어두워지기 전에 돌아올 작정으로 점심 식사가 끝나자 곧 출발했다. 돌아오기까지 아직 몇 시간을 옥외의 넓은 천지를 방황한다고 생각하니 마음이 기쁨에 들떴다. 승마바지 주머니에 초콜릿이 몇 개 들어 있었고 조끼의 호주머니에는 작은 포도주 병이 들어 있었다.

태양은 완전히 짙은 안개에 싸여 있었고 위치는 거의 알 수가 없었다. 뒤쪽의, 이쪽에서는 보이지 않았지만, 골짜기의 출구에서 연산이 꺾어져 있는 근방에 검은 구름이 몰려 있었다. 안개도 다른 곳보다도 더 깊어 그것이 이쪽으로 전진하여 오는 것 같았다. 눈이, 훨씬 많은 눈이 올 것 같았고 무언가 긴

급한 필요에 응하려 하는 것같은 본격적인 눈보라로 변할 것 같았다. 이윽고 한스 카스토르프가 있는 산허리에는 작은 눈송이가 소리도 없이 더 심하게 내리기 시작했다.

한스 카스토르프는 숲에서 나와 눈송이를 여러 개 소매 위에 받고 아마추어 연구가다운 과학적인 관찰의 눈으로 그것을 관찰했다. 그것은 육안으로는 형상이 없는 작은 알맹이로 보였지만, 한스 카스토르프는 베르크호프에서 눈송이를 여러 번 확대 렌즈로 관찰한 일이 있어서, 그것이 얼마나 섬세하고 규칙적인 작은 형태로 구성되어 있고, 아주 양심적인 보석 세공업자도 이 이상 더 멋지고 섬세하게는 만들어 낼 수 없는 보석, 성형(星形) 훈장, 다이아몬드의 브로치로 조립되어 있다는 것을 알고 있었다. 그렇다. 숲 전체를 완전히 덮고, 산과 골짜기를 감추고, 한스 카스토르프의 스키를 미끄러지게 해주고 있는 이 가볍고 부드러운 가루눈은, 고향 바닷가의 모래를 상기시키는 것 외에, 훨씬 다른 특성을 가지고 있었다. 눈송이를 구성하고 있는 것은, 다 알다시피, 모래알은 아니며, 응결하여 갖가지 규칙적인 결정을 이루고 있는 물방울의 무수한 집합체——식물과 인체의 생명 원형질(原形質)을 부풀게 하는 무기(無機) 성분인 물방울의 결정이었다——그리고 이 수만 개의 마법의 꽃에서 육안으로는 보이지 않는 현미경적인 은밀하고 세밀한 아름다움은 어느 하나도 같은 것이 없고, 어느 꽃에도 등변 등각(等邊等角)의 육각형의 원형이 변화와 정교한 응용을 수없이 고안하여 되풀이되고 있다. 그러나 이 차가운 작품의 어느 하나도 그 자체는 엄격한 균형과 얼음처럼 차가운 규칙성을 가지고 있어, 그것이 이 꽃의 무서운 점, 비유기성(非有機性), 반생명적인 점인 것으로 너무나 정연하였다. 생명을 이루고 있는 유기 물질이 이렇게까지 정연한 법은 절대로 없고, 생명은 지나치게 균형이 잡힌 그 규칙성에 놀라고 그것은 생명을 위협하는 것, 죽음의 신비를 감추고 있는 것이라고 느꼈다. 한스 카스토르프는 고대의 신전 건축가가 열주(列柱)의 배치 어디에다 우정 남 몰래 그 균형을 조금 틀리게 한 것을 웬일인지, 이해할 수 있을 것 같기도 했다.

지팡이를 뒤로 짚고 스키를 전진시켜 숲 가장자리를 따라 사면의 깊은 눈 위를, 안개로 덮인 아래쪽으로 활강하여 죽은 듯 조용한 세계를 올라가고 내려가고 하면서 정처 없이 유유히 돌아다녔다. 물결치는 공허한 설면이 넓어지고 말라빠진 낮은 소나무가 군데군데 외로이 거무스름하게 서 있을 뿐, 느슨한 기복이 시야를 한정시키는 죽음의 세계는 모래 언덕에 이어진 바닷가와 놀랄 만큼 유사했다. 한스 카스토르프는 멈추어 서서 그 유사함이 재미있다는 듯이 만족스레 끄덕였다. 얼굴은 상기되고 수족이 떨리고 흥분과 피로가 이상하게 뒤섞인 현기를 느꼈지만, 그것도 바닷가의 공기가 역시 신경을 흥분시키기도 하고 잠들게도 하는 원소를 다량으로 내포하고 있는 것을 다정스럽게 상기시켰기 때문에 흐뭇한 기분으로 이것을 감수하였다. 날개 돋친 자유로운 몸, 생각나는 대로 활주하는 몸을 만족스럽게 생각했다. 전진하는 데 길에 얽매이는 일이 없듯이 돌아갈 때에도 여기까지 왔을 때와 같은 길을 취할 필요도 없었다. 처음에는 꽂아 놓은 막대기가 눈 세계의 도표 역할을 하여 왔지만, 한스 카스토르프는 그 도표의 감독을 곧 멀리하여 버리고 말았다. 그러한 도표는 각적을 쥔 사나이를 생각케 했고, 웅장한 겨울의 황량함에 대한 기분에 들어맞지 않았기 때문이었다.

눈에 덮인 바위 언덕 사이를 어떤 때는 오른쪽으로, 또 어떤 때는 왼쪽으로 방향을 취하면서 미끄러져 갔다. 언덕 뒤에 사면이 있고 다음으로는 평지가 되고 그 평지의 저쪽에 큰 산맥이 이어졌으며, 그 산맥의 협곡과 고갯길은 눈으로 부드럽게 덮여 있어, 간단하게 가까이 갈 수 있을 것 같았고, 오라고 손짓을 하고 있는 것 같았다. 멀리에 높이 차례차례로 펼쳐진 산들의 잠잠한 모습은 한스 카스토르프의 기분을 유혹하여 돌아가는 것이 늦어질 위험을 무릅쓰고 황량한 침묵의 세계, 무섭고 차디찬 세계로 깊이 들어가게 했다. 하늘이, 그럴 시간도 아닌데도, 금시에 어두워져 회색 베일처럼 주위에 드리워져 한스 카스토르프의 긴장하고 불안한 기분은 정말 공포로 바뀌었지만 전진하는 것을 중단하지는 않았다. 그 공포가 처음에는 골짜기와 인가가 어느 방향에 있는가를 잊어버리게 하고 난 후, 정말로 방향을 완전히 알 수 없게 되어버린 것을 알아차리게 했다. 물론 곧 돌아서서 활강을 계속하면 베르크호프에서 떨어진 곳이긴 하지만 골짜기로 돌아갈 수 있으리라는 확신은 있었다. 곧 되돌아가면, 시간이 남게 되어, 시간을 다 써버리지 않은 것이 될 것이다. 그러나 눈보라를 만나면 돌아갈 길을 한동안은 전혀 알 수 없게 될 것임에 틀림없었다. 그렇지만 그 때문에 빨리 도망가기는 싫었다. 자연의 힘에 대한 공포, 마음으로부터의 공포로 가슴이 아무리 심하게 죄어지더라도, 이러한 모험은 스포츠맨다운 행동은 아니었다. 스포츠맨은 자연의 힘을 제어할 수 있는 자신이 있는 동안은 그 힘과 상대를 하지만, 신중히 행동하고 돌아가야 할 때에는 돌아가는 분별을 가지고 있다. 그러나 한스 카스토르프의 내부에 움직인 기분은 도전이라는 단어로 표시하는 것 외에는 아무것도 없는 기분이었다.

도전이라는 이 말이 나타내는 불손한 감정에 마음으로부터의 공포가 많이 결부되어 있는 경우에도 이 말은 많은 비난을 품은 말이다. 그러나 한스 카스토르프처럼, 이 위에서 여러 해를 지낸 젊은 사나이의 영혼 내부에는 갖가지 감정이 축적되어 있어——엔지니어인 한스 카스토르프의 말을 사용하면, 『축적되어』 버려——그것이 어느 날, 자연 그대로의 『아, 무슨 소리야!』라든지 『올 테면 오라지!』 하는 분노의 초조, 즉 도전, 현명한 분별의 포기로 되어 폭발하는 것은, 다소 인간적으로 생각을 해보면 대체로 이해할 수 있는 기분이다. 이리하여 한스 카스토르프는 널빤지로 된, 긴 슬리퍼를 타고 눈앞의 사면을 계속 내려가 여기에 이어진 산중턱을 오르기 시작했다. 그 산중턱에는 지붕에 무거운 돌을 눌러 놓은, 건초 헛간이나 목동의 초가집 같은 목조 초가집이 좀 떨어진 곳에 서 있었다. 한스 카스토르프는 그 산중턱에서 훨씬 앞에 있는 산을 향해 계속 올라갔지만, 그 산등성이에는 전나무가 거친 털처럼 밀생하여 있었고 그 산 후방에는 높은 연봉이 안개 속에 솟아 있었다. 눈앞을 가로막고 서 있는, 군데군데 수목이 모여 있는 산비탈은 급사면이어서, 오른쪽으로 비스듬히 올라가 그 사면을 반쯤 돌고 산벽 뒤로 나가면 그 앞에 무엇이 있는가를 식별할 수 있을 것 같았다.

한스 카스토르프는 그 탐험의 작업을 시작하기로 하고 목동의 초가집이 있는 근처에서, 오른쪽에서 왼쪽으로 방향을 바꾸어 꽤 깊이 떨어진 골짜기로 활강하여 갔다.

다시 오르막에 들어섰을 때, 예기했던 대로 눈과 바람이 무섭게 몰아치기 시작했다. 한마디로 말하면 아까부터 위협하고 있었던 것처럼, 눈보라로 변했다. 물론 『위협한다』는 말을 맹목적이고 무의식적인 자연의 힘에 적용할 수 있다면 말이다. 자연은 우리들을 파멸시키려고 계획하고 있는 것은 아니고——그렇다면 비교적 아직 기분이 차분해지지만——눈보라가 우리들의 파멸을 부차적으로 가져온다 해도, 자연은 무서울 만큼 그것에 무관심한 것이다. 『왔구나!』 한스 카스토르프는 최초의 돌풍이 불어 눈보라가 휘날려 그에게 부딪혔을 때, 이렇게 생각하고 멈추어 섰다.

「대단한 돌풍인데, 뼛속까지 스며드는구나.」

정말이지, 이 바람은 악질적인 것이었다. 기온도 사실 영하 20도라는 굉장한 추위였다. 그것도 습기 없는 공기가 여느때와 마찬가지로, 움직이지 않고 조용히 있으면 심한 추위도 느끼지 않고 온화한 추위로 느꼈겠지만, 바람이 되어 움직이자마자, 칼처럼 살을 찌르고 그것이 지금 경우처럼 계속되면 처음의 옆으로 불어닥친 돌풍은 선발대에 불과했다. 담요를 일곱 장 덮고 있어도 얼음처럼 찬 죽음의 공포가 뼈를 찌르는 것을 막아 주지는 못했을 것이다. 그리고 한스 카스토르프는 담요 일곱 장은커녕 양털 조끼 한 장만을 입고 있을 뿐이었다. 보통때 같으면, 이것만으로도 조금도 춥지 않고 햇빛이 조금이라도 비치면 그 한 장도 힘겨운 짐이었다. 아무튼 바람은 다소 비스듬히 뒤쪽에서 불어 왔기 때문에 뒤로 돌아서서 바람을 정면으로 받는 것은 그다지 현명하지 않았다.

그것도 생각하고, 또 지지 않겠다는 기분, 내부에 축적된 『이것쯤이야, 뭐!』라는 기분도 생겨, 용감한 젊은이는 여기저기에 외토리로 서 있는 전나무 사이를 계속 올라가, 목표삼은 산 뒤로 돌아가려고 했다.

그러나 이것은 쉬운 일은 아니었다. 휘날리는 눈은 내리는 기색도 없이 굉장한 소용돌이가 되어 사방을 채워 빽빽해져 한치 앞도 볼 수 없게 만들었고, 불어 대는 얼음과 같은 열풍(烈風)은 귀를 날카로운 아픔으로 불타게 하고, 사지를 마비시키고 손의 감각을 빼앗아, 지팡이를 쥐고 있는지 어떤지를 느끼지 못하게 했다. 눈이 뒤로부터 목 언저리에 불어 와 등골을 따라 녹아 버리거나 두 어깨 위에 쌓여 몸 오른쪽을 덮었다. 한스 카스토르프는 이 산중에서 얼어붙은 손에 지팡이를 쥔 채로 눈사람이 되지나 않을까 생각했다. 비교적 아직 조건이 좋은 현재에도 이렇게 처참했기 때문에, 만약 뒤로 돌아선다면 더한층 처참한 꼴이 될 것이다. 그러나 돌아가는 길은 꽤 악전고투를 할 것이지만, 이제는 더 이상 돌아가는 것을 주저할 수 없다고 생각하였다.

이렇게 생각하고 멈추어 서서 화가 난 듯이 어깨를 움츠리고 스키를 돌렸다. 바람이 기다리고 있었다는 듯이 불어 와 숨이 막힐 듯하여, 숨을 쉬려고, 그리고 각오를 더한층 새롭게 하고 비정의 적에 대항하기 위하여 다시 한 번 역겨운 방향 전환을 하였다. 이번에는 머리를 푹 숙이고 숨쉬는 것을 주의깊게 조절하면서 바람을 향해, 이럭저럭 활주할 수는 있었다. 그런데 각오는 하고 있었지만, 무엇보다도 앞이 잘 보이지 않고 숨을 쉴 수 없었기 때문에, 도저히 전진할 수 없을 것 같아 깜짝 놀랐다. 첫째는 숨을 쉬기 위해, 둘째는 머리를 숙이고 눈을 위로 떠서 활주해야 하는데다, 흰 박명(薄明)으로 아무것도 보이지 않기 때문에 나무에 부딪히거나 장애물에 걸려 넘어지지 않기 위해 굉장히 자주 멈추어 서지 않을 수 없었다. 눈송이가 얼굴에 붙어 와서는 녹기 때문에 얼굴은 꽁꽁 얼었다. 입 속으로도 눈송이가 날아 들어와 녹았고 눈꺼풀에도 눈송이가 붙어 눈꺼풀을 경련적으로 깜박이게 하고, 눈을 물로 젖게 하여 아무것도 보이지 않게 하였다.

시야는 두꺼운 베일로 완전히 닫혀 있어, 흰색 한 가지뿐이었다. 시각(視覺)은 기능이 정지되어 있었기 때문에 무엇이 보였다고 해도 의미가 없었다. 억지로 보려고 눈을 부릅떠도 보이는 것은 하얗게 소용돌이치는 무였다. 가끔 그 무 속에 현상계의 희미한 그림자가 떠올라와 키가 낮은 소나무 무더기, 가문비나무 무더기, 아까 지나온 건초 헛간의 희미한 그림자가 보일 뿐이었다.

한스 카스토르프는 건초 헛간을 뒤로 하고 그 헛간이 서 있는 산중턱을 돌아 귀로를 찾았다. 그러나 길은 없었고, 앞쪽은 자기 손이 겨우 보일 뿐, 스키의 앞끝도 보이지 않을 정도여서, 방향을 틀리지 않고 집으로, 골짜기로 돌아간다는 것은 판단보다 오히려 요행의 문제였다. 비록 앞이 잘 보인다고 해도 전진을 극도로 곤란하게 하고 있는 장애가 의외로 많았다. 눈으로 시야가 가려진 것이 그 하나였고, 호흡을 곤란하게 해서 쉬지 않고 얼굴을 돌려 헐떡이게 하는 강풍도 그 하나였다. 이러한 상태에서 한 번 전진해 보도록 하라. 한스 카스토르프가 아니고 혹은 더 굳센 사람이라도 누구든지 멈추어 서서 헐떡이고, 눈썹을 깜박거려 물을 떨어뜨리고, 몸 전면에 붙은 눈 갑옷을 털면서 앞으로 간다는 것이 비상식적인 주문이라고 느낄 것이다.

그러나 한스 카스토르프는 나아갔다. 나아갔다기보다 움직였다. 그것이 과연 목적에 맞는 움직임, 올바른 방향으로의 움직임일까? 차라리 현재의 위치에 꼼짝하지 않고 있는 것이 좋지 않을까? 어느 것이든 확실치 않았으나 이론적인 확률에서도 올바른 방향으로 이동하는 것 같지 않았다. 실제적으로도 얼마 뒤에 현재의 위치가 좀 이상하고 올바른 장소에 서 있지 않으며, 즉 그가 골짜기에서 올라온 산중턱, 여기서부터는 무엇보다도 우선 활강해야 평평한 산중턱에 서 있지 않는 것처럼 느껴졌다. 평평한 부분이 너무 빨리 끝나버리고 이제 다시 오르막길이 되었기 때문이었다. 골짜기의 출구인 남서쪽에서 불어 오는 강풍에 밀려, 진로를 옆으로 비키게 하였던 것이다. 있는 힘을 다하여 꽤 오랫동안 움직여 온 것은 잘못된 움직임이었다. 회오리치는 흰 밤에 싸여 보이지 않는 눈 속으로, 이 무관심한, 위협적인 세계 속으로 계속 깊이 들어갔던 것이다.

「큰일났구나!」하고 한스 카스토르프는 외치고 멈추어 섰다. 이전에 라다만트에게 침윤 부분을 발견당했을 때처럼 심장이 일순간 얼음처럼 찬 손에 잡힌 것같이 경련적으로 오므라들고 이윽고 늑골로 향해 심하게 뛰기 시작했지만, 그는 「큰일났구나!」하고 외쳤을 뿐이었다. 도전한 것은 그 자신이었으며, 염려되는 정세도 모두 그 자신이 자초한 것이기에 소리를 치거나 놀란 몸짓을 할 권리가 없다는 것은 그도 잘 알고 있었다. 「이것도 나쁘지 않지.」 하고 말은 했지만 얼굴 근육이 굳어져 버려 영혼의 명령대로 되지 않고, 공포, 분격, 멸시의 어떠한 것도 표현할 수 없다는 것을 느꼈다. 「이제는 어떻게 할 것인가? 여기를 비스듬히 내려가, 계속하여 곧장 전진하여 바람을 안고 움직이는 거야. 생각하기는 쉽고 행동으로 옮기는 것은 어렵지만.」 하고 그는 다시 내려가기 시작하여, 헐떡이면서 작은 목소리로 혼잣말을 하면서 생각했다. 「그러나 무슨 수를 써야 한다. 여기 앉아 우두커니 있을 수만은 없다. 주저앉아 버리면 규칙적인 육각형의 꽃에 묻혀 버려, 세템브리니가 각적을 울리면서 찾아오면, 나는 여기서 눈모자를 비스듬히 쓰고, 유리알과 같은 눈을 하고 웅크리고 있을 터이니 말이다.」 그는 자신이 혼잣말을, 그것도 좀 이상한 혼잣말을 중얼대고 있는 것을 알아차렸다. 그래서 이건 안 되겠다고 스스로를 꾸짖었지만 곧, 또 작은 목소리로 분명히, 입술은 감각이 없었기에 입술을 사용하는 것은 단념하고 입술의 도움을 필요로 하는 자음(子音)은 생략하고 혼잣말을 중얼거렸다. 중얼대면서, 이전의 사육제 밤을 상기했다. 「입을 다물고, 여기서 빠져 나갈 것을 생각하라.」 이렇게 말하고 덧붙였다. 「헛소리를 하고 있어, 머리가 좀 이상해진 것 같다. 이것은 어떤 의미에서는 좋지 못한 일이다.」

그러나 그의 탈출이라는 견지에서 볼 때 좋지 못한 일이 되었다는 인식은 검증하는 이성(理性)에 의한 순수한 확인, 말하자면 걱정은 해주지만 참견도 하지 않고 아무 관계도 갖지 않는 타인의 확인이었다. 그의 자연의 부분에 속한 육체는 점점 심해져 가는 피로와 더불어 그를 소유하려고 하는 혼미(昏迷)의 상태에 몸을 맡기고 싶은 유혹에 빠져 들어갔으나, 그 유혹을 알아차리고 그의 사념(思念)은 그것을 비난했다. 「이것은 산에서 눈보라를 만나, 돌아갈 길을 알 수 없게 된 인간이 경험하는 상태의 한 형태인 것이다.」 하고 그는 악전고투로 헐떡이면서 띄엄띄엄 중얼거렸지만, 더 확실한 말을 입밖에 내는 것은 피했다.

「나중에 이런 경험담을 듣는 사람은, 그것을 무서운 것으로 상상하여 병이——나의 현재 상태는 어느 정도 병이라고 할 수 있지만——환자와 타협해 나갈 수 있게끔 조정(調整)한다는 것을 잊어버리는 것이다. 지각의 감퇴, 마비의 은혜, 자연이 강구하는 고통 완화의 조치 같은 것을. 암 그렇고말고……. 그러나 여기에 대해서는 싸우지 않으면 안 된다. 자연의 그러한 조치는 선악의 두 면을 가지고 있어 지극히 애매한 것이니까. 그것을 어떻게 평가하는가는 모두가 관점의 문제다. 집으로 돌아갈 수 없게 된 자에게는 그것이 선의(善意)에 의한 것이라 자선 행위이지만, 나같이 좌우간 아직 집으로 돌아가는 것이 문제가 되는 경우에는, 이것은 매우 악의 있는, 전력을 다해서 정복해야 할 문제인 것이다. 나는 여기서 그 어이없을 정도로 규칙적인 결정체(結晶體) 속에 몸을 묻을 생각은 추호도 없다. 이 폭풍처럼 뛰는 심장은 그런 걸 꿈에도 생각지 않아…….」

사실 그는 벌써 너무 피로해서 의식이 몽롱해지기 시작하여 여기에 대해 희미한, 열에 들뜬 것 같은 상태로 계속 싸우고 있었다. 따라서 평평한 코스에서 이탈되어 버렸다는 것을 알아차렸을 때에도 보통때 같으면 깜짝 놀랐을 것이지만 그러지도 않았다. 이번에는 반대 방향으로, 산중턱이 내리막으로 된 방향으로 나온 듯하였다. 왜냐하면 맞바람을 비스듬히 받으면서 내려갔기 때문인데, 그가 지금 이렇게 내려가는 것은 삼가야 했겠지만 현재로서는 그것이 가장 고통이 적었다. 『상관없어.』 하고 그는 생각했다. 『좀더 아래로 내려가면 또 옳은 방향을 잡게 되겠지.』 이렇게 생각하고 그는 그렇게 했다. 혹은 그렇게 하려고 생각했다. 혹은 이건 더 위험한 일이지만, 그렇게 했는지 안 했는지, 그런 것은 아무래도 좋게 생각되기 시작한 것이다. 이렇게 해서 아리송한 의식의 탈락이 나타나기 시작하여 그는 오직 힘없이 그것과 싸우고 있었다. 『익숙하지 못한 것에 익숙해진다』는 순응을 보인 손님 한스 카스토르프의 익숙해져 버린 여러 가지 상태인 피로와 흥분의 혼합은, 그 어느 쪽의 성분도 심해져서 오관의 작용의 저하에 대해 분별 있는 태도를 취한다는 것을 사실은 이제는 생각할 수 없었다. 현기증이 나 비틀거리면서 그는 도취와 흥분으로 몸을 떨었다. 나프타와 세템브리니의 논쟁을 들은 뒤의 그것과 매우 흡사했지만 그것과는 비교가 되지 않을 정도로 떨림이 심했다. 그 때문에 그는 오관의 마비적인 저하와 싸우는 미온적인 상태를, 그러한 토론을 홀연히 회상함으로써 미화하려고 했을 것이리라. 즉 그는 규칙적인 육각형의 꽃에 매몰당하는 것에 멸시와 분격을 느끼면서도, 다음과 같은 의미의 것을, 혹은 의미 없는 것을 헛소리처럼 중얼거렸다. 이 애매한 마비와 계속 싸우려는 의무감은 단순한 윤리, 즉 인색한 현세적 시민주의와 비종교적 속물 근성(俗物根性)에 지나지 않는다고. 누워 쉬고 싶다는 소망과 유혹이 그의 마음에 스며들어와 그는 이런 것을 생각했다.

이건 사막의 열풍(烈風)과 비슷하다. 이럴 때 아라비아 인들은 얼굴을 숙여 몸을 구부리고, 모자가 달린 외투 버누스를 머리에 뒤집어쓴다고 한다. 다만 자기가 버누스를 갖지 않았고 털조끼로는 머리를 푹 쓸 수 없다는 사정을, 그는 아라비아 인 같은 조치를 강구할 수 없는 근거라고 느꼈다. 또한 그는 어린아이는 아니어서, 어떻게 동사(凍死)하는가를 여러 가지 경험담으로 잘 알고 있었다.

활강은 꽤 빨리 끝나 한동안 평평한 곳이 계속되었다. 다시 오르막이 되었지만 이번 오르막은 아주 가파른 것이었다. 그러나 골짜기를 내려가는 도중 한 번은 오르막이 있을 것이었기에 잘못 움직이고 있다고만 할 수는 없었다. 바람으로 말하면, 바람의 방향이 제멋대로 바뀐 모양이어서 이번에는 바람을 등으로 받아, 그것 차체로서는 고마운 일이었다. 그러나 뒤로 불어 오는 강풍이 앞으로 몸을 구부리게 하는 것일까, 그렇지 않으면 어스름한 눈보라가 베일처럼 덮고 있는 눈앞의 부드러운 흰 비탈이 그의 몸으로 하여금 매력을 느끼게 하여 그를 비탈로 기울게 하는 것일까? 매력에 몸을 맡기려면 그쪽으로 몸을 기울이기만 하면 되기 때문에 그 유혹은 컸다. 완벽하게 전형적(典型的)으로 위험한 상태로서, 책에 특필되어 있는 그대로였다. 그러나 그렇게 위험하다고 책에 씌어 있어도 유혹의 힘은 줄어들지 않았다.

그 유혹력은 개별적인 권리를 주장하고 보편적으로 알려진 것 속에서 분류(分類)되어 그 속에서 재인식되기를 바라지 않고 그 박력(迫力)에 있어서 한 번뿐인 비할 데 없는 것임을 나타내고 있었다. 물론 그 유혹이 어떤 방면으로부터의 속삭임이라는 것은 부정할 수 없었다. 주름을 잡은, 눈같이 흰 쟁반 모양의 장식깃이 달린 스페인 식의 검정 옷을 입은 어떤 존재의 암시였다. 그 이념과 원리적 관념에 모든 음산한 것, 예리한 예수회적이고 반인간적(反人間的)인 것, 고문리 (拷問吏)나 태형리 (笞刑吏)의 모든 성격이 결부되어 세템브리니 씨는 몸서리를 치며 이를 거절했지만, 그것에 비하면 세템브리니 씨는 손풍금과 이성을 들고 나선 가소로운 존재에 지나지 않게 되는 그런 세계의 암시였다. 그리고 한스 카스토르프는 성실하게 계속 싸워 나가면서 쓰러져 버리고 싶은 유혹에 저항했다. 아무것도 보이지 않았지만 계속 싸우면서 움직였다. 목적에 맞는 움직임인지 아닌지는 몰라도 아무튼 최선을 다했고 심한 찬바람에 사지가 점점 무겁게 마비 상태로 되는 것과 싸우면서 계속 움직였다. 비탈이 너무 급사면이었기 때문에 곧장 옆으로 꺾어 한동안 비탈을 옆으로 돌았다. 경련이 일어 뻣뻣해진 눈꺼풀을 억지로 뜨고 전방을 본다는 것은 대단한 노력이었고 헛된 노력이라는 것도 실험하여 보았기 때문에 그 노력을 새삼 해볼 용기는 솟아나지 않았다. 그래도 가끔 무엇인가가 보였는데 가문비나무가 무더기로 서 있는 모습이 보였고, 눈이 쌓인 양쪽 기슭이 덮여 있는 사이에 검은 선을 확실하게 그은 시냇물인지 도랑이 보였다. 눈앞을 바꾸기 위한 것처럼, 다시 설면이 내리막이 되더니 이번에는 바람을 정면으로 안고 가게 되었는데 조금 떨어진 앞쪽에 인가가 그림자처럼, 눈보라의 베일 속에 떠 있는 것처럼, 말하자면 공중에 떠 있는 듯이 보였다.

반가웠다. 마음이 놓이는 발견이었다! 악전고투의 연속이긴 했지만, 성실하게 싸운 덕분에 인간이 사는 골짜기가 가까운 것을 알리는 인가가 나타나기 시작한 것이다. 아마 저기에는 사람이 살고 있을 것이다. 어쩌면 집 안에 들어가게 되고 지붕 밑에서 눈보라가 그치기를 기다리다가 저녁때가 되었을 때 필요하다면 동행이나 안내를 부탁할 수도 있을 것이다. 한스 카스토르프는 흰 황혼 속에서 가끔 완전히 사라져 버리는 환영 같은 그림자를 향해 방향을 잡았지만 거기에 도착하려면 다시 바람을 거슬러서 힘을 소모시키는 등반(登攀)을 감행하지 않으면 안 되었다. 그리하여 그가 거기에 당도하였을 때 그것이 아까의, 무거운 돌로 지붕을 눌러 놓은 헛간이며, 여러 가지로 길을 우회하고 악전고투의 노력을 계속한 후 결국 똑같은 헛간에 당도한 것을 알고 그는 분개하고 놀랍고 무서운 나머지 현기증이 일어났다. 분한 노릇이었다. 심한 저주의 말이 한스 카스토르프의 굳어진 입술에서 순음(脣音)이 탈락된 채 흘러나왔다. 방향을 알기 위해 헛간 주위를 돌면서 자기가 헛간 배후에서 다시 헛간으로 접근한 것, 즉 그의 계산에 의하면 꼭 한 시간 동안 완전히 아무 소용없는 가소로운 노력을 계속한 것을 알았다. 그러나 이것도 역시 바로 책에 씌어 있는 대로의 일이었다. 악전고투를 하며 제딴에는 바로 가고 있는 줄 알았지만 실은 빙빙 돌기만 하여 사람을 속이는 1년의 순환과 마찬가지로 다시 출발점으로 되돌아온다는 저 광대하기 짝없는 호(弧)를 그린 것이다. 사람은 이렇게 빙빙 돌며 헤매다가 마침내 집으로 돌아가는 길을 잃어버리게 되는 법이다. 한스 카스토르프는 말로만 듣던 현상(現象)을 일종의 만족과 더불어 인정했지만 이것은 끔찍한 일이었다. 이런 경우에 흔히 일어난다고 하는 일이 그의 특수한 개인적인 이 현실의 경우에도 이토록 정확하게 일어났으므로 그는 분노와 놀라움으로 말미암아 자기의 허벅다리를 쳤다.

이 외딴 집은 문에 자물쇠가 잠겨 있어 안으로 들어갈 수도 없었다. 그러나 앞으로 나온 차양이 어딘지 방을 제공해 줄 것만 같은 환상을 주었으며 헛간 그 자체도 한스 카스토르프가 택한 산에 면한 쪽의 통나무를 쌓아올린 벽에 어깨를 기대고 있으면 실제로 눈보라로부터 막아 주었기 때문에 우선은 거기에 머물러 있기로 결심했다. 등을 벽에 기대는 것은 긴 스키가 방해가 되어 마음대로 되지 않았다. 지팡이를 옆에 있는 눈 속에 꽂고 두 손을 호주머니에 넣고 양털 조끼의 깃을 올린 후 바깥쪽 다리를 지탱해 비스듬히 기대며 눈을 감고 힘없는 머리를 통나무 벽에 기대었다. 그리고 어깨 너머로 골짜기 저편의 절벽이 베일 속에 가끔 희미하게 모습을 나타내는 것을 보고 있었다.

그의 자세는 비교적 기분이 좋았다. 이 상태면 만약의 경우에 아침까지라도 서 있을 수 있겠다고 생각했다. 버팀목을 한 다리를 가끔 바꾸어, 말하자면 몸을 뒤치고 움직여 주면 말이다. 움직여 주는 일은 꼭 해야 한다. 몸의 표면은 얼어 있지만 움직인 덕분으로 몸 속에는 열이 축적되어 있다. 그러므로 돌고 돌아 헛간에서 헛간으로 빙빙 돌기는 하였지만 움직여 다닌 것은 전연 헛된 일은 아니었다.

『……〈빙빙 돈다〉란 무슨 말일까? 보통때는 이런 말을 사용하지 않는다. 내가 지금 경험한 것을 이런 말로 사용하는 것이 보통은 아니지만. 웬일인지 머리가 그렇게 확실하지 않기 때문에 정신없이 그것을 사용한 것이지만, 그러나 이것은 알맞는 말일 것이다. ……아무튼 여기서 이렇게 견딜 수 있게 되었다는 것은 고마운 일이다. 이 소동, 눈보라, 이 상태는 결국 내일 아침까지 계속될는지 모른다. 어두워질 때까지 계속된다 하더라도 매우 위험한 일이다. 어두워지면 순환할 위험, 빙빙 돌아갈 위험이 눈보라 속과 마찬가지로 크기 때문이다. 이제는 저녁 6시에 가까워졌을 것이다. 빙빙 도는 데에 그렇게 시간을 소비하였으니 말이다. 대체 지금 몇 시나 되었을까?』 굳어져 감각이 무뎌진 손가락으로 시계를 꺼낸다는 것은 어려운 일이었다. 그러나 끄집어 내어 시간을 보았다. 이름의 첫글자를 따넣은 뚜껑 있는 금시계는 이 황량한 눈보라 속에서도 기운 좋게, 충실하게 시간을 새기고 있었다. 그것은 그의 심장, 인간의 감동적인 심장이, 홍곽의 유기 체온 속에서 움직이고 있는 것과 같았다.

시계는 4시 반을 가르키고 있었다. 이건 어찌 된 일일까? 눈보라가 시작된 것이 거의 4시 반이었는데. 길을 잃고 헤매면서 다닌 것이 고작 15분간밖에 안 되었다는 말인가? 시간의 걸음이 길어졌다고 그는 생각했다. 『빙빙 도는 것은 시간을 길게 하는 것 같다. 그러나 5시나 5시 반이 되면 본격적으로 어두워지고, 그 후에는 쭉 어두워진 대로 머물러 있는다. 그때까지는 눈보라가 멎을 것인가? 다시 한 번 빙빙 돌지 않아도 좋을 정도란 말인가? 그때까지 포도주를 한 모금 마시고 기운을 내는 것이 좋겠다.』

한스 카스토르프가 이 어중간한 음료를 준비하여 온 것은 베르크호프에서 그 납작한 병을 소풍 나가는 사람들을 위해 팔고 있기 때문에 사왔을 뿐, 그렇다고 이것이 허가도 없이 눈과 추위가 심한 날에 산 속을 헤매다니다가 이러한 상황에서 밤을 맞이하려는 사람을 위해 팔리는 물건은 결코 아니었다. 한스 카스토르프가 감각이 좀더 확실했다면 베르크호프로 돌아간다는 관점에서 포도주는 더욱 삼가해야 할 음료수라고 생각해야 했을 것이다. 그는 두세 모금 마시고는 그것을 알아차렸다. 왜냐하면 두세 모금이 이 위에 도착한 날 밤에 마신 쿨름바하 산의 맥주와 똑같은 효과를 나타냈기 때문이다. 그날 밤은, 생선 요리 소스나 이와 비슷한 너절한 이야기를 하여 로도비코 세템브리니 씨의 교육자적 기분을 상하게 한 것이었지만, 무감각해진 광인까지도 눈초리로 이성을 불러낸다는 이 웅변 좋은 교육자는 애를 먹이는 제자, 인생의 걱정거리 자식을 무모한 상태에서 건져, 데리고 가려고 성큼성큼 접근하여 그것을 알리는 잘 울리는 각적이 공중에 울려 퍼지는 것을 한스 카스토르프는 들었다.

그러나 이것은 물론 완전한 넌센스로 어쩌다가 마신 쿨름바하 산 맥주 때문이었다. 첫째로 세템브리니 씨는 각적을 가지고 있지 않았고 가지고 있는 것이라고는 한쪽의 의족(義足)으로 보도에 서서 타는 손풍금에 불과하며, 그것을 멋지게 타면서 그는 인문주의자다운 눈길을 집집의 창문을 향해 보낼 뿐이었기 때문이다. 둘째로 그는 베르크호프에서 이제는 살고 있지 않으며 부인복 재단사인 루카세크 집에서 나프타의 비단투성이의 방 위에, 물병이 있는 헛간 같은 방에 있을 것이며 현재 무슨 일이 일어났는지도 모르고 그것을 예측하지도 못할 것이다. 게다가 또 세템브리니 씨는 언젠가 사육제날 밤에 한스 카스토르프가 병든 클라브디아 쇼샤에게 그의 연필, 프리비슬라프 히페의 연필을 돌려 주려고 똑같이 무모하고 위험한 상태에 있었던 때처럼 이번에도 간섭할 권리는 조금도 없었다. ……그러나 『상태』란 무엇을 의미하는 것일까? 상태라는 말은 눕는다는 말에서 만들어진 것이므로 이 말이 단순한 형용의 의미가 아니라 정규의 의미를 가지려면, 서 있지 않고 누워 있어야 한다. 수평, 이것이 이 위에 여러 해 있었던 인간에게 어울리는 상태였다. 그는 눈이 오는 추운 날에도 옥외에서 눕는 것에 익숙해 있지 않았던가. 낮이나, 밤이나. 한스 카스토르프는 이렇게 생각하고 주저앉으려 했으나 『상태』에 관한 쓸데없는 지껄임도 쿨름바하 산의 맥주 탓이며 전형적인 위험한 것으로서, 책에도 씌어 있는 초개별적인, 눕고 싶다, 자고 싶다는 소망에서 생긴 것인데 그 소망이 궤변과 말의 유희로 자신을 속이려고 한다는 것을 알고 그는 깜짝 놀라, 말하자면 목덜미를 잡혀 흔들려 깬 것처럼 주저앉으려던 것을 그만두었다.

「실수를 저질렀구나.」 그는 깨달았다. 「포도주는 좋지 않았어. 몇 모금 마셨는데도 머리가 무겁고 턱이 가슴에 닿으려는 것 같아. 생각하는 것도 멍한 건지 어리석은 건지, 분간할 수 없는 것뿐이어서 함부로 신용할 수가 없다. 처음에 머리에 떠오르는 생각뿐만 아니라, 그 생각을 비평하는 것도 신용할 수 없으니 큰일이다. 그의 연필? 아니다. 사실은 그녀의 연필이지, 그의 것은 아니다. 이 경우에는 연필이라는 말이 남성 명사이기 때문에, 『그의』라고 말할 뿐인 것이다. 그밖의 것은 모두 농담이다. 대체 그런 것을 이렇게 문제삼고 있다니! 그런 것보다 더 긴급하게 문제삼을 것이 있는데도 말이다. 가령, 버팀목으로 하고 있는 왼쪽 다리가 세템브리니의 손풍금을 지탱하는 나무다리를 유난히 연상시킨다. 그것을 그는 언제나 무릎으로 밀며 보도 위를 전진해 간다. 창 밑으로 다가가서 아가씨들에게 그 속에 얼마간의 동전을 던져 달라고 벨벳 모자를 내밀고 있는 것이다. 그런데 나는 무언지 눈에 보이지 않는 것에 끌리는 것처럼 눈 속에 누워 버릴 것만 같다. 그것을 막으려면 운동을 해야 한다. 쿨름바하 산의 맥주를 마신 벌로, 그리고 나무다리처럼 굳어져 버린 이 다리를 부드럽게 하기 위해서도 움직일 필요가 있다.」

한스 카스토르프는 기대고 있던 오른쪽 어깨에 힘을 주어 벽에서 몸을 떼었다. 그러나 헛간에서 몸을 떼고 한 발짝 디딘 순간, 바람이 낫같이 휘몰아쳐 그를 보호하는 벽 쪽으로 되돌려보냈다. 그 처마 밑은 그에게 주어진 유일한 피난처로 한동안 거기서 가만히 있지 않으면 안 되었지만 그래도 기분 전환을 위해 기대고 있는 어깨와 오른쪽 다리를 버팀목으로 하여 왼쪽 다리를 조금 흔들어서 발이 저리지 않도록 할 수는 있었다. 이런 기후에는 집에 가만히 있는 거야, 하고 그는 생각했다. 다소의 기분 전환은 좋지만, 혁신을 요구하거나 돌풍에 싸움을 거는 짓은 안 할 일이다. 뭐라 해도 움직이지 않고 가만히 머리를 숙이고 있는 게 제일이야. 아무튼 머리가 무거우니까 말이다. 이 통나무의 벽은 고마운 것이다. 어딘지 모르게 온기가 벽에서 전해져 오는 것 같은 느낌이 든다. 이런 상태에서 온기라고 할 수 있다면 말이다. 재목에 깃든 그윽한 온기가 전해져 오는 것 같다. 물론 이것은 아마 기분만의 문제로, 주관적인 온기일 것이다. 아, 저 많은 나무! 아, 저 생명에 찬 대지. 얼마나 멋진 향기란 말인가.

그의 눈 아래는 공원으로 되어 있었다. 그에게는 그것이 발코니에서 보는 것같이 느껴졌다. 그곳은 활엽수에 덮인 넓고 넘칠 듯한 녹색으로 충만된 공원으로, 느릅나무·플라타너스·너도밤나무·단풍나무·자작나무 등이 풍만하고 신선한 잎의 장식에, 색채의 희미한 음영을 보이고, 나뭇가지 스치는 소리를 부드럽게 내고 있었다.

나무의 향기를 담은 상쾌하고 습한 미풍이 불고 있었다. 따스한 소나기가 살짝 지나갔지만, 그 비는 햇빛으로 밝게 반짝이고 있었다. 멀리 상공까지 대기가, 밝은 안개비로 반짝이고 있는 것이 보였다. 얼마나 아름다운가! 아, 고향의 숨결, 오랫동안 접촉하지 못한 평지의 향기와 생명! 대기는 새들의 지저귐으로 가득 차, 새 한 마리 보이지 않는데도 그 가련하고 가느다랗고 감미로운 피리 소리, 지저귐, 비둘기의 울음소리 같은 소리, 흐느끼는 소리가 넘쳐 있었다. 한스 카스토르프는 감사에 차서 대기를 들이마시면서 미소지었다. 그러나 모든 것은 순간마다 아름다움을 계속 더해 갔다. 무지개가 옆으로 풍경 위에 걸려, 완연하고 선명하게 호(弧)를 그려 보였다. 무지개는 청순하고 화려하여, 일곱 빛깔의 묘를 다하여 촉촉하게 반짝이고, 그 빛깔이 지상의 울창하고 밝은 푸르름에 기름처럼 풍요하게 흘러 들어갔다. 마치 음악을, 플루트와 바이올린 소리가 섞인 하프 소리를 듣는 느낌이었다. 특히 청색과 바이올렛이 멋진 아름다움으로 흘러 들어오고 있었다. 모든 것이 그 빛깔 속에 희미하게 녹아 들어가, 변화하고 새로 탄생하고 순간마다 아름다워지고 있었다. 한스 카스토르프는 지금, 수년 전의, 세계적인 성악가의 노래를 듣는 것 같았다. 그 이탈리아 테너 가수의 목소리로 은혜로운 예술의 힘이 청중의 마음에 불어 넣어졌다. 성악가는 고음으로 계속 노래불렀지만, 그 고음은 처음부터 아름다웠다. 그리고 그 열정적이고 아름다운 음성은 점점 꽃봉오리처럼 계속 열리고 부풀어올라 시시각각으로 밝음을 더해 갔다. 아무도 그때까지는 알아차리지 못한 베일이 말하자면, 한 장 그리고 또 한 장, 그 높은 음에서 벗겨지고 마지막 베일도 엿보여 이로써 마지막 가장 순수한 광채에 이르렀다고 생각하고 있는 사이에 마지막 중의 마지막 한 장이, 그리고 설마라고 생각케 하는 마지막 한 장이 벗겨져서 광채와 눈물에 번쩍이는 아름다움에 넘치는 밝음으로 바뀌어, 청중은 거의 항의하듯이 기쁨의 신음 소리를 내고 한스 카스토르프 청년도 흐느껴 울 지경이었다.

지금 눈앞에서 변화하고, 베일을 계속 벗고 광채를 더해 가고 있는 풍경도 이와 똑같았다. 푸른빛이 사방에 넘쳐 있었다. 밝은 안개비의 베일이 벗겨지고 바다가 나타났다. 바다, 그것은 남국의 바다였다. 은빛으로 빛나는 깊은 남빛의 바다, 찬란하고 아름다운 바다로서, 해안에서 먼 바다 위에 한없이 아지랑이가 끼어 있고, 육지 쪽은 멀어짐에 따라 푸르름이 엷어지는 산맥에 넓게 둘러싸이고 군데군데에 섬이 있다. 그 섬에는 종려수가 높이 서 있고, 측백나무숲 속에 작고 흰 인가가 반짝이고 있는 것이 보였다. 아, 이제 그만, 정말로 과분하다. 이 얼마나 즐거운 빛깔의 파도이며, 하늘의 깊은 깨끗함, 화창한 바닷물의 싱싱함인가!

한스 카스토르프는 세상에 태어나 한 번도 이런 것을 본 일이 없었다. 정말 본 일이 없었다. 방학중 여행 때에도 남국에는 가본 일이 거의 없고, 북쪽의 거칠고 푸르른 바다를 알고 있을 뿐이었다. 그 바다에 소년다운 둔중한 애착을 느끼고 있었을 뿐, 가령 지중해, 나폴리, 시칠리아 또는 그리스를 방문한 일은 한 번도 없었다. 그러나 그는 상기했다. 그렇다, 그가 느낀 것은 이상하게도 재회의 기쁨이었다. 『아, 그렇다, 이것이다!』 하고 마음속에서 외침소리가 일어났다. 마치 눈앞에 전개되고 있는 푸른 바다의 행복을 남 몰래 자기 자신도 감춘 채 이전부터 가슴에 품고 있었던 것 같았다. 그리고 이 『이전』은 하늘이 가련한 바이올렛색으로 그 위를 덮고 있는 왼쪽의 외해(外海)와 같이 먼, 무한히 먼 『이전』이었다.

수평선은 높고, 먼 곳으로 올라가 있는 것처럼 보였지만, 이것은 한스 카스토르프가 다소 높은 장소에서 내해(內海)를 내려다보고 있기 때문이었다. 주위의 산들은 전방이 무성한 숲에 싸여 바닷속에 돌출하고 있는 것 외에는 조망의 한가운데에서 반원형으로 바다를 둘러싸고 있어 한스 카스토르프가 앉아 있는 데까지 그리고 훨씬 후방에까지 줄을 짓고 있었다. 그는 햇빛으로 따뜻해진 돌계단 위에 쭈그리고 있었는데 거기는 앞산이 바다에 접해 있는 바닷가로 눈앞에는 이끼 낀 돌이 있는 모래사장이, 숲이 우거진 계단 모양의 대지를 이루고 평탄한 물가에까지 내려와 있었고 그 물가에는 갈대 사이에 자갈이 푸른빛을 띈 바다가 작은 호수를 이루고 있었다. 그리고 이 화창한 장소는 접근할 수 있는 해안의 언덕도, 바위뿐인 밝은 분지도, 보트가 왕래하는 섬까지의 바다도, 어딜 보나 사람들로 붐비고 있었다. 사람들, 즉 태양과 바다의 아들들, 보기에도 즐겁고 총명하고 밝고 아름다운 젊은이들이 여기저기에서 움직이면서 휴식을 취하고 있었다. 한스 카스토르프는 그 젊은이들을 바라보자 가슴이 탁 트이고 애정에 가득 차, 가슴이 터질 듯이 부풀었다.

젊은 사람들은 말을 달리고 있었다. 힝힝대면서 머리를 흔들고 달리는 말의 고삐를 쥐고 나란히 달리기도 하고, 뒷발로 뛰는 말을 긴 고삐로 잡아당기기도 하고, 안장 없는 말에 올라타 맨발의 발꿈치로 말의 옆구리를 차 바닷속으로 들어가곤 하였지만, 젊은이들의 등의 근육은 햇빛을 받아 금갈색의 피부 밑에서 약동하고, 그들이 서로 나누는 외침, 말에게 대고 하는 외침은 웬일인지 사람을 끄는 울림을 가지고 있었다. 산의 호수처럼 기슭을 비추고 있는 바다, 육지에 깊이 들어가 있는 해안에서는 한 무더기의 소녀들이 춤을 추고 있었다. 그 중 한 소녀는 뒷머리카락을 머리 높이, 다발로 묶은 모습이 유달리 사랑스러웠다. 그 소녀는 땅이 움푹 파인 데에 두 다리를 넣고 앉아, 피리를 불면서 피리 위에서 움직이는 손가락 너머로 주위에서 춤추고 있는 소녀들을 보고 있었다. 춤추는 소녀들은 길고 느슨한 옷을 입고, 혼자서 웃으면서 두 팔을 벌리기도 하고 둘이서 볼을 사랑스럽게 맞대기도 하면서 스텝을 밟으면서 걷고 있었다. 피리를 불고 있는 소녀는 두 팔을 뻗고 있었기 때문에 희고 날씬하고 연약한 등이 좀 옆으로 굽어져 있었고, 그 뒤에서는 소녀들이 앉기도 하고 껴안기도 하고 서기도 하면서 춤추는 것을 보며 조용히 말을 하고 있었다. 좀 떨어진 데에서는 젊은 사나이들이 활 쏘는 연습을 하고 있었다. 연상의 젊은이들이 아직 미숙한 곱슬머리의 소년들에게 시위를 다루는 방법, 화살을 재는 방법을 가르치고 함께 겨냥을 하고, 화살이 시위를 떠나는 반동으로 비틀거리는 소년들을 웃으면서 받쳐 주고 있는 광경은 마음이 뿌듯해지는 행복한 광경이었다. 낚시를 하고 있는 젊은이들도 있었다. 기슭의 평평한 바위 위에 배를 깔고 엎드려 한쪽 다리를 흔들면서 낚싯줄을 바닷물에 드리우고 얼굴을 옆에 있는 젊은이 쪽으로 유유히 돌리고 말을 걸고 있었다. 상대방은 경사진 바위 위에 앉아, 몸을 뻗는 듯하면서 먹이를 마음껏 던지고 있었다.

마스트와 돛이 달린, 뱃전이 높은 보트를 바다에 내가려고 밀고 버티고 하는 젊은이들도 있었다. 어린아이들이 방파제 사이에서 놀기도 하고 함성을 올리기도 했다. 한 젊은 여인이 다리를 쭉 뻗고 배를 땅에 깔고 위를 쳐다보고 있었다. 그 여인의 앞에는 날씬한 젊은이가 서 있는데, 잎이 달린 실과를 가진 손을 여인 쪽에 장난하듯 내밀고 있었다. 그녀는 그 실과를 잡으려고 한쪽 손을 실과 쪽으로 뻗고, 또다른 손으로는 화사한 옷을 가슴 사이로 끌어올리고 있었다. 바위의 낮은 곳에 기대어 있는 사람, 두 팔을 가슴 위에 포개고 두 손으로 어깨를 누르면서 물가에 서서 발끝으로 물의 차가움을 시험해 보는 사람도 있었다. 젊은 남녀가 함께 여러 조가 되어 해변을 거닐고 있었는데, 여러 청년이 함께 한 소녀를 사이좋게 인도하면서 소녀의 귓전에 무엇인가를 속삭이고 있었다. 털이 탐스러운 산양들이 평평한 바위에서 이 바위 저 바위로 뛰놀고 있었다. 그리고 산양들을 감시하고 있는 젊은 목동은 한쪽 손을 허리에 대고 또 한쪽 손을 긴 막대기 위에 걸치고 뒤쪽 챙이 올라간 작은 모자를 갈색 곱슬머리 위에 얹고 높은 곳에 서 있었다.

『이건 참 멋지구나!』 한스 카스토르프는 감격해 하면서 생각했다. 『정말 즐겁고 매혹적인 광경이다! 얼마나 사랑스럽고 총명하고 행복한 사람들인가! 그렇다. 모습이 아름다울 뿐만 아니라 정신도 총명하고 사랑스럽다. 그것이 나를 이다지도 감동시키고 매혹시킨다. 이러한 감동은 그들의 본성의 근저에 숨어 있는 정신과 기분 때문이라고 나는 말하고 싶다. 그들이 함께 있고, 함께 생활하는 정신과 기분이 총명하고 사랑스럽기 때문이다!』

그가 이렇게 생각한 것은 태양의 아들들에게서 서로 어울리고 있는 깊은 친밀과, 차별 없이 서로 대하는 우아하고 예의바른 마음씨를 느꼈기 때문이다. 거의 눈에 띄지는 않았지만, 그들의 한 사람 한 사람의 기분 속에 확실히 흐르고 있는 한 가지 생각과 깊이 뿌리박고 있는 이념의 힘으로 서로 언제 어디서나 표시하는 근엄한 경애심, 미소로 감추어진 경애의 정이어서 그것은 품위와 엄격함이라고도 할 수 있었지만, 그것이 밝음 속에 완전히 녹아 버려, 어두움이 없는 진지함, 총명한 근엄성의 비길 데 없이 아름다운 정신적인 배경 형태로 그들의 일거일동을 일관하고 있었다. 물론 의식적(儀式的)인 느낌을 주는 곳이 다소 남아 있기는 했다. 가령 저쪽 이끼낀 둥근 돌 위에 갈색 옷을 입은 한 젊은 어머니가 앉아 한쪽 어깨를 낮추고 어린 아기에게 젖을 먹이고 있었다. 그리고 그 옆을 지나가는 자는 모두, 일거일동에 암암리에 확실히 나타나 있는 기분을 전부 감춘 특수한 방법으로 어머니에게 인사를 하는 것이었다. 즉 젊은이들은 그 어머니 쪽을 향해 두 팔을 가슴 위에 가볍게, 순간 의식적으로 십자로 포개고 미소지으면서 머리를 수그리고 지나갔다. 소녀들은 참배자들이 제단 앞을 지나갈 때 살짝 무릎을 굽히듯이, 그러나 그것이라고 확실히 느끼지는 못하게 무릎을 굽히고 지나갔다. 그러나 그들은 이와 동시에 씩씩하고 기쁜 듯이 여러 번 어머니에게 고개를 끄떡여 보였다. 어머니는 어린 아기 때문에 유방을 둘째손가락으로 누르고 먹기 쉽게 해주면서 아기에게서 눈을 떼고, 경애의 정을 나타내는 젊은이들에게 미소짓고 고개를 끄떡여 답례를 해보였다.

그 유연하고 온화한 모습은, 젊은이들의 의식적인 경애와 밝고 친밀함이 섞인 태도와 함께 한스 카스토르프의 마음을 황홀하게 해주었다. 그는 그 광경에 언제까지나 싫증을 안 느끼면서 계속 보고 있었다. 그러나 그가 이렇게 보고 있는 것도 허용되는 것일까. 자기가 생각해도 거칠고 더럽고 보기 흉한 모습을 하고 있는 국외자인 그가, 이 밝고 예의바른 행복을 살짝 바라보고 있다는 것은 무서운 모독이 아닐까 하고 생각하고 가슴이 죄어 오는 것을 느꼈다.

그러나 그렇게 걱정은 하지 않아도 좋을 듯싶었다. 탐스러운 머리를 옆으로 가르고 그것이 이마 위에서 차양을 이루어 관자놀이에 드리워진 한 아름다운 소년이 두 팔을 가슴 위에 십자로 포개고, 친구들과는 떨어져, 때마침 한스 카스토르프가 앉아 있는 바로 밑에 멈추어 섰다. 토라진 것은 아니고 슬픈 듯, 웬일인지 모두로부터 떨어진 느낌이었다. 그리고 이 소년은 한스 카스토르프에게 눈길을 돌리고 그가 태양의 아들들을 보고 있는 것을 엿보면서, 역시 엿보고 있는 그와 바닷가의 광경을 번갈아 비교해 보고 있었다. 그러나 갑자기 소년의 눈은 한스 카스토르프의 머리 너머로 먼 곳을 바라보고 있었다. 그 순간 소년의 아름답고 단정한 앳된 얼굴에는 태양의 아이들 모두에게 공통적으로 보이는 예의바르고 친밀한 미소가 사라졌다. 그렇다. 눈살을 찌푸리지 않았지만 그의 표정에는 마치 돌에 새겨진 것 같은 무표정함, 규명할 수 없는 무표정함, 죽음과 같은 싸늘함이 나타났다. 그 바람에 가까스로 기분이 가라앉으려고 했던 한스 카스토르프는, 그것을 보고 실색할 정도로 놀랐지만 그 표정의 의미에 관해서는 막연하나마 추측이 가지 않는 것도 아니었다.

한스 카스토르프도 뒤를 보았다. 그의 뒤에는 대롱 모양의 석재(石材)를 쌓아올린 거대한 석주(石柱)가 밑받침도 없이 나란히 있었고, 석재의 이음매에는 이끼가 끼어 있었다. 그것은 신전의 문기둥이었다. 문의 중앙에 내다보이는 돌계단 위에 그는 앉아 있었던 것이다. 그는 무거운 마음으로 일어서서 돌계단 옆으로 내려가 문 깊숙히 들어가서 포석을 깐 길을 걸어 나가니 얼마 안가 새로운 앞마당 문이 나왔다. 그곳을 다시 빠져 나가니 신전 앞에 있는 다른 앞뜰 문 앞으로 나왔다. 장중하고 큰 신전으로 풍화 작용(風化作用) 때문에 녹회색으로 되었고, 토대의 전면이 급경사의 계단으로 되어 광대한 정면을 이루고 있었다. 그 정면을 받치고 있는 돌기둥은 억세고 뭉툭하였으며 키가 작고, 위로 올라감에 따라 가늘어졌다. 그리고 그 돌기둥의 석재, 세로로 홈이 파진 원통형의 석재 중 몇 개는 이음매에서 빗나가 옆으로 빠져 나와 있었다.

한스 카스토르프는 가슴이 점점 답답해져 헐떡이면서 기어서 간신히 높은 돌계단을 올라가 열주(列柱)가 늘어선 홀로 갔다. 그 홀은 아주 깊었다. 그 중앙을 우선 피하고 거기에 발을 돌리지 않으려고 하면서 담청색 바닷가의 너도밤나무숲을 걸어가듯 홀 안을 걸어갔다. 그러나 그는 다시 중앙으로 돌아와, 열주가 좌우로 갈라지는 곳에 하나의 군상(群像) 앞에 섰다. 그것은 대좌에 얹힌 두 여인의 석상으로 어머니와 딸인 것 같았다. 한 여인은 앉아 있는데 나이가 들고 품위도 높아, 정말 온화하고 신적(神的)이었지만 눈동자가 없는 공허한 눈은 탄식하는 듯이 눈살을 찌푸리고 있었다. 주름이 많은 속옷과 저고리를 입고 노부인답게 물결치는 머리칼을 베일로 덮고 있었다. 다른 한 여인은 이 어머니에게 자애롭게 안겨서 처녀다운 얼굴을 하고 두 팔과 두 손을 주름 사이에 숨기고 서 있었다.

한스 카스토르프는 그 입상을 보고 있는 동안, 막연하나마 가슴이 더욱 무거워져 불안스런 예감에 차게 되었다. 그는 이 입상 주위를 돌아 그 뒤로 나와 바로 가까이에 있는 두 줄의 둥근 기둥 사이를 지나갈 용기는 거의 없었지만, 그러나 그러지 않을 수 없었다. 열주 사이를 지나가자 신전의 신각(神閣)이 있는 금속문이 열려 있었다. 이윽고 그 속을 들여다본 한스 카스토르프는 깜짝 놀라 몸이 꼿꼿해져 금방이라도 고꾸라질 것 같았다. 신각 안에서는 흰 머리를 산발하고 추악하게 늘어진 유방과 손가락 길이만한 젖꼭지를 한 반나체의 두 노파가, 불이 타오르는 불쟁반의 불빛에 반사된 채 처참한 일에 전념하고 있었다. 노파들은 큰 쟁반 위에서 어린 아기를, 몸서리나게도 태연하게 두 손으로 어린 아기를 찢어서——한스 카스토르프는 어린아이의 부드러운 금발이 피투성이가 되는 것을 보았다——그 살점을 먹고 있었으며 연한 뼈가 노파들의 입 속에서 오독오독 소리를 내며 부서지고 핏방울이 입술에서 뚝뚝 떨어졌다.

한스 카스토르프는 피가 얼어붙는 것 같은 무서움에 얽매여 꼼짝을 못 하게 되었다. 두 손으로 눈을 가리려 했으나 그것마저 할 수 없었다. 도망치려고 했으나 도망칠 수도 없었다. 이윽고 노파들은 무서운 일에 전념하면서도 그의 모습을 재빨리 보고 피투성이가 된 손을 그를 향해 흔들며, 소리를 내지 않고 이를 데 없이 더럽고 음탕한 말, 그것도 한스 카스토르프 고향의 서민 계급의 방언으로 욕을 퍼부었다. 그는 기분이 좋지 않았다. 난생 처음이라고 할 정도로 몹시 기분이 좋지 않았다. 그는 필사적으로 그곳에서 뛰어나오려고 했다. 그러자 그 뒤의 돌기둥 아래에서 옆으로 넘어졌는데, 실은 헛간 옆의 눈 속에, 한쪽 팔을 깔고 누워서 머리를 기대고 스키를 신은 두 다리를 뻗고 있는 자기를 발견했던 것이다. 노파들의 무서운 외침이 아직도 귓전을 울리고 무서운 공포에 전신이 굳어져 있었다.

그러나 아직 잠이 깬 것은 아니었다. 무서운 노파들로부터 도망쳐 나온 것에 안도의 숨을 쉬면서 눈을 껌벅였을 뿐, 자기가 아직도 신전의 돌기둥 밑에 누워 있는 건지 헛간 옆에 누워 있는 건지 확실하지 않았고, 그것을 그렇게 중요하게 느끼지도 않았다. 그는 아직도 꿈을 꾸고 있는 것 같은 상태였다. 장면으로서가 아니라 사상으로서였지만, 이때까지의 것에 못지 않은 모험적이고 혼란한 꿈이었다.

「꿈을 꾸고 있다고 나는 생각했어.」 한스 카스토르프는 잠꼬대처럼 중얼거렸다. 「지독하게 아름답고, 지독하게 무서운 꿈이었다. 푸른 잎의 공원도, 기분 좋은 습기도, 그밖의 아름다운 것도, 무서운 것도, 나는 모두 처음부터 알고 있었다. 그러나 어째서 그런 것을 알고 있거나 황홀해 하거나 무서워할 수가 있는 것일까? 저 섬이 있는 아름다운 바다, 혼자서 서 있던 저 소년의 눈이 가르쳐 준 신전의 세계를 나는 어떻게 알았을까? 우리들은 자기의 영혼만으로 꿈을 만드는 것이 아니라, 각기 형태는 다르더라도 무명(無名)으로, 공동으로 꿈을 꾸고 있다고 나는 말하고 싶다. 하나의 큰 영혼이 존재하고 있어 우리들은 그 영혼의 일부분이며, 그 큰 영혼이 우리들을 통해, 우리들 각자의 형태로 그 영혼이 언제나 남 몰래 꿈꾸고 있는 대상을 꿈꾸는 것이다. 그 영혼의 청춘을, 희망을, 행복과 평화를, 그리고 피비린내나는 향연을 나는 이렇게 돌기둥 아래에 누워 영원 속에 꿈의 흔적을 남기고 있다. 피비린내나는 향연의 몸서리치는 공포, 그리고 또 거기에 앞선 마음으로부터의 기쁨, 태양의 아들들의 행복과 근엄한 예절에 대한 기쁨이 아직 남아 있다. 나에게는 그 자격이 있다고 나는 주장한다. 나는 여기에 누워 그런 것을 꿈꿀 수 있는 어엿한 자격을 가지고 있다. 나는 이 위의 사람들이 있는 곳에서 모험과 이성에 관한 여러 가지를 경험했다. 나는 나프타와 세템브리니와 함께 위험하기 그지없는 산들을 돌아다녔다. 나는 인간에 대한 모든 것을 알고 있다. 나는 인간의 살과 피를 맛보고 병든 클라브디아에게 프리비슬라프 히페의 연필을 돌려 주었다. 그리고 살과 피를 맛본 자는 죽음도 맛본 것이다. 그러나 그것만으로 전부가 아니고 교육적으로 생각하면, 오히려 그것은 처음에 지나지 않는다. 거기에 다른 절반, 반대의 절반이 첨가되어야 한다. 왜냐하면 죽음과 병에 대한 흥미는 생에 대한 흥미의 한 형태에 불과하기 때문이다. 이것은 인문적 분과의 하나인 의학도 증명하고 있는 것이며, 생명과 그 병에 대해 아주 우아하게 라틴어로 말하는 의학은, 어떤 하나의 큰, 아주 절실한 관심의

한 형태에 지나지 않는 것인데 그 관심을 나는 지금 친근감을 가지고 표현하여 본다면 그것은 인생의 걱정거리 자식, 즉 인간에 관한 것, 인간의 위치와 본성에 관한 것이다. 나는 인간에 대해 아는 것이 적지 않으며 이 위의 사람들이 있는 곳에서 많은 것을 배우고 평지에서 밀려나, 불쌍하게도 숨이 거의 막힐 지경이지만, 지금 이렇게 돌기둥의 대석(臺石) 옆에서 나쁘지 않은 전망을 즐기고 있다. ……나는 인간의 위치를 꿈꾸고, 신전에서 무서운 피의 향연이 행해지는 것을 배경으로 하여 인간의 예의바르고 총명하고 경건한 공동 생활을 꿈꾸었다. 태양의 아들들은 피의 향연의 무서움이 염두에 있기 때문에 예의바르고 서로를 위로하고 있는 것일까? 그렇다면 그들은 정말로 우아하고 훌륭한 결론을 끄집어 냈다고 할 수 있다! 나는 영혼 내부에서 태양의 아들들과 생각을 나누고 나프타의 생각에는 물들지 말도록 하자. 그러나 세템브리니의 생각에도 물들지 않으리라. 두 사람은 다 수다쟁이에 지나지 않는다. 한 사람은 음탕하고 악의적이다. 또 한 사람은 언제나 이성의 각적을 불면서 미친 사람까지도 냉정하게 만들 수 있다고 자부하고 있지만, 악취미다. 확실히 속물 근성과 단순한 윤리와 비종교에 지나지 않는다. 그러나 나는 키 작은 나프타와도 동조할 수가 없다. 신과 악마, 선과 악의 혼돈으로, 개인을 거꾸로 추락시켜 공동체 속에의 신비스러운 침몰을 목적으로 하는 나프타의 종교에도 동조할 수 없다. 저 두 사람의 교육자! 저 두 사람의 논쟁과 대립 그 자체가 뒤범벅에 지나지 않고 혼란한 소용돌이인 것으로, 머릿속이 조금이라도 자유롭고 마음이 경건한 사람이라면 아무도 그러한 것에 현혹당하지 않는다. 귀족성에 대한 두 사람의 논쟁, 고귀성에 대한 토론, 죽음과 삶——병과 건강——정신과 자연, 이건 서로 과연 모순된 것이고 문제가 되는 것일까? 이렇게 나는 묻고 싶다. 아니다, 그것은 문제가 되는 것이 아니고, 어느 것이 고귀한가 하는 것도 문제가 되지 않는다. 죽음의 모험은 삶 속에 포함되며 그 모험이 없으면 삶이 아니며, 그 한가운데에 신의 아들인 인간의 위치가 있는 것이다. 모험과 이성 사이의 한가운데에, 인간 국가가 신비스러운 집단과 미소한 개인 사이에 위치하고 있는 것과 마찬가지인 것이다. 그것을 나는 이 돌기둥 밑에서 보고 있다. 그 중간 위치에서 인간은 유연히, 우아하게, 온화하고 경건하게 자신을 대우해야 한다. 왜냐하면 고귀한 것은 인간뿐이며 대립하는 생각이 고귀한 것은 아니기 때문이다. 인간은 대립하는 생각의 주인이며, 모든 생각은 인간에 의해 존재하는 것이기 때문에 인간은 어떤 생각보다도 고귀한 것이다. 인간은 죽음보다도 고귀하며, 죽음에 종속시키기에는 너무나 고귀한 두뇌의 자유를 가지고 있기 때문이다. 인간은 삶보다도 더 고귀하며 생에 종속시키기에는 너무나 고귀한 마음속의 경건성을 가지고 있기 때문이다. 이제 나는 하나의 시를 썼다. 인간에 대한 꿈과 같은 시를. 나는 그것을 잊지 말도록 하자. 나는 착한 마음씨를 가지도록 힘쓰자. 나는 나의 생각을 죽음에 지배당하지 말도록 하자! 착한 마음씨와 인간애는 그것을 의미하는 것이며, 그것만을 의미하는 것이다. 죽음은 위대한 힘이다. 죽음 앞에서 우리들은 모자를 벗고 발끝걸음으로 몸을 흔들며 전진한다. 죽음은 과거의 어떤 것의 존엄을 나타내는 장식을 한 깃을 달고, 살아 있는 우리들도 죽음에 경의를 표하여, 엄숙하게 검정 옷을 입는다. 이성은 죽음 앞에서는 어리석은 존재가 된다. 이성은 단순히 덕에 지나지 않지만 죽음은 자유, 방일(放逸), 기형(奇形), 그리고 일락(逸樂)이기 때문이다. 죽음은 일락이지, 사랑은 아니라고 나의 꿈은 말한다. 죽음과 사랑, 이것은 잘못된 배합이다! 사랑은 죽음에 대립하는 것으로 이성이 아니라, 사랑만이 죽음보다 강한 것이다. 사랑만이, 올바른 생각을 주는 것이다. 형식도 사랑과 착한 마음씨로부터 생기는 것이다. 분별 있고 우정(友情) 있는 공동체와 아름다운 인간 국가의 형식과 예절, 피의 향연을 조용히 염려하여, 아, 나는 이처럼 확실하게 꿈을 꾸고 멋지게 『술래잡기』를 한 것이다. 나는 이것을 잊지 말도록 하자. 나는 마음속으로 죽음에 성실한 생각을 계속 갖도록 하자. 그러나 죽음과 과거에 대한 성실성이 우리들의 생각과 『술래잡기』를 지배한다면 그 성실성은 악의와 음산한 음탕과 반인간성으로 바뀌어진다는 것도 확실히 기억해 두자. 『인간은 착한 마음씨와 사랑을 잃지 않기 위해서 생각을 죽음에 종속시켜서는 안 된다.』 자, 이제 눈을 뜨자. 이것으로 나는 꿈을 마지막까지 다 꾸고 목적을 달성한 셈이다. 나는 오래 전부터 이 말을 찾고 있었다. 히페가 모습을 나타낸 장소에서, 발코니에서, 어디에서나 그 말을 찾아 이 눈이 덮인 산으로 들어왔던 것이다. 그런데 이렇게 하여 그것을 찾아 낸 것이다. 내 꿈이 그것을 확실하게 계시(啓示)해 주었고 영원히 그것을 잊지 말도록 해준 것이다. 그렇다. 나는 그 말에 기뻐 몸이 완전히 따뜻해졌다. 심장이 심하게 뛰고 있지만, 그것은 왜 그런지를 확실히 알고 있다. 신체의 손톱이 아직 자란다고 하는 단순한 생리적인 이유에서가 아니라, 인간적인 이유에서 뛰고 있는 것이며, 참으로 행복한 기분 때문에 뛰고 있는 것이다. 나의 꿈의 말은 향기 높은 술, 포도주나 흑맥주보다도 향기롭고 혈관을 사랑과 생명으로 흐르게 하여 나를 잠과 꿈에서 해방시켜 준다. 이 잠과 꿈이 내 생명에 아주 위험하다는 것은 나도 충분히 알고 있다. ……일어나라, 일어나라! 눈을 떠라! 눈 속의 이 다리는 나의 다리다! 다리를 끌어당기고 일어나라! 보라, 좋은 날씨다!」

일어나지 못하도록 얽어매는 질곡에서 몸을 해방시키는 일은 무서울 정도로 곤란한 일이지만, 한스 카스토르프가 발휘한 용맹심은 그를 얽어맨 질곡보다도 더 강했다. 그는 한쪽 팔꿈치를 짚고 무릎을 용감하게 당겨, 팔꿈치에 기대면서 일어섰다. 스키를 신은 발로 눈을 밟고, 팔로 옆구리를 두드리고, 두 어깨를 흔들고, 흥분하고 긴장한 눈초리로 주위를 돌아보고는 하늘을 쳐다보았다. 베일처럼 엷은 청회색의 구름이 천천히 흐르고 있었고 그 사이로는 물색의 하늘이 보이면서 가느다란 낫과 같은 달이 모습을 나타냈다. 어스름한 황혼이었다. 전나무 숲에 얼룩덜룩 덮여 있는 저쪽 절벽이 그 모든 모습을 선명하고 뚜렷이 보이면서 평화롭게 누워 있었다. 그 절벽 하반부는 어두웠으나, 뒷부분은 희미한 장미빛에 물들어 있었다.

도대체 어떻게 된 것일까, 세계는 어떻게 된 것일까? 아침일까? 밤새도록 눈 속에 누워 있었으면서도 책에 씌어 있듯이 얼어죽지 않았단 말인가? 한스 카스토르프는 머릿속에서 상황을 판단하려고 노력하면서 걸음을 걸어 보고 몸을 흔들고 두드리는 것을 게을리하지 않았다. 아무데도 얼어붙은 데가 없었고 손가락 하나 언 데도 없었다. 귀와 손끝과 발끝은 감각이 무뎌져 있었지만, 이것도 겨울의 발코니에서 누워 있을 때 가끔 경험했던 바와 마찬가지였다. 시계를 꺼낼 수 있었다. 아직 가고 있었다. 밤에 시계태엽을 감는 것을 잊었을 때에는 언제든지 잤는데 지금은 자고 있지는 않았다. 아직 5시가 되려면 12분 내지 13분이 부족했다. 이건 놀랄 일이다! 여기 눈 속에 누워 행복과 공포의 장면을 번갈아 보면서 모험에 찬 생각에 잠겨 있었는데, 10분간 아니면 그보다 조금 더 길었을 뿐이라니. 그 사이에 육각형의 괴물은 내습했을 때와 마찬가지 속도로 재빨리 물러가 버렸으니, 이런 일도 있을 수가 있는 것일까? 그렇다면 한스 카스토르프는 집으로 돌아간다는 관심에서 본다면, 감사해야 마땅한 행운의 자비를 받았던 것이다. 왜냐하면, 그의 몽상과 공상은 흥분하여 뛰어오를 정도의 전환을 두 번이나 했기 때문이다. 그 한 번은 공포 때문이었고, 두번째는 기쁜 나머지였다. 인생은 깊은 미궁에 빠진 걱정거리 자식에게 호의를 가지고 있는 것 같았다.

그것은 어쨌든 간에 그리고 주위가 아침이든 오후이든지 간에 아직 같은 날의 저녁때 가까운 오후임에 틀림없었다. 아무튼 집으로 곧장 활주하는 것을 방해하는 것은 주위의 상황에도, 한스 카스토르프 개인의 상태에도 없었다.

이리하여 그는 직선 활주의 연속으로 골짜기로 내려갔다. 가는 길은 눈 속에 보존된 낮의 잔광(殘光)으로 충분히 밝았지만, 골짜기에 그가 도착했을 때는 전등이 켜져 있었다. 목장이 있는 숲 가장자리를 따라 브레멘뷜로 내려가니, 5시 반에는 『마을』에 도착했다. 그는 스키를 향료점에 맡기고 세템브리니 씨의 다락방에서 휴식을 취하면서 마침내 눈보라에 습격당한 일을 보고했다. 인문주의자는 정말로 놀랐다. 그는 한 손을 머리 위로 올려 흔들며 그런 위험한 경거망동을 호되게 나무라고는 기진맥진한 청년을 위하여 알콜 램프에 불을 붙여 커피를 끓여 주었는데 진한 커피도 한스 카스토르프가 세템브리니 방에서 의자에 앉은 채 잠이 드는 것을 막을 수는 없었다.

그로부터 1시간 후에 한스 카스토르프는 베르크호프의 격조 높은 문화적 분위기에 잠겨 있었다. 그는 저녁 식사를 대단한 식욕으로 먹어 치웠다.

눈 속에서 꿈을 꾼 것은, 희미해져 가기 시작했다. 결국 눈 속에서 생각한 것은, 그날 밤 사이에 벌써 알 수 없게 되었다.

훌륭한 군인으로서

요아힘이 떠난 뒤 한스 카스토르프는 계속 그로부터 간단한 소식을 받고 있었다. 처음에는 위세당당한 좋은 소식이었던 것이, 점점 신통치 않은 소식으로 되었고, 마지막에는 무언가 대단히 슬픈 일을 암시해 주는 소식으로 변했다. 엽서의 제일신은 요아힘의 입대와 낭만적인 의식을 즐겁게 알려 왔다. 이 의식에서 요아힘은 청빈, 순결, 복종을 맹세했던 것이다. 그런 후에도 명랑한 소식이 계속 전해졌다. 아주 좋아서 택한 길이기도 하고 상관들에게서도 사랑을 받아, 순조롭게 진행되고 있는 사촌의 새로운 인생 행로의 일상(日常)이 희망과 기대에 차 보고되어 왔다. 요아힘은 전에 2, 3학기의 예비 교육을 받았기 때문에 사관 학교에 입학하는 것이 면제되었고 견습 사관 근무도 해제되었다. 새해에는 하사관으로 승진하여 몰 옷차림의 사진을 보내 왔다. 조금도 빈틈없이 조직되어 있으면서도 인간미를 까다롭고도 유머러스하게 간직하고 있는 근엄한 계급 제도의 세계에 편입된 요아힘의 감격이, 간단한 소식 어디에서나 넘쳐 있었다. 그의 부대의 거칠고 광신적인 상사가 사촌에게 보이는 낭만적이고 복잡한 태도에 대해서도 여러 가지 실례가 보고되어 있었지만, 그 상사는, 현재는 미숙한 젊은 부하인 사촌이 내일에는 존경받을 상관이 될 것이며 현재에도 이미 장교 집회소에 출입하고 있다는 것을 잊고 있지 않다고 했다. 우습고 별세계 같은 이야기였다. 그리고는 장교 이야기가 씌어진 소식이 전해지고, 4월 초에 요아힘은 소위가 되었다.

소위가 된 요아힘보다 더 행복한 인간, 그보다도 더 훌륭하게 본성과 염원이 군대라는 특수한 생활 양식에 융합할 수 있었던 인간은 없었을 것이다. 그는 막 승진한 소위의 찬란한 모습으로, 처음으로 의사당 앞을 지나갔을 때 거기의 보초가 똑바른 부동의 자세로 경례를 붙인 것에 대해, 이쪽에서도 좀 떨어진 장소에서 끄떡여 보인 것을 수줍은 듯, 그러면서도 기뻐하며 알려 왔다. 근무상의 작은 불만이나 만족스러움, 멋진 동료애, 사병들의 교활한 충실성, 훈련과 학과 때의 우스운 사건, 사열, 회식에 관해서도 알려 왔다. 초대, 오찬, 무도회 같은 사교적인 일에 대해서도 가끔 소식이 있었지만, 건강 상태에 관해서는 한 번도 언급하지 않았다.

여름 가까이까지 건강 상태에 관해서는 한 번도 언급이 없었다. 그러나 그러고 나서 얼마 후 침대에 누워 있다는 것, 유감스럽게도 병 계출을 내야 했다는 것, 카타르 열이지만 며칠 안에는 회복될 정도의 것이라는 것 등등을 알려 왔다. 6월 초에 그는 다시 근무를 시작했는데 그달 중순경에 다시 『지쳐』 버려서, 자신의 불운을 심하게 탄식하면서 마음으로부터 고대하고 있던 8월 초의 대연습에도 참가하지 못할 것이 아닌가 하는 걱정을 전해 왔다. 그것은 쓸데없는 걱정이었다. 7월에는 완전히 건강해져 몇 주일은 무사히 지나갔다. 그러나 얼마 안 있어 진찰이라는 말이 소식 가운데 다시 보이게 되었다. 체온의 얄미운 커브 때문에 무슨 일이 있어도 진찰을 받을 필요가 생겼는데 모든 것은 이 진찰 결과에 달려 있다는 것이다. 이 진찰 결과에 대해서 한스 카스토르프는 그 후 오랫동안 아무 소식도 듣지 못했다.

그러다가 얼마 안 있어 그것을 알려 온 것은 요아힘 자신이 아니었다. 요아힘은 편지를 쓸 용태가 아니었던지, 그렇지 않으면 부끄러워서 그랬는지 어머니인 짐센 부인이 소식을 전해 왔다. 그것도 전보로 알려 왔던 것이었다. 짐센 부인은 의사의 진단 결과 요아힘은 휴양을 취하는 것이 절대로 필요하다는 것이었다. 〈즉시 알프스 전지 요양을 떠나라고 함, 방 두 개 부탁, 반신 요금 보냄, 발신인 루이제 외숙모〉라는 전문이었다.

한스 카스토르프가 발코니에서 이 전문을 받고 두세 번이나 반복해서 읽어 본 것은 7월 하순이었다. 읽으면서 가볍게 고개를 끄덕였다. 머리뿐만 아니라 상반신 전부를 움직이며 낮게 중얼거렸다.

「그래, 그래, 그것 보라지! 요아힘이 또다시 돌아오는구나!」 갑자기 기쁨에 넘쳤지만, 그러나 곧 또 평정으로 돌아가 생각했다. 『흠, 흠, 이건 중대한 뉴스로, 곤란한 뉴스라고 말할 수도 있다. 이건 정말 어이없는 일이다. 벌써 이 고향으로 다시 돌아오다니! 어머니와 함께 오는구나.』 그는 『루이제 외숙모』라고 하지 않고 『어머니』라고 불렀다. 친척과 일가에 대한 기분은 어느새 타인에 대한 기분만큼 엷어져 있었던 것이다. 『이건 쉬운 일이 아니로구나. 그 착한 사나이가 그렇게 고대하고 있던 연습을 앞두고. 흠, 흠, 이건 정말 기분 잡치는 일인데, 악질적인 장난이야. 이상주의에 대한 도전적인 사실이다. 육체가 제멋대로 날뛰고 영혼이 바라는 것과는 반대의 것을 주장하고 자기 생각을 밀고 나가려고 한다. 육체를 영혼에 종속시켜야 한다고 가르치는 이상주의자들은 면목을 잃게 되겠다. 이상주의자들은 무엇을 말하고 있는지 자기들도 모르는 것 같다. 왜냐하면 그들이 말하는 것이 옳다면, 사촌의 경우에는 영혼이라는 것이 매우 의심스러운 것으로 되어 버리기 때문이다. 사리를 잘 이해하는 사람에게 이만큼 말하면 충분하다. 나는 자신을 가지고 있다. 즉 내가 말하는 것은, 영혼과 육체를 대립시키는 것이 얼마나 그릇된 일인가. 두 가지는 오히려 한지붕 밑에 살고 남 몰래 친하게 지내고 있는데 다행히도 높이 앉은 이상주의자들은 이것을 모르고 있는 것 같았다. 착한 요아힘, 책상벌레 같은 자네에 대해 누가 욕할 것인가! 자네는 성실하다. 그러나 육체와 영혼이 한지붕 밑에 살고 있다면, 성실하다는 것이 무슨 소용이 있단 말이냐고 묻고 싶다. 자네는 슈퇴르 부인의 식탁에서 자네를 기다리고 있는 저 신선한 냄새, 풍만한 가슴, 이유 없는 웃음을 아무래도 잊을 수 없다는 것이, 어쩌면 사실이 아니겠는가? ……요아힘이 돌아오는 것이다!』 하고 그는 생각하고 기뻐 가슴이 죄어지는 것 같았다. 『딱한 용태로 돌아옴에 틀림이 없다. 그러나 우리들은 또다시, 둘이서 지내는 것이다. 나는 이 위에서 혼자서 지내지 않게 되었다. 고마운 일이다. 그러나 모든 것이 이전과 똑같이 되지는 않을 것이다. 그가 있었던 방은 사람이 들어 있다. 맥도날드 부인이 그 방에서 힘없는 기침을 하면서 그녀의 어린 아들 사진을 사이드 테이블에 장식하고 있든가, 손에 쥐고 있음에 틀림없다. 그러나 그 부인은 말기 증상이기 때문에 그 방이 아직 예약이 되어 있지 않으면, 그렇게 되면……. 우선은 다른 방이 비어 있을 것이다. 확실히 28호실이 비어 있지, 곧 사무국으로 가보기로 하자. 특히 베렌스를 방문하도록 하자. 아무튼 뉴스 거리다. 어떤 의미에서는 슬픈 뉴스, 어떤 의미에서는 기쁜 뉴스지만 어떻든 간에 중대한 뉴스다! 우선 『안녕』했던 전우(戰友)를 기다리기로 하자. 이제 3시 반이 되어 가니 곧 나타날 것이다. 크로코브스키가 이래도 육체를 또 제2의 적이라고 생각해야 한다고 주장할 것인지 물어 보고 싶다…….』

오후의 차 마시는 시간이 되기 전에 그는 사무국을 방문했다. 그가 예정한 방, 그의 방과 같은 복도에 면한 방은 역시 점령되어 있지 않았다. 짐센 부인의 방도 마련될 것 같았다. 한스 카스토르프는 베렌스한테로 급히 갔다. 베렌스는 일반적으로 『실험』이라고만 부르는 실험실에서 한 손에 시거를, 또 한 손에는 빛깔이 탁한 액체가 들어 있는 시험관을 쥐고 서 있었다.

「고문관님, 알고 계십니까?」 하고 한스 카스토르프가 말을 시작했다.

「알고 있습니다. 애태우는 일이 없어지지 않는군요.」 하고 기흉의 명의(名醫)는 대답했다. 「이것은 우트레히트에서 온 로젠하임의 담입니다.」 이렇게 말하고는 시거를 쥔 손으로 컵을 가리켰다.

「가프키 10호죠. 그런데 공장장인 슈미츠가 와서 로젠하임이 산책길에 침을 뱉었다, 가프키 10호의 침을 뱉었다고 고함을 지르면서 불평을 하는 겁니다. 나더러 로젠하임을 꾸짖어 달라는 것입니다. 그러나 내가 꾸짖으면, 로젠하임은 성을 낼 것입니다. 그 친구는 성을 잘 냅니다. 게다가 그는 가족과 함께 방을 세 개나 점령하고 있는 귀한 손님입니다. 나는 그이를 내보낼 수는 없습니다. 그렇게 하면 이사회와 맞서게 될 것입니다. 이렇게, 언제 어떤 분쟁에 말려들지 모릅니다. 내가 아무리 점잖고 태연하게 내 길을 걸어가려고 해도 말입니다.」

「바보 같은 이야기입니다.」 하고 한스 카스토르프는 만사를 잘 아는 고참병다운 견식을 갖고 말했다. 「나도 저 두 사람을 알고 있습니다. 슈미츠는 무서울 정도로 깔끔하고 열심이며, 로젠하임은 너무 야무진 데가 없는 사나이입니다. 그러나 두 사람 사이에는 그러한 위생상의 이유 말고도 마찰이 있을 겁니다. 나는 그렇게 믿고 있습니다. 슈미츠와 로젠하임은 두 분 다 클레펠트 식탁의, 바르셀로나에서 온 페레츠 부인과 친숙히 지내고 있는데 거기에 진짜 이유가 있을 것입니다. 나 같으면 담을 뱉지 말라는 금령을 일반적으로 다시 주의해 주는 정도로 하고, 실제로는 눈을 감고 있을 것을 권하고 싶습니다.」

「물론 눈을 감고 있습니다. 늘 눈을 감고만 있어서, 눈꺼풀이 경련증을 일으킬 정도입니다. 그건 그렇고, 무슨 용건으로 오셨습니까?」

한스 카스토르프는 슬프고도 기쁜 뉴스를 털어놓았다.

고문관은 놀라는가 했더니, 그렇지 않았다. 어떤 경우에도 놀라지는 않았겠지만, 특히 이번에는 한스 카스토르프가 요아힘의 용태에 대해 고문관에게 질문을 받기도 하고 혹은 질문을 받지 않아도 대강 이야기를 하여, 벌써 5월에 요아힘이 누워 있다는 것을 보고하였기 때문에 고문관은 새삼 놀라지 않았다.

「그래요? 」하고 베렌스는 말했다. 「역시 그렇군요. 내가 당신에게 무어라고 말했습니까? 당신에게도 그에게도 열 번 가량, 문자 그대로 백 번도 더 이야기했잖습니까? 그런데 결국은 이렇게 되었군요. 그는 9개월간 자기 생각대로 하여 자기의 천국을 가졌습니다. 그러나 병독이 완전히 없어지지 않은 몸으로 말입니다. 꽃이 필 리가 없는데 저 탈주병은 이 늙은 베렌스의 말을 믿으려고 하지 않았습니다. 늙은 베렌스가 하는 말은, 어떤 경우에도 진짜 믿어야 합니다. 그렇지 않으면 결국 나쁜 심지를 뽑아 변을 당하고 나서, 눈을 떠보아도 때는 이미 늦은 겁니다. 그는 소위가 되었습니다. 물론입니다. 좋습니다. 그러나 그것이 무슨 소용이 있습니까? 신은 인간의 마음만을 보시고 계급과 지위는 보시지 않습니다. 신 앞에 우리들은, 누구나 태어났을 때의 그대로의 발가벗은 모습으로 서는 것입니다. 장군이든 사병이든 간에 말입니다…….」고문관은 계속 지껄였고 시거를 손가락에 끼고 있는 손으로 눈을 비비고 오늘은 이것으로 마무리하자고 했다. 요아힘의 방은 물론 잘 준비될 것이다. 도착하면 곧 침대에 누워 있게 하라. 자기 베렌스로서는 누구에게도 원망을 하지 않고 아버지처럼 두 팔을 벌려, 송아지를 요리해서 탈주병을 맞이할 기분이라고 말했다.

한스 카스토르프는 전보를 쳤다. 그는 사촌이 돌아온다는 것을 만나는 사람마다 말했다. 요아힘을 알고 있는 사람은 누구나 상심을 하기도 했고 기뻐하기도 했는데 그 어느 쪽도 진심으로였다. 요아힘의 소탈하고 기사도적인 인품을 모두 좋아했기 때문이었다. 그리고 사람들은 입밖에 내지는 않았지만 요아힘이 이 위의 사람들 가운데서 가장 좋은 사람이었다고 느꼈기 때문이었다. 우리들은 개인적으로 누구를 가리켜 말하는 것은 아니지만, 요아힘이 군인 사회에서 수평 상태로 돌아오지 않으면 안 되게 되었고 소탈한 인품의 그가 다시 이 위의 사람의 하나로 되어야 한다는 것에 대해, 몇몇 사람들이 어떤 만족감을 느꼈을 것이라고 생각한다. 우리들이 알고 있는 바로는, 슈퇴르 부인은 곧 소감이 있다고 하면서, 요아힘이 평지로 출발할 때 그녀가 말한 저속한 의혹이 적중한 것을 알고 그것을 거리낌없이 자랑했다. 「이상했지요, 이상했거요.」그녀는 말했다. 그녀는 그때 곧 이상하다고 생각했지만, 짐센 청년이

고집을 부림으로 해서 일을 더 『크게 이상하게』 하지 않았으면 좋겠다고 말했다. 그녀의 저속한 말씨는 이루 말할 수 없는 것이어서 『크게 이상하다』고 말도 안 되는 말을 했다. 그렇게 될 것이라면 자기처럼 처음부터 얌전하게 있는 쪽이 훨씬 현명하며, 자기도 평지의 켄슈타트에 아내로서의, 그리고 두 어린아이의 어머니로서의 여러 가지 일들이 기다리고 있지만, 자기를 억누르고 있는 바이라고 말했다.

한스 카스토르프의 전보에 대해서는 요아힘에게서나 짐센 부인한테서도 답장이 없었다. 한스 카스토르프는 두 사람이 도착하는 날도, 시간도 모르고 있었다. 그 때문에 정거장에도 마중하러 나가지 않고 있었는데, 전보를 치고 나서 3일 후에 두 사람은 갑자기 모습을 나타내었다. 요아힘 소위는 흥분해서 큰 소리로 웃으면서 사촌의 침대 의자에 가까이 왔다.

밤의 안정 요양이 시작된 후였다. 요아힘과 어머니는 한스 카스토르프가 몇 년 전에, 이 몇 년은 짧지도 않고 길지도 않고 말하자면 여러 가지 일을 체험했다고 할 수 있고, 동시에 또 영(靈)이나 무(無)라고도 할 수 있는 세월이었지만, 그 당시 이 위로 찾아왔을 때와 같은 열차로 도착했다. 계절도 여름이고, 날도 역시 같은 8월 상순의 어느 날이었다. 아까도 말했지만, 요아힘은 기쁜 듯이 다가왔다. 그렇다, 지금만은 기쁜 듯이 흥분하여 한스 카스토르프의 방으로 들어와, 들어왔다기보다도 방을 급한 발걸음으로 지나고 발코니로 나가, 웃음짓는 얼굴로 숨을 헐떡이며 목소리를 낮추어서 띄엄띄엄 인사를 했다. 그는 긴 여행 끝에 돌아왔던 것이다. 여러 나라를 통과하고 바다와 같이 큰 호수를 넘고, 험한 길을 지나 여기까지 올라와서, 마치 이때까지 이곳에 있었던 사람처럼 눈앞에 서서, 수평 상태에서 몸을 일으킨 사촌으로부터 『야! 어때?』 하고 환영을 받았던 것이다. 요아힘은 야외 생활을 한 때문인지, 여행의 흥분 때문인지 얼굴이 싱싱했다. 그는 어머니가 몸치장을 하고 있을 동안, 다시 현실이 된 지나간 날의 반려자에게 인사를 하기 위해, 자기 방에 발을 들여 놓기 전에 34호실로 직행했던 것이었다. 10분 후에는 물론 식당에서 저녁 식사를 먹기로 되어 있었다. 한스 카스토르프는 이미 저녁 식사를 한 뒤였지만 그래도 함께 무엇을 먹어도 좋고 포도주를 한 잔 마셔도 좋다고 말했다. 요아힘은 사촌을 28호실로 끌고 갔고 그 방에서는 한스 카스토르프가 이 위에 도착한 날 밤과 똑같은 일이 벌어졌는데 이번에는 주객(主客)이 뒤바뀐 점이 달랐다. 요아힘은 열에 들뜬 사람같이 흥분하여 지껄이면서 번쩍번쩍 빛나는 세면대에서 손을 씻었고, 한스 카스토르프는 이것을 지켜 보고 있었다. 한스 카스토르프는 사촌이 보통 신사복을 입고 있는 것을 의외로 느끼고 다소 실망했다. 사촌의 어디에서도 군인이라는 것을 인정할 수가 없었다.

한스 카스토르프는 언제나 장교복 차림, 군복 차림의 사촌을 상상하고 있었는데 그 사촌이 다른 어떤 사람들과도 다름이 없는 쥐색의 신사복 차림으로 서 있는 것이었다. 한스 카스토르프가 이렇게 말한 데 대해 요아힘은 사촌의 말을 어린애 같다고 말하면서 웃었다. 천만의 말씀, 군복은 집에 두고 왔다, 군복이라는 것을 그렇게 생각하면 곤란하다, 군복은 어디든지 입고 갈 수 있는 성질의 것이 아니다.

「아, 그렇구나. 설명 고맙습니다.」 하고 한스 카스토르프는 군대식 말투를 흉내내어 말했다. 그러나 요아힘은 자기의 설명에 비꼬는 의미를 가지고 있다는 것을 전혀 눈치 채지도 못하고, 베르크호프의 모든 사람들과 그 상황에 대해서 조금도 뽐내지 않고 마치 옛집에 돌아온 인간의 강한 관심과 감동을 나타내면서 물었다. 이윽고 짐센 부인이 두 방을 연결하고 있는 문을 열고 모습을 보였다. 이런 경우 가끔 사람들이 하는 것처럼, 그녀는 조카에게 이곳에서 만난 것을 기쁜 듯이 놀라는 얼굴로 인사를 했는데 그 모습은 여행의 피로와 요아힘의 일이 원인인 것 같은 조용한 슬픔 때문에 우수에 잠겨 있었다. 세 사람은 승강기로 아래에 내려갔다.

루이제 짐센은 요아힘과 마찬가지로 아름답고, 검고, 온화한 눈을 가지고 있었다. 검은 머리칼은 백발이 늘어나 있었으며 눈에 거의 띄지 않는 그물로 단정하게 고정시키고 있었는데, 이 모양은 그녀의 생각이 깊고 상냥하고 침착하고 착실한 인품이며 정신적으로는 단순하다는 것을 얼른 보고 느끼게 하면서도, 기분 좋은 품위를 풍기기에 알맞는 것이었다. 요아힘은 숨을 헐떡이면서 바쁘게 계속 지껄였는데, 고향에 있을 때도 이 위에 오는 도중에도 이런 일은 없었던 모양이고, 또 사실 그의 지금의 처지에는 어울리지 않는 태도였으므로 짐센 부인은 아들의 그러한 태도를 이해할 수 없어, 그것이 다소 불만스러운 것 같았다. 한스 카스토르프도 어머니의 그 심정을 모르는 것은 아니었다. 이 위로 다시 돌아오게 된 것은 슬픈 일이며, 따라서 그녀의 생각으로는 요아힘이 거기에 알맞은 태도를 취해야 하는 것이었다. 제 집으로 돌아온 듯한 요아힘의 들뜬 기분은, 이 위의 비교할 데 없이 가볍고, 공허하고, 자극적인 공기를 오래간만에 들이마셨기 때문에 한층 더 일깨워져, 얼근히 취한 기분이 우울한 생각을 모조리 잊어버리게 한 것이었다. 그러나 이것은 짐센 부인에게는 이해할 수 없는 기분이며 그것에 동조할 수가 없었다. 마음속으로는 『불쌍한 요아힘』이라고 생각하면서도 그 불쌍한 요아힘이 사촌과 흥겹게 웃고 추억을 차례차례로 이야기하고 여러 가지 질문을 교환하고 대답하면서 의자등에 몸을 엎드리고 웃는 것을 바라보고 있었다. 부인은 여러 번 「아니, 얘들아!」 하고 꾸짖지 않을 수 없었다. 그리고 그녀가 드디어 「요아힘, 너의 그런 태도를 보는 것은 정말 오랜만이다. 소위로 승진하던 날처럼 다시 기운을 되찾으려면 역시 이 위로 돌아와야 했구나.」 하고 말한 것은 기쁘게 들렸어야 할 텐데, 사실은 어이없다는 듯이, 다소 나무라는 듯이 들렸다. 그 때문에 요아힘은 기분이 언짢아져서 생각에 잠기어 아무 말이 없게 되었고, 크림을 친 아주 맛있는 식후의 초콜릿 수플레에도 손을 대려고 하지 않았다.

한스 카스토르프는 양이 많은 저녁 식사 후 이제 겨우 한 시간이 지났을 뿐이었지만, 요아힘을 대신하여 케이크를 먹었다. 요아힘은 마지막에는 눈을 전혀 들려고 하지 않았는데 눈물이 괴어 있었음이 틀림없었다.

짐센 부인은 그런 마음으로 말한 것은 아니었다. 사실은 오히려 이곳이 요양원이라는 것을 고려하여 좀 진지한 기분을 갖도록 할 생각으로 말했던 것이지만, 이 위에서는 적당히 절제 있는 태도가 있을 수 없고 양 극단의 어느 한 편을 선택할 수밖에 없다는 것을 모르고 있었던 것이었다. 그녀는 아들이 완전히 기운을 잃고 침울해진 것을 보고 자기도 눈물이 나올 것 같았으나 침울해진 아들의 기분을 다시 기쁘게 해주려고 하는 조카의 노력을 고맙게 생각했다. 현재 여기 있는 친구들로 말하면, 하고 한스 카스토르프는 말했다. 자네는 여러 가지 변화와 신진대사가 행해진 것을 보게 되겠지만 자네가 없는 동안, 옛날처럼 여기에 돌아와 있는 사람도 있다. 가령 왕고모는 동반한 처녀들을 데리고 돌아와 있다. 그들은 현재도 슈퇴르 부인의 식탁에 앉아 있다. 마루샤는 여전히 명랑하게 웃고 있다.

여기에 대해 요아힘은 잠자코 있었지만, 짐센 부인은 조카의 말에 어떤 사람을 만난 것을 생각해 냈고 그때에 부탁받은 전갈을 잊어버리기 전에 말해야지, 하고 얘기를 꺼냈다. 만난 인물은 부인으로, 그녀는 동반자도 없는 듯했는데 놀랄 만큼 눈썹이 예뻐서 호감이 가는 부인이었다. 이틀 밤을 기차에서 지내는 도중에, 하루를 뮌헨에서 지낼 때 식당에서 짐센 부인과 요아힘의 식탁으로 다가오면서 요아힘에게 인사를 했다는 것이었다.

「전에 함께 지냈던 환자인 모양인데, 요아힘, 네가 좀 말해 주려무나…」

「쇼샤 부인이야.」 요아힘은 조용히 말했다. 쇼샤 부인은 현재 알고 있는 어떤 요양지에 묵고 있는데, 가을에는 아마 이곳으로 다시 돌아오리라는 것이었다. 부디 안부를 전해 달라는 그녀의 부탁이었다.

한스 카스토르프는 이제는 어린아이가 아니었기 때문에, 얼굴색을 변하게 하는 맥관 신경의 장난을 억제할 수 있는 힘을 가지고 있었다. 그는 말했다.

「아, 그 부인 말인가. 보라지, 그럼 또 코카서스 산맥 저쪽에서 다시 나온 것이로군. 그리고 이제부터는 스페인으로 간다는 것인가?」

그 부인은 피레네 산맥의 어떤 지명을 말했다는 것이었다.

「예쁜 분이더라. 매력이 있는 여자로 목소리도 호감이 가고, 태도도 좋더라. 그러나 개방적이고 허술한 데가 있더구나.」하고 짐센 부인은 말했다. 「요아힘의 말을 들어 보면 그렇게 친한 사이도 아닌 것 같은데 우리들에게 절친한 사이인 것처럼 다정하게 말을 걸고 질문을 하는 걸 보니 좀 이상하더라.」

「그것이 즉 동방 사람이고 환자라는 것입니다.」하고 한스 카스토르프는 대답했다. 그녀에게 인문주의적 문명의 척도를 갖고 접근해서는 안 된다. 그것은 잘못이다. 그런데 생각하게 하는 것은 쇼샤 부인이 스페인으로 가려고 한다는 것이다. 흠, 스페인, 이것 역시 인문주의적 중용과는 거리가 먼 나라인 것이다. 부드러운 쪽이 아니라, 엄격한 쪽에 기울어진 나라인 것이다. 스페인은 무형식이 아니라 형식과다(形式過多)로, 말하자면 형식에 의한 죽음이며 죽음에 의한 분해가 아니라 죽음에 의한 엄격인 것으로, 검정 옷, 고귀, 피비린내나는 종교 재판, 풀 먹인 주름으로 장식한 것, 로욜라, 에스코리알의 궁전 등이 그것이다. 쇼샤 부인이 스페인에서 어떤 감상을 느끼게 될는지는 흥미있는 일이다. 스페인에서는 문을 탕 하고 닫을 용기는 없을 것이다. 그리고 두 개의 비인문적 진영의 조정 같은 것이 행해져 인간적인 것으로 바꾸어질는지 모른다. 그러나 또 동방 사람이 스페인으로 가면, 아주 악의적이고 피비린내나는 것이 생길는지 모른다.

한스 카스토르프는 얼굴색이 붉어지거나 파래지지는 않았지만, 예기치 않던 쇼샤 부인의 소식을 듣고 흥분하여 쉬지 않고 지껄여서 듣는 쪽은 깜짝 놀라 잠자코 있는 수밖에 없었다.

요아힘은 사촌의 이 위에서의 명석해짐을 전부터 알고 있었기 때문에 그다지 놀라지 않았지만 짐센 부인은 눈에 놀란 빛을 보이고, 한스 카스토르프가 무언가 아주 실례되는 것을 말한 것 같은 반응을 계속 나타내 한동안 어색한 침묵이 계속된 후에야, 그녀는 아무렇지도 않은 듯이 그 장면을 마무리하는 듯한 말을 하며 테이블에서 일어섰다.

제각기 자기 방으로 돌아가기 전에 한스 카스토르프는 요아힘에게 진찰이 끝날 때까지 내일부터 곧 침대에 누워 있도록 하라는 고문관의 명령을 전했다. 앞일은 또 그때에 가서 생각하자는 것도 전했다. 그리고 세 사람의 근친자들은 발코니로 나가는 문을 열어 놓고 고원의 여름밤의 상쾌한 공기 속에 잠자리에 들었다, 각자 자기대로의 생각을 하면서. 한스 카스토르프는 쇼샤 부인이 반 년 이내에 이 위로 다시 돌아오는 것을 주로 생각하고 있었다.

이리하여 불쌍한 요아힘은 한동안 병후를 정양하는 것이 바람직하다고 하여 다시 이 고향으로 돌아왔던 것이다. 한동안 병후를 정양한다는 말은 평지에서 사용되고 있는 말이었지만, 이 위에서도 이 말이 사용되고 있었다. 베렌스 고문관 자신도 요아힘에게 우선 4주간의 침상 생활을 명령하면서 이 말을 사용했다. 심하게 나빠진 부분을 고치고, 새삼 이 위의 기후에 익숙해져, 체온의 상태를 응급적으로 조절하는 데만도 4주간의 침상 생활이 필요하다는 말이었다. 병후의 정양 기한에 대한 언질을 주는 것은 약삭빠르게 피했다. 총명하며 눈치가 빠르고 다혈질인 데가 조금도 없는 짐센 부인은 요아힘이 누워 있는 침대로부터 멀리 떨어진 곳에서 가을이 되면, 10월경이 되면 퇴원할 수 있을 것인가를 타진하여 보았지만, 베렌스는 그때가 되면 지금보다는 이럭저럭 좋아질 것이라는 대답밖에 하지 않았다. 게다가 베렌스는 짐센 부인이 마음에 든 것 같았다. 그는 짐센 부인에게 상냥하게 대했고 충혈된 젖은 눈으로 부인을 정중히 쳐다보면서 『사모님』이라고 부르고, 학생 조합원다운 말투를 연발하면서 슬픔에 잠겨 있는 짐센 부인을 웃게 했다.

「나도 저 애를 안심하고 이곳에 두고 갈 수 있습니다.」 그녀는 이렇게 말하고 도착한 지 1주일 후에 함부르크로 돌아갔다. 이렇다 할 간호가 필요 없었을 뿐더러 사촌이 곁에 붙어 있었기 때문이기도 했다.

「정말이지 잘되었구나. 가을까지라잖아.」 한스 카스토르프는 28호실의 사촌 침대 옆에 앉으면서 말했다. 「그 늙은이도 언질을 준 셈이니까 말이야. 그것을 믿고 기다리고 있으면 돼. 10월이라는 것은 그런 달이구나. 10월이 되면 여러 사람들이 스페인으로 갈 것이고 자네는 군기 아래로 돌아가 더한층 두각을 나타내게 될 테니 말이야…….」

요아힘을 위로해 주는 것, 특히 요아힘이 8월에 시작되는 대연습을 이 위에서 보고만 있어야 하는 것을 위로해 주는 것이 한스 카스토르프의 일과가 되었다. 요아힘은 그 연습에 참가하는 것을 단념할 수 없어, 제일 중요한 때에 쓰러진 것에 대해 거의 자기 혐오(自己嫌惡)의 말까지 했던 것이다.

「육체의 반항이라는 것이야.」 하고 한스 카스토르프는 말했다. 「자네로서는 별도리가 없는 거야. 아무리 용감한 장교라 해도 어떻게 손을 쓸 수 없어. 성 안토니우스도 이와 비슷한 말을 했지. 연습은 매년 있는 거야. 게다가 자네도 이 위의 시간이 어떤 것인지는 알고 있잖아. 시간이라고는 할 수 없는 시간이지. 자네도 그렇게 오래 이곳을 떠나 있지 않았으니까 여기의 템포에 맞추기는 어렵지 않아. 그리고 눈 깜짝할 사이에 병후의 정양이 끝나 버릴 거야.」

그러나 요아힘이 평지의 생활에서 경험한 시간 감각의 쇄신(刷新)은 4주간이라는 시간량을 그다지 무서워하지 않을 정도로 간단한 것은 아니었다. 그러나 주위의 사람들이 그 4주간을 지내는데 여러 가지로 협력해 주었다. 누구나가 요아힘의 단정한 인물에서 느낀 호의는, 주위의 사람들이나 그렇지 않은 사람들의 방문 형식으로 나타났다. 우선 세템브리니가 찾아와, 동정과 애교를 보이면서 요전에 요아힘을 이미 『소위님』이라고 불렀기 때문에 이번에는 『대위님』이라고 불렀다. 나프타도 방문했고, 베르크호프의 환자들 가운데서 전에 친했던 사람들도 요양 근무 사이의 짧은 시간을 이용하여 차례로 방문하여, 침대 옆에 앉아, 병후의 잠깐 동안의 정양이라는 말을 되풀이하면서 요아힘에게서 그의 불운을 들었다. 여자로서는 슈퇴르, 레비, 일티스, 클레펠트, 남자로는 페르게, 베잘 등이었다. 어떤 사람들은 꽃을 가지고 오기까지 했다. 4주간이 끝나자, 요아힘은 걸어다녀도 좋을 정도로 열이 내려가 침대를 떠나, 식당에서 사촌과 맥주 양조가인 마그누스 부인 사이에, 마그누스 씨와 마주보는 좌석에 앉았다. 테이블의 이쪽 구석자리는 전에 제임스 숙부가, 그리고 수일간 짐센 부인도 앉았던 자리였다. 이리하여 두 청년은, 전과 마찬가지로 서로 이웃하며 지내게 되었다. 아니, 그뿐인가, 맥도날드 부인이 아들 사진을 손에 쥐고 마지막 숨을 거두었기 때문에 예전 생활을 그대로 재현하려고 하는 듯이 요아힘은 한스 카스토르프의 옆방, 즉 이전의 방으로, 물론 H_2CO로 철저히 소독하고 난 뒤에 옮겨 왔다. 사실대로 말한다면, 그리고 기분상으로는 이번에는 요아힘이 한스 카스토르프의 옆방에서 지내게 된 것이지 그 반대는 아니었다. 즉 이번에는 한스 카스토르프가 이곳 사람이며, 요아힘은 사촌의 생활양식을 한동안 실험적으로 함께 하는 것뿐이었다. 요아힘은 중추 신경계의 어딘가가 인문적 상태를 좀처럼 유지하려고 하지 않아 피부의 조정적인 체온 발산을 방해하고 있었지만, 10월이라는 기한을 한사코 잊지 않으려고 하고 있었다.

사촌들은 세템브리니 그리고 나프타를 방문했고 이 싸움 친구인 두 사람과 함께 산책하는 것도 부활시켜, 이 산책에는 안톤 카를로비치 페르게와 페르디난드 베잘도 가끔 동행하였기에 모두 여섯이 되었다. 그러나 사상적 논쟁 친구인 두 사람은 끝날 줄 모르는 토론을 계속했다. 만약 그것을 어느 정도 완전하게 소개하려고 한다면 우리들까지 생각지도 않은 절망적인 무한의 세계로 빠져들어갈 것은 뻔한 일이다. 두 사람은 매일 몇 사람의 청중을 앞에 두고 논쟁을 벌였지만 한스 카스토르프로서는 그의 불쌍한 영혼이야말로 두 사람의 변증법적 토론의 주요 대상이라고 생각하고 싶었다. 한스 카스토르프는 나프타에게서 세템브리니가 프리메이슨 단원이라는 것을 들었지만, 이 말에는, 이탈리아 인에게서 나프타가 예수회에 속해 있고 그 회에 의해서 양육되고 있다는 것을 들었을 때와 마찬가지의 인상을 받았다. 정말이지 프리메이슨이라는 것이 존재한다고 듣고 여우에 홀린 것처럼 놀라 버려서, 앞으로 몇 년 있으면 창립 2백 년이 되는 이 이상한 제도의 기원과 본질에 대해 테러리스트인 나프타에게서 알아 내려고 열심이었다. 세템브리니는 나프타의 정신적 경험에 대해 그것이 어딘지 아주 구식인 시대 착오적인 것으로 느끼게 하려고 했다. 그 세계는 과거의 시민적 계몽주의와 자유 사상을 의미하고 있어 이것은 현재에는 불쌍한 망령(亡靈)에 지나지 않는데도, 오늘날까지 혁명적 생기에 넘쳐 있다고 하는 이상한 자기 기만에 도취하고 있다는 것이었다. 나프타는 말했다.

「그렇지만 벌써 그의 할아버지가 카르보나리, 즉 독일어로 석탄 당원이었습니다. 그는 할아버지에게서 이성, 인류 진보에 대한 석탄 당원다운 신앙을 이어받아 고전적, 부르주아적인 이데올로기의 잡동사니 모두를 이어받았습니다. ……보십시오, 세계를 혼란케 하는 것은 정신의 민첩성과 물질의 터무니없는 둔중, 완만, 퇴영(退嬰), 고집 사이의 불균형입니다. 이 불균형만으로도 정신이 현실계에 흥미를 조금도 가지려고 하지 않는 것은 당연하다고 인정하지 않을 수 없습니다. 왜냐하면 현실계의 혁명을 초래하는 발효소는, 정신에게는, 오랜 옛날에 구토증을 느끼게 하는 것으로 되어 버려 살아 있는 정신으로 볼 때 이미 생명을 잃은 정신 같은 것으로 가령 현무암(玄武岩)보다도 더 어리석은 것입니다. 그러한 현무암보다도 못한 존재는 정신이 벌써 오래 전에 졸업하여 버린 과거 현실의 잔재인 것으로, 정신은 거기에 현실이라는 개념을 결부시키는 것도 거절하고 있습니다. 그러나 그것은 계속 존재하고 있어 그 딱딱하기 그지없는 죽은 존속에 의해 진부한 것에 그 진부성을 느끼지 못하게 하는 역겨운 결과를 초래하고 있습니다. 나는 일반적인 이야기를 하고 있습니다만, 당신은 내가 한 말을 우리들의 자유 사상가에 맞추어 생각해 주실 겁니다. 지배와 권력에 대해 지금도 영웅적 입장에 있다고 믿고 있는 저 인도적 자유 사상가에게 말입니다. 아, 그리고 그가 그의 생활의 진가를 입증하려고 고대하고 있는 저 파국은 무엇입니까! 그가 준비하고 있으며 언젠가 실현시키려고, 꿈꾸고 있는 시대에 뒤떨어진 장관의 승리는 무엇입니까! 그러한 파국에 승리자가 되고 수익자(受益者)가 되는 것은, 낡은 세계와 미래의 세계를 스스로의 속에 융합시키고 참된 혁명을 실현시키는 산정신인 것이며, 산정신이 그것을 자각하고 있지 않으면, 저 사상가의 세상을 어지럽게 만드는 사상을 생각하는 것만으로도 지긋지긋할 것입니다. 그건 그렇고, 사촌은 어떻습니까, 한스 카스토르프 씨? 당신도 알다시피, 나는 그 사람에게 마음으로부터의 호의를 느끼고 있습니다.」

「고맙습니다, 나프타 씨. 사촌에게는 모두가 마음으로부터의 호의를 가지고 있는 것 같습니다. 누가 보든지 훌륭한 청년이니까 말입니다. 세템브리니 씨도 사촌의 신분에 포함된 광신적인 테러리즘에는 물론 반대겠지만, 사촌 자신에 대해서는 호의를 느끼고 있는 것 같습니다. 그런데 그 세템브리니 씨가 프리메이슨 단원이라고 들었습니다. 이건 정말, 놀라지 않을 수 없습니다. 그래서 그 사람을 지금까지와는 다른 관점에서 보게 되고 여러 가지 일이 확실해지기도 합니다. 그 사람도 가끔 두 다리를 직각으로 벌리고 악수에 특별한 의미를 포함시키는 것일까요? 나는 그런 것은 여태까지 몰랐습니다만…….」

「그런 어린애 같은 일은,」 하고 나프타는 말했다. 「우리들이 존경하는 삼점파 단원(三點派團員)은 초월해 있을 겁니다. 내 생각으로는, 프리메이슨의 의식도 현대의 산문적인 공민 정신에 겨우 순응하고 있는 것입니다. 단원들은 이전의 의식을 비문명적인 속임수라고 부끄러워하고 있을 것입니다만, 그것도 틀린 생각이라고는 할 수 없습니다. 무신론적 공화주의를 신비교처럼 분장하는 것은 결국 우스운 것임에 틀림없으니까. 세템브리니 씨가 어떤 방법으로 담력 떠보기를 했는지 나도 모르겠습니다. 눈을 감기어 여러 복도를 끌려다니다가 어두운 방에서 기다리고 난 뒤에 반사광선으로 채워진 본부 홀에서 눈가리개를 뗐는지 또는 엄숙한 비밀 결사 문답을 받고 해골과 세 개의 촛불 앞에서 벌거벗은 가슴에 칼을 번쩍였는지 이것은 당신이 직접 그에게 물어 보아야 할 것입니다만, 아마 그는 이것을 말하려고 하지는 않을 것입니다. 왜냐하면 의식이 훨씬 산문적으로 행해졌다고 해도, 그는 침묵을 서약했을 것이니까요.」

「서약했습니까? 침묵을요? 그러면 역시?」

「그렇습니다, 침묵과 복종을.」

「복종까지도. 그 말을 들으니, 세템브리니 씨는 사촌의 직업의 열광적인 면과 테러리즘을 이러니저러니 할 수는 없다고 생각됩니다만. 침묵과 복종을! 나는 세템브리니 씨 같은 자유 사상가가 그런 완전히 스페인적인 규약과 선서에 복종한다는 것은 생각도 못 했습니다. 나는 프리메이슨 단에는 정말 무언가 군대적이고 예수회적인 면이 있는 것으로 느껴집니다.」

「당신이 그렇게 느끼는 것은 전적으로 옳습니다. 당신의 마법의 지팡이는 광맥을 찾아 낸 것입니다. 단(團)이라는 개념 그 자체가 벌써 절대적인 것이라는 개념과 긴밀히 연결되어 있습니다. 따라서 그 개념은 테러리즘적인 것으로 다시 말하면 비자유주의적입니다. 그것은 개인의 양심에서 무거운 짐을 벗어 버리고 절대 목적이라는 이름 밑에, 어떠한 수단, 피비린내나는 수단, 범죄라도 시인합니다. 이전에는 프리메이슨 단에서도 단원의 선서는 상징적인 의미에서 피를 가지고 행해졌다는, 믿을 만한 이유가 있습니다. 무릇, 모든 결사는 정관적(靜觀的)인 것이 될 수 없으며, 본질적으로 절대 정신에 기반을 둔 조직적이라는 것이 보통입니다. 한동안 프리메이슨 단과 거의 하나로 융합했던 계명 결사의 창시자도 한때 예수회 수사였었는데, 당신은 그것을 모르고 계시지요?」

「네, 물론 처음 듣습니다.」

「아담 바이스하우프트는 인도적 비밀 결사를 예수회와 똑같은 모범에 따라 조직하였습니다. 그 자신은 프리메이슨 단원이었는데 당시의 유명한 프리메이슨 단원은 계명 결사 단원이었습니다. 내가 말하고 있는 것은 18세기 후반의 일입니다만, 세템브리니 씨는 그 당시를 그의 결사의 부패 시대라고 인정하는 것을 주저하지 않을 것입니다. 사실 그 시대는 결사의 가장 찬란한 시대로, 일반적으로 비밀 결사의 전성기였습니다. 그 시대에 프리메이슨은 정말로 훌륭하다고 할 수 있는 활동을 시작했습니다. 그 후 그 활동은 우리들의 저 박애주의자연하는 사람들의 손에 소탕되고 말았습니다. 세템브리니 씨도 그 당시에 살고 있었다면 프리메이슨 단의 예수회적 경향과 비개화주의를 비난한 사람 중의 한 사람이었을 것입니다.」

「거기에는 그럴 만한 이유가 있었을 것이 아닙니까?」

「그렇지요, 그렇다고도 말할 수 있을 겁니다. 저속한 자유 사상에도 거기에 상응하는 이유는 있었습니다. 그 시대는 우리의 신부들이 프리메이슨에 가톨릭적 교권제적(教權制的) 생활을 도입하려고 한 시대로서, 프랑스의 클레몽에서는 예수회에 속하는 프리메이슨이 성했습니다. 또 황금 십자단의 사상이 프리메이슨에 흘러들어간 시대이기도 합니다. 그러나 이것은 정말로 이상한 결합으로 정치적·사회적인 개선과 행복 증진이라는 순전히 합리적 목표에 동방 인도와 아라비아의 비교(秘敎)와 몽상적인 자연 인식에 기반을 둔 기묘한 교리가 도입된 것이라고 생각하여도 좋습니다. 그 당시 『계율 엄수』라는 의미에서 프리메이슨의 많은 지부의 개혁과 수정이 행해졌습니다. 이 『계율 엄수』라는 의미는 완전히 비합리적, 신비적, 몽상적, 비교적인 의미의 것으로 스코틀랜드의 프리메이슨의 계급은 이 정신으로 만들어진 것입니다. 이 계급은 견습공, 직인(職人) 우두머리라는 옛날부터의 군대적인 계급 제도에 첨가된 기사 수도회의 계급인 것으로 이 기사 수도회 총회장의 계급은 교계 제도적인 색채를 띄어, 황금 십자단의 연금술적 비교(秘敎)에 찬 것이었습니다. 즉, 중세의 성직자의 기사 수도회, 특히 당신도 알고 계시겠지만, 예루살렘의 장로들의 면전에서 청빈, 순결, 복종을 맹세한 신전 기사 수도회 수사가 부활한 것입니다. 오늘날에도 프리메이슨의 고위층은 『예루살렘의 대공』이라는 칭호를 가지고 있습니다.」

「나에게는 초문입니다. 모든 것이 정말 초문입니다. 나프타 씨. 나는 세템브리니 씨의 속임수를 알 수 있을 것 같습니다. ……『예루살렘 대공』은 나쁘지 않은데요. 당신은 한 번 그 사람을 농담으로 그렇게 불러 보시면 좋겠습니다. 그 사람도 요 전날, 당신에게 『천사 박사(天使博士)』라는 별명을 붙였으므로 그 원수를 갚을 필요가 있습니다.」

「아니, 계율 엄수의 계급, 신전 기사 수도회의 수사적인 계급에는 어마어마한 칭호가 이밖에도 또 많이 있습니다. 가령 완전한 스승, 동방의 기사, 대사제장이라는 것이 있고 제31번째 계급은 『왕자적 신비의 고귀한 대공』 이라고까지 부릅니다. 보시다시피 이들 칭호는 모두 동양의 밀교와 관계가 있다는 것을 암시하고 있습니다. 신전 기사 수도회 수사의 부활 그 자체가 벌써 그러한 관계라는 것을 의미하고 있습니다. 즉 합리적이고 실리적인 사회 개선이라는 이데올로기의 세계에 비합리적인 발효소가 들어온 것을 의미하고 있죠. 이로 말미암아 프리메이슨은 새로운 매력과 광채를 띄어 그 당시 프리메이슨이 많은 단원을 획득한 것도 수긍이 갑니다. 그 세기의 이성 편중과 인도적 계몽주의와 합리주의에 싫증을 느껴 더 강한 목표에 굶주리고 있던 사람들 모두를 프리메이슨으로 끌어들였던 것입니다. 프리메이슨의 성공이 눈부셨기 때문에 속인들은 세상 남편들이 가정의 행복과 부인의 고마움을 잊어버리고 있다고 개탄했던 것입니다.」

「아니, 교수, 그렇다면 당연하군요, 세템브리니 씨가 프리메이슨 단의 그 화려했던 시대를 상기하고자 하지 않는 것은.」

「그렇고말고요, 자유 사상, 무신론, 백과사전적 이성은 언제나 교회, 가톨리시즘, 수도사, 중세에 대해 품고 있었던 반감이 세템브리니 씨의 수도회에 집중된 시대가 있었다는 것을 그는 상기하고 싶지 않을 것입니다. 당신은 프리메이슨 단이 비개화주의의 비난을 받은 것을 들은 일이 있으시지요?」

「왜 그럴까요? 그 이유를 더 분명히 듣고 싶습니다만.」

「그러면 그것을 말씀드리지요. 계율 엄수는 수도회 전통의 심화와 확장, 즉 수도회의 역사적 근원을 중세의 신비적 세계, 소위 암흑 시대로 부활시키는 것과 같은 의미를 갖는 것이었습니다. 프리메이슨 단 지부의 지부장의 계급은 신비적 자연 인식에 통한 사람, 마술적 자연 인식의 소유자, 대체로 위대한 연금술자에 의해 점령되어 있습니다…….」

「나는 있는 힘을 다해서 깊이 생각해 보아야 하겠습니다, 연금술이란 대체 어떤 것인가를. 연금술이란 즉 돈을 만드는 것인지요?」

「그렇습니다. 쉽게 말한다면, 좀 학문적으로 말한다면 정련(精鍊), 물질의 변화와 순화(醇化), 화체(化體), 그것도 더 고귀한 것으로의 화체, 즉 승화입니다. 현자의 돌, 유황과 수은으로부터의 양성적 산물(兩性的產物), 양성적 최고 물질이라는 말에 의해 표현되는 것은 외부적 영향에 의한, 항상 정련의 원리에 불과합니다. 마술적 교육이라고도 말할 수 있습니다.」

한스 카스토르프는 말이 없었다. 그는 눈을 깜빡이면서 비스듬히 위를 쳐다보고 있었다.

「연금술적 변형의 상징은 무엇보다도 묘혈(墓穴)이었습니다.」 나프타는 계속했다.

「묘혈입니까?」

「그렇습니다. 부패와 분해의 장소입니다. 묘혈은 모든 밀봉 연금술의 정수, 물질이 마지막 변형과 순화를 하는 용기, 밀봉된 수정(水晶)의 증류기(蒸溜器)에 지나지 않습니다.」

「밀봉 연금술이란 좋은 표현인데요. 나프타 씨, 밀봉됐다는 말은 전부터 내가 좋아한 말입니다. 막연하고 여러 가지 연상을 상기시키는 정말 마술적인 말입니다. 이런 말을 하는 것이 어떨지 모르겠습니다만 나는 그 말을 듣고 함부르크의 우리 집에 있는 가정부, 샬렌이라고 하는데, 샬렌 양도 아니고 그냥 샬렌입니다만……, 이 샬렌이 식료품실 선반 위에 즐비하게 늘어 놓은 유리로 된 저장병을 생각하지 않을 수 없습니다. 이것은 밀봉된 유리병으로 실과와 고기류 그리고 기타 모든 것이 들어 있습니다. 1년 내내 선반 위에 나란히 있어, 필요에 따라 어느 것을 열어 보면, 안의 것은 정말 아직도 신선하고 처음 그대로여서, 세월의 흐름도 어찌할 수 없는 듯, 바로 그것을 먹을 수 있는 것입니다. 물론 이것은 연금술도 순화도 아니고 단순한 저장이며, 그래서 저장병이라고 부르는 것입니다. 그러나 마술 같은 점은 밀봉된 것이 시간의 영향을 받지 않고, 시간의 영향으로부터 밀봉되어 있어 시간이 옆으로 슬쩍 지나가, 병 안의 것이 시간을 가지지 않고 시간 바깥에 나란히 있다는 점입니다. 아니, 저장병의 일은 그 정도로만 해둡시다. 별로 대단한 이야기가 아니어서 미안합니다. 아직도 좀더 가르쳐 주시려는 것으로 알고 있는데요.」

「희망하신다면요, 제자는 지식욕에 불타고 용감하지 않으면 안 됩니다. 우리들이 이야기하고 있는 대상의 말투를 흉내내면 말입니다. 묘혈, 무덤은 언제나 입단식의 중요한 상징이었습니다. 제자, 즉 지식 세계로 들어갈 것을 갈망하는 초심자는 무덤의 공포에 떨면서 용기를 증명해야 했던 것으로, 수도회의 관습에 따라 수도 지망자는 시험의 의미로 무덤 속으로 끌려 가 그 속에 머물러 있은 뒤, 알 수 없는 단원에 안내되어 무덤에서 나오는 것입니다. 수도 지원자가 걸어가야 하는 복잡한 복도, 어두운 둥근 천장, 그리고 『계율 엄수』의 본부의 홀 자체에 둘러쳐져 있는 검은 휘장, 그리고 입단식과 집회식에 중요한 역할을 하는 관(棺)의 예배는 모두 그러한 목적을 가지고 있는 것입니다. 비의(秘儀)와 순화의 길은 갖가지 위험에 싸여 있고, 죽음의 공포와 부패, 분해의 나라를 통과하고 있습니다. 제자, 즉 생명의 신비에 굶주려 매력적인 체험 능력이 각성되도록 갈망하는 젊은 수도 지원자는, 비의의 그림자에 불과한 복면을 한 사람들에게 인도되는 것입니다.」

「정말로 감사합니다. 나프타 교수, 멋진 말씀이었습니다. 그것이 바로 연금술적 교육이군요. 거기 관해서도 어느 정도 들을 수 있었던 것은 나쁘지 않습니다.」

「물론입니다. 특히 그 인도는 최후의 것, 초감각적인 것의 절대적 인식에의 인도, 이로 인해 비의로 도달케 하는 안내이기 때문에, 집회의 연금술적인 계율 엄수는 이 몇 년 동안, 많은 훌륭한 구도자(求道者)를 그 목표로 인도했습니다. 그 목표를 여기서 말할 필요는 없을 것입니다. 왜냐하면 스코틀랜드의 계급이 성직단의 대용품이라는 것이라든지, 우두머리 프리메이슨 단원의 연금술적 지식이 변화의 비의 속에서 실현되는 것이라든지, 집회가 수도 지원자들에게 주는 비밀적 지도가 역시 우리들의 신성한 가톨릭 교회의 은총 수단에서 볼 수 있는 것이라든지, 대집회의 의식의 상징적인 것이 가톨릭 교회의 전례(典禮)와 건축에 있어서의 상징에서 볼 수 있다는 것 등은 당신도 이미 깨달았을 것입니다.」

「아, 그렇군요.」

「그러나 그것이 전부는 아닙니다. 아까도 암시해 드렸습니다만, 프리메이슨의 집회제를 직공적인 진실한 석공(石工) 조합에서 탄생한 것으로 생각하는 것은 역사적인 피상적 견해입니다. 적어도 계율 엄수의 일파는 집회제의 기원(起源)에 훨씬 깊은 인간적인 근거를 주었습니다. 프리메이슨의 집회의 비밀은 우리 가톨릭 교회의 어떤 비의와 마찬가지로 원시 인간의 제전적 비사(祭典的秘事)와 신성한 방일(放逸)과 확실한 관계를 가지고 있습니다. 내가 가톨릭 교회의 비의라고 부르는 것은, 만찬과 애찬(愛餐), 육체와 피의 만찬을 가리키는 것이지만, 프리메이슨의 경우는…….」

「잠깐만요, 잠깐만 주석을 달게 해주십시오. 나의 사촌이 속해 있는 절대적인 집단 생활에도 소위 애찬이라는 것이 있습니다. 사촌은 거기에 대해서 편지에 쓴 적이 있습니다. 물론 조금 취하는 일은 있지만 아주 예의바르게 하기 때문에 학생 조합의 연회만큼은 탈선하지 않는다는 것입니다.」

「프리메이슨의 경우에는, 내가 아까 당신에게 주의를 촉구한 것처럼, 무덤과 관의 예배가 있습니다. 교회와 프리메이슨의 어느 경우에도 행하고 있는 것은, 최후의 궁극적인 것을 상징하려는 열광적인 원시 종교심의 요소로, 사멸과 생성, 죽음과 변용과 부활을 찬미하는, 방종한 암야의 예배입니다. 당신도 알고 계시지요, 아지스의 비의도 엘로이지스의 비의도 밤이 되어 어두운 동굴 속에서 행해졌습니다. 그렇습니다. 프리메이슨의 제도에는 이집트의 제전의 흔적이 많아 남아 있고, 지금도 그것이 남아 있어서 프리메이슨의 비밀결사 속에는 엘로이지스 대집회라고 부르는 것도 여러 개 있습니다. 엘로이지스의 비의와 아프로디테의 신비의 제전이 있는데, 여기에는 마침내 여자도 한몫 담당하게 되었습니다. 이것이 즉 장미 제전으로, 프리메이슨 단복(團服)의 앞장식에서 볼 수 있는 세 송이의 푸른 장미는 그것을 상징하고 있으며, 그 제전은 주신(酒神)의 축제 소동으로 그친다는 것입니다…….」

「아니, 그건 무슨 말씀입니까, 나프타 교수. 모두가 프리메이슨에 대한 것이 아닙니까? 나는 이 모든 것을 두뇌 명석한 세템브리니 씨와 결부시켜 생각한다는 것은…….」

「그것은 그에게는 안된 일입니다! 아니, 세템브리니 씨는 그런 것에 관해서는 전혀 모르고 있습니다. 아까도 말씀드린 대로 집회는 세템브리니 타입의 사람들에 의해 높은 생명의 요소를 남김없이 청산하여 버린 것입니다. 프리메이슨은 문명화, 근대화된 것입니다. 유감스럽게도 옛날의 오류로부터 실리, 이성, 진보에로, 왕과 신부와의 투쟁에로, 즉 사회적 행복의 실현으로 되돌아가 다시 자연, 덕, 절제, 조국을 논하게 되었습니다. 그리고 장사도 논하게 되었다고 나는 생각합니다. 한마디로 말해, 클럽의 형태를 가진 부르주아적 비참입니다.」

「장미의 제전이 없어진 것은 유감 천만인데요. 나는 세템브리니 씨가 그런 것을 전혀 모르는지 어떤지 물어 보겠습니다.」

「그 사람은 목수가 쓰는 자같이 정직한 기사입니다.」 나프타는 비웃듯이 말했다. 「그가 인류 신전(神殿)의 공사장에 들어가는 것이 어렵게 되고 있다는 것을 잘 생각할 필요가 있습니다. 왜냐하면 그는 빈털터리입니다. 그러나 인류 신전의 공사장에서는 높은 교양, 인문적 교양이 요구될 뿐만 아니라, 잘 들으십시오, 자산 계급의 일원이라는 것도 요구되고 있습니다. 적지 않은 가입비와 회비를 납부할 수 있어야 하기 때문입니다. 교양과 자산, 이것은 부르주아입니다! 이것은 자유주의적 세계 공화제의 초석(礎石)입니다!」

「물론이지요.」 한스 카스토르프는 웃으면서 말했다. 「초석이 완전히 우리 눈앞에 드러난 셈이군요.」

「그런데 말입니다.」 나프타는 잠시 쉰 다음 덧붙였다. 「나는 당신에게 그 인물과 그 인물의 작업을 경시하지 말도록 충고하고 싶습니다. 이렇게 당신과 그의 사정에 대해서 이야기를 나누었기 때문에 부탁하는 바입니다만 주의를 게을리하지 말아 달라고 말하고 싶습니다. 저속한 것이라고 해서 반드시 위험하지 않다고는 할 수 없습니다. 또한 천박한 것이 반드시 해가 없는 것이라고 말할 수도 없습니다. 그들은 한때 강렬했던 포도주에 많은 물을 탔습니다만, 프리메이슨의 이념 그 자체는 지금도 여전히 강렬해서 많은 물을 탄 오늘날에도 꿈쩍도 하지 않습니다. 그것은 지금도 역시 풍요한 비밀의 여운을 남기고 있고, 프리메이슨의 각 집회가 세상의 움직임에 영향력을 가지고 있다는 것, 또 저 상냥한 세템브리니 씨를 한 사람의 세템브리니 씨라고만 생각해서는 안 된다는 것, 그의 배후에는 권력이 대기하고 있으며 그는 그 권력의 동지이며 밀사(密使)라는 것은, 의심할 여지가 없습니다…….」

「밀사라고요?」

「그렇고말고요, 개종 권유자, 영혼의 사냥꾼입니다.」

『그렇다면 당신은 어떤 밀사란 말인가?』 한스 카스토르프는 이렇게 생각하면서 말했다. 「감사합니다, 나프타 교수. 주의와 경고를 진심으로 고맙게 생각합니다. 그런데 어떻습니까? 나는 이제부터 계단을 한 층 더 올라가, 위의 것을 방이라고 할 수 있다면 말입니다만, 그 방의 복면을 한 비밀 결사원의 속셈을 탐정해 보려고 생각합니다. 제자는 지식욕에 불타 용감해야 합니다. 물론 주의도 해야 하지만……. 밀사를 상대로 하는 데에는 대단한 주의를 필요로 한다는 것은 두말할 필요도 없습니다.」

한스 카스토르프는 세템브리니한테서도 여러 가지 이야기를 듣는 것을 사양할 필요가 없었다. 세템브리니도 입이 가벼운 점에 있어서는 나프타를 탓할 형편이 못 되어서, 그 조화를 이룬 결사에 속해 있다는 것을 그다지 숨기려고 하지는 않았다. 『이탈리아 프리메이슨 일람』이 테이블 위에 펼쳐진 채로 놓여 있었고, 단지 한스 카스토르프가 이때까지 그것에 주의를 하지 않았다는 것뿐이었다. 한스 카스토르프는 나프타에게서 방금 듣고 알았을 뿐인데도, 세템브리니가 그것과 관계가 있는 것을 전부터 믿어 의심치 않았다는 듯한 얼굴을 하고 왕자(王者)의 술(術)로 화제를 돌리자, 세템브리니는 다소 경계했을 뿐이었다. 대화가 그 점에 미치자 문필가는 거드름을 피우며 입을 다물어 버렸지만, 이것은 나프타가 말한 테러리즘적인 선서 때문에 말을 하지 못하는 것임에 틀림없었다. 프리메이슨이라는 이상한 조직 내의 외면적인 관습과 세템브리니 자신의 지위에 관한 비밀주의 때문임에 틀림없었다. 그밖의 것에 관해서는 웅변을 토하기까지 하면서 지식욕에 불타는 청년에게 결사의 세력에 대해 눈이 번쩍 뜨이게 하는 이야기를 하면서, 결사가 2만이 넘는 지부와 1백 5십의 대지부를 가져, 세계의 거의 어느 곳에도 세력이 뻗쳐 있고 하이티나 흑인 공화국 리베리아 같이 문명이 낮은 곳에도 단원을 가지고 있다고 말했다. 그는 또 전에 프리메이슨 단원이었던 사람들, 지금도 그러한 사람들의 유명한 이름을 자랑삼아 열거하고 볼테르, 라파엘, 나폴레옹, 벤자민 프랭클린, 워싱턴, 만치니, 가리발디의 이름을 들면서 생존자로는 영국 국왕의 이름을 대고, 그밖에도 유럽 제국의 운명을 수중에 장악하고 있는 몇 사람의 인물, 정치나 의회의 유명한 사람들의 이름을 들었다.

한스 카스토르프는 경의를 표시했지만 놀라지는 않았다. 학생 조합의 결합도 이것과 똑같은 것이라고 그는 말했다. 학생 조합의 결합도 평생토록 서로 손을 맞잡고 조합원이 훌륭한 지위를 얻도록 주선을 하고, 조합에 가입되어 있지 않은 사람은, 관계(官界), 종교계에서 출세할 수가 없다. 따라서 아까 말한 유명한 사람들이 프리메이슨 단에 속해 있는 것을 단의 명예인 것처럼 세템브리니 씨가 말하는 것은, 이치에 맞는다고는 할 수 없지 않은가. 왜냐하면 그러한 중요한 지위가 프리메이슨 단원으로 점령되어 있는 것은, 세템브리니 씨의 말과는 반대로 오히려 프리메이슨의 세력의 정도를 증명하는 것이며, 결사는 세템브리니 씨가 입밖에 내서 말하려는 이상으로 세계의 움직임에 영향력을 가지고 있음에 틀림없다.

세템브리니는 미소지었다. 그는 손에 쥐고 있던 작은 책자 《프리메이슨》을 부채 대신으로 해서 부채질까지 했다. 그럴 듯하게 해서 내 입을 열게 하려는 것이 아니냐고 그는 물었다. 본질적으로 단의 정치적 경향, 정치적인 단의 정신에 대해 지각 없는 발언을 시키려고 하는 것인가?

「아무리 그래도 소용 없는 짓입니다. 엔지니어! 우리들은 공공연히, 분명하게 정치를 표방하고 있습니다. 어떤 바보들은——이런 바보는 당신 나라의 특산이며, 엔지니어, 다른 나라에는 거의 없는 존재입니다——정치라는 말과 명칭에 결부된 것을 증오하고 있습니다만, 우리들은 이것을 전혀 무시하고 있습니다. 인류의 친구는 정치와 비정치(非政治) 사이의 구별을 전혀 인정하지 않습니다. 이 세상에 정치 아닌 것은 존재하지 않습니다. 모든 것이 정치입니다.」

「모든 것이 말입니까?」

「프리메이슨의 사상이 원래부터 비정치적이라는 것을 지적하면서 의기양양해 하는 사람들이 있는 것은 나도 잘 알고 있습니다. 그러나 그러한 사람들은 말을 희롱하고 있을 뿐으로, 그러한 사람들이 생각하는 구별이 공상적이고 무의미하다는 것을 인정하지 않으면 안 되는 때가 벌써 도래했습니다. 첫째로, 적어도 스페인의 각 집회는 처음부터 정치적 색채를 나타냈습니다.」

「그것은 이해할 수 있겠습니다. 」

「당신은, 그렇게 잘 이해될 리 없습니다. 엔지니어, 처음부터 잘 이해하고 있다고 생각하지 말고 내가 지금부터 두번째로 당신에게 알기 쉽게 말하려는 것을 받아들여 자기 나름으로 이해해 보도록 하십시오. 그것은 당신 자신의 이해 관계에서, 또 당신네 나라와 유럽의 이해 관계를 위해서도 부탁드리고 싶습니다. 그러면 두번째로, 프리메이슨의 사상은 어느 시대에나 비정치적이었던 일은 없고, 비정치적일 수 없었습니다. 프리메이슨의 사상이 자기 스스로를 비정치적이라고 생각한 일이 있었다면, 그것은 자신의 본질을 인식하지 않는 것입니다. 우리들 단원은 무엇이겠습니까? 하나의 건축물을 세우려는 건축가이고 조수입니다. 우리 단원 모두의 목적은 오직 한 가지로, 모든 인간의 최고 행복이라는 것이 단결의 원칙입니다. 그리고 그 최고 행복, 그 건축물이란 어떤 것이겠습니까? 법칙에 합치된 사회 건설, 인류의 완성, 새로운 예루살렘입니다. 이 목적에 있어, 정치와 비정치의 구별이 대체 무슨 소용이 있겠습니까? 사회 문제, 공동 생활의 문제 그 자체가 이미 정치적인 것으로 정치 외에 아무것도 아닌 것입니다. 이 문제에 몰두하는 사람은——그리고 여기에 몰두하지 않으면, 인간이라는 이름에 해당하지 않을 것입니다만——내정과 외정(外政)의 어느 쪽으로도 정치에 종사하는 사람으로, 프리메이슨의 술(術)이 통치의 술이라는 것을 이해하고 있는 사람입니다.」

「통치의…….」

「계명 결사파의 프리메이슨이 통치자의 계급을 가지고 있었다는 것을 이해하고 있는 사람입니다.」

「멋진 말씀입니다, 세템브리니 씨. 통치술, 통치자의 계급, 둘 다 마음에 들었습니다. 그런데 한 가지 가르쳐 주십시오. 당신은 그리스도 교도입니까? 당신들 모든 결사에 속하는 사람들은?」

「이건 또 무슨 말이오!」

「실례했습니다. 다른 형태로 물어 보지요, 더 일반적으로 더 단순하게요. 당신들은 신을 믿습니까?」

「대답하지요. 어째서 당신은 그것을 묻습니까?」

「나는 아까 당신을 시험해 볼 생각으로 물어 본 것은 아닙니다. 그러나 성서에도 그러한 이야기가 실려 있습니다. 어떤 사람이, 로마의 화폐로 예수를 시험해 보려고 한 데 대해 예수는 황제의 것은 황제에게, 신의 것은 신에게 바치라고 대답했다는 것입니다. 나는 그런 구분법이 정치와 비정치의 사이에도 있을 것이라고 생각합니다. 신이 존재한다면 그러한 구분도 존재할 것입니다. 프리메이슨 단원은 신을 믿습니까?」

「나는 대답할 것을 약속했습니다. 당신은 우리들이 실현하려는 통일 문제에 대해 언급하고 있습니다. 그러나 그 통일은 식자들에게는 정말 유감된 일입니다만 오늘날까지 아직 실현되지 않고 있습니다. 프리메이슨 단원의 세계적 단결은 아직 실현되지 않고 있습니다. 나는 되풀이하여 말씀드립니다만 이 일대 사업을 완성하려고 우리는 남 모르는 노력을 기울이고 있습니다. 그 단결의 신조도 의심할 여지없이 통일적인 것입니다. 그 신조는 악을 말살하라는 것입니다.」

「강제적으로 말입니까? 그것은 아무래도 관용적이라고 할 수 없는데요.」

「당신은 아직 관용이라는 문제를 취급할 만한 정도에 이르지 못했습니다. 엔지니어, 좌우간 마음에 새겨 두십시오. 악에 대해 관용을 베푼다는 것은 죄악입니다.」

「신이 악인가요?」

「형이상학은 모두 악입니다. 왜냐하면 형이상학은 우리들이 완전한 사회라는 전당을 건립하기 위해 바쳐야 하는 노력을 잠들게 하여 버리는 것 외에 별로 소용이 없기 때문입니다. 그렇기 때문에 프랑스의 대 오리엔트 집회는, 30년 전에 솔선해서 회의의 모든 간행물에서 신이라는 이름을 삭제하여 버렸습니다. 우리들 이탈리아 인도 이 예를 따랐습니다…….」

「정말 가톨릭적이군요!」

「그 말씀은…….」

「신을 삭제한다는 것은 아주 가톨릭적인 것이라고 생각합니다!」

「당신이 표현하려는 것은…….」

「들을 만한 것이 못 됩니다, 세템브리니 씨. 내가 두서없이 지껄이는 것에 너무 신경을 쓰지 마십시오! 나는 순간 느꼈을 뿐입니다. 무신론은 극히 가톨릭적이고, 한층 더 가톨릭적으로 되려고 신을 삭제하는 것이 아닌가고.」

여기에 대해 세템브리니 씨는 한동안 잠자코 있었지만, 그것은 교육자적인 고려에 지나지 않는다는 것이 분명했다. 그는 얼마간 잠자코 있다가 대답했다.

「엔지니어, 나는 당신의 신교의 신앙을 흔들어 버린다든지, 해를 입히려는 생각은 추호도 없습니다……. 우리들은 관용에 대해 말했습니다……. 내가 신교에 대해 관용의 정신을 가지고 있을 뿐만 아니라, 양심 구속에 대한 역사적 반대자로서의 신교에 깊은 경의를 표시하고 있다는 것은, 새삼 강조할 필요도 없습니다. 인쇄술의 발명과 종교 개혁은 중부 유럽이 인류를 위해 이룩한 두 개의 찬란한 공적이라는 것은 언제나 변하지 않는 사실입니다. 물론입니다. 그러나 그것은 문제의 일면인 것으로 다른 일면도 있다는 것을, 당신은 그대로 이해해 주시리라고 생각합니다. 신교에는 어떤 요소가 숨겨져 있습니다……. 당신네 나라의 종교 개혁자의 인품 자체에 이미 그 요소가 숨겨져 있습니다. 내가 말하는 것은 정적주의의 지복(至福)과 최면술적 명상이라는 요소로서 이것은 활동적인 유럽의 요소가 아니며 생활 원리와도 인연이 없는 대립적인 요소입니다. 그의 초상을 보십시오! 루터의 초상을! 젊었을 때의 초상과 후년의 어느 것을 보십시오! 도대체 어떤 모양의 머리입니까. 어떠한 광대뼈, 얼마나 이상한 눈의 위치입니까! 저것은 아시아적입니다. 저것이 벤덴 인——슬라브 인——사르마티아 인의 피가 섞여 있지 않다면 이상합니다. 정말 이상하다고 할 수밖에 없습니다. 그리고 또, 이것도 아무도 부정하려고 하지 않을 것입니다만, 저 인물의 거대한 모습이 당신네 나라에서, 겨우 균형을 유지하고 있는 두 요소중 한쪽이 위험한 우세를 계속하고 있는 것을 의미하고 있지 않았다면 이상하다고 하지 않을 수 없습니다. 아시아적 요소가 무섭게 무게를 더하여, 또 하나의 요소, 유럽적 요소가 놓여 있는 저울 그릇이 지금도 가벼워 공중으로 튀어 올라가고 있습니다…….」

세템브리니 씨는 창가의 인문적 사면 책상 앞에 서 있었는데 제자에게 더 가까이 가기 위해 물병을 얹은 원탁 옆으로 걸어갔다. 한스 카스토르프는 벽가에 있는 안락의자에 앉아 있었는데 팔걸이가 없는 의자여서, 무릎 위에 팔꿈치를 얹고 턱을 괴고 있었다.

「친구!」하고 세템브리니는 이탈리아 어로 말했다. 「친애하는 친구! 결단을 내릴 때입니다. 유럽의 행복과 장래에 있어서 중대한 의의를 갖는 결단을. 그리고 이 결단은 당신네 나라의 손에 의해 행해집니다. 당신네 나라의 영혼의 내부에서 행해지지 않으면 안 됩니다. 동방과 서방 사이에 놓인 당신네 나라가 그 본성을, 서로 싸우고 있는 두 개의 세계 중의 어느 것을 택할 것인가를 최종적으로 결정하지 않으면 안 될 것입니다. 당신은 젊습니다. 당신은 그 결단에 관여하게 될 것이며, 그 결단에 영향을 미치게도 될 것입니다. 그런 의미에서 우리들은 우리들의 운명을 축복하기로 합시다. 당신이 이 비참한 장소에 밀려 들어와서, 내가 나의 그다지 미숙 무력하다고는 할 수 없는 말로 당신의 부드러운 젊음에 영향을 미치고, 당신네 나라가 세계의 문명에 입고 있는 책임을 당신에게 느끼도록 하게 한 운명을…….」

한스 카스토르프는 턱을 괴고 앉아 지붕 밑의 창으로 밖을 바라보고 있었는데 그 단순한 눈에는 어떤 반항의 빛이 나타나 있었다. 그러나 그는 잠자코 있었다.

「당신은 잠자코 있습니다.」 세템브리니 씨는 감동하여 말했다. 「당신네 나라, 당신들은 친해질 수 없는 침묵을 계속하고 있어 어떤 비평도 그 침묵의 불투명한 깊이를 알아볼 수가 없습니다. 당신들은 말을 좋아하지 않는 것인지, 말을 가지고 있지 않은 건지, 그렇지 않으면 붙임성이 없을 정도로 말을 신성화하려는 것인지, 세 가지 중의 한쪽에 속해 있습니다. 말을 사랑하는 사람은 당신들을 어떻게 생각해야 할는지 모르며 알 수도 없습니다. 이것은 위험한 일입니다. 말하는 것은 문명 그 자체입니다. 말은 아무리 반항적인 말이라 할지라도 지극히 결합적입니다. 이와는 반대로 무언(無言)은 고독하게 합니다. 우리들은 당신이 그 고독을 행동으로써 타개하려고 하는 것이 아닌가 추측하고 있습니다. 당신은 사촌인 자코모 씨――세템브리니 씨는 요아힘을 부르기 쉽게 언제나 『자코모』라고 부르고 있었다――를 당신의 침묵 앞에 세워 보십시오. 그러면 그는 칼을 휘둘러 두 사람을 쳐부수고, 다른 사람들은 도망갈 것입니다…….」

한스 카스토르프는 웃고 세템브리니 씨도 그의 조형적인 말의 효과에 순간 만족을 느끼며 미소지었다.

「좋습니다, 우리 웃읍시다! 유쾌하게 해드릴 수 있다면 언제든지 상대해 드리겠습니다. 『웃음은 영혼의 빛이다』라고 옛날 사람도 말했습니다. 그러나 우리들은 좀 본론에서 벗어난 것 같습니다. 나도 인정합니다만, 프리메이슨의 세계적 단결을 실현시키려고 하는 우리들의 준비 공작이 봉착하는 곤란, 특히 신교적 유럽에 의한 곤란에 관계된 문제로 빗나갔습니다…….」 그리고 세템브리니 씨는 이 세계의 단결이라는 이념에 대해 열심히 말을 하면서 그 이념은 헝가리에서 나온 이념으로 그것이 기대한 대로 실현된다면 프리메이슨 단은 세계의 움직임을 결정하는 힘이 될 것이라고 말했다. 세템브리니 씨는 이 일에 대해 외국의 유력한 단원들에게서 받은 편지를 시원스럽게 보여 주었는데 그 가운데에는 스위스의 기사 수도회 총회장, 제33위의 라텐테 지역 수도사의 자필 편지도 있었다. 그는 또 인조어(人造語)인 에스페란토 어를 세계 단결의 용어로 삼으려는 계획에 대해서도 말했다. 열이 더해 감에 따라, 눈길을 이리저리 돌리면서 고급 정치론을 전개하여 혁명적 공화 제국 사상이 그의 모국인 이탈리아나 스페인, 포르투갈에서 얼마나 실현될 전망이 있는가를 검토했다. 그는 포르투갈 군주국에서 대집회를 장악하고 있는 사람들과도 편지로 접촉을 계속하고 있다고 말했다. 포르투갈에서의 정세는 확실히 최후 결정을 보려고 하고 있다. 가까운 장래에 그 나라에서 여러 가지 사건이 일어나면 한스 카스토르프는 세템브리니가 지금 하는 말을 상기하기 바란다고 부탁했다. 한스 카스토르프는 그렇게 할 것을 약속했다.

여기서 미리 말해 두지만, 제자와 두 사람의 선생 사이에 각각 별개로 행해진 프리메이슨의 이야기는 요아힘이 이 위에 다시 올라오기 전의 일이었다. 그러나 이제부터 언급하려는 대결은 요아힘이 다시 이 위에 있게 된 후 그의 면전에서 일어난 대결이었다. 그것은 그가 다시 돌아온 지 9주일 후인 10월 초의 일이었다. 한스 카스토르프는 『마을』의 요양 호텔 앞에서 가을 햇빛을 받으며 청량 음료를 마시면서 함께 앉아 있었던 그날의 일을 두고두고 잊을 수가 없었다.

왜냐하면 당시 요아힘의 일이 그에게는 남 몰래 불안을 느끼게 했기 때문이다. 보통때 같으면 조금도 불안을 줄 수 없는 증상과 현상인 사촌의 목의 통증과 쉰 목소리는 귀찮기는 하지만, 해롭지 않은 증상과 현상이었지만, 그러나 한스 카스토르프에게는 그것이 웬지 모르게 특별한 의미를 가지는 증상과 현상으로 느껴졌다. 즉 그것은 요아힘의 눈 깊숙한 곳에서 확인할 수 있는 빛깔에서 받은 것이었다. 보통은 온화하고 큰 요아힘의 눈이, 가을의 그날은, 아니 그날부터 처음으로 생각에 잠기는 듯한——이상한 말을 덧붙이지 않으면 안 되지만——위협하는 듯한 표정을 띈 눈초리, 어떻게라고 확실히는 말할 수 없지만, 크고 깊어진 느낌의 눈초리로 되었고, 아까 말한 조용한 빛을 내면에 띄게 되었다. 이 빛이 한스 카스토르프의 마음에 들지 않았다고 말한다면, 그것은 그 빛을 잘못 전하는 말인 것이다. 오히려 반대로 그 빛은 그의 마음에 들기는 했지만, 그러나 역시 불안을 느끼게 했다. 요컨대 이러한 인상에 대해서는 그 성질상 복잡한 설명을 하는 것밖에 별도리가 없다.

이날의 논쟁, 물론 나프타와 세템브리니 사이의 논쟁에 대해 말한다면 이것은 그것만으로 독립된 논쟁이며 프리메이슨의 집회에 대해 개별적으로 행해진 논쟁과는 막연하게 연관이 있을 뿐이었다. 사촌들 외에는 페르게와 베잘이 함께 있었지만, 모두가 그 논쟁의 테마를 이해할 능력을 가지고 있었던 것이 아니라, 가령 페르게 씨는 분명히 그런 능력을 가지고 있지 않았는데도, 열중하여 듣고 있었다. 이 논쟁은 마치 생사를 건 것같이 맹렬하기 이를 데 없었으나 실은 우아한 시합을 하고 있는 듯 기지와 세련성을 가지고 행해지는 논쟁이었다. 세템브리니와 나프타 사이의 논쟁은 어느 것이나 그러한 논쟁이었다. 그러한 논쟁은 그 내용을 그다지 이해하지 못하고 그 중대성을 막연하게밖에 느끼지 못하는 사람들에게도 꽤 재미있게 들렸다. 관계가 없는 사람들, 주위에 앉아 있는 사람도 설전(舌戰)의 격렬함과 세련성에 끌려 들어 눈썹을 치켜올리면서 듣고 있었다.

아까도 말했지만 요양 호텔 앞에서 오후의 차 마시는 시간 뒤의 일이었다. 베르크호프의 네 사람의 손님은 거기서 우연히 세템브리니를 만났는데, 나프타도 우연히 거기에 와 있었다. 여섯 사람은 금속제의 작은 테이블을 둘러싸고 앉아, 소다수를 탄 자기가 원하는 음료, 아니스 주와 베르뭇 주를 마시고 있었다. 나프타는 언제나 여기서 간식을 들고 있었는데, 오늘도 포도주와 케이크를 주문했다. 이것은 기숙학교의 학생 생활 때의 추억 때문임에 틀림없었다. 요아힘은 레모네이드를 여러 번 마시면서, 아픈 목을 축였는데 레모네이드가 목의 근육을 오그라들게 하여 아픔을 덜게 한다고 해서 아주 진하고 쓴 것을 마셨다. 세템브리니는 그냥 설탕물만을 마시고 있었는데 스트로를 사용하여 가장 비싼 음료수라도 마시는 양, 품위 있고 맛있게 마시고 있었다. 그는 농담을 했다.

「엔지니어, 내가 어떤 소문을 들었다고 생각합니까? 당신의 베아트리체가 다시 돌아온다지요? 당신을 인도하여 선회하는 천국의 아홉 층을 빠짐없이 안내하여 준 그녀가? 그렇지만 말입니다. 그렇게 돼도 당신은 당신의 베르길리우스가 안내해 주는 우정의 손을 냉정하게 뿌리치지 말 것을 희망합니다! 여기에 있는 이 전도사도, 프란체스코 파의 신비주의에 대해, 그 반대의 입장에 있는 토마스 아퀴나스의 인식이 존재하지 않으면 중세의 세계는 완전하다고는 할 수 없다고 당신에게 단언할 것임에 틀림없습니다.」

그들은 세템브리니의 이 익살스러운 박식에 웃었다. 한스 카스토르프도 역시 웃으면서 『그의 베르길리우스』를 위해 베르뭇의 컵을 들었다. 그러나 세템브리니 씨의 이 허식은 많지만 그러나 절대로 악의는 없는 발언에서, 얼마나 차례로 끝없는 이론 투쟁이 발전해 갔는지, 그야말로 믿을 수 없을 정도였다. 물론 어느 정도 도전받은 형편이었으나 곧 공세로 나가, 누구나 세템브리니가 우상처럼, 아니 호메로스 이상으로 찬미하고 있는 라틴 시인 베르길리우스를 깎아내렸다. 이때까지도 나프타는 베르길리우스에 대해, 또 라틴 문학 일반에 대해 신랄하기 짝이 없는 멸시를 여러 번 나타내 왔지만, 이번에도 그는 기다렸다는 듯이 신랄하게 그 기회를 이용했다. 위대한 단테가 이 평범한 엉터리 시인을 대단하게 치켜올려 《신곡(神曲)》 가운데에서 찬란한 역할을 주고 있는 것에 로도비코 씨로서는 아마 너무나 프리메이슨적인 의미를 줄 것이지만, 사실 단테는 너무 사람이 좋아 시대의 사상에 사로잡혀 있었기 때문이다. 저 궁정적 계관 시인(宮廷的 桂冠詩人), 율리우스 왕가의 어용 시인, 독창성이 조금도 없는 세계 도시적 시인의 미사여구가 혼을 갖고 있다고 해도 빌린 혼에 불과하며, 대체로 시인이 아니라 아우구스투스 식의 가발을 쓴 프랑스 인이라고 할 수 있는 베르길리우스의 어디가 위대하다는 말인가!

여기에 대해 세템브리니 씨는, 나프타 씨가 라틴어 교사직을 가지고 있으면서 로마의 찬란한 문명을 멸시하는 것은 모순이다, 나프타 씨는 이것을 조화할 수 있는 수단과 방법을 알고 있다는 것을 믿어 의심치 않는다고 응수하고 이렇게 덧붙였다. 그러나 지금의 베르길리우스에 대한 비평을 통해 나프타 씨는 씨가 사랑하고 있는 시대의 생각과는 모순되는 것이지만, 그것을 지적하지 않으면 당사자는 그것을 깨닫지 못하는 것 같다. 중세는 베르길리우스를 멸시하지 않았을 뿐만 아니라, 그를 지혜에 넘친 마술사라고 믿고 그러한 단순한 사고로 그의 위대성을 인정하고 있었던 것이다.

나프타는 응수했다. 세템브리니 씨가 저 중세 시대의 단순성을 들고 나오려는 것은 정말 아무런 소용이 없는 일이다, 중세의 단순성은 정복한 문화에 마력을 부여한 점에서도 창조력을 나타낸 승리자인 것이다, 게다가 초기 가톨릭 교회의 지도자들은 고대의 철학자와 시인들의 기만(欺瞞)에 현혹되지 않도록, 특히 베르길리우스의 화사한 웅변에 해독을 입지 않도록 경고하는 것을 게을리하지 않았지만, 한 시대가 끝나 다시 프롤레타리아의 새 아침이 찾아오려는 지금은 이들 지도자들의 경고에 동감하기에 매우 좋은 때인 것이다! 그리고 전부 대답해 버린다면, 로도비코 씨가 친절하게도 야유해 준 시민적인 교직에 대해서 자기는 충분한 정신적 보류를 가지고 수행하고 있는 것을 믿어 주기 바란다, 어떠한 낙천가라도, 기껏해야 앞으로 몇십 년으로 끝장이라고 생각되는 고전적, 수사적 교육 제도에 자기는 익살스러운 기분 없이는 종사하고 있을 수 없다는 것을 믿어 주기 바란다고 말했다.

「그렇지만 당신들은 그들을,」 하고 세템브리니는 외쳤다. 「당신들은 그들을, 저 고대의 시인들과 철학자들을 땀을 흘려 연구하여 그들의 귀중한 작업의 결정을 몸에 갖추려고 하였습니다. 당신들이 교회당의 건립을 위해 고대 건축물의 석재를 이용한 것처럼! 당신들은 당신들이 프롤레타리아적인 영혼의 힘만으로는 새로운 예술 형식을 창조할 수 없다는 것을 알고 고대를 고대 자신의 무기로 정복하려고 생각했던 것입니다. 그것은 이제부터 그럴 것이며 앞으로 언제나 그럴 것입니다! 당신들의 거친 신흥성은 자기에게나 남에게나 멸시하려는 고대 문화의 문을 두드리고 가르침을 받아야 할 것입니다. 당신들은 교양 없이는 인류의 면전에 나갈 수 없기 때문이며, 그리고 교양은 오직 하나가 있을 뿐이기 때문입니다. 당신들이 시민적 교양이라고 부르는 교양, 인간적인 교양이 있을 뿐이기 때문입니다!」

「인문주의적 교육 원리의 종말이 몇십 년 사이에 찾아올 것이라고요?」

예의를 생각하지 않는다면 큰 소리를 내어 조롱하고 싶을 정도라고 세템브리니 씨는 말했다.

「영원한 재물을 계속 지켜 갈 줄 아는 유럽은, 여기저기에서 꿈꾸고 있는 프롤레타리아적 묵시록은 무시하고 고전적 이성에 의한 오늘날의 문제로 유유히 전진할 것입니다.」

그 오늘날의 문제라는 것이, 하고 나프타는 신랄하게 응수했다. 세템브리니 씨는 충분히 알지 못하고 있는 것 같으나, 씨가 이미 결정되어 버린 것이라고 생각하는 문제 즉 지중해 연안에서 탄생한 고전적 인문주의적 전통이 전 인류의 유산인 것이며, 따라서 인간적, 영구적인 것인지 아닌지, 그렇지 않으면 시민적 자유주의 시대라는 한 시대의 정신 형식과 부속품에 지나지 않으며, 그 시대와 함께 멸망하는 것인지 아닌지 하는 문제야말로 오늘날의 문제인 것이다. 그것을 결정하는 것은 역사의 작업이지만, 세템브리니 씨는, 그 결정이 씨의 라틴적 보수주의에 유리한 결정이 될 것이라는 달콤한 꿈에 도취하지 않는 것이 현명할 것이다.

진보의 사도(使徒)를 자처하는 세템브리니 씨를 보수주의자라고 부르는 키 작은 사나이, 나프타의 뻔뻔스러움도 이만저만이 아니라고 할 수 있었다. 모든 사람들이 그렇게 느꼈겠지만, 당사자인 세템브리니는 물론 누구보다도 그것을 분하게 여겨 뻗쳐오른 콧수염을 비틀어 올리면서 반격의 말을 생각하고 있었지만, 나프타는 그 사이를 이용하여 고전적 교육의 이상, 유럽의 학교나 교육 제도의 수사학적·문학적 정신, 그 문법적 형식적인 고집을 계속 조롱하면서 이것들은 시민적 계급 제도의 타산적 부속물에 지나지 않으며 벌써부터 민중의 조롱의 대상으로 되어 있다고 말했다. 그렇다. 민중이 박사의 칭호나 교육적 사대주의를 얼마나 조롱하고 있는가. 또 민중 교육이 학자적 교양의 정도를 저하시킨 것에 지나지 않는다고 하는 망상에서 생긴 부르주아 계급의 지배 수단인 국민학교에 대해서도 민중이 얼마나 비웃고 있는지는 상상할 수도 없는 일이다. 민중은 부패한 시민이나 국가와의 투쟁에 필요한 교양과 교육을 당국의 강제적 기관에 의지하지 않고도 어디에서나 얼마든지 섭취할 줄을 알고 있다. 게다가 중세의 수도원 부속 학교에서 발달한 현재의 학교 제도 그 자체가 도대체 우스운 유물로, 시대 착오인 것이다. 오늘날에는 교양이 학교 교육에서 얻어지는 것이 아니다. 공개 강연, 전람회, 영화를 통한 자유로운 공공 교육이 어떠한 학교 교육보다도 훨씬 훌륭하다는 것을 많은 사람들이 알기 시작하고 있다.

나프타 씨가 모두에게 맛보게 한 혁명과 비개화주의의 잡탕은, 하고 세템브리니 씨는 응수했다. 비개화주의적인 재료가 너무 많아 식욕을 일으키지 않게 한다. 나프타 씨가 민중의 계몽에 마음을 쏟고 있는 데에는 호감이 가지만, 그러나 민중과 세계를 문맹의 어둠 속에 덮어 두려는 본능에 지배되어 있는 듯한 의혹이 있기 때문에 유감스럽게도 호감도 희박해지지 않을 수 없다.

나프타는 미소지었다. 문맹(文盲)이라니! 세템브리니 씨는 이렇게 말함으로써, 어딘지 무서운 말을 입밖에 내어 괴물인 고르고의 무서운 머리라도 보이게 한 것처럼 생각하고, 누구나가 이것으로 당연히 안색을 잃을 것이라고 생각하는 모양이다.

그러나 나프타 자신은 유감스럽게도 세템브리니 씨를 실망시키지 않을 수 없다. 문명에 대한 인문주의자의 공포는 자기에게 우습게 느껴질 뿐이다. 읽고 쓰기의 훈련에 큰 교육적 의의를 인정하고 읽고 쓰기를 모르는 인간을 정신적 암흑에 덮인 인간처럼 생각하는 것은, 르네상스적 문학자, 세첸트적 예술가, 마리노적 문체가(文體家), 능서예찬(能書禮贊)의 어릿광대들뿐이다. 세템브리니 씨는 중세 최대의 시인인 귀족 볼프람 폰 에센바흐가 문맹자(文盲者)였다는 것을 기억하고 있는 것일까? 그 당시 독일에서는, 성직자를 시키려는 경우를 제외하고는 자식을 학교에 보내는 것은 창피스러운 일로 간주되어 있었고 문학적인 기능에 대한 이러한 귀족과 민중의 멸시는 언제나 고귀한 내면주의의 특징이었다. 귀족, 군인, 민중은 읽고 쓰는 것을 전혀 할 수 없든가, 그 흉내 정도를 낼 뿐이었다. 그러나 인문주의와 시민 계급의 적자(嫡子)인 문학자는 물론 읽고 쓰는 것은 할 수 있었지만 이밖의 것은 아무것도 할 수 없었고 알지도 못하고, 여전히 라틴어 학자적인 수다쟁이에 불과했고, 웅변만이 장기여서 생활다운 생활은 진실한 사람들에게 맡기는 수밖에 별도리가 없었다. 이리하여 문학자는 정치도 수사학과 문학, 즉 빈 것으로 찬 것에 바꾸어 버리지만, 이것은 그 방면의 당파의 용어로 말한다면, 급진주의와 데모크라시라는 것이다 등등.

여기에 대해 이번에는 세템브리니 씨가 응수했다. 그는 외쳤다. 나프타 씨는 어떤 시대의 광신적인 야만성에 대한 취향을 아주 대담하게 고백하고 문학적 형식에 대한 사랑을 비웃었지만, 이 사랑이 없다면 인간성은 있을 수 없는 것이다! 문맹이 고귀하다고? 말을 모르는 벙어리 같은 거친 내용주의를 고귀하다고 부르는 것은 인간에게 적의를 가진 자만이 할 수 있는 것이다. 고귀성은 오히려 어떤 고상한 사치와 관용에만 있는 것이며, 또한 이것은 형식에 대해 내용에서 독립한 인간다운 절대 가치를 인정하는 데에 있는 것이다. 기술을 위한 기술로서의 수사학의 존중이 그것이며, 그리스와 로마의 문명 유산은 인문주의자에 의해 라틴 민족, 적어도 라틴 민족에게만 다시 주어졌는데, 이 수학이야말로 넓은 의미의 내용적인 모든 이상주의의 원천인 것이며, 정치적 이상주의의 원천이기도 한 것이다.

「그렇습니다. 당신이 수사학과 생활의 분리로서 비난하려는 것이야말로 이 두 가지가 아름다움이라는 화관(花冠) 속에 더한층 훌륭하게 통합되어지는 것을 의미하고 있는 데 불과합니다. 따라서 나는 문학과 야만과의 어느 쪽을 택할 것인가 하는 논쟁에서 고매한 청년들이 언제나 그 어느 쪽에 가담하는가에 대해서는 조금도 불안을 느끼지 않습니다.」

한스 카스토르프는 옆에 있는 고귀한 내용주의의 전사요, 대표자인 요아힘의 모습이라기보다도 그의 이상한 눈빛에 정신이 팔려 있었기에 논쟁에는 반쯤만 주의하고 듣고 있었다. 그러나 세템브리니 씨의 마지막 말이 그에게 대답을 촉구한 것 같아 움찔했다. 그러나 언젠가 세템브리니에게서 『동방과 서양』의 어느 쪽에 마음을 결정하라고 엄숙하게 촉구받았을 때와 마찬가지의 얼굴, 풀리지 않는 고집쟁이의 얼굴을 하고 잠자코 있었다. 토론을 하기 위해서는 그것이 필요한 것이겠지만 이 두 사람은, 무슨 일에 있어서도 극단화하지 않으면 못 배겼기 때문에 한스 카스토르프가 볼 때, 인간다운 것이라든지 인간적이라는 것은, 논쟁이 되고 있는 두 개의 극단의 중간, 수다스러운 인문주의와 문맹의 야만성 사이의 어딘지 중간에 있는 것처럼 생각되는데도 이들 두 사람은 두 개의 극단스러운 경우에만 흥분하고 싸우고 있는 것이었다. 그러나 한스 카스토르프는 두 사람의 이론가를 성나게 하지 않도록 그것을 입밖에 내는 것을 삼가면서 풀리지 않는다는 태도로 위장을 하여, 두 사람이 세템브리니의 라틴 문학자 베르길리우스에 대한 가벼운 농담에서 시작한 응수를 계속하고 서로 앞을 다투어 탈선에 탈선을 거듭하고 있는 것을 구경하고 있었다.

세템브리니는 아직 결정적인 말은 하지 않고, 그 말을 휘둘러서 승리를 즐기기라도 하는 것같이 말을 계속했다. 그는 문학적 정신의 보호자라고 자처하고 문학의 역사는 인간이 지식과 감정을 기념비로 하여 영원히 남기기 위해 문자를 비로소 돌에 새겼을 때부터 시작되었다고 말하면서 그것을 찬미했다.

그는 또 이집트의 신(神), 토트에 대해 말하였다. 이 신은 헬레니즘의 세 배나 위대한 헤르메스 신과 동일한 신으로 문자의 발명신, 도서의 수호신, 모든 정신 활동의 장려가로서 존경받았다고 말했다. 그는 또 인류에게 문학적 언어와 투기적(鬪技的) 수사학이라는 귀중한 선물을 남긴 숭고한 헤르메스, 인문주의적인 헤르메스, 투기장의 수호신인 헤르메스 앞에 무릎을 꿇는다고 말했다.

그러자 한스 카스토르프는 그 이집트 출생인 신 헤르메스도 아마 정치가여서, 플로렌스 사람들에게 무엇보다도 정치를 가르치고 그들에게 화술을 가르쳐 그들의 공화제 도시를 정치의 원칙에 따라 통치하는 기술을 가르쳤다는 부르네토라티니와 같은 역할을 더 큰 규모로 행했을 것이라고 생각된다고 말했다. 여기에 대해 나프타는 세템브리니의 말은 좀 엉터리인 것으로, 한스 카스토르프에게 토트 헤르메스를 너무나 훌륭하게 말한 것은 잘못이라고 했다. 오히려 토트 헤르메스는 원숭이와 달——죽은 영의 신, 머리에 반달을 쓴 비비(狒狒)——인 것으로 헤르메스라는 이름은 무엇보다도 죽음과 죽은 자의 신, 심령 유괴자, 심령 안내인으로, 고대 후기에는 벌써 대마술사로 간주되었고, 유대적 신비 철학에 지배되었던 중세에는 신비적 연금술의 부조(父祖)로 추앙받게 되었다.

뭐라고요? 한스 카스토르프의 사고와 관념의 작업장 속은 위에서 아래로 일대 혼란이었다. 푸른 외투 차림의 죽음의 신이 인문주의적 수사학자이며, 교육적 문학의 신인 인류의 친구를 자세히 바라보면, 그것은 밤과 마법의 상징인 반달을 머리에 쓴 원숭이의 얼굴로 되었다. ……한스 카스토르프는 거절하듯 손을 흔들고는 눈을 가렸다. 너무나 큰 혼란에 스스로 눈을 가리고 아무것도 보이지 않는 어둠의 세계로 도망을 간 한스 카스토르프의 귀에 문학을 계속 구가하는 세템브리니의 목소리가 흘러 들어왔다. 세템브리니는, 문학에는 관조적인 위대함뿐만 아니라, 행동의 위대함이 언제나 결부되어 있다고 외치며 알렉산더 대왕, 케사르, 나폴레옹의 이름을 들고, 프러시아의 프리드리히 대왕 그밖의 영웅의 이름을 열거하고, 러셀과 몰트케의 이름까지 들고 나왔다. 여기에 대해 나프타는, 중국에서는 전에 볼 수 없었던 가장 우스꽝스러운 문자 숭배가 행해지고 있어 4만 자의 한문(漢文)을 붓으로 쓸 수 있으면 원수(元帥)가 된다는데 이것은 인문주의자의 마음에 드는 것일 거라고 말하고 세템브리니를 중국에서 태어나야 할 인간이었다고 비웃었지만, 세템브리니는 끄떡도 하지 않았다.

나프타 씨는, 하고 세템브리니는 말했다. 세템브리니 자신이 말하고 있는 것은 단순히 글자를 쓴다는 것이 아니라, 인류의 본능적인 욕구로서의 문학, 문학적 정신을 말한다는 것을 분명히 알고 있으면서 조롱하고 있는 것으로 정말로 불쌍한 독설가인 것이다! 문학적 정신은 정신 그 자체이며, 분석과 결합으로 이루어진 기적인 것이다. 문학적 정신은 모든 인간적인 것에의 이해를 불러일으켜 어리석은 가치 판단과 신념을 약화, 해소시키고 인류의 교화, 순화, 향상을 가능케 하는 것이다. 문학적 정신은 최고도의 도덕적 세련성과 민감성을 실현시켜 그로 인해 열광케 하지 않고 오히려 회의와 정의, 그리고 관용의 정신을 양성하는 것이다. 문학의 정화 작용과 순화 작용, 인식과 언어에 의한 열정의 억제, 이해와 용서, 그리고 사랑으로 인도되는 길로서의 문학, 언어를 해방시키는 힘, 인간 정신 일반의 가장 고귀한 표현으로서의 문학적 정신, 완전한 인간과 성자로서의 문학자……. 이렇듯 찬란한 음조로 세템브리니 씨의 변호사적인 송가가 계속되었다. 그러나 상대방인 나프타 씨도 잠자코 있지는 않았다. 그는 세템브리니의 천사의 송가를 신랄하고 멋진 반박으로 교란하여, 세템브리니의 정신을 천사연한 위선(僞善)이며 가장 파괴적 정신이라고 헐뜯고, 그 정신에 대항하여 보수와 생명의 편에 선다고 말했다. 세템브리니 씨가 목소리를 떨면서 구가한 멋진 결합이란, 하고 나프타는 말했다. 요컨대 기만과 사기일 뿐이다. 왜냐하면 문학적 정신은 탐구와 분류(分類)의 원리에 형식을 결합시킨다고 자만하고 있지만, 그 형식이란 것은 기만적, 외견적 형식에 지나지 않으며, 진정하고 완전한 자연적 형식, 즉 생명에 찬 형식은 아니기 때문이다. 소위 인간 개선자들은 인류의 정화와 순화를 입버릇처럼 말하지만 그들이 염원하는 것은 사실 생명의 거세(去勢)와 빈혈화(貧血化)에 지나지 않는다.

그렇다, 쓸데없이 홍분적인 이론만을 강조하는 정신은 생명을 해칠 뿐이며, 열정을 억제하려고 하는 것은 무(無)를 원하는 것이다. 물론 완전한 무를. 왜냐하면 무에 결합하는 형용사가 있다면, 그것은 정말 『완전한』이라는 형용사뿐이기 때문이다. 그러나 이 점에 있어서, 문학자 세템브리니의 본령(本領), 즉 진보와 자유주의, 그리고 시민적 혁명 투사로서의 본령이 여실히 나타나는 것이다. 왜냐하면 진보는 순전한 허무주의인 것으로, 자유 사상적 시민은 사실 허무와 악마의 인간으로, 악마적인, 반절대적인 것을 신봉하며, 죽음과 다름이 없는 평화주의를 이상하게도 무언가 경건한 것처럼 생각하고 그것으로 보수적이고 적극적인 의미에서 절대적인 것, 신을 부정하기 때문이다. 그러나 그러한 평화주의는 경건하지 않을 뿐더러 생명을 약화하는 일대 죄인으로, 생명의 이름에 의한 종교 재판, 준엄한 비밀 재판에 부쳐서 혼을 내게 할 필요가 있다 등등.

이렇게 나프타는 맹렬히 응수하여 세템브리니의 송가를 악마적인 것이라 하고, 자기 자신을 사랑에 찬 보수적인 엄격성의 화신이라고 주장했으므로 두 사람 중의 어느 쪽에 신이 있고 악마가 있는 것인지, 어느 쪽에 죽음이 있고 삶이 있는 것인지를 판단하는 것이, 이번에도 또 불가능했다. 상대방인 세템브리니도 공박을 받고 순순히 물러갈 사람은 아니었다. 독자는 그것을 그대로 믿어 줄 것이다. 그의 응수도 멋진 것이었다. 여기에 대한 나프타의 응수도 멋진 것으로, 그 뒤 한동안 이런 식으로 계속되다가 설전은 아까 말한 문제에 도달한 것이었다. 그러나 한스 카스토르프는 요아힘이 감기 열이 있는 것 같아 걱정이 되는데, 여기서는 감기가『인정받고』있지 않기 때문에 어떻게 해야 할지 모르겠다고 한 마디 하고는 더 이상 토론에 귀를 기울이지 않았다. 두 사람의 논적(論敵)은 이 말에는 개의치 않고 토론을 계속했다. 그러나 한스 카스토르프는 아까 말한 것처럼, 요아힘의 일이 걱정이 되는 터이라 두 사람이 응수하고 있는 도중에, 두 사람이 페르게와 베잘만을 청중으로 삼고 논쟁을 계속할 만한 교육자적 열의가 있는지 어떤지에는 신경을 쓰지 않고, 사촌과 함께 물러나왔다.

돌아오는 길에 사촌들은 요아힘의 감기와 목의 통증에 대해 정규 수속을 밟기로 결정을 지었다. 즉 마사지 선생으로부터 간호원장에게 전달되도록 하면, 환자를 위해서 어떠한 조처가 취해질 것이라는 의견이 모아졌다. 이것은 현명한 일이었다. 그날 밤 저녁 식사 후에 한스 카스토르프가 사촌 방에 함께 있는데 아드리아티카가 그 방문을 두드리고 들어와 젊은 장교의 소원과 하소연을 이상한 목소리로 물었다.

「목이 아프다지요? 목소리가 쉬었다지요?」간호원장은 마사지 선생에게서 들은 것을 새삼 물었다. 「당신 무언가 경솔한 짓을 하지 않았어요?」이렇게 말하고 상대방의 눈을 날카롭게 쳐다보려고 했지만 두 사람의 눈이 마주치지 않은 것은 요아힘의 책임이 아니라, 옆으로 미끄러져 나간 간호원장의 눈 탓이었다.

상대방의 눈을 쳐다보려고 해도 그것이 안 된다는 것을 경험으로 잘 알고 있으면서 그것을 여러 번 되풀이하다니! 간호원장은 혁대에 차고 있던 가방 속에서 금속성의 구둣주걱 같은 것을 꺼내어 그것으로 환자의 혓바닥을 누르고 목구멍을 들여다보았다. 한스 카스토르프는 간호원장의 명령대로 사이드 테이블의 전기 스탠드를 손에 쥐고 목구멍 깊숙이 비추었다. 간호원장은 발끝으로 서서 요아힘의 목젖을 들여다보면서 말했다.

「잠깐만, 지금까지 목이 멘 일이 있었어요?」

그 질문에 어떻게 대답을 하면 좋을 것인가? 간호원장에게 목을 검사받고 있는 동안은, 바로 대답을 한다는 것이 전혀 불가능했고 그 후 입이 자유롭게 되었어도 대답할 수가 없었다. 물론 요아힘은, 오늘까지 마시고 먹고 할 때에 목이 멘 일이 여러 번 있었지만 이것은 사람이면 누구에게나 있는 일로, 그녀가 물어 본 것은 그런 것이 아니라고 생각했다.

「왜요? 최근에 그런 일은 없었는데요.」

「아니에요, 좋아요, 잠깐 그것을 생각했기 때문이에요. 그런데 감기에 걸렸다지요?」하고 간호원장은 말했지만, 감기라는 말은 이 요양원에서는 금지된 말이었기 때문에 사촌들은 깜짝 놀랐다. 목을 더 자세히 조사하려면 고문관의 후두경(喉頭鏡)의 신세를 져야겠다고 말하고 방에서 나갈 때에 양치용의 포르마민트와 취침중의 찜질에 사용하는 붕대와 타페르카 고무를 두고 갔다. 요아힘은 그 두 개를 사용해서 치료한 덕분으로 통증이 많이 수월해진 것같이 느껴졌다. 그러나 목의 통증은 때로 거의 전혀 느끼지 않게 되었지만 쉰 목소리는 없어지려 하지 않고 다음 며칠 동안은 점점 더 심해 가기만 해서 그 치료를 계속하였다.

그러나 감기 열은 사실 기분 때문이었다. 타각적 증상(他覺的症狀)은 언제나 있는 증상으로 명예를 존중하는 요아힘이 연대기 밑으로 다시 달려가는 것이 이루어질 때까지 고문관의 진찰의 결과도 있고 하여, 이 위에서 좀 정양을 계속하게 되면서 나타난 증상이었다. 고문관이 약속한 10월이라는 기한은 소리도 없이 슬쩍 지나갔다. 아무도, 고문관도 사촌들도 여기에 대해서는 말이 없었다. 조용히 눈을 내리깔고 사촌들은 10월을 보냈다. 베렌스가 그 10월의 진찰에 정신 분석가인 조수에게 쓰게 한 진단으로도, 또 뢴트겐 사진의 건판에 나타난 결과로도, 자포자기의 출발이라면 몰라도 그밖의 출발은 생각할 수 없는 것이 분명해졌다. 게다가 이번만은 이 위의 근무로 평지에서의 선서 이행에 이번에야말로 견디어 갈 수 있게 해야 했다.

이것이 현재의 모토였고 사촌들은 그것을 암암리에 서로 양해하고 있는 태도를 취했다. 그러나 두 사람 다 상대가 그 모토를 마음속으로 믿고 있다고는 생각할 수 없었다. 두 사람이 서로 눈을 내리깐 것은, 그러한 의심 때문이었고 언제나 눈길이 마주친 직후였다. 이것은 문학에 대한 저 논쟁의 날로부터 횟수가 많아졌다. 저 논쟁 사이에 한스 카스토르프는 요아힘의 눈 속 깊이에서 그때까지 본 일이 없던 빛을 처음으로 알아보고 또 묘하게 위협적인 느낌을 처음으로 받았다. 특히 식사 때에 눈을 내리깐 일이 있었지만 그것은 쉰 목소리를 한 요아힘이 갑자기 심하게 목이 메기 시작하여 거의 숨을 쉴 수 없게 되었을 때였다. 요아힘이 냅킨으로 입을 누르고 계속 헐떡여, 옆자리의 마그누스 부인이 민간에서 하는 조치에 따라 청년의 등을 두드리고 있는 동안 사촌들의 눈이 서로 마주쳤지만, 갑자기 목이 메는 일은 누구에게나 있을 수 있는 일이었기 때문에 한스 카스토르프는 그 일 자체보다도 두 사람의 눈길이 서로 마주친 것에 무서운 쇼크를 받았다. 요아힘은 곧 눈을 감고 입에 냅킨을 댄 채 식탁을 떠나 식당 밖에서 기침이 그치기를 기다렸다. 10분 가량 지나자 요아힘은 안색이 창백하긴 했으나 미소를 지으며 돌아와서 소동을 일으킨 것에 대해 사과를 하고 분량이 많은 식사를 아무 일도 없었던 것처럼 계속하였고 사람들도 이 흔히 있는 사건을 말하는 것조차 잊어버렸다. 그러나 그로부터 이삼 일 후에 이번에는 저녁 식사 때가 아니라, 양이 많은 점심 식사 때에 똑같은 일이 되풀이되었다. 그러나 이번에는 눈이 마주치지 않았다. 적어도 사촌들의 눈은 마주치지 않았다. 한스 카스토르프는 그것에 주의하지 않는 척하면서 접시 위에 몸을 구부리고 계속 먹고 있었기 때문이었다.

그러나 식사가 끝난 후 역시 그것에 대해서 한 마디 하지 않을 수 없었다. 요아힘은 저주스러운 밀렌동크 간호원장이 제멋대로 질문을 하여 암시를 주고 남의 신경을 건드렸다고 분개하면서 저 따위는 악마가 잡아가야 한다고 말했다. 그렇다, 그것은 틀림없이 암시일 것이라고 한스 카스토르프는 말했다. 불쾌하기 그지없는 일이지만, 그렇게 단정해 버리니 기분 좋다고 말했다. 요아힘은 문제를 그렇게 단정한 후에는 간호원장의 마술에 저항할 수 있었고 식사 때에도 조심하여 암시를 받지 않은 사람 정도밖에 목이 메지 않았다. 9일인가 10일 후에 다시 한 번 목이 메었지만, 그것은 별문제가 되지 않았다.

그러나 요아힘은 아직 그 차례도 시기도 아닌데 라다만트에게 불려 갔다. 간호원장이 그의 상태를 전달했기 때문이었지만, 이것은 경솔한 일을 했다고 할 수는 없었다. 후두경은 요양소 안에 있었고, 요아힘의 완고한 목은 거의 몇 시간이고 목소리가 전혀 나오지 않을 정도로 심하게 메어 목에 침의 분비를 촉진시키는 약으로 미끄럽게 해두는 것을 조금이라고 게을리하면 곧 아프기 시작했기 때문에, 이 교묘하게 고안된 기계를 장에서 꺼내어 진찰해 볼 필요는 충분히 있었다. 그건 그렇고, 요아힘이 최근 일반 사람들과 마찬가지로 드물게 목이 메게 된 것은 식사중에 매우 조심했기 때문이며 그것 때문에 그는 식사를 마치는 것이 다른 사람보다 늦게 되었다.

고문관은 후두경으로 빛을 반사시켜 가며 요아힘의 목구멍 깊숙한 곳을 한참 동안 들여다보고 있었다. 그것이 끝나자 환자는 한스 카스토르프의 특별한 부탁에 따라 곧 발코니로 보고를 하러 왔다. 마침 정오의 중요한 요양 시간 중이라 이야기하는 것이 금지되어 있었으므로 요아힘은 속삭이듯이 작은 소리로, 정말 거북스럽고 간지러웠다고 말했다. 베렌스는 마지막으로 염증 상태에 대해 길게 설명하고 나서 매일 거기에 약을 발라야 하는데, 지금부터 그 약을 만들어야 하기 때문에 내일부터 태우기를 시작하자는 것이었다. 그러면 염증을 일으키고 있는 데를 태운다는 말인가 하고 한스 카스토르프는 물었다. 한스 카스토르프의 머릿속에는 차례로 갖가지 연상이 떠올랐다. 별로 관계없는 일들, 가령 절름발이 문지기의 일, 1주일 동안 귀를 계속 막고 있으면서도 조금도 걱정하지 않아도 된다고 말한 부인 일까지 생각이 나, 그 자리에서 물어보고 싶었지만 입밖에 내지 않고 직접 고문관에게 살짝 물어 볼 것을 결심했다. 그리고 사촌에게는 이 귀찮은 일이 의사 손에 넘어가 고문관이 그것을 담당해 주게 된 것에 만족의 뜻을 나타내는 데 그치기로 했다. 고문관은 대단한 사람이기 때문에 반드시 고쳐 줄 것이라고 그는 말했다. 요아힘은 사촌의 얼굴을 보지도 않고 끄덕이면서 발길을 돌려 이웃 발코니로 돌아갔다.

명예를 존중하는 요아힘이 도대체 어떻게 된 것일까? 요즈음 그의 눈은 불안해 하며 서글픔을 띄고 있었다. 요전에도 밀렌동크 간호원장이 요아힘의 조용한 검은 눈을 똑바로 쳐다보려다 실패했으나 그녀가 그것을 다시 한 번 시험해 보면 이번에는 어떤 결과가 될 것인지 정말 알 수 없었다. 아무튼 요아힘은 눈을 마주치는 것을 피했고 뜻하지 않게 눈이 마주치게 되면——한스 카스토르프는 자주 사촌을 지켜보고 있었기 때문이지만——이쪽도 명랑한 기분이 될 수 없었다. 한스 카스토르프는 지금 당장이라도 원장에게 물어 보고 싶어 안절부절 못하는 불안한 기분이었으나 무거운 마음으로 발코니에 남아 있었다. 지금 금방 침대 의자에서 일어나면, 요아힘이 눈치 챌 것이니 그렇게는 할 수 없고 한동안 보류했다가 오후중에 베렌스를 붙잡는 것이 좋을 것 같았다.

그런데 붙잡을 수가 없었다. 이상한 일이었다. 고문관을 붙잡는 것이 아무래도 되지 않았다. 그것도 그날 밤뿐만 아니라, 그로부터 꼬박 이틀 동안이

나. 물론 요아힘에게 비밀로 했기 때문에 그것이 다소 방해가 되기는 했지만, 그러나 라다만트와 서로 이야기하게 되지 않고 그를 아무리 해도 붙잡을 수 없었던 것은, 그것만의 이유로는 충분히 설명할 수 없었다. 한스 카스토르프는 요양원의 모든 곳을 찾아다니며 베렌스의 소재를 물어, 아무 아무데로 가면 꼭 만날 수 있을 것이라고 해서 거기에 가보면 벌써 거기에는 없었다. 식사 때 한 번 나타나긴 했지만 그는 훨씬 떨어진 이류 러시아 인석에 앉아 있다가 디저트가 나오기 전에 모습을 감추어 버렸다. 두세 번은 이제 틀림없이 붙잡을 수 있다고 생각했었다. 그러나 고문관이 계단이나 복도에서 크로코브스키나 간호원장, 환자 중 누구하고 서 있는 것을 보고 한스 카스토르프는 잠복하고 있었으나 잠깐 눈을 다른 데로 돌리는 사이에 베렌스는 없어지고 말았다.

나흘째에야 붙잡을 수 있었다. 한스 카스토르프는, 쫓아다니던 그 상대가 정원에서 정원사에게 무언가를 일러 주고 있는 것을 발코니에서 보고 허둥지둥 담요에서 빠져 나와 계단을 뛰어 내려갔다. 고문관은 등을 구부리고 헤엄치는 것 같은 걸음걸이로 집으로 돌아가고 있었고, 한스 카스토르프가 뛰어가서 대담하게 부르기까지 하였지만 고문관에게는 들리지 않은 듯했다. 그는 헐떡이면서 쫓아가 겨우 베렌스를 멈추게 할 수 있었다.

「이 정원에 무슨 용건이 있습니까!」 고문관은 젖은 눈을 이쪽으로 돌리면서 호통을 쳤다. 「당신에게 요양원 규칙 사본 하나를 드려야 할까요? 내 기억이 틀리지 않는다면 지금은 안정 요양 시간입니다. 당신 정도의 체온 커브와 뢴트겐 사진을 가지고는, 귀족인 양 마음대로 특권을 행사할 수는 없습니다. 2시부터 4시까지의 사이에 정원을 어슬렁거리는 자들을 혼내 주기 위해 이 부근에 허수아비라도 세워야 하겠습니다! 대체 무슨 용건입니까!」

「고문관님, 고문관님에게 꼭 말씀드려야 할 일이 있습니다!」

「나도 알고 있습니다. 당신이 벌써 오래 전부터 그렇게 생각하고 있다는 것을. 당신은 내가 여자인 양, 마치 애욕의 대상인 것처럼, 내 뒤를 쫓고 있었으니까요. 나에게 무슨 용건이 있습니까?」

「사촌 일 때문입니다. 고문관님, 미안합니다! 사촌은 약을 바르고 있습니다. 나는 그것으로 이제는 걱정할 필요가 없다고 생각하고 있습니다. 아무렇지도 않겠지요? 이런 일을 물어 보아서, 어떨까 생각합니다만?」

「당신은 언제나 무슨 일이든 아무렇지도 않게 생각하려는 사람입니다. 카스토르프 군, 당신은 그런 사람입니다. 당신은 아무렇지 않은 일이 아닌 일에 간섭을 하면서도 그걸 아무렇지도 않은 일인 것처럼 알고 있는데, 그걸 아무렇지도 않은 일처럼 취급함으로써 그걸로 위안을 얻으려 하고 있습니다. 당신은 요컨대 비겁자이고 위선자입니다. 당신 사촌이 당신을 문화인이라고 부른 것은 그나마 봐준 말입니다.」

「말씀대로일는지 모릅니다. 고문관님, 물론입니다. 내 성질의 결점은 어제 오늘의 것이 아닙니다. 그러나 지금은 그것이 문제가 되지 않다는 점이 문제입니다. 내가 일전부터 고문관님에게 부탁드리려고 생각한 것은 즉…….」

「즉 나더러 달착지근한 맛좋은 술을 따라 달라는 것이겠지요. 당신의 한심스러운 위선 행위를 칭찬해 달라는 것이겠지요. 남들은 잠도 자지 않고 갖은 고생을 하고 있는데 당신은 혼자 유유히 잠잘 수 있도록 끈질기게 나를 쫓아다녀 나를 귀찮게 굴려는 것이겠지요.」

「고문관님, 당신은 나에게 너무 엄하십니다. 나는 오히려…….」

「그렇지요. 엄격, 이것이야말로 당신이 가지고 있지 않은 것입니다. 그 점, 당신의 사촌은 당신과는 인품이 다릅니다. 그는 모든 것을 통찰하고 있습니다. 그는 입밖에 내지 않지만 모든 것을 통찰하고 있습니다. 아시겠습니까? 그는 남의 저고릿자락에 매달려 임시적인 안심이나 아무렇지도 않다는 것을 말해 줄 것을 희망하지 않습니다. 그는 평지에 돌아감으로써 무엇을 하고, 무엇을 그 대가로 지불하는지를 알고 있었습니다. 그는 침착하여 이성을 잃지 않고 입을 다물 수 있는 인물로 이것이야말로 남성적인 태도입니다. 이것은 당신 같은 타협적인 팔방미인에게는 유감스럽게도 흉내낼 수 없는 곡예입니다. 그러나 미리 말해 두지만, 카스토르프 군, 당신이 여기서 이상한 행동을 하고 떠들어 대어 문화적인 감정에 빠지는 일이 있게 되면, 나는 당신을 쫓아 버리겠습니다. 여기서는 사나이다운 사람을 원합니다. 양해해 주기 바랍니다.」

한스 카스토르프는 말이 없었다. 그도 이제는 안색이 변하면 얼룩이 졌다. 얼굴이 그을러 있었으므로 창백해지는 일은 없었기 때문이었다. 입술을 떨면서 겨우 말했다.

「정말로 감사합니다. 고문관님, 이제 나도 잘 알았습니다. 요아힘의 용태가 걱정스러운 용태가 아니라면 당신도 이렇게까지, 무어라고 말을 해야 할는지……, 이렇게 새삼스러운 어조로 말씀하시지 않았을 테니까요. 나 자신도 이성을 잃고 떠들어 댈 인간은 아닙니다. 당신은 잘못 보시고 계십니다. 떠들지 않고 있는 것이 필요하다고 말씀하신다면 나도 훌륭히 그렇게 하겠습니다. 맹세를 할 수도 있습니다.」

「당신은 사촌을 사랑하고 있군요, 한스 카스토르프 군?」 고문관은 갑자기 청년의 손을 잡고 푸르게 젖은 눈으로 청년을 들여다보듯 쳐다보며 말했다.

「그거야 말할 필요도 없지요, 고문관님. 요아힘은 아주 가까운 친척인데다 좋은 친구일 뿐 아니라 이 위에서는 내 짝이니까요.」 한스 카스토르프는 대답하고 순간 흐느껴 울면서 한쪽 발끝을 세우고 발길을 밖으로 돌렸다.

고문관은 황급히 청년의 손을 놓았다.

「그러니까 요 6주 내지 8주 동안 그를 잘 돌봐 주도록 해요.」 하고 그는 말했다. 「무슨 일에도 아무렇지 않게 생각하려고 하는 당신의 천성에 의지하십시오. 그것이 그에게도 가장 좋은 일일 것입니다. 미흡하지만 나도 있으니까, 될 수 있는 대로 일이 편안하게 잘 진전되도록 애를 쓰겠습니다.」

「후두입니까?」 한스 카스토르프는 고문관에게 고개를 끄떡이면서 말했다.

「후두 결핵입니다.」 베렌스는 시인했다. 「급격한 파괴 작용이 진행되고 있습니다. 그리고 기관 점막도 벌써 신통치 않습니다. 아마 군대에서 호령을 했던 것이 국부의 저항력 감퇴를 가져오게 했을 것입니다. 그러나 이러한 경향이 있다는 것은 언제나 각오하고 있지 않으면 안 됩니다. 거의 희망이 없습니다. 사실은 전혀 희망이 없습니다. 물론 유효 적절하다고 생각되는 것은 무엇이든지 해보겠습니다.」

「어머니에게는…….」 하고 한스 카스토르프는 말했다.

「아직은 그렇게 서두를 필요가 없습니다. 어머니에게는 차차로 알릴 수 있도록 당신이 잘해 주시기 바랍니다. 자, 그러면 당신도 부서로 돌아가십시오. 그가 눈치 채게 됩니다. 이런 이야기를 숨어서 몰래 하고 있다는 것을 그가 알게 되면 그야말로 좋은 기분이 아닐 것입니다.」

요아힘은 매일 약을 바르러 다녔다. 화창한 가을 날씨가 계속되어 요아힘은 푸른 저고리에 흰 플란넬 바지의 산뜻한 군인다운 모습으로 진찰실에 갔다가 가끔 식사에 늦게 나타났다. 지각한 것을 상냥하게 남성다운 간결한 말로 사과를 하고 그를 위해 특별히 마련된 식사를 하기 위해 앉았다. 그는 목이 멜 염려가 있어서 다른 사람들과 보조를 맞출 수 없기 때문에 수프와 건포도와 죽을 먹었다. 그의 식탁 멤버들은 곧 사정을 알아차렸다. 모든 사람들은 그를 『소위님』이라고 불렀으며 그의 인사에 특별히 친절하고 공손히 대답했다. 요아힘이 없을 때에는 모두들 한스 카스토르프에게 그의 용태에 대해 물었다. 다른 식탁에서도 한스 카스토르프에게 묻는 사람들이 있었다.

슈퇴르 부인도 두 주먹을 쥐고 와서는 교양이 없는 동정을 표시했다. 그러나 한스 카스토르프는 두세 마디밖에 대답을 하지 않았다. 그는 사태가 낙관할 수 없다는 것을 인정하면서도 그것을 어느 정도 부정하기도 했다. 요아힘을 지금부터 살 가망이 없는 사람으로 정해 버려서는 안 된다는 심정에서였다.

사촌들은 함께 산책을 했다. 고문관은 요아힘의 체력을 불필요하게 소비시키지 않게 하기 위해 산책을 요양 산책만으로 엄격히 제한했는데, 두 사람은 그 산책길을 하루 세 번 왕복했다. 한스 카스토르프는 사촌의 왼쪽에서 걸어갔다.

전에 두 사람은 그때그때의 형편에 따라 한스 카스토르프가 왼쪽에 서기도 하고 오른쪽에 서기도 했지만, 이번에는 한스 카스토르프가 거의 언제나 그의 왼쪽에서 걸어갔다. 두 사람은 서로 그다지 말을 하지 않고 걸었고, 베르크호프의 평일에 화제에 오를 만한 것에 대해 이야기하고 그밖의 것은 언급하지 않았다.

두 사람 사이의 일에 대해서는, 두 사람 다 정말 어쩔 수 없는 경우가 아니면, 이름을 서로 부르지 않는 조심스러운 습관이 있었으므로 더한층 서로 이야기가 없었다. 그런데도 불구하고 문화인인 한스 카스토르프의 가슴은 때로 무언가가 치밀어오르며 당장에라도 말이 쏟아져 나올 듯한 때도 있었다. 그러나 그런 기분에 져서는 안 되었다. 그는 강렬하게 솟아오르는 안타까운 감정을 다시 억눌러 버리고 잠자코 있을 수밖에 없었다.

요아힘은 한스 카스토르프와 나란히 고개를 수그리고 걸어갔다. 그는 흙을 바라보듯 눈길을 땅바닥에 떨어뜨리고 있었다. 정말로 이상했다. 요아힘은 산뜻하고 단정한 모습으로 걸어가면서 만나는 사람마다 언제나 기사다운 태도로 인사를 하고 언제나처럼 외양과 몸차림에 주의를 하고 있었지만, 그러면서 흙으로 돌아가려고 하는 것이었다. 물론 우리들은 누구나 언젠가는 흙으로 돌아가야 한다. 그러나 이렇게 젊었는데, 군기 밑에서의 근무를 그토록 갈망하고 있는데도 얼마 안 있어 흙으로 돌아가야 한다는 것은 참혹한 일이다. 이것은 흙으로 돌아가는 본인보다도 그것을 알면서 나란히 걸어가고 있는 한스 카스토르프 쪽이 훨씬 더 괴로운 노릇이었다. 요아힘이 알고 있으면서 의연하게 잠자코 있는 일이란 실은 관념적인 성질의 것으로, 요아힘 자신에게는 별로 실감나지 않기 때문에 결국은 요아힘 본인보다도 다른 사람들의 문제였던 것이다. 사실 우리들이 죽는다는 것은 죽는 본인의 문제라기보다 오히려 뒤에 남는 사람들의 문제인 것이다. 우리들이 살아 있는 한 죽음은 우리들에게 존재하지 않으며 죽음으로써 우리들은 존재하지 않는 것이다. 따라서 우리들과 죽음과의 사이에는 어떠한 현실적인 관계도 성립되지 않는다.

죽음은 우리들과 대체로 아무런 관계가 없는 것이며 기껏해야 우주와 자연에게 어느 정도 관련이 있다고 말할 수 있을 뿐이다. 그런고로 모든 생물은 죽음을 아주 무관심한, 무책임하고 이기적인 순진한 기분으로 바라보고 있는 것이라고 어떤 기지에 찬 그리스의 현자가 말했지만, 그 말을 인용할 수 있는 사람이거나 인용 못 하는 사람이거나 간에 이 말이 인간의 기분에 1백 퍼센트 옳다는 것은 인정하지 않으면 안 된다. 한스 카스토르프는 요 몇 주일 사이에 요아힘의 태도에서 인간의 이 순진성과 무책임을 충분히 느꼈다. 그리고 요아힘이, 죽음이 다가오고 있다는 것을 알면서도 그것에 대해 기특하게도 잠자코 있을 수 있는 것은, 그에게 있어서는 죽는다는 것이 절박한 것이 아니라 관념적인 생각이었든지, 혹은 실감적으로 다가오기는 하지만 건전한 근엄성에 의해 정리되고 억제되고 있기 때문이라고 한스 카스토르프는 이해했다. 그 근엄이 죽음에 가까워지고 있다는 것을 상대하지 않게 하였던 것이지만, 이 근엄성은 우리들이 이밖에도 생명에 관련된 갖가지 생리상의 비밀을 의식하고 있으면서도 근엄하게 이들 비밀을 입밖에 내지 않는 것과 같은 것이었다.

이런 식으로 사촌들은 산책을 계속했고, 생(生)에 알맞지 않은 문제에 대해서는 계속 침묵을 지키고 있었다. 처음에는 기동 연습에 참가하지 못한다는 것, 일반적으로 평지의 군복무에 종사하지 못하는 것을 흥분하며 한탄하던 요아힘도 요즈음에는, 그것을 한 마디도 입밖에 내지 않았다. 그러나 그 대신, 사소한 일을 걱정하지는 않는데도 요아힘의 고요한 눈에 어두운, 겁에 질린 빛이 저렇게 여러 번 떠오르는 것은 무엇 때문일까? 간호원장이 요아힘의 눈을 다시 한 번 쳐다보려고 했다면, 이번에는 쳐다볼 수 있을 것임에 틀림없다고 생각할 정도로, 겁에 질린 눈이었다. 눈이 너무 커져서 볼이 여윈 것을 의식하고, 그것 때문에 겁에 질린 것일까? 요 몇 주일 사이에 그의 눈과 볼이 금시 그렇게 되었는데, 평지에서 다시 돌아왔을 때에 이미 그러했지만, 그것이 훨씬 심해졌다. 게다가 날이 갈수록 그을린 얼굴색이 누렇게 되어 가죽과 같은 색으로 되었다. 요아힘은 알빈 씨의, 소위 불명예의 끝없는 특전을 향수하는 것 외에는 생각하지 않는 사람들의 세계에 살면서 부끄러워하고 자기 혐오를 느껴야 한다고 생각하고 있는 것 같았다. 한때는 그렇게도 밝던 눈초리가 무엇을 무서워하고 누구를 무서워하여 숨으려고 하는 것일까? 생물이 동료의 눈이 닿지 않는 장소에 숨어서 죽으려고 하는 수치, 바깥 자연 속에서 명랑하게 살고 있는 동료 생물들로부터 자신의 고뇌와 죽음에 대해 어떠한 위로도 경건심도 기대할 수 없을 것이라고 확신하고 모습을 감추는 수치, 생에 대한 이 수치는 말할 수 없이 불가사의한 것이었다. 어떠한 위로도 경건심도 기대할 수 없을 것이라는 이 확신은 당연한 것으로, 기쁘게 뛰노는 새의 무리들은 병든 친구를 위로하려고 하지 않을 뿐만 아니라 멸시하는 듯이 주둥이로 쪼아 대는 것이다. 그러나 이것은 하등 생물 세계의 일인 것으로, 한스 카스토르프는 불쌍한 요아힘의 눈 깊숙한 곳에서 본능적인 어두운 수치의 빛을 엿볼 때마다 지극히 인간적인 애정과 연민의 정이 가슴에 복받치는 것이었다. 그는 요아힘의 왼쪽에서 부축을 하듯 걸어갔다.

의식적으로 그렇게 했던 것이었다. 그리고 요아힘이 최근에는 발목도 다소 의심스러워졌기 때문에 한스 카스토르프는 풀밭의 작은 사면을 올라갈 때면 평소의 조심을 버리고 사촌을 껴안듯 부축해 주었다. 어떤 때는 다 올라가서도 팔을 요아힘의 어깨에서 내려 놓는 것을 잊고 있었기 때문에 요아힘은 성이 난 듯이, 사촌의 팔을 떨치면서 말했다.

「아니, 자네 왜 이래. 이런 꼴로 있다가는 누가 보면 주정뱅이가 가는 줄 알겠어.」

그러나 얼마 안 있어 한스 카스토르프에게 요아힘의 어두운 눈초리가 지금까지와는 다르게 보이게 되는 순간이 왔다. 그것은 요아힘이 침대에서 지내도록 명령을 받은 11월 초의 일이었다. 눈이 높이 쌓여 있었다. 그 무렵 요아힘은 한 모금이라도 음식을 입에 넣을 때마다 목이 메어, 다진 고기와 죽을 먹는데도 몹시 고생을 하였다. 유동식만 섭취하라고 지시를 받았고 이와 동시에 베렌스는 체력의 소모를 막기 위해 늘 침대에 누워 있도록 명령을 내렸다. 그래서 한스가 사촌을 본 것은——오렌지 향수 냄새의 손수건과 겉모양이 풍만한 가슴의 마루샤, 이유 없이 웃는 마루샤와 서로 말을 나누는 사촌을 본 것은——요아힘이 침대에서 지내게 되기 전날 밤, 요아힘이 아직 일어나 있었던 마지막날 밤이었다. 저녁 식사 후 밤의 사교 모임 때 홀에서의 일이었다. 한스 카스토르프는 피아노가 있는 살롱에 남아 있었는데, 요아힘은 무엇을 하고 있는가 궁금해 그곳을 나왔다가, 타일 난로 앞에서 마루샤의 의자 옆에 서 있는 요아힘을 보았다. 마루샤가 앉아 있던 곳은 흔들의자였다. 요아힘은 왼손으로 그 의자등을 쥐고 의자를 뒤로 비스듬히 젖혔기 때문에 마루샤는 누워 있는 자세가 되어 다갈색의 둥근 눈으로 요아힘의 얼굴을 올려다보고 있었다. 요아힘은 얼굴을 그녀의 얼굴 위에 구부리고 작은 목소리로 띄엄띄엄 말을 했고, 마루샤는 가끔 미소지으면서 홍분한 듯, 대단치 않다는 듯이 어깨를 움츠렸다.

한스 카스토르프는 당황하여 물러갔으나 다른 손님들이, 그럴 때면 언제나 그렇듯이 이상하게 흥겨운 눈초리를 하고 있는 것을 보았다. 요아힘 자신은 이것을 알아차리지 못하는 것인지 혹은 그것을 문제시하고 있지 않은 건지 두 가지 중의 하나였다. 마루샤와 이때까지 같은 식탁에 앉았으면서도 오랫동안 한 마디도 말한 일이 없었고, 그녀에 대한 말이 나오면 얼굴이 창백해졌지만, 그녀의 면전에서는 언제나 찡그린 얼굴을 하고, 사려 깊고 엄숙하게 눈을 아래로 내리깔았던 요아힘이, 풍만한 가슴의 마루샤와, 모든 것을 잊어버리고 황홀하게 이야기를 하고 있는 것을 보았을 때, 그 표정은 요 몇 주일 사이에 불쌍한 사촌의 태도에 나타난 어떤 쇠약의 징조보다도 더 한스 카스토르프의 마음을 놀라게 했다. 『그렇다. 이제 희망이 없다!』 하고 그는 생각하고, 하다못해 이 마지막날 밤 사촌이 홀에서 즐기고 있는 것을 방해하지 않으려고 피아노실에 머문 채 살짝 의자에 앉았다.

이렇게 하여 요아힘은 그날 밤 이후 줄곧 수평 상태로 지내게 되었고 한스 카스토르프는 이 일을 루이제 짐센에게 알려 주었다. 잠자리가 좋은 침대 의자에 누워서, 짐센 부인에게 지금까지 쓴 보고의 계속으로, 요아힘이 침대에서 지내게 된 것을 보고하지 않으면 안 되게 되었다고 쓰고, 요아힘은 말은 않지만 어머니가 와주었으면 하는 심정이 눈에 나타나 있고, 베렌스 고문관도 그 무언의 소망을 확실하게 지지하고 있다고 썼다. 이 베렌스 고문관의 의향도 완곡하게, 그러나 곧 알아차릴 수 있도록 덧붙였다. 그러니까 짐센 부인이, 급거 빠른 기차를 타고 아들 곁으로 달려온 것은 이상할 것이 없었다. 한스 카스토르프가 동정에 찬 비상 경보를 보내고 난 3일 후에 짐센 부인은 도착했고 한스 카스토르프는 눈보라 속을 썰매로 『마을』 정거장에 그녀를 마중하러 나갔다. 그는 정거장에 서서 기차가 들어오기 전에 얼굴 표정을 단정하게 하고, 어머니가 겁을 집어먹지 않도록, 그러나 또한 조카의 얼굴을 보고 쓸데없는 밝은 희망을 품지 않도록 신경을 썼다.

이때까지도 여러 번, 이 정거장에서 이러한 대면과 인사가 있었을 것이다. 쌍방에서 달려와 기차에서 내린 자가 마중 나온 자의 눈 속에서 모든 것을 읽어 내려고 필사적으로 불안하게 눈을 쳐다보는 장면이! 짐센 부인은 함부르크에서 여기까지 줄곧 달려오기라도 한 것 같은 태도였다. 홍분한 얼굴 표정으로 한스 카스토르프의 손을 꼭 잡고 가슴에 갖다 대며 좀 겁에 질린 모양으로 주위를 돌아보면서 살짝 병세를 물었지만 한스 카스르프는 그것에 대답하는 것을 피하고 그녀가 이렇게 빨리 와준 것에 감사를 드리고 정말 잘됐다, 요아힘도 정말 반가워할 것이라고 말했다. 그렇다, 요아힘은 유감스럽게도 한동안 누워 있기는 하지만, 이것은 유동식(流動食)의 결과인 것이다.

물론 유동식은 체력에 영향을 주지 않을 수 없다. 그러나 필요하다면 또 방법은 여러 가지가 있는데 가령 인공 영양이라는 방법이 그것이다. 게다가 그녀 자신이 자기 눈으로 모든 것을 볼 수 있을 것이다.

어머니는 보았다. 그리고 어머니와 함께 한스 카스토르프도 보았다. 그제야 비로소 그는 지난 몇 주일 사이에 일어난 변화를 확실히 볼 수 있었다. 젊은 사람들은 이러한 상황을 보는 눈이 없기 때문이다. 그러나 이번에는 바깥에서 온 어머니와 함께 한스 카스토르프는 말하자면, 그녀의 눈으로 오랜만에 보는 것처럼 보았던 것이다. 그리고 어머니도 알아차렸음에 틀림없는 것, 그러나 세 사람 가운데 누구보다도 요아힘 자신이 알고 있음에 틀림없는 것, 즉 요아힘이 위독 환자라는 것을 분명히 알았던 것이다. 요아힘은 어머니의 손을 꼭 잡고 있었지만, 그의 손은 얼굴과 마찬가지로 누렇고 말라 있었다. 기운이 좋았던 때의 그의 괴로움의 원인이었던 귀는 얼굴이 여위자 상대적으로 불쌍할 정도로 보기 흉하게 옆으로 툭 튀어나와 있었다. 그러나 그것이 유일한 결점이었고 그 결점에도 불구하고, 그의 얼굴은 고뇌의 빛과 진지성, 엄격함, 아니, 자랑스러운 표정 때문에 오히려 사나이답게 아름다워 보였다. 꺼먼 콧수염 밑의 입술은 볼이 움푹 들어간 것과 너무 큰 대조였다. 누래진 이마의 피부에 두 줄의 주름이 눈과 눈 사이에 세로로 새겨져 있고, 그 눈은 뼈가 드러나 보이는 눈 깊숙이 들어가 있었지만 전보다 더 아름답고 커서 한스 카스토르프는 그 눈을 보고 어떤 기쁨을 느꼈었다. 침대에서 지내게 된 후로 요아힘의 눈에서는 착란, 오뇌, 불안의 기색은 완전히 없어졌고 앞서 말한 광채만이 조용하고 어두운 깊이에 담겨져 있었다.

그리고 물론 예의 위협적인 느낌도 남아 있었다. 요아힘은 어머니의 손을 잡고「안녕하세요. 잘 오셨어요.」하고 속삭였을 뿐 웃어 보이지 않았다. 어머니가 들어왔을 때에도 그는 웃어 보이지 않았지만 그의 얼굴의 이 무표정, 무변화가 모든 것을 말해 주고 있었다.

루이제 짐센은 야무진 부인이었다. 착한 아들의 변한 모습을 보았어도, 이성을 잃지 않았다. 거의 눈에 띄지 않는 그물망으로, 머리칼의 흐트러짐을 막고 있는 몸가짐에서 느껴지는 침착하고 익숙한 태도와 또 그녀의 고향 사람들의 특징으로 알려져 있는 냉정과 정력(情力)을 가지고 짐센 부인은 아들의 간호를 맡았다. 그녀는 아들의 모습을 보고 어머니다운 모성애를 발휘했고, 또 힘껏 간호하면 살아날 것이라는 신념에 차 있었다. 이삼 일이 지나고 나서 그녀는 중병인 아들을 위하여 시중을 들어 줄 간호사를 오게 하는 데에 동의했다. 그러나 그것은 자기 몸을 위해서가 아니라, 체면을 생각해서였다. 그런데 요아힘의 머리맡에 검은 손가방을 갖고 나타난 것은 베르타 간호사, 본명은 알프레다 쉴트크네히트였다. 그러나 짐센 부인이 간호를 정력적으로 독점하다시피 했기 때문에 베르타 간호사에게는 별로 할 일이 없어서, 그녀는 복도에서 코안경 끈을 귀에 걸고 주위를 살피는 시간이 많았다.

이 신교 계통 간호원은 무미건조한 인물이었다. 그녀는 요아힘이 잠자지 않고 눈을 크게 뜨고 천장을 보면서 누워 있는 병실에서 한스 카스토르프에게 말하곤 했다.

「두 분 중의 한 분이 죽을 때 간호를 하게 되리라고는 꿈에도 생각하지 못했어요.」

깜짝 놀란 한스 카스토르프는 무서운 얼굴을 하고 주먹을 내밀어 보였지만 그녀에게는 그 의미가 거의 통하지 않는 것 같았다. 그녀는 요아힘의 기분을 위로해 주어야겠다는 생각도 하지 않았고, 생각하지 않는 것이 당연하다는 태도였다. 게다가 이 환자의 용태와 결말에 대해 누군가가, 특히 근친자가 헛된 희망을 품고 있을지도 모른다는 것을 생각해 보지도 않았던 것이다.

「이것 보세요.」 하고 그녀는 쾰른 향수를 뿌린 손수건을 요아힘의 코밑에 갖다 대면서 말했다. 「좀 기운을 내세요. 소위님!」

짐센 부인이 힘차고 감동어린 목소리로 아들에게 회복에 대한 희망을 말했을 때처럼 아들을 격려하고 기운을 내게 할 목적이었던 경우라면 몰라도, 지금에 와서 선량한 요아힘에게 헛된 희망을 품게 하는 것은 이미 의미가 없는 것이었다. 왜냐하면 두 가지가 확정적이어서 의심할 여지가 없었기 때문이었다. 즉, 첫째로 요아힘은 의식이 말짱한 채로 죽음에 가까이 가고 있다는 것, 둘째로 그가 불안도 번민도 없는 기분으로 죽음을 기다리고 있다는 사실이 그것이다. 마지막 주 11월 하순에 심장의 쇠약이 심해져 몇 시간이나 의식이 흐려지는 바람에 그때에야 비로소 그는 희망에 찬 편안한 혼미(昏迷) 속에서 자기의 상태를 잊어버리고 얼마 안 있으면 연대로 돌아간다는 둥, 대연습이 아직 계속되고 있으므로 거기에 참가한다는 둥 하고 지껄여 댔다. 베렌스 고문관이 두 사람의 근친자에게 희망을 가지는 것을 단념시키고 임종이 시간 문제라는 것을 선고한 것도 이때였다.

파괴 작용이 드디어 치명적인 죽음의 종착점에 이르렀을 때는 기질이 단단한 사람도 잊어버리기가 쉽고 낙관적이 되어 헛된 희망에 도취하게 되어 버리는 것은 슬픈 일인 동시에 유형적인 현상이기도 한 것이다. 동사(凍死)에 직면한 사람이 빠지는 수마(睡魔)나 길을 잃은 사람이 빙빙 도는 것 같은, 유형적 · 비개인적인 현상으로 개인적 의식보다 강한 현상이다. 한스 카스토르프는 걱정을 하고 슬퍼하면서도 사촌의 의식이 흐려진 현상을 냉철하게 관찰하고 나프타와 세템브리니에게 사촌의 용태를 말할 때는, 이 현상에 대한 예리한 관찰을 모호하게 말했다. 세상에서는 철학자적인 낙관, 밝은 결과를 믿는 자신감을 건전한 표현이라고 생각하며, 그 반대로 비관과 염세를 병의 징조처럼 생각하고 있지만, 이것은 확실히 그릇된 생각이다. 왜냐하면 그렇지 않다면 절망적인 최후 상태에 이르러 저렇게 낙관에 빠질 리가 없는 것이다. 저런 병적인 낙관에 비하면 그 직전의 침울한 상태는 오히려 건강하고, 억센 생명의 발현이라고도 할 수 있다고 말하여 세템브리니의 꾸지람을 받았다. 그러나 한스 카스토르프는 걱정을 해주고 있는 두 사람에게 다행히도 라다만트가, 절망적이긴 하지만 희망을 남겨 주어 요아힘이 젊은 나이로 조용히 잠들 듯이 숨을 거두게 될 것이라고 말했다고 보고할 수 있었다.

「목가적인 심장 정지입니다. 사모님 !」하고 베렌스는 삽처럼 큰 두 손으로 루이제 짐센의 손을 잡고 눈물에 젖어 충혈된 푸른 눈으로 아래에서 올려다보면서 말했다. 「나로서는 만족, 가장 큰 만족입니다. 모든 것이 조용히 끝나서 아드님이 성문(聲門)의 수종(水腫)이라든지, 그밖의 굴욕스러운 경험을 하지 않아도 된다는 점에서 말입니다. 아드님은 갖가지 어려운 상황을 당하지 않게 된 것입니다. 심장은 곧 멎어 버리겠지만 그것은 그에게도, 우리들에게도 고마운 일입니다. 우리들은 의사로서 물론 캠퍼 주사로 가능한 모든 조치를 취하겠지만, 그러나 이제 아드님을 위해 이렇다 하게 해드릴 것은 없습니다. 아드님께서는 최후에 곱게 잠들어서 편안하게 꿈길로 들어설 것입니다. 이것만은 약속할 수 있습니다. 게다가 마지막에 가서 잠이 들 수 없다고 해도 무의식중에 휠쩍 가버릴 테니까, 아무튼 본인에게는 마찬가지일 것입니다. 그것만은 틀림없습니다. 그리고 사실 이것은 어떤 경우에도 마찬가지입니다. 나는 죽음을 알고 있습니다. 나는 오래 전부터 죽음의 고용인 노릇을 해오고 있습니다만, 세상 사람들은 죽음을 너무 대단하게 취급하고 있습니다. 죽음 같은 것은 거의 문제가 아닙니다. 경우에 따라서는 죽기 전에 땀을 흘리면서 괴로워하는 일도 있습니다만, 이것을 죽음이 하는 짓이라고 생각하는 것은 그릇된 생각입니다. 이것은 산 채로 잡힌 물고기와 마찬가지로 다시 생명과 건강의 세계로 되돌아가지 못하는 것도 아닙니다. 그러나 죽음 그 자체로부터 되살아난 사람이 있다 하더라도, 죽음에 대해서 이렇다고 말할 수는 없을 것입니다. 그 누구도 죽음은 경험할 수가 없는 것이기 때문입니다. 우리들은 어둠에서 탄생하여 어둠으로 다시 돌아가는 것입니다. 이 두 어둠 사이에 여러 가지 경험이 있는 것인데 처음과 마지막, 탄생과 죽음은 아무도 경험할 수 없습니다. 그런고로 이 두 가지는 순전히 주관성이 없는 현상에 불과하며 순전히 객관의 세계에 속해 있는 것입니다. 죽음이라는 것은 그러한 것입니다.」

이것이 고문관의 위로 방법이었다. 우리들은 착한 짐센 부인이 이 위안의 말로 조금은 기분이 진정되었다고 생각하였다. 게다가 고문관의 예언은 상상한 정도에까지 그대로 실현되었다. 쇠약해진 요아힘은 최후의 며칠 동안 여러 시간을 잤는데 즐거운 꿈을 꾸고 있는 것 같았다. 아마 평지의 일, 군대의 일들이었을 것이다. 그리고 잠에서 깨어나 기분이 어떠냐고 묻자 요아힘은 확실하게 알아들을 수는 없었지만, 그때마다 행복한 좋은 기분이라고 대답했다. 그러나 그는 거의 맥박이 희미해져 버려, 마지막에는 주사바늘의 통증도 전혀 느끼지 않게 되었다. 그의 몸은 아주 무감각해져서 선량한 요아힘은 불에 데어도, 꼬집혀도 이제는 끄떡도 하지 않을 것 같았다.

그러나 어머니가 오고 난 후, 요아힘에게는 큰 변화가 일어났다. 수염을 깎는 것이 곤란해져서 8~10일을 주기로 수염을 깎곤 하였는데, 그 수염이 자라는 것이 아주 빨라져 온화한 눈을 한 납빛의 얼굴은 검은 수염에 온통 덮여 전쟁터에서 자라는 대로 버려 둔 군인의 수염 그대로였고, 이것은 그를 미남처럼 보이게 했다. 그렇다, 요아힘은 그 군인 수염 때문에, 그리고 그 때문에 뿐만은 아니지만, 갑자기 청년으로부터 어른이 되고 말았던 것이다. 태엽이 끊어진 시계처럼, 요아힘은 순식간에 일생을 끝마쳐 시간을 들여 더듬어 갈 수 없는 연령층을 눈 깜짝할 사이에 걸어가 마지막 24시간 사이에 노인이 되어 버렸던 것이다. 심장의 쇠약 때문에 얼굴이 괴로운 듯 부어올랐고, 당사자는 여러 가지 감각 상실과 감각 감퇴 때문에 아무것도 느끼지 않는 것 같았으나 한스 카스토르프는 죽음이라는 것이 역시 상당히 괴로운 것임에 틀림없다는 것을 느꼈다. 특히 입술 부분이 심하게 부었고 입안이 바싹 말라 감각이 없어진 모양으로, 그 때문에 요아힘은 말을 해도 노인처럼 중얼거릴 뿐, 그 자신도 그 장애를 마음으로부터 분개하며 이것만 없다면 모든 것이 잘될 텐데, 정말 견딜 수 없다고 혀꼬부라진 소리로 말했다.

그가 『모든 것이 잘된다』고 한 것은 어떤 의미에서 그랬는지 잘 알 수가 없었다. 요아힘과 같은 상태에서 흔히 있는 일로, 요아힘의 경우에도 그것이 심하게 나타나, 여러 번 모호한 말을 입밖에 내었는데 자기가 하는 말의 의미를 알고 있는 것 같기도 하고 모르는 것 같기도 했다. 한 번은 무(無)로 돌아간다는 생각에 마음이 떨렸던지 머리를 흔들며 무언지 화가 난 듯, 이렇게 참을 수 없는 기분은 처음이라고 말했다.

이 일이 있은 뒤부터 그의 태도는 부정적으로 되었고, 엄하고 노여움에 차, 아니, 고압적으로 되고 어떤 위로도 속임수도 받아들이려고 하지 않고, 여기에 대해 대답도 하지 않게 되었으며 냉담하게 전방을 바라볼 뿐이었다. 특히 루이제 짐센이 부른 젊은 목사——이 목사는 풀먹인 빳빳한 깃 대신 제복의 깃을 달고 있을 뿐이어서 한스 카스토르프를 실망시켰다——가 요아힘과 함께 기도를 드리고 난 후로, 그의 태도는 사무적, 군대적인 색채를 띠었고 부탁할 때에도 짧은 명령적인 말을 사용했다.

오후 6시부터 요아힘은 이상한 동작을 하기 시작했다. 금사슬의 팔찌를 낀 오른손으로 이불 위에서 허리 쪽을 여러 번 쓰다듬었다. 쓰다듬을 때 손을 약간 들어 무엇인가 끌어당기는 듯, 마치 무엇인가를 자기 쪽으로 끌어 모으려는 것처럼, 손을 이불 위에서 끌어당기는 것이었다.

오후 7시에 요아힘은 죽었다. 알프레다 쉴트크네히트는 그때 복도에 나가 있었고 어머니와 사촌만이 방안에 있었다. 요아힘은 침대 속으로 베개에서 미끄러져 내려가 있었기 때문에 더 높게 해달라고 짧게 명령을 했다. 짐센 부인이 그의 두 어깨에 한쪽 팔을 돌려 명령을 실행하고 있는 사이에 그는 약간 초조한 모양으로 휴가 연장 원서를 써서 제출해야겠다고 했지만, 그 말을 하고 있는 사이에 『어느덧 유명의 길』로 들어가고 말았던 것이었다. 붉은 천으로 덮인 사이드 테이블용 전기 스텐드 불빛 속에서, 한스 카스토르프가 경건하게 지켜 보는 가운데서. 요아힘의 눈동자가 열리고, 얼굴 표정에서는 무의식적인 긴장이 사라지고, 입술은 괴로운 듯 부어올랐던 것이 곧 없어지고, 요아힘의 온화한 얼굴에는 어른다운 젊음과 아름다움이 퍼지더니 그것으로 끝이었다.

루이제 짐센은 흐느껴 울면서, 얼굴을 돌려 버렸기 때문에 한스 카스토르프는 요동도 하지 않고 숨도 쉬지 않게 된 요아힘의 눈꺼풀을 약손가락 끝으로 감겨 주고 이불 위에 두 손을 살짝 모아 주었다. 그리고는 그도 서서 울고, 영국 해군 장교의 볼을 얼얼하게 한 눈물을 흘렸다.

그것은 세계 도처에서, 어떤 시간에도 아낌없이 계속 흘려지고 있고, 시인(詩人)에게 이 세상을 눈물의 골짜기라고 읊게 한 투명한 액체로, 몸과 마음의 어느 쪽이 심한 고통을 받았을 때에 신경의 충격으로 육체에서 짜내어지는 염분을 담은 알칼리성의 선분비물(腺分泌物)이었다. 한스 카스토르프는 눈물에 점액소와 단백질이 조금 포함되어 있는 것을 알고 있었다.

고문관도 베르타 간호사로부터 보고를 받고 나타났다. 그는 30분 전까지는 여기에 있으면서 캠퍼 주사를 놓고 있었는데, 유명의 길로 들어선 순간에는 없었던 것이다.

「드디어 끝났습니다.」라고 고문관은 요아힘의 움직이지 않게 된 가슴에서 청진기를 떼고 몸을 일으키면서 담담하게 말했다. 그리고 두 사람의 근친자의 손을 꼭 잡고 고개를 끄덕여 보였다. 그러고 난 후 그는 두 사람과 함께 한동안 침대 곁에 서서 군인 수염을 한 요아힘의 움직이지 않게 된 얼굴을 지켜보고 있었다.

「무분별한 젊은이, 그러나 멋진 분이었습니다.」 하고 그는 누워 있는 젊은이를 턱으로 가리키면서 어깨 너머로 말했다. 「무리하게 강행군을 했던 것입니다. 평지에서의 근무는 물론, 모든 것이 그에게는 무리와 강행군이었습니다. 열이 있는데도 그는 운명을 걸고 군무에 종사했던 것입니다. 명예로운 전쟁터에서 말입니다. 우리들 손에서 명예로운 전쟁터로 도망갔던 것입니다. 그러나 명예가 그에게는 죽음이었습니다. 그리고 죽음은 어느 쪽을 먼저 말해도 마찬가지입니다. 아무튼 그는 이렇게 하여 지금 『나는 작별할 영광을 가집니다!』라고 말한 것입니다. 멋진 젊은이였지만, 무모한 분이었습니다.」 이렇게 말하고 고문관은 큰 키를 구부리고 목을 빼고 가버렸다.

요아힘의 유해를 고향으로 운반하는 것은 이미 결정된 사실이었다. 베르크호프 당국은 이에 필요한 사무 일체는 물론, 그 밖에 적절하다고 생각되는 것은 남김없이 해주어 어머니와 사촌은 거의 아무 일도 하지 않고 지냈다. 다음날, 요아힘에게는 비단 와이셔츠가 입혀졌고, 이불 위에는 꽃이 놓여졌다. 흰 눈빛이 반사되는 방에 눕혀졌을 때 그는 유명의 길로 들어선 직후보다 더 아름다웠다. 긴장의 흔적은 얼굴에서 씻어 버린 듯 없어졌고 차가워진 얼굴은 무어라고 말할 수 없이 청순하고 평화롭게 보였다. 납과 대리석 사이의 고귀한, 동시에 섬세한 소재로 만들어진 것 같은 움직이지 않는 누런 이마에는 까만 머리칼의 짧은 곱슬 머리가 드리워졌고, 이 얼굴에 어울리게 약간 물결치고 있는 군인 수염에는 고대의 투구가 어울릴 것이라고, 작별 인사를 하러 온 조객들의 한결 같은 말이었다.

슈퇴르 부인은 죽은 요아힘의 유해를 보고 감동하여 울었다.

「영웅이었어요, 영웅이었어요!」 하고 그녀는 여러 번 외쳤고, 장례식에는 베토벤의 《에로이카》를 연주해야 한다고 요구했다.

「당신은 가만히 계십시오!」 하고 세템브리니가 옆에서 꾸짖었다. 그는 나프타와 함께, 슈퇴르 부인과 동시에 방으로 찾아와, 역시 감동하고 있던 터였다. 두 손으로 그는 요아힘을 가리키면서 방안에 있는 모든 사람들에게 애도하도록 촉구했다.

「이렇게 호감이 가는 청년을, 이렇게 훌륭한 청년을!」 하고 여러 번 이탈리아 어로 탄성을 질렀다. 나프타는 공손한 자세를 한 채, 세템브리니의 얼굴은 보지도 않고 낮은 목소리로 신랄하게 말했다.

「당신이 자유와 진보 외에도 엄숙한 것에 마음을 동(動)하는 것을 보니, 나는 기쁩니다.」

세템브리니는 그 말을 잠자코 듣고 있었다. 아마 그는 새로운 사태로 말미암아 나프타의 입장이 자기의 입장보다 우선은 더 유리해진 것을 느꼈기 때문이리라. 그리고 그는 나프타의 일시적인 유리한 입장에 비탄의 절실성을 갖고 대항하려는 것이었다. 그리고 또 상대방의 유리한 입장을 생각하고 가만히 있었을 것이다. 나프타가 현재의 유리한 입장을 이용하여 다음과 같이 공박했을 때에도 세템브리니는 계속 잠자코 있었다.

「문학자의 잘못은 정신만이 인간을 진지하게 만든다고 생각하는 점입니다. 사실은 오히려 그 반대입니다. 정신 같은 것이 없는 데에 진지성이 있는 것입니다.」

『아니 이건.』 하고 한스 카스토르프는 생각했다. 『이건 또 애매한 발언인데! 그 말을 하고 난 뒤에 입을 다물어 버리면 모두 잠자코 있게 되어 버리고 말지.』

오후가 되자, 금속제의 관이 운반되어 왔다. 금고리와 사자 머리로 장식한 화려한 관에 요아힘이 옮겨질 때 관을 따라온 사나이는 아무에게도 손을 빌리려 하지 않았다. 그 사나이는 의뢰받은 장의사와 연고가 있는 사람으로, 짧은 프록코트 같은 검정 옷을 입고 무딘 손에 결혼반지를 끼고 있었는데, 그 누런 반지는 말하자면 살 속에 파고 들어가, 살 속에 파묻혀 있었다. 그 사나이의 프록코트에서 시체 냄새가 풍겨 나오는 것 같았지만 이것은 지나친 생각이었다.

그 사나이는 말하자면 무대 뒤에서 남 몰래 일을 끝마치고 유족에게는 경건하고 정연하게 끝난 작업 외에는 보여서는 안 된다는 전문가적 직업 의식을 느끼게 했지만, 이것이 오히려 한스 카스토르프에게 불신을 사게 했고 그로 하여금 불쾌하게 만들었다. 그는 짐센 부인에게는 물러가 있도록 권했지만 그 자신은 자리를 비워 달라고 해도 방을 나가지 않고 도와주었다. 요아힘의 겨드랑이 밑으로 손을 넣어 끌어안아 침대에서 관으로 옮기는 일을 도왔다. 요아힘의 유해는 관 속의 아마포(亞麻布) 홑이불과 술이 달린 쿠션 위에 높다랗고 엄숙하게 눕혀졌고 관 좌우에는 베르크호프 당국에 의해 큰 촛대가 세워졌다.

그러나 그 다음날, 새로운 변화가 생겼기 때문에 드디어 한스 카스토르프도 마음속으로 유해와 작별을 고하고 그 자리를 떠나 뒷일을 완전히 상인, 기분 나쁜 장의사 일꾼에게 일임하기로 했다. 그때까지 엄숙하고 근엄한 얼굴을 한 요아힘이 군인 수염 속에서 미소짓기 시작했기 때문이었다. 한스 카스토르프는 그 미소가 점점 더 심한 표정으로 변한다는 것을 잘 알고 있었기 때문에 빨리 서둘러야겠다는 기분에 마음이 산란해졌다. 따라서 관이 닫히고, 나사못이 박히고 운반되어 갈 시각이 임박해 온 것은 다행한 일이었다. 한스 카스토르프는 날 때부터의 조심스럽고 소극적인 성격을 버리고 죽은 요아힘의 돌처럼 찬 이마에 작별 키스를 하고 무대 뒤의 사나이로부터 눈길을 뗄 수 없는 것을 느끼면서도 루이제 짐센과 함께 공손히 방을 나왔다.

우리들은 여기서 일단 막을 내리도록 하자. 그러나 막이 천천히 내려가는 동안에 우리들은 이 위의 세계에 남은 한스 카스토르프와 함께 먼 평지의 습기에 찬 묘지에 눈을 돌려 그 묘지에서 군도가 번쩍이고, 군도가 눕혀지고, 호령 소리가 울리고, 나무 뿌리가 엉킨 군인 요아힘의 묘지 위에서 낭만적인 조례(弔禮)인 세 번의 소총 사격이 울려퍼지는 소리에 귀를 기울여 들어 보기로 하자

제7장

해변의 산책

우리는 시간을 이야기할 수 있을까. 시간 그 자체를 순수하게 시간으로서? 아니다, 그것은 불가능하고 바보 같은 시도이다. 『시간은 지나갔다, 시간은 흘러갔다, 시간은 옮겨 갔다』, 언제나 이렇게 계속되는 이야기, 올바른 상식을 가진 사람이라면 이것을 이야기라고 부르는 사람은 없을 것이다. 그것은 하나의 음(音)이나 화음을 미친 듯이 한 시간 동안 계속 울려 대고서, 그것을 음악이라고 하는 것과 마찬가지다. 고인인 요아힘이 어떤 기회에 입밖에 낸 말을, 죽은 사람들의 말을 추억하는 데에 알맞는 경건하고 차분한 기분으로 인용해 보자. 이야기는 시간을 채우고, 시간을 『반듯하게 메꾸고』, 시간을 『분할하고』, 시간에 『내용을 가지게 하고』, 언제나 『무언가가 시작되고』 있게끔 하는 점에서 음악과 흡사한 것이다. 요아힘의 이 말은 먼 옛날에 말해진 것으로서, 대체 얼마나 옛날 일이었던가를 독자들이 과연 지금도 분명하게 기억하고 있는지 모르겠다. 시간은 인생의 지반(地盤)인 것처럼 이야기의 지반이기도 한 것이며, 공간 속의 물체에 결부되어 있듯이 이야기에도 긴밀히 결부되어 있는 것이다. 시간은 음악의 요소이기도 하며, 음악은 시간을 측량·분할하고, 시간을 단축함과 동시에 귀중하게도 하는 것이다. 그 점에서 음악은 지금 말한 대로 이야기와 흡사한 것이다. 이야기도 음악과 같이 『조형미술의 작품이 한꺼번에 눈에 비치는 현존재(現存在)로 나타나며, 단순히 물체로서만 시간에 결부되어 있는 것과는 달리』 전후적으로, 경과적으로 표현할 수 있는 것으로, 어떤 순간에도 전체의 모습으로 존재하려고 시도한다 해도, 이야기로서 나타나기 위해서는 역시 시간을 필요로 한다.

이것은 다 알고 있는 사실이다. 그러나 이야기와 음악 사이에 상이점이 있다는 것도 역시 분명한 사실이다. 음악의 시간적 지반은 하나뿐인 것으로, 이 지상의 경험적 시간의 일부분을 구분짓고, 그것을 메꾸고, 그것을 비길 데 없이 고귀한 것으로 높이는 것이다. 이와는 반대로, 이야기의 시간적 지반은 두 가지이다. 그 하나는 이야기 자신의 시간, 이야기의 경과와 재현에 소비되는 음악적 · 현실적 시간이며, 또 하나는 이야기의 내용적 시간이다. 이 후자는 탄력성에 차 있다. 동시에 이 탄력성은 여러 가지로서, 이야기의 비현실적 시간이 음악적 · 현실적 시간과 거의, 아니 꼭 일치하는 일도 있고, 별과 별 사이의 거리처럼 격차가 크게 되는 경우도 있다.

『5분간 왈츠』라고 부르는 곡은 5분간 계속되는 음악인 것으로, 시간에 대한 그 음악의 관계는 다만 그것밖에는 없다. 그러나 내용적 시간이 5분인 이야기를, 그 내용의 5분간을 마음껏 양심적으로 이야기하려고 한다면 5분의 천 배의 시간도 계속할 수 있을 것이다. 그리고 비현실적인 내용적 시간 5분간에 비하여 아주 길게 되지만, 또한 아주 짧게도 느껴질 것이다. 한편으로 또 이야기의 내용적 시간이, 이야기하는 데 필요한 현실적 시간보다 터무니없이 길어 현실적 시간을 짧게 느끼게 할 수도 있을 것이다. 『짧게 느끼게 한다』고 말은 했지만, 이것은 그 경우에 분명히 내포되고 있는 현혹적 요소, 더 구체적으로 말한다면 병적인 요소를 암시하고 싶었기 때문이다. 즉 그 경우, 이야기는 연금술적인 마술, 시간적인 초원근법을 사용하는 것이며 이것은 현실계의 병적인 실례(實例), 분명히 초감각적 세계에 속하는 실례를 상기시킨다.

아편 상습자의 수기에는, 아편에 도취한 자는 도취하고 있는 짧은 시간 사이에 갖가지 환상에 빠져 그 환상의 시간적 확장은, 10년, 30년, 아니 60년에 걸치고, 또한 인간의 시간 경험의 가능성의 한계를 넘는다고 보고되어 있다. 즉 그러한 환상의 상상적 시간량은 현실의 시간량을 훨씬 능가하며, 시간 체험이 믿을 수 없을 만큼의 단축이 이루어지고, 어떤 마취제 상습 복용자의 말을 빌리면, 마취된 인간의 뇌에서 『부서진 시계의 태엽처럼 무엇인가 빠져 버렸다』는 듯이, 눈부신 속도의 상념이 웅성대게 되는 것이다.

이야기도 아편 상습자의 이상한 환상과 마찬가지로, 시간을 연장 또는 단축할 수 있고, 시간을 마음대로 취급할 수가 있다. 그러나 시간을 『취급』할 수 있다는 점에서, 이야기의 지반인 시간은 이야기의 대상으로도 될 수 있다. 『시간을 이야기한다』는 것은 좀 지나친 말이라고 하더라도, 시간에 대해 이야기한다는 것은 처음에 생각한 것처럼 이치에 어긋난 시도는 아니라는 것이다.

따라서 『시대 소설』이라는 명칭에는 색다른 몽상적인 이중의 의미가 포함되어 있다고도 할 수 있다. 우리들이 지금 시간을 이야기할 수 있을까 하는 것을 문제로 삼은 것은, 현재 여기서 진행되고 있는 이야기에서 시간도 이야기하려는 것을 고백하고 싶었기 때문이다.

그리고 또 고인이 된 진지한 요아힘이, 음악과 시간에 대한 예의 의견을 담화중에 말했던 것이(그런 것을 입밖에 낸다는 일은 사실은 요아힘의 진지한 성질에 어울리지 않는 것이기 때문에, 이것은 그의 본성이 어떤 연금술적인 증가를 경험한 것을 뜻한다) 지금으로부터 얼마 전의 일인가를 독자들이 확실히 기억하고 있는지 모르겠다는 문제를 언급하긴 했지만, 독자가 얼마나 전의 일이었는지를 당장 기억할 수 없다고 대답을 해도 우리들은 그다지 화를 내지 않을 것이다. 화를 내지 않을 뿐더러 만족하게 느낄 것이다. 왜냐하면 모든 독자가 우리들의 주인공 한스 카스토르프의 경험을 함께 경험하는 것이 우리들이 원하는 바인데, 그 한스 카스토르프가 문제의 그 점에 대해 전혀 알지 못하고 있으며, 더욱이 이미 훨씬 전부터 알지 못하고 있었다고 하는 단순한 이유 때문이다. 이것은 시대 소설, 그리고 현대 소설이라는 이중의 의미를 갖는 한스 카스토르프의 이야기에 알맞는 것이다.

요아힘은 그 무모한 출발을 하기까지 얼마만큼의 기간 동안 이 위에서 한스 카스토르프와 함께 지냈는가, 혹은 모두 얼마 동안 여기서 지냈는가. 그가 이곳에 없었던 것은 얼마만큼의 기간이며, 또 그는 언제 여기로 되돌아왔는가, 그리고 그가 이곳에 되돌아왔다가 얼마 안 있어 이 시간의 세계로부터 사라져 버릴 때까지 한스 카스토르프 자신은 대체 얼마나 여기에 있었는가. 요아힘의 일은 그만두고라도 쇼샤 부인은 이 위에 얼마 동안 없었는가, 언제부터 가령 서기 몇 년부터 그녀는 이 위에 다시 있게 되었는가(사실 그녀는 다시 이 위로 되돌아와 있었다), 그녀가 되돌아올 때까지 한스 카스토르프는 어느 정도의 세월을 이 『베르크호프』에서 보내고 있었는가. 이런 것은 아무도 생각해 본 일이 없으며, 한스 카스토르프 자신도 그것을 생각하고 싶지 않아서 생각하지 않았지만, 누군가가 그것을 물어 보았다고 해도 손가락 끝으로 이마를 칠 뿐 분명히 대답할 수가 없었을 것이다.

이것은, 그가 이 위에 체재하게 되었던 첫날밤에 겪었던 순간적인 불능 상태, 즉 세템브리니에게 자신의 연령을 대답할 수 없었던 순간적인 불능 상태에 못지 않는 걱정스러운 현상으로서 이제는 불능 상태 때문이 아니라, 정말로 알지 못하고 있었기 때문이다!

이러한 것은 정말 괴상하게 들릴는지 모르지만, 전대미문(前代未聞)의 일, 있을 수 없는 일은 아니다. 오히려 어떤 조건 아래에서는 언제 누구에게나 일어날 수 있는 일로, 그러한 조건이 갖추어지면 시간의 경과에 대해, 따라서 또 자기의 연령에 대해, 아무것도 모르게 되어 버리는 것은 불가피하게 될 것이다. 이러한 현상이 생기는 것은 우리들 내부에 시간 감각 기관이 존재하지 않기 때문이며, 시간의 흐름을 우리들만의 힘으로 외부의 실마리에 의지하지 않고 대략이라도 계량하는 능력이 전혀 없기 때문이다. 탄광의 갱내에서 생매장되어 주야의 교체를 전혀 관찰할 수 없게 된 광부들이, 구출되고 나서 암흑 속에서 희망과 절망 사이에서 지낸 시간이, 사실은 10일간임에도 불구하고 3일간이라고 생각하는 일이 가끔 있다. 긴박한 상황 속에 있어서는, 시간이 길게 느껴질 것이라고 생각하는 것이 인정(人情)이지만, 그러나 광부들에게는 시간이 현실량의 3분의 1의 길이로 단축되어 있었던 것이다. 그렇다면, 인간의 무력함은 혼미 상태에서는 시간을 현실보다도 길게 느끼지 않고 오히려 극도로 단축하여 경험하는 경향이 있는 것 같다.

한스 카스토르프도 그런 기분이 되어, 정확한 것을 알지 못하게 된 것을 우리는 인정해야 한다. 독자는 애매하고 확실치 않은 것이 건전한 취미에 맞지 않는다면, 그렇게 고생하지 않아도 정확한 것을 알아 낼 수 있을 것이지만, 한스 카스토르프도 이와 꼭 마찬가지였다. 그의 경우는, 그런 애매한 상태에 머물러 있는 것이 특히 기분에 맞았던 것이 아니라, 그러한 애매한 상태에서 벗어나 이 위에서 나이가 얼마가 되었는가를 확실하게 하려는 노력을 조금도 하고 싶지 않았다. 그런 노력을 하지 않으려는 주저는 양심의 가책에서 오는 것이었다. 시간에 주의하지 않는 것이야말로 가장 문책을 받아야 할 양심 부족이라는 것은 분명한 일이었지만.

그의 이런 기력 부족——그것이 의식적이라고까지는 할 수 없어도——을 조장하는 데는 주위의 사정이 안성맞춤이었다는 것을, 그를 위해 변론해야 할는지 우리들로서는 모르겠다. 쇼샤 부인이 다시 돌아왔을 때는(한스 카스토르프가 꿈을 꾸고 있었던 것과는 다른 귀환이었지만, 여기에 관해서는 뒤에 또 언급하기로 한다) 역시 강림절 계절이었는데, 1년중 낮이 가장 짧은 날, 천문학적으로 말하면 초겨울이 임박한 때였다. 그러나 이론적인 계절의 구분을 생각하지 않더라도, 눈과 추위로 보아 사실을 벌써 오래 전부터 또다시 겨울에 이르고 있었다. 아니, 겨울이 아닌 적은 한 번도 없었다. 그것이 아주 일시적으로 중단되어, 햇볕이 내리쬐는 여름날, 하늘이 거의 거무스름해 보일 정도로 깊고 푸른빛을 띤 여름날이 끼여 있을 뿐이었다. 즉 눈만 없다면 겨울에도 가끔씩 여름과도 같은 날이 끼여 있었고, 게다가 눈은 여름의 어느 달에도 내렸다. 한스 카스토르프는 이처럼 심한 뒤범벅에 대해 죽은 요아힘과 몇 번이나 서로 이야기했던 것일까. 사계(四季)를 뒤범벅으로 만들고 사계를 뒤섞어 1년의 네 구분을 없애 버리고, 그로 인해 1년을 길게 함과 동시에 짧게도 하고, 짧게 함과 동시에 길게도 하여, 요아힘이 언젠가 참을 수가 없어 불쾌한 듯이 말한 것처럼 대체로 인제는 시간이라고도 할 수 없게 만들어 버리는 뒤범벅이었다. 이 심한 뒤범벅으로 뒤섞여진 것은, 사실은 『아직』과 『또다시』라는 기분상의 구분 또는 의식적인 차이로서 정말로 머리를 혼란케 하는 기묘하고 어리둥절한 경험의 하나였다. 그러나 한스 카스토르프는 이 위에 머무르게 된 첫날부터 그것을 경험하는 데 불근신한 쾌감을 느꼈던 것이었다. 즉 밝은 줄무늬 모양의 벽지(壁紙)를 바른 식당에서 하루에 다섯 번의 상당한 양의 식사를 할 때마다, 처음으로 그런 현기증 같은 기분에 사로잡혔던 그 당시에는 비교적 심각하지 않은 것이었다.

그 뒤, 감각과 정신의 착각은 훨씬 그 심도를 더해 갔다. 시간은 그것을 경험하는 개인의 감도(感度)가 쇠약해지든가 없어져 버린 경우에도, 활동을 계속하고 변화를 『낳는』 것을 보면 객관적인 현실성을 갖고 있음에 틀림없다. 부엌에 있는 선반에 놓인 밀봉된 식료품의 저장병이 시간 바깥에 있는지 어떤지, 이것은 전문적인 사상가가 생각할 문제로, 한스 카스토르프가 그것을 언젠가 입밖에 낸 것은 젊은이의 혈기에서였을 뿐이다. 그러나 우리들은 잠자는 7인의 성자(그리스도교도 박해 시대(251~447)에 박해를 피해 2백 년 동안 바위굴 속에서 계속 잠을 자고 있었다는 전설의 7인의 성자)에게도 시간이 작용했던 것을 알고 있다. 어떤 의사는, 열두 살 난 소녀가 어느 날 잠을 자기 시작하여 13년 동안 계속 잠이 들어 있었는데, 그와 동시에 열두 살의 소녀로 머물러 있지 않고 자고 있는 사이에 성숙한 여성으로 변했다는 사실을 증언하고 있다. 이것은 당연한 일이리라. 죽은 자는 죽어 버려 시간의 세계에서 사라진 것으로, 시간을 얼마든지 가지고 있다. 다시 말하면 시간을 가지고 있지 않은 것이다. 죽은 사람 개인으로 말하면. 그러나 그럼에도 불구하고 죽은 사람도 손톱과 머리칼이 자라며 그리고 결국은……. 그러나 그만두기로 하자, 우리들은 요아힘이 언젠가 이와 관련이 있는 말을 입밖에 낸 데 대해, 한스 카스토르프가 아직 평지인답게 반대한 일이 있었다. 그 말을 여기서 되풀이하는 것은 그만두기로 하자.

한스 카스토르프에게도 손톱과 머리칼이 자랐다. 자라는 것이 빠른 편이어서 그는 『마을』의 큰 거리에 있는 이발소의 의자에 자주 앉아서, 목에 흰 천을 두르고 귀를 덮은 머리를 깎곤 하였지만, 사실은 줄곧 그 의자에 앉아 있었다고 할 수 있었다. 또는 그 의자에 앉아 상냥하고 익숙한 이발사와 시간의 작용으로 길어진 머리칼을 깎으면서 이야기를 하고 있을 때, 또는 그의 방의 발코니로 나가는 문 옆에서 서서 벨벳의 아름다운 화장 상자에서 꺼낸 작은 가위와 줄로 손톱을 깎고 있을 때, 갑자기 현기증에 가까운 기분, 호기심 같은 만족이 섞인 놀라움에 사로잡히는 것이었다. 현기증이라는 말이 갖는 무어라고 규정할 수 없는 의미, 즉 혼미와 현혹의 두 가지 의미의 현기증에 빠져, 『아직』과 『또다시』의 구분이 뒤범벅이 되어 확실하게 구별하지 못하게 되었다. 그리고 이 『아직』과 『또다시』가 뒤범벅이 되어 구별할 수 없게 되면, 시간이 없는 『언제나』와 『영원』으로 되는 것이었다.

여러 번 말했지만, 우리들은 한스 카스토르프를 실제보다 더 훌륭하게 보이려고도 생각하지 않고, 또 실제보다 더 나쁘게 보이려고도 생각하지 않는다. 따라서 그가 그러한 신비로운 현기증에 옳지 못한 만족을 느끼고 의식적이고 적극적으로 그런 기분을 불러일으키려고까지 하였지만, 그러나 또 이것과는 반대의 노력을 하여 그 갚음을 하려고 했던 사실도 여기서 말해 두어야 할 것이다. 그는 시계를 손에 쥐고 앉아 있는 일이 있었다. 납작하고 매끄러운 금뚜껑 시계를, 이름의 첫글자가 새겨진 뚜껑을 열어 손에 쥐고 사기 글자판 위를 내려다보았다. 글자판 위에는 검고 붉은 아라비아 숫자가 두 줄로 빙 둘러 있고, 섬세하고 화려한 장식이 있는 금으로 된 두 개의 지침(指針)이 저마다의 방향을 가리키고, 가느다란 초침은 자기 담당의 작은 원의 주위를 분주하게 돌고 있었다.

한스 카스토르프는 그 초침을 바라보면서, 시간의 걸음을 2,3분 정도 멈추게 하거나 늦추게 하여 시간의 꼬리를 잡으려고 했다. 그러나 초침은 빨리 전진할 뿐, 차례로 다가오는 숫자는 보지도 않고 오직 그것을 스치며 지나갔다. 그것을 뒤로 하고 멀리 물러갔다가 다시 가까이 와 거기에 이르렀다. 초침은 목표, 구분, 도수의 숫자에는 관심이 없었다. 60이라는 숫자가 있는 곳에서 잠깐만 멈추어 서든지, 적어도 일 한 가지는 끝마쳤다는 눈짓을 했으면 좋을 텐데, 초침은 60이라는 도수의 숫자도, 숫자가 붙어 있지 않은 선(線)과 마찬가지로 황급히 지나갔다.

그 상태를 보고 있으면 초침에게는 도중의 어떤 숫자나 구분도 그저 나란히 있을 뿐으로, 초침은 한눈을 팔지 않고 앞으로 달리고 있을 뿐이라는 것을 느졌다. 이리하여 한스 카스토르프는 그의 글라스휘테 제(製)의 시계를 다시 조끼 주머니에 집어넣고 시간이 흘러가는 대로 내버려 두었다.

우리들은 이 젊은 모험가의 내면 생활에 일어난 변화를 평지의 정직한 사람들에게 어떻게 이해시켜야 한단 말인가? 현기증이 날 것 같은 『동일성』이라는 척도가 더해 갔던 것이다. 좀 기분을 늦추면, 오늘의 현재를 이것과 똑같은 어제의, 그저께의, 그그저께의 현재와 구별하는 것이 쉽지 않았지만, 그 현재는 한 달 전의 현재, 1년 전의 현재와도 구별할 수 없게 되어, 그것과 하나가 되어 『영원한 현재』로 녹아 버릴 성싶었고, 녹아 버리기도 하였다. 그러나 『아직』과 『또다시』 그리고 『장차』라는 윤리적인 의식의 구별이 사라지지 않고 있는 경우에는, 『오늘』을 과거와 미래와 구별하며 구분하고 있는 상대적인 명칭인 『어제』와 『내일』의 의미를 넓혀, 그것을 훨씬 큰 상대 관계에 적용해 보고 싶다. 미소한 시간 단위에 의해 살고 있는 그 『짧은』 일생에서 볼 때, 우리들의 초침의 바쁜 총총걸음도 장침의 느릿하고 완만한 걸음처럼 느껴지는 생물이, 지구보다도 작은 유성에 살고 있는 것을 상상해 보는 것은 황당무계한 공상은 아닐 것이다. 그러나 또 다음과 같은 생물도 상상할 수 있을 것이다. 즉 그 생물이 살고 있는 공간에는 한없이 거대한 걸음폭의 시간이 결부되어 있어서, 그들의 시간 경험에 있어서 『방금』, 『조금 뒤에』, 『어제』, 『내일』이라는 구분의 개념은 한없이 확대된 의미를 갖고 있는 생물이라는 것을. 우리들에게 그러한 상상이 가능할 뿐만 아니라 관대한 상대주의의 정신에서 판단해도, 또 『장소가 다르면 습관도 다르다』는 법칙에서 보아도, 올바르고 건전하고 훌륭한 상상이라고 하지 않을 수 없다.

그러나 이 지구에 살고 있는 인간으로, 하루, 일 주일, 한 달, 한 학기라는 시간이 또한 큰 의미를 가지는 연령, 그러한 시간 단위가 생활에 여러 가지 변화와 진보를 가져오는 연령의 인간이, 어느 날 『1년 전』을 『어제』, 『1년 뒤』를 『내일』이라고 부르는 좋지 않은 습관에 젖는다든지, 가끔 그러한 습관에 빠진다면, 우리들은 그 청년을 어떻게 생각해야 할 것인가? 그것에는 확실히 『혼미와 혼란』이라는 비평이 따라오며, 따라서 지극히 걱정해야 할 일인 것이다.

이 세상에는 시간의 구분, 공간의 구분이 뒤범벅이 되어 구분을 지을 수 없게 되고 현기증을 느끼게 하는 상태로 되는 것이 말하자면 자연스럽고 당연한 것으로, 휴가중이라면 그런 마력에 끌려 들어가도 허락해 줄 수 있는 경우, 즉 풍경적 환경(우리들이 여기서 말하는 경우에 『풍경』이라는 말이 사용될 수 있다면)이 있는 법이다. 우리들이 말하고 있는 것은 해변가의 산책인데, 이것은 한스 카스토르프가 상기할 때마다 심한 애착을 느끼지 않을 수 없었던 경우로, 그가 눈 속을 헤매고 다녔을 때에 고향의 모래 언덕의 모습을 즐겁고 그리운 마음으로 상기했던 것은 우리들도 알고 있는 바이다. 우리들이 여기서 해변가의 저 무어라 말할 수 없는 기분을 증거로 끄집어 내도, 독자는 자기의 경험과 추억에서 그것을 상기하고, 우리들과 같은 생각이 되어 줄 것으로 믿는다. 당신은 해변을 걷고 또 걸어간다. 당신은 시간으로부터, 그리고 시간은 당신으로부터 사라져 버려, 당신은 시간에 맞추어서 산책에서 집으로 돌아오지는 못할 것이다. 아, 바다여. 우리들은 지금 너로부터 멀리 떨어진 곳에 앉아서 이야기하며 너를 생각하고 너를 그리워하고 사랑하고 있다. 우리들은 네가 너를 부르는 큰 소리를 듣고 나온 것같이 이야기 속에 나타나 주기를 바란다. 이때까지만 해도 너는 이 이야기 속에 언제나 있었고 현재도 있고 앞으로도 있을 테지만. 파도가 출렁대는 황량한 바다, 퇴색한 회백색의 하늘이 퍼지고, 날카로운 습기가 사방을 채우고, 이 습기의 짠맛이 우리들의 입술에 남는다.

우리들은 자유로이 평화롭고 악의 없는 공간을 지나가는 바람, 우리들의 머리를 가볍게 마비시키는 바람, 광막하고 부드럽고 온화스러운 바람에 휩싸인 채, 해초와 작은 조개가 널려 있고 가볍고 탄력 있는 모래 위를 걷고 또 걷는다. 우리들은 헤매고 또 헤매며, 왔다가는 돌아가는 흰 파도가 우리들의 다리를 적시려는 것을 본다. 파도는 부서져 거품을 일으키고 밝고 헛된 소리를 울리면서 뒤집히고, 흰 파도가 차례로 편편한 해변에 흰 비단처럼 퍼진다. 여기저기에서, 저쪽 모래사장 주위에서도, 그리고 사방에 뒤섞인 파도 소리, 평화롭게 일렁이는 파도 소리는 우리들의 귀를 이 세상의 모든 소리로부터 덮어 버린다. 깊은 만족, 의식하고 있는 망각, 우리들은 영원한 품속에서 안겨 눈을 감자! 아니, 잘 보라, 흰 파도가 출렁대는 저 녹회색의 먼 바다가 굉장히 가깝게 보이면서 수평선 저쪽에 녹아들고 있는 곳, 거기에 흰 돛단배가 떠 있다. 저쪽? 어떤 저쪽? 얼마나 먼? 얼마나 가까운? 그것은 당신도 모른다. 당신은 그 판단을 할 수 없어 머리가 아찔해진다. 저 흰 돛단배가 해변가로부터 얼마나 떨어져 있는지를 알려면 흰 돛단배가 물체로서 얼마만큼 크기를 가지는가를 알아야 할 것이다. 작고 가까운 것인가, 크고 먼 것일까? 당신의 눈은 그것을 판단할 수 없어 멍해진다. 당신 속에는 공간에 대해 가르쳐 주는 기관도 감각도 없기 때문이다. 우리들은 걷고 또 걷는다. 벌써 얼마

만한 시간을? 얼마만한 거리를? 그것은 알 수 없다. 우리들은 계속 걸어도 아무것도 모른다. 저쪽은 이쪽과 마찬가지이고, 아까는 현재와, 이제부터와 같다. 공간의 끝없는 단조로움 속에서는 시간은 없어지고, 한 점에서 다른 한 점에로의 운동은 어디나 똑같은 세계 속에서는 운동이 아니며, 운동이 운동으로 되지 않는 세계에는 시간은 없다.

중세 의학자들은, 시간은 우리들의 착각인 것이며, 인과 관계와 연속에 의한 시간의 경과는 우리들의 감각 기구의 산물이며, 사물의 참된 모습은 불변의 현재라고 가르쳤다. 그 생각을 처음으로 가진 학자는, 영원히 희미한 짠맛을 입술에 맛보면서 해변가를 산책하고 있었을까? 어떻든 되풀이 말하지만, 우리들이 여기에서 이야기하고 있는 것은 휴가중의 특전, 여가중의 공상인 것이며, 활동적인 인간이 해변가의 따스한 모래 속에 눕는 것에 곧 싫증을 느껴버리는 것처럼, 양심적인 인간은 그러한 공상에는 곧 싫증을 느낀다. 인간의 인식 방법과 인식 형식을 비판하고 그 절대의 타당성을 의심한다는 것은 이성에 대해 이성이 넘어서는 안 되는 한계, 그것을 넘으면 이성의 본래의 사명을 등한히 했다는 비난을 받지 않을 수 없는 한계를 이성(理性)에게 나타낸다는 뜻이 있다면 몰라도, 그것이 아니라면, 부조리하고 파렴치한 배반이 될 것이다.

우리들은 세템브리니 씨가 여기서 이야기하고 있는 운명의 주인공인 청년, 세템브리니 씨가 어떤 기회에 적절하게도 『인생의 걱정거리 자식』이라고 부른 청년에게, 교육자다운 단호한 어조로 형이상학을 『악』이라고 단정하여 들려준 것을 감사해도 좋을 것이다. 그리고 우리들은 비평 원리의 의미와 목적, 그리고 목표는 오직 하나로, 의무의 관념과 생의 명령 이외에는 있지 않고 있어서는 안 된다고 단언함으로써, 우리들이 사랑하는 요아힘에게 추모하는 최상의 경의를 표명한다. 그렇다. 우리들의 생활을 지도하는 지혜는 이성의 한계를 비평, 정리하고, 그 한계점에 생의 깃발을 세우고, 그 깃발 밑에서 생의 근무에 종사하는 것이 우리들 인간의 군인적 의무라고 선언하였다. 우리들은 군인 요아힘이, 우울증에 걸린 수다쟁이 베렌스의 말처럼 소위 『지나친 근면』 때문에 결국 죽음을 촉진시킨 것을 알며, 그것이 한스 카스토르프 청년의 의심스러운 시간 관리, 영원과의 곤란한 장난을 너무 과다하게 한 것으로 생각하고, 그의 부족한 것들을 어느 정도 관대하게 보아 주어야 할 것인가?

페페르코른 씨

『국제』라는 간판에 가장 알맞는 국제 요양원 『베르크호프』에, 페페르코른이라는 중년의 네덜란드 인이 한동안 머물러 있었다. 페페르코른은 자바에서 커피 재배를 하고 있는 식민지 네덜란드 인이었는데(그래서 그런지 다소 유색 인종 같은 느낌이 들었다), 그 유색 인종 같다는 특징만으로는 그 피테르 페페르코른(이것이 그의 이름으로, 『지금 피테르 페페르코른은 브랜드로 원기를 돋우고 있다.』고 하는 것이 그의 입버릇이었다)을 이 이야기의 마지막 부분에 등장시키는 충분한 이유는 되지 않을 것이다. 여러 나라의 말을 구사하는 수다쟁이 닥터 베렌스 고문관이 원장으로 주재하고 있는 유명한 요양원 『베르크호프』에는, 아, 얼마나 많은 각양 각색의 손님들이 머물고 있는 것일까? 최근에도 이집트의 왕녀, 언젠가 고문관에게 진기한 커피 세트와 스핑크스가 새겨진 담배를 보낸 왕녀까지 있었다. 이 왕녀는 니코틴으로 누렇게 된 손가락에 여러 개의 반지를 끼고 머리를 짧게 단발한 센세이셔널한 여성으로, 하루의 주요한 식사에는 파리식 의상을 입고 나타났지만 그밖에는 남자용 양복을 입었다. 특히 줄이 선 바지차림으로 돌아다녔는데, 남자는 본 체도 하지 않고, 간단히 란다우어 부인이라고 불리는 루마니아의 유대 부인에게만 피곤할 정도의 강렬한 애정을 바치고 있었다. 파라반트 검사는 이 왕녀 전하에게 열중하여 수학 공부까지 등한히 하게 되었는데, 너무 반해 버려 혼이 빠진 사람처럼 보였다. 이 왕녀 혼자만으로는 충분치 않다는 듯이 왕녀의 수행원 중에는 흑인까지 한 사람 있었는데, 이 거세된 흑인은 카롤리네 슈퇴르가 가끔 흉을 본 것처럼 성적 불구인데도 인생에 누구보다도 애착을 품고 있는 모양으로, 피부가 검은 육체를 투사하여 체내를 찍은 사진을 보고 매우 비관하고 있었다.

이 센세이셔널한 사람들에 비하면, 페페르코른 씨는 거의 특징이 없었다. 이 장(章)에도 우리들의 이야기는 앞의 어떤 장과 마찬가지로 『또 한 사람』이라는 표제가 붙여질 것 같지만, 그러나 독자는 여기서 정신적 혼란과 교육적 혼란의 장본인이 한 사람 더 많아졌다고 걱정할 필요는 없다. 아니, 페페르코른 씨는 이 세상에 논리적 혼란을 가져올 인물은 결코 아니었다. 이제 곧 알게 되겠지만, 그는 이것과는 정반대의 인물이었다. 그런데도 이 인물의 출현 때문에 우리들의 주인공이 심각한 혼란을 경험한 것은 다음의 것으로 이해할 수 있을 것이다.

페페르코른 씨는 쇼샤 부인과 같은 날 저녁 열차로 『마을』 정거장에 도착했고, 같은 썰매로 베르크호프로 올라와 베르크호프의 식당에서 그녀와 함께 저녁 식사를 먹었다. 동시에 도착한 것뿐만이 아니라 함께 도착했던 것이다. 페페르코른 씨는 식당에서 일류 러시아 인석에, 더구나 다시 돌아온 부인의 옆자리, 즉 의사석을 마주 향해 있는 좌석, 전에 교원인 포포브가 난폭하고 이상한 발작을 한 좌석을 지정받았는데, 선량한 한스 카스토르프는 이 일은 꿈에도 예상하지 못했었기 때문에 멍해졌다. 고문관에게서 클라브디아의 귀환 날짜와 시간을 예의 말투로 미리 듣고 있기는 했었다.

「어때요, 노총각 카스토르프 군.」 하고 고문관은 말했다. 「성실하게 기다린 보람이 있습니다. 모레 저녁, 우리들의 새끼고양이가 이곳에 다시 살짝 들어옵니다. 전보로 알려 왔습니다.」

그러나 쇼샤 부인 혼자가 아니라는 것에 대해서는 고문관은 한 마디도 하지 않았다. 아마 그 자신도 쇼샤 부인과 페페르코른이 함께 온다는 것, 두 사람이 동반한다는 것은 전혀 몰랐던 것이리라. 어떻든 쇼샤 부인이 함께 도착한 다음날, 한스 카스토르프가 문책하자, 베렌스도 놀랐다는 표정을 하면서 말했다.

「나는 그녀가 어디에서 그 남자를 주워 왔는지 설명해 드릴 수가 없습니다.」 그는 단언했다. 「여행 중에 알게 된 것이겠지요. 상상컨대, 피레네 산맥 부근에서부터 알게 된 것이겠지요. 그렇습니다. 저 사람의 일은 당신도 참아야 합니다. 실망 낙담한 패전(敗戰)의 멋쟁이 양반, 이젠 이미 늦었어요. 두 사람은 심각한 사이인 것 같습니다. 여행 비용도 공동 계산인 것 같아요. 들은 바를 종합하면 그 자는 대단한 갑부인가 봅니다. 은퇴한 커피왕이랍니다. 말레이시아 인 하인을 두고 호화로운 생활을 하고 있어요. 물론 그는 여기에 놀러 온 것은 아닙니다. 심한 알콜성 점액 과다 외에 악성 열대열(熱帶熱)에 걸려 있습니다. 즉 말라리아 열이지요. 그는 이 열에 심하게 파먹히고 있습니다. 그러니까 당신도 당분간은 꼭 참아야 하겠지요.」

「아니, 괜찮습니다.」 한스 카스토르프는 천천히 말했다. 『그러면 당신은?』 하고 그는 생각했다. 당신 기분은 어떠한가? 당신도 이것저것 생각하면 전부터 그녀에게 무관심했던 것은 아니었지. 창백한 볼을 하고 그 실감나는 유화를 그린 독신자인 당신 자신도 말이야. 지금 당신은 나의 괴로움을 즐기고 있는 듯하지만, 페페르코른에 관한 한 우리들은 똑같이 불쌍한 환자인 것이다.

「괴상한 사나이, 단연 독특한 인물이군요.」하고 한스 카스토르프는 스케치를 해보이는 몸짓으로 말했다. 「억세면서도 뭔가 모자란다, 이것이 그에게서 받은 인상입니다. 적어도 나는 오늘 아침 식사 때 그런 인상을 받았어요. 억세면서도 뭔가 모자란다, 나는 이 두 가지 형용사로 그를 나타낼 수밖에 없습니다. 보통은 이 두 가지 형용사는 결부되지 않는다고 말합니다만, 그는 물론 몸이 크고 어깨 폭이 넓으며 두 다리를 펴고 힘차게 서 있는 경우가 많은 것 같습니다. 위로 뚫린 바지 주머니에 두 손을 넣고 있더군요. 나는 금방 알아차렸습니만, 당신이나 나나 말하자면 중류 이상 사람들의 바지 주머니는 손을 옆으로 넣도록 되어 있는데, 그 사람 것은 위에서 손을 넣도록 되어 있더군요. 그리고 그가 그렇게 서서 네덜란드 인답게 입술에 발린 소리로 지껄이고 있으니 정말 억센 느낌이 들었습니다. 그런데 그의 턱수염은 길지만 드문드문 나 있어 하나하나 셀 수 있을 지경입니다. 눈도 작고 눈동자의 빛이 엷어서 거의 색이 없는 것 같더군요. 하지만 이건 사실이니 어쩔 수 없습니다. 그는 그 눈을 언제나 크게 뜨려고 하지만, 눈은 조금도 커지지 않고 그 바람에 이마의 주름만 깊어질 뿐이었어요. 그 주름이 관자놀이께에서는 위를 향해 있지만 이마에서는 수평으로 되어 있지요. 그 넓고 넓은 이마에서 말입니다. 그 주위에 있는 흰 머리도 역시 길지만 숱이 적어요. 눈은 아무리 크게 뜨려고 해도 역시 작고 빛깔도 엷습니다. 그리고 그의 프록코트는 바둑판 무늬인데 조끼는 어딘지 성직자 같은 느낌을 주더군요. 이것이 오늘 아침 식사 때에 내가 받은 인상입니다.」

「어딘지 당신은 그를 눈엣가시처럼 생각하고 그의 특징을 남김없이 관찰한 것 같군요. 그래야 할 것입니다. 당신은 이제부터 그가 존재하는 것에 익숙해져야 하니까요.」

「그렇습니다. 우리들은 그것에 익숙해져야만 할 것입니다.」하고 한스 카스토르프는 말했다.

우리들은 새로운, 뜻하지 않은 손님의 대강의 용모를 스케치하는 일을 한스 카스토르프에게 일임했는데, 그는 이 스케치를 상당히 잘해 주었기 때문에, 우리들이 스케치를 해도 주요한 점에서는 그보다도 잘하지 못했을 것이다. 물론 그의 좌석은 관찰하는 데에 가장 유리한 자리였다. 우리들이 알고 있듯이, 그는 클라브디아가 없는 사이에 일류 러시아 인석의 이웃 식탁에 옮겨졌고,

그 식탁은 일류 러시아 인석과 나란히 있었다(일류 러시아 인석 쪽이 베란다로 나가는 문에 가까웠지만). 한스 카스토르프도 페페르코른도 식당 안쪽을 향해 가까운 한쪽에 앉아, 두 사람은 말하자면 나란히 앉아, 한스 카스토르프가 네덜란드 인의 좀 뒤에 위치하였으므로 살짝 관찰하는 데에는 편리했다. 그리고 그 좌석에서 볼 때 쇼샤 부인은 4분의 3의 옆모습을 보이면서 비스듬히 전방에 앉아 있었다.

우리들이 한스 카스토르프의 훌륭한 스케치를 보충한다면 다음과 같은 것을 덧붙일 수 있을 것이다. 페페르코른의 입술 위는 깎여져 수염은 없으며, 코는 크고 살이 많으며, 입도 크고 입술 형태가 불규칙하여 말하자면 찢어져 있는 것 같았다. 그리고 그의 손은 상당히 폭이 넓고 손톱은 길어 끝이 뾰족하였다. 그가 이야기할 때(한스 카스토르프에게는 알 수 없는 내용이지만 페페르코른은 거의 끊임없이 지껄이고 있었다), 듣는 이의 주의를 촉구하는 듯한 섬세한 손짓, 음악 지휘자와 같은 섬세한 뉘앙스에 찬 세련되고 정밀한, 헛됨이 없는 문화적 손짓을 섞어 가면서, 둘째손가락 끝을 엄지손가락 끝에 붙이고 동그라미를 만들며, 손바닥(폭은 넓지만 손톱이 뾰족한 손바닥)으로 둘러싸는 듯한, 막아 버리는 듯한, 열심히 듣기를 촉구하는 듯한 손짓을 섞어, 모두가 그 거창한 손짓에 미소를 짓고 주목하면 미리 충분히 예고한 말의 의미를 잘 몰라 모두를 실망케 했다. 아니, 사실은 실망케 하지 않고 즐거운 놀람을 느끼게 하는 것이었다. 힘찬 예고, 부드러움, 거창한 것이 여운처럼 남아, 그 다음에 올 말의 아쉬움을 충분히 보충하여 모두는 그 손짓만으로 만족하고 즐거워하고, 아니 마음이 느긋해진 것처럼 느끼는 것이었다. 때로는 손짓만으로 끝날 때도 있었다. 그는 왼쪽 곁의 불가리아의 젊은 학자의 팔, 혹은 오른쪽 곁의 쇼샤 부인의 팔에 손을 살짝 대고, 이제부터 이야기하려는 것을 잠자코 긴장하여 들으라는 듯이 그 손을 비스듬히 위로 올리며, 이마에서 직각으로 눈꼬리를 향해 달리는 주름이 가면(假面)의 주름처럼 깊어질 정도로 눈썹을 치켜올려, 긴장하고 있는 이웃과 나란히 식탁보 위를 쳐다보며, 찢어진 것 같은 입술을 열고 무언가 대단히 중요한 것을 말하려는 듯했다. 그러나 얼마 안 있어 한숨을 쉬고, 말하려는 것을 그만두고 『쉬어!』라도 하듯이 손을 흔들고, 결국 손짓만을 하고 커피를 다시 마시기 시작하는 것이었다. 그는 커피를 자기의 커피 도구로 특별히 진하게 끓여 마시고 있었다.

커피를 다 마신 뒤에는, 이번에도 지휘자가 음을 맞추고 있는 악기의 잡다한 소리를 침묵시키고, 문화적인 손짓으로 오케스트라를 연주 개시의 순간으로 집중시키는 것처럼, 손짓으로 모두의 잡담을 막아 조용하게 했다. 엷은 색의 눈, 이마의 깊은 주름, 긴 턱수염, 윗수염이 없어서 그대로 드러난 찢어진 듯한 입술, 이러한 생김새와 함께 흰 머리칼에 싸인 큰 얼굴은 무조건 굉장한 인상을 주었으므로 모두가 그의 몸짓에 따랐다. 모두 입을 다물고 미소지으며 그를 계속 쳐다보고, 여기저기에서 그에게 기운을 북돋아 주듯 미소지으면서 끄덕였다. 그는 상당히 낮은 목소리로 말했다.

「여러분, 좋습니다, 아주 좋습니다, 이제 되었습니다. 그러나 주의하십시오. 그리고…… 한시라도 잊지 마십시오. 아니, 여기에 대해서는 이것으로 그만. 내가 말하지 않으면 안 되는 것은 그것보다 오히려, 무엇보다도 오직 한 가지입니다. 우리들에게 의무가 있다는 것, 엄격한……, 나는 되풀이합니다. 그리고 이 말에 모든 힘을 들여 말합니다, 엄격한 요구가 우리들을 기다리고 있습니다. 천만에! 아니 여러분, 그렇지 않습니다! 결코 나는 가령…… 어림도 없는 오해입니다. 내가 무언가……끝……났습니다. 여러분! 완전히 끝났습니다. 우리들은 모두 의견이 일치한 것 같습니다. 자, 그러면 본론으로 들어갑시다!」

그는 아무 말도 하지 않은 거나 다름없었지만, 그의 얼굴은 아주 의미심장하고, 표정과 몸짓은 힘차고 박력이 있고 인상적이어서 모두 귀를 기울이고 있었다. 한스 카스토르프도 무언가 아주 중요한 것을 들은 것처럼 느꼈다. 구체적인 이야기를 듣지 못한 것을 의식했다 하더라도 아무도 그것을 아쉽게 생각하지는 않았다. 만약 귀머거리가 듣고 있었다고 한다면 어떤 기분이 들었을까? 아마 그는 페페르코른의 표정에서 이야기의 내용을 지나치게 평가하고, 귀가 들리지 않기에 정신적인 손해를 입은 것같이 생각하고 원망스럽게 생각했을 것이다. 이러한 사람들은 남을 믿지 않고 마음이 비뚤어지기가 일쑤인 것이다. 그러나 식탁의 반대쪽의 끝에 앉은 젊은 중국 사람은 독일어를 아직 잘 몰라 말을 이해하지 못했지만, 귀를 기울이면서 쳐다보고는 「대단히 좋았습니다.」하고 기쁜 듯이, 만족한 듯이 외치고는 박수까지 쳤다.

드디어 페페르코른 씨는 『본론』에 들어갔다. 그는 몸을 똑바로 일으켜 넓은 가슴을 쭉 펴고, 단추를 꼭꼭 채운 조끼 위쪽 부분의 바둑판 무늬 프록코트의 단추를 끼웠다. 그러고 보니 그의 백발로 에워싸인 얼굴에는 어딘지 왕자(王者)를 연상케 하는 구석이 있었다.

그는 식당 아가씨——난쟁이인——를 불렀다. 그녀는 눈이 돌 정도로 바빴으나, 그의 장엄한 손짓에 곧 응하여 밀크와 커피 용기를 손에 쥐고 그의 의자 곁에 와 섰다. 그리고는 그의 이마의 깊은 주름 밑의 엷은 빛의 눈과, 집게손가락과 엄지손가락으로 동그라미를 만들고 나머지 세 손가락의 손톱 끝을 창같이 나란히 똑바로 세운 손에 눈을 팔면서, 나이든 큰 얼굴에 미소를 띄고 그의 기운을 돋우듯 끄덕이지 않을 수 없었다.

「아가씨.」 하고 페페르코른은 말했다. 「좋습니다. 모든 것이 그것으로 완전하군요. 당신은 작습니다, …… 하지만 그것이 어떻다는 것입니까? 나쁘다니요! 나는 그것을 좋다고 생각합니다. 나는 당신이 지금 있는 그대로의 모습으로 있는 것을 기뻐하고 신에게 감사드립니다. 그리고 당신의 특색인 그 작은 키…… 아니, 그만둡시다. 내가 당신에게 부탁하려는 것도 작은 것, 작고 특별한 것입니다. 그건 그렇고 당신 이름은?」

식당 아가씨는 미소를 띤 얼굴로 더듬거리면서 에메렌티아라고 말했다.

「멋집니다!」 하고 페페르코른 씨는 등을 의자에 기대면서 팔을 난쟁이에게 뻗치고 외쳤다. 이것 봐, 모든 것이 멋지지 않은가! 라고 말하려는 기세로 외쳤다.

「아가씨.」 하고 아주 진지한, 거의 엄숙한 어조로 계속했다. 「정말 내 기대를 모두 넘어설 정도입니다. 에메렌티아, 당신은 그것을 겸손하게 말하지만, 그 이름은…… 당신과 결부하면…… 요컨대 아주 아름다운 공상을 불러일으킵니다. 그 이름을 소중히 하고 가슴의 생각 모두를 바쳐 그것을 불러 볼 만합니다. 그것을 애칭으로…… 좋습니까, 아가씨…… 애칭으로 『렌티아』라고 불러도 좋을 것입니다. 그리고 에미도 따뜻한 데가 있습니다. 오늘은 에미라고 합시다. 그러면 에미 아가씨, 잘 들어 주십시오. 빵을 좀 부탁합니다. 귀여운 아가씨, 기다리십시오. 잠깐! 오해하면 안 됩니다! 당신의 큰 얼굴을 보고 있으면 어딘지 착각할 위험이……. 빵 말입니다. 렌츠 아가씨, 그러나 구운 빵이 아닙니다. 그것 같으면, 여기에도 얼마든지 있으니까요. 모든 형태의 빵이, 그런 것이 아니고 양조한 빵 말입니다. 천사 아가씨. 귀여운 애칭으로 말한다면 신의 빵, 투명한 액체 빵, 기운을 돋우기 위한 빵 말입니다. 이 말의 의미를 알 수 있는지요. 그렇지, 차라리 『강심제』라고 말을 바꾸는 게 좋군요. 이 말도 흔히 있는 천박한 의미로 오해될 위험이 없으면 말입니다. 됐어, 끝났습니다. 렌티아, 끝났습니다. 결정! 그럼 우리들의 의무와 신성한 본분의 의미에서 부탁합니다……. 이를테면 내가 당신에게 지고 있는 명예의 빚을 갚는다는 뜻에서 당신의 특징인 작은 키에 대해 진심으로. 그럼 진을 한 잔 부탁합니다. 아가씨……, 축하를 위해서. 쉬담 산(産)의 진을 말입니다. 에메렌츠 아가씨, 빨리 한 잔 가져오시오!」

「쉬담 산의 진을 한 잔.」 하고 난쟁이는 복창을 하고 가지고 있던 밀크와 커피 용기를 어디에든지 내려 놓으려고 몸을 한 바퀴 돌려 한스 카스토르프의 식기 옆에 그 용기를 놓았는데, 거기가 페페르코른 씨의 눈에 거슬리지 않은 곳이라고 생각했음에 틀림없었다. 그녀는 뛰어갔고, 주문한 사람은 곧 주문한 물품을 받았다. 『진』은 글라스에 가득 채워져 철철 넘쳐 잔받침 접시를 적시었다. 페페르코른은 글라스를 엄지손가락과 가운뎃손가락으로 쥐고 밝은 쪽을 향해 들었다. 「피테르 페페르코른은 한 잔의 브랜디로 원기를 돋웁니다.」 그는 곡물(穀物)의 증류수를 조금 씹는 듯하더니 마셔 버렸다. 「이제 여러분을 보는 눈에 기운이 생겼습니다.」 그는 말했다. 그리고는 쇼샤 부인의 손을 식탁보 위에서 잡아들고는 그것을 입술에 대고 나서 식탁 위에 다시 놓고 그 손 위에 자기 손을 한동안 대고 있었다.

알 수 없는 사람이긴 했지만, 색다른 인물이라는 생각이 들었다. 베르크호프의 손님들은 페페르코른에게 매우 흥미를 느끼게 되었다. 그는 식민지의 사업에서 최근 은퇴하고, 자본을 안정시켰다는 것이었다. 헤이그에 있는 훌륭한 저택이라든지, 쉐페닝겐의 별장에 대해서도 소문이 났다. 슈퇴르 부인은 그를 『돈 자석』이라고 부르고(이 어이없는 여자는 『부호』라고 말한다는 것이 그렇게 되었던 것이었다!), 쇼샤 부인이 이 위로 다시 돌아온 날부터 밤의 야회복에 언제나 달았던 진주 목걸이가 그 『돈 자석』과 관계가 있는 것처럼 말하였다. 그 목걸이가 카롤리네 슈퇴르의 생각에 따르면 코카서스 산맥 저쪽의 쇼샤 씨의 선물이라고는 볼 수 없기에 여행의 『공동 계산』에 의한 선물일 거라는 것이었다.

그녀는 이렇게 말하면서 눈을 껌벅거려 보이고, 옆에 있는 한스 카스토르프를 턱으로 가리키면서 입을 씰룩거리며 그가 기가 죽어 있는 것을 힘껏 비웃었다. 정말 이토록 병으로 고통을 당하고 있으면서도 이 여자는 조금도 고상해질 줄을 몰랐다. 한스 카스토르프는 태연한 태도를 유지하며, 그녀의 무식한 실언을 농담을 섞어가며 정정해 주었다.

「말이 틀립니다. 『부호』겠지요. 그러나 자석도 나쁘지 않은데요. 페페르코른에게는 확실히 사람을 끄는 데가 있으니까요.」라고 그는 말했다.

여교사인 엥겔하르트 양은 솜털이 난 볼을 붉히고 청년을 보지 않으려고 하면서 막연하게 미소지으며 새로 온 손님을 어떻게 생각하느냐고 물었지만, 그는 그 질문에도 침착하게 대답했다. 페페르코른 씨는 『확실치 않은 인물』이며, 그럴 듯한 인물이긴 하지만 종잡을 수 없는 느낌이라고. 이 비평의 정확성은 공정한 눈을, 따라서 평정한 기분을 말해 주고 있었기 때문에 여교사는 어쩔 줄을 몰라했다.

다음에는 페르디난드 베잘인데, 이 사나이까지도 쇼샤 부인의 뜻하지 않은 귀환에 대해 빈정대는 말투였다. 여기에 대해 한스 카스토르프는 단호한 말에 못지 않은 단호한 눈초리가 있다는 것을 알려 주었다. 『불쌍하기 짝이 없는 사나이』라고 그가 만하임 인을 쳐다보는 눈초리는 말하고 있었고, 그것은 그 밖의 다른 의미로 볼 여지가 조금도 없는 단호한 것이었기에, 베잘도 그 눈초리의 의미를 곧 알아차리고 그것을 감수했다. 아니, 충치가 많은 이를 드러내고 머리를 끄덕였지만, 그 뒤부터는 나프타, 세템브리니, 페르게와 함께 산보를 할 때, 베잘은 한스 카스토르프의 외투를 드는 것을 그만두고 말았다.

제발 그래 주기를 바랐었다. 한스 카스토르프는 외투쯤은 자기도 갖고 다닐 수 있었고 자기 스스로 들고 다닐 생각이었지만, 그저 대접으로 『불쌍하기 짝이 없는 사나이』에게 가끔 들고 다니게 했을 뿐이었다. 그러나 한스 카스토르프가 사육제 밤의 모험의 상대와 재회하는 경우를 위해, 남 몰래 여러 가지 계획을 생각하고 있었는데, 정말 뜻하지 않은 사정으로 모든 것이 수포로 돌아가게 됐고, 그가 호되게 당했다는 것은 우리들 사이에서 누구 하나 모르는 사람이 없게 되었다. 계획이 수포로 돌아갔다기보다 필요 없게 되어 버렸다고 할 수 있었고, 이것이야말로 굴욕적인 것이었다.

그가 남 몰래 생각하고 있었던 계획은 어느 것이나 아주 섬세하고 사려가 깊은 것이어서, 거친 데가 전혀 없는 계획이었다.

클라브디아를 정거장으로 마중하러 나간다는 것은 꿈에도 생각하지 않았다. 그런 것을 생각하지 않은 것은 차라리 다행스런 일이었다! 병 덕분에 저렇게 큰 자유를 맛보고 있는 부인이, 가면을 쓰고 외국어로 이야기했던 먼 옛날의 꿈과 같은 밤의 사건을, 지금도 현실에 있었던 사건으로 생각하려고 할는지, 그 사건을 분명하게 암시받는 것을 기뻐할는지 그것조차도 의문이었다. 아니, 몰염치스럽게 굴지 말고 강제적인 주문은 하지 말아야 한다. 병든 사팔뜨기 부인과 그의 관계가, 실상은 서구적인 이성과 예절의 한계를 넘어섰다는 것이 사실이었지만, 적어도 표면만이라도 완전한 문명인답게 행동하고, 이제는 모든 일을 잊어버린 것 같은 문명인적 태도와 기억 상실의 태도를 한동안은 취하지 않으면 안 된다. 식탁에서 식탁으로의 기사적인 인사, 한동안은 그것만으로 그치기로 하자! 그러는 사이에 기회를 잡아 예의바르게 접근하여 여행하고 돌아온 부인의 귀환 이후의 건강 상태는 어떠한가를 가볍게 물어 보기로 하자. 참된 의미의 재회는 이 훌륭한 기사적인 근엄한 태도의 보답으로써 언젠가는 실현될 것임에 틀림없으리라.

이런 배려는 아까도 말한 것처럼, 현재에는 자유 의사에 의한 것이 아니게 되었고 그러기에 또한 훌륭한 것도 아무것도 아닌 것이 되어 버렸기에, 모든 것이 불필요한 것처럼 생각되었다. 페페르코른 씨의 출현 때문에 공손히 물러나는 길밖에는 전술이 전혀 생각나지 않았다.

한스 카스토르프는 쇼샤 부인이 도착하던 날 밤, 썰매가 차도를 달려 올라오는 것을 발코니에서 보고 있었는데, 그 썰매의 마부석 위에는 마부와 나란히 털가죽 깃을 단 외투에 실크 모자를 쓰고, 누런 얼굴을 한 작은 말레이시아 인 하인이 앉았고, 뒷좌석에 클라브디아와 나란히, 본 적이 없는 사나이가 모자를 깊이 쓰고 앉아 있었다.

한스 카스토르프는 그날 밤 거의 잠을 이루지 못하고 말았다. 다음날 아침, 그 뜻하지 않은 동반자의 이름을 알아 내는 것은 어려운 일이 아니었고, 두 사람이 2층에 이웃하고 있는 특별실에 안내되었다는 것까지도 덤으로 알게 되었다. 그리고 아침 식사 시간이 되자, 한스 카스토르프는 일찍 자리에 앉아 유리문이 「탕탕」 하고 닫히는 것을 이제나저제나 하고 창백한 얼굴로 기다렸다. 그러나 요란한 소리는 들을 수 없었다. 클라브디아의 입장은 소리 없이 끝났고, 그녀의 뒤에 입장한 페페르코른 씨가 유리문을 닫았던 것이었다. 페페르코른 씨는, 여행의 동반자가 예의 고양이 같은 발걸음으로 머리를 내밀고 식탁으로 걸어가는 그녀의 뒤를 따라, 백발의 머리에 높은 이마를 하고 크고 넓은 어깨로 걸어오고 있었다.

아, 그녀였다. 그전 그대로의 모습이었다. 한스 카스토르프는 결심을 거역하고 자기도 모르게 잠이 부족한 눈으로 그녀를 지켜보았다. 아무렇게나 땋아 머리 둘레에 감은 불그스름한 금발머리도 그대로였고, 『황야의 이리의 눈』도, 목덜미의 통통한 선도 그대로였으며, 광대뼈가 높기 때문에 실제보다 더 뚜렷이 보이는 입술, 그 광대뼈 때문에 아름답게 보이는 볼도 그대로였다.

『클라브디아다!』 그는 몸을 떨면서 생각했다. 그리고 이 뜻밖에 나타난 사나이를 쳐다보았다. 가면을 쓴 것 같은 그 사나이의 당당한 모습에 대해 조롱적이고 반항적인 기분이 치밀어올랐고, 언젠가의 밤의 사건 때문에 사실은 의심스럽게 된 것도 모르고 현재의 그녀를 자기 것이라는 듯이 행동하고 있는 그 사나이를 웃어 주고 싶은 욕구를 느끼고 있었다.

그날 밤의 사건은 아마추어 화가의 유화에 얽힌 사건처럼 애매하고 확실치 않은 사건은 아니었다. 물론 그 유화 세계의 사건에도 한스 카스토르프는 불안을 느끼기는 했지만. 쇼샤 부인이 자리에 앉기 전에 미소지으며 식당의 모든 사람을 정면으로 바라보는, 말하자면 모든 사람에게 선을 보이는 습관도 그대로였다. 페페르코른은 시중하는 것처럼 비스듬히 그녀의 뒤에 서서 그녀의 짧은 의식이 끝나는 것을 기다려 클라브디아와 이웃하여 말석에 앉았다.

식탁에서 식탁으로 기사적으로 인사한다는 것은 생각할 수 없었다. 클라브디아의 눈은 『선을 보일』 때에도, 한스 카스토르프 자신뿐만 아니라 그가 앉아 있는 곳을 지나 식당의 먼 곳으로 향해졌다. 다음에 식당에서 만났을 때에도 마찬가지였다. 이렇게 식사하는 동안 쇼샤 부인이 이쪽을 돌아보는 일이 있어도, 그녀 쪽에서는 표정이 없는 무관심한 눈초리를 흘려 보낼 뿐이어서, 한스 카스토르프의 눈은 그녀의 눈길을 잡을 수 없었다.

이러한 식사가 거듭됨에 따라, 새삼 기사적인 인사를 보내는 것은 점점 더 생각할 수 없게 되었다. 저녁 식사 후의 짧은 모임 때에도 두 사람의 여행 반려자는 작은 살롱에 머물러 식탁 멤버에 둘러싸여 소파에 나란히 앉아, 페페르코른은 불길처럼 타오르는 머리칼과 흰 턱수염 때문에 더한층 붉게 보이는 당당한 얼굴을 하고, 저녁 식사 때 주문한 붉은 포도주 한 병을 마시곤 하였다. 그는 저녁 식사에 언제나 붉은 포도주를 한 병, 또는 한 병 반, 때로는 두 병 마셨지만, 그의 소위 『빵』은 그것과는 별도로, 이것은 첫번째의 아침 식사 때부터 마시고 있었다. 이 왕자 같은 인물은 유달리 원기를 복돋을 필요가 있는 것 같았다. 특별히 진한 커피로 그는 하루에 여러 번 원기를 북돋웠는데, 아침뿐만이 아니고 정오에도 커다란 잔으로 마셨고, 그것도 식후뿐만 아니라 식사 중에도 포도주와 함께 마셨다. 어느 쪽이나 열에 효과가 있다고 페페르코른이 말하는 것을 한스 카스토르프는 들었다. 양쪽 다 원기를 북돋워 주는 힘 외에 그의 간헐성의 열대열에 큰 효과가 있다고 했지만, 그는 그 열 때문에 이틀째에는 벌써 여러 시간을 방에 누워 있어야 했다. 네덜란드 인은 대체로 4일마다 그 열에 시달렸기 때문에 고문관은 이것을 『4일열』이라고 부르고 있었는데, 처음에는 오한이 나고 이가 덜덜 떨리고 다음에는 몸이 타는 듯이 뜨겁게 되다가 땀이 나는 것이었다. 게다가 그의 비장도 그 때문에 부어 있다는 것이다.

트웬티 원 카드 놀이

시간은 이렇게 해서 지나갔다. 몇 주일쯤 지나갔다. 한스 카스토르프의 판단과 짐작만에 의지할 수 없으므로 우리들 자신이 짐작해 보는 것인데, 그것은 아마 3주일 아니면 4주일 정도일 것이다. 이렇게 해서 시간은 흘러갔으나 새로운 변화는 아무것도 일어나지 않았다.

우리들의 주인공은, 그에게 재수 없는 근신을 요구한 그 뜻하지 않은 사태에 대해 한결같이 반항적인 기분을 불태우고 있었다. 뜻하지 않은 사태란, 브랜디를 마실 때, 자기 스스로를 피테르 페페르코른이라고 부르는 이 당당하고 왕자연한 인물이 눈에 거슬려 견딜 수 없는 일이었다.

이 인물은 사실 전에 세템브리니가 『여기서 눈에 거슬렸다』는 것보다 훨씬 더 눈에 거슬렸다. 한스 카스토르프의 미간에는 반항적인 불쾌한 주름이 세로로 새겨지고, 그 주름 밑의 매서운 눈으로, 그는 다시 돌아온 부인을 하루에 다섯 번씩 쳐다보았는데, 그녀를 다시 보게 된 것을 역시 기쁘게 생각했다. 그러나 그녀의 과거가 얼마나 수상쩍은 것인가를 전혀 모르고 있는 듯한 현재의 절대자에 대해 그는 크게 경멸을 느꼈다.

그런데 어느 날 밤, 홀과 살롱의 밤의 모임이, 이렇다 할 특별한 이유도 없이 가끔 그렇듯이, 보통 날보다 더 활기에 차 있었다. 음악 연주도 있었다. 헝가리의 학생이 바이올린으로 《찌고이네르 바이젠》을 힘차게 연주했고, 계속하여 닥터 크로코브스키를 데리고 15분 가량 모임에 끼어들었던 베렌스 고문관이 손님의 한 사람을 설득하여 피아노의 저음부로 바그너 작곡의 《순례자의 합창》의 멜로디를 치게 하고, 자기는 그 옆에 서서 피아노의 최고음부를 솔로 싹싹 문지르는 것처럼 치면서 반주의 바이올린 소리를 모방해 보였다. 모두가 웃었다. 고문관은 모두의 갈채를 받고, 자기의 장난에 만족한 듯 고개를 끄덕이면서 살롱을 나갔다. 밤의 모임은 계속되었고 음악도 계속되었지만, 다같이 꼭 함께 있어야 할 의무는 없었기 때문에 모두는 마실 것을 들고 도미노나 브리지를 하기도 하고, 광학 응용의 오락 기구를 가지고 놀기도 하며, 여기저기 모여서 지껄이기도 하였다. 일류 러시아 인석의 멤버도 홀과 피아노실에 있는 사람들과 어울렸다.

페페르코른이 여기저기 돌아다니는 것이 눈에 띄었다. 그를 보지 않으려 해도 보지 않을 수는 없었다. 그의 당당한 머리는 아무리 사람이 붐비는 속에서도 눈에 띄었고 왕자처럼 위엄과 관록으로 주위를 압도했다. 그의 주위 사람들도 처음에는 그가 큰 부자라는 소문에 끌린 것뿐이었는데, 곧 그의 인물과 그 인품 자체에 끌리게 되고 말았다. 그들은 미소지으면서 그를 재촉하는 듯이 무의식중에 고개를 끄덕여 보이는 것이었다. 모두가 그의 이마의 깊은 주름 밑의 엷은 색의 눈에 매혹되었고 손톱을 길게 기른 손의 문화적인 손짓의 장엄함에 긴장이 되어, 말이 더듬거리며 하는, 의미가 모호하고 내용적으로 불필요한 말이라 해도, 그 때문에 환멸을 느끼는 일은 조금도 없었다.

이런 때에 한스 카스토르프는 어떻게 하고 있는가 살펴보았더니, 그는 글쓰기와 독서를 하는 방에 있었다. 이것은 그가 언젠가 인류 진보의 조직화에 대해 중대한 고백을 한 담화실이었다(이 『언젠가』는 확실치 않다. 이 글을 쓰고 있는 사람도, 주인공도, 독자도, 어느만큼 이전의 『언젠가』인지는 이제 잘 알지 못한다). 그 방은 다른 장소보다도 조용했고 한스 카스토르프 외에는 두세 사람의 손님이 있을 뿐이었다. 누군가가 전등불 아래 마주 놓인 책상 중의 한 책상 모서리에서 글을 쓰고 있었다. 코안경을 두 개 포개어 쓴 부인이 책상 앞에 앉아서 사진이 삽입되어 있는 책장을 넘기고 있었다. 한스 카스토르프는 피아노실로 통하는 복도의 열려 있는 문 가까이에 놓인 의자에 앉아서 등을 문의 커튼 쪽으로 향하고 신문을 읽고 있었다. 그 의자는 우단을 씌운 르네상스 식의 의자로 등받이가 바르고 높으며 팔걸이는 없었다.

청년은 읽고 있는 척하며 신문을 잡고 있었지만 실은 읽고 있지 않았고, 머리를 한쪽으로 기울이고, 옆방의 말소리에 섞여 띄엄띄엄 들려 오는 음악에 귀를 기울이고 있었다. 눈썹을 찌푸린 것을 보면, 음악도 반은 건성으로 듣고 있고 음악과는 관계 없는 것을 생각하고 있는 모양이었다. 그것은 오랫동안 기다렸으나 결국 비참한 바보꼴이 되어 버린 청년이 할 수 있는 환멸의 쓴 생각, 반항의 쓴 생각이었다. 그는 우연히 앉은, 도무지 편하지 않은 의자 위에 지금이라도 신문을 던져 버리고, 홀의 문을 지나 그의 마음을 끌지 못하는 모임에서 피해, 발코니의 살을 에는 혹한의 세계 속에서 혼자가 되어 마리아 만치니를 피우려고 결심하고 그것을 실행에 옮기려 하고 있었다.

「그런데 당신 사촌은 어떻게 되었나요, 선생?」

뒤에서 묻는 소리가 들려 왔다. 그의 귀에는 매혹적인 목소리였고 그의 귀는 그 짜릿하고 감미로운 목소리를 이를 데 없이 기분 좋게 느끼고 있었다(기분 좋다는 말의 최고로 강한 의미로서). 그것은 전에 그를 쳐다보면서 「좋아요. 그렇지만 부러뜨리지 마세요.」라고 한 그 목소리였고, 의지를 마비시켜 버리는 운명의 목소리였다. 잘못 듣지 않았다면 그것은 요아힘의 일을 묻고 있었다.

한스 카스토르프는 천천히 신문을 내려 놓고 얼굴을 좀 위로 올렸기 때문에, 머리가 젖혀져 머리끝이 의자의 곧은 등받이에 닿을 정도가 되었다. 그는 잠시 눈을 감았다가 곧 다시 뜨고, 머리를 기댄 채 비스듬히, 어딘가의 공간을 바라보았다. 이 선량한 청년의 얼굴은 영(靈)을 보는 모습, 아니면 몽유병자 같은 모습이었다고 말해도 좋으리라. 그는 머리 위의 목소리가 다시 한 번 물어 주었으면 하고 바랐지만, 머리 위에서는 계속 잠자코 있었다. 그는 그녀가 아직 뒤에 서 있는지 어떤지도 모르는 채, 한참 사이를 두고 목소리를 죽여 대답했다.

「그는 죽었습니다. 평지에서 군에 복무하다가 죽었습니다.」

그 말이 두 사람 사이에 교환된 최초의 말다운 말임을 알았다. 그리고 또 여기에 대해, 머리 위에서 들린 그녀의 다음과 같은 말을 들으면서, 그녀가 그의 나라의 말에 정통하지 않기 때문에 너무 평범한 말을 택했다는 것을 알았다.

「어머나, 가엾어라. 죽어서 매장되었겠군요. 그게 언제 일이에요?」

「한참됩니다. 그의 어머니가 유해를 갖고 돌아갔습니다. 그는 군인 수염을 기르고 있었지요. 그의 묘 위에서 조례(弔禮)의 일제 사격이 세 번 울렸습니다.」

「당연하지요. 정말 성실한 사람이었으니까요. 다른 사람들보다도, 다른 어떤 사람들보다도 훨씬 훌륭했어요.」

「그렇습니다. 그는 성실했습니다. 라다만트는 언제나 그를 대단한 노력가라고 했지요. 그러나 몸이 말을 듣지 않았습니다. 예수회 회원들은 그것을 『육체의 반항』이라고 부르고 있습니다. 그는 언제나 생각하는 것이 육체적이었습니다. 진지한 의미에서 말입니다. 그러나 그의 육체는 불성실한 분자를 들어오게 해서 대단한 노력가인 그의 뒷덜미를 치게 하고 말았지요. 그렇지만 몸을 망치고 몸을 죽이는 쪽이 몸을 지키는 것보다는 도덕적일 겁니다.」

「여전히 철학적인 무능력자이시군요, 당신은. 라다만트란 누구지요?」

「베렌스 말입니다. 세템브리니가 그를 그렇게 불렀습니다.」

「아, 세템브리니! 알고 있어요. 이탈리아 사람이었지요. 나는 그 사람을 좋아하지 않았어요. 그는 사고 방식이 인간적이 못 되었어요.」머리 위의 목소리는 『인간적』이라는 말을 어딘지 나른하게 꿈꾸는 듯이 길게 빼어 발음했다. 「그는 거만했었어요.」하고 『만』에 악센트를 두었다. 「그는 이제 여기에 있지 않나요? 나는 무식해서 라다만트가 무슨 뜻인지 잘 모르겠군요.」

「무슨 인문적인 말이겠지요. 세템브리니는 여기서 다른 데로 옮겨 갔습니다. 우리들은 그 뒤에도 쭉 철학을 토론했습니다. 그와 나프타와 나 이렇게 셋이서.」

「나프타는 누구예요?」

「세템브리니의 논적입니다.」

「세템브리니의 논적이라면 만나 보고 싶어요. 그건 그렇고 내가 언젠가 말했었지요. 당신 사촌은 평지에서 군인이 되면 죽을 것이라고요.」

「그렇습니다. 댁은 그렇게 말했었습니다.」

「아니, 댁이라니요!」

한동안 두 사람은 말이 없었다. 한스 카스토르프는 취소하지 않았다. 그는 의자의 곧은 등받이에 머리를 대고 몽유병자 같은 눈을 하고서 머리 위에서 다시 목소리를 들려 오기를 기다렸지만, 그녀가 아직 있는지 없는지 알 수 없게 되어 옆방에서 띄엄띄엄 들려 오는 음악 소리가 그녀의 물러가는 발소리를 지워 버리지나 않았나 하는 생각이 들었다. 그러나 드디어 뒤에서 또 목소리가 들려 왔다.

「그러면 선생은 사촌의 장례식에 가지 않았군요?」

그는 대답했다.

「그렇습니다. 나는 그에게 여기서 작별 인사를 했습니다. 그가 미소짓기 시작했기 때문에, 관에 뚜껑을 덮기 전에 인사를 했지요. 그의 이마가 얼마나 찼던지 댁은 상상도 못 할 겁니다.」

「또 댁이군요. 잘 알지도 못하는 여자에게 그건 또 무슨 말투죠!」

「나에게 인간적으로 말하지 말고 인문적으로 말하라는 것입니까?」

그도 인간적이라는 말을, 자기도 모르게, 졸려서 기지개를 켜고 하품을 하면서 말하듯이 길게 빼며 말했다.

「무슨 말이 그래요. 당신은 줄곧 여기 있었어요?」

「그렇습니다. 나는 기다리고 있었습니다.」

「무엇을요?」

「댁을.」

머리 위에서 『바보!』라는 말과 함께 웃음소리가 들려 왔다.

「나를 기다리고 있었다고요? 사실은 퇴원을 시켜 주지 않아서 그랬겠지요.」

「아닙니다. 베렌스는 언젠가 화를 내면서 나를 추방하려고까지 했습니다. 그러나 그렇게 되면 자포자기의 출발이 되었을 것입니다. 댁도 알고 있는 학교 시절부터의 낡은 상처 외에, 베렌스가 발견한 새로운 환부가 있어서 그것 때문에 나는 열도 있습니다.」

「지금도 열이 있나요?」

「그렇습니다. 지금도 조금 있습니다. 그 뒤로 계속해서 있기도 하고 없기도 합니다. 그러나 말라리아는 절대 아닙니다.」

「그건, 빈정대는 것인가요?」

그는 잠자코 있었다. 그리고 환영을 보는 듯한 눈초리로 눈썹을 찌푸리고 있었다. 한참 뒤에 그는 물었다.

「그래, 댁은 어디에 있었습니까?」

의자의 등을 손으로 두드리는 소리가 났다.

「야만인과 똑 같군요! 어디에 있었느냐구요? 여기저기 있었지요. 모스크바에도 있었고요.」 머리 위의 목소리는 모스크바를 『무오스크바』라고 말했다. 아까의 『인간적』이라는 것과 마찬가지로 완만하게 말을 끄는 것 같았다. 「바쿠에도, 독일의 온천장에도, 스페인에도 있었지요.」

「아, 스페인에도, 스페인은 어떻습니까?」

「그렇고 그렇지요. 여행하기에는 불유쾌한 나라예요. 주민들은 반이 흑인에 가깝고, 카스틸리아 지방은 아주 메말라 있고 살풍경했어요. 그 산맥 기슭의 성과 수도원보다도 크레믈린 궁전이 더 아름다워요.」

「에스코리알 성이군요.」

「그래요. 필립의 성이지요. 인간적이지 않은 성이에요. 나에게는 카탈로니아 지방의 민속춤 쪽이 훨씬 마음에 들었어요. 풍적(風笛)에 맞추어 추는 사르다나 춤 말이에요. 나도 함께 춤을 추었어요. 손을 맞잡고 빙빙 도는 거예요. 광장이 사람으로 가득 차 있었어요. 멋진 것이지요. 인간적이에요. 나는 그 지방 사람들이, 남자와 아이들이 쓰는 작고 푸른 모자를 샀는데, 그야말로 터키 모자나 보이나 모자와 다를 것이 없어요. 나는 그것을 안정 요양 때나 그밖의 때에도 써요. 나에게 어울리는지 선생도 보시게 될 거예요.」

「어느 선생?」

「이 의자에 앉은 선생.」

「나는 페페르코른 씨를 말하는 줄 알았습니다.」

「그분은 벌써 평을 해주었어요. 나에게 아주 잘 어울린다고 말했지요.」

「그가 그렇게 말했단 말입니까? 끝까지요? 문장의 끝까지요? 문장의 끝까지, 무엇을 말하는지 알아들을 수 있게 말입니까?」

「아, 기분이 언짢으신 모양이군요. 얄밉게 굴려는 거죠. 신랄하게요. 당신과 당신의…… 당신의 친구로 지중해에서 태어난 수다쟁이 웅변가 선생을 합친 것보다 훨씬 위대하며 뛰어나고 인간적인 사람을 놀리려는 거군요……. 하지만, 그렇게는 못 하게 하겠어요. 당신이 나의 친구 일을 그렇게…….」

「댁은 나의 뢴트겐 사진을 아직 가지고 있습니까?」 하고 한스 카스토르프는 머리 위의 목소리를 나른한 어조로 가로막고 말했다.

그녀는 웃었다.

「찾아 봐야지요.」

「댁의 것을 나는 여기에 가지고 있습니다. 그리고 밤이면 이걸 장 위에 있는 작은 사진꽂이에…….」

그는 끝까지 말을 다하지 않았다. 그의 앞에 페페르코른이 서 있었다. 페페르코른은 여행 반려자를 찾아 나섰다가 커튼을 들치고 들어와 반려자에게 등을 대고 이야기하고 있는 청년의 의자 앞에 섰던 것이다. 마치 탑처럼 그것도 한스 카스토르프의 바로 앞에 섰다. 한스 카스토르프는 몽유병자 같은 정신상태에 있으면서도 의자에서 일어나 인사를 해야겠다고 생각했는데, 앞뒤 두 사람 사이에 끼인 의자에서 일어서느라고 애를 먹었다. 의자에서 옆으로 빠져나와야 했기 때문에, 세 사람의 등장 인물은 의자를 중심으로 하여 삼각형을 이루고 마주 대하게 되었다.

쇼샤 부인은 문명적인 유럽의 예의를 지켜 『신사』들을 소개했다. 한스 카스토르프에 대해서는 전부터 아는 사이, 이전에 여기에 머물렀을 때부터 아는 사이라고 소개했다. 페페르코른 씨에 대해서는 소개할 필요가 없었다. 그녀는 페페르코른의 이름만을 말했다. 네덜란드 인은 우상처럼 당초 무늬 모양을 한 이마의 주름과 관자놀이의 주름을 한층 더 깊게 하면서 푸른 눈에 힘을 주어 청년을 주의 깊게 쳐다보고는, 주근깨투성이인 손을 내밀었다. 손톱이 창처럼 길게 길러져 있지 않다면, 선장과 똑같은 손이라고 한스 카스토르프는 생각했다. 그는 페페르코른의 당당한 인물의 인력(引力)을 처음으로 대했지만, 페페르코른을 보고 있으니 역시 인물이라는 생각이 머리에서 떠나지 않았다. 그를 보고 있으니 인물이란 어떤 것인가 하는 것이 갑자기 이해되었다. 아니 그뿐 아니라, 인물이란 것은, 대체로 페페르코른과 같은 용모를 의미하는 것이라고 확신하게 되었다. 한스 카스토르프는 아직 동요되기 쉬운 젊음 때문에, 이 어깨 폭이 넓고 얼굴이 붉고 백발이 물결치는 60대 사나이, 입이 길게 찢어지고, 성직자처럼 앞이 트이지 않은 조끼 위에 턱수염이 길게 드리워져 있는 사나이의 관록에 압도되고 말았다. 아무튼 페페르코른은 점잖기 짝이 없었다.

「선생,」 하고 페페르코른은 말했다. 「단연코 아니, 미안합니다, 단연코! 오늘밤 이렇게 당신과 알게 되어……, 신뢰할 수 있는 젊은 당신과 가까이, 나는 기꺼이 가까이하고 싶습니다. 선생, 전력을 기울여서 그렇게 하겠습니다. 나는 당신이 마음에 들었습니다. 선생……, 나는 그렇습니다! 끝났습니다. 당신은 호감이 갑니다.」

이의를 제기할 수도 없었다. 그의 문화적인 손짓은 절대적이었다. 그는 한스 카스토르프가 마음에 든 것이었다. 페페르코른은 그 사실에서 결론을 끄집어 내어 그 결론을 암시하듯 나타내고, 여행 반려자의 입으로도 그 결론이 충실하고 합당하게 보충되었다.

「당신,」 하고 페페르코른은 말했다. 「만사 좋습니다. 그런데 어떻습니까? 내가 말하는 의미를 잘 이해해 주시오. 인생은 짧고 인생의 요구를 충족시킬 우리들의 능력은, 이것은 처음부터……, 이것은 부정할 수 없는 사실입니다. 당신, 법칙입니다. 피할 수 없는 것입니다. 요컨대 당신, 요컨대 좋습니다…」

이렇게 암시를 해주어도 무언가 중대한 오해가 생기게 된다면, 그 책임은 질 수 없다는 듯이, 페페르코른은 만사를 일임한다는 확실한 손짓을 하고 있었다.

쇼샤 부인은 페페르코른이 무엇을 원하고 있는지를 마지막까지 듣지 않아도 아는 훈련을 쌓고 있는 것 같았다. 그녀는 말했다.

「좋아요, 모두 함께 좀더 앉아서, 카드 놀이를 한 번 하고 포도주를 한 병 마시도록 하지요. 당신은 왜 멍청하게 그러고 계세요?」 하고 한스 카스토르프에게 말했다. 「몸을 좀 빨리 놀리세요. 우리들 세 사람뿐만 아니라 모두들 나와야지요. 살롱에 아직 누가 있어요. 만나는 사람을 죄다 불러 오세요. 발코니에서도 친구들을 두세 사람 끌고 와야 해요. 우리들 식탁의 중국인 닥터, 진부(陳富)도 부르도록 하세요.」

페페르코른은 두 손을 비볐다.

「단연코 그래야지요.」 하고 그는 말했다. 「완전, 훌륭해요. 서두르시오. 젊은이! 명령에 순종하시오! 원탁을 만듭시다. 카드를 하고, 먹고 마십시다. 그리고 느끼도록 합시다. 우리들이……, 단연코 젊은이!」

한스 카스토르프는 승강기를 타고 3층으로 올라갔다. 안톤 카를로비치 페르게의 방을 두드렸고, 그 페르게는 페르디난드 베잘과 알빈 씨를 아래의 공동 안정 홀의 침대 의자에서 끌고 왔다. 파라반트 검사와 마그누스 부부가 아직 홀에, 그리고 슈퇴르 부인과 클레펠트가 아직 살롱에 남아 있었다. 이 살롱 중앙의 샹들리에 밑에 큰 카드대가 펼쳐지고 그 주위에 작은 음식상이 벌어졌다.

페페르코른은 이마의 당초 무늬를 더욱 깊게 하고 모여든 손님 한 사람 한 사람을 엷은 빛의 눈으로 정중하고 주의 깊게 보면서 인사했다.

전부 열두 사람이 자리에 앉았고, 한스 카스토르프는 왕자와 같은 주최자인 페페르코른과 클라브디아의 사이에 앉았다. 트웬티 원 카드 놀이를 여러 차례 하자는 것이었다. 카드와 칩이 놓여졌다. 페페르코른은 난쟁이 급사 아가씨에게 예의 장엄한 손짓으로 1806년의 프랑스 사브리 산의 백포도주 세 병과 말린 열대 과일, 과자 종류를 있는 대로 모두 가지고 오라고 일렀다. 그러한 좋은 물건이 나오는 것을 보고, 페페르코른이 두 손을 비벼 가면서 환영하는 모습은 정말 기쁜 것 같았다. 그 기쁜 심정을 거창하게 떠듬떠듬 말로 나타내려고 하였는데, 표정에서 풍기는 느낌만으로도 사실 충분한 성공을 거두고 있었다. 페페르코른은 좌우 두 사람의 팔에 손을 얹고 손톱이 창같이 뾰족한 둘째손가락을 세우고, 두툼한 녹색 글라스에 부어진 포도주의 아름다운 황금빛, 스페인의 말라가 산 포도알에서 풍기는 달콤한 냄새와 맛소금과 겨자가 든 B 자형의 비스킷을 천하 절미라고 부르며, 모두에게도 그것들에 대해 아주 찬찬히 음미하도록 일반적인 설득력을 가지고 요구했다. 그러한 거창한 말에 대해 반대할 기분이 생긴다 해도 그의 장엄한 문화적인 손짓 때문에 그 말은 입밖에 나오기 전에 막혀 버리는 것이었다. 처음에 물주가 된 것은 페페르코른이었지만, 그는 그것을 곧 알빈 씨에게 양보해 버렸다. 물주가 되면 분위기를 자유로이 즐길 수 없을 것이라는 데에서 그렇게 한 것 같았다.

그에게는 이기고 지는 것은 그리 큰 문제가 아닌 듯했다. 그의 제안으로 거는 돈은 최저 50라펜으로 결정되었으나, 그것은 그의 생각에 따르면 아무것도 걸지 않고 하는 거나 마찬가지였다. 그러나 참가자의 대부분에게 그것은 큰 돈이며, 파라반트 검사나 슈퇴르 부인은 얼굴이 붉으락푸르락해지곤 했다. 특히 슈퇴르 부인은 손에 쥐고 있는 카드의 점수가 18이 되어 또 한 장을 더 받을 것인가 하는 문제가 생기면 어떻게 했으면 좋을지 몰라 고민하였다. 알빈 씨가 익숙하고 침착한 솜씨로 그녀에게 한 장을 더 던져 보내 그 점수로 그녀의 모험이 온통 실패로 돌아갔을 때, 그녀가 쇳소리를 지르는 것을 보고 페페르코른은 즐거운 듯이 웃었다.

「마음껏 소리를 지르십시오, 마담!」하고 그는 말했다. 「날카롭고 생기에 찬 목소리입니다. 뱃속에서부터 나오고 있군요. 자, 한잔 하십시오. 원기를 복돋우시고 새로 한 번…….」

이 말과 더불어 페페르코른은 슈퇴르 부인의 글라스에 포도주를 붓고 그와 이웃하고 있는 두 사람과 자기 자신의 글라스에도 술을 붓고, 또다시 세 병을 가져오게 했다. 베잘과 단백질 상실로 머리가 둔해진 마그누스 부인은 누구보다도 원기를 북돋울 필요가 있었기에, 특히 이 두 사람과 글라스를 맞대었다. 정말로 멋진 맛의 포도주에 모두의 얼굴은 곧 붉어졌다. 그러나 닥터 팅푸만은 예외여서, 그 누런 얼굴에는 조금도 변화가 없고 길게 찢어진 쥐 같은 눈만 반짝거리고 있었다. 이 중국인은 킥킥 웃으면서 고액의 돈을 걸었는데 염치없을 정도로 계속 이기고 있었다. 다른 사람들도 지고만 있지는 않았다.

파라반트 검사는 몽롱한 눈을 하고 운명에 도전하여 그렇게 신통치 않은 자기 카드에 10프랑을 걸어 놓고 좀 겁을 먹었지만, 알빈 씨가 손에 쥔 에이스의 위력을 과신하여 다른 사람들이 건 돈을 배로 만들어 주고 지는 바람에, 검사의 손에는 걸었던 10프랑이 배가 되어 돌아왔다. 이것은 모두를 흥분시키는 일이어서, 스스로 그것을 얻은 사람만이 흥분한 것이 아니었다. 거기에 있는 모두가 흥분에 말려들어, 몬테카를로 도박장의 단골의 한 사람이라고 자칭하고 냉정하고 사려 깊은 점에서는 그 도박장의 종업원에게도 지지 않는 알빈 씨도 흥분을 감추지 못했다. 한스 카스토르프도 고액의 돈을 걸었고 클레펠트, 쇼샤 부인도 마찬가지였다. 트웬티 원에서 『여행』으로 옮기고 『철도』, 『나의 아주머니, 자네 아주머니』를 하고 위험한 『디페랑스』도 하였다. 누구나 변덕스러운 운명의 신에게 운을 맡기고, 환성을 올리고, 절망하고, 자포자기의 소리를 외치고, 히스테릭한 너털웃음을 지었지만, 그것은 모두 진지하고 심각해서 실생활에 있어서의 화복(禍福)의 경우도 이런 것일 거라고 생각되었다.

그러나 거기 있는 사람들의 기분을 극단적으로 긴장시키고 얼굴을 상기시키고 눈을 반짝반짝 크게 뜨게 한 것, 또는 이 작은 그룹의 흥분, 숨막히는 듯한 심정, 거의 고통스러울 정도의 한순간에의 정신 집중이라고 할 만한 이 자리의 분위기를 조성한 것은 카드와 포도주만이 아니었다. 그것들은 단순한 부속물에 지나지 않았다. 오히려 그 흥분이나 긴장은 모두 거기 앉아 있는 사람들 속에 있는 지배적 인물의 영향, 거기 있는 사람들 중의 『인물』인 페페르코른의 영향 탓이라고 생각해야 했다. 그는 모두를 표정이 풍부한 손짓으로 리드했고 당당한 눈코의 움직임, 이마의 조각가 같은 주름 밑의 엷은 눈, 말, 몸짓, 손짓 등으로 모두의 기분을 이 순간에 집중시키고 있었다. 그는 무엇을 말했을까? 아주 확실치 않은 것, 포도주를 마심에 따라 더한층 확실치 않은 것을 말했을 뿐이었다. 그러나 모두 그의 입술에 눈이 끌렸고, 그의 왕자와 같은 얼굴 표정에 감탄하면서, 둘째손가락과 엄지손가락으로 동그라미를 그리고, 그 동그라미 옆에 다른 세 손가락을 창과 같이 세우는 것을, 미소를 띄고 눈썹을 치켜올리고 끄덕이면서 지켜 보았다. 그리고 모든 사람들은 평상시 자기가 가지고 있다고 믿었던 찬미의 본능을 훨씬 넘는 감정 속으로 자기도 모르게 들어갔다. 이 감정의 높이는 각자의 힘에는 과한 것이었다. 적어도 마그누스 부인은 이로 인해 속이 좋지 않았다. 그녀는 실신할 듯하였으나 방으로 돌아가는 것을 완강히 거부하고, 물에 적신 냅킨을 이마에 대고 긴 의자에 누워 있다가 얼마 동안 쉬고 난 후 다시 놀이에 끼여들었다.

페페르코른은 마그누스 부인의 이러한 무기력은 영향 부족 탓이라고 말하고, 그러한 의미를 거창하고 매듭이 없는 말과 곤두세운 둘째손가락으로 암시했다. 인생의 요구를 충족시키기 위해서는 먹어야만 한다. 충분히 먹어야 한다고 그는 암시하고는, 모두를 위해 정력을 내게 하는 중참을 주문했다. 불고기, 냉고기, 거위의 가슴살, 비프스테이크, 햄과 소시지. 이처럼 영양 만점의 맛있는 음식은 작은 공 같은 버터와 홍당무에 네덜란드 미나리를 덧붙여 마치 백화만발한 화단 같았다. 모두들 저녁 식사를 끝낸 뒤이며, 그 저녁 식사의 충실한 내용에 대해서는 두말할 필요도 없었지만, 주문에 온 맛있는 음식에 마음이 들떠 모두 손을 내밀었다.

그러나 페페르코른 씨는 조금 먹고는, 맛있는 음식을 『겉치레만의 것』이라고 말하며, 독선적이고 손에 땀을 쥐게 하는 변덕스러운 화를 냈다. 아니, 누군가가 조심조심 맛있는 음식을 칭찬하려고 할 때, 페페르코른은 화를 내어 그의 당당한 얼굴이 달아올랐다. 그는 테이블을 주먹으로 꽝 치고 모든 것을 몰염치한 찌꺼기라고 선언하였는데, 그는 결국 접대하는 사람이며 주인격이

어서 요리를 비평할 권리가 있었기 때문에 모두는 난처한 얼굴로 잠자코 있었다.

물론 그의 분격은 이해할 수 없는 것이긴 했지만, 그에게는 그것이 멋지게 어울렸고 특히 한스 카스토르프는 이것을 인정하지 않을 수 없었다. 그 분격은 페페르코른을 절대로 추하거나 작게 보이게 하지 않았다. 오히려 알 수 없는 느낌이면서도 위대한 왕자다움을 불러일으켰으므로, 그것을 포도주의 과음과 결부시켜서 생각하려는 사람은 없었다. 모두 몸을 움츠리고 고기 요리를 입에 대려고 하지 않았다. 쇼샤 부인이 여행의 동반자를 달래기 시작했다. 테이블을 마구 두들기다가 그대로 거기에 놓고 있는 그의 선장과 같은 넓적한 손을 그녀는 부드럽게 쓰다듬으면서, 「그러면 무언가 다른 것을 주문하면 어떨까요?」 하고 기분을 달래듯 말했다. 「괜찮으시다면, 그리고 요리장이 아직 뭔가 조리해 줄 수 있다면, 따뜻한 요리를 주문하면 어떨까요?」 하고.

「글쎄.」 하고 페페르코른은 말했다. 「좋아요.」 그리고 그는 클라브디아의 손에 키스를 하고 아주 자연스럽게 조금도 위엄을 손상하지 않고, 온화한 태도로 돌아갔다. 그는 자기와 모두를 위해 오믈렛을 먹자고 했다. 인생의 욕구를 충족시키기 위해 각자에게 고급 야채 오믈렛을 시켜 주었다. 이 주문과 함께 요리실에 1백 프랑을 보내, 요리실 사람들에게 시간 외의 일에 대해 위로해 주었다.

카나리아빛의 오믈렛이 푸른 야채를 여기저기 보이고, 달걀과 버터의 연하고 따뜻한 냄새를 김과 함께 실내에 풍기면서 여러 접시 운반되었을 때, 페페르코른의 기분은 완전히 좋아졌다. 일동은 페페르코른의 토막난 말과 암시력에 가득 찬 문화적인 손짓으로 그의 선물을 명심하고, 아니 정성들여 맛보도록 먹는 법을 감독받으면서 그와 함께 먹었다. 그는 네덜란드 산의 진을 모든 사람들에게 따르게 하고 노간주나무의 연한 향기와 곡식의 건강한 냄새가 나는 투명한 진을, 공손히 경건한 마음으로 맛볼 것을 촉구했다.

한스 카스토르프는 담배를 피웠다. 쇼샤 부인도 질주하는 트로이카 그림으로 장식된 러시아 제 래커 칠을 한 담배 케이스에서 필터 담배를 꺼내 피웠다. 그녀는 그 담배 케이스를 집어들기 쉽게 자기 앞 테이블 위에 놓고 있었다. 페페르코른은 좌우의 두 사람이 담배를 즐기는 것을 꾸짖지는 않았으나 그 자신은 담배를 피우지 않았고, 평소에도 피운 일이 없었다. 그의 말로 미루어 보면, 담배를 피우는 것은 지나치게 세련된 향락의 하나로, 담배를 상습적으로 피운다는 것은 생의 가장 소박한 선물, 우리들이 감정의 모든 힘을 다

하여도 충분히 향락할 수 없는 생의 선물과 생의 요구의 존엄성을 해치는 것이라고 생각하는 것 같았다.

「젊은이.」하고 페페르코른은 엷은 빛의 눈초리와 문화적인 손짓으로 한스 카스토르프 청년의 주의를 끌었다. 「젊은이, 소박한 것! 신성한 것! 좋습니다. 당신은 내가 말하는 것을 압니다. 한 병의 포도주, 김이 나는 달걀 요리, 순수한 곡주……, 우리들은 이것을 우선 배에 채우고 맛을 봅시다. 충분히 맛을 봅시다. 그리하여 그 요구를 참되게 만족시킨 연후에……. 말할 것 없습니다. 이제 됐습니다. 나는 온갖 사람들을 봐왔습니다. 코카인 상습자, 하시시 상습자, 모르핀 중독자 같은 온갖 남자와 여자들을……. 좋습니다. 당신! 문제 없습니다. 그들이 좋아하는 대로 내버려 두면 돼요. 우리들이 그들을 심판할 의무는 없습니다. 그러나 이것에 선행되어야 할 일, 소박한 것, 위대한 것, 신이 직접 주신 선물에 대해서 그 사람들은 모두……. 이제 그만 둡시다. 안 그렇습니까? 유죄입니다. 타기해야 합니다. 이런 모든 것에 대해 그들은 죄를 범했습니다. 젊은이, 당신 이름이 무엇인지는 모르나…… 좋습니다. 분명히 나는 알고 있었는데 그만 잊어버렸습니다. 코카인, 아편, 악습 그 자체가 나쁜 것은 아닙니다. 용서할 수 없는 죄, 그것은…….」

그는 입을 다물었다. 키가 크고 어깨가 벌어진 몸을 옆에 있는 한스 카스토르프 쪽으로 돌린 그는 매우 의미심장한, 상대방을 이해시키지 않고는 그냥 두지 않겠다는 듯 침묵을 계속하고 있었다. 그는 집게손가락을 세우고, 윗수염을 깎은, 면도칼 상처가 보이는 붉은 윗입술 밑에 어울리지 않게 찢어진 입을 보이며, 불길 같은 백발에 둘러싸인 벗겨진 이마의 가로 주름을 치켜올리고, 작고 빛깔이 엷은 눈을 부릅뜨고 있었다.

한스 카스토르프는 그 눈 속에서 페페르코른이 암시한 죄악, 큰 모독, 용서할 수 없는 무력에 대한 공포가 번쩍이는 것을 보았다. 페페르코른은 이 죄의 무서움을 규명할 것을, 알 수 없는 지배자적 인물의 권위를 갖고 침묵으로 명령하고 있었다. 이것은 객관적인 성질의 공포이긴 하지만, 그러나 또한 왕자와 같은 이 인물 자신에 관계가 있는 개인적인 공포이기도 하다고 한스 카스토르프는 생각했다. 즉 공포이긴 하지만 사소하고 보잘것없는 공포가 아니라, 경악과도 같은 공포가 눈속 깊은 곳에 일순간 번쩍이는 것 같았다. 한스 카스토르프는 쇼샤 부인의 왕자와 같은 여행 반려자에게 적개심을 품을 이유가 여러 가지 있었지만, 경건한 성질의 그는 그 공포를 보고 충격을 받지 않을 수 없었다.

그는 눈을 아래로 깔고, 옆자리의 위대한 인물에게 그 공포의 의미를 알겠다는 것을 알리어 기쁘게 해주려고 고개를 끄덕여 보였다.

「옳은 말씀입니다.」 하고 그는 말했다. 「그것은 죄악일 것입니다. 그리고 무력을 증명하는 것일 겁니다. 생의 단순하고 자연스러운 선물, 위대하고 신성한 선물을 등한히 하여 세련된 즐거움에 탐닉한다는 것이지요. 당신이 말씀하려는 것을 내가 올바르게 들었다면 그런 것이겠지요. 페페르코른 씨, 나 자신은 이때까지 그것을 생각하지 못했습니다만, 당신에게 그것을 주의받고 보니, 나 자신 확신을 갖고 당신 생각에 찬성할 수 있습니다. 그리고 그토록 건강하고 소박한 생의 선물이 충분히 쓰이는 일은 사실 드물 겁니다. 정말이지, 대부분의 사람들은 그러한 선물을 충분히 활용하는 데에 주의하지 않으며, 양심도 없고, 정신적으로 마비되어 있을 겁니다. 아마 그러리라고 생각합니다.」

당당한 인물은 최고로 만족했다.

「젊은이,」 하고 그는 말했다. 「완벽합니다. 실례지만……, 아니 아무것도 덧붙이지 않겠습니다. 제발, 나하고 함께 마십시다, 서로의 팔짱을 끼고 잔을 비웁시다. 이것은 당신에게 형제로서 서로 『자네』라고 부를 것을 제안하는 것은 아닙니다. 그것을 제안하려고 했으나 아직 좀 성급한 것이 아닌가 하고 망설여집니다. 아마 가까운 장래에 당신에게……, 그렇게 생각하고 계십시오! 그러나 원하신다면, 아무래도 괜찮다면 지금부터라도 즉시…….」

한스 카스토르프는 페페르코른이 자기 스스로 입밖에 낸 연기설에 찬성의 뜻을 나타냈다.

「좋습니다, 젊은이, 좋습니다, 동료. 무력……, 좋습니다. 좋습니다. 그리고 정말 무서운 일입니다. 양심이 없다고 했지요……. 아주 좋습니다. 도대체 선물을……. 이것은 안 되지요. 요구! 명예와 남성의 힘에 대한 신성하고 여성적인 생의 요구…….」

한스 카스토르프는 페페르코른이 취했다는 것을 갑자기 깨닫지 않을 수 없었다. 그러나 왕자의 취한 모습이 보잘것없거나 야비한 느낌은 들지 않고 추태라는 느낌도 없었다. 오히려 그의 왕자다운 품격과 결부되어 장엄한 모습, 외경을 느끼게 하는 모습이었다. 주신(酒神) 바커스도 찬미자들의 어깨에 몸을 기대었고, 그러면서도 그 신성을 조금도 잃지 않았다고 한스 카스토르프는 생각했다. 술에 취해 있는 사람이 누구인가, 즉, 그럴 듯한 인물인가, 단순한 직조공인가, 이것이 문제다. 이렇게 생각하고 한스 카스토르프는, 문화적인 손짓이 축 늘어지고 혀도 꼬부라지기 시작한, 이웃의 압도적인 여행 반려자에 대해 존경심이 줄어들지 않도록 주의했다.

「자네라고 서로 부르는 것은,」 하고 페페르코른은 말하며 거나하게 취한 당당한 체구를 유유히 뒤로 젖히고, 팔을 테이블 위로 뻗쳐 부드럽게 쥔 주먹으로 테이블을 탕탕 쳤다. 「얼마 안 있어 실행키로 하고, 아니 가까운 장래의 일로 하기로 하고 한동안은 아직 신중하게 하는 것이 좋겠지요. 이것으로 끝. 생은…… 젊은이…… 여성입니다. 부풀어오른 탐스러운 유방, 풍만한 허리에 끼여 있는 평퍼짐하고 부드러운 배, 날씬한 팔, 살집이 좋은 허벅지, 눈을 반쯤 감고 누워 있는 여자, 우리들이 가지고 있는 최고의 열과 힘, 남성의 욕망의 탄력 전부를 조롱조의 멋진 도전으로 요구하고, 남성의 탄력이 그것에 합격하는가의 여부를 저울질하는 것이 여성입니다……. 패배, 젊은이, 이것이 무엇을 의미하는지 아십니까? 생에 대한 감정의 패배, 이것이 무력이라는 것입니다. 이 무력에는 어떠한 구제도 동정도 위험도 없고, 사정없이 조롱으로 배척받을 뿐입니다. 처치되고, 침이 뱉어질 뿐입니다. 젊은이…… 패배와 파산, 이 무서운 치욕에는, 굴욕이라든지 불명예 같은 말로는 불충분합니다. 이것은 종말, 지옥과 같은 절망, 이 세상의 마지막입니다…….」

네덜란드 인은 말하면서 거구를 점점 뒤로 젖혔는데, 동시에 왕자와 같은 머리를 가슴 위에 떨어뜨렸으므로 잠이 들려는 것 같았다. 그러나 마지막 말과 함께 그는 가볍게 쥔 주먹을 휘둘러, 그것을 테이블 위에 탕하고 내리쳤다. 섬세한 한스 카스토르프는 카드 놀이와 포도주, 그리고 이상한 사태 때문에 신경과민이 되어 있었으므로 깜짝 놀라 몸이 굳어져 왕자를 외경의 눈으로 쳐다보았다.

「이 세상의 마지막……,」 이 말은 페페르코른에게 아주 희한하게 잘 어울렸다. 한스 카스토르프는 종교 시간 외에는 이 말을 들은 적이 없었는데, 이것은 우연이 아니라고 생각했다. 그가 알고 있던 모든 사람들 가운데서 누가 이 끔찍한 말을 입밖에 낼 자격이 있을까? 올바르게 말한다면 누가 그만한 스케일을 가지고 있을까? 키 작은 나프타는 그것을 입밖에 낸 일이 있겠지만, 그의 경우 그것은 남에게서 빌린 것이니까 과격한 수다에 불과한 것이다. 이에 반하여 페페르코른이 이 말을 하면, 그 끔찍한 말은 벼락과도 같이 들리고 최후 심판 날의 나팔 소리에 싸인 듯한 무게, 한마디로 구약 성서적인 위대함을 지니고 있었다.

『아, 과연 인물이다.』 하고 한스 카스토르프는 전에 백 번이나 느낀 감정을 다시금 확인했다. 『나는 인물을 만난 것이다. 그런데 그것이 하필이면 클라브디아의 여행 반려자라니!』

한스 카스토르프도 머리가 꽤 몽롱해져 있었다. 한쪽 손을 바지 주머니에 넣고 입가에 문 담배 연기에 한쪽 눈을 작게 뜨고 테이블 위에서 포도주 잔을 돌리고 있었다. 끔찍한 말이, 적임자를 통해 입밖에 나왔기에 그는 입을 다물고 있어야 할 것이 아닌가? 새삼스럽게 자신의 보잘것없는 목소리로 무슨 말을 한다는 것인가? 그러나 한스 카스토르프는 민주적 교육자인 두 사람에게서(두 사람은 원래 민주적이었다. 두 사람 중의 한 사람은 민주적인 것을 거역하려고 했지만) 토론을 좋아하도록 교육을 받아왔기 때문에, 예의 주석을 무심코 붙였다.

「당신의 의견을 듣고, 페페르코른 씨. (이건 무슨 말인가. 의견이라니! 이 세상의 마지막에 대해 의견 같은 걸 말하는 사람이 있을까?) 나는 아까부터 악습에 대해 결론을 내린 것을 다시 한 번 상기하는 바입니다. 즉 생의 단순함, 당신의 말에 따르면 생의 신성함, 내 말로 한다면 생의 고전적인 선물, 말하자면 생의 위대한 선물을, 뒷날의 기교적으로 세련된 것의 포로가 됨으로써, 즉 우리 두 사람 중의 어느 쪽이 말한 것처럼 그런 것에 『탐닉』함으로써 등한히 하는 것이 악습이라는 결론 말입니다. 위대한 선물 같으면 『전심』한다든지 『정진』한다든지 하겠지만, 그러나 나는 그 점에서 변명의 여지가 있는 것같이……, 죄송합니다, 나는 변명하는 버릇이 있는 인간입니다. 변명에는 스케일이 없다는 것을 나도 확실히 느끼고 있습니다만……. 즉 나로서는 악습에도 변명의 여지가 있는 것같이 생각됩니다. 그것도 우리들이 아까 말한 『무력』에 의한 것이기 때문입니다. 당신은 무력의 무서움에 대해 아주 웅대한 말씀을 하시어, 보시는 바와 같이 나는 그 말에 완전히 압도되어 버렸습니다. 그러나 내 생각에는, 악습에 빠지는 인간도 그 무서움을 느끼고 있지 않은 것은 아니며, 생의 고전적인 선물에 대한 감정의 패배에서 악습에 빠지는 것은 오히려 그 패배의 무서움을 인정하기 때문이고, 그런고로 결코 생을 등한히 하는 것이 아니며, 또 그렇게 생각할 필요도 없고, 역시 생에의 존경의 표시라고 생각할 수 있습니다. 세련된 선물도 도취와 고양(高揚)의 수단, 소위 흥분제, 감정의 보강과 증진 수단을 의미하고 있으며, 그런 의미에서 역시 생명을 목적으로 하고 의도하고 있는 것으로, 즉 감정에 대한 사랑, 감정의 무력이 바로 감정의 굳셈을 갈망하기 때문입니다……. 내가 말하는 것은…….」

그는 무엇을 말하고 있는 것일까? 그 거물과 그 자신을 한데 묶어 『우리 두 사람 중 어느 한쪽이』라고 하는 것은 민주주의적 몰염치의 극치라고 해야 하지 않을까? 그가 이런 뻔뻔스러움을 감히 스스로에게 용납할 용기를 가질 수 있었다는 것은 현재의 모종의 소유권에 암영(暗影)을 던지고 있는 과거의 그 사건 때문인 것일까? 그래서 악습에 관해서도 마찬가지로 뻔뻔스러운 분석 따위를 시작할 만큼 그는 흥분해 버렸던 것일까? 이것을 어떻게 뚫고 나갈 것인지, 그에게는 짐작도 가지 않았다. 무서운 것에 도전한 것만은 분명하였다.

페페르코른 씨는 자기 손님이 말을 계속하고 있는 동안, 뒤로 기대고 머리를 가슴에 드리운 자세를 하고 있어, 한스 카스토르프의 말을 듣고 있는지 어떤지 확실치 않았다. 그러나 청년의 말이 갈피를 못 잡기 시작하자 페페르코른은 의자등에서 서서히 몸을 일으키더니 마침내 꼿꼿하게 일어나 앉았다. 이와 더불어 왕자다운 얼굴이 빨개지며 이마의 당초 무늬가 치켜올라가 긴장하고, 엷은 색의 작은 눈이 심상치 않게 뜨이더니 위협하는 듯한 빛을 띠었다. 어떻게 될 것인가? 광포한 분노가 폭발할 것만 같았다. 이에 비하면 아까의 분노 같은 것은 사소한 불쾌감에 지나지 않았으리라. 페페르코른 씨의 아랫입술은 윗입술을 무섭게 밀어올려, 그 때문에 입술의 양 가장자리가 축 늘어지고 턱이 내밀어졌다. 그리고 오른팔을 테이블 위에서 서서히 머리의 높이에까지, 그리고 머리 윗부분에까지 올리며 주먹을 불끈 쥐더니 민주적인 잔소리꾼에게 맹렬한 일격을 가하기 위해 호쾌하게 쳐들었다. 민주적인 잔소리꾼은 눈앞에 전개된 이 처절한 왕자의 분노한 모습에 떨면서도 그 전율감에 취해, 무서움과 도망가고 싶은 심정을 간신히 눌렀다. 한스 카스토르프는 당황하여 선수를 쳐서 말했다.

「물론 내가 말한 방법은 불충분한 것이었습니다. 모든 것은 스케일의 문제, 그것뿐입니다. 스케일을 가지는 것을 악습이라고 부를 수는 없습니다. 악습에는 스케일이 없기 때문입니다. 세련된 것은 스케일을 가지고 있지 않습니다. 그러나 인간이 감정을 갈망하는 기분에 대해서는 먼 옛날부터 보조 수단, 즉 도취시키고 흥분시키는 수단이 주어져 있었습니다만, 이 수단은 생의 고전적인 선물 중의 하나로 소박하고 신성한 성질을 가지고 있어, 따라서 악습적이 아니고, 이렇게 말할 수 있다면, 스케일을 갖는 보조 수단이라고도 할 수 있는 것입니다. 즉 포도주 말인데요. 이것은 고대의 인문적인 민족도 주장했듯이, 신이 인간에게 주신 선물, 우리들의 문명과도 밀접한 연관이 있는 바커스 주신의 박애적인 발명품입니다. 우리들이 듣고 있는 바로는 인간은 포도를 재배하고 포도를 짜는 기술을 배우기 위해 야만 상태에서 빠져 나와 문명적이 되었다는 것인데, 오늘날도 포도주가 나는 나라의 민족은, 이를테면 고대의 킴메리오스 인들처럼 포도주를 모르는 민족보다는 문명적이라고 일컬어지고 있든가, 혹은 자기들 딴에는 그렇게 자부하고 있습니다만, 이것은 확실히 주목할 만한 일이라고 생각합니다. 왜냐하면 이 사실은 문명이 결코 이성과 웅변적 냉정의 선물이 아니라 오히려 흥분, 도취, 활기 있는 감정에서 생긴다는 것을 증명하고 있기 때문입니다. 이 점에 관해서는 당신도 의견이 같지 않으신지요. 외람되게 이런 말씀을 드려 죄송합니다만 어떠신지요?」

만만치 않은 사나이다, 이 한스 카스토르프는. 세템브리니 씨가 문학자답게 세련성를 갖고 표현한 말을 빌리면 『교활한 놈』이다. 이 청년은 거물과 접촉하는 경우에도 저돌적이고 뻔뻔스럽기도 했지만, 일단 궁지를 뚫고 나가는 것 역시 또 멋졌다. 그는 첫째로 까다로운 궁지 속에서 포도주 예찬의 즉석 연설을 상당히 교묘하게 해치웠고, 다음으로 페페르코른 씨의 분노의 모습에서는 물론 조금도 느낄 수 없는 『문명』에 대해 슬쩍 언급하여, 마지막으로 호탕한 분노의 자세의 사나이에게 주먹을 쥐어올린 채로는 대답할 수 없는 질문을 던져, 그 자세를 흐트러뜨려 어울리지 않게 만들었다.

과연, 네덜란드 인은 구약 성서적인 호탕한 분노의 몸짓을 누그러뜨렸다. 팔도 천천히 테이블 위로 내려졌고 얼굴의 홍조도 사라졌다. 그러나 아직 위협적인 느낌이 남아 있는 얼굴에는 『이 녀석이!』 하는 듯한 기색이 나타나 있었으나 어떻든 이리하여 태풍은 가라앉았다. 게다가 쇼사 부인도 끼여들어 여행 반려자에게 좌석의 공기가 침체해지기 시작한 것에 대해 주의를 돌리게 했다.

「당신, 손님들을 너무 등한히 하고 계세요.」 하고 그녀는 프랑스 어로 말했다. 「이분만을 상대로 하고 계시는군요, 무슨 중요한 말씀이긴 할 테지만서도요. 이제 카드 놀이도 거의 끝났고 해서 다들 지루해 하고 계시는 것 같아요. 오늘 밤은 이것으로 그치는 것이 어떨까요?」

페페르코른은 곧 둥근 테이블에 있는 사람들에게로 몸을 돌렸다. 쇼샤 부인이 말한 대로였다. 사기퇴폐(士氣頹廢), 권태, 무감각이 퍼져, 손님들은 선생이 없어진 교실의 생도처럼 법석을 부리고 있었다. 그 중 몇 사람은 졸고 있었다. 페페르코른은 늦추었던 고삐를 곧 잡아당겼다.

「여러분!」 그는 둘째손가락을 꼿꼿이 세우면서 외쳤다. 손톱을 창처럼 뾰족하게 한 그 손가락은 지휘하는 군도나 군기와 같았고 『여러분!』이라는 외침은 무너지려는 군세(軍勢)를 재정비하려는 사령관의 『내 뒤를 따르라!』 하는 질타와 같았다. 그러자 이 인물의 힘을 들인 일성은 즉시 사람들의 눈을 뜨게 했고, 긴장을 되찾는 효과를 나타냈다. 모두 깜짝 놀라 정신을 차리고 흐려진 얼굴을 긴장시켜 당당한 주인격인, 이마의 우상 같은 당초 무늬 밑의 엷은 빛의 눈을 미소지으며 바라보면서 고개를 끄덕여 보였다. 페페르코른은 둘째손가락 끝을 엄지손가락 끝에 대고, 손톱을 길게 기르고 있는 나머지 세 손가락을 그 동그라미 옆에 세우고 모두의 주의를 끌어 모두로 하여금 각자의 부서에 돌아가도록 했다. 그는 선장과 같은 손을 무언가를 제지하고 막는 것 같이 펴고 무섭게 찢어진 입술로부터 띄엄띄엄 확실치 않은 말을 했다. 그 말은 그의 인물의 힘이 뒷받침하고 있어 압도적으로 모두의 마음을 울렸다.

「여러분……, 좋습니다. 육체는, 여러분, 이것은 결국…… 끝났습니다. 아니…… 외람된 말입니다만 『약한 자』라고 성서에도 적혀 있습니다. 『약한 자』란 자칫하면 인생의 요구에…… 그러나 나는 호소합니다. 당신들의…… 요컨대, 여러분, 나는 호……소……합니다. 여러분들은 말씀하실 것입니다, 졸음이라고, 좋습니다, 여러분, 아주 멋집니다. 나도 졸음을 사랑하고 존경합니다. 나도 졸음의 깊고 감미롭고 상쾌한 기분을 존경합니다. 졸음은…… 당신, 무어라고 불렀던가요, 젊은이……, 생의 고전적인 선물 중의 하나입니다, 제일급, 최고급, 좋습니까? 최상급의……. 여러분. 그러나 마음에 새겨 두고 기억해 두십시오. 겟세마네입니다. 〈예수께서 베드로와 세베대의 두 아들을 데리고 가셨습니다. 그리고 제자들에게 『너희는 여기 머물러 나와 함께 깨어 있도록 하라.』고 말씀하셨습니다.〉 기억하고 계십니까? 〈그리고 세 제자에게 와보시니 그들이 자고 있으므로 베드로를 향하여 『너희는 한 시간도 나와 함께 깨어 있을 수 없느냐?』〉 강렬합니다, 여러분, 뼈에 사무치도록 통렬합니다. 〈예수께서 다시 와보시니 제자들은 또 자고 있었습니다. 그리고 제자들에게 말씀하셨습니다. 『아직도 자느냐?』〉 여러분, 폐부를 관통하고 가슴을 찌르는 것 같습니다.」

정말이지 모든 사람들이 마음이 감동되어 부끄러워했다. 페페르코른은 두 손을 가슴 위에 드리워진 숱이 적은 턱수염 앞에 모으고 머리를 비스듬히 기울이고 있었다. 그의 찢어진 것 같은 입술에서 고독한 죽음의 슬픔에 대한 말이 흘러나왔을 때, 엷은 빛의 눈초리는 멍하니 열려져 있었다. 슈퇴르 부인은 흐느껴 울었다. 마그누스 부인은 깊은 한숨을 쉬었다. 파라반트 검사는 모두를 대표해서, 말하자면 전원의 대표자로서 존경하는 접대주에게 낮은 목소리로 두세 마디 말하면서, 모두가 그의 뒤를 따라갈 것을 맹세해야 한다고 생각했다. 검사는 말했다.

무언가 오해가 있는 것 같다, 모두 즐겁고 원기왕성하고 명랑하며 심신이 정력에 넘쳐 있다, 멋지고 화려한, 정말 훌륭한 하룻밤으로 모두가 그렇게 생각하고, 그렇게 느끼고 있어, 지금부터 졸음이라는 생의 선물을 이용하려고 생각하는 자는 없다. 페페르코른 씨는 손님 모두를, 손님의 한 사람 한 사람을, 믿어도 좋을 것이다라고.

「완전! 멋집니다!」하고 페페르코른은 외치고 몸을 일으켰다. 한데 모았던 두 손을 풀어 양쪽으로 벌리고 이교도가 기도할 때처럼 손바닥을 밖으로 돌려 똑바로 위로 뻗쳤다. 조금 전까지 고딕적인 고뇌의 빛으로 채워졌던 당당한 얼굴은 풍성하고 밝게 빛났고 탕아(蕩兒)를 연상케 하는 보조개까지 볼에 나타났다. 「때가 왔도다.」하고 그는 말하며 메뉴를 가져오게 한 후, 테가 높아 이마에까지 닿는 뿔테 코안경을 끼고, 맘 회사의 붉은 리본이 달린 아주 독한 샴페인 세 병과 케이크를 주문했다. 이 원추형의 작고 멋진 케이크는 최고 품질의 비스킷 같은 것으로, 물들인 설탕이 겉에 뿌려져 있고 붉은 초콜릿과 비스타치아 크림이 그 속에 있었는데, 그것이 레이스로 아름답게 선이 둘러진 종이 냅킨에 얹혀 들어왔다.

슈퇴르 부인은 그것을 먹으면서 손가락을 하나하나 빨았다. 알빈 씨는 익숙한 솜씨로 샴페인의 첫번째 병에서 철사로 묶은 것을 떼어 내고, 장식이 달린 병의 목에서 버섯 모양을 한 코르크 마개를 장난감 권총 같은 소리와 더불어 천장으로 날려 보내고, 우아한 예의범절에 따라 냅킨으로 병을 싸고 일동의 잔에 따랐다. 아름다운 거품이 차려 놓은 린네르의 식탁보를 적시었다. 모두는 얇은 잔을 서로 마주치고 첫잔을 단숨에 마셔 버렸다. 얼음처럼 찬 향기 높은 액체가 짜릿하게 위를 자극했다. 모두의 눈은 빛났다. 카드 놀이는 끝났으나, 카드와 돈을 테이블 위에서 치우려는 사람은 없었다.

모두는 무위(無爲)의 행복한 시간에 도취되어 밑도끝도없는 이야기를 계속하고 있었다. 그 이야기는 흥분된 감정에서 생긴 이야기로, 이야기의 서두의 말투로는 아주 아름다운 생각에서 나온 듯했지만, 그것을 입밖에 내어 지껄이는 동안에 단편적이고 혀꼬부라진, 점잖지 못한, 의미를 알 수 없는 헛소리로 바뀌어 버려, 누군가 바른 정신을 가진 사람이 함께 그 자리에 있었다면, 그 사람은 성을 내고 얼굴을 붉혔을 것이 틀림없었다. 그러나 말하고 있는 본인들은 모두가 무책임한 상태를 즐기고 있었기 때문에, 다들 태연스레 지껄이고 또한 들을 수가 있었던 것이다. 마그누스 부인도 귀를 붉게 물들이고 구석구석까지 생명이 스며드는 것 같다고 했는데, 이 말이 마그누스 씨에게는 별로 좋지 않게 들렸던 모양이었다. 헤르미네 클레펠트는 등을 알빈 씨의 어깨에 기대고 잔을 내밀어 샴페인을 받고 있었다. 페페르코른은 뾰족한 손톱을 기른 손으로 문화적인 손짓을 하면서 바커스의 향연을 리드하고, 술과 음식의 공급과 보급에 신경을 썼다. 그는 샴페인 뒤에 진한 모카커피를 주문했는데 그 커피도 예의 『빵』이 겸해졌고, 또 부인들을 위해서는 아프리코트 브랜디, 샤르트러즈, 바닐라크림, 마라스키노 같은 단 리큐르를 가져오게 했다. 나중에 생선 초무침과 맥주도 주문하고, 마지막에는 녹차와 카밀레 차가 나왔다. 이것은 샴페인이나 리큐르를 계속 마시거나 또는 페페르코른처럼 독한 포도주를 마시지 않는 사람들을 위해서였다. 페페르코른은 12시가 지나고 나서 쇼샤 부인과 한스 카스토르프를 상대로 톡 쏘는 산뜻한 맛의 스위스 산 적포도주를 마시기 시작했는데, 그는 정말로 목이 마른 듯이 연거푸 잔을 비웠다.

새벽 1시가 되어도 연회는 끝이 나지 않았다. 술의 취기가 손발을 납덩이처럼 무겁게 하였을 뿐만 아니라, 취침 시간을 무시하고 자지 않고 있다는 일종의 색다른 즐거움도 있었고, 페페르코른이라는 인물의 영향력도 있는 데다가, 베드로와 세베대라는 본보기의 예에 따라서 육체의 약함에 굴복하지 않으리라는 생각도 있었기 때문이었다. 이 점에서는 대체로 남성보다 여성 쪽이 더 강했다. 남자들은 얼굴이 붉어졌다 파래졌다 하며 두 다리를 내뻗고 숨가쁘게 볼을 부풀리며 이따금 기계적으로만 술잔에 손을 댈 뿐이고 진심으로 기꺼이 상대할 생각은 이미 없어져 버렸는데, 여자들 쪽은 더 기운이 좋았다.

헤르미네 클레펠트는 드러난 두 팔꿈치를 테이블 위에 세워 턱을 고이고, 킥킥 웃고 있는 중국인 팅부에게 미소를 지어 그 가지런한 고른 이를 드러내고 있는가 하면, 슈퇴르 부인은 어깨를 움츠려 턱을 당기고 검사의 마음을 끌려고 애쓰고 있었다. 마그누스 부인은 알빈 씨의 무릎 위에 앉아 알빈 씨의 두 귓볼을 잡아 당기는 추태를 부렸지만, 마그누스 씨는 그것으로 오히려 한시름 놓은 것 같았다. 안톤 카를로비치 페르게는 홍막 진탕 이야기를 하도록 요구받았지만, 혀가 돌아가지 않아 말을 할 수 없게 되자, 지쳤다고 정직하게 고백했다.

이것이 더 마시자는 계기가 되었다. 베잘은 무언가 깊은 번민 때문에 한동안 엉엉 울고 있었는데, 그 번민을 친구들에게 이야기해 주려고 해도 혀가 뜻대로 돌아가지 않았다. 그러나 그도 커피와 코냑의 힘으로 다시 기분을 돌렸다. 그런데 그가 가슴을 떨면서 울거나 눈물에 젖은 주름진 턱을 꿈틀거리는 모양은 페페르코른의 흥미를 크게 끌었다. 페페르코른은 둘째손가락을 세우고 이마의 당초 무늬를 치켜올리면서 베잘의 모습에 모두의 주의를 환기시켰다.

「이것이야말로……,」 하고 그는 말했다. 「이것이야말로 역시…… 아니, 실례지만 신성합니다. 저분의 턱을 닦아 드리십시오. 내 냅킨으로! 아니면 차라리 내버려 두십시오. 본인이 닦지 않고 있으니 말입니다. 여러분…… 신성합니다, 모든 의미에서. 그리스도교적 의미에서도, 이교도적 의미에서도 신성합니다. 근원 현상(根源現象), 제일급의, 최고의…… 아니, 이것이야말로 역시 …….」

페페르코른의 예의 정확한, 그러나 다소 우습게 느껴지기 시작한 문화적 몸짓을 섞어 가면서 연회를 리드해 나가는 설명적인 이야기는 대체로 이 『이것이야말로』, 『이것이야말로 역시』로 시종일관했다. 그는 둘째손가락과 엄지손가락으로 만든 동그라미를 귀 위에 올리고 머리를 그 반대쪽으로 장난기 있게 기울이는 버릇이 있었는데, 이것은 이교의 늙은 사제가 옷자락을 쳐들고 이상스런 우아함으로써 희생의 제단 앞에서 춤추는 것을 보는 느낌을 주었다. 그리고 또 그는 당당한 체구를 편안하게 의자에 기대고 앉아 팔을 옆 의자의 등에 돌리고, 모두에게 그와 함께 새벽녘의 광경을 생생하게 실감하도록 하라고 강요했기에 사람들은 모두 어안이 벙벙해졌다.

서리가 내린 혹한(酷寒)의 어두컴컴한 겨울 새벽녘, 테이블 위에 놓인 램프의 누르스름한 빛이 유리창을 통해, 바깥의 을씨년스러운, 까치의 울음소리마저 차게 들리는 안개 박명(薄明) 속의 얼어붙은 듯한 앙상한 나뭇가지 사이로 비치고 있는 새벽녘의 느낌……. 그는 눈에 익은 이런 일상의 광경을 암시적으로 매우 교묘하게 그려 냈을 뿐만 아니라, 특히 그가 신성이라고 일컫는 얼음같이 찬 물을 새벽녘에 큼직한 해면(海綿)에서 짜내어 목덜미에 떨어뜨린다는 말을 했기 때문에, 모두들 자기 일처럼 몸을 부르르 떨었다.

그러나 이것은 탈선이라고 할까, 인생에 있어서 명심해야 할 사항에 관한 실례(實例)에 의한 교훈이라고 할까, 좌우간 공상적인 즉흥을 조금 피력해 보았다는 데에 불과하며, 그 뒤에 그는 곧, 다시 언제나의 그 열성적인 서비스와 배려를 이 화려하게 들뜬 밤의 모임으로 돌렸다. 그는 가까이 있는 여자라면 누구든지 구별하지 않고 덮어놓고 반한 척해 보였다. 난쟁이 식당 아가씨에게도 그렇게 해보여, 그 불구 아가씨는 몸에 비해 너무 큰 늙은 얼굴에 주름을 짓고 히쭉 웃었다. 아주 과분하게 겉치레인사를 들은 교양 없는 슈퇴르 부인은 보통때보다 더 심하게 어깨를 흔들어 대며, 도저히 본정신이라고는 생각할 수 없을 정도로 건방진 태도를 지어 보였다. 페페르코른은 클레펠트에게도 그의 크게 찢어진 입에 키스를 해달라고 했고, 불쌍한 마그누스 부인하고도 시시덕거려 보였다. 그렇다고 해서 그가 여행 반려자에 대한 부드러운 애정을 잊어버린 것은 아니었다. 그는 쇼샤 부인의 손을 여러 번 부드럽게 그리고 공손히 입술에 갖다 댔다.

「포도주…….」하고 그는 말했다. 「부인…… 이것이야말로, 이것이야말로 역시…… 외람된 말이지만, 이 세상의 마지막…… 겟세마네…….」

새벽 2시 가까이에 『늙은이』, 즉 베렌스 고문관이 큰걸음으로 담화실로 오고 있다는 정보가 날아왔다. 신경이 지쳐 있던 손님들은 그것을 들은 순간 일대 혼란을 일으켰다. 의자와 얼음 항아리를 뒤집어엎으며 모두들 도서실을 지나 도망쳤다. 페페르코른은 생의 향연이 순식간에 해산되는 것을 보고 왕자다운 분노를 터뜨려 테이블을 주먹으로 치며 도망가는 사람들을 『비겁한 노예들』이라고 욕설을 퍼부었다. 그러나 한스 카스토르프와 쇼샤 부인으로부터, 향연이 6시간 가까이 계속되었고, 그렇지 않아도 이미 산회해야 할 시간이라는 달램을 받자, 그도 그렇다는 기분이 되어 수면이라는 신성한 기쁨도 생각해야 된다는 말에 귀를 기울이고 침대로 데리고 갈 것을 승낙했다.

「나를 부축하시오, 여보, 자네는 그쪽에서, 젊은이!」하고 그는 쇼샤 부인과 한스 카스토르프에게 말했다. 이리하여 두 사람은 페페르코른의 무거운 몸을 의자에서 들어올리고 그를 부축했다. 그는 두 사람에게 의지하여 큰걸음으로 발을 떼어 놓았는데, 커다란 머리를 쳐들린 한쪽 어깨로 기울이고 부축하는 두 사람을 갈지자 걸음으로 번갈아 옆으로 밀면서 침실로 향했다. 이렇게 부축을 받은 것은 사실은 왕자다운 호사를 즐기려고 했기 때문이었을 것이다. 아마, 마음만 먹으면 혼자도 걸어갈 수 있었을 것이지만, 취태를 공연히 부끄러워하며 숨기려는 노력, 쩨쩨한 의미밖에 없는 노력을 그는 경멸했다. 그는 취태를 조금도 부끄러워하지 않았을 뿐 아니라, 오히려 그것을 호탕하게 마음껏 과장하여, 비틀거리면서 부축한 두 사람을 좌우로 밀면서 왕자답게 그것을 홍겨워하고 있는 것 같았다. 그는 걸어가면서 말했다.

「당신네들……, 바보 같으니……. 물론 결코, 만약 이 순간에…… 당신들도 알겠지, 우습기 짝이 없어.」

「우습기 짝이 없지요!」하고 한스 카스토르프는 찬성했다. 「물론입니다! 생의 고전적인 선물에 경의를 표하면서 천진난만하게 비틀거리는 것은 그 선물에 대해 당연한 것입니다. 거기에 대해 제 정신으로 이러쿵저러쿵……. 나도 상당히 취해 버려, 말하자면 고주망태가 되었지만, 내가 인물 중의 인물을 침대로 안내하는 영광을 가졌다는 것은 확실히 의식하고 있습니다. 인간의 스케일이라는 관점에서는 나 같은 것은 비교도 안 되겠지만, 취했다고 해서 결코 …….」

「아니, 자네, 이건 또 무슨 수다인가!」하고 페페르코른은 말하고 비틀거리면서 쇼샤 부인을 끌어당기고 한스 카스토르프를 계단 난간으로 밀어붙였다.

고문관이 온다는 정보는 터무니없는 거짓말이었다. 아마 피로한 난쟁이가 모두를 쫓아 내기 위해서 퍼뜨린 거짓말이리라. 그것을 알자 페페르코른은 멈추어 서서 다시 돌아가 마시자고 했지만, 좌우로부터 달램을 받고 다시 걷기 시작했다.

키가 작은 말레이시아 인 하인이, 흰 넥타이를 매고 까만 비단 구두를 신고 방문 앞의 복도에 서서 주인을 기다리고 있었다. 그는 가슴에 손을 대고 공손히 절을 하면서 주인을 맞았다.

「서로 키스를 하시오!」페페르코른은 이렇게 명령을 내렸다. 「이 예쁜 여자의 이마에 작별의 키스를 하시오, 젊은이.」하고 한스 카스토르프에게 말했다. 「이분도 이의는 없을 테니까 키스를 돌려줄 거요. 괜찮으니까 나의 건강을 축하하여 키스를 하시오.」

그러나 한스 카스토르프는 이것을 거절했다.

「아닙니다, 각하!」하고 그는 말했다. 「용서해 주십시오, 그것은 안 됩니다.」

페페르코른은 하인에게 몸을 기대면서 이마의 당초 무늬 같은 주름을 치켜올리고 왜 안 되느냐고 물었다.

「당신의 여행 반려자에게 키스를 한다는 건 나로서는 할 수 없기 때문입니다.」하고 한스 카스토르프는 말했다. 「그럼 안녕히 주무십시오! 정말이지 아무리 생각해 봐도 그건 턱없는 짓입니다.」

쇼샤 부인도 그녀의 방 입구로 걸어가고 있었기 때문에 페페르코른은 이 고집쟁이 청년을 그냥 보내 버렸지만, 한참 동안 이마의 주름을 깊게 하고 자기와 말레이시아 인의 어깨 너머로 청년을 바라보고 있었다.

지배자형인 그는 자기 명령에 불복종하는 이런 행동을 처음 겪는 일이라 깜짝 놀랐던 것이다.

페페르코른 씨(계속)

페페르코른 씨는 그해 겨울 동안을 쭉 베르크호프에 머물러 있었다. 겨울의 나머지를 베르크호프에서 보냈고, 봄에도 머물러 있었기에, 풀뤼엘라 골짜기와 그 골짜기의 폭포수로 여럿이 갔던 잊을 수 없는 마지막 소풍에도 끼게 되었다(세템브리니도 나프타도 동행했다).

마지막으로라니? 그러면 그 소풍 뒤에 그는 없어졌다는 말인가? 그렇다. 그는 없어져 버렸다. 떠났다는 말인가? 그렇다고 할 수도 있고 그렇지 않다고도 할 수 있다. 예스, 그리고 노라니? 제발 수수께끼 같은 말은 하지 말아주시오! 무슨 말을 들어도 놀라지 않을 테니까. 문제로 삼을 필요조차 없는 죽음의 무용가들의 일은 그만두더라도, 저 짐센 소위도 이제는 죽은 것이다. 그러면 그 이해할 수 없는 페페르코른은 악성 말라리아 때문에 저 세상으로 갔다는 말인가? 아니 그렇지는 않다. 그런데 왜 그렇게 서두르는가? 모든 일이 한꺼번에 일어나지 않는다는 것은, 무시해서는 안 되는 인생의 조건이기도 하고 이야기의 조건이기도 한 것으로 누구도 신에게서 받은 인간의 인식형식에 거역하려고는 하지 않을 것이다.

우리들은 적어도 이야기의 성질이 허락하는 동안은 시간의 흐름에 계속 여유를 주도록 하자! 그것도 앞으로 오래 가지는 않을 것이다. 얼마 안 있으면 마침내는 후다닥 끝나 버릴 것이다! 후다닥이란 말이 너무 듣기 거북하다면, 대번에 끝난다고 할 수 있겠다. 우리들의 시간을 가리키는 바늘은 초를 가리키는 바늘처럼 움직여, 그 바늘이 냉정하게 쉬지 않고 정점을 지나갈 때마다, 상상도 할 수 없게 빨리 시간이 지나가 버린다. 어쨌든 우리들이 이 위에 벌써 여러 해 동안 있었던 것만은 확실하다. 정말로 현기증을 느낄 정도이며, 아편이나 마취제의 힘을 빌리지 않은 악몽이다.

도덕가 같으면 우리들을 비난할 것이다. 그러나 우리들은 이 부도덕한 몽롱상태에 대항하기 위해 의식적으로 이성적인 총명과 논리적인 명석함을 담뿍 담아 놓았다! 그리고 우리들이, 이해할 수 없는 페페르코른과 같은 인물만을 등장시키지 않고, 나프타 씨와 세템브리니 씨 같은 인물과도 사귀도록 한 것은 우연이 아니라는 것을 인정해 주기 바란다. 이 세 사람을 등장시킨 것은 필연적으로 이러한 두 타입을 비교하는 것이 되고 그 결과 여러 가지 점에서, 특히 스케일이라는 점에서, 뒤에 등장한 페페르코른 편에 유리하다고 하겠다.

한스 카스토르프도 발코니에 누워서 이 두 타입을 비교해 보고, 그의 불쌍한 영혼을 빼앗아 가려는 두 사람의 너무 웅변적인 교육자가, 피테르 페페르코른에 비교하면 거의 난쟁이처럼 느껴지는 것을 남 몰래 인정하고 머릿속으로 페페르코른에게 더 점수를 주고 있었다. 그리고 한스 카스토르프는 페페르코른이 포도주에 취해, 왕자다운 농담으로 자기를 『수다쟁이』라고 부른 것을 흉내내어, 두 교육자를 『수다쟁이』라고 부르고 싶었다. 이와 동시에 연금술적 교육 덕분으로 거물인 페페르코른과도 접촉하게 된 것을 아주 즐겁고 행복하다고 생각했다.

그 인물이 클라브디아 쇼샤의 여행 반려자로서, 방해자로서 등장한 것, 이것은 또 별도의 문제로, 한스 카스토르프는 그 문제 때문에 페페르코른에 대한 그의 평가를 그르치지는 않았다. 되풀이하여 말하자면, 한스 카스토르프가 마음으로부터 존경하고, 때로는 좀 정상을 벗어난다고도 할 수 있는 관심을 기울이는 이 큰 인물이, 사육제의 전날 밤에 한스 카스토르프가 연필을 빌린 부인과 여행의 회계를 공동으로 하고 있다는 것으로도 그를 향한 한스 카스토르프의 존경과 관심을 약화시키지는 못했다. 그에게 그런 것은 불가능한 일이었다. 남성이든 여성이든 간에 우리들 그룹의 누군가가, 한스 카스토르프의 그러한 『무기력』을 안타깝게 생각하고, 그가 페페르코른을 미워하고 남 몰래 『늙은 바보 주정뱅이』라고 욕해 주었으면 하고 생각할 것이라는 사실을 우리들이 예상하지 못하는 것은 물론 아니다.

그러나 한스 카스토르프는 페페르코른이 말라리아 열에 걸렸을 때마다 그 병실을 찾아가, 머리맡에 앉아 환자와 이야기를 하고 수업중의 청년답게 호기심을 갖고 이 인물의 스케일에 영향을 받으려고 했다. 이야기라는 것은 물론 회화 속에서의 한스 카스토르프의 담당 부분에만 통용되는 말로 페페르코른이 담당한 부분에는 통용되지 않았다. 한스 카스토르프가 그토록 영향을 받으려고 하였다 해서, 한스 카스토르프의 외투를 들고 다녔던 페르디난드 베잘을 독자들은 상기할는지도 모르지만, 우리들은 그것에 상관하지 말자. 베잘을 연상하는 것은 무의미한 일이다. 우리들의 주인공은 베잘과는 다르다. 깊은 번민은 한스 카스토르프의 취미는 아니었다. 한스 카스토르프는 소설의 소위 『주인공』과는 달라, 남성에 대한 호의가 여성의 일로 좌우될 사람은 아니다.

우리들은 그를 실제보다 더 잘 또는 더 나쁘게 보이려고 하지 않는다는 원칙 아래 말해 두지만, 그는 소설적인 이유 때문에 남성에 대한 공정한 평가를 잃는다든지, 남성의 세계에서는 교양상 유익하다고 생각되는 견문을 단념하기를 거부한 것이다. 의식하고 분명히 거부한 것이 아니라 아주 자연적으로 거부한 것이다. 이것은 부인들에게는 마음에 들지 않을 것이다. 쇼샤 부인도 그 일로 무의식중에 성을 냈다고 할 수 있다. 그녀가 무심코 입밖에 낸 가시돋힌 말이 이것을 증명하고 있었다. 이 말은 나중에 또 이야기하기로 하지만 한스 카스토르프의 그러한 성질이 그를 교육자들에게 둘도 없는 쟁탈의 대상으로 하였을 것이다.

피테르 페페르코른은 용태가 악화되었고 병상에 누워 버리고 말았다. 누워 버린 것이 저 카드 놀이와 샴페인을 마시던 밤의 다음날부터였다는 것은 조금도 이상할 것이 없었다. 그날 밤의 장시간에 걸친 긴장된 모임에 참석했던 사람들은 거의 전부가 앓아 누웠다. 한스 카스토르프도 예외가 아니어서 심한 두통으로 고생했지만, 그러나 머리가 아파도 그는 전날 밤의 접대주의 병상을 방문하는 것을 단념하지 않았다. 2층의 복도에서 만난 말레이시아 인에게 방문을 알렸더니 반가이 맞아 주었다.

한스 카스토르프는 살롱을 지나 침대가 두 개 있는 네덜란드 인의 침실로 들어갔다. 그 살롱은 쇼샤 부인의 침실 사이에 끼여 있었다. 안내된 침실은 베르크호프의 일반 손님 방보다 넓고 가구와 장식품이 훌륭했다. 비단으로 꾸민 안락의자와 구부러진 다리가 달린 테이블이 있고, 바닥에는 부드러운 융단이 깔렸으며, 침대도 병원에 흔히 있는 임종용의 침대가 아니고 호화로운 침대였다. 그것은 윤이 나는 벚나무로 만들어졌으며 부속품은 놋쇠로 되어 있고 두 개의 침대에는 공통된 작은 덮개가 달려 있었다. 그러나 그 덮개에는 커튼이 드리워져 있지 않아서 두 개의 침대를 한 개의 우산으로 받치고 있는 것 같은 느낌의 작은 덮개였다.

페페르코른은 이 두 개의 침대 중의 한쪽에 누워서 붉은 비단 이불 위에 책과 편지, 그리고 신문을 얹고, 테가 이마에까지 닿는 뿔로 만든 코안경을 걸고, 네덜란드의 신문 《텔레그래프》를 읽고 있었다. 커피 세트가 옆 의자 위에 놓여 있었고 반쯤 비운 붉은 포도주 병(전날 밤의 담백하게 톡 쏘는 맛이 나는 포도주였다)이 약병과 나란히 사이드 테이블 위에 놓여 있었다. 한스 카스토르프는 네덜란드 인이, 흰 잠옷이 아니라 소매가 긴 모직물 셔츠를 입고 있는 것을 보고 좀 놀랐다. 손목은 어깨와 단추로 채우게 되어 있고, 깃은 없이 그냥 둥글게 패어져 있었는데, 노인의 넓은 어깨와 벌어진 가슴에 착 달라붙어 있었다. 그 셔츠는 페페르코른의 모습을 서민적인 노동자같이 보이게 했고, 영구 보관의 기념 흉상 같은 느낌을 주었다. 베개에 얹은 머리는 인간적인 위대성을 더한층 강화하고 있어 거의 시민적인 세계를 탈피하고 있었다.

「단연코 젊은이,」 하고 페페르코른은 뿔테 코안경의 손잡이를 잡고 안경을 벗으면서 말했다. 「천만에…… 절대로, 오히려 그 반대로.」

한스 카스토르프는 베갯머리에 앉아 공정하게 비평을 해야지 생각하면서, 페페르코른의 누워 있는 오늘의 모습에는 마음으로부터의 감탄을 느낄 수 없었다. 그러나 무관심하게는 있을 수 없어 놀란 기분을 상냥하고 쾌활한 이야기로 감추며, 멋진 단절된 말과 인상적인 손짓으로 상대하는 페페르코른과 담소했다. 페페르코른은 기운이 없는 모양으로 얼굴이 누렇고 괴로운 듯 지쳐 있었다. 새벽녘에 심한 기침 발작이 있어 그 피로가 술 마신 뒤의 후유증과 결부되어 있었다.

「어젯밤에는 완전히,」 하고 그는 말했다. 「아니 정말로, 완전히 지쳐서! 당신은 아직도……, 좋고 괜찮을 겁니다. 그러나 내 나이로, 이렇게 위험한, 당신.」

그때 살롱으로 들어온 쇼샤 부인에게 부드러우면서도 단호한 어조로 말했다. 「만사 좋아, 그러나 여러 번 말했던 것처럼 더 주의를 하여 나를 만류했으면 좋았을 것을…….」

이 말을 하는 그의 얼굴 표정과 목소리에서는 거의 구름을 불러일으킬 것 같은 왕자다운 분노가 느껴졌다. 그러나 어젯밤의 향연에서 그에게 술을 못 마시게 했다면 어떤 벼락이 떨어졌을까를 생각하자, 그의 잔소리가 얼마나 부당하고 무리한 것인가를 알 수 있었다.

위대한 인물에게는 이러한 데가 있는 법이다. 페페르코른의 여행 반려자는 의자에서 일어나는 한스 카스토르프에게 끄덕여 보이고 그 잔소리를 흘려 버렸다. 그녀는 한스 카스토르프에게 손을 내밀지 않고 미소 띈 얼굴로 손을 흔들며 인사하고 『제발 그대로』 앉은 채로 『걱정 마시고』 페페르코른과 재미있는 이야기를 계속하시라고 말했다. 그녀는 그의 방에서 이리저리 움직이면서 하인에게 커피 세트를 치우게 하고 한동안 사라졌다가, 이번에는 발소리를 내지 않고 돌아와 선 채로 이야기에 끼여들었다. 끼여들었다기보다는 한스 카스토르프가 받은 막연한 인상을 그대로 전한다면, 남자들의 말을 어느 정도 감시했다. 당연한 일이다! 그녀는 스케일이 큰 인물과 베르크호프에 돌아왔지만 그 베르크호프에서 그녀가 돌아오는 것을 오랫동안 기다리던 사나이가 이 인물에 대해 남성과 남성이라는 관계에서 당연한 경의를 표시하는 것을 보고, 『제발 그대로』 『걱정 마시고』라고 말하면서도 불안한 듯, 아니, 신경과민까지 되어 있었다. 한스 카스토르프는 그것을 알고 미소지었다. 그것을 보이지 않으려고 무릎 위로 몸을 구부렸지만, 그러나 기뻐서 몸이 확확 달아오르는 것 같았다.

페페르코른은 사이드 테이블 위의 포도주를 잔에 따라 주었다. 오늘과 같은 상태에는, 어젯밤에 그친 데서 술마시기를 시작한다는 것, 즉 다시 술을 마시는 것이 아주 현명하다고 네덜란드 인은 말했다. 이 톡 쏘는 포도주는 소다수와 똑같은 효력이 있기 때문이라고 하며 그는 한스 카스토르프와 잔을 마주쳤다. 한스 카스토르프는 마시면서, 단추를 채운 모직 셔츠 소매끝에 나와 있는 주근깨투성이의, 손톱이 뾰족한 선장과 같은 손이 잔을 쳐들고, 두툼하게 찢어진 듯한 입술이 그 술잔 가장자리를 덮자, 포도주가 노동자나 흉상을 연상케 하는 목구멍으로 꿀꺽꿀꺽 흘러 들어가는 것을 지켜보고 있었다. 그리고 두 사람은 사이드 테이블 위에 있는 약에 대해서도 말을 나누었는데, 페페르코른은 쇼샤 부인의 주의를 받고 그녀의 도움으로 그 갈색 약을 한 숟가락 가득히 마셨다. 그것은 해열제로, 성분은 거의 키니네뿐이었다. 페페르코른은 손님에게도 그것을 권해 조금 입에 대게 하여 쓰면서도 향기나는 독특한 그 약제를 맛보게 하고는, 키니네 예찬을 몇 가지 피력했다.

키니네는 열의 원인적인 해열 작용, 치유 작용을 하는 점에서 특효가 있을 뿐 아니라 강장제로도 높은 평가를 받아야 하며, 단백 대사를 억제하고, 영양 상태를 양호하게 하며, 요컨대 참된 청량제, 멋진 강장제, 자극제, 활력제이지만, 한걸음 더 나아가 도취제이기도 하여 잘못하다간 취해 버리는 일도 있다고, 페페르코른은 어젯밤처럼 손가락과 머리를 호탕하게 움직이며 말했는데, 그 모습은 이교도의 사제가 춤추는 듯한 느낌을 주었다.

「그렇습니다. 멋진 물질입니다. 키나나무 껍질은! 그러나 유럽의 약물학이 키나나무 껍질을 안 지 아직 3백 년도 되지 않으며, 키나나무 껍질의 유효 성분인 알칼로이드, 즉 키니네가 화학에 의해 발견되어 분석된 지 아직 1백 년도 채 못 됩니다. 화학은 현재로는 키니네의 성분을 충분히 해명, 그것을 완전히 인공적으로 만들어 낼 수 있다고 주장하기까지는 아직 이르지 못하고 있습니다. 유럽의 약물학은 어느 방면에서도 뛰어난 식견을 가지고 있다고 불손한 주장을 하지 않는 것이 현명할 것입니다. 키니네의 경우와 같은 예는 이밖에도 많이 있습니다. 가령 약물학은 물질의 힘과 작용에 대해 상당히 알고는 있지만, 그 작용이 결국 무엇에 의한 것인가 하는 문제에 이르면 대답하지 못하는 일이 많습니다. 독물학(毒物學)을 보면 잘 알 수 있습니다. 소위 독소의 작용을 일으키는 원소의 속성에 대해서는 해답이 전혀 주어지지 않고 있습니다. 가령 뱀의 독 말인데 여기에 대해 알고 있는 것은 이 동물성 물질은 단백질 결합물의 일종으로 여러 가지 단백질로 되어 있고 일정한(어떻게 일정한가는 전혀 모르고 있습니다) 결합에 있어서만 강한 작용을 한다는 것뿐입니다. 이 단백질 결합물이 혈액 순환 속에 들어왔을 때에 일으키는 현상은, 아무도 단백질을 유독하다고 생각하고 있지 않기 때문에 오직 놀랄 뿐입니다. 물질의 세계는,」하고 페페르코른은 엷은 빛의 눈과 이마에 당초 무늬의 주름이 새겨진 얼굴을 베개에서 일으켜 그 얼굴 가까이에 두 손가락으로 동그라미를 만들고 나머지 세 손가락을 창과 같이 세우고서 말을 계속했다. 「물질의 세계는 모두 삶과 죽음의 두 가지를 동시에 내포하고 있는 것이 사실이며, 어떤 물질이나 약이 되기도 하지만 독으로도 됩니다. 따라서 약물학과 독물학은 원래 동일한 학문인 것으로, 독에 의해 병이 낫는 일도 있고, 생명을 증진시킨다는 물질이 한번 경련을 일으키게 함으로써 졸지에 생명을 빼앗아가는 경우도 있습니다.」

페페르코른은 약물과 독물에 대해 힘차게 보통때와는 달리 조리가 맞게 이야기를 했다. 한스 카스토르프는 머리를 갸우뚱하고 끄덕이면서 듣고 있었지만, 그는 페페르코른의 머리를 채우고 있는 말의 내용보다 오히려 페페르코른이라는 인물의 작용력을 남 몰래 연구하려고 했다. 그러나 이 인물의 작용력도 뱀의 독의 작용과 마찬가지로 결국은 수수께끼였다.

「힘이,」하고 페페르코른은 말했다. 「물질 세계의 전부인 것으로, 이밖의 것은 모두 부차적인 것입니다. 키니네는 약이 될 수도 있고 독이 될 수도 있는데, 무엇보다 그 힘이 특징인 것입니다. 4그램의 키니네는 인간을 귀머거리로 만들고, 현기증을 일으키게 하고, 숨을 가쁘게 하고, 아트로핀과 마찬가지로 시력 장애를 일으키게 하며, 알콜과 마찬가지로 취하게 만듭니다. 키니네 공장에서 일하는 노동자들은 눈에 염증을 일으키고, 입술이 붓고, 피부가 짓무릅니다.」

페페르코른은 다음으로 신초나, 즉 키나나무에 대해 말했다. 남아메리카의 코르딜레레 산맥의 해발 3천 미터의 원시림에서 자라는 이 식물의 수피(樹皮)는, 훨씬 뒤에 『예수회 회원의 분말(粉末)』이라는 이름으로 스페인에 건너갔지만, 남아메리카의 토인들은 그 효력을 전부터 알고 있었다고 말하고, 또한 자바에 있는 네덜란드 정부의 대규모적인 키나나무 재배에 대해 말했는데, 자바로부터 매년 육계(肉桂)와 비슷하며 붉은 대롱 같은 키나 껍질이 수백 만 파운드나, 암스테르담과 런던에 수출되고 있다고 말했다. 대체로 수피, 수목의 수피 조직, 즉 표피에서 형성층까지의 부분에는 힘이 감추어져 있어, 치유와 파괴의 어느 쪽으로나 언제나 다이내믹한 힘을 간직하고 있는데, 약물에 대해서는 유색 인종이 백색 인종보다 훨씬 앞선 지식을 가지고 있다고 페페르코른은 말했다. 뉴기니의 동쪽의 몇 개의 섬에서는, 젊은 사람들이 어떤 나무의 수피에서 미약을 만드는데 그 나무는 자바의 안티아리스 톡시카리아나무와 같은 독수(毒樹)로, 이 나무는 만차닐라처럼 독기(毒氣)로 주위의 공기를 오염시키고 사람과 동물을 마비 상태에 빠뜨린다는 것이다. 그런데 섬의 젊은 사람들은 그 나무껍질로 가루를 내어 거기에 야자수 열매를 잘라 섞어, 한 장의 나뭇잎에 싸서 태우는 것이다. 이 태운 혼합물의 즙을, 마음에 두고 있는 냉담한 여자가 자고 있는 얼굴에 뿌리면, 그 여자는 그 즙을 뿌린 사나이를 쫓아다니게 된다. 때로는 효력이 뿌리 껍질에 숨어 있을 때도 있다. 가령 말레이 군도의 스크리크노스 티우테라는 덩굴 식물의 뿌리가 그것인데, 토인은 그 뿌리에 뱀의 독을 가하여 우파스 라차를 만드는데, 이것을 화살에 발라 혈관 속에 주입하면 사람은 눈 깜짝할 사이에 죽어 버린다.

그러나 어떻게 해서 그렇게 되는가를 한스 카스토르프에게 설명할 수 있는 사람은 아무도 없다. 단지 우파스는 그것이 간직하고 있는 힘에 있어서 스트리키니네와 가깝다는 것을 알고 있을 뿐이다……. 페페르코른은 드디어 침대 위에 완전히 일어나 앉아 가늘게 떨리는 선장과 같은 손으로 이따금 포도주잔을 찢어진 듯한 입술에 갖다 대고 목이 타는 듯이 꿀꺽꿀꺽 마시며, 인도의 코로만델 연해 지방의 마전나무에 대해 이야기했다. 이 나무의 오렌지빛 열매인 소위 『마전』에서 격렬한 힘을 가진 스트리키니네라는 알칼로이드가 채취된다는 것이었다. 이마의 당초 무늬의 주름을 치켜올리면서 낮은 목소리로 그 마전나무의 회색 가지, 이상하게 윤기 있는 잎, 황녹색의 꽃에 대해 이야기했기 때문에, 한스 카스토르프 청년은 음산하고 히스테릭하고 현란한 빛깔의 나무가 눈앞에 떠오르는 것 같아 어쩐지 기분이 나빠졌다.

여기에 쇼샤 부인이 개입하여, 회화는 페페르코른을 피곤하게 하여 열이 나게 할는지도 모르니 말을 계속하는 것은 몸에 좋지 않다, 두 사람의 모처럼의 이야기를 방해할 마음은 없지만 오늘은 이 정도로 해주었으면 좋겠다고 말했다. 물론 한스 카스토르프는 이 말에 순종을 했다. 그러나 그 후 수 개월 동안 한스 카스토르프는, 왕자다운 인물의 4일마다 되풀이되는 열의 발작이 지나가면, 그 베개맡에 앉아 있었고, 쇼샤 부인은 그때마다 방안을 이리저리 돌아다니면서 두 사람의 회화를 감시하고 두세 번 입을 열기도 했다.

한스 카스토르프는 페페르코른이 열이 없는 날에도, 페페르코른과 진주목걸이를 한 여행 반려자와 함께 몇 시간을 보냈다. 네덜란드 인은 침대에 누워 있지 않는 날에는 만찬 후에, 베르크호프의 손님들 중 몇 사람을(사람은 때에 따라서 달랐지만) 처음과 마찬가지로 담화실에 혹은 레스토랑에 모아 놓고, 카드 놀이를 하고 포도주와 그밖의 음료를 대접하는 것을 빠뜨리지 않았다. 그러나 그럴 때마다 한스 카스토르프는 언제나 칠칠치 못한 부인과 위대한 인물 사이에 앉게 되었다. 모두는 야회에서도 행동을 같이 하고 함께 산책도 하였는데, 여기에는 페르게 씨와 베잘 씨도 끼여들었고, 얼마 안 있어 사상상의 적인 세템브리니와 나프타도 참가하게 되었다. 산책 도중에 이 두 사람과 만나지 않는 일이 없었기 때문이었지만, 한스 카스토르프는 이 두 사람을 페페르코른과 동시에 또 클라브디아 쇼샤에게 소개할 수 있었던 것을 행복하게까지 느꼈다. 이 면식과 교류가 두 사람의 토론가에게 기쁜 것인지 귀찮은 것인지는 전혀 생각하지 않았다. 두 사람의 토론가는 교육의 대상을 필요로 하고 있었기 때문에, 그 대상인 한스 카스토르프의 면전에서 토론을 벌이는 것을 단념하기보다는 차라리 달갑지 않은 덤과의 교제를 참을 수밖에 없다고 생각하였다.

그의 이러한 잡다한 교류 멤버가 적어도 서로 익숙해지지 않는 것에 익숙해질 것이라는 예상은 틀린 것은 아니었다. 물론 그들 사이에는 긴장, 서먹서먹한 것, 남 모를 적의 같은 것이 여러 가지로 존재하고 있긴 했지만, 이상한 것은 어떻게 우리들의 단순한 주인공이 이러한 사람들을 주위에 모을 수 있었을까 하는 점이다. 우리들은 그것을, 그가 무슨 일이나 『경청할 가치가 있다』고 느끼는 교활한 붙임성에서 온 것이라고 설명하고 싶다. 그의 성질은 완전히 이질적인 종류의 사람들을 자기 주위에 모았을 뿐만 아니라, 그 사람들끼리도 어느 정도 서로 융합시켰기 때문에 결합력이라고까지도 부를 수 있을 것이다.

기묘하고 까다로운 결합이었다! 한스 카스토르프가 모두와 함께 산책을 하면서 교활하고 상냥한 눈으로 관찰한 것처럼, 우리들도 이 까다로운 관계를 잠깐 대충, 분석해 보는 것이 흥미로울 것이다. 우선 불쌍한 베잘인데, 이 사나이는 쇼샤 부인에게 정욕의 불길을 계속 보내면서 페페르코른과 한스 카스토르프에게 비굴한 존경심을 가지고 있었다. 페페르코른은 현재의 승리자이기 때문에 존경을 하고, 한스 카스토르프는 과거의 하룻밤 때문에 존경하고 있었다. 다음으로는 쇼샤 부인, 우아하게 사뿐사뿐 걸어가는 부인 환자, 여행길에서 세월을 보내고 있는 부인이었다. 그녀는 페페르코른의 소유물이 되고 진심으로 그 기분으로 있기는 하지만, 그러나 전의 사육제 밤의 기사가 그녀의 보호자와 정답게 지내는 것을 보고, 역시 내심 편안치 않아 남 몰래 화를 내고 있었다. 그녀의 이 신경질은 한스 카스토르프 청년의 교육자이고 친구인 세템브리니 씨와 그녀의 관계에도 저류를 이루고 있는 것이 아닐까? 그녀는 이 수사가(修辭家), 인문주의자에게 호감을 가지지 못하고, 그가 거만하며 인간미가 없다고 비평하였다. 세템브리니 씨가 그녀의 나라 말을 전혀 이해하지 못하고 또 그 나라 말을 멸시하고 있었던 것처럼, 그녀도 또한 세템브리니 씨의 지중해 연안의 말을 전혀 이해하지 못하고 멸시하고 있었다. 그러나 그녀의 멸시는 세템브리니의 멸시만큼 자신은 없었다. 세템브리니 씨는 지중해 연안의 말로, 침윤 부분이 있는 용감한 부르주아 청년, 양가의 자제인 착한 독일 청년이 그녀에게 가까이 가려고 했을 때, 뒤에서 무엇이라고 외쳤는데, 그녀는 한스 카스토르프 청년의 교육자적 친구에게 뭐라고 외쳤느냐고 묻고 싶을 정도였다.

한스 카스토르프의 연심(戀心)은 세상에서 소위 『홀딱 반해 있다』는 말이 연상시키는 그런 즐거운 연정(戀情)이 아니고 평지의 감미로운 노래에서 불리우는 용납될 수 없는 몰상식한 그런 취향 따위는 전혀 없는 그런 것이었다. 요컨대 이 청년은 꽤 까다로운 연정을 품고 있어서, 그녀에게 종속하고 인종하고 봉사하는 몸이면서도, 즉 노예적 상태에 있으면서도, 역시 예의 빈틈없는 태도는 잃고 있지 않아서, 타타르 인처럼 가느다란 눈을 하고 사뿐사뿐 걸어가는 부인 환자에 대해 자기의 연심이 어떤 의의를 가지고 있는가 하는 것쯤은 잘 알고 있었다.

그리고 그는 인종하고 봉사하면서도 세템브리니 씨가 그녀에 대해 보이는 태도에 의해 그녀도 그 의의를 깨달아 줄 것이라고 생각했다. 세템브리니 씨의 태도는, 그녀의 느낌이 옳았다는 것을 분명하게 증명하는 태도, 즉 인문주의자적인 올바른 예의를 나타내기는 하였지만 아주 냉담한 태도였다. 그녀와 레오 나프타와의 관계도, 유감스럽기는 하나 한스 카스토르프의 입장으로 볼 때는 안성맞춤이었다. 그녀가 은밀히 희망을 걸고 있었음에도 불구하고 충분히 보답받지는 못했던 것이다. 확실히 레오 나프타 씨는 로도비코 씨가 그녀의 존재에 대해 보인 원칙적인 거부는 나타내지 않았고, 그와 이야기를 나누는 것은 세템브리니 씨와 이야기할 때보다 말하기가 좋았다.

클라브디아와 키 작은 예리한 나프타는 가끔 단둘이서 책에 대해서, 정치·철학 문제에 대해서 이야기를 했는데, 두 사람 다 그런 문제에 대해 과격한 사고를 갖고 있는 점에서 일치하고 있었다. 그런 때엔 한스 카스토르프도 가끔 그 대화에 진지하게 끼여들었다. 그러나 벼락부자인 나프타는 여느 자수성가자와 마찬가지로 신중한 태도로 아닌 척은 하지만, 역시 그녀에 대해 거만한 태도를 은연중에 나타냈기 때문에 결국 그녀도 일종의 그런 귀족적인 협량(挾量)을 눈치채지 않을 수 없었다. 또한 나프타의 스페인적인 테러리즘 역시 문을 탕탕 소리내어 닫으면서 곳곳을 돌아다니는 그녀의 『인간성』과는 결국 뜻이 맞을 리가 없었다.

그리고 마지막으로 가장 미묘한 문제는, 두 사람의 논적인 세템브리니와 나프타의 그녀에 대한 걷잡을 수 없는 적의에 대한 것인데, 그녀는 여성 특유의 민감한 감각으로 그 적의가 자기에게 향해지고 있는 것을 느끼지 않을 수 없었다(그녀의 사육제 날 밤의 기사도 역시 그것을 느끼고 있었다). 이 적의의 원인은 두 사람의 논적과 한스 카스토르프와의 관계에 있었다. 두 사람의 일에 방해가 되는 분자, 제자의 주의를 빼앗아 가는 분자에 대한 교육자로서의 불쾌감, 이 남 모를 깊은 적의는 교육자로서의 두 사람 사이에 축적되어 있는 반목을 잊게 하고 두 사람을 결속시켰다.

이 적의는 두 이론가의 페페르코른에 대한 태도에서도 다소 느껴지지 않았을까? 적어도 한스 카스토르프에겐 그것이 느껴지는 것 같았다. 이것은 아마 그가 그것을 심술궂게 기대하였기 때문이기도 했지만, 또 그가 가끔 혼자서 장난삼아 『참사관』이라고 부르던 두 사람을 더듬거리는 왕자적 거물에게 접근시켜서, 그 반응을 연구해 보았으면 하는 심정이 적지 않게 있었기 때문이기도 했다. 페페르코른 씨는 밖에 나가면 사방이 닫힌 실내에서 볼 때만큼 당당한 느낌을 주지는 않았다. 깊숙이 쓰고 있는 부드러운 중절모자가 불길 같은 백발이나 이마의 굵은 주름을 감추어 버려 그의 용모의 스케일을 작게 해서, 말하자면 수축시켜 버리고 붉은 코도 그 위엄을 잃었다. 걷는 모습도 서 있는 모습만큼은 훌륭하지 못했다. 그는 걸음걸이가 잘고 한 발자국마다 내딛는 발쪽으로 무거운 몸과 머리까지를 비스듬히 내미는 버릇이 있어서, 그 모양은 왕자라기보다는 오히려 마음씨 좋은 노인 같은 느낌이었다. 더욱이 서 있을 때처럼 몸을 반듯이 펴지 않고 몸을 구부리고 걸었다. 그래도 그는 로도비코 씨보다도 컸고, 작은 나프타 씨 따위는 그의 어깨에도 미치지 않았다. 그러나 한스 카스토르프가 처음부터 예상하고 있었던 것처럼, 페페르코른의 존재가 두 사람의 정치가의 존재를 완전히 압도해 버렸던 것은 몸의 크기 때문만은 아니었다.

이것은 이 인물과 비교되기 때문에 두 사람의 정치가가 압도되고 모습이 희미해지고 작아지는 것으로, 관찰자인 한스 카스토르프는 물론이려니와 당사자들, 즉 빈약한 두 수다쟁이, 그리고 더듬더듬 말하는 왕자도 느끼고 있었다.

페페르코른은 나프타와 세템브리니를 아주 예의바르고 정중하게 대했고 경의를 나타내기까지 하였지만, 만약 큰 스케일이라는 개념과 익살이라는 개념이 양립하지 않는다는 것을 알지 못했으면, 한스 카스토르프는 페페르코른의 이러한 경의를 익살이라고 느꼈을 것이다. 왕자는 익살을 모른다. 수사학상의 솔직하고 고전적인 방법으로서의 익살까지도 모르고 있는 것이니까 더더구나 까다로운 익살 같은 것은 모른다. 따라서 네덜란드 인이 한스의 친구들에게 보이는 어느 정도 과장된 정중성 뒤에 감추어져 있는 것, 혹은 공공연히 나타내어진 것은 익살이라기보다는 오히려 점잖으면서도 당당한 조소(嘲笑)라고 해도 좋은 것이었다.

「그렇지요…… 그렇지요…… 그렇지요!」라고 페페르코른은 찢어진 입술에 장난기 있는 미소를 띄면서, 얼굴을 쳐들고 두 사람 쪽을 손가락으로 위협하듯 가리키면서 말하는 것이었다. 「이것은, 이런 분은 말입니다, 여러분 주의드립니다. 바로 대뇌(大腦) 그 자체, 대뇌적 존재, 그렇습니다. 아니…… 아니, 완벽합니다. 당치도 않지요. 이것은 즉 이것은 확실히 분명하게…….」

이 말을 들은 두 사람은 그 말에 복수하려 했다. 서로 눈짓을 하였으나 서로의 시선이 부딪치자 감당을 못 하겠다는 듯이 허공을 쳐다보았다. 한스 카스토르프마저 자기들 시선 쪽으로 끌어들이려 하였으나, 그는 응하지 않았다.

어느 날 세템브리니 씨는 제자에게 단도직입적으로 교육자로서의 걱정을 밝혔다.

「아니 정말, 엔지니어, 그 사람은 바보 늙은이 아닙니까? 그 사람의 어디가 마음에 든다는 겁니까? 그는 당신을 향상시킬 수 있는 힘을 가지고 있나요? 나에게는 뭐가 뭔지 모르겠습니다. 그 사나이는 구실만의 존재이고, 사실은 그 사나이의 현재의 애인에게 당신의 화살이 가고 있다면, 칭찬할 일은 아니지만 모두 이해가 갑니다. 그러나 그녀에게보다도 그에게 더 신경을 쏟고 있다는 것은 보지 않으려고 해도 보지 않을 수 없는 사실이에요. 부탁입니다. 제발 그것을 설명해 주시오……. 」

한스 카스토르프는 웃었다.

「단연코!」하고 말했다. 「완벽합니다. 그것은, 즉 실례지만……, 좋습니다!」그는 페페르코른의 문화적인 손짓까지 흉내내려고 했다. 「그렇습니다, 그렇습니다.」이렇게 말하고 그는 계속 웃었다. 「당신은 그런 내 태도를 바보스럽다고 말씀하고 계십니다. 세템브리니 씨, 좌우간 애매한 태도인 것만은 확실합니다만, 애매하다는 것은 당신의 말씀에 따르면 바보보다 더 곤란한 것입니다. 아, 바보입니까, 바보에도 여러 가지 종류가 있지요. 영리하다 해도 똑똑한 바보와는 비교도 안 되는 영리함도 있으니까요……. 어떻습니까, 그럴 듯한 문구지요? 명언이지요? 마음에 들었습니까?」

「아주요. 당신의 잠언집(箴言集) 처녀 출판을 목을 빼고 기다리겠습니다. 그런데 아직 늦지 않다면 그 잠언집에 언젠가 우리들이 논한 역설(逆說)의 반인간성에 관해서도 덧붙여 주시기 바랍니다.」

「그렇게 하겠습니다. 세템브리니 씨, 꼭 그렇게 하겠어요. 그러나 나의 명언은 결코 역설이 목적은 아니었습니다. 나는『바보』와『똑똑함』을 구별하는 것이…… 얼마나 어려운 것인가, 그것을 말씀드리고 싶었습니다. 그렇습니다. 어렵습니다. 그렇지 않습니까? 이 두 가지는 사실 서로 얼켜 있어서 구별하기가 어렵습니다……. 나도 잘 알고 있어요. 당신이 신비스러운 뒤범벅을 싫어하시고 가치를, 비평을, 가치 판단을 존중한다는 것을. 그리고 나도 그것이 정말로 옳은 일이라는 것을 인정합니다. 그러나『바보』와『똑똑함』이라는 문제는 가끔 정말 신비합니다. 그리고 신비의 정체를 될 수 있는 한 규명하려는 진지한 노력만 있다면, 신비와 관계를 맺는 것도 괜찮다고 생각합니다. 나는 당신에게 묻고 싶어요. 당신은 그가 우리들 중 누구보다도 훌륭한 인물이라는 것을 부정할 수 있습니까? 내 말투가 좀 난폭합니다만, 보건대 당신도 그것을 부정하지 못하는 것 같습니다. 그 사람은 우리들 중 누구보다도 훌륭해요. 그 사람에게는 어딘지 우리들을 우습게 생각할 수 있는 위엄이 있습니다. 어디에란 말입니까? 왜 그럴까요? 어느 정도라는 말입니까? 똑똑하지 않기 때문이라는 것은 물론입니다. 똑똑하다는 것은 문제가 되지 않아요. 오히려 그 사람은 애매한 사람입니다. 감정인(感情人)입니다. 감정이야말로 그의 간판입니다. 이런 속어를 써서 죄송합니다만! 내가 말하고 싶은 것은 그가 우리들보다 더 훌륭한 것은 똑똑하기 때문에는 아니라는 것입니다.

즉 정신적인 이유에서는 아닙니다. 당신도 설마 그 사람이 정신적으로도 훌륭하다고는 생각하지 않을 것입니다. 사실, 정신적인 이유에서는 아닙니다. 그렇다고 해서 육체적인 이유에서도 아닙니다! 어깨는 선장 같고 완력은 굉장하여, 아마 우리들 중의 누가 덤벼들어도 그 주먹으로 때려눕힐 것입니다. 그러나 그는 자기에게 그렇게 완력이 있다고는 생각하지 않을 것이고 만약 생각하는 일이 있어도 몇 마디 타이르면 그것으로 마음이 풀려 버릴 것입니다……. 그런즉, 육체적인 이유에서는 아닙니다. 그렇지만 육체적인 요소가 이 경우에 한몫 차지하고 있다는 것은 의심할 여지가 없습니다. 완력적 의미에서가 아니라 더한층 신비로운 다른 의미에서 말입니다. 육체적인 것이 개입하면 즉시 모든 것이 신비롭게 됩니다. 그리고 육체적인 것은 정신적인 것이 되고, 정신적인 것은 육체적인 것이 되어 어느 쪽도 구별할 수 없고 따라서 바보인지 똑똑한 것인지도 구별할 수 없게 되는 것이지요. 이러한 다이내믹한 작용이 나타나서 우리들은 압도되어 버리는 것입니다. 그것을 표현하는 말은 오직 한 가지뿐으로, 그것은 『인물』이라는 말입니다. 이 말은 상식적인 의미로도 사용되고 있어, 그런 의미로는 우리들도 모두 인물입니다. 도덕상, 법률상 그리고 그밖의 점에서 인물입니다. 그러나 내가 말하는 것은 그런 인물이 아닙니다. 내가 말하는 것은, 바보라든가 똑똑함을 초월한 신비라는 의미에서의 인물로, 이 신비는 역시 생각해 볼 필요가 있습니다. 그 신비를 될 수 있는 한 규명하기 위해서, 또 그것이 불가능하다면 그로 인해 기분을 높이기 위해서도, 당신이 가치를 문제를 삼는다면, 인물도 역시 적극적인 가치의 하나라고 나는 생각합니다. 바보라든가 똑똑하다는 것보다 더 적극적인, 최고도로 적극적인, 생명 그 자체처럼 이유 없이 적극적인 가치, 한마디로 생명적인 가치인 것으로, 진지하게 맞붙어 볼 가치라고 생각합니다. 이것이, 당신이 바보라고 말씀하신 것에 대해 대답해야겠다고 생각한 것입니다.」

최근에 와서 한스 카스토르프는 이러한 의견을 토로해도, 이제는 횡설수설한다든지 말이 막히는 일은 없었다. 말하고 싶은 것만큼은 말해 버리고는 끝을 맺어 자기 구실을 할 수 있는 사람처럼 행동을 했다. 그러나 역시 아직 얼굴은 빨개져 입을 다물고 나서도 세템브리니가 자기를 부끄럽게 만들려고 침묵을 계속하지나 않을까 해서 사실은 좀 겁을 먹고 있었다. 세템브리니 씨는 그러한 침묵을 계속하더니 이윽고 말했다.

「당신은 아까 역설을 좋아하지 않는다고 말했습니다. 그러나 당신이 신비를 좋아하는 것을 내가 좋아하지 않는다는 것도 잘 알고 있는 대로입니다. 당신은 인물을 신비화하므로 우상 숭배에 빠질 위험이 있습니다. 당신은 가면을 존경하고 있습니다. 당신은 현혹에 지나지 않는 경우에 그것을 신비라고 생각해 버립니다. 육체적, 인상적인 것의 악마가 우리들을 가끔 속이려고 하여 사용하는 기만적인 내용, 공허한 형상에 지나지 않는 것을. 당신은 배우 서클과 교제해 본 적이 있습니까? 줄리어스 시저, 괴테, 베토벤을 함께 갖춘 것 같은 풍모를 지니고 있으면서, 그 훌륭한 풍모의 소유자가 한 번 입을 열면 세상에서 가장 불쌍한 바보에 지나지 않는 광대들이라는 것을 알고 계십니까?」

「좋습니다. 조화의 장난이라고 합시다.」하고 한스 카스토르프는 말했다. 「그러나 조화의 장난, 기만이라고만 할 수는 없을 것입니다. 그들이 배우인 이상 재능이 있는 사람들임에 틀림없기 때문입니다. 그리고 재능은 바보라든지 똑똑함이라든지를 초월하고 있는 생명적 가치의 하나입니다. 페페르코른 씨도 재능을 가지고 있습니다. 당신이 무어라고 말씀하든지 간에 말입니다. 그래서 우리들은 그에게 압도되어 버리는 것입니다. 가령 방 한구석에 나프타를 세워 그레고리우스 교황과 신의 나라에 대한 명연설을 시키고, 이와는 정반대의 한구석에 페페르코른 씨를 세워 이마의 주름을 치켜올리고 이상한 입술을 움직여서 『단연코! 실례지만…… 끝났습니다!』를 되풀이하게 해보십시오……. 모두들 틀림없이 페페르코른의 주위로 몰려 버리고 신의 나라를 설득하는 똑똑한 나프타 씨는 베렌스 고문관의 말마따나 소위 골수에 사무치듯 명쾌한 이야기를 해도 아무도 오지 않아, 혼자 서 있게 될 것입니다.」

「결과 만능주의를 입밖에 내는 것은 삼가야 합니다!」하고 세템브리니 씨는 훈계했다. 「세상 사람들은 속기 쉽습니다. 나도 사람들이 나프타 씨의 주위에 모이는 것을 원하진 않습니다. 그는 위험한 선동가입니다. 그러나 당신이 비난받을 기쁨을 갖고 설명한 가공의 장면에 있어서 나는 그의 편이 되겠습니다. 당신은 확실한 것, 정확한 것, 논리적인 것, 인간적인 조리 있는 말을 멸시하는 겁니까? 그런 것을 멸시하고 암시와 감정, 과정의 수상한 기만을 존경한단 말입니까. 그렇다면 당신은 이미 완전히 악마의 손아귀에…….」

「그러나 그도 열중하면 아주 훌륭하게 조리 있는 말을 할 줄 압니다.」하고 한스 카스토르프는 말했다. 「언젠가 다이내믹한 작용을 갖는 약제(藥劑)이며 아시아 산(産)의 독 있는 나무 이야기를 들려 준 적이 있습니다만, 아주 재미있는 이야기라 기분이 언짢아질 지경이었습니다. 재미있는 이야기는 언제나 좀 기분이 언짢아지는 것이더군요. 그런데 그 이야기는 이야기 자체가 재미있다기보다 오히려 이야기의 내용이 그 사람의 인물의 작용과 결부되어서 재미있게 느껴지는 것 같더군요. 그 인물에서 발산되는 힘이 이야기를 무시무시하게 하는 동시에 재미있게 만드는 모양이지요.」

「그럴 테지요. 당신이 아시아를 좋아하는 것은 어제오늘에 시작한 것은 아니니까요. 그렇고말고요. 나 같은 사람은 그런 진지한 이야기를 해드릴 수 없으니까 말입니다.」하고 세템브리니 씨는 자못 못마땅한 듯 대답했기 때문에, 한스 카스토르프는 세템브리니 씨의 담화와 교훈의 이점은 물론 이것과는 전혀 다른 방면에 있는 것이어서, 양자를 비교하는 것은 양자의 어느 쪽에도 욕되게 하는 짓이 되기 때문에, 아무도 그런 것은 생각하지 않을 것이라고 당황하여 말했다. 그러나 이탈리아 인은 이 정중한 말을 듣지도 않고 물리쳤다. 그는 계속했다.

「아무튼 당신의 객관적인 침착한 태도에는 정말 감탄하지 않을 수 없습니다, 엔지니어. 좀 그로테스크에 가까울 정도인데 이것은 당신도 인정할 것입니다. 결국 현재의 상황으로 말한다면……, 저 멍청이는 당신의 베아트리체를 빼앗아 갔습니다. 나는 사실을 있는 그대로 말하는 것입니다. 그런데 당신은 어떠하신가요? 정말로 전대미문입니다.」

「기질 차이겠지요, 세템브리니 씨. 격한 기질과 기사적인 기질의 차이일 것입니다. 물론 남쪽 나라 출신인 당신 같으면 독약을 마신다든가 단도를 휘두른다든가 좌우간 문제를 사회적·열성적으로, 즉 화려하게 만들 것입니다. 이것은 확실히 남성적이고 사회적이며 사나이답고 매력적일 것입니다. 그러나 나는 이러한 것과는 좀 달라요. 나는 그를 경쟁 상대의 적수라고 생각할 정도로 남성적은 결코 못 됩니다. 대체로 나는 남성적이 아닌 것 같습니다만, 이런 의미, 즉 어떤 이유인지 모르지만 웬일인지 『사회적』이라고 부르는 의미에서는 분명히 남성적이 못 됩니다. 나는 이 석연치 않은 가슴을 두드리면서, 대체 나는 저 사람을 나무랄 수 있을까 하고 물어 봅니다. 저 사람은 나에게 무엇을 고의로 했을까? 그런데 모욕이라는 것은 고의로 하기 때문에 모욕인 것으로, 그렇지 않으면 모욕이 아닙니다. 그리고 그가 나에게 무엇을 『행한다』고 한다면 나는 그녀를 놓치지 않도록 해야 할 텐데, 이것 역시 나에게는 그 권리가 없는 것입니다. 대체로 그 권리가 없는데다가 상대가 페페르코른 씨일 경우에는 전혀 문제가 되지 않습니다. 저 사람은 첫째로 거물입니다. 그것만으로도 벌써 여성들은 맥을 못추지요. 둘째로 그는 나와 같은 일반 시민이 아니라, 나의 죽은 사촌과 마찬가지로 군인이라고 해도 좋은, 즉 그에게는 왕성한 명예심이 있어서 감정이나 생활을 존중합니다……. 이러고 보니 좀 쑥스러운 말을 지껄여 버렸습니다만, 그러나 나는 언제나 나무랄 데 없는 틀에 박힌 문구만 지껄이는 것보다는 좀 어리석은 것을 말하고 싶다고 생각하고 있어요. 이것은 내 성질 속에도 군인적인 데가 있기 때문이라고 말해도 괜찮으리라고 생각합니다…….」

「그렇게 말해도 괜찮겠지요.」하고 세템브리니 씨는 고개를 끄덕이며 말했다.「의심할 여지없이 그것은 칭찬할 만한 일면일 것이기 때문이니 말입니다. 인식과 표현의 용기, 이것은 문학입니다. 인문주의입니다…….」

이렇게 두 사람은 이런 경우에도 이럭저럭 별일 없이 작별할 수가 있었다. 언제나 마지막에는 세템브리니 씨가 화해적인 결말을 맺는 것이었지만, 그로서는 그렇게 할 이유가 여러 가지로 있었던 것이었다. 그의 입장은 절대로 안전하다고는 말할 수 없었기 때문에 너무 엄격하게 하지 않는 것이 자기를 위해서도 상책이었을 것이다. 가령 질투가 문제되는 경우, 이것은 그가 설 땅을 잃어버릴 수도 있는 문제였다. 만약, 이 문제가 더 깊이 들어가면, 세템브리니로서는 응당 인정해야 하는 것이 드러나는 것이다. 즉 그의 교육자적 자질에서 말할 때, 그의 남성적인 것에 대한 관계는 반드시 사회적으로 남성적인 종류의 것은 아니며, 따라서 나프타나 쇼샤 부인으로부터와 마찬가지로 압도적인 힘이 있는 페페르코른으로부터도 자기의 영역을 침해받게 되리라는 것이다. 이리하여 결국, 그로서는 제자를 설복시켜 그 인물의 영향이나 타고난 그 우월성에 저항시킬 수가 없었고, 자기 자신도 뇌수적 문제(腦髓的問題)의 좋은 적수인 나프타와 마찬가지로 페페르코른의 영향력이나 우월성을 무시할 수는 없었다.

두 사람의 논적이 가장 의기양양했던 것은, 두 사람이 토론을 벌여 정신적인 공기가 지배하고 있었을 때였다. 그럴 때면 산책을 하고 있는 일동의 주의는 으레 두 사람의 점잖고 격렬한, 학문적이면서도 당면한 시사 문제, 아니면 사회 문제를 토론하고 있는 것 같은 어조로 계속되는 토론에 돌려졌다.

두 사람이 거의 둘이서만 토론을 떠맡고 있을 동안 내내,『인물』은 말하자면 무시된 꼴로 그냥 이마의 주름을 깊이 하고 놀라는 태도를 보이거나, 애매하고 조롱적인 말로 떠듬떠듬 참견할 따름이었다. 그러나 그런 경우에도『인물』은 압력을 느끼게 했고, 토론을 흐려지게 했으며, 토론에서 광채를 빼앗는 것 같았고, 토론을 무언지 모르게 공허하게 했다. 페페르코른 자신은 의식하지 않았을 것이지만, 또는 어느 정도까지 의식하고 있었는지는 모르지만, 다른 사람들 모두가 느꼈던 것처럼, 논쟁하는 두 사람의 어느 쪽 주장에도 반갑지 않은 공기가 감돌게 되어 그 공기 때문에 토론은 결정적인 중요성을 느끼지 못하게 되었다. 아니, 토론은——말하는 것이 주저되지만——쓸데없는 말을 하고 있다는 느낌이 들게 했다. 다른 말로 한다면, 생사를 거는 것같이 격렬하게 계속되는 기지에 찬 토론은, 옆에 걸어가고 있는 인물을 남 몰래, 무의식적이며 막연하게 의식하고 있어, 이 자력(磁力)에 힘을 빼앗겨 버리고 마는 것이었다.

이렇게 생각하지 않고는 그 신비적인, 그리고 두 사람의 논쟁자에게 아주 화가 나는 현상을 설명할 수 없었다. 피테르 페페르코른이 함께 있지 않으면 두 사람의 주장은 더한층 과격한 것이 되었으리라는 것만은 말할 수 있다. 두 사람의 주장이라는 것은, 가령 세템브리니는 교회라는 역사적 권력을 음울한 침체와 보수의 원리로 보고 고대 교양이 부활한 빛나는 시대에 탄생한 계몽, 과학, 진보의 원리와 대립되어 있음을 주장하였으며, 그 주장을 아주 아름다운 말의 흐름과 몸짓으로 계속하였다. 레오 나프타는 세템브리니 씨의 그 논설에 대해 교회의 극히 혁명적인 본질을 변호했다. 나프타는 냉정하고 날카롭게 이에 응수하였는데, 그것은 반박을 침묵시키는 눈부신 화려함을 갖고 있었다. 교회는 종교적, 금욕적 이념을 구현하려는 것이므로 그런 의미에서 근본적으로 영속하려는 것, 즉 세속적 교양, 국가적 질서 편에 서서 그것을 옹호하려고 하는 것이 아니다. 오히려 옛날부터 급진적인 혁명, 철저한 혁명을 기표(旗標)로 하여 왔다. 존속할 가치가 있다고 자부하고 또 낙오자나 비겁한 자, 보수적인 자, 부르주아들이 존속시키려고 시도하는 모든 것, 국가나 가족, 세속적인 예술이나 과학, 이것들은 의식적이든 무의식적이든 간에, 종교적 이념에 대해 즉 교회에 대해 이때까지 반대의 입장을 취해 왔다. 그것은 교회의 본래의 경향과 흔들리지 않는 목표가, 현존하는 모든 세속적 질서를 해소하고 이상적인 공산주의적 신의 나라를 모범으로 하면서 사회를 재편성하려는 데 있기 때문이다.

다음에는 세템브리니 씨가 응수할 차례였는데, 아, 그도 자기의 차례를 유효하게 살리는 사나이였다. 나프타 씨와 같이 혼합, 계몽적인 혁명 사상과 모든 추악한 본능의 반역을 혼돈하는 것은 한탄할 일이라고 말했다. 수 세기에 걸친 교회의 혁신에는, 생명을 풍부하게 하고 굳세게 하는 사상을 규문(糾問)하여 교살하고 화형의 연기로 질식시키는 데 목적이 있었다. 그러나 오늘의 교회는 자유, 교양, 민주주의를 매장하고 천민 독재 정치와 야만 상태를 실현시키는 것을 목표로 하고 있어, 밀사(密使)들에게 교회가 마치 혁명을 좋아하는 것처럼 선전시키고 있다. 아니 정말 모순에 찬 결론, 철저한 모순의 최악의 표본이다.

이러한 모순과 철저성의 점에서는, 하고 나프타 씨는 응수했다. 세템브리니 씨의 경우도 마찬가지다. 씨는 민주주의자로 자칭하고 있지만, 씨가 입버릇처럼 하고 있는 말로 보면 민중과 평등의 편이라고 할 수 없고, 오히려 만민을 대표하여 독재할 사명을 가지고 있는 세계 프롤레타리아를 천민이라고 부름으로 해서, 경멸해야 할 귀족적 오만을 드러내고 있다. 그러나 씨가 교회에 반대하는 것은 정말 민주주의자답다. 교회가 인류의 역사상 가장 귀족적인 권력을 의미한다는 것은 자신을 갖고 인정해야 할 사실이며, 또한 궁극적인, 최고의 즉 정신적인 의미에서 가장 귀족적인 권력이기 때문이다. 왜냐하면 금욕 정신(정신은 금욕을 의미하므로, 이것은 중복어가 되어 버리지만), 즉 현세 부정(否定)과 현세 말살의 정신은 고귀성 그 자체, 순수한 귀족적 원리이기 때문이며, 금욕 정신은 결코 민중적인 일이 없고, 어느 시대에도 교회는 본질적으로 비민중적이었다. 세템브리니 씨도 중세의 문화에 관한 문헌을 좀 연구해 보면 이 사실을 인정할 것이다.

민중, 그것도 가장 넓은 의미의 민중은 교회의 본질에 대해 언제나 노골적인 혐오를 보여 왔다. 가령 민중의 단순한 시적 공상(詩的空想)에서 탄생한 수도사들의 모습이 그것으로, 이 수도사들은 이미 루터와 똑같은 방법으로 금욕 정신에 대해 술과 여자, 그리고 노래를 예찬하고 있다. 세속적인 영웅주의의 모든 본능, 모든 호전적 정신(好戰的精神), 그리고 또 궁정 문학은 정도의 차이는 있지만 모든 종교적 이념에 대립했고, 따라서 또 교권 제도에 대립하여 왔다. 왜냐하면, 그것들은 모두 교회에 의해 대표되는 정신의 귀족성에 비교하면, 『세속』과 『천민』을 의미하기 때문이다.

세템브리니 씨는, 기억을 새롭게 해주어서 고맙다고 말했다. 나프타 씨가 찬미한 음울한 귀족주의에 비하면, 영웅시(英雄詩) 《로젠 가르텐》의 수도사인 일잔의 모습이 훨씬 상쾌한 느낌을 준다. 세템브리니 자신은 나프타 씨가 말한 독일의 종교 개혁자를 조금도 좋아하지 않지만, 그러나 인격을 억압하려는 모든 종교적, 봉건주의적인 본능에 대해 루터 교회의 민주적 개인주의의 근저에 있는 모든 사상을 단연 옹호하는 것이다.

「이건 정말 !」 하고 나프타는 갑자기 외쳤다. 세템브리니 씨는 교회가 민주적 사상을 가지고 있지 않고 인간의 인격의 가치를 이해하지 못한다고 주장하는 것인가? 로마 법이 시민권의 유무에 의해 권리 능력의 유무를 결정하고,

게르만 법이 게르만 민족에 소속한 자와 개인적 자유를 갖는 자에게만 권리능력을 인정하는 데 비하여, 교회법은 교단 소속과 정교 신봉을 유일한 조건으로 하여 국가적, 사회적 조건 모두를 폐기하고, 노예, 포로, 비자유인의 유언권(遺言權)과 상속권을 주장했는데, 이 인간적인 공정한 태도를 세템브리니 씨는 어떻게 설명할 작정인가?

교회의 그 주장은, 하고 세템브리니는 신랄하게 말했다. 유언할 때마다 교회의 품에 굴러 들어오는 『교회 취득분』을 겨냥하고 한 것이다. 또한 세템브리니는 『신부의 선동 정치』에 대해서도 언급하고, 그것을 탐욕스러운 권력욕에 의한 교태라고 부르고, 신들에게 당연히 상대받지 못하기 때문에 지옥의 세력을 움직이려는 것이라고 공박했다. 교회는 영혼의 질보다 양을 목적으로 하여 왔는데, 이것은 교회가 정신적으로 저급하다는 것을 증명한다고 주장했다.

저급? 교회가? 나프타는 세템브리니에게, 오욕이 자손에게까지 미친다는 사고의 근저에 있는 교회의 엄한 귀족주의에 대해 주의를 촉구했다. 민주주의적인 사고에서라면 당연히 죄가 없다고 할 수 있는 자손에게까지 무거운 죄가 미쳐, 가령 사생아는 일생 동안 죄를 짊어지고 권리를 부여받지 못한다고 나프타는 말했다. 여기에 대해 세템브리니는, 그런 것은 입밖에 내지 말아 달라고 했다. 왜냐하면 첫째로 그의 인간 감정이 그러한 말에 태연스럽게 있을 수 없고, 둘째로 그는 그런 핑계에는 진저리가 나 있기 때문이다. 나프타 씨의 교묘한 변명은 철저하게 파렴치하고 악마적인 허무 예찬에 지나지 않는 것이지만, 그 허무 예찬은, 정신이라고 부르는 것을 요구하고 금욕 원리가 인기 없다는 것을 인정하면서도 그것을 무언가 정당하고 신성한 것처럼 느끼게 하려고 하기 때문이다.

그러자 나프타는, 실례지만 배를 잡고 웃음을 터뜨리지 않을 수 없다고 말했다. 교회의 허무주의를 입밖에 내다니! 세계 역사의 가장 실제적인 지배 체계인 교회를 허무주의라니! 교회는 현세와 육욕에 대해서도 양보하고 있으며, 그 현명한 양보에 의해 금욕적 원리의 최종적인 결론을 감추고 자연 본능에 대해 지나치게 엄격한 것을 피하고 억제 조정의 의미에서만 정신을 간섭하지만, 세템브리니 씨는 교회의 이 인간미에 찬 아이러니를 조금도 느낀 일이 없는 것 같다. 따라서 씨는 관용에 대한 성직자의 섬세한 사고에 대해서도 들은 일이 없는 것 같은데 성사(聖事), 즉 혼인 성사도 그러한 섬세한 사고의 하나로서 다른 모든 성사와 마찬가지로 죄로부터 지키는 수단에 지나지 않으며 육욕과 방종을 억제하기 위하여 부여된 것으로, 육체에 대해서 비정치적인 엄벌주의를 가지고 임하지 않고, 금욕적 원리, 순결의 이상을 주장하려는 것이다.

세템브리니가 『정치적』이라는 개념의 이 혐오할 적용에 대해 항의하지 않을 수 있을까? 정신이, 아니, 정신이라는 이름을 외람되게 자칭하는 것이, 그 반대의 것, 성직자의 주제넘는 관용 같은 것을 조금도 필요로 하지 않는 것을 죄악이라고 하고, 그것을 『정치적으로』 알맞게 취급해야 한다고 하며, 외람되게 관대하고 현명한 것 같은 몸짓을 하는 데 대해서는 세템브리니 자신은 항의하지 않을 수 없다. 생을, 그리고 생에 대립할 수 있다고 우쭐대는 정신을, 한마디로 말한다면 우주를 악마화하려고 하는 우주관의 혐오할 이원론(二元論)에 대해 항의하지 않을 수 없다. 왜냐하면 생이 악이라고 한다면, 그 완전한 부정인 정신도 역시 악이어야 하기 때문인 것이다! 그리고 세템브리니는 육욕을 변호하면서 그것이 아무 죄가 없다는 것을 말했지만, 그것을 들으면서 한스 카스토르프는 서서 사용하는 책상, 짚이 든 의자, 물이 든 물병이 놓여 있는 인문주의자의 다락방을 생각하지 않을 수 없었다.

다음으로 나프타가 어떠한 경우에도 육욕은 죄가 없다고는 말할 수 없으며, 자연은 정신에 대해 항상 꺼림직한 것을 느끼지 않으면 안 된다고 주장하고, 교회의 정책과 정신의 관용을 『사랑』이라고 말하고, 금욕적인 원리가 허무주의라는 것을 반박하려고 했다. 그러나 그것을 듣고 한스 카스토르프는, 이 예리한, 마르고 키가 작은 사나이인 나프타에게 『사랑』이라는 말은 정말 어울리지 않는다고 느꼈다…….

이렇게 토론은 계속되었지만, 우리들에게는 두 사람의 토론이 이번이 처음은 아니고, 한스 카스토르프에게도 그것이 처음은 아니었다. 우리들이 그것을 그와 함께 경청한 것은, 그러한 소요학파적인 응수가, 가령 그 옆을 걸어가고 있는 『인물』의 영향 아래서 어떻게 되었을까, 『인물』의 존재가 그 응수를 어떻게 남 모르게 공허한 것으로 만들었는가를 관찰하고 싶었기 때문이었다. 또 논전자들은 인물의 존재를 자기도 모르게 의식하지 않을 수 없었으므로, 응수의 불꽃이 죽어 버렸고, 전류가 끊어져 버린 것을 알았을 때의 저 축 늘어진 무력감을 관찰하고 싶었기 때문이기도 했다. 그렇다! 그대로였다. 두 사람의 응수는 탁탁 소리나지 않게 되었고, 서로 불꽃이 튀기지도 않았으며 전류가 통하지 않게 되었다.

정신이라고 자칭하는 두 사람이 무력화시켰다고 믿은 인물이 반대로 정신을 무력화해 버려, 한스 카스토르프는 그것을 경탄과 호기심을 갖고 바라보았다.

혁명과 보수(保守), 모두는 페페르코른에게 눈을 돌리고 있었다. 걷고 있는 모습은 그다지 당당하게 보이지 않는 그가 모자를 깊숙이 쓰고 좌우로 흔드는 듯한 발걸음으로 계속 걸으며 불균형하게 찢어진 폭 넓은 입술을 열고, 논쟁하는 두 사람 쪽을 장난기 어린 표정으로 가리키면서 말하는 것을 들었다.

「그렇지요…… 그렇지요…… 그렇지요! 뇌수, 뇌수뿐인 그렇고말고요! 그것은 즉, 분명히 그것은…….」

그러자 웬일일까. 불꽃은 탁 멈추어 버렸다. 두 사람은 다른 테마로 불꽃을 올리려고 훨씬 더 강렬한 주문(呪文)으로 『귀족성의 문제』, 대중성과 고귀성이라는 문제를 토론하기 시작했다. 그러나 불꽃은 튀지 않았다. 논전은 그 옆의 인물을 자석처럼 의식하게 되었다. 한스 카스토르프는 클라브디아의 여행 반려자가 깃이 없는 셔츠를 입고, 늙은 노동자 아니면 왕자의 흉상을 연상케 하는 모습으로, 붉은 비단 이불을 덮고 침대에 누워 있던 모습을 생각했다. 그 순간 토론의 중추 신경은 약해져서 경련을 일으키고 죽어 버렸다. 그래서 더욱 강렬한 테마가 나왔다! 나프타는 부정과 무(無)를 예찬하고, 세템브리니는 항구적인 긍정과 정신의 생에 대한 친근감을 외쳤다. 그러나 페페르코른을 보기만 하면──보지 않으려고 해도 남 모를 인력(引力)에 끌려 보지 않을 수 없었다──신경, 불꽃, 전류는 어디로 사라져 버리는 것일까? 요컨대 불꽃이 튀지 않게 되었는데 이것은 한스 카스토르프의 말을 빌리면, 신비 그것이었다. 한스 카스토르프는 그의 잠언집을 위해서 적어 두어야 했을 것이다. 신비는 아주 간단한 말로 표현하든지, 그렇지 않으면 표현할 수 없는 것이라고. 그러나 이 경우의 신비를 어떻게 해서라도 표현해 본다면, 이마에 깊은 주름을 새기고 왕자와 같은 얼굴에 비통하게 찢어진 입술을 한 페페르코른은 언제나 두 가지 경향의 어느 쪽이기도 하여, 그를 보면 그 어느 쪽도 그에게는 알맞으며 두 가지가 그의 속에서 하나가 되는 것처럼 보여, 이쪽이기도 하고 저쪽이기도 하고, 저쪽이기도 하고 이쪽이기도 하다는 것이었다.

아, 이 바보 같은 노인, 이 지배자적인 무(無)! 그는 나프타처럼 애매하지 않고 완전히 정반대의 적극적인 의미에서 파악하기 어려운 것이었다. 이 휘청휘청 걷는 신비는 바보라든가 똑똑함을 분명히 초월하고 있었을 뿐만 아니라, 세템브리니와 나프타가 교육 목적으로 고압 전류를 일으키려고 하여 꺼낸 반대 개념을 초월하고 있었다. 인물이라는 것은 교육자적인 뜻은 아닌 듯했다.

그러나 수양 도상의 청년에게 이 인물은 얼마나 좋은 기회였던가! 두 이론가가 결혼과 죄, 관용의 성사, 육욕의 죄의 유무를 논하고 있을 때, 알기 어려운 왕자를 관찰하는 것은 얼마나 기묘한 경험이었던가!

그는 머리를 어깨와 가슴 사이에 떨어뜨리고, 찢어진 입술을 비탄하는 것처럼 벌리고 있었다. 콧구멍은 긴장되어 고통스럽게 벌어졌고 이마의 주름은 위로 치켜올려졌으며, 엷은 빛깔의 눈에는 고뇌의 빛을 보이고 있었다. 그러나 보라, 다음 순간 그 고뇌의 표정이 장난스러운 분방한 표정으로 바뀌었다!

옆으로 비스듬한 머리의 느낌이 장난꾸러기 같은 느낌으로 바뀌고, 아직 열려 있는 입술엔 음탕한 미소가 떠오르며, 전에도 본 적이 있는 그 탕아 같은 보조개가 한쪽 볼에 나타났다. 거기 있는 것은 미친 듯이 춤추는 이교의 사제(司祭)의 모습이었다. 그는 장난꾸러기처럼 머리로 두 사람의 뇌수적 존재 쪽을 가리키면서 말했다.

「그렇지요, 그렇지요……. 완벽. 이분은…… 이분들은…… 이제 자명합니다……. 육욕의 성사, 아시겠습니까?」

한스 카스토르프의 친구이며 교사인 두 사람은 페페르코른 때문에 가치가 떨어졌지만, 아까도 말한 것처럼, 두 사람이 토론을 하고 있을 때에는 그래도 가장 화려한 때였다. 그때면 두 사람 다 물 속의 고기와 같았고 거물 쪽은 물에서 올려진 고기와 같았다. 아무튼 이 경우 인물이 행한 역할에 대해서는 여러 가지로 생각할 수 있을 것이리라. 이와는 반대로 기지, 말, 정신이 문제되지 않고 사실, 현실, 생활, 즉 지배적 인물이 본령을 발휘하는 문제와 사실이 전면에 나오게 되면, 정세는 두 사람의 논객에게 불리하게 되어 두 사람의 무대로는 되지 않으므로, 두 사람은 어둠 속으로 들어가서 한쪽 구석에 밀려나 버리고, 이내 그곳은 페페르코른의 독무대로 되고, 그가 결재, 결정, 명령, 주문, 호령하게 되었던 것이었다. 페페르코른이 이러한 정세를 조성하려고 이론적인 공기를 현실적인 공기로 바꾸려고 한 것은 이상하다고 할 것인가? 공기가 이론적인 흐름을 가질 동안, 또는 그것이 길어지면, 페페르코른은 불행한 것 같았다. 그러나 추켜올려 주지 않아서 불행한 것이 아니라(한스 카스토르프도 그것은 잘 느낄 수 있었다. 추켜올려 주기를 원하는 것은 스케일이 크지 못한 것이다. 거물은 그러한 허영심은 없다) 페페르코른이 현실적인 말을 원한 것은 다른 이유에서였고, 아주 간단히 말한다면 『불안』에서 온 것이었다. 한스 카스토르프가 세템브리니 씨에게 시험삼아 그것을 설명하면서, 군인적 경향이라고 볼 수 있다고 말한, 저 강렬한 의무감과 명예심에서 나온 것이었다.

「여러분!」 하고 네덜란드 인은 창과 같이 뾰족한 손톱을 가진 손을, 간청 같기도 하고 명령 같기도 한 모양으로 쳐들며 말했다. 「좋습니다, 여러분. 완벽, 멋집니다! 금욕, 관용, 육욕…… 나는 그것을 단연코! 아주 중대! 아주 문제적입니다. 그러나 실례지만…… 내가 두려워하는 것은, 그것으로 인해 우리들은 중대한 죄를…… 우리들은, 그로 인해 여러분, 무책임하게도 가장 신성한…….」 그는 깊이 숨을 들이켰다. 「이 공기는 여러분, 오늘의 이 남풍을 품은 실질적인 공기, 신경을 부드럽게 하고 피곤하게도 하고, 예감과 추억을 담은 봄 향기를 품은 공기, 우리들은 이 공기를 들이마시면서 부당하게도 이러한……, 나는 간절히 부탁드립니다. 그것은 좋지 않은 것입니다. 그것은 모독입니다. 우리들은, 이 공기에 우리들의 모든 주의를, 아, 우리들의 최고의 정신을 완전히 집중시킨…… 끝났습니다. 여러분! 그리고 이 공기의 멋진 것을 구가(謳歌)하는 뜻에서 이 공기를 가슴에서 다시…… 말을 하다 말았습니다만 여러분! 말을 하다 말았습니다만…….」

그리고 그는 멈추어 서서 뒤로 몸을 젖히고 모자챙을 눈 위로 쳐들었으므로 모두 그를 따라 그렇게 했다.

「여러분,」 하고 그는 말했다. 「주의를 하늘로 돌려 주십시오. 저 넓은 하늘로, 저 검푸른 하늘 밑에 맴돌고 있는 저 검은 점으로……. 저것은 맹금, 거대한 맹금입니다. 저것은, 내 눈이 틀림없으면……, 여러분, 그리고 클라브디아, 저것은 독수리입니다. 저 독수리에 단연 여러분의 주의를, 보십시오! 저것은 솔개도 매도 아닙니다. 나는 노안이라 먼 곳이 잘 보입니다만 여러분도…… 그렇습니다, 나이 먹으면 그렇지요. 나의 머리칼은 희고 윤기가 없어졌습니다. 정말입니다. 그렇게 되면 여러분도 나처럼 잘 보일 것입니다. 날개의 유연한 커브를 볼 때, 저것은 확실한 독수리입니다. 여러분, 독수리입니다. 우리들의 머리 위 창공에서 원을 그리고 있습니다. 날개도 움직이지 않고 높은 하늘에서 날고 있습니다. 그러나 튀어나온 눈썹 밑에서 멀리까지 보는 빛나는 눈으로 지상(地上)을 엿보고 있을 겁니다. 독수리입니다. 여러분, 주피터의 애금, 새 중의 왕, 하늘의 사자! 그는 깃의 바지를 입고, 안쪽으로 구부러진 갈퀴 발톱을 가지고, 앞발톱은 뒤의 긴 발톱을 꾹 물고 있습니다. 보십시오. 이렇습니다.」

그리고 그는 손톱이 뾰족한 선장과 같은 손으로 독수리의 갈퀴 발톱을 흉내내려고 했다.

「독수리야, 왜 빙빙 돌고 엿보고만 있는 거냐!」 하고 다시 창공에 눈을 돌리고서 외쳤다. 「덤벼들어라! 무쇠 같은 부리로 그놈의 머리와 눈을 쪼아라, 배를 찢어라, 신께서 너에게 먹이로…… 완벽! 끝났다. ! 너의 발톱은 내장 속으로 들어가야 한다. 너의 부리로부터 피를 뚝뚝 흘려야 해…….」

그는 매우 흥분해 있었다. 나프타와 세템브리니의 논전에 향해졌던 산책자들의 주의는 끝나 버렸다. 그 뒤에 페페르코른이 나서서 뭔가를 하자는 제안을 하여 의논이 행하여지고 계획이 세워졌지만, 그러는 동안에도 (아무도 말은 하지 않았으나) 조금 전의 그 독수리의 이미지가 모두의 염두를 떠나지 않아서, 의논을 하는 데도 영향을 끼치고 있었다. 의논한 결과 모두들 음식점에 들어가 먹고 마시자고 했다. 전혀 시간 외의 음식이었지만, 모두들 그 독수리를 속으로 생각하느라고 식욕이 자극된 것이었다. 이것은 페페르코른 씨가 여러 번 베르크호프 밖에서 베푼 음식 대접이었다. 이를테면 그는 『읍내』나 『마을』에서, 또는 기차로 소풍간 글라리스, 또는 클로스터의 요리점에서 가끔 그런 대접을 했다. 모두는 그의 지배자적인 배려하에서 고전적인 선물을 즐겼다. 시골 빵에 크림이든 커피, 또는 향기 높은 알프스의 버터를 바른 빵에 부드러운 치즈, 이 버터는 방금 구운 뜨거운 빵에 발라 먹으면 정말 맛이 있었다. 그리고 펠트린 산의 붉은 포도주를 마음껏 마셨다.

페페르코른은 이 즉흥적인 향연에 예의 떠듬떠듬하는 말로 사회를 보기도 하고, 선량한 인종자인 안톤 카를로비치 페르게에게 무엇이든 말해 달라고 간청도 했다. 고상한 것과는 아무 인연이 없는 페르게 씨는, 러시아의 고무 구두 제조에 대해 아주 실질적인 이야기를 들려 주었다. 유황이나 기타의 약품을 고무 원료에 혼합하여 완성된 구두에 래커 칠을 하고 100 도를 넘는 열로 경화(硬化)시키는 과정을 말했다. 페르게 씨는 출장 여행으로 북극에도 여러 번 갔었기에 극지에 대해서, 노드케이프의 한밤중의 태양, 영원한 겨울에 대해서도 이야기했다. 튀어나온 결후(結喉)와 수염으로 덮인 입술을 움직이면서 하는 이야기에 따르면, 북극의 거대한 빙산과 차디찬 회색의 바다에선 기선이 장난감 배처럼 작게 보였다는 것이다. 그리고 하늘에 누런 베일과 같은 빛이 퍼지곤 했는데, 이것이 극광(極光)이었다고 한다. 이 모든 것이, 모든 정경이, 자기 자신까지가 안톤 카를로비치에게는 요괴처럼 느껴졌다는 것이었다.

페르게 씨는 이렇게 이야기를 했지만, 그는 이 작은 수의 모임에서 까다로운 관계 밖에 있는 유일한 사람이었다. 이 까다로운 관계에 대해서는 소설의 주인공답지 않은 우리들의 주인공이 그 당시 클라브디아 쇼샤, 그리고 그녀의 여행 반려자와 남 몰래 나눈 이상한 짧은 담화를 소개하여 둘 필요가 있을 것이다. 어느 것이나 다 두 사람과 개별적으로 나눈 회화로서, 하나는『방해자』가 말라리아 열로 2층 방에 누워 있었던 어느 날 저녁때에 홀에서, 또 하나는 어느 날 오후에『방해자』, 즉 페페르코른의 베갯머리에서 페페르코른과 나눈 것이었다.

그날 밤 홀은 어두컴컴했다. 그날의 사교 모임은 탐탁치 않게 끝나 버려서 요양객들은 일찌감치 밤의 안정 요양을 하러 발코니로 돌아가 버렸는데, 그렇지 않은 사람들은 요양 규칙을 어기고 댄스와 카드 놀이를 하러 읍내로 내려갔다. 고요해진 홀에는 천장 어딘가에 전등불이 하나 켜져 있을 뿐, 그 옆의 담화실에도 거의 불이 켜져 있지 않았다. 그러나 한스 카스토르프는, 쇼샤 부인이 저녁 식사를 피테르와 함께 하지 않고 식당에서 모두와 함께 한 뒤, 2층으로 올라가지 않고 글쓰기와 독서를 겸한 방에 혼자 남아 있는 것을 알고 있었기 때문에, 그도 3층으로 돌아가지 않고 머뭇거렸다. 그는 홀 깊숙이에 있는 사기 벽돌로 된 난로 앞의 흔들의자에 앉아 있었는데, 여기는 기둥을 판자로 덮고 흰 칠을 한 아치가 두셋이 있는 홀의 주요 부분에서 떨어진 장소로, 홀로는 낮은 계단을 하나 거쳐서 내려가게 되어 있었다. 한스 카스토르프가 앉은 의자는 요아힘이 마루샤와 처음이자 마지막의 담화를 하고 있을 때 마루샤가 앉아 흔들었던 그 의자였다.

이 시간에는 홀에서 담배를 피우는 것이 허락되어 있었으므로 한스 카스토르프는 담배를 피웠다. 거기에 그녀가 들어왔다. 그는 뒤에서 발소리와 옷자락 소리가 나는 것을 들었다. 그녀는 옆에 서서, 편지 모서리를 잡고 부채처럼 흔들면서 프리비슬라프의 목소리로 말했다.

「문지기가 없어요. 우표 한 장이 필요해요!」

그날 밤의 그녀는 경쾌한 검은 비단옷을 입고 있었다. 목둘레가 둥글게 파이고 소매가 넓은 옷인데, 단추 달린 커프스가 손목을 덮고 있었다. 그에게는 특히 이 옷이 마음에 들었다. 그녀는 진주목걸이를 걸치고 있었는데, 그것은 어두컴컴한 속에서 창백하게 빛났다. 그는 키르키즈 인과 똑같은 얼굴을 쳐다보았다. 그리고 상대방의 질문을 반문했다.

「우표? 나는 가지고 있지 않아요.」

「아니, 한 장도요? 그건 칭찬할 수 없는데요. 여자에게 친절을 베풀기 위해 언제나 준비하는 것이 아닌가요?」그녀는 토라지면서 어깨를 움츠렸다. 「다시 보아야겠어요. 남자들은 언제나 빈틈없고 믿음직해야 돼요. 나는 당신이 언제나 지갑 속에 모든 우표를 작게 접어 가격 순으로 넣고 있는 줄만 알았어요.」

「아니 무엇 때문에?」하고 그는 말했다. 「나는 편지를 써본 적이 없어요. 도대체 누구한테 쓴다는 말인가요? 아주 드물게 엽서를 보내는 일이 있지만, 엽서에는 우표가 인쇄되어 있거든요. 내가 누구에게 편지를 쓴단 말이지요? 내게는 편지 쓸 상대란 아무도 없어요. 평지와의 교섭도 없어져서 이젠 완전히 인연이 끊어지고 말았어요. 우리 나라 민요집에 이런 노래가 있습니다. 〈나는 세상과는 단절되어 있노라〉 내가 바로 그런 입장이지요.」

「그렇다면 하다못해 담배라도 주세요. 단절된 도련님.」하고 그녀는 난로 옆의 의자, 린네르 쿠션을 깐 의자에 그와 마주앉아, 두 다리를 포개고 한쪽 손을 내밀며 말했다. 「그건, 가지고 있군요.」

그리고 그가 내민 은제 담배 케이스에서 담배를 고맙다고도 하지 않고 집어, 그가 그녀의 얼굴 앞에서 켜준 라이터로 불을 붙였다. 나른하게 『주세요』하는 말투에나, 고맙다고도 하지 않고 담배를 집는 태도에도 응석꾸러기 부인의 방자함을 느낄 수 있었고 거기에는 또 인간적인, 더 정확히 말한다면 『정이 있는』 연대감과 재산 공유의 사고, 주고받는 것을 당연한 것으로 느끼는 문명 이전의 감정 본위의 기분이 숨어 있었다. 한스 카스토르프는 그것을 혼자서, 미워할 수 없는 기분으로 비평했다. 그리고 말했다.

「그렇지, 담배는 언제든지 가지고 있어요. 이것이 없어서야……, 담배 없이 어떻게 지낼 수 있어요. 안 그래요? 이런 말을 하는 것을 세상에서는 정열이라고 부르겠지. 솔직히 말해서 나는 결코 정열적인 인간은 아닙니다만, 그런 나에게도 정열이 아주 없지는 않습니다. 냉정한 정열이 말입니다.」

「당신이 정열적인 인간이 아니라는 말씀을 들으니,」하고 그녀는 빨아들인 담배 연기를 내뿜으면서 말했다. 「정말 안심했어요. 게다가 정열적일 리가 없어요. 정열적이라면, 독일 사람답지 않다는 말이 되니까요. 정열이라는 것은 인생을 위해 인생을 산다는 것인데, 당신네 나라 사람들은 경험을 목적으로 살고 있어요. 이것은 널리 알려진 사실이에요. 정열이란 자기를 잊어버리는 것이에요. 그런데 당신들은 자신을 풍부하게 하는 것만을 생각하고 있어요. 그래요. 그것은 추악한 이기주의로 당신들은 그 때문에 언젠가는 인류의 적이 될 수 있다는 것을 조금도 느끼지 못하고 있어요.」

「아니, 아니! 인류의 적 취급인가요? 댁은 그런 일반론으로 무엇을 말하려는 겁니까, 클라브디아? 댁은 무엇을, 누구를 염두에 두고, 우리들이 인생을 위해서가 아니라 자신을 풍부하게 하기 위하여 산다고 하는 거지요? 당신네 여성들은 막연하게 도덕론 같은 것을 말할 리가 없겠지요. 아, 도덕, 이것은 나프타와 세템브리니의 토론의 테마지. 대단한 혼란을 불러일으킬 수 있는 테마야. 우리들이 우리들을 목적으로 살고 있는가, 인생을 목적으로 살고 있는가는 우리들 자신도 알고 있지 않으며, 아무도 그것을 확실하게 자신을 갖고 대답할 수는 없어요. 즉 그 경계선이 분명치 않아 이기적인 헌신도 있고 헌신적인 이기주의도 있어요……. 대체로 연애의 경우에도 마찬가지라고 생각해요. 내가 댁의 도덕론 같은 것에는 귀도 기울이지 않고, 전에 꼭 한 번 그런 일이 있었던 것처럼, 오늘 이렇게 마주앉아 있을 수 있는 것을 무척 기쁘게 생각한다는 것, 이것은 물론 도덕적이 못 됩니다. 그리고 또 댁의 손목을 싸고 있는 그 커프스가 얼마나 기막히게 잘 어울리는지 그것을 댁에게 말해 줄 수 있다는 게 얼마나 기쁜가, 이것도 역시 도덕적이라고는 말할 수 없을 테지요. 그 엷은 비단천이 살포시 댁의 그 팔을, 내가 잘 알고 있는 그 팔을…….」

「난 이제 잘래요.」

「아니, 제발 가지 말아 주세요. 나는 현재의 여러 사정도 잊지 않을 것이고, 여러 사람들에 대한 것도 생각하고 있으니까요.」

「정열이 없는 사람이니 적어도 그것은 믿어도 될 것 같군요.」

「그것 보십시오. 댁은 금방 놀리기도 하고 나무라기도 하지 않습니까. 내가 무슨……. 그러면서도 또 곧 가겠다고 하니 말이에요. 내가 좀…….」

「무엇을 말하려는지 알려 주고 싶으시면 말을 도중에서 끊지 마시고 끝까지 말씀해 주시면 좋겠어요.」

「그렇다면 댁은 도중에서 끊겨 버리는 말 끝을 알아내는 수련을 쌓고 있으면서도, 내 말에는 전혀 신경을 쓰지 않는다는 말이군요? 그건 좀 불공평한데요. 이 경우엔 공평, 불공평이 문제되지 않는다는 것을 내가 모르고 있다는 입장에서 하는 말입니다만…….」

「그래요, 문제도 되지 않아요. 공평이란 것은 냉정한 정열이지요. 질투와는 다른 것이니 말이에요. 그러니 냉정한 사람이 질투하면, 그야말로 우습지요.」

「그렇지요? 우습고말고요. 그러니 내가 냉정한 것을 너그럽게 봐주기를 바래요. 되풀이 말하지만, 내가 냉정하지 않았던들 어떻게 참을 수가 있었겠지요? 냉정하지 않았던들, 이를테면 어떻게 참고 기다릴 수가 있었겠느냐 말입니다.」

「무어라고요?」

「댁을 기다린 것 말입니다.」

「당신이 바보같이 끈질기게 쓰고 있는 댁이라는 말을 나는 이제 더 이상 문제삼지 않기로 하겠어요. 언젠가는 당신 쪽에서도 싫증이 나버릴 테지만 나 역시 고상한 체하는 말 많은 사모님은 아니니까…….」

「그렇고말고요. 댁은 병을 앓고 있으니까요. 병은 댁에게 자유를 주고 있어요. 병은 댁을…… 가만 있자, 아직 한 번도 쓴 적이 없는 말이 생각났어요. 병은 댁을 천재적으로 만들고 있어요.」

「천재 이야기는 다른 기회에 논하기로 해요. 내가 말하고 싶은 것은 그런 것이 아니에요. 한 가지만 부탁이 있어요. 즉 착각을 하지 말아 달라는 거예요. 당신이 기다렸다는 것에 관해——정말로 기다렸다고 하면 말입니다만——내가 무슨 관계가 있다든가, 내가 그렇게 하도록 만들었다든가, 그렇게 하는 것을 반대하지 않았다든가 하는 그런 터무니없는 말은 일절 하지 말아 주셨으면 해요. 사실은 그 반대였다는 것을 지금 여기서 분명히 인정해 주셨으면 해요.」

「좋아요, 클라브디아. 염려하지 마세요. 댁이 나더러 기다리라고 한 것이 아니라 내가 내 마음대로 기다렸던 것이니까요. 댁이 그걸 꺼려하는 심정을 잘 알고 있어요.」

「당신이란 사람은 자기 잘못을 인정할 때에도 어딘지 거만하군요. 도대체가 당신은 고자세예요. 왜 그런지는 모르지만 말이에요. 나에게뿐만 아니라 다른 사람에게도 그래요. 당신은 감탄을 하거나 겸손해 할 때에도 역시 그런 거만한 느낌을 주어요. 내가 그걸 모르는 줄 아세요? 그러니까 당신 같은 사람하고는 말을 않는 것이 좋을는지도 모르겠어요. 고자세로 기다리고 있었다니 말이에요. 당신이 아직 여기에 있다는 것도 무책임한 일이에요. 일하러 벌써 평지로 돌아가 있어야 해요. 조선소든지 아니면 어디 나른 데라도 말이에요…」

「지금 그 말은 천재적이 아니고 극히 상식적인데요. 클라브디아. 진심으로 그렇게 말하고 있는 건 아니겠지요? 세템브리니가 말함직한 뜻으로 그렇게 말할 리는 없어. 틀림없이 그럴 거야. 그냥 아무 의미 없이 말했을 뿐일 테니까. 나도 그걸 곧이곧대로 받아들일 수야 없지. 나는 그 불쌍한 사촌처럼 무모한 출발을 하진 않습니다. 사촌은 댁이 예언했듯이 평지에서 군무에 종사하려다가 죽어 버렸습니다. 그는 스스로도 죽으리라는 것을 알고 있었던 모양인데, 여기서 요양 근무를 계속하느니보다는 죽는 것이 낫다고 생각했던 거예요. 그것도 좋습니다. 그러니까 그는 군인이었던 거지요. 하지만 나는 군인이 아닙니다. 나는 평범한 시민이니까 사촌의 흉내를 내어, 더구나 라다만트의 금지에 거역해 가며 다짜고짜 평지에서 직접적인 실익과 진보를 위해 일하려다가는, 그야말로 탈주라는 것이 되어 버립니다. 이런 일은 다시 없는 망은(忘恩) 행위일 뿐더러 불신 행위도 될 거예요. 병과 천재에 대해서도, 그리고 옛 상처와 새로운 상처를 만든 댁에의 사랑에 대해서도, 그리고 내가 잘 알고 있는 댁의 팔에 대해서도 말입니다. 물론 내가 댁의 팔에 대해 알게 된 것은 꿈속의 일이니까, 물론 댁에게는 어떤 결과나 어떤 책임도 생기지 않을 것이며, 댁의 자유가 그것 때문에 구속되는 일이 없다는 건 나도 인정합니다…」

그녀는 담배를 입에 문 채로 웃었는데 그 바람에 눈이 가늘어졌다. 그녀는 벽에 기대어 두 손으로 몸을 지탱하듯 양쪽으로 뻗쳐서 걸상을 짚고, 다리를 포개어 검은 에나멜 구두를 신은 한쪽 발을 흔들고 있었다.

「정말 관대하시군요! 아, 그렇지, 사실이에요. 나도 천재를 언제나 그렇게 상상하고 있었어요. 귀여운 도련님.」

「그만해 둬요, 클라브디아. 물론 나는 스케일이 큰 인물도 아니고 천재도 아닙니다. 천만의 말씀이에요. 그러나 나는 우연히도…… 그래요, 우연이지요, 나는 이 천재적인 세계로 높이 밀려 올라온 겁니다. 한마디로 말하면, 댁은 모르겠지만, 연금술적, 밀봉적(密封的)이라고도 할 수 있는 교육, 화체(化體), 그것도 고차적(高次的)인 것에의 화체, 알기 쉽게 말하자면 고양(高揚)이라는 것에 의해 나는 그런 세계로 밀려 올라온 것입니다. 그러나 외부의 힘으로 높여지고 밀어 올려진 것도 원래 내부에 그런 것이 다소나마 있었기 때문이지요. 그래서 그 내부에 있는 것이 무엇인고 하면, 잘 기억하고 있습니다만, 나는 오래 전부터 병이나 죽음에 대해서는 잘 알고 있었고, 여기서 사육제날 밤에 그랬듯이 벌써 어렸을 때부터 분별을 잃고 댁에게 연필을 빌린 적이 있단 말입니다. 그런데 분별을 잃게 하는 사랑이 바로 천재적인 것입니다. 왜냐하면 죽음은 천재적 원리, 이원적(二元的) 원리, 현자의 돌, 또는 교육적 원리이기도 하기 때문입니다. 그리고 죽음에의 사랑은 생과 인간에의 사랑으로 통하고 있기 때문이지요. 나는 발코니에 누워 자다가 이것을 깨달았습니다. 지금 그것을 이렇게 댁에게 말할 수 있게 되어 나로서는 아주 기쁩니다. 생에 이르는 길은 두 가지가 있는데, 그 하나는 직선적이고 일반적인 큰 길이고, 다른 하나는 뒷길, 죽음을 뚫고 가는 길로서 이것이 천재적인 길인 것입니다.」

「바보 같은 철학자이군요, 당신은.」하고 그녀는 말했다. 「나는 당신의 까다로운 독일적인 철학을 전부 안다고 할 수는 없지만 당신이 하는 말씀은 인간적으로 들려요. 그리고 당신은 선량한 청년임에는 틀림없어요. 더욱이 당신은 정말 철학자답게 행동을 하셨어요. 그것은 인정해야겠지요…….」

「댁의 취미로 본다면 좀 지나치게 철학자다웠겠지요. 안 그래요, 클라브디아?」

「거만한 말투는 그만두세요! 이제 싫증이 나요. 당신이 기다리고 있었다는 것은, 바보스럽고도 무례한 짓이었어요. 그러나 기다린 보람이 없어져서 나를 원망하고 있겠지요?」

「그래요. 좀 괴로웠어요, 클라브디아, 이 냉정한 정열가도 말입니다. 댁이 그와 함께 돌아온 것은 정말로 괴로운 일이었지요. 댁도 참 지독한 사람이지요. 내가 아직 여기서 댁을 기다리고 있다는 것을, 베렌스를 통해 물론 알고 있었을 거 아닙니까? 그러나 아까도 말한 것처럼, 나는 우리 둘의 그날 밤의 일은 꿈속에서의 일로밖에 생각하지 않으니까 댁은 댁대로 자유로운 겁니다. 아니, 결국 나는 기다린 보람이 있었습니다. 이렇게 댁이 여기 돌아왔고 우리들은 그날 밤과 같이 나란히 앉아, 전부터 내 귀에 익은 댁의 그리운 그 목소리, 이상하게 날카로운 목소리를 듣고 있을 뿐 아니라, 이 포근한 비단옷 밑에는 내가 잘 알고 있는 댁의 팔이 있으니 말입니다. 물론 2층 방에는 댁의 여행 반려자가 열이 나서 누워 있지만 말이지요. 댁에게 진주를 선사한 위대한 페페르코른이…….」

「당신이 자신을 풍부하게 하기 위해 그렇게 사이좋게 지내고 있는 분 말이지요?」

「그것을 나쁘게 생각하지 말아 주십시요, 클라브디아! 세템브리니도 그 일로 나를 꾸짖었지만, 그것은 세속적인 편견에 지나지 않는다고 할 수 있어요. 그 인물은 대단한 사람으로 확실히 그는 인물입니다. 그는 나이를 먹었어요. 그건 그래요. 그렇지만 나는 댁이 여자로서 그를 무척 사랑하고 있는 기분을 잘 압니다. 댁은 그를 무척 사랑하고 있지요?」

「철학자 같은 당신 태도에 경의를 표한다 하더라도 말이에요, 독일 도련님,」하고 그녀는 그의 머리를 쓰다듬으면서 말했다. 「그이에 대한 나의 기분을 당신에게 말씀드리는 것은 인간적이 아닌 것 같은데요!」

「아니, 클라브디아, 왜 이야기하면 안 된다는 거예요? 나는 천재적이 아닌 사람들이 인간적이 아니라고 생각하는 데서부터 인간적인 것이 시작한다고 생각하고 있어요. 그러니까 안심하고 그분 이야기를 해도 괜찮습니다. 댁은 그를 무척 사랑하고 있지요?」 그녀는 몸을 구부려 다 피우고 난 담배를 난로 속에 던지고는 팔짱을 끼고 자세를 고쳐 앉았다.

「그분이 나를 사랑해 주고 있는 거예요.」 하고 그녀는 말했다. 「나는 그것을 자랑스럽게도 생각하고 고맙게도 생각해요. 그래서 그분을 따르고 있는 거예요. 그 심정 이해하시겠지요? 모르신다면 당신은 그분이 당신에게 쏟고 있는 우정을 받을 자격이 없어요……. 나는 그분의 심정을 생각할 때 그분을 따르고 그분에게 봉사하지 않을 수 없었어요. 그렇게 하지 않고 있을 수 있을까요? 생각해 보세요! 그의 감정을 무시하는 것이 인간적으로 가능할까요?」

「그럴 수야 없지요.」 하고 한스 카스토르프는 인정했다. 「물론, 그럴 수 없다는 건 알아요. 그의 감정을 무시한다든지, 감정의 감퇴에 대한 그의 불안에 무관심하다든지, 그를 말하자면 겟세마네에 혼자 내버려 둔다는 것은 여자로서 할 수 있는 일이 못 되지요…….」

「당신도 보통은 넘는군요.」 하고 그녀는 말하고서 시선을 비스듬히 위쪽으로 던지고 생각에 잠긴 듯이 한 곳을 응시했다. 「당신 참 머리가 좋으시군요. 감정의 감퇴에 대한 불안…….」

「댁이 그에게 따라가지 않을 수 없었던 기분은 머리가 그다지 좋지 않아도 알 수 있어요. 그분의 애정에는 사람을 몹시 불안하게 만드는 것이 있는 듯한데……. 아니지, 오히려 그런 것이 있었기 때문에 댁은 그를 따르지 않을 수 없었겠지요.」

「맞아요……. 사람을 불안하게 하는 것, 그분은 웬지 이쪽을 불안하게 만들어요. 아시겠지요? 아주 힘이 들어요.」 그녀는 그의 손을 잡고 그 손목을 무의식적으로 만지작거리다가 갑자기 눈살을 모으더니 얼굴을 들고 물었다.

「우리가 이렇게 그분 이야기를 하는 게 비겁하지 않을까요?」

「그렇지는 않지요, 클라브디아, 아니야, 천만에. 인간적이라고도 할 수 있어요. 댁은 인간적이라는 말을 좋아해서, 이 말을 할 때는 꿈꾸는 듯한 말투로 길게 끌면서 하더군요. 나는 댁이 그 말을 할 때면 언제나 아주 흥미를 가지고 듣고 있었답니다. 내 사촌인 요아힘은 그 말을 좋아하지 않았는데, 그건 군인다운 이유에서였지요. 즉 그 말은 모든 점에서 칠칠치 못한 것을 의미한다고 그는 생각하고 있었던 거예요. 그 말이 그렇다고 한다면, 즉 모든 것을 무비판적(無批判的)으로 인정해 버린다는 뜻으로 받아들인다면, 나도 그 인간적이라는 말이 어떨까 하는 생각이 들어요. 이건 분명하게 말해 둡니다. 하지만 이 말이 자유와 천재성과 선의의 뜻이라면 이 말은 역시 멋진 말입니다. 그러니까 페페르코른에 대해서, 또 그로 인해 당신이 느끼는 불안과 괴로움에 대해서 우리들이 이야기할 때에도 이 말은 안심하고 쓸 수 있으리라고 생각해요. 그런 괴로움은 물론 그분의 명예심이나 감정의 고갈에 대한 불안에서 생기는 거지요. 그분이 감정을 조장하거나 북돋우거나 하는 고전적 수단을 그토록 애용하고 있는 것도, 그런 불안 때문일 겁니다. 우리들은 외경심을 조금도 상실하지 않고 이런 말을 할 수 있어요. 왜냐하면 그분의 경우, 모든 점에서 위대한 왕자적인 스케일을 가지고 있기 때문이에요. 그러니까 우리들이 그런 이야기를 한다고 해서 그나 우리들 자신을 손상시키는 게 되진 않지요.」

「우리들 일은 문제가 아니에요.」하고 그녀는 말하고 다시 팔장을 꼈다. 「여자로서, 자기에게 감정과 그 감퇴의 불안을 보여 주는 남성, 당신이 말하는 소위 스케일을 가지고 있는 남성을 위해 어떤 굴욕도 참으려 하지 않는다면, 결코 여자라고 할 수 없을 거예요.」

「그렇고말고요, 클라브디아. 맞아요. 그러면 굴욕까지도 스케일을 가지게 되는 것이니까. 여자는 굴욕의 높이에서, 왕자적인 스케일을 가지고 있지 않는 인간들에게 거만한 말투를 쓸 수가 있지요. 댁이 아까 나더러 우표가 없느냐고 묻고 나서 『남자라면 적어도 언제든지 여자에게 친절을 베풀 수 있어야 하지 않겠어요.』하던 그런 투로 말입니다.」

「화났어요? 그러지 마세요. 우리 서로 화내는 것은 그만둡시다. 아셨지요? 나도 때로는 화가 났었어요. 오늘 밤 이렇게 함께 있으니까 솔직하게 말하지만 말이에요. 난 당신의 냉정한 태도에 화를 내고 있었어요. 그리고 당신이 이기적인 경험욕에서 그와 그토록 사이좋게 지내는 일에 대해서도 말이에요. 그러나 나는 그것이 기쁘기도 했어요. 그리고 당신이 그분을 존경하는 것을 고맙게 생각하고 있었어요……. 당신의 태도는 아주 성실했지요. 좀 거만한 데가 없었던 것은 아니지만 말이에요. 그래서 결국 난 그걸 관대하게 보아 드려야 했던 거지요.」

「거참 고마운데요.」

그녀는 그를 쳐다보았다.

「당신은 정말, 어떻게 할 수 없는 사람 같아요. 교활한 청년이라고 할 수 있겠지요. 머리가 좋은지 어떤지는 몰라도, 교활한 것만은 확실해요. 아무튼 좋아요. 교활해도 살아갈 수 있고 우정을 지켜갈 수도 있으니까 말이에요. 우리들은 언제나 친구로 지냅시다. 그이를 위해 동맹을 맺읍시다. 보통 같으면 누구를 공격하기 위해 동맹을 맺는 것이지만요! 약속의 표시로 악수해 주시겠어요? 나는 가끔 굉장히 불안해져요. 그이와 단둘이 있는 것이 가끔 무서워져요. 기분상으로 단둘이 있는 것이 말이에요. 그이는 상대를 조그맣게 만들어요. 어쩐지 그분에게 좋지 못한 일이 일어날 것만 같아 가끔 걱정이 돼요……. 어떤 때는 등골이 오싹해질 때도 있답니다. 누구든지 좋은 분이 옆에 있어 주었으면 싶어요. 당신은 어떻게 생각할지 모르지만, 아마 난 결국 이런 이유로 그분하고 여기로 되돌아온 것 같아요…….」

그는 흔들의자를 앞으로 기울여 앉고 그녀는 걸상에 앉아, 두 사람은 무릎과 무릎을 맞대고 있었다. 그녀는 마지막 말을 그의 코앞에서 속삭이면서 그의 손을 꼭 잡았다. 그는 말했다.

「나한테로요? 아, 그건 멋진데. 아, 클라브디아. 그건 참 굉장한 이야긴데요. 댁이 그분과 함께 나한테로 돌아왔다 이 말이지요? 그러면서도 댁은 내가 기다린 것이 바보스럽고 제멋대로인, 전혀 헛된 일이라고 말할 건가요? 댁한테서 친구가 되어 달라고 간청을 받고, 즉 그 사람을 지키기 위해 댁과 친구가 되어 달라고 하는데 그것에 응할 수 없다면, 그야말로 난 어처구니없는 인간이지 뭐겠습니까?」

그러자 그녀는 그의 입술에 키스했다. 러시아 식의 키스였다. 저 광막한 나라, 정이 담겨진 나라에서, 그리스도교의 대축제일에 사랑을 맹세하는 의미에서 교환되는 종류의 키스였다. 그러나 키스를 하는 두 사람 중의 한 사람은 정평이 있는 『교활한』 청년이었고, 또 한 사람은 역시 젊고 사랑스럽게 사뿐사뿐 걸어가는 여성이었기 때문에, 우리들은 두 사람의 키스를 이야기하면서 무의식중에 닥터 크로코브스키가 사랑에 대해 말한, 비난의 여지가 없지도 않은, 자못 교활한 말솜씨를 연상하게 된다. 닥터 크로코브스키는 사랑에 대해 좀 애매한 의미의 말을 했기 때문에, 그것이 경건한 사랑에 대한 것인지, 정열적이고 육체적인 사랑에 대한 것인지, 듣고 있는 아무에게도 분명하지 않았다. 우리들이 닥터 크로코브스키와 같이 말을 하고 있는 것일까, 그렇지 않으면 한스 카스토르프와 클라브디아 쇼샤가 나눈 러시아 식 키스에 무언가 애매한 데가 있었던 것일까? 그것은 어떻든 간에, 우리는 이 문제를 철저하게 추구하는 것을 그만두려고 생각하는데, 어떠할지? 우리들의 생각으로는 사랑의 문제로 경건과 정열을 『정확하게』 구별하는 것은 분석적이긴 하지만, 한스 카스토르프의 말투를 흉내내면 『어처구니없는 얼간이』 같은 짓이니까, 그야말로 생명 부정적이라고 하겠다. 사랑의 문제에서 『정확하게』라는 것은 무슨 뜻인가! 의미가 애매하다든지 확실치 않다는 것은 무슨 뜻인가! 우리들은 그런 구별을 깨끗이 일소(一笑)에 부치는 바이다. 언어가 모든 종류의 사랑에 대해 하나의 말만을 가지고 있다는 것, 극히 근엄한 사랑으로부터 극히 관능적이고 정열적인 사랑까지를 사랑이라는 하나의 말에 포함시키고 있는 것은 멋지고 좋은 일이 아닐까? 그것은 확실치 않으면서도 완전히 확실하기 때문이다.

사랑은 아무리 근엄한 사랑이라 해도 육체적이 아닌 일이 없고, 아무리 관능적인 사랑이라 해도 근엄하지 않은 일이 없다. 생에 대한 교활한 호의라는 형태를 취하든지 아주 맹렬한 정열로 되어 나타난다 해도, 사랑은 언제나 사랑 그것이다. 사랑은 유기적인 것에 대한 공감인 것이며, 부패의 운명을 가진 유기체의 감동적이고도 방종한 포옹인 것이다. 아무리 경탄할 만한 정열에도, 또 아무리 미친 듯 날뛰는 정열에도 기독교적 애련(愛憐)이 내포되어 있음에 틀림없다. 의미가 애매하다고? 아니, 사랑의 의미는 제발 애매한 대로 두었으면 좋겠다! 의미가 애매하기 때문에, 사랑은 생명적이고 인간적이다. 의미의 애매성으로 고민을 하는 것은 교활하고 깊이 없고 절망적인 단순성을 의미하는 것이리라.

그러면 한스 카스토르프와 쇼샤 부인의 입술이 러시아식으로 키스를 하고 있는 동안, 우리들은 이 작은 무대의 장면을 바꾸도록 하자. 그리고 이야기할 것을 약속한 두 대화 중의 두번째의 대화를 취급할 차례이다. 무대가 다시 밝아지면, 해동할 무렵의 어느 봄날 저녁의 황혼빛 가운데서, 우리들의 주인공이 위대한 페페르코른의 침대 옆에 완전히 익숙해진 태도로 앉아, 환자와 공손하고 상냥하게 말을 하고 있는 것이 보인다. 쇼샤 부인은 4시의 차 마시는 시간에 그때까지의 세 번의 식사 때와 마찬가지로 식당에 혼자 나타나 차를 마시고는, 그 길로 『읍내』에 쇼핑하러 내려갔다. 그때 한스 카스토르프는 보통 때와 같이 병상 방문을 위해 네덜란드 인의 방을 찾아왔던 것이다. 방문한 동기는 환자에게 경의를 표시하고 환자를 위로해 주기 위함이었고, 또 한 가지는 그 인물의 감화를 받기 위함이었다. 요컨대 생명 그 자체와 마찬가지로 애매한 동기에서였다. 페페르코른은, 네덜란드 신문인 《텔레그래프》지를 옆에 놓고 뿔테의 코안경을 벗어 그것을 신문 위에 놓고는 방문객에게 선장과 같은 손을 내밀었는데, 그 두터운 찢어진 것 같은 입술은 괴로운 빛을 보이며 가냘프게 떨리고 있었다. 전과 마찬가지로 붉은 포도주와 커피가 손이 닿을 수 있는 곳에 놓여 있었다. 커피 세트는 침대 옆 의자 위에 놓여 있었는데 사용한 뒤여서 갈색으로 젖어 있었다. 페페르코른은 언제나와 마찬가지로 오후의 따끈하고 진한 커피를 설탕과 크림을 넣고 마셔서 땀이 나 있었다. 백발이 불길처럼 에워싼 그의 왕자다운 얼굴은 붉어져 있었고 이마와 입술 위에는 작은 땀방울이 맺혀 있었다.

「좀 땀을 내고 있습니다.」하고 페페르코른은 말했다. 「잘 오셨소, 젊은이. 천만에, 앉으시오! 약해졌다는 증거지요. 따끈한 것을 마시면 곧…… 미안하지만……. 그렇습니다, 손수건요, 고맙습니다.」

얼굴의 붉은 기운이 얼마 안 있어 없어지고, 말라리아 발작에 언제나 계속되는 누래진 창백한 빛이 당당한 이 인물의 얼굴에 퍼졌다. 그날 오후의 열은, 오한, 고열, 그리고 발한의 세 단계의 어느 것도 다 맹렬했으므로 페페르코른의 엷은 색의 작은 눈은 이마의 우상 같은 주름 밑에서 희미하게 흐려져 있었다. 그는 말했다.

「이건……, 정말, 젊은이. 나는 단연코 『칭찬할』 만하다는 말을…… 절대로, 정말 친절하게도, 이 늙은 환자를…….」

「방문한 것을 말씀하시는 겁니까?」한스 카스토르프는 물었다. 「그건 아닙니다, 페페르코른 씨. 나야말로 여기에 앉게 해주신 데 대해 감사를 드려야 하겠습니다. 나는 당신에겐 비교가 안 될 만큼 많은 것을 받고 있기 때문입니다. 전적으로 이기적인 이유에서 방문하고 있는 것입니다. 게다가 무슨 그런 당치도 않은 말씀을 하십니까. 『늙은 환자』라니요. 아무도 당신을 그렇게 생각하는 사람은 없어요. 정말 당치 않은 말씀입니다.」

「좋습니다, 좋습니다.」

페페르코른은 대답하였다. 턱을 내민 왕자다운 얼굴을 베개에 기대고, 셔츠 밑으로 두드러져 보이는 왕자다운 넓은 가슴 위에 손톱이 긴 손가락을 깍지끼고 몇 초 동안 눈을 감고 있었다.

「좋습니다, 젊은이. 그러나 당신은 호의에서 그렇게 말하고 있고 나는 그것을 확실히 느낍니다. 어제 오후는 유쾌했습니다……. 그렇구말구요. 바로 어제 오후이지요. 그 즐거운 장소에서, 이름은 잊어버렸지만, 저 멋진 살라미 소시지와 계란찜을 먹고, 여기서 나는 맛좋은 포도주를 마시고…….」

「정말 아주 좋았습니다.」하고 한스 카스토르프는 끄덕였다. 「우리들은 모두 정신없이 먹고 마시고 했었지요. 이 베르크호프의 요리장이 그것을 보았으면, 물론 기분이 상했을 것입니다. 어떻든 모두가 예외없이 정력에 넘쳐 있었습니다! 진짜 살라미에 세템브리니 씨는 감격해 버려 눈에 눈물을 글썽거리면서 먹고 있었지요. 당신도 알고 계시지만 그는 애국자, 민주주의적 애국자입니다. 그는 시민의 대창(大槍)을 인류의 제단에 바쳤습니다. 살라미 소시지가 언젠가는 브렌네르 국경선에서 관세를 붙일 수 있도록 말입니다.」

「그건 중요한 것이 아니오.」하고 페페르코른은 단정했다. 「그 사람은 기사적이고 명랑하고 이야기를 좋아하는 사람, 신사입니다. 그런데 때때로 옷을 갈아입을 처지는 못 되나 보지요.」

「때때로가 뭡니까.」하고 한스 카스토르프는 말했다. 「전혀 갈아입질 않습니다. 나는 오래 전부터 그를 알고 있어 그 사람하고는 아주 친합니다. 그는 내 일을 친아버지처럼 걱정해 주고 있습니다. 내가 『인생의 걱정거리 자식』이라고 해서 말입니다. 이것은 우리 두 사람에게만 통하는 말이라서 설명하지 않으면 모르실 겁니다만……, 아무튼 그는 나를 바로잡을 감화를 주려고 심혈을 기울이고 있습니다. 그러나 나는 그 사람이 딴 옷을 입은 걸 본 적이 없습니다. 겨울이나 여름이나 그 바둑판 무늬 바지에 거친 나사지의 더블 재킷입니다. 그래도 그 하나 남은 옷을 어지간해서는 남이 흉내낼 수 없을 만큼 스마트하게 입고 있습니다. 그 점에서는 나도 당신과 전적으로 동감입니다. 그 옷맵시가 초라함을 극복하고 있는 모양이지요. 나에게는 그의 초라한 복장이 조그만 나프타 씨의 멋진 복장보다 더 호감이 갑니다. 나프타 씨가 멋진 것은 말하자면 악마적인 것이라, 어딘지 불쾌한 느낌을 주기 때문에 몸서리가 쳐진다고 할 수 있습니다. 게다가 나프타 씨는 그 비용을 뒷구멍에서 입수하고 있습니다. 나는 그 사정을 어느 정도 알고 있습니다.」

「기사적인 명랑한 사람이오.」하고 페페르코른은 한스 카스토르프의 나프타관(觀)에는 더 깊이 들어가지 않고 세템브리니에 대해 되풀이했다. 「그러나…… 외람되게 이렇게 말씀드려 안됐습니다만, 편견을 가지고 있는 것 같습니다. 마담은, 나의 여행 반려자는, 당신도 그것을 눈치챘을 것입니다만, 그를 그렇게 높이 평가하지 않고 있어요. 그녀는 그를 호의를 갖고 말하지 않는데, 그것은 아마 그녀에 대한 그의 태도에 그러한 편견이…… 천만에 젊은이, 나는 세템브리니 씨에 대해서, 그리고 그에 대한 당신의 따뜻한 심정에 대해서는 추호도…… 다 끝났습니다! 나는 주장하려는 것이 아닙니다. 그가 신사로서의 예의범절의 면에서는, 한 번이라도 부인에게 대해서……, 완벽, 정말 나무랄 데가 없습니다. 그러나 역시 거기에는 한계가, 냉정, 어떤 경원(敬遠)이 느껴져서, 그러니까 마담의 그에 대한 기분도 인간적으로 봐서 너그럽게…….」

「이해할 수 있다, 납득할 수 있다, 아주 당연하게 생각된다고 말씀하시는 거겠지요? 용서하십시오. 페페르코른 씨. 제멋대로 말을 보충해서요. 생각하고 계시는 걸 알 수 있는 것 같아서 감히 이런 말씀을 드리는 것입니다. 게다가 여자라는 것이, 나처럼 젊은 남자가 『여자라는 것은』 하고 큰소리친다고 웃으실 것입니다만, 여자의 남성에 대한 기분이 남성의 여성에 대한 태도에 따라 얼마나 좌우되는가를 생각해 볼 때, 마담의 기분은 조금도 이상하지 않습니다. 여성은 반영적인 존재라고 말하고 싶습니다만, 독자적인 계기를 가지고 있지 않고 수동적이라는 의미에서 칠칠치 못하다고 나는 말하고 싶습니다……. 그것을 더 자세하게 설명하게 해주십시오. 좀 지루한 설명이 됩니다만 내가 관찰한 바로는, 여성은 애정 문제에서는 언제나 자기를, 사랑을 받는 입장에서 생각하고 있어, 남성이 접근하는 것을 기다릴 뿐 자기 스스로 자유로이 선택하는 일은 없고, 남성이 선택하여 주면 비로소 애정상의 선택을 하는 주체가 되는 것입니다. 덧붙여 말한다면, 그 경우에도 여성의 선택 안목은, 자기를 선택해 주었다는 사실에 의해 완전히 영향을 받고 농락을 받게 되는 것이지요. 상대방이 그야말로 하등 인간이라면 별문제이지만, 그러나 그것까지도 엄격한 조건이 될 수는 없습니다. 아니, 내가 말하는 것은 상식적인 것이겠지만, 젊은 사람에게는 모든 것이 물론 신기하게 느껴지는 것입니다. 신기하고 놀랄 일로 당신이 여성에게 『당신은 그 사람을 정말 사랑하는가.』 하고 묻는다고 합시다. 『그이는 나를 진심으로 사랑하고 있어요!』 하고 그 여성은 눈을 들고, 아니면 눈을 아래로 깔고 대답할 것입니다.」

「그런 대답을 우리 남성 중의 한 사람이 했다고 하면 어떻게 될 것입니까. 당신과 나를 함께 해서 『우리들』이라고 말하는 것을 용서해 주십시오! 그런 대답을 하는 남성도 있을 것입니다만, 그런 남성은 그야말로 우스운 것으로서 경구적(警句的)으로 말한다면, 사랑하는 여자의 궁둥이에 깔린 남자입니다. 내가 알고 싶은 것은 여성의 그런 대답은 도대체 어떤 자기 평가를 말하고 있는 것일까 하는 것입니다. 자기처럼 보잘것없는 여성을 사랑의 대상으로 택해 주는 남성이기 때문에 훌륭한 남성이라고 결론을 내리는 것일까요. 나는 그것을 혼자 조용히 있을 때면 가끔 생각해 보는 수가 있습니다.」

「근원적 사실, 고전적 문제, 당신은 젊은이, 교묘하게 몇 마디 말로 신성한 문제를 언급했습니다.」 페페르코른은 말했다. 「남성은 욕망에 도취되고 여성은 남성의 욕망에 도취되어지는 것을 원해, 그것을 기다리고 있는 것이오. 그런즉 남성에게는 감정 연소의 의무가 있습니다. 감정의 빈곤, 여성의 욕망을 눈뜨게 할 수 없는 무력은 무서운 치욕입니다. 나와 함께 붉은 포도주 한잔 어떻습니까? 나는 마시겠소. 목이 마릅니다. 오늘은 수분의 소모가 심했소.」

「고맙습니다, 페페르코른 씨. 이런 시각에 술 마시는 습관이 아닙니다만, 당신의 건강을 기도드리는 것이라면 언제든지 받겠습니다.」

「그러면 그 포도주 잔을 가지고 계십시오. 지금 여기에는 잔이 하나밖에 없습니다. 나는 이 물컵으로 마시겠습니다. 포도주에 실례가 되지는 않겠지요. 이 시시한 컵이라도…….」

그는 선장과 같은 손으로 떨면서 손님의 손을 빌려 포도주를 따르고, 흉상과 같은 목에 다리 없는 컵의 붉은 포도주를 물을 마시듯 흘려넣었다.

「이러면 기운이 납니다.」하고 그는 말했다. 「계속해서 마시지 않겠습니까? 그러면 실례하고 나는 한 잔 더…….」

그는 다시 한 번 포도주를 따를 때에 컵 밖으로 쏟았다. 홑이불에 빨간 얼룩이 졌다. 「되풀이하여 말하지만,」하고 그는 손톱이 창처럼 뾰족한 손가락을 위로 나란히 하고 한쪽 손의 포도주가 든 물컵을 떨면서 말했다. 「나는 되풀이하여 말하겠소. 그런고로 우리들은 감정 연소의 의무, 종교적 의무를 가지고 있소. 우리들의 감정은, 알겠습니까, 생명을 눈뜨게 하는 남성적인 힘이오. 생명은 꾸뻑꾸뻑 졸고 있습니다. 생명은 눈을 떠 신성한 감정과 도취적인 결혼을 하고자 합니다. 감정은, 젊은이, 신성합니다. 인간은 느끼기 때문에 신성합니다. 인간은 신의 감정 기관(器官)입니다. 신은 인간에 의해 느끼고자 인간을 만들었습니다. 인간은, 신이 눈을 뜨고 도취된 생명과 결혼하기 위한 기관에 불과한 것이오. 인간이 감정적으로 무력하다면 신의 굴욕이 시작되어, 신의 남성적인 힘의 패배, 우주의 마지막, 상상할 수 없는 공포가 됩니다……..」그는 마셨다.

「실례지만 컵을 이쪽으로 주십시오, 페페르코른 씨.」하고 한스 카스토르프는 말했다. 「나는 당신의 말을 들으면서 아주 유익한 공부를 하고 있습니다. 당신은 신학적인 이론을 말씀하고 계십니다만 그 이론에 따르면 인간은 아주 명예로운 일을 부여받고 있다는 것이 됩니다. 아마 좀 종교적으로 치우친 말인 것 같습니다만 당신 생각에는, 실례를 무릅쓰고 말씀드린다면, 어딘지 엄격한 것, 불안하게 만드는 것이 있습니다……. 이런 말을 드리는 것을 용서하여 주십시오! 종교적인 엄격은, 물론 스케일이 작은 인간에게는 어떤 경우에도 불안하게 합니다. 그러나 나는 당신의 생각을 고치려고 하는 것이 아니라, 어떤 종류의 『편견』에 대해 말씀하신 것에 화제를 다시 돌리고 싶습니다. 당신이 관찰한 바에 의하면, 세템브리니 씨가 당신의 여행 반려자인 마담에게 가지고 있는 『편견』에 대해서 말입니다. 나는 세템브리니 씨를 이전부터, 훨씬 전부터, 몇 년 전부터 잘 알고 있어요. 그리고 나는 단언합니다만, 그가 가령 편견을 가지고 있다 해도 그 편견은 결코 인색한 속물적인 성질의 편견은 아닙니다. 그런 것을 생각하는 것조차 우스운 일입니다. 그의 경우는, 비개인적인 종류의 편견, 즉 일반적인 교육 원리를 의미하는 것인데, 그는 그 교육 원리를 실현시키려고 하여, 정직하게 말한다면 나를 『인생의 걱정거리 자식』이라는 의미에서…… 그러나 이것은 이야기하게 되면 길어질 것 같습니다. 대단히 광범위한 문제이기 때문에 여기서 두세 마디로는…….」

「그런데 당신은 마담을 사랑하고 있지요?」 하고 페페르코른은 느닷없이 이렇게 묻고는 입술이 비통하게 찢어지고 이마의 주름 밑에서 엷은 색의 작은 눈이 빛나고 있는 왕자 같은 얼굴을 손님 쪽으로 돌렸다. 한스 카스토르프는 깜짝 놀랐다. 그리고 더듬거리면서 말했다.

「내가…… 즉 그…… 나는 쇼샤 부인을 존경하고 있습니다. 부인이 당신의 반려자라고 하는 것만으로도…….」

「잠깐만!」 하고 페페르코른은 가로막는 듯한 연극적인 손짓으로 한 손을 뻗으며 말했다. 「다시 한 번 되풀이하여 말하오.」 하고 그는 그 손짓으로 지금부터 말하려는 것에 여유를 주고 계속했다. 「나는 저 이탈리아 신사가 신사로서의 예의에 정말 어긋나는 일을 한 번이라도 하였다고 비난하는 것은 결코 아닙니다. 누구에게도 그런 비난을 하려고는 생각하지 않소, 누구에게도. 그러나 내가 이상하게 느끼는 것은, 오늘의 경우에도 그것을 기쁘게 느끼는 것이지만 좋습니다. 젊은이, 단연 좋습니다. 멋집니다. 기쁩니다. 그것은 의심할 여지가 없고. 진심으로 기쁩니다. 그러나 그것은 그렇다 하고 생각하는 것입니다……. 요컨대 나는 생각합니다. 당신은 마담과는 나보다도 더 오래 전부터 아는 사이요. 마담이 먼저 여기에 머무르고 있을 때 당신도 여기에 있었습니다. 그리고 마담은 아주 매력적인 부인이고 나는 늙은 환자에 불과합니다. 그것이 어떻게 해서 이런 일이…… 그녀는 내가 쇠약해 있었기 때문에 오늘 오후에는 혼자서 동반자 없이 읍내로 내려갔습니다……. 유감스럽지 않소! 유감스럽기는커녕! 단지 이것은 의심할 여지없이, 이것은 즉 영향에, 무어라고 그랬지요……, 세템브리니 씨의 교육 원리의 영향으로 돌릴 것인지요. 당신의 부인에 대한 기사도에……, 제발 내가 말하는 것을 충분히…….」

「충분히 알겠습니다. 페페르코른 씨. 그러나 그런 일은 없습니다. 전혀 그런 일은 없습니다. 나는 절대로 자주적으로 행동했습니다. 오히려 세템브리니 씨는 나에게 가끔……, 아니, 홑이불에 그만 포도주 얼룩이 지고 말았습니다. 페페르코른 씨, 어떻습니까. 우리들 같으면 보통 얼룩이 마르기 전에 소금을 뿌립니다만…….」

「그런 것은 아무래도 괜찮소.」하고 페페르코른은 손님으로부터 눈을 떼지 않고 말했다.

한스 카스토르프는 안색이 변했다.

「여기서는,」하고 그는 괴로운 미소를 지으면서 말했다. 「만사가 다른 곳하고는 좀 다릅니다. 이곳의 기풍이라고 나는 부르고 싶습니다만, 세상 일반 상식과는 다릅니다. 여기서는 환자가 우대를 받습니다. 남자이든 여자이든간에, 부인에의 그 기사도도 그 기풍에는 사양을 해야 합니다. 당신은 지금 환자입니다, 페페르코른 씨. 급성병, 실제로 몸이 여의치 않습니다. 거기에 비하면 당신의 반려자는 비교적 건강합니다. 그런고로 마담이 없는 동안 내가 당신 곁에서 마담의 일을 대신해 드리는 것이…… 이 경우에는 교대라는 말을 생각할 수 있다면 말입니다만, 하하하……. 반대로 당신을 대신해서 마담을 위해 『읍내』까지 동반을 신청하느니보다는 마담의 기분에도 맞을 것이라고 생각합니다. 그리고 또 어째서 내가 당신의 여행 반려자에게 기사적 봉사를 강요할 수 있겠습니까? 나에게는 그것을 할 정당한 자격도 없고 권리도 없습니다. 나는 이래봬도 엄연한 권리 관계를 존중하는 기분이 강합니다. 요컨대 오늘 나의 행동은 정당한 것이고, 일반 정세에 합치하고 있으며 특히 당신에 대한 나의 순수한 기분에도 들어맞습니다. 페페르코른 씨, 이상으로 나는 당신의 질문에 대해, 아까 나에게 질문하신 것 같습니다만, 수긍이 가실 수 있는 대답을 해드렸다고 생각합니다.」

「대단히 좋은 대답이었소.」하고 페페르코른은 대답했다. 「나도 모르게 당신의 경쾌한 말에 마음이 사로잡혔습니다. 젊은이, 이야기가 기분 좋게 정리되고 있습니다. 그러나 수긍이 가는가 하는 문제에 있어서는, 『아니오』입니다. 당신의 대답은 나를 정말 그렇구나 하고 수긍이 가게 하지는 못했습니다. 이런 말을 해서 당신을 실망시켰다면 용서하시오. 당신은 내가 입밖에 낸 어떤 생각에 대해 『엄하다』는 말을 썼습니다. 그러나 당신의 사고에도 어떤 엄격성, 부자연성이 느껴집니다. 그 부자연성은 어떤 방면에 있어서의 당신의 태도에서도 느낄 수 있었던 것이오만, 당신의 성질에는 일치하지 않는 것 같습니다. 나는 오늘 그것을 또 느끼고 있습니다. 그것은 우리들이 함께 계획을 실행한다든지 산보를 할 때, 당신이 마담에 대해——마담 혼자에게 대해서만——보이곤 하는 어색함과 똑같은 것인데, 그것에 대해 나에게 설명해 주시는 건, 그것은 당신의 의무이기도 하고 책임이기도 합니다. 젊은이, 내가 보는 눈이 틀림이 없소. 여러 번 관찰을 하여 그때마다 느낀 것이고, 다른 사람들도 아마 그걸 눈치챘을 것입니다. 단지 다른 사람들은 나와는 달리, 그 부자연의 이유를 아마, 아니 알고 있는 것이겠지요.」

페페르코른 씨는 말라리아의 발작으로 쇠약해져 있었지만, 이날 오후에는 평소에 없이 정확하고 일관된 말을 했다. 떠듬떠듬 하는 말투는 거의 한 번도 없었다. 침대에 반쯤 일어나 앉은 자세로 억센 어깨와 당당한 얼굴을 손님한테로 돌리고, 한쪽 팔을 이불 위에 뻗치고, 주근깨투성이의 선장과 같은 손을 메리야스 셔츠 소매끝에 바로 세우고, 그 손의 손가락으로 동그라미를 만들고, 손톱이 창처럼 뾰족한 나머지 세 손가락을 그 동그라미 옆에 세우고 있었다. 그의 입술은 세템브리니 씨가 들어도 합격점을 주리라고 여겨질 정도로 단어 하나하나를 또렷하고 정확하게, 아니 조형적으로 만들어 『아마』 『느끼지 못했다』는 말의 후두음 『r』을 굴렸다.

「당신은 미소짓고 있소.」하고 페페르코른은 계속했다. 「당신은 눈을 껌벅이며 머리를 좌우로 갸우뚱하고 무언가 열심히 생각하고 계신데 전혀 생각해 낼 수 없다는 상태입니다. 그렇지만 내가 무엇을 말하며 무엇을 문제삼고 있는가, 그것을 당신이 알고 계시다는 것은 숨길 수 없는 사실입니다. 나는 당신이 마담에게 말을 거는 일이 한 번도 없었다든지, 모두가 이야기하던 중 당신이 마담에게 대답하게 되었을 경우 대답을 하지 않았다든가 하는 그런 것을 말하는 것은 아닙니다. 그런 것이 아니라, 여러 번 말씀드렸듯이, 그런 경우에 어딘지 어색한 느낌을 받았습니다. 더 정확하게 말하면 무언가 피하려는 듯한, 도망하려는 듯한 점을 느껴 그것을 주의해서 보면, 어떤 종류의 말씨를 피하려 하고 있는 것을 알게 됩니다. 당신의 경우에 한해서 말한다면, 무언가 내기라도 하여, 마담에게 무언가를 먼저 말한 자가 패했다고 하는 내기라도 하여, 그 약속 때문에 마담을 향해 부르는 말을 사용하지 못하고 있는 것 같은 인상을 받습니다. 당신은 시종일관 한 번의 예외도 없이, 마담을 부르는 것을 피하고 있습니다. 당신은 마담에게 『당신』이라고 부른 적이 없습니다.」

「그러나 페페르코른 씨, 내기라니 도대체 어떤……?」

「나는 당신도 스스로 느끼고 있음에 틀림없는 사실을 지적했습니다. 당신은 지금 입술까지 새파랗게 질려 있습니다.」

한스 카스토르프는 얼굴을 쳐들지 않았다. 그리고 몸을 구부린 채 홑이불의 붉은 얼룩을 쉬지 않고 만지고 있었다.

『올 때까지 와버렸구나!』하고 그는 생각했다. 『이렇게 될 것 같았어. 실은 이렇게 되도록 내 스스로 행동했다고 할 수 있다. 이렇게 되고 나서 알았지만, 내 스스로도 어느 정도는 이렇게 되는 것을 소망하고 있었다. 정말로 그토록 새파랗게 질려 있었단 말인가? 아마 그랬을지도 모른다. 이제는 사느냐 죽느냐의 문제다. 어떻게 될는지 모를 일이다. 아직도 구실을 찾을 수 있을 것인가? 불가능한 것도 아니겠지만, 나는 전혀 그럴 생각은 없다. 한동안 이 피와도 같은 얼룩을, 홑이불의 포도주 얼룩을 만지고 있자.』

그의 머리 위에서도 침묵을 지키고 있었다. 2, 3분 동안 두 사람 다 침묵을 지키고 있었다. 이런 순간은 그러한 미소한 시간 단위가 얼마나 부풀어오르는가를 느끼게 하는 정적이었다.

처음으로 다시 말을 하기 시작한 것은 페페르코른이었다.

「당신과 처음으로 알게 되었던 즐거운 날 밤의 일이었습니다.」하고 그는 노래부르는 듯한 어조로 말하기 시작하면서, 긴 이야기의 서두라도 말하듯 말 마지막에 가서 목소리를 떨구었다.

「우리들은 작은 향연을 벌여 먹고 마시고 하다가 밤이 깊어지자 기분이 좋아져 인간답게 자유롭고 대담한 기분이 되어 팔과 팔을 끼고 침실로 돌아갔습니다. 그때 이 방 입구에서 헤어질 때, 당신이 마담의 이마에 키스를 하도록 해야겠다고, 나는 갑자기 생각했습니다. 그녀가 전에 이곳에 입원하고 있을 때의 친한 친구로서 나에게 소개된 당신이 그녀의 이마에 키스를 하고, 그녀는 멋진 하룻밤을 기념하여 내 눈앞에서 당신의 정중하고 명랑한 키스에 답하도록 주문했던 것입니다. 그러나 당신은 내 주문을 즉시 거절했습니다. 나의 반려자의 이마에 키스하는 것은 무의미하다는 이유로 주문을 거절했습니다. 그 이유가 또한 설명을 필요로 하는 이유라는 것은 당신도 인정하시겠지만, 당신은 오늘까지 그 설명을 해주시지 않고 있습니다. 그 설명을 여기서 해주실 생각이 있습니까?」

『그렇구나, 그것까지도 알고 있었구나!』하고 한스 카스토르프는 생각하며, 포도주의 얼룩 위에 몸을 구부리고 둘째손가락 끝을 굽혀 얼룩 하나를 문질렀다. 사실은 그가 그것을 알아차리고 기억해 두고 있을 것을 나는 희망했던 것이리라. 그렇지 않다면 나는 그런 말을 하지는 않았을 것이다. 그런데 어떻게 하면 좋단 말인가? 심장이 적지 않게 뛰고 있다. 최상급의 왕자의 분노가 폭발할 것인가? 그의 주먹에 주의하고 있는 것이 좋겠다. 어쩌면 벌써 이쪽 머리 위에서 휘둘러지고 있는 것이 아닐까. 아무튼 이상한, 어떻게 꼼짝할 수 없는 위기에 몰리게 되고 말았구나!』

갑자기 그는 오른쪽 손목이 페페르코른의 손에 잡혀지는 것을 느꼈다.

『이크, 드디어 잡혔구나!』 하고 그는 생각했다. 『뭐야, 우습지 않은가, 무엇 때문에 부끄러워 꼼짝을 못 하고 있다는 말인가! 페페르코른에게 나쁜 일이라도 했다는 것인가? 그런 일은 추호도 없다. 다게스탄에 있는 남편이야말로 누구보다도 불평을 할 권리가 있다. 그 다음으로도 여러 사람이 있다. 그 다음으로 내 차례다. 페페르코른은 내가 알고 있는 한, 아직 불평을 말할 입장이 못 된다. 그런데도 심장이 왜 이렇게 뛰고 있는 것일까? 얼굴을 들어 그의 당당한 얼굴을 공손히, 그러나 솔직하게 보는 것이다!』

한스 카스토르프는 얼굴을 쳐들었다. 당당한 얼굴로 누렇고 깊이 새겨진 이마의 주름 밑에 엷은 색의 눈이 쳐다보고 있었고 찢어진 듯한 입술 표정은 엄숙했다. 위대한 노인과 단순한 청년은, 한쪽 사람이 다른 한쪽의 손목을 잡은 채로 서로의 눈을 살펴보고 있었다. 드디어 페페르코른은 낮은 목소리로 말했다.

「당신은 클라브디아가 전에 여기 있었을 때의 애인이었습니다.」

한스 카스토르프는 다시 한 번 얼굴을 떨구었지만 곧 또 얼굴을 쳐들고 숨을 깊이 쉬고 말했다.

「페페르코른 씨! 나는 당신을 속인다는 것은 생각만 해도 싫고, 그런 것을 하지 않고도 지낼 수 있는 방법이 없을까 하고 생각해 보고 있습니다. 그것은 쉬운 일이 아닙니다. 당신이 단정하신 것을 긍정하면 이쪽에서 자만하는 것이 되며, 부정을 하면 거짓말을 하는 것이 됩니다. 즉 이러한 것입니다. 나는 오랫동안, 아주 오랫동안, 클라브디아와, 미안합니다, 당신의 현재의 반려자와 이 요양원에 함께 있으면서 사회적인 뜻으로는 알지 못하고 지냈습니다. 우리들의 관계, 또는 나의 그녀에 대한 관계에는, 사회적인 뜻에서의 요소는 존재하지 않았습니다. 그 관계의 기원은 언제부터인지는 확실치 않다고 말할 수 있습니다. 그러나 클라브디아를 마음속으로는 『댁』이라고만 불러왔고 현재에도 댁이라고 부를 수밖에 없습니다. 그것은 내가 아까도 잠깐 언급한 교육적 견제를 뿌리치고 그녀에게 접근했던 날 밤, 훨씬 전부터 준비되어 있던 구실을 사용하여 접근한 밤은, 가장 무도회의 밤, 사육제의 밤, 책임에서 해방된 밤, 『댁』이라고 부르는 밤이었는데, 밤이 깊어감에 따라 이 『댁』이라고 부르는 것이 꿈속과 같이 책임을 동반하지 않고 완전한 의미를 갖게 되었던 것입니다. 그런데 그날 밤은 클라브디아가 출발하기 전날 밤이기도 했습니다.」

「완전히 의미를,」 하고 페페르코른은 되풀이했다. 「당신은 아주 고상하게 그리고 …….」

그리고 그는 한스 카스토르프의 손을 놓고 손톱이 길게 자란 선장과 같은 손의 손바닥으로 얼굴의 양쪽을, 눈두덩을, 턱을 마사지하기 시작했다. 그리고는 포도주의 얼룩이 생긴 홑이불 위에 두 손을 모으고 머리를 왼쪽으로 기울였는데, 그쪽은 손님이 앉아 있지 않는 쪽이어서 얼굴을 돌린 거나 다름없는 모양이 되었다.

「나는 있는 그대로를 대답했습니다. 페페르코른 씨.」 하고 한스 카스토르프는 말했다. 「더도 덜도 말하지 않도록 양심적으로 말했습니다. 그녀를 완전한 의미에서 『댁』이라고 부른 날 밤, 다음날엔 작별하게 된 그날 밤을 현실이라고 생각할 것인가 안 할 것인가는 어느 정도 자유인 것으로, 그것은 예외의 하룻밤, 달력에 없다고 할 수 있는 하룻밤, 말하자면 덤으로 된 밤, 2월 29일과 같은 것이었습니다. 그런고로 내가 아까 당신의 말을 부정했다고 해도 그것은 순전한 거짓말이라고만은 할 수 없다고 생각합니다.」

페페르코른은 대답을 하지 않았다.

「나는 당신에게,」 하고 한스 카스토르프는 한동안 가만히 있다가 계속하여 말했다. 「사실대로를 말하기로 했습니다. 그 결과 당신의 호의를 잃는 것이 될 위험을 무릅쓰고 말입니다. 당신의 호의를 잃는다는 것은 정직히 말해, 나에게는 아픈 손실, 타격, 정말로 타격인 것으로, 나에게는 쇼샤 부인이 혼자가 아니라 당신의 여행 반려자로서 여기에 다시 돌아왔을 때의 타격에도 비교할 수 있는 것이라고 할 수 있습니다. 나는 그 위험을 무릅쓰고라도 사실을 말하는 것입니다만, 그것은 우리들의, 내가 그지없이 존경하는 당신과 나의 사이를 분명하게 해두려고 전부터 소망하고 있었기 때문입니다. 그러는 편이 숨긴다거나 속이는 것보다 더 아름답고 인간적이라고 생각했던 까닭입니다. 클라브디아가 이 인간적이라는 말을 저 매력적인 목소리로 얼마나 사랑스럽게 끌면서 발음하는지는 당신도 알고 있는 대로입니다. 그렇기 때문에 당신이 아까 단정한 것을 듣고 나는 기분이 가벼워졌습니다.」

상대방은 여전히 말이 없었다.

「그리고 페페르코른 씨,」 하고 한스 카스토르프는 계속했다. 「사실을 말씀드릴 이유가 또 한 가지 있습니다. 즉 이런 일로 확실한 것을 알지 못하고 엉거주춤한 추측을 강요당하고 있는 것이 얼마나 불안한 것인가를 나는 자신의 경험으로 알고 있기 때문입니다. 이것으로 당신은 알게 되었습니다. 현재의 확실한 권리 관계가 확립되기 전에——그 관계를 인정하지 않으려는 것은 물론 미친 짓이겠습니다만——클라브디아가 누구하고 2월 29일을 경험하고 같이 지내고 축하했는가, 그렇습니다, 축하했는가를 당신은 알게 되었습니다. 나의 경우에는 그것이 끝까지 확실치 않은 채로입니다. 물론 그런 것을 생각하지 않으면 안 되는 곤란한 처지에 빠진 사람이면 누구든지 그런 선례가 있다라기보다 그러한 선배가 있다는 것을 각오해야 한다는 것쯤은 나도 분명히 알고 있습니다. 게다가 베렌스 고문관이 유화를 취미삼아 그리고 있다는 것은 아마 알고 계시리라고 믿습니다만, 그 베렌스가 클라브디아를 여러 번 모델로 하여, 그녀의 아름다운 초상화를 그렸다는 것도 알고 있습니다. 그 그림은, 여기서만의 이야기입니다만, 살결을 그린 방법이 정말로 사실적이어서 깜짝 놀랄 정도로 생생합니다. 이 베렌스 고문관과의 관계가 확실하지 않기 때문에 나는 지금까지 무척 괴로워하였습니만, 지금도 변함이 없습니다.」

「당신은 지금도 그녀를 사랑하고 있군요?」하고 페페르코른은 자세를 바꾸지 않고 즉 얼굴을 돌린 채로 물었다. 넓은 방안은 점점 어두어졌다.

「미안합니다, 페페르코른 씨.」하고 한스 카스토르프는 대답했다. 「내가 당신의 반려자에게 느끼고 있는 기분을 여기서 입밖에 내는 것은, 내가 당신에게 품고 있는 깊은 존경과 찬미의 기분으로 보아 어떨까 하고 생각합니다만.」

「그리고 그녀도,」하고 페페르코른은 조용한 목소리로 물었다. 「같은 기분을 현재도 가지고 있는 것입니까?」

「나는,」하고 한스 카스토르프는 대답했다. 「나는 그녀가 나에게 그런 기분을 가진 일이 있다고는 생각할 수 없습니다. 웬일인지 그것이 의심스럽습니다. 우리들은 여성의 반응적인 성질을 말했을 때, 거기에 대해 이론적으로 언급했습니다. 나는 사랑을 받을 만한 점이 거의 없는 인간입니다. 도대체 나에게 무슨 스케일이 있겠습니까. 당신도 생각해 보십시오. 그러한 내가 2월 29일을 경험하게 된 것은, 오로지 남성 쪽이 먼저 자기를 선택한 것에 대해 영향받기 쉬운 성질을 여성이 가지고 있기 때문이라고 생각해야 할 것입니다. 단 내가 『남자』라고 자칭하는 것은 허풍선이 같고 보잘것없는 것으로 생각하지만, 클라브디아는 어떻든 여성이기 때문에…….」

「그녀는 감정에 따랐습니다.」 하고 페페르코른은 찢어진 입술로 중얼거렸다.

「그렇습니다. 그리고 당신의 경우에는 그녀는 훨씬 순순히 따랐던 것입니다.」 하고 한스 카스토르프는 말했다. 「이때까지 아마 많은 남성들에게 따랐던 것처럼 말입니다. 그것은 이런 일로 괴로워한 사람이면 누구나 각오하지 않으면 안되는 것입니다.」

「잠깐만 ! 」 하고 페페르코른은 이번에도 얼굴을 돌린 채로, 손바닥을 돌려 상대방을 제지하는 듯한 손짓으로 말했다. 「그녀에 대해 이렇게 서로 이야기하는 것은 비굴한 일이 아닐까요 ? 」

「그렇지는 않습니다, 페페르코른 씨. 아닙니다. 그 일 같으면 조금도 걱정하시지 않아도 좋다고 생각합니다. 인간적인 이야기를 하고 있는 것이니까요. 『인간적』이라는 말을 자유와 천재성이라는 의미로 생각해서 말입니다. 내 말투가 좀 아는 체하는 것 같아 죄송합니다만, 최근 필요에 못 이겨 이렇게 말하게 되었습니다.」

「좋습니다. 계속하십시오 ! 」 하고 페페르코른은 낮은 목소리로 명령했다.

한스 카스토르프도 낮은 목소리로 말했다. 그는 침대 옆 의자 가장자리에 앉아, 두 손을 두 무릎 사이에 넣고 왕자다운 노인 쪽으로 몸을 구부린 자세로 말했다.

「즉 그녀는 천재적인 존재입니다.」 하고 그는 말했다. 「코카서스 산맥 너머에 있는 남편도——그녀의 남편이 코카서스 산맥 너머에 있다는 것은 당신도 알고 계시겠지만——그녀에게 자유와 천재적인 생활을 인정하고 있습니다. 무신경에서인지 총명에서인지, 나도 그 사람을 만난 일은 없습니다만, 아무튼 그가 아내의 자유와 천재적인 생활을 인정해 주고 있는 것은 현명하다고 말할 수 있습니다. 그녀가 자유로운 것은 병이 들어 있기 때문입니다. 그녀가 종속하고 있는 병의 천재적 원리가 그녀에게 자유를 주고 있는 것으로, 그녀의 일로 괴로워하게 되면 누구나 그녀의 남편을 모범으로 하여, 과거의 일에나 장차의 일에도 고충을 말하지 않는 것이 현명한 일이라고 하겠습니다.」

「당신은 고충을 말하지 않고 있습니까 ? 」 하고 페페르코른은 손님에게로 얼굴을 돌리며 물었다. 그 얼굴은 어둠 속에서 흙빛으로 보였다. 우상과 같은 이마의 주름 밑에 보이는 엷은 빛의 눈에는 생기가 없고 찢어진 큰 입은 그리스 비극의 가면의 입처럼 반쯤 열려져 있었다.

「나는 내 일을 말할 생각은 없었습니다.」 하고 한스 카스토르프는 대답했다. 「지금 내가 말씀드린 것은, 당신이 불평을 말씀하시지 않도록 하기 위해서입니다. 페페르코른 씨. 그리고 과거에 있었던 일 때문에 당신의 호의를 잃고 싶지 않기 때문입니다. 지금의 경우, 이것이 내가 원할 수 있는 전부인 것입니다.」

「그건 그렇군요.」 하고 페페르코른은 말했다. 「내가 그런 줄도 모르고 당신에게 준 고통은 아주 컸을 테지요?」

「당신이 그것을 질문의 의미에서 말씀하시는 것이라면 말입니다,」 하고 한스 카스토르프는 대답했다. 「그리고 내가 그 질문에, 『그렇습니다.』 하고 대답해도 그것은 당신을 알게 되었다는, 이 이상 더없이 큰 행복을 모른다는 의미는 아닙니다. 그 행복은 당신이 말한 실망과 떨어지지 않고 결합되어 있습니다.」

「고맙소, 젊은이, 고맙소. 나는 당신의 정중하고 경쾌한 그 말을 기쁘게 생각합니다. 그러나 우리들이 서로 알게 된 것을 별도로 한다면…….」

「그것을 별도로 한다는 것은, 당신의 아까의 질문을 아주 겸손하게 긍정하는 데도 나에게는 전혀 바람직하지 않습니다. 왜냐하면 클라브디아가 함께 돌아온 사람이 당신과 같은 스케일이 큰 인물이었다는 것은, 그녀가 어떤 사나이건간에 사나이의 동반을 받고 돌아온 경우, 내가 감수해야 하는 비참함을 더한층 심각하고 복잡한 것으로 만들었기 때문입니다. 나는 아주 괴로워하였고 현재도 괴로워하고 있습니다. 그것은 부정하지 않습니다. 그렇기 때문에 나는, 사실의 적극적인 면, 즉 당신에게 느끼고 있는 마음으로부터의 존경심에만 의식적으로 눈길을 돌리려고 전력을 다해 왔습니다. 페페르코른 씨, 물론 거기에는 당신의 반려자에 대한 심술궂은 생각도 일면 포함되어 있었습니다. 왜냐하면 여성이란 자기를 사랑해 주는 남성들이 서로 사이좋게 지내는 것을 결코 마음으로부터 기쁘게 생각하지는 않기 때문에…….」

「사실이지.」 하고 페페르코른은 말하고 미소지었지만, 그 미소가 쇼샤 부인에게 보여질 위험이 있는 것처럼 손바닥으로 입과 턱을 어루만지면서 미소를 감추었다.

한스 카스토르프는 살짝 미소를 짓고는, 두 사람은 약속이나 한 듯이 제각기 고개를 끄덕였다.

「그 정도의 작은 복수는,」 하고 한스 카스토르프는 계속했다. 「내 입장에서는 결국 허락이 될 것입니다. 나의 일을 문제로 하는 경우, 자기 한탄을 늘어놓을 이유가 좀 있다고 봅니다. 클라브디아의 일로, 또한 당신의 일로 한탄을 늘어놓는 것이 아니라, 페페르코른 씨, 막연하나마 나의 인생과 운명에 대해 한탄을 늘어놓고 싶어집니다. 황송하게도 나는 당신의 신뢰를 받고 있고, 오늘은 정말로 이처럼 특별한 저녁 시간이 되었으니, 나는 적어도 윤곽만이라도 나의 인생과 운명에 대해 이야기해 보려고 합니다.」

「말씀해 주십시오.」하고 페페르코른은 정중하게 말해, 한스 카스토르프는 이야기를 계속했다.

「나는 이 위에서 오랫동안 지내고 있습니다, 페페르코른 씨. 여러 해 동안을, 벌써 몇 년이 되었는지, 정확한 햇수는 모르겠지만, 아무튼 몇 년 몇 개월로, 그래서 아까도 『인생』이라고 말했던 것입니다. 그리고 『운명』에 대해서도 적당한 장소에서 한 번 언급하겠습니다. 나는 나의 사촌을 문병할 작정으로 이곳에 왔던 것이지요. 사촌은 진실하고 착한 군인이었으나, 그것도 아무 소용 없이 나를 혼자 남겨 두고 죽어 버렸습니다. 그러나 나는 이렇게 아직 이곳에 남아 있습니다. 나는 군인이 아니라, 아마 당신도 들으셨겠지만 시민적인 직업을 가지고 있었습니다. 건실하고 합리적인 직업으로, 각 민족을 결합시킬 수 있는 힘도 있는 직업인 것 같습니다. 그러나 나는 그 직업에 그다지 열의를 가질 수 없었습니다. 그것은 정직하게 인정합니다. 열의를 가질 수 없었던 이유는 여러 가지이겠지만, 그 이유에 대해서는 나에게도 분명하지 않은 것이 있다는 것만 말해 두려고 합니다. 그러나 그 이유는 당신의 반려자에 대한 나의 기분——나는 현재의 확실한 권리 관계에 대해 이러니저러니 시비를 걸 생각이 없다는 증거로, 그녀를 분명하게 당신의 여행의 반려자라고 부르는 바입니다만——그 클라브디아 쇼샤에 대한 나의 기분이나, 내가 그녀를 『댁』이라고 부르지 않을 수 없는 관계의 근원과 연관을 가지고 있습니다. 처음으로 그녀의 눈을 보고 그것에 매혹되고 난 뒤부터, 나는 그녀와 나와의 관계는 『댁』이라고 부를 수 있는 관계라고 생각하고, 그것을 한 번도 부정한 일이 없었지요. 그녀의 눈에 매혹되었다는 것은, 이성을 벗어났다는 의미입니다. 그녀를 위해서 나는 세템브리니 씨에게 거역하고 비이성(非理性)의 원리, 즉 병의 천재적인 원리에 복종했습니다만, 물론 이미 오래 전부터 이 원리에 복종하여 오고 있었던 것입니다.」

「그리고 그런 관계로 나는 이 위에 남아 있습니다. 벌써 몇 년이 되었는지도 확실치 않고 나는 모든 것을 다 잊어버려, 친척, 평지에서의 직업이나 자기의 장래 희망 같은 모든 것과의 인연이 끊어졌습니다. 그리고 클라브디아가 여행을 떠나고 나서는 클라브디아를 계속 기다리며 내내 이 위에 있었기 때문에 이제는 평지와는 완전히 인연이 끊어져, 평지의 사람들이 볼 때 나는 죽은 것과 다름없습니다. 이것이 염두에 있었기에, 나는 아까 『운명』이라는 것을 말하면서 현재의 권리 관계에 대해 한탄을 늘어놓을 권리가 조금이나마 있다는 것을 감히 암시해 본 것입니다. 나는 언젠가 소설에서 읽은 일이 있습니다만, 아닙니다, 극장에서 보았습니다, 순진한 청년이, 이 청년도 나의 사촌과 마찬가지로 군인이었습니다만, 이 청년이 매력적인 집시 여자와 관계를 맺었습니다. 요염한 여자로, 귀 뒤에 꽃을 꽂은 정열적인 요부형이었습니다. 청년은 그 여성에 빠져 완전히 탈선하여, 그 여자를 위해 모든 것을 희생하고 연대에도 돌아갈 수 없게 되었습니다. 그녀와 함께 밀수업자의 패거리에 끼여들어 모든 점에서 타락하여 버렸던 것입니다. 그가 그토록 타락하자 그녀는 그에게 싫증을 느껴, 투우사에게 안겨 등장합니다. 그런데 이 투우사는 멋진 바리톤 목소리의 소유자로 정력적인 남성입니다. 이리하여 순진한 군인이었던 청년이 창백한 얼굴이 되어, 셔츠 가슴을 열고 투우장 입구에서 여자를 단도로 찔러 죽이는 것으로 이 가극이 끝나는 것입니다만, 여자는 죽는 것을 스스로 원하고 있었던 것 같습니다. 어쩌다 별로 관계도 없는 이야기를 해버렸습니다. 그렇지만 무엇 때문에 이런 이야기를 생각해 냈을까요?」

페페르코른 씨는 『단도』라는 말이 나왔을 때 곧장 손님 쪽으로 얼굴을 돌리고 상대방의 눈을 살피듯 보면서 침대에 앉았던 위치를 조금 바꾸더니, 약간 옆으로 몸을 비켰다.

「젊은이, 잘 들었습니다. 그리고 잘 알았습니다. 당신의 말에 의거해서 나도 사나이답게 단언하지요. 내 머리칼이 이렇게 희지 않고 말라리아로 시달리지 않는다면, 손에 무기를 들고 당신에게 사나이 대 사나이로 언제든지 만족시켜 드릴 것입니다. 모르는 사이에 내가 당신에게 드린 고통에 대해 보상을 하고 동시에 또 나의 반려자가 당신에게 드린 고통에 대해서도 역시 보상을 해드려야 할 것입니다. 완전, 당신…… 나는 언제든지 응할 것입니다. 그러나 나는 이런 상태이기 때문에 여기에 관련된 제안을 하고 싶은 바입니다. 그것은 즉 이렇습니다. 당신과 알게 된 직후 크게 떠들썩하게 보냈던 그날 밤을 나는 기억하고 있습니다. 그때 나는 당신의 인품에 흐뭇한 감명을 받아 당신에게 형제 사이의 『자네』라는 표현을 제안하려고 했습니다만, 좀 경솔하지 않을까 하는 생각에서 철회했습니다. 좋습니다. 나는 오늘 그날 밤의 말을 이어, 그날 밤에 머물러, 그때 훗날을 기(期)해서라고 생각한 훗날이 지금 찾아온 것을 선언합니다. 젊은이, 우리들은 형제입니다. 나는 이 자리에서 그것을 선언합니다. 당신은 아까 완전한 의미의 『댁』이라는 것을 말했습니다. 우리들의 『자네』도 완전한 의미를 가질 것입니다. 감동에 의한 형제라는 의미로서 연령과 병 때문에 무기를 손에 쥐고 보상할 수 없는 것을, 이런 형식으로 보상할 것을 나는 제안합니다. 형제의 맹세의 형식으로 보상해 드릴 것을 제안합니다. 이런 맹세는 제삼자, 즉 세상의 다른 인간에 대항하여 맺는 것이 보통이지만, 우리들은 그것을 어떤 사람을 위해서 맺도록 합시다. 당신의 술잔을 손에 잡아 주시오, 젊은이. 나는 이번에도 물잔을 잡겠습니다. 포도주를 이 물잔으로 마시는 것을 별로 탓하지 않겠지요…….」

이윽고 그는 선장과 같은 손을 부들부들 떨면서 물잔과 술잔에 포도주를 부었는데, 한스 카스토르프는 황송하고 당황하여 그 일을 도왔다.

「자, 드십시오.」하고 페페르코른은 되풀이했다. 「나와 팔을 낍시다! 그리고 이렇게 마십시다! 모두 마십시오! 완전, 젊은이, 자 그러면, 내 손을, 이제 자네는 만족했는가?」

「물론 만족하고말고요, 페페르코른 씨.」하고 한스 카스토르프는 대답했다. 그는 술잔에 가득 부은 포도주를 단숨에 다 마시는 것이 좀 고역스러워서 무릎 위에 조금 흘리고는 손수건으로 닦았다. 「나는 무척 기쁘다고 말씀드려야 되겠지요. 왜 내가 그런 기쁨을 갑자기 받았는지 아직은 전혀 이해가 안 갑니다. 정직하게 말하면 꿈을 꾸고 있는 것 같은 기분입니다. 나로서는 이루 말할 수 없는 영광입니다. 내가 어찌하여 그런 영광을 차지하게 되었는지는 모르겠습니다만 아무튼 소극적인 의미에서 차지한 것뿐으로, 그밖의 의미에서가 아닌 것만은 확실합니다. 그리고 이 새로운 『자네』라는 호칭으로 부르는 것이 처음에는 어쩐지 어색해져서, 그 말을 하는 데 더듬거린다 하더라도 이상할 건 없다고 생각합니다. 특히 클라브디아가 함께 있을 때에는 더욱 그렇습니다. 그녀는 아마 여성의 상례로 우리의 이 결정이 그다지 마음에 들지는 않을 것입니다…….」

「그것은 나한테 맡겨 두십시오.」하고 페페르코른은 말했다. 「그리고 다른 점은 연습과 습관에 맡기도록 합시다! 자, 그러면 가십시오. 젊은이! 나를 혼자 두고. 자네! 어두워졌구만, 완전히 어둠에 잠겨 버렸구나. 우리들의 애인은 지금 당장에라도 돌아올 텐데, 자네와 둘이 여기서 만나는 것은 아마 좋지는 않을 거야.」

「그러면 안녕히 계십시오, 페페르코른 씨!」하고 한스 카스토르프는 말하고 일어섰다. 「어떻습니까. 나는 나로서는 당연히 두려운 생각을 억누르고, 벌써 그 두려운 『댁』이라고 부르는 것을 연습하고 있습니다. 정말 어두워졌군요! 세템브리니 씨가 여기에 갑자기 들어와서 이성과 사회성에 따르라고 불을 켤 것 같은 어둠이군요. 그에게는 그러한 취미가 있습니다. 그러면 내일 또! 나는 꿈에도 생각지 못했을 만큼 만족하고 자랑스러운 마음으로 여기를 나갑니다. 그럼 몸조심하십시오. 내일부터 적어도 3일 간은 열이 안 나는 날이 계속되겠군요. 그 동안은 당신도 인생의 모든 요구를 채울 수 있을 것입니다. 그것이 나에게는 마치 『댁』의 입장이 된 것처럼 기쁩니다. 그럼 안녕히 주무십시오!」

페페르코른 씨(끝)

폭포는 언제나 산책의 목적지로서 매력이 있다. 흘러 떨어지는 물에 유독 애착을 가지고 있던 한스 카스토르프가 저 폴뤼엘라 골짜기의 숲속에 있는 그림 같은 폭포를 아직 한 번도 찾아가지 않았다는 것은, 우리들로선 납득이 가지 않는다. 요아힘과 같이 지내던 때라면 그 사촌의 엄격한 요양 근무의 탓이라고 생각하여 수긍이 안 가는 것도 아니다. 요아힘은 이 위에 놀러온 것이 아니라고 생각하고 있었다. 그러한 그의 현실적인, 목적을 의식한 사고 방식 때문에 사촌 두 사람의 행동권은 베르크호프 주변에 국한되어 있었다. 그리고 요아힘이 죽은 뒤에도, 그렇다, 그 뒤에도 한스 카스토르프의 이 위의 풍경과의 관계는 예의 스키의 모험을 제외하면 여전히 보수적인 성질을 바꾸지 않고 있어, 그 보수적인 점과 그의 정신적 경험과 『술래잡기』의 의무의 모험성이 대조가 되어 청년에게 특수한 매력을 느끼게도 하였다. 그러나 그의 좁은 의미의 친구들, 그를 합쳐 7인의 작은 그룹 사이에서 인기가 있는 그 장소에 드라이브하자는 계획이 세워졌을 때 한스 카스토르프도 쌍수를 들어 그것에 찬성했다. 5월, 평지의 단순하고 사랑스러운 노래에 따르면 1년 중에서 가장 즐거운 달이었지만, 이 위의 기상 사정으로는 5월은 아직 차가운 기운이 남아 있어 그다지 감미롭지는 않았다. 요 며칠 사이에 여러 번 함박눈이 내렸지만 쌓이지 않고 조금씩 땅에 습기를 남겼을 뿐이었다. 겨울 동안 내내 쌓여 있던 눈은 녹아 증발하여 없어져 버려서 여기저기에 띄엄띄엄 남아 있을 뿐, 다시 걸어다닐 수 있게 푸르러진 세계는 사람들의 모든 계획을 기다리고 있는 것 같았다.

한스 카스토르프 그룹의 사교적인 모임은 지도자격인 당당한 피테르 페페르코른의 건강이 좋지 않아 요 몇 주일은 활발하지 못하였다. 페페르코른이 열대에서 가지고 온 말라리아 열은 이 위의 참으로 좋은 기후의 영향에도, 베렌스 고문관 같은 훌륭한 의사의 해열제에도 물러서려고 하지 않았다. 4일열이 맹위를 떨치는 날뿐만이 아니라, 그밖의 날에도 침대에 누워 있는 날이 많았다. 고문관이 환자의 측근들에게 살짝 실토한 바에 의하면, 비장과 간장도 상해 있었고 위도 모범적인 상태는 아니어서, 이런 상태로는 아무리 건강한 체질이라도 만성 쇠약을 초래할 우려가 있다는 것이었다.

페페르코른은 요 몇 주일 동안 밤의 주연을 한 번만 주최했을 뿐이고, 다 함께 하는 산책도 그리 멀지 않은 곳으로 한 번 하였을 뿐, 그것으로 그쳐 버렸다. 그런데 한스 카스토르프로서는 솔직히 말해 페페르코른 중심의 친구들과의 교류가 멀어진 것에 어떤 의미에서는 마음이 한결 가벼워졌다. 쇼샤 부인의 여행 반려자와 형제 결의의 술잔을 나눈 것은 그에게는 큰 번민거리였기 때문이었다. 페페르코른이 한스 카스토르프와 클라브디아의 교제에서 느낀 바와 같은 『어색함』, 『회피』 말하자면 먼저 부르는 자가 지는 거고 내기라도 한 것 같은 『도망』을 느끼게 되었다. 한스 카스토르프는 페페르코른을 부르는 것을 피할 수 없을 때에는 여러 가지 기묘한 수단을 써서 『자네』라고 부르는 것을 피했다. 이것은 그가 클라브디아와, 사람들 앞에서 또는 그녀의 반려자의 면전에서 말을 나눌 때에, 『댁』이라고 부르는 것을 피한 것과 똑같은 딜레마였다. 좌우간 페페르코른으로부터 보상을 받았기 때문에 한스 카스토르프의 딜레마는 문자 그대로 이중의 딜레마로 바뀌고 말았다.

그러던 중 폭포로의 소풍 계획이 일정에 올랐다. 페페르코른 자신이 그 목적지를 결정했던 것인데 그는 그 계획에 몸이 견딜 수 있다고 느꼈던 것이었다. 4일열의 발작이 끝난 지 3일째에 그는 하루를 이용하고 싶다는 생각을 전달했다. 그날은 오전에 식당에 모습을 나타내지 않고, 최근 빈번히 그랬던 것처럼 그의 방에서 쇼샤 부인과 단둘이서 식사를 마쳤다. 그러나 한스 카스토르프는 이미 첫번째 아침 식사 때에 절름발이의 문지기에게서 페페르코른의 지시를 들었다. 점심 식사 뒤 한 시간 동안 소풍에 참가할 준비를 할 것, 페르게 씨와 베잘 씨에게도 그 뜻을 전하고, 또 세템브리니 씨와 나프타 씨에게도 모두 함께 두 사람의 하숙까지 마차로 모시러 간다고 알려 줄 것, 마지막으로 4인승의 마차를 두 대, 3시까지 오도록 수배해 둘 것 등이었다.

3시에 모두는 베르크호프의 현관 앞에 모였다. 한스 카스토르프와 페르게, 베잘의 세 사람은 거기서 특별실의 두 사람을 기다리면서, 말의 목덜미를 어루만지고 두드리면서 손바닥에 놓인 각설탕을 말의 검고 젖은 그로테스크한 입에 넣으며 즐기고 있었다. 여행 반려자인 두 사람은 조금 늦게 현관 앞 돌계단에 나타났다. 왕자다운 얼굴이 좀 여윈 듯한 페페르코른은 오래된 길고 부드러운 외투를 입고, 돌계단 위에 클라브디아와 나란히 서서 둥글고, 부드러운 모자를 벗고 입술을 움직이면서 뭔지 알아들을 수 없는 인사를 중얼거렸다. 그리고는 두 사람이 서 있는 돌계단 아래로 걸어온 세 사나이의 한 사람 한 사람과 악수를 했다.

「젊은이.」하고 그는 한스 카스토르프와 악수를 나누면서 청년의 어깨에 왼쪽 손을 얹고 말했다. 「어떻게 지내는가? 자네.」

「고맙습니다! 그리고 당신께서는?」하고 질문받은 청년은 대답했다.

태양이 비치는 맑고 상쾌한 날이었지만 마차가 달리기 시작하면 차가워질 것이 틀림없었기 때문에 외투를 입고 있는 것은 현명한 일이었다. 쇼샤 부인도 바둑판 무늬의 거친 나사로 만든, 벨트가 붙은 따뜻해 보이는 외투를 입고 그 어깨 주위에 작은 털가죽까지 두르고 있었다. 펠트 모자를 쓰고 턱 밑까지 맨 올리브색의 베일로 모자의 좌우 모서리를 아래까지 접고 있는 그 모양이 아주 매력적이라, 거기에 있던 사람들의 대부분은 가슴이 벅차기까지 했다. 그러나 페르게 씨만은 그녀에게 반해 있지 않았기 때문에 태연스러웠다. 이 무관심 때문에 그는 요양원 밖에 하숙하고 있는 두 사람이 일행에 합류하기까지 우선 마차에 앉게 되었을 때, 선두 마차의 페페르코른 씨와 마담이 마주보이는 뒤를 향한 좌석에 앉았다. 한스 카스토르프는 페르디난드 베잘과 함께 둘째 마차에 타게 되었으나, 그것을 보고 클라브디아가 비웃는 미소를 짓는 것을 그는 보았다. 말레이시아 태생의 빈약한 몸매의 하인도 일행에 끼였다. 그는 뚜껑 밑으로 두 개의 포도주 병의 목이 나온 큰 광주리를 가지고 주인들의 뒤에서 현관으로 나와 그것을 선두 마차의 뒤로 향한 의자 밑에 넣었는데, 이 하인이 마부와 나란히 앉아 팔짱을 낀 순간, 말은 출발 신호를 받고, 마차는 브레이크를 걸면서 환상 도로(環狀道路)를 내려가기 시작했다.

베잘도 쇼샤 부인의 미소를 알아차리고 충치를 드러내면서 같이 탄 한스 카스토르프에게 그것을 말했다.

「보셨습니까?」하고 그는 물었다.

「당신이 나하고만 마차를 타게 되었기 때문에 그녀는 통쾌해 하고 있는데요? 그렇습니다. 나처럼 쓸데없는 사람은 남의 조소 같은 것은 신경을 쓸 필요가 없어요. 이렇게 나하고 같이 앉으면 화가 나서 가슴이 이상해지지 않습니까?」

「정신을 차리십시오, 베잘 씨. 어째서 당신은 그런 비굴한 말을 합니까?」 하고 한스 카스토르프는 꾸짖었다. 「여자란 것은 아무것도 아닌 것에도 웃는 법입니다. 그저 웃기 위해서. 그러니 그럴 때마다 그것에 신경을 쓰는 것은 바보짓이지요. 당신은 어째서 언제나 그렇게 비굴합니까? 당신에게도 모두와 마찬가지로 장점과 단점이 있습니다. 가령 《한여름 밤의 꿈》의 일절을 그처럼 잘 연주하지 않습니까? 아무나 다 할 수 있는 것은 아닙니다. 다음 기회에 한번 연주해 주십시오.」

「그러지요. 하지만 당신은 그런 식으로 깔보는 말을 하고 있습니다.」 하고 비참한 사람은 대답했다. 「당신은 자신의 위로의 말 가운데에 참으로 뻔뻔스러운 것이 가득 차 있어 그 때문에 나를 점점 더 비참하게 만드는 것을 모르고 있습니다. 당신은 무엇이든지 말하고 싶은 대로 말하며 높은 곳에서 내려다보고 말하는 말투로 나를 위로해 주고 있습니다. 그것은 당신이 지금은 속절없는 우스운 입장에 처해 있지만 한 번은 운이 좋아 천국에서 논 일이 있었기 때문이지요. 아, 그리고 그녀의 팔에 감겨 모든 것을 아, 그것을 생각하면 목구멍과 가슴이 타는 듯이 아파옵니다. 당신은 전에 경험한 것을 뽐내며 이 나의 불쌍한 괴로움을 비웃고 있습니다…….」

「당신의 말투는 고상하다고 할 수 없습니다, 베잘 씨. 그뿐이겠습니까, 아주 불쾌한 느낌이 듭니다. 당신이 나를 뻔뻔스럽다고 비난하기 때문에 나도 사양하지 않고 말하겠습니다만, 아마 나에게 좋지 않은 느낌을 주어 보자는 것이겠지요. 당신은 자기 자신을 비굴하게 느끼도록 하는 데 목표를 세우고 언제나 비굴하게 행동하고 있습니다. 당신은 그녀에게 정말 그토록 반해 있습니까?」

「견디지 못할 지경입니다!」 하고 베잘은 머리를 흔들며 대답했다. 「내가 얼마나 그녀에 대한 갈망과 욕망에 견디어야 하는지 도저히 말로는 표현할 수 없을 정도입니다. 죽을 지경이라고 말할 수 있습니다만, 이대로는 살 수도 죽을 수도 없습니다. 그녀가 여기에 없었을 때에는 기분이 한결 편해져서 그녀의 일을 조금씩 잊어버려 가고 있었습니다. 그러나 그녀가 다시 이곳에 돌아와서 매일 얼굴을 보게 된 뒤부터는 가끔 견딜 수 없게 되어 스스로 자기 팔을 깨물고 허공을 잡고 어떻게 했으면 좋을지 모르게 됩니다. 이런 일은 이 세상에 있어서는 안 되는 것이지만, 그렇다고 해서 이 세상에서 없어져 주었으면 하고 소망할 수도 없습니다. 즉 이것은 생명 그 자체와 하나로 결합되어 있어서, 이것이 없어지는 것을 소망하는 것은 생명 그 자체가 없어지는 것을 소망하는 것이기 때문입니다. 그리고 생명이 없어지는 것을 소망할 수는 없습니다. 왜냐하면 죽는다는 그것이 무엇이겠습니까? 뜻을 이루고 나서라면, 기꺼이 죽기도 합니다. 그녀의 팔에 안긴다면, 진심으로 기꺼이 죽겠습니다. 그러나 뜻을 이루지 못하고 죽는 것은 무의미합니다. 생이란 욕망하는 것이며 욕망하는 것은 생이기 때문입니다. 그렇기 때문에 자기를 없앤다는 것은 생각할 수 없습니다. 정말 저주스러운 궁지입니다. 그러나 『저주스럽다』고 말하는 것도 단지 말뿐인 것으로 남의 일처럼 말해 본 것뿐이고, 나 자신은 저주스럽다고는 생각하지 않습니다. 이 세상에는 여러 가지 괴로움이 있습니다, 카스토르프 씨. 그리고 괴로움에 시달리는 자는 그 괴로움으로부터 벗어나려고 합니다. 무슨 수를 써서라도 오로지 그것으로부터 벗어나는 것만을 원합니다. 그러나 육욕의 괴로움만은 육욕이 채워짐으로써만, 그것을 조건으로 해서만 벗어나려고 합니다. 그러나, 육욕이 채워지지 않는 한은 『노』 입니다! 절대로 『노』입니다! 그렇게 되어 있습니다. 그리고 또, 이 괴로움의 포로가 되어 있지 않는 자는 그다지 문제가 되지 않지만 포로가 된 자는 우리 주 예수 그리스도를 알고 눈물을 흘립니다. 아! 이건 정말 어찌된 속임수, 어찌된 현상입니까? 육체가 이토록 육체를 갈망하다니, 그것도 자신의 육체가 아니라 남의 영혼이 깃들어 있는 육체를 이렇게 갈망하다니! 또 잘 생각해 보면, 사람을 따르는 육체의 소망은 얼마나 이상하고 그리고 얼마나 경건한 소망입니까! 그 정도의 소망이라면, 소원성취시켜 주지 하고, 누구든지 말하고 싶을 것입니다. 도대체 나는 무엇을 원하고 있는 것일까요, 카스토르프 씨? 그녀를 죽이기라도 한다는 것일까요. 그녀의 피를 보기라도 한다는 것일까요? 나는 그녀를 애무하고 싶어할 뿐입니다! 카스토르프 씨. 사랑하는 카스토르프 씨, 이렇게 흐느껴 울어 죄송합니다. 그러나 그녀가 나의 소망을 선뜻 채워준다면 좋을 텐데요! 이 소망에는 고상한 것도 결합되어 있으니까요. 나도 짐승은 아닙니다. 나는 이래봬도 내 나름대로 인간입니다! 육욕은 대상을 정하지 않고 전전하면서 옮겨 갑니다. 그러기 때문에 육욕은 동물적이라고 말합니다. 그러나 육욕이, 하나의 얼굴을 가진 어떤 인간에게 고정되어 버리면 우리는 그것을 사랑이라고 부릅니다. 나는 그녀의 몸과 그녀의 살만을 욕망하고 있는 것이 아니라, 그녀의 얼굴의 어느 곳이 조금만이라도 달라져 있다면 나는 아마 그녀의 육체의 아무것도 전혀 소망하지 않을 것입니다. 이것으로도 알 수 있듯이, 내가 그녀의 영혼을 사랑하고 그녀와 그 영혼을 사랑한다는 것이 분명합니다. 얼굴을 사랑하는 것은 영혼을 사랑하는 것이 되니까…….」

「도대체 당신은 어떻게 된 것입니까, 베잘 씨? 당신은 완전히 제 정신을 잃고 전혀 알 수 없는 말을 하고 있군요…….」

「그러나 바로 그것입니다. 그것이 나의 불행이란 말입니다.」하고 불쌍한 사나이는 계속했다. 「그녀에게 얼굴이 있고 육체와 영혼이 있는 인간이라는 것 말입니다! 그녀의 영혼은 나의 영혼에 관심이 없고 따라서 그녀의 육체도 나의 육체에 관심이 없습니다. 아, 울래야 울 수도 없는 괴로운 일입니다. 그 때문에 나의 욕망은 비굴한 욕망으로 변하고 나의 육체는 영원히 번민하지 않으면 안 되는 것입니다! 왜 그녀는 육체와 영혼의 어느 쪽으로도 나에게 관심이 없는 것일까요, 카스토르프 씨. 왜 나의 욕망이 그녀에게는 아주 싫은 것일까요? 도대체 나는 남성이 아니란 말입니까? 싫은 사나이는 남성이 아니라는 말입니까? 나는 남성적이기도 합니다. 나는 맹세코 약속합니다. 만약 그녀가 나를 그녀의 아름다운 팔에 껴안고 기쁨의 문을 열어 준다면, 나는 그녀가 아직껏 맛보지 못했던 기쁨을 맛보게 해주겠습니다! 그녀의 팔이, 그토록 아름다운 그것이 그녀의 얼굴에 결부되어 있고, 그녀의 얼굴은 그녀의 영혼의 창문이기 때문입니다! 만일 육체만이 문제이고 얼굴은 문제가 되지 않는다면, 그리고 나의 일 같은 건 상대도 하지 않는 그녀의 저주스러운 영혼이 없다고 한다면, 카스토르프 씨, 나는 그녀에게 이 세상의 기쁨의 전부를 맛보게 해줄 수 있습니다. 그러나 그 저주스러운 영혼을 그녀가 가지고 있지 않다면, 내 쪽에서도 그녀의 육체를 전혀 욕망하지 않을 것입니다. 나는 정말로 악마처럼 저주스러운 딜레마에 빠져 버려 그 속에서 영원히 몸부림치며 괴로워하고 있습니다!」

「베잘 씨, 쉿! 작은 목소리로! 마부가 듣고 있습니다! 이쪽을 돌아보지 않으려고 하고 있지만, 그가 듣고 있다는 것은 그의 등을 보면 알 수 있습니다.」

「저 사나이는 이 이야기를 이해하고 있기에 자세히 듣고 있습니다. 중요한 것은 그 점입니다, 카스토르프 씨! 거기에도 지금 문제삼고 있는 상황의 특색과 성격이 나타나고 있습니다! 만약 내가 재생이라든지 유체 정력학(流體靜力學) 같은 말을 하고 있다면, 그런 말은 저 사람에게는 알 수도 없겠고 전혀 짐작도 가지 않아, 들으려고 하지 않을 것이고 아무런 흥미도 갖지 않을 것입니다. 통속적인 말이 아니기 때문이지요. 그러나 이 세상에서 육체와 영혼의 문제는 최고이고 궁극적인, 그리고 몸서리치게 은밀한 문제인 동시에 가장 통속적인 문제인 것으로 누구도 알 수 있고 누구나 그 문제로 괴로워하고 있는 자를 조롱할 수 있습니다. 또한 그것 때문에 괴로워하는 자는 낮에는 욕망에 들볶이고 밤에는 오욕의 지옥에 빠집니다! 카스토르프 씨, 나를 위해 조금은 우는 소리를 늘어놓게 해주십시오. 나의 밤이 어떤 것인지를 모르고 계실 터이니 말입니다! 매일 밤 나는 그녀의 꿈을 꿉니다. 아, 그녀를 보지 않는 꿈이 있을까요. 그것을 생각하면 목구멍과 위가 타버리는 듯 아파옵니다! 어떤 꿈이나 마지막에는 그녀가 내 볼따귀를 때리고 얼굴을 갈기며 때로는 침을 뱉습니다. 영혼의 창문이라고 할 수 있는 얼굴을 천하게 비틀고 그녀가 나에게 침을 뱉습니다. 그러면 나는 눈을 뜹니다. 땀과 오욕과 쾌락에 뒤범벅이 되어서 말입니다…….」

「제발, 베잘 씨, 그 정도로 입을 다뭅시다. 향료점에 도착하여 모두 함께 되기까지 가만히 있도록 합시다. 이것이 나의 제안, 나의 소망입니다. 나는 당신의 기분을 모욕할 생각은 없습니다. 당신이 심한 고통을 겪고 있다는 것을 충분히 알겠어요. 그러나 우리 나라의 동화에는, 말을 할 때마다 입에서 뱀과 두꺼비가 튀어나오는 벌을 받은 사람의 이야기가 있습니다. 그가 말할 때마다 두꺼비나 뱀이 튀어나온다는 것입니다. 그 죄인이 여기에 대해 어떤 태도를 취했는지는 책에 씌어 있지 않습니다만, 나는 언제나 그 사람은 열심히 입을 다물고 있었으리라고 생각했습니다.」

「그러나 카스토르프 씨,」하고 베잘은 우는 목소리로 말했다. 「나처럼 괴로워하는 자는 말이라도 해서 마음의 짐을 털어 편리해지려는 것이 인정이 아니겠습니까?」

「그뿐이겠습니까, 인간의 권리라고 해도 좋겠지요, 베잘 씨. 그러나 내 생각으로는, 경우에 따라서는 행사하지 않고 있는 것이 이성적이라고 할 수 있는 권리도 있다고 봅니다.」

이렇게 하여 두 사람은 한스 카스토르프의 희망에 따라 잠자코 있었으며 마차도 포도 잎사귀에 덮인 향료점에 얼마 안 있어 도착했고, 거기서는 기다릴 필요가 없었다. 나프타와 세템브리니는 길가에 서서 기다리고 있었다. 세템브리니는 거친 털가죽 저고리를 입고 있었고 나프타는 노르스름한 외투를 겉에 입고 있었는데, 그 외투는 가장자리가 모두 스티치로 꾸며져 있어 멋진 느낌을 주었다. 마차가 방향을 바꾸는 동안, 일동은 손을 흔들어 인사를 나누고 두 사람은 올라 탔다. 나프타는 선두 마차의 세 사람에 끼여들어 페르게와 나란히 앉았다. 세템브리니는 아주 기분이 좋아, 경쾌한 농담을 연발하면서 한스 카스토르프와 베잘이 탄 마차를 타고, 베잘에게서 뒷좌석을 양보받고, 그 좌석에 이탈리아의 마차 행렬의 참가자처럼 유연하게 여유 있는 자세로 앉았다.

세템브리니 씨는 이렇게 시시각각으로 변하는 풍경을 바라보면서 쾌적하고 유유한 기분으로 마차에 흔들리며 가는 것은 정말 즐겁다고 마차 여행을 찬미하면서, 한스 카스토르프에게는 아버지와 같은 친절한 태도를 보이는가 하면, 불쌍한 베잘의 볼을 어루만지기까지 하면서 닳아빠진 가죽 장갑을 낀 오른손을 크게 움직여 바깥 풍경을 가리키고, 이 밝은 자연을 찬미함으로써 호감이 안 가는 자기 자신 같은 것은 잊어버리라고 권했다.

멋진 드라이브였다. 말은 네 필이 다 이마에 흰 반점이 있는 팔팔한 말로서, 억세고 윤기 있고 영양이 좋아, 아직 먼지가 일지 않는 좋은 길을 즐거운 발걸음으로 달리고 있었다. 무너진 바위가 그 틈새로 풀과 꽃을 내보이면서 길가에 가끔 나타났다. 전신주가 뒤로 날아가 버렸고 산의 숲이 떠올랐다. 아름다운 느낌을 주는 커브가 가까이 와서는 다시 그것이 지나가 버려, 길의 변화에 대한 호기심을 즐겁게 해주었다. 그리고 여기저기 잔설이 번쩍이는 산맥의 화려한 모습이 먼 곳에서 내내 희미하게 보였다. 눈에 익은 골짜기가 다리 밑에서 사라지고 조석으로 눈에 익은 풍경이 바뀌어지는 것이 마음을 들뜨게 했다.

얼마 안 있어 마차는 숲 가장자리에서 멈추었다. 거기서부터는 도보로 소풍을 계속하여 목적지에 도달하기로 하였다. 목적지인 폭포의 물소리가 처음에는 희미하게 그러나 점점 확실히 귀에 울려 와, 처음에는 아무도 몰랐지만 얼마 전부터 모두의 감각에 스며 들어오고 있었다. 마차가 서자, 먼 물소리가 모두의 귀에 분명히 들렸다. 이따금은 들리지 않을 정도로 아련하게 들리는 철철 하는 소리, 힘찬 소리, 와글와글 하는 소리를 잘 들어 보도록 하라고 모두들 서로서로 주의를 주며 발을 멈추고 그것을 귀담아 들었다.

「여기서는 아직 희미하게 들릴 뿐입니다.」 하고 여기를 여러 번 찾아온 일이 있는 세템브리니 씨가 말했다. 「그러나 가까이에 가면, 이 계절치고는 굉장한 물소리입니다. 그렇게 알고 계십시오, 자기가 하는 말까지도 들을 수 없을 정도입니다.」

이렇게 일행은 젖은 침엽수 낙엽이 흩어져 깔린 길로 숲속 깊숙이 들어갔다. 선두에는 피테르 페페르코른이 부축을 한 쇼샤 부인의 팔에 기대어, 늘 쓰는 검은 모자를 깊이 쓰고 좌우로 흔들리는 걸음걸이로 앞으로 나아갔다. 그 뒤에서 한스 카스토르프가 두 손을 호주머니에 넣고 머리를 갸우뚱하고, 낮게 휘파람을 불며 주위를 돌아보면서 따라갔는데, 그는 다른 사람들과 마찬가지로 모자를 쓰지 않았다. 그의 뒤를 이어 나프타와 세템브리니, 그 뒤에 페르게와 베잘, 마지막으로 말레이시아 인이 점심이 들어 있는 광주리를 팔에 걸고 따라갔다. 일동은 지금 걷고 있는 숲에 대해 이야기했다.

이 숲은 다른 숲과는 그 취향이 좀 달랐다. 그것은 그림과 같이 좀 색다른, 아니, 이국적이고도 무시무시한 광경을 드러내었다, 숲속에는 지의류(地衣類)의 일종이 번식하고 있어 그것이 온통 드리워지고 얽히어 숲 전체를 완전히 덮고 있었다. 그 모전 직물(毛氈織物)같이 된 기생 식물은 나뭇가지마다 얽혀 붙어서 퇴색한 긴 수염 같은 꼴로 가지에서 늘어져 있었다. 그래서 침엽수의 잎사귀는 전혀 보이지는 않았고 눈에 들어오는 것이라고는 오직 이끼뿐이었다, 그것은 답답하고 괴상하게 이지러진 세계, 마술에 걸린 것 같은 병적인 광경이었다. 숲에게 이것은 좋은 일은 아니다. 이 왕성한 이끼의 한 종류 때문에 숲은 괴로움을 받고 있고 질식할 지경이었다. 이것이 일행의 일치된 의견이었지만, 이 말을 하고 있는 사이에도 이 소수의 일행은 점점 가까워지는 목적지의 폭포 소리를 들으면서, 침엽수가 흩어져 깔린 길을 나아가고 있었다. 쿵쿵 들끓는 폭포수의 소리는 점점 귀를 멍멍하게 해서 세템브리니의 예언이 그대로 실현될 기세였다.

길 모퉁이를 하나 돌아서자, 숲과 바위에 에워싸인 협곡에 다리가 걸려 있고 폭포수가 떨어지는 것이 보였는데 그 순간 귀를 때리는 물소리도 절정에 달했다. 굉장한 광경이었다. 많은 양의 물이 한 줄기로 되어 수직으로 떨어졌고 흰 물방울을 날리면서 첩첩으로 된 바위 위를 달리고 있었다. 폭포의 높이는 아마 7미터 아니면 8미터 정도 넓이도 상당했다. 흘러 떨어지는 물은 미친 듯이 으르렁댔고 그 물소리에는 굉음, 쇳소리, 으르렁 소리, 함성, 나팔 소리, 부서지는 소리, 폭음, 힘찬 울림 소리, 종소리 등 모든 종류의 소음과 음정(音程)이 섞여 정말로 정신이 멍해지는 것 같았다. 일행은 폭포 밑의 미끄러운 바위 위로 폭포수의 바로 아래까지 가까이 가서, 안개를 들이마시고 물방울을 받으면서 물연기에 덮이고, 요란한 물소리에 귀가 들리지 않아 서로의 눈을 쳐다보기도 하고, 겁에 질린 미소를 띄며 머리를 흔들기도 하면서, 이 광경, 이 물거품과 굉음을 수반한 영원의 파국(破局)을 바라보고 있었는데, 그 미친 듯한 어처구니없는 폭음 때문에 정신이 아찔해질 것 같아 공포를 느꼈으며 귀도 이상해졌다. 모두들 귀에서, 머리 위에서, 사방으로부터 위협하고 경고하는 외침 소리와 나팔 소리, 억센 남성의 목소리를 듣는 것 같았다.

일동은 페페르코른의 등 뒤에 뭉쳐——쇼샤 부인도 다섯 남성과 함께——미쳐 날뛰는 물을 그와 함께 바라보았다. 모두에게 페페르코른의 얼굴은 보이지 않았지만, 그가 불길과도 같은 흰 머리칼을 덮은 모자를 벗고 서늘한 바람을 들이마시는 것이 보였다. 귀에 입을 대고 말해도 떨어지는 물소리로 목소리가 사라져 버리기 때문에, 모두는 눈길과 손짓으로 감정을 전했다. 누구의 입술이나 경탄의 외침을 지르고 있는 것 같았지만 목소리는 들리지 않았다. 한스 카스토르프와 세템브리니와 페르게는, 일동이 서 있는 골짜기 바닥에서 산협 위로 나와 위에 걸린 다리로 가서, 거기에서 폭포수를 구경하려고, 서로 머리로 신호를 했다. 바위에는 작지만 급한 계단이 파여 있어 그 계단이, 말하자면 숲의 윗머리로 통해 있어서 올라가는 것은 곤란하지 않았다. 세 사람은 그 계단을 일렬로 올라가 다리에 이르러, 폭포에 걸려 있는 다리의 한가운데에서 난간에 기대 아래의 일동에게 손을 흔들었다. 그리고 세 사람은 다리를 지나 저쪽 기슭을 애를 쓰며 내려가 냇물 반대편 기슭에 이르렀다. 그런데 거기에도 또 다리가 걸려 있었다. 세 사람은 그 다리를 지나, 나머지 사람들이 있는 데로 다시 모습을 보였다.

눈과 손짓으로 점심을 먹자는 신호를 하였다. 대부분의 사람들은 시끄러운 장소에서 조금 이동해서, 귀머거리나 벙어리가 되지 않은 상태에서 중참을 먹자고 신호했지만, 페페르코른의 생각은 이와는 반대라는 것을 알 수 있었다. 페페르코른은 머리를 흔들고 발목을 둘째손가락으로 여러 번 가리키면서, 찢어진 듯한 입술을 될 수 있는 대로 크게 벌려 「여기서!」 하고 외치는 것 같았다. 이렇게 나오면 어떻게 할 수가 없었다. 이런 지휘의 문제가 되면 언제나 그가 대장이고 호령자였다. 오늘의 소풍이 언제나 그렇듯이 그의 주장과 지휘에 의한 소풍은 아니라고 하더라도, 그의 인물의 무게는 모든 것을 결정하는 힘을 가지고 있었다. 스케일이 큰 인물은 옛날부터 전제적이고 독재적이었지만 이제부터도 그것은 변하지 않을 것이다. 페페르코른 씨는 폭포수 밑에서 울리는 물소리에 싸여 점심을 먹을 것을 결정했다. 그것은 그의 왕자다운 횡포였지만 맛있는 음식을 기권하지 않으려면 폭포수 밑에 머물러 있는 수밖에 없었다. 대부분의 사람은 볼멘 얼굴이 되었다. 세템브리니 씨는 인간적인 담화, 민주적인 명확한 말, 또는 토론을 못 하게 된 것을 보고, 머리 위로 손을 흔들어서 절망과 단념을 나타내는 시늉을 했다. 말레이시아 인이 주인의 결정을 아주 충실하게 실행에 옮기기 시작했다. 접는 의자를 두 개 가지고 왔는데 그는 그것을 주인과 마담을 위해 암벽 밑에 놓았다. 그리고 두 사람의 발 밑에 보자기를 펴, 광주리에 넣어 가지고 온 커피 그릇과 잼, 보온병, 빵, 포도주를 보자기 위에 놓았다. 모두는 자기 몫을 받으려고 모여들었다. 그리고는 따끈한 커피 한 잔을 손에 쥐고 케이크 접시를 무릎 위에 놓고 돌 위나 다리 난간에 앉아, 울리는 물소리 속에서 묵묵히 점심을 먹었다.

페페르코른은 외투의 깃을 세우고 모자는 옆의 땅 위에 놓고 이름의 첫글자를 새긴 은잔으로 포도주를 여러 번 들이켰다. 그리고 갑자기 말하기 시작했다. 이상한 사나이! 자기 자신까지도 자기의 목소리를 들을 수 없었으니, 그가 지껄이는 들리지 않는 말을 주위의 사람들이 한 마디라도 알아들을 리 없었다. 그러나 페페르코른은 둘째손가락을 뻗치고 오른손에 은잔을 쥔 채, 왼쪽 팔을 뻗어 손을 벌려 비스듬히 올렸는데, 일동은 그의 왕자다운 얼굴이 무언가를 지껄이면서 움직이고, 입이 진공 속에서 말하듯 소리 없는 말을 지껄이는 것을 보았다. 모두는 그의 이 무의미한 말을 난처한 미소를 띄고 보고 있었지만, 그가 곧 그것을 중단할 것이라고만 생각하였다. 그러나 그는 사람을 묶어 두는, 주의를 강요하는 문화적인 손짓을 왼손으로 계속하면서 모든 것을 삼켜 버리는 물의 울림 속에서 계속 말을 했다. 이마의 긴장한 주름 밑의 엷은 색의 작고 피곤한 눈을 찢어져라고 벌리고 주위의 이 사람 저 사람을 차례로 쳐다보며 계속 지껄여, 말을 듣는 사람은 눈썹을 치켜올려 끄떡여 보이고 입을 열고 손을 귀 뒤에 대는(그로 인해 어쩔 수 없는 사태를 조금이라고 좋게 하려는 듯이) 수밖에 없었다.

드디어 페페르코른은 일어났다. 은잔을 손에 쥔 채 거의 발에 닿을 듯한 구겨진 여행용 외투의 깃을 세우고 모자를 벗은 채, 우상과 같이 주름이 새겨진 높은 이마 주위에 백발을 물결치면서 암벽에 섰다. 그리고 두 손가락으로 동그라미를 만들고 그 옆에 손톱이 창과 같이 뾰족한 세 손가락을 나란히 하여 그 손을 연설하는 사람처럼 코끝에 올리고, 확실치 않는 건배라는 말소리는 들리지 않지만 인상 깊은 정확한 손짓으로 보충하면서, 얼굴을 흔들고 계속 지껄였다. 그의 몸짓과 입 동작으로 언제나 입버릇처럼 된『좋습니다』, 『다 끝났습니다』라는 단어는 느낄 수 있었고 읽어 낼 수 있었지만, 그것뿐이었다. 그의 머리가 비스듬히 기울어지고 찢어진 듯한 입술에 괴로운 빛이 떠올라 고민으로 바뀌는 것이 보였다. 이윽고 또 그의 볼에 음탕한 보조개가 나타나고 향락적이고 장난꾸러기 같은 표정이 떠오르며, 옷자락을 걷어올리고 미친 듯 춤을 추는 이교도 사제의 신성한 음탕이 넘쳐 흘렀다. 그는 은잔을 높이 올려 그것으로 손님들의 코앞에 한 바퀴 반원을 그리고 나서, 잔이 완전히 위로 향할 때까지 기울여 한 방울도 남기지 않고 두세 모금으로 마셔 버렸다. 그리고는 팔을 뻗어 은잔을 말레이시아 인에게 넘기고 말레이시아 인이 가슴에 손을 대고 그것을 받자, 페페르코른은 곧 출발 신호를 했다.

일동은 그 명령에 따라 돌아갈 준비를 하면서 페페르코른에게 감사의 인사를 했다. 땅바닥에 앉아 있던 사람은 성급히 일어났고 다리의 난간에 앉아 있던 사람은 거기에서 미끌어져 내려왔다. 실크 모자를 쓰고 털가죽의 목도리를 한 빈약한 자바 인은 음식 남긴 것과 식기를 모았다. 일동은 왔을 때처럼 일렬 종대로, 드리워진 이끼 때문에 숲으로 보이지도 않는 숲속에 젖은 침엽수 잎사귀가 흩어져 깔린 길을 걸어 마차가 있는 데로 나갔다.

한스 카스토르프는 돌아갈 때는 스승과 그의 반려자가 탄 마차에 함께 탔다. 그는 고상한 것과는 인연이 없는 선량한 페르게와 함께 두 사람과 마주 앉았다. 돌아가는 도중엔, 아무도 거의 말이 없었다. 페페르코른은 그의 무릎과 클라브디아의 무릎을 함께 덮은 담요 위에 두 손을 놓고 아래턱을 힘없이 떨어뜨렸다. 세템브리니와 나프타는 마차가 선로와 시냇물을 넘기 전에 내려 작별을 했다. 베잘은 뒷마차에 혼자 앉아 환상도로를 올라갔다. 베르크호프의 현관 앞에 도착하자 거기서 모두는 헤어졌다.

그날 밤, 한스 카스토르프는, 스스로는 조금도 의식하지 않았지만 무언가 마음속으로 각오한 바가 있어, 그 때문에 잠이 깊게 들지 않았던 것일까? 그러했기 때문에 그는 베르크호프의 보통때 밤의 고요함과는 다른 분위기, 아주 희미한 동요, 멀리 뛰어다니는 발소리에 의한 거의 느낄 수 없는 소리에 눈을 뜨게 되어 이불 속에서 일어나 앉았던 것일까? 그의 방문이 두들겨진 것은 오전 2시를 좀 지난 때였지만, 그는 그 얼마 전부터 눈을 뜨고 있었다. 문 두드리는 소리를 듣자 그는 곧, 잠에 취한 소리가 아닌 힘찬 소리로 대답을 했다. 문을 두드린 것은 베르크호프에서 일하고 있는 간호사였는데, 그녀는 높고 안정되지 않는 목소리로 그에게 곧 2층으로 와달라는 쇼샤 부인의 희망을 전달했다. 한스 카스토르프는 한층 더 힘찬 목소리로 곧 가겠다고 대답하고, 벌떡 일어나 급히 옷을 입고 손가락으로 이마의 머리칼을 쓸어올리고, 무슨 일이 일어났을까 하는 것보다는 어떻게 해서 그 일이 일어났을까를 생각하면서, 서두르지도 않고 천천히도 아닌 발걸음으로 2층으로 내려갔다.

그는 페페르코른의 살롱 입구의 문과 침실로 들어가는 문이 열려 있고 그 침실의 불이 전부 켜져 있는 것을 보았다. 침실에는 두 사람의 의자, 밀렌동크 간호원장, 쇼샤 부인, 자바의 하인이 있었다. 하인은 보통때와는 달리 자바 국민복 같은 복장을 하고 있었다. 굉장히 긴 소매가 달리 굵은 줄무늬의 셔츠 같은 저고리에다, 바지가 아닌 화려한 스커트를 입고 누런 나사지의 원추형의 모자를 쓰고 구슬로 된 액막이 부적을 가슴 장식처럼 달고 있었다. 그는 피테르 페페르코른이 손을 뻗고 천장을 보고 누워 있는 침대의 왼쪽 머리맡에 팔짱을 끼고 서서 움직이지 않고 있었다. 침실에 발을 들여 놓은 한스 카스토르프는, 창백한 얼굴로 이 모든 것을 눈에 담았다. 쇼샤 부인은 그에게 등을 돌리고 있었다. 그녀는 침대 발치에 있는 낮은 안락의자에 앉아, 침대의 이불 위에 한쪽 팔꿈치를 짚고 손으로 턱을 괸 채, 아랫입술을 손가락으로 누르고 여행 반려자의 얼굴을 지켜보고 있었다.

「안녕하십니까?」 닥터 크로코브스키와 간호원장을 상대로 작은 목소리로 서서 이야기를 하던 베렌스가 이렇게 말하고는 흰 콧수염을 치켜올리면서 우울하게 고개를 끄덕여 보였다. 그는 수술복을 입고 있었는데 가슴 주머니에서는 청진기가 보였고, 수놓은 슬리퍼를 신고 있었으며, 칼라는 하고 있지 않았다.

「속수무책입니다.」 하고 그는 속삭였다. 「훌륭한 최후입니다. 가까이 가서 보십시오. 경험이 있는 눈으로 보십시오. 의술이 손댈 여지가 전혀 없다는 것을 알 수 있을 겁니다.」

한스 카스토르프는 발끝으로 침대 가까이 갔다. 말레이시아 인이 청년이 가까이 오는 것을 감시하느라고 머리를 움직이지 않고 눈동자만으로 그를 좇았기 때문에 눈의 흰자위가 드러났다. 한스 카스토르프는 쇼샤 부인이 그에게 주의를 주려고 하지 않는 것을 곁눈으로 확인한 뒤, 보통 자세로 베갯머리에서서 한쪽 다리에 무게를 주고 두 손을 아랫배 위에 모은 채, 목을 비스듬히 갸우뚱하고 경건한 명상적인 얼굴로 죽은 사람을 지켜 보았다. 페페르코른은 한스 카스토르프가 여러 번 보았던 것처럼, 메리야스 셔츠를 입고 붉은 비단 이불을 덮고 누워 있었다. 두 손은 검푸른 빛을 띠었고 얼굴도 부분적으로 그런 빛이 되어 있었다. 이것은 용모를 상당히 추하게 했지만, 그밖에는 왕자다운 얼굴 모습이 보통때와 다르지 않았다. 흰 머리칼로 불꽃처럼 에워싸여 있는 높은 이마에는 우상과 같은 느낌의 주름이 네다섯 개가 나란히 수평으로 달리고 있었고, 이마의 좌우에 직각으로 관자놀이를 따라 내려가고 있었지만, 일생 동안 쉴사이 없이 긴장을 계속했기 때문에 새겨진 이 주름은, 눈꺼풀을 닫고 조용히 누워 있는 현재에도 확연히 나타나 있었다. 비통스럽게 찢어진 입술이 조금 벌어져 있었다. 푸른 반점이 나타나 있는 것은, 급격한 울혈(鬱血), 뇌출혈 때처럼 생명 기능이 무리하게 정지된 것을 말해 주고 있었다.

한스 카스토르프는 사태를 규명하려고 하면서도 경건한 자세로 한참 동안 계속 서 있었다. 『미망인』이 말을 걸어 올 경우를 생각해서, 그 자세를 바꾸는 것을 주저하고 있었다. 그러나 『미망인』은 말을 걸지 않았기에, 그는 우선 그녀에게 방해가 되지 않으려고 배후에 서 있는 사람들 사이에 끼여 들어갔다. 고문관은 턱으로 살롱을 가리켜 보였다. 한스 카스토르프는 고문관의 뒤를 따라 살롱으로 갔다.

「자살입니까?」 하고 그는 목소리를 낮추어 단도직입적으로 물었다.

「물론이지요!」 하고 베렌스는, 당연하다는 몸짓으로 대답하고는 덧붙였다. 「완전무결합니다. 가장 멋진 자살입니다. 그런데 당신은 이런 것을 장신구점에서나 다른 데서 본 적이 있습니까?」 그는 물으면서 수술복 주머니에서 모양이 까다로운 작은 케이스를 꺼내어, 그 속에서 무언지 작은 물건을 꺼내, 청년에게 보였다. 「나는 처음 봅니다. 그러나 한번 보아 둘 가치가 있습니다. 배움에는 끝이 없습니다. 기상천외의 독창적인 기구입니다. 그의 손에서 빼낸 것입니다. 조심하십시오. 당신 피부에 조금이라도 그 안의 것이 묻으면 염증을 일으키게 됩니다.」

한스 카스토르프는 이 기묘한 물건을 손가락으로 돌려 가면서 보았다. 그것은 강철, 상아, 금 그리고 고무로 된 이상한 모양의 바늘로서, 번쩍번쩍 빛나는 강철의 구부러진 두 개의 바늘이었는데, 그 바늘은 상아에 금을 씌운 나선형으로 된 동체(胴體) 속에 타래쇠 같은 것으로 일정한 길이만큼 들어가게 되어 있고 그 동체의 아래쪽에는 반경질(半硬質)의 검은 고무로 만든 부대 같은 것이 달려 있었다. 전체의 크기는 2, 3인치에 지나지 않았다.

「이게 뭡니까?」 하고 한스 카스토르프는 물었다.

「이것은 정밀한 주사기입니다.」 하고 베렌스는 대답했다. 「다른 말로 표현하면 코브라, 즉 코브라의 이빨을 기계적으로 모방한 것입니다. 알겠습니까? 아직 알아듣지 못하는군요.」 하고 그는 한스 카스토르프가 기묘한 기구를 멍하니 바라보고 있자 말했다. 「이것이 이빨입니다. 보통 이빨이 아니라 내부에 모세관처럼 아주 가느다란 구멍이 통해 있어, 그 구멍이 이 뾰족한 끝의 바로 위에 확실히 보일 것입니다. 물론 구멍은, 이빨의 뿌리에도 열려 있어 이 상아의 동체 속에 들어가 있는 고무 부대의 입구와 직결되어 있습니다. 이 빨은 살점을 물어 버리는 순간, 동체 속에 들어갑니다. 이것은 명백합니다. 그리고 고무 부대를 압박하여 부대 속의 액체를 구멍 속으로 밀어 내어, 이빨 끝이 살갗에 찔려지자마자 액체가 벌써 혈관 속으로 주입되는 것입니다. 이렇게 만들어진 것을 보면 아주 간단한 것 같지만, 고안해 낸다는 것은 대단한 일입니다. 아마 그가 주문해서 만든 것이겠지요.」

「그렇겠습니다!」 하고 한스 카스토르프는 말했다.

「독이 든 액체량은 그다지 많지 않았을 겁니다.」 하고 고문관은 계속했다. 「적은 양을 보충했다고 생각되는 것은…….」

「다이내믹한 힘일 것입니다.」 하고 한스 카스토르프가 대신하여 보충했다.

「그렇습니다. 이 독물(毒物)의 정체는 곧 분석될 것입니다. 그 결과는 상당히 흥미있을 것이며 반드시 배울 것이 있으리라고 생각합니다. 어떻습니까, 저쪽에서 눈알을 번득이고 있는 저 말레이시아 인, 오늘 밤은 훌륭한 정장을 하고 있는데, 저 사나이 같으면 이것이 무엇인지 잘 알고 있지 않을까요? 나는 동물성 물질과 식물성 물질의 혼합물이라고 생각합니다. 여하튼 순수하고 극도로 강력한 것이었을 겁니다. 작용이 전격적이었을 것입니다. 어떤 점으로 보든 그 자리에서 숨이 멈추어졌으리라고 생각됩니다. 호흡 중추의 마비, 급격한 질식사입니다. 아마 고통이 없는 편안한 것이었을 것입니다.」

「그랬었기를 바랍니다!」

한스 카스토르프는 경건하게 말하고, 한숨을 쉬면서 그 이상한 작은 기구를 고문관의 손에 돌려주고 침실로 돌아왔다.

침실에는 이제 말레이시아 인과 쇼샤 부인만이 있었다. 한스 카스토르프가 다시 침대로 가까이 가자, 클라브디아는 이번에는 얼굴을 들고 청년을 보았다.

「당신은 당연히 오셔야 했어요.」 하고 그녀는 말했다.

「불러 주어서 고맙습니다.」 하고 그는 말했다. 「당신이 말씀하신 대로입니다. 페페르코른과 나는 서로 『자네』라고 부르는 사이였습니다. 나는 남들 앞에서 그렇게 부르는 것을 회피한 것을 진심으로 부끄럽게 생각하고 있습니다. 당신은 마지막 순간에 그의 곁에 계셨습니까?」

「모든 것이 끝난 다음에 하인이 알려 주었습니다.」 하고 그녀는 대답했다.

「그는,」 하고 한스 카스토르프는 다시 말했다. 「인생에의 감정의 감퇴를 우주 종말의 신의 오욕이라고 느낄 정도로 스케일이 큰 인물이었습니다. 즉 그는 자기를 신의 혼례 기관(婚禮器官)이라고 생각하였습니다. 왕자다운 망상이었습니다. 버릇없는 말을 했습니다만, 지금의 나같이 감동해 버리면 감히 이런 무례하고 버릇없는 말을 하고 싶어지는 법입니다. 그리고 이 편이 사실은 흔히들 말하는 애도의 말보다 훨씬 더 엄숙한 것입니다.」

「그는 기권했습니다.」하고 그녀는 말했다. 「그는, 우리들의 사이를 알고 있었던가요?」

「나는 그것을 부정할 수가 없었습니다, 클라브디아, 그의 면전에서 당신의 이마에 키스하라는 그의 부탁을 내가 거절한 것에서, 그는 알아차렸던 것입니다. 그의 눈앞에서, 눈앞이라고는 하지만 지금으로서는 현실이라기보다 상징이 되어 버렸습니다만, 지금 여기서 그의 주문을 실행해 주실 수 있겠습니까?」

그녀는 눈을 감고, 살짝 눈짓이라도 하는 듯이 얼굴을 그에게 가까이했다. 그는 그녀의 이마에 입술을 댔다. 말레이시아 인이 동물 같은 갈색의 눈망울을 옆으로 굴리며 흰자위를 드러내고 이 광경을 감시하고 있었다.

거대한 둔감

우리들은 다시 한 번 베렌스 고문관의 목소리를 듣게 된다. 자, 잘 들어 두도록 하자. 그의 목소리를 듣는 것도 아마 이것이 마지막이 될 터이니까. 이 이야기도 언젠가는 끝나게 될 것이다. 이 이야기는 벌써 상당히 오랫동안 계속했다. 아니 그보다는 내용적 시간이 이미 쉴 바를 모를 정도로까지 흘러, 이로 인해 그것을 이야기하는 음악적 시간도 끝나가, 상투어를 좋아하는 라다만트의 경쾌한 억양을 듣고 싶어도 아마 기회가 없을는지도 모른다. 그는 한스 카스토르프에게 말했다.

「카스토르프 군, 보통내기가 아닌 카스토르프 군, 당신은 따분해 하고 있군요. 우울한 얼굴을 하고 있군요. 나는 매일 그것을 보고 있습니다. 안달이 나 있는 것이 당신 얼굴에 씌어 있습니다. 그리고 모든 것에 흥미를 잃고 있습니다. 카스토르프 군! 당신은 센세이션만을 찾고 있습니다. 뭔가 매일 최상급의 자극을 보지 못하면 당신은 재미가 없어서 투덜거리고 있습니다. 어떻습니까. 내 말이 맞지요?」

한스 카스토르프는 말이 없었다. 그러나 말이 없는 것을 보면, 그의 마음속은 정말 착잡했음에 틀림없었다.

「내 눈은 틀림없습니다. 언제나 정확하지요.」하고 베렌스는 스스로 대답을 했다.

「그리고 당신이 여기서 독일적인 불쾌의 독소를 만연시키기 전에, 불만의 시민이여, 당신이 알아 두어야 할 것이 있습니다. 즉 당신은 신으로부터, 세상으로부터 버림을 받고 있는 것이 아니라 요양원 당국에서도 당신에게 눈길을 쏟고 있습니다. 그것도 쉴새없이 지켜 보고 있죠. 또한 당신의 지루함을 메꾸어 주려고 쉬지 않고 마음을 쏟고 있습니다. 아니 농담일랑 그만 하고 젊은이! 당신 일로 생각난 것이 있습니다. 잠을 못 이루는 밤에 당신을 위해 생각한 것이 있어요. 정말 신의 계시라고 말할 수 있습니다. 그것은 다른 것이 아니고 당신의 병독으로부터의 해방, 그리고 뜻하지 않게 빠른 장래에 있어서의 개선 귀환입니다.」

「봐요. 당신은 눈을 빛내고 있습니다.」하고 베렌스는 우선 일부러 사이를 두었다가 말했다. 그러나 한스 카스토르프는 눈을 빛내기는커녕 오히려 졸린 듯한 멍한 눈으로 베렌스의 얼굴을 바라보았을 뿐이었다. 베렌스는 계속했다.

「당신은 이 베렌스 노인이 말하고자 하는 것이 잘 이해가 되지 않는 것 같습니다. 내가 말하는 것은 이렇습니다. 당신의 용태는 어딘지 모르게 이상합니다. 카스토르프 군, 이것은 당신께서도 날카로운 감수성으로 느끼지 않을 수 없을 것입니다. 어디가 이상한가 말한다면, 환부(患部)가 분명히 매우 좋아져 있어 벌써, 오래 전부터 당신의 중독 증상을 그 환부에 의한 것이라고는 말할 수 없게 되어 있다는 점입니다. 이 점에 대해 내가 머리를 쓰기 시작한 것은 어제오늘의 일이 아닙니다. 이것은 당신의 최근 사진입니다. 이 마법의 거울을 한 번 광선에 비춰 봅시다. 보시다시피 우리 황제 폐하의 말버릇은 아니지만, 아무리 심한 불평가나 비관론자라 해도 불평을 할 여지가 없을 정도로 훌륭한 사진이죠. 두셋의 병소(病巢)는 완전히 흡수되어 버렸고 남은 것도 작아져서 확실히 굳어졌습니다. 당신도 전문가 이상으로 알고 있듯이 이것은 완쾌를 암시하고 있지요. 국부의 이 상태를 가지고는 당신의 체온이 불안정한 이유를 아무리 해도 설명할 수가 없습니다. 그래서 의사로서는 새로운 원인을 찾지 않을 수 없습니다.」

한스 카스토르프는 머리를 움직여 보였지만, 그것은 단지 실례가 되지 않도록 하기 위해 호기심을 가지고 있다는 것을 나타낸 것뿐이었다.

「그래서 당신은 생각하시게 될 겁니다. 카스토르프 군! 베렌스 노인은 치료법이 틀렸다는 것을 인정하지 않을 수 없을 것이라고. 그러나 그렇게 생각한다면, 그것은 당치도 않은 생각이고 사실과도 다르며, 베렌스 노인을 잘못 본 것입니다. 오늘까지의 치료법은 그릇된 것이 없었습니다. 다만 한쪽에 너무 편중했다고는 할 수 있을 것입니다. 나는 당신의 증상을 전에부터 오직 결핵 때문이라고 한 것은 잘못이 아니었던가 하는 것을 생각하기 시작했습니다. 내가 그렇게 생각하기 시작한 것은 현재 나타나고 있는 당신의 증상이 오로지 결핵 때문만이라고는 생각할 수 없기 때문입니다. 이밖에 무언가 장애의 원인이 있음에 틀림없습니다. 나의 의견은 당신이 구균(球菌)을 보유하고 있다는 것입니다.」

「나의 가장 깊은 확신에 따르면,」 하고 베렌스는 한스 카스토르프가 머리를 끄덕여 수긍하는 것을 기다렸다가 한층 더 목소리를 강하게 해서 되풀이했다. 「당신은 연쇄상 구균(連鎖狀球菌) 보유자입니다. 그러나 그렇게 얼굴빛을 바꿀 것까지는 없습니다.」

얼굴빛이 변한 일은 전혀 없었다. 오히려 한스 카스토르프는 단정하여, 마치 고맙다는 듯이, 또는 가정적으로 새로운 훌륭한 자격을 암시하여 주어 고맙다는 듯이 비꼬는 듯한 표정을 띄었을 뿐이었다.

「뭐, 그렇게 깜짝 놀랄 것은 없습니다.」 하고 베렌스는 말을 바꾸어 되풀이했다. 「구균은 누구나 보유하고 있습니다, 어떤 바보라도 연쇄상 구균 정도는 가지고 있습니다. 당신은 조금도 뽐낼 필요는 없어요. 우리는 최근에 와서 알았습니다. 연쇄상 구균을 우리 몸속에 지니고 있어도 이렇다 할 감염 현상을 일으키지 않는다는 것을. 우리들은 다른 많은 동료 제군에게는 전혀 알려지지 않은 결론에 도달하려 하고 있습니다. 혈액 중에 결핵균이 존재하고 있어도 결핵 현상이 조금도 나타나지 않는 경우가 있다는 결론에 말입니다. 결핵이란 정말로 혈액의 질환이라는 생각에서 우리들은 세 발자국도 떨어져 있지 않아요.」

한스 카스토르프는 그것이 아주 주목할 만한 생각이라고 말했다.

「따라서 내가 연쇄상 구균이라고 말해도,」 하고 베렌스는 계속했다. 「결코 중병을 상상할 것까지는 없습니다. 이 작은 것들이 당신의 혈액 속에 둥지를 치고 있다는 사실은 세균학 저혈액 검사 결과를 기다려 봐야 합니다. 그리고 당신이 그 구균의 보유자라는 판명이 있어도, 당신의 열이 그 구균에 의한 열인지 아닌지는, 그 경우에 해보지 않으면 안 되는 연쇄성 구균 왁찐 주사를 맞아 그 결과에 의해 비로소 판명이 나옵니다. 이것이 순서예요. 아까도 말했지만, 나는 그 왁찐 주사에 뜻하지 않은 결과를 기대하고 있습니다. 결핵은 오랫동안의 치료를 요하는 병인데 반해, 이런 종류의 병은 오늘날에는 곧 고칠 수 있습니다. 그리고 당신이 주사에 조금이라도 반응을 보이면 6주일 이내에 팔팔해집니다. 어떻습니까? 베렌스 노인은 직무에 충실하지 않습니까?」

「그러나 그것은 아직 가설에 불과합니다.」하고 한스 카스토르프는 마음에 내키지 않는 듯이 말했다.

「그러나 실증할 수 있는 가설입니다. 아주 효과 있는 가설이에요!」하고 고문관은 대답했다. 「배양기(培養器)에 구균이 나타나면, 그 가설이 얼마나 효과 있는 가설인가 당신도 알게 될 것입니다. 카스토르프 군! 우리들은 내일 오후에 시골 외과 의술식으로 당신에게 방혈법(放血法)을 실시할 것입니다. 그것만으로도 지루함을 풀 수 있을 것이며 몸과 마음에 아주 효과 있는 결과가 나타날 것입니다…….」

한스 카스토르프는 그 기분 전환에 기꺼이 응하겠다고 말하고, 여러 가지로 걱정을 해주어 정말 고맙다고 인사를 했다. 그리고 그는 헤엄치듯 팔을 흔들면서 사라져 가는 고문관의 뒷모습을, 머리를 어깨쪽으로 기울이고 바라보고 있었다. 원장의 제안은 위기 일발의 순간에 꺼낸 격이 되었다. 라다만트는 베르크호프의 이 젊은 손님의 얼굴 표정과 기분을 꽤 정확히 간파하고 있어, 그의 새로운 시안(試案)은 이 젊은 손님이 요즘 빠져 있는 궁지를 깨뜨려 보려는 목적을 갖고 있었다. 이것은 명백한 사실이므로 고문관 자신도 그 의도를 조금도 숨기려 하지 않았다. 한스 카스토르프는 그의 궁지를 얼굴에 또렷하게 나타내고 있어, 죽은 요아힘이 자포자기의 반항적인 결의를 굳히기 시작했을 때를 생각나게 하는 얼굴 표정이었다.

그뿐만이 아니었다. 그 자신 스스로 그런 침체 상태에 빠져 있었을 뿐만 아니라, 이 세상의 모든 것이, 『전체』가 같은 슬럼프 속에 빠져 있는 듯이 느껴졌다. 그보다 여기서는 개인적 사정과 일반적인 상태를 분리하여 생각한다는 것은 어려운 일이라고 생각되었다. 거물 페페르코른과의 교제가 그처럼 이상한 종말을 고했고, 그 결말로 인해 베르크호프에는 여러 가지 움직임이 있었다. 클라브디아 쇼샤가 그녀의 반려자의 기권적 비극에 타격을 받아, 반려자의 살아 남은 친구인 한스 카스토르프와 경건하고 조심스럽게 작별의 인사를 하고 이 위에 사는 사람들의 곁을 다시 떠나 버린 뒤, 이 전환점으로부터 한스 카스토르프는 이 세상과 인생을 이상하게 느껴 날이 갈수록 그로테스크하고 비뚤어진 걱정스러운 상태로 되어 가고 있었다. 즉 이때까지도 불길하고 미친 것 같은 영향을 오랫동안 심각하게 끼치고 있었던 악마가 드디어 권력을 장악하여, 이제는 공공연히 무제한의 지배권을 선언하고 신비스러운 공포를 불러일으켜 도망치고 싶은 기분에 사로잡히게 하였다. 그 악마, 그것은 둔감(鈍感)이라는 이름의 악마였다.

둔감이라는 말에 악마의 이름을 결부시키고, 둔감에 신비스런 공포를 느끼게 하는 힘이 있는 듯이 말하는 작가를, 독자는 로맨틱하고 황당무계하다고 비판을 가할 것이다. 그러나 우리들은 허무맹랑한 이야기를 하고 있는 것이 아니라, 우리들의 단순한 주인공의 개인적인 체험을 충실하게 전달하고 있을 뿐이다. 그의 체험은 어떤 사정으로(어떤 사정인가는 캐보아도 물론 헛된 일이지만) 우리들에게 알려진 것이지만, 이에 따르면 둔감도 경우에 따라서 악마성을 띠는 일이 있고 신비로운 공포를 불러일으키는 일도 있다는 것을 확실히 증명하고 있다. 한스 카스토르프는 자기 주위를 둘러보았다. 그의 눈에 비친 것은 무서운 악마적인 현상뿐이며, 그는 이 현상이 무엇을 의미하고 있는지를 알고 있었다. 그것은 시간을 잊은 생활, 걱정도 희망도 없는 생활, 표면상으로는 분주한 것 같지만, 내부는 침체되어 있는 방종한 생활, 죽어 있는 생활이었다.

그런데 이 죽어 있는 생활이 분주한 것이어서 모든 종류의 활동이 동시에 행해지고 있었다. 그리고 가끔 그 중의 한 가지가 미친 듯이 유행으로 번져 모두가 그것에 열중하여 버리는 것이었다. 가령 아마추어 사진은 이전부터 베르크호프의 생활에 큰 역할을 차지하고 있었지만, 지금까지 두 번(이 위에 좀 오랫동안 있었던 사람이면, 그러한 유행병의 주기적인 되풀이를 체험하고 있었다) 이 사진열이 몇 주일 동안 또는 몇 개월 동안 전원을 미치게 만들어 누구 할것없이 명치에 카메라를 대고 까다로운 얼굴로 그것을 들여다보고 셔터를 누르지 않은 사람은 한 사람도 없었고, 식탁에서는 현상된 사진을 회람하는 일이 끊이지 않았다. 자기 손으로 현상하는 것이 갑자기 유행하였다. 준비된 암실만으로는 수요를 채울 수 없어, 아마추어 사진가들은 자기 방 유리창이나 발코니의 유리문에 검정 커튼을 치고 붉은 전등 밑에서 현상접시를 만지고 있었다. 그러나 갑자기 일류 러시아 인석의 불가리아 학생이 화재를 일으켜 하마터면 타 죽을 뻔하여 요양원 당국은 암실 이외의 장소에서 현상하는 것을 엄금했다. 얼마 안 있어 단순한 사진은 유행에 뒤떨어지게 되고, 플래시 사진과 프랑스의 화학자 뤼미에르가 발명한 천연색 사진이 유행하게 되었다. 갑자기 마그네슘의 불빛 세례를 받는 눈살을 꼿꼿이하여 핏기 없는 얼굴을 쳐들고, 마치 살해되어 눈을 뜬 채로 세워진 것 같은 사진의 인물을 보고는 모두들 기뻐했다. 한스 카스토르프도 판지 틀에 넣은 유리판을 가지고 있었는데 그것을 밝은 데에서 비춰 보니, 하늘빛 스웨터 차림의 슈퇴르 부인과 빨간 스웨터 차림을 한 상아색의 레비 양 사이에 끼여 한스 카스토르프 자신이 구리빛 얼굴로 놋쇠로 만든 것 같은 누런 민들레꽃에 에워싸여, 그 꽃의 한 송이를 저고리 단춧구멍에 꽂고 숲의 짙은 녹색 초원에 서 있는 것이 보였다.

또 우표 수집도 유행했다. 이것은 평상시부터도 개인적으로 행하여졌지만, 그것이 한동안 모두를 열병처럼 사로잡아 버렸다. 모두가 앨범에 붙이기도 하고 팔거나 사거나 교환하기도 했다. 우표 수집가를 위한 잡지가 주문되어 군대와 국회의 전문점, 전문 연구가의 클럽, 아마추어 수집가들과 통신이 행해져, 사치스러운 이 요양원에 수 개월이나 수 년을 체재하는 것만으로도 호주머니 사정이 빠듯한 사람들까지 진기한 우표를 입수하기 위해 상당한 금액을 지출하였다.

이 유행도 얼마 안 있어 새로운 도락이 유행하기 시작하자 세력을 잃고 말았다. 가령 이번에는 모든 종류의 초콜릿을 쌓아올리고 그것을 탐욕스럽게 먹는 것이 유행하였다. 모두가 입술을 갈색으로 물들이고는 밀카 누트, 마르키 나폴리텡, 아망드 크림이 든 초콜릿, 금색 설탕을 점점이 뿌린 혓바닥 모양의 초콜릿을 마구 먹어, 그 때문에 배가 이상해져, 베르크호프의 주방장이 제공하는 최고급의 음식도 내키지 않는 얼굴로 투정을 해가면서 먹게 되었다.

베르크호프의 최고 권위자가 전에 있었던 사육제날 밤에 피력한 실내 유희, 즉 눈을 감고 돼지를 그리는 유희는 그 뒤에도 빈번히 행해졌지만, 과제가 점점 복잡해져 기하학적인 그림을 그리는 경쟁으로 바뀌어져 한동안 베르크호프의 손님들의 정신력은 모두 이 유희에 집중됐고, 위독 환자도 꺼져 가는 마지막 사고력과 정력을 짜내 여기에 참여했다. 몇 주일 동안 베르크호프의 거주자들은 너나할것없이 하나의 복잡한 도형(圖形)을 붙들고 늘어졌다. 그 도형은 적어도 여덟 개의 큰 원과 작은 원, 그리고 서로 교차한 여러 개의 삼각형으로 되어 있었다. 이 복잡한 평면도를 콤파스나 자를 사용하지 않고 붓 하나로 그리는 것이 과제인데, 이것은 결국 군데군데 잘못 된 것을 불문에 붙인다면, 파라반트 검사만이 이럭저럭 그려 낼 수 있었다. 그는 이 경쟁 놀이의 가장 열렬한 팬이었다.

이 검사가 수학에 열중하고 있다는 사실을 우리는 이미 알고 있었다. 우리는 그 사실을 고문관을 통해 알게 되었다. 또 검사가 수학에 전념하게 된 금욕적인 동기도 알고 있었다. 우리는 고문관이 수학 공부는 피를 진정시키고 육욕을 잠자게 하는 효과가 있다고 추천하는 것을 많이 들었지만, 이 공부가 더 일반에게 널리 퍼져 있었더라면, 당국이 요즘에 와서 강구하지 않을 수 없었던 모종의 조치도 아마 필요없었을 것이다. 이 조치의 주요한 점은 발코니의 난간과 거기까지 닿지 않는 젖빛 유리의 칸막이 사이의 통로의 작은 문이 모두 닫혀진 것으로, 밤이 되면 마사지 선생이 손님들의 킥킥대는 웃음을 받으면서 그 문에 자물쇠를 잠그고 다니는 것이었다. 그 후로부터는 베란다 위에 있는 2층 방이 번창해졌다. 그 방으로부터 난간을 뛰어넘은 뒤 튀어나온 유리지붕을 건너 예의 작은 문을 피해 방에서 방으로 왕래할 수 있었기 때문이었다. 그러나 검사에 관한 한 풍기 개혁을 강구할 필요는 전혀 없었다. 검사가 이집트 왕녀의 모습에 뇌쇄되어 번민한 것도 이제는 과거지사로 되었고, 그 왕녀를 마지막으로 그는 여성 때문에 번민하지 않게 되었다. 그 뒤로 그는 고문관이 입을 모아 순화적인 진정력을 추천한 수학의 순결한 여신에게 더한층 열을 올리고 있었다. 그가 병 때문에 휴가를 얻게 되기 이전에(이 휴가는 그 후에 여러 번 연기되어 휴직으로 바꿔지려고 하고 있었지만), 불쌍한 죄인을 복역시키려고 보인 끈기, 스포츠를 즐길 수 있는 끈기를 완전히 되찾고, 낮이나 밤이나 모든 것을 잊고 계속 생각한 문제는 원의 구적법(求積法)이었다.

이 탈선한 관리는 이 문제에 머리를 썩힘에 따라 수학이 그 문제의 불가능을 증명했다는 증명, 그 자체가 실은 틀린 것으로, 신의 섭리는 이 초경험적인 문제를 경험적으로 해명할 수 있는 문제로 바꾸는 천재로서 파라반트를 선택하여, 그 사명 때문에 그를 평지의 인간 세계에서 납치하여 이 위의 세계로 데려 온 것이라고 믿어 버리게 되었다. 그런 관계로, 그는 아침부터 밤까지 어디에 있을 때에도 콤파스로 도형을 그리고 계산하여 도형, 문자, 숫자, 대수 기호로 많은 종이를 메꾸어 보는 사람에게 구릿빛으로 탄 건강해 보이는 얼굴은 무엇에 열중하고 있는 인간의 특유한, 붙들고 늘어지는 것 같은 까다로운 표정을 보여 주고 있었다.

그가 입을 벌리면, 또 그 말인가 하고 진저리가 나도록 판에 박힌 원주율 파이(π)의 이야기, 절망적인 분수(分數)의 이야기, 독일의 차하리아스 다제라는 암산에 능한 저속한 천재가 어느 날 소수점 이하 2백 단위까지 계산한 분수의 이야기였지만, 도달할 수 없는 정확한 숫자의 근사치는 2백 단위까지로 끝난 것이 아니므로 설사 2천 단위까지 계산했다 해도 오차가 없어졌다고는 말할 수 없기 때문에, 다제의 계산은 완전히 사치스러운 놀이에 불과하다고 할 수 있었다. 모두들 π공부로 이상해진 검사를 피했다. 그에게 한번 잘못 붙들리면 도도한 열변을 듣게 되고, 신비스러운 π의 절망적인 무리수(無理數) 때문에 인간 정신이 오욕을 당하는 것에 인간으로서의 의분(義憤)을 느껴야 한다고 사주받는 것을 각오해야 했다. 그는 자나깨나 직경에 π를 곱해 원주(圓周)를 얻고, 반경의 자승에 π를 곱해서 원의 면적을 내고, 이렇게 끝을 볼 수 없는 것에 절망한 검사는, 인류가 이 문제의 해명법을 아르키메데스 때부터 너무 어렵게만 생각한 것이 아닌가, 그리고 해명법은 사실은 우스울 정도로 간단한 것이 아닐까 하고 가끔 의혹에 빠졌다. 원주는 구장(求長)할 수 있는 것이 아닐까, 따라서 어떤 직선도 원으로 바꿀 수 있는 것이 아닐까 하고 파라반트는 가끔 일대 발견을 한 것처럼 생각했다. 그가 가끔 밤 늦게까지 조명이 어두운 텅빈 식당에서 자기 자리에 앉아, 식탁보가 치워진 식탁 위에 한 개의 끈을 주의 깊게 둥글게 하고 그것을 갑자기 습격하는 듯한 손짓으로 늘어놓고는, 맥이 빠진 듯 턱을 괴고는 번민하듯 생각하는 것이 보였다.

고문관은 검사가 그 불행한 도락에 열중하고 있을 때에, 가끔 응원하면서 마음이 내키는 대로 사주했다. 괴로워하는 이 사나이는 한스 카스토르프에게도 자기의 상심을 호소했는데, 그는 처음에 원의 신비를 상냥하게 열심히 들어 주었기에, 한 번이 두 번이 되고 세 번이 되었다. 검사는 청년에게 절망의 π를 생생하게 느끼도록 하기 위하여 정밀하게 그려진 도면을 보여 주었는데 거기에는 길이가 거의 없을 정도로 짧은 수없이 많은 변을 가진 두 개의 겹쳐진 다각형이 갖은 신고(辛苦) 끝에 그려져 있었다. 그 두 개의 다각형의 하나는 원에 외접(外接)하여, 또 하나는 내접하여 그려져 있어 이 원주와 두 개의 다각형의 변은 보통 인간의 작업이라고는 생각할 수 없도록 원에 가깝게 그려져 있었다. 그러나 이렇게 계산할 수 있는 변으로 에워싸고 확정주를 얻으려고 해도 공기나 연기처럼 도망가 버리는 잉여부(剩餘部), 만곡부(彎曲部), 이것이 π입니다! 하고 검사는 아래턱을 떨면서 말했다. 한스 카스토르프는 검사의 기분을 충분히 알 수 있었지만, 검사만큼 파이에 대해 흥분할 수는 없었다. 그는 검사에게 그것은 속임수라고 말하고, 도깨비 장난 같은 연구에 너무 열중하지 않도록 충고하며 원주의 가상의 시점(始點)으로부터 가상의 종점(終點)에 이르기까지를 구성하고 있는 넓이가 없는 만곡점에 대하여, 동일 방향을 한시도 지속하지 않는 영원한 회전인 사계(四季)의 순환이 얼마나 명랑한 우수를 느끼게 하는지에 대해 말했는데, 그것을 아주 냉정하고 경건하게 말했기 때문에 검사의 흥분은 그것으로 한동안 조용해진 것 같았다.

게다가 선량한 한스 카스토르프가 검사처럼 고정 관념에 사로잡혀 주위의 명랑한 사람들로부터 아무런 주의도 받지 못하고 고민하고 있는 동숙자에게 신임을 얻어 말 상대로 선택된 것은 검사의 경우만이 아니었다. 가령 그러한 동숙자의 한 사람으로는, 전신(前身)이 조각가로 메부리코, 푸른 눈, 흰 콧수염을 한 상당한 연배의 오스트리아의 시골에서 온 환자가 있었는데, 이 사나이는 경제 정책적인 계획을 생각해 내, 그 취지서를 깨끗한 글자로 써 그 핵심적인 부분에 세피아색의 그림 물감으로 밑줄을 그었다. 이에 따르면 신문 구독자의 전부에게 낡은 신문을 하루에 40그램씩 모으게 하여, 그것을 매월 첫날에 회수한다. 그러면 1년에 1인당 약 1만 4천 4백 그램, 20년이면 2백88킬로 그램이 되어 1킬로그램을 20페니씩 팔면 57마르크 60페니의 금액이 된다는 것이었다. 이 비망록에 따르면, 신문 구독자 수를 5백만이라고 치고 1백20년 사이에는 낡은 신문의 값은 2억8천8백 마르크라는 거액에 이른다. 이 금액의 3분의 2를 신규 구독료에 돌려 신문을 싸게 읽힐 수 있고, 나머지 3분의 1, 약 1억 마르크를 인도적인 목적을 위해, 가령 민중 결핵 요양소의 자금, 불우한 인재의 육영 자금 등에 충당시킬 수 있다는 것이다. 이 계획은 나무랄 데 없이 작성되어 있어, 낡은 신문의 회수 장소, 매달 회수하는 낡은 신문 값을 계산하는 센티미터 자, 대금의 영수증에 사용하는 구멍이 뚫린 용지까지 도면으로 적혀 있었다. 이렇게 계획은 모든 면에서 설명되고 입증되었다. 낡은 신문이 무지한 사람들에 의해 하수구에 버려지고 불에 던져지고 생각 없이 낭비, 탕진되어지는 것은 조국의 숲과 국민 경제에 막대한 손실인 것이다. 종이를 소중히 하고 절약하는 것은 펄프, 목재를 소중히 하고 절약하는 것이 되어, 펄프와 종이를 제조하기 위해 소비되는 적지 않은 인적 자원과 자본을 소중히 하고 절약하는 것이기도 하다.

그리고 헌 신문은 포장 용지와 휴지로 재생되므로 쉽게 몇 배의 가치로 바꿀 수 있어 중요한 자원으로도 되고 국세(國稅)와 지방세의 윤택한 세원(稅源)으로도 되기 때문에, 신문 구독자의 세금 부담이 경감되는 결과가 된다. 요컨대 이 계획은 훌륭한 계획으로 사실은 나무랄 데가 없었다. 그러나 어딘지 이상하고 소용 없는, 아니 음산하고 미친 것 같은 느낌까지 들었는데, 그것은 한때 예술가였던 노인이 그 경제 계획에 열중하여 그것만을 계속 생각하고 선전한 병적인 광신 때문이었다. 또한 그는 이 계획을 진지하게 생각한 것이 아니고 그것을 실현하려는 생각도 전혀 없었기 때문이다. 한스 카스토르프는 이 광신자에게서 열띤 말로 복지 증진의 멋진 계획을 설명 들을 때마다 고개를 갸우뚱하고 끄덕이며 들었지만, 지각없는 세상에 화가 나서 이 계획의 입안자에게 동정을 보내야 할 텐데 오히려 멸시와 혐오를 느끼는 것은 무엇 때문일까 하고 생각하였다.

베르크호프의 몇몇 손님들은 에스페란토 어를 공부하고 있었는데, 식탁에서 이 알 수 없는 인조 언어를 구사하며 말하는 것을 자랑으로 삼고 있었다. 한스 카스토르프는 그들을 음산한 얼굴로 바라보았지만, 그들은 제깐엔 상류에 속한다고 생각하는 듯했다. 이때부터 베르크호프에 영국인의 한 그룹이 있어 사교 유희를 유행시켰다. 그 유희란 모두 둥글게 모여서 한 사람이 이웃사람에게 영어로「당신은 나이트캡을 쓴 악마를 본 일이 있습니까?」하고 물으면, 질문받은 사람은「아니, 나는 나이트캡을 쓴 악마를 한 번도 본 일이 없습니다.」하고 대답하면서 빙빙 도는 것이었다. 참을 수 없는 유희였다. 그러나 한스 카스토르프는 카드를 갖고 혼자 점을 치는 사람을 보면 더한층 참을 수 없는 기분이었다. 그 놀이를 하고 있는 사람은 베르크호프의 어디에서나, 어느 시간에나 볼 수 있었다. 최근 이 지루함을 메꾸는 놀이가 일대 유행이 되어 베르크호프는 마치 악습(惡習)의 소굴 같은 양상을 보였는데 한스 카스토르프 자신도 한동안 이 병에 걸려 아마 누구보다도 열을 올렸던 탓으로, 더 한층 여기에 소름이 끼쳤던 것이다. 그는 11이라는 카드 점치기에 열중했는데, 이것은 카드를 석 장씩 세 줄로 나란히 펼쳐 가는 동안 두 장의 카드 수의 합계가 열하나가 되든지 그림 카드가 계속하여 석 장 나오면, 그 위에 새로운 카드를 놓을 수 있게 되고, 이렇게 하여 착착 진행되어 가면 카드가 깨끗하게 없어져 버리는 놀이였다. 이렇게 단순한 놀이가 제 정신을 잃게 하는 매력을 가지리라고는 아무도 상상하지 못한 것이다. 그러나 한스 카스토르프는 다른 많은 사람들과 마찬가지로 그런 매력이 있을 수 있다는 것을 경험했는데, 그러한 탈선은 결코 명랑한 일이 아니므로 눈썹을 찌푸려 가면서 경험했다.

카드를 나란히 늘어놓는 것은 때로는 운이 좋아 척척 진행되어 그 합이 11이 되는 두 장의 카드나 잭, 퀸, 킹의 석 장이 처음부터 계속 나와 세번째 줄을 다 채우기도 전에 카드가 손에 남지 않아 끝이 났다(너무도 어이없는 성공이라서 곧 또다른 운수 점치기를 하게 되는 것이었지만). 어떤 때는 석 장씩

석 줄이나 늘어놓아도 새로 겹칠 수 없게 되어 이제 이것으로 끝났다는 판국에서 갑자기 정돈이 됐다가 마지막 순간에 파산(破算)이 되기도 했다. 한스 카스토르프는 변덕부리는 카드의 요정의 노리개가 되고 눈부시게 변하는 운수에 농락되어, 어디에 있거나 하루 종일, 밤에는 별빛 아래서 낮에는 아침 잠옷 그대로, 식탁에서도 꿈속에서도 카드를 계속 늘어놓고 있었다. 자기 스스로도 몸이 오싹했으나 역시 그만두지는 못했다. 전부터 『방해를 하는』 사명을 가진 세템브리니 씨가 어느 날 방문을 하여 청년이 혼자 운수놀이를 하고 있는 것을 보았다.

「이게 무슨 일입니까?」 하고 그는 이탈리아 어로 말했다. 「카드 놀이를 하고 있군요, 엔지니어?」

「그런 것은 아닙니다.」 하고 한스 카스토르프는 대답하였다. 「그저 별 생각 없이 펴놓고 책상 위에서 운수를 보고 있을 뿐입니다. 장난꾸러기인 운수가 아양을 떠는가 하면 대단한 강짜를 부려 그 변덕과 고집에 나는 말려들고 있습니다. 아침에 일어나자마자 했을 때는 세 번 계속하여 연달아 올랐는데, 한 번은 두 줄로 끝나 버렸습니다. 이것은 기록입니다. 그런데 웬일일까요? 이번에는 이것이 서른두번째이지만, 절반만이라도 끝난 적은 한 번도 없었습니다.」

세템브리니 씨는 이 몇 년 동안, 여러 번 그랬듯이 검은 눈으로 청년을 슬픈 듯이 바라보았다.

「아무튼, 당신은 분주하게 지내고 있군요.」 하고 그는 말했다. 「나는 이곳에서 나의 근심 걱정에 위로를, 나를 괴롭히는 마음의 갈등에 진통제를 찾을 수는 없는 것 같습니다.」

「갈등이라구요?」 하고 한스 카스토르프는 되묻고, 계속 카드를 펴나갔다.

「세계 정세가 나의 머리를 뒤범벅으로 만들고 있습니다.」 하고 프리메이슨 단원은 한숨을 쉬면서 말했다. 「발칸 동맹이 실현화될 것 같습니다, 엔지니어. 내가 수집한 정보 모두가 그것을 뒷받침해 주고 있습니다. 러시아는 동맹을 실현시키려고 혈안이 되어 있어요. 그리고 동맹의 창끝은 오스트리아와 헝가리 군주국을 향하고 있습니다. 이 군주국을 없애지 않는 한 러시아의 의도는 어떤 것이든 실현될 수 없기 때문입니다. 당신은 내가 무엇을 걱정하고 있는지 아시겠죠? 당신도 아시다시피, 나는 비엔나를 마음속으로 미워하고 있습니다. 그러나 그렇다고 해서 사르마티아 인의 전제에 정신적 지원을 보내야 할 것인가요? 그들은 우리들의 고귀한 유럽에 전화(戰火)를 가져오려고 하고 있습니다. 한편, 만일 나의 조국이 오스트리아와 일시적이라도 외교적 협력 관계를 맺는다면 나는 능욕을 받은 기분이 될 것입니다. 이 양심의 문제는 즉 이런…….」

「7과 4.」하고 한스 카스토르프가 말했다. 「8과 3, 잭과 퀸에다 킹, 이건 괜찮은데요. 당신이 옆에 있어서 운이 트이기 시작했습니다, 세템브리니 씨.」

이탈리아 인은 잠자코 있었다. 한스 카스토르프는 이탈리아 인의 이성적이고 도덕적인 까만 눈이 슬픔을 띄고 자기를 지켜 보고 있는 것을 느꼈지만, 한동안 계속하여 카드를 펴고 난 뒤, 턱을 괴고 장난꾸러기 아이같이 모르는 척하며 고집스러운 멍청한 얼굴로 시치미를 떼고 눈앞에 서 있는 선생을 쳐다보았다.

「당신의 눈은,」하고 선생은 말했다. 「현재의 당신이 어떻게 되어 있는지 자기 스스로도 알고 있다는 것을 나에게 알리지 않으려고 하고 있지만 그것을 전혀 감추지 못하고 있습니다.」

「실험 채택.」하고 한스 카스토르프는 대담하게 대답했다. 그것을 듣고 세템브리니 씨는 가버렸다. 혼자 남은 청년은 카드 펴기를 그만두고, 턱을 괴고 흰 방의 가운데에 있는 테이블 앞에서 잠시 앉아 있었다. 세계를 사로잡고 있는 괴이한 비뚤어진 상태, 세계를 자기 마음대로 방종한 지배하에 넣고 있는 악마와 요괴, 『둔감이라는 이름의 악마』가 깔보듯이 조소하는 것을 보고 등골이 오싹해지면서 한스 카스토르프는 앉아 있었다.

『둔감』이라는 이름은 무서운 수수께끼 같은 이름이었으며 신비스러운 공포를 불러일으켰다. 한스 카스토르프는 여전히 앉아서 손바닥으로 이마와 심장 부근을 어루만졌다. 그는 공포를 느꼈다. 『이 모든 것』이 무사하게는 끝나지 않으리라. 마지막에는 참을성 있는 자연도 참을 수가 없게 되어, 무언가 일대 사변, 뇌우와 폭풍우를 불러일으켜, 세계의 침체를 날려 버리고 생활의 『궁지』를 타개하여 『침체』에 무서운 최후의 심판이 내릴 것이라고 느꼈다. 이미 말했듯이 그는 도망치고 싶었다. 따라서 요양원 당국이 아까도 언급한 바와 같이 『낮과 밤을 가리지 않고 눈길을』 계속 쏟고, 그의 얼굴빛을 읽고, 새로운 효력 있는 가설로 그의 기분을 달래려고 한 것은 고마운 일이었다.

사무국은 학생 조합원인 베렌스의 입을 빌려 한스 카스토르프의 체온 불안정의 참다운 원인을 규명 중이라고 언명했지만, 당국의 과학적인 설명에 따르면, 그 참된 원인을 규명하는 것은 그다지 곤란하지 않고, 완쾌하여 평지로 돌아가는 것도 아주 가까운 장래의 일로 될 것 같았다. 한스 카스토르프 청년은 피를 뽑기 위하여 팔을 내밀었을 때, 여러 가지의 감회에 빠져 심장이 높이 뛰었다. 그는 투명한 채혈병에 점점 차올라가는 생명의 멋진 루비색의 액체를, 눈을 껌벅이면서 창백한 얼굴로 감탄하며 보고 있었다. 고문관은 자신이 닥터 크로코브스키와 간호원 수녀의 도움을 받아 가면서, 간단하긴 하지만 중요한 방혈법(放血法) 수술을 해주었다. 그러고 난 뒤 며칠이 지나갔다. 그 동안 한스 카스토르프는 자기의 체내에서 뽑아 낸 혈액이 체외에서, 과학의 견지에서는 어떤 결과가 나타날까 하는 생각뿐이었다.

물론 아직은 아무런 변화도 나타날 때가 아니라고 고문관은 말하였으나, 잠시 후 그는 유감스럽게도 아직 아무것도 나타나지 않는다고 말해 주었던 것이었다.

그러나 어느 날 아침 식사 때에, 고문관은 한스 카스토르프가 그 무렵 앉게 되었던 일류 러시아 인석, 전에 그의 위대한 『친구』가 앉던 맨 끝자리로 걸어와서, 실험 배양기의 하나에 드디어 생각했던 대로 연쇄상 구균이 분명하게 나타났다고 상투어 섞인 축사와 더불어 보고해 주었다. 그런데 문제의 중독 현상 말인데, 이것은 전혀 존재하지 않는다고 할 수 없는 결핵 때문인지, 혹은 아주 적게 존재하는 연쇄상 구균 때문인지는 확률의 문제다, 베렌스 자신으로서는 더 시간을 들여 정밀하게 연구해야 한다고 말했다. 배양균은 아직 충분히 성장하지 않았기 때문이다. 고문관은 청년에게 그것을 『실험』이라고 부르는 실험실에서 보여 주었는데, 젤리처럼 응결된 혈액 내부에 회색의 점들이 조금씩 나타나 있었다. 그 점들이 바로 구균이었다(그러나 구균은 결핵과 마찬가지로 어떤 바보라도 보유하고 있어 외부에 증상이 나타나지 않는 한 그것을 보유한다는 것은 특별한 문제가 되지 않았다).

한스 카스토르프의 체내에서 취해진 응결된 혈액은 몸 바깥에서, 과학의 눈 아래에서, 결과를 계속 나타냈다. 어느 날 아침 또다시 고문관은 상투어가 섞인 흥분한 어조로 하나의 배양기뿐만 아니라 다른 것에도 구균이 많이 나타났다고 보고해 주었다. 그 모든 것이 연쇄상 구균인지 아닌지 확실치는 않지만, 중독 현상이 이 균 때문이라는 것은 확실한 것이라고 해도 좋다. 한때 분명히 존재하고 있었고 현재에도 없어졌다고 할 수는 없는 결핵이, 중독 현상에 어느 정도까지 관계하고 있는지는 물론 알 수가 없다. 그래서 결론은? 연쇄상 구균의 왁찐 주사를 맞는 것이다! 예후(豫後)는? 아주 유망하다. 특히 주사는 위험이 조금도 없고 절대로 해를 끼치지 않기 때문이다. 혈청은 한스 카스토르프 자신의 혈액에서 만들어지는 것이기 때문에, 주사에 의해 체내에 현존하는 균 외에 균이 들어갈 염려는 절대로 없다. 최악의 경우에도 아무 도움이 안 되었다는 것으로 효과가 제로로 될 뿐이다. 그러나 한스 카스토르프는 역시 환자로서 여기에 있지 않으면 안 되기 때문에, 이 시험적인 효과가 제로라 해도 원래부터 그러하기 때문에 최악의 경우라고는 말할 수 없다!

아니 한스 카스토르프는 여기에 반대할 생각은 없었다. 왁찐 요법 같은 것은 우습고 자랑할 수 없는 것이었지만 그는 이것을 감수했다. 자기의 혈액을 자기의 체내에 주사한다는 것은 싫고 재미없는 위안으로, 이득도 기쁨도 없는 일, 자기로부터 자기에게로라는 근친 상간적인 추악한 것으로 느껴졌다. 그는 신경쇠약적인 아마추어적인 생각에서 그렇게 느꼈지만, 이득이 없다는 점에서는——이 점에서는 물론 완전히——그의 생각은 옳았다. 이 검사는 여러 주일 계속 되었다. 가끔 해로운 것처럼도 느껴졌고——물론 이것은 착각임에 틀림없었다——가끔 효과 있는 것처럼도 느껴졌지만, 이것 역시 착각이었다는 것이 분명해졌다. 확실하게 입밖에 내서 말한 것은 아니었지만, 결과는 제로였다. 이 실험은 실패하고 말았다. 한스 카스토르프는 악마의 방종한 지배에도 이제는 결말을 짓게 될 무서운 일이 일어나리라는 것을 느끼면서도, 이 악마와 서로 얼굴을 맞대고 카드 놀이를 계속하고 있었다.

묘음의 향연

우리들의 오랜 세월에 걸친 친구인 한스 카스토르프로 하여금 그토록 열중했던 카드 놀이를 그만두게 하고, 사실은 카드 놀이에 지지 않을 정도로 이상한 도락이긴 하지만 더 고상한 도락에 열중하게 한 것이 있었다. 그것은 베르크호프 당국이 새로 구입한 기계였는데 도대체 어떤 것인가? 우리들은 이 비품의 숨은 매력에 취해 그 매력을 이야기하고 싶어 참을 수가 없으니 이제부터 이야기하려고 하는 바이다.

큰 담화실에 비치된 오락 기구가 하나 더 많아진 것인데, 그것은 낮이나 밤이나 서비스에 정신을 쓰는 베르크호프 당국이 생각해 낸 위원회에서 구입을 결정하고, 우리들로서는 별반 계산해 보고 싶지 않지만 좌우간 막대한 금액을 투입하여, 누구에게나 무조건 추천할 수 있는 기계를 이 요양원 관리 당국이 구입했던 것이었다. 그렇다면 실체경, 망원경식의 만화경이나 활동 사진식의 깜짝 놀라게 하는 음의 재치 있는 장난감이란 말인가? 물론이다. 그러나 또한 전혀 다르다고 말할 수도 있었다. 왜냐하면 어느 날 밤, 그것이 피아노가 있는 담화실에 설치된 것을 보고 손님들은 손을 높이 들고 손뼉치거나 몸을 구부리고 무릎 앞에서 손뼉을 치며 환영했다. 광학 응용의 기계가 아니라 청각적인 기계였다. 그리고 이것은 이때까지의 단순한 오락품으로는 품위나 계급 가치의 점에서 비교가 안 될 고급품이었다. 3주일을 이곳에서 지내면 싫증이 나버려 손을 대려고 하지 않는 어린애 장난감 같은 그런 단순한 물건은 아니었다. 그것은 맹랑하고도 심원(深遠)한 예술적 감흥이 솟아오르는 마법의 샘이었다. 음악의 기계, 축음기였다.

어쩌면 독자 여러분께서는 축음기라는 말을 듣고 엉뚱하게 지레짐작을 하여, 이 기계의 케케묵은 유치한 원형(原型)에 해당되는 장치를 연상하고, 그 뒤 뮤즈의 여신에 인도된 기술이 주야로 개량을 거듭하여 기막힌 완성을 본 우리들의 축음기에는 비할 수도 없는 그런 것을 생각하지나 않을까 불안스럽다. 베르크호프에 온 이 물건은 한 시대 이전의 축음기, 윗부분에 회전반(回轉盤)과 바늘이 있고 놋쇠로 된 모양이 흉한 나팔이 달려 있으며 음식점의 테이블에서 콧소리로 고함을 질러대어 점잖은 손님의 귀를 멍멍하게 한, 그 핸들이 달린 빈약한 작은 상자는 아니었다. 비단으로 덮인 코드에 의해 벽의 소켓에 접속되고 전용대(專用臺) 위에 멋지게 얹혀 있으며, 옆 넓이보다 안쪽이 깊고 약품으로 까맣게 만든 이 상자는, 저 조잡한 골동품 같은 기계와는 전혀 다른 멋진 것이었다. 위가 아름답고 좁게 되어 있어 그 뚜껑을 열면 안쪽 깊숙이에서 놋쇠로 된 지주(支柱)가 올라와 반짝이면서 비스듬히 뚜껑을 고정시키게 되어 있었다. 그 아래 평면에는 녹색 나사지를 깐 니켈의 회전반이 있고, 그 중앙의 역시 니켈로 된 기둥에는 에보나이트 제의 레코드의 구멍을 끼우게 되어 있었다. 또한 상자 오른편 전방에는 템포를 조절하기 위해 시계의 문자반처럼 숫자를 새긴 장치가 있었고, 왼편에는 회전반을 움직이기도 하고 세우기도 하는 작은 스위치도 있었다. 그 왼편에는 부드러운 접합부를 중심으로 어느 쪽으로나 돌아가는 픽업이 있으며 둥근 사운드박스가 붙어 있고 거기에 달린 나사가 레코드 위를 따라 달리는 바늘을 누르게 되어 있었다.

상자의 정면에 있는 두 개의 덧문을 좌우로 열면 그 안에 까맣게 부식시킨 가늘고 긴 판이 차양처럼 옆으로 나란히 있고, 그밖에는 아무것도 보이지 않았다.

「이것은 최신형의 제품입니다.」 하고 고문관은 손님들과 그 방으로 들어가면서 말했다. 「아주 첨단을 가는 제품입니다. 여러분, 최상, 최고, 이 이상의 제품은 어느 시장에도 없습니다.」 그는 시장이라는 말을 무식한 점원이, 손님에게 상품을 권하기 위해 말하는 묘하기 짝이 없는 말투로 말했다. 「이것은 도구나 기계는 아닙니다.」 하고 그 대 위에 놓인 색깔이 있는 작은 상자에서 바늘을 하나 꺼내어 그것을 사운드박스에 끼워 넣으며 계속 말을 했다. 「이것은 악기입니다. 스트라디바리우스(1644~1737, 이탈리아의 유명한 바이올린 제작자)나 구아르네리의 손으로 된 악기에 필적할 수 있습니다. 이 속에는 굉장히 세련된 공명과 파장이 충만되어 있습니다! 뚜껑 안에 있는 마크를 보면 아시겠지만 『폴리휨니아』라고 합니다. 독일 제품입니다. 여러분, 우리 독일 사람들은 이런 것을 만들면 타의 추종을 허락하지 않는 훌륭한 것을 만듭니다. 근대적인 기계화와 음악적 정신의 성실한 결합입니다. 참신한 독일 정신입니다. 저기에 레코드가 있습니다.」 이렇게 말하고 두툼한 앨범이 여러 권 꽂혀 있는 벽장을 가리켰다. 「나는 이 마법의 보물을 그대로 여러분이 자유로이 즐기도록 하겠습니다만 소중하게 다루어 주십시오. 그러면 시험삼아 한 곡 틀어 보기로 합시다.」

환자들의 간청에 따라 베렌스는 침묵 속에 풍부한 내용을 간직하고 있는 마법의 앨범 한 권을 꺼내 그 묵직한 페이지를 들치고 가운데를 동그랗게 파낸 구멍 근처에 색깔로 인쇄된 두꺼운 종이 봉지 하나에서 레코드를 꺼내어 회전반에 얹었다. 그리고 간단한 조작으로 회전반을 돌려 완전히 빨라질 때까지 2,3 초 기다리고 나서 강철 바늘의 뾰족한 끝을 조심스럽게 레코드의 가장자리에 얹었다. 희미한 마찰음이 들리기 시작했다. 고문관은 그 위에 뚜껑을 닫았다. 그 순간 열린 두 덧문 뒤의 차양 사이로, 아니, 상자 전체로부터 악기 소리가 들려 오더니, 명랑하게 울리는 급템포의 멜로디, 오펜바흐의 서곡의 첫부분인 활발한 리듬이었다.

손님들은 입을 벌리고 미소를 띄면서 귀를 기울였다. 목관 악기의 장식음이 귀를 의심할 정도로 순수한 자연 그대로였다. 바이올린이 단독으로, 환상적으로 연주된 전주음이었다. 그 활의 움직임, 손가락을 사용한 트레몰로 하나의 음정에서 다른 음정으로 옮겨 갈 때의 감미로운 활주(滑奏)를 들을 수 있었다. 이윽고 바이올린은 〈아, 나는 그녀를 잃었노라〉라는 왈츠의 멜로디를 연주하기 시작했다. 이 감미로운 선율이 가볍게 관현악의 하모니를 타자, 전 악단이 멋지게 이것을 받으면서 물흐르는 듯한 합주로 이 멜로디를 되풀이하여, 듣는 사람들을 황홀케 했다. 물론 이 방에서 진짜 관현악이 연주되고 있는 것 같지는 않았다. 각 기음의 볼륨이 뒤틀어지지는 않았지만 입체감을 잃고 있어서, 청각상의 것에 시각상의 비유를 전용(轉用)하는 것이 허락된다면, 오페라 글라스를 뒤집어 그림을 들여다보는 듯한 느낌이라, 선의 날카로움이나 색채의 선명함은 조금도 감소되지는 않지만 그림 전체가 멀고 작게 보이는 것과 같은 식이었다. 기지에 넘친, 자극적이며 매력이 찬 악곡은 가벼운 착상을 풍부하게 전개하면서 끝났다. 마지막 곡은 명랑 그것이어서 고의로 천천히 시작하는 급템포의 원무, 노골적인 캉캉춤으로 되어 공중에 던져지는 실크 모자, 흔들리는 무릎, 춤추면서 올라가는 스커트를 연상케 하며 우습고 의기양양한 기분으로 끝날 줄을 몰랐다. 이윽고 회전이 자동적으로 소리를 내며 멈추었다. 끝난 것이었다. 모두들 진심으로 박수를 보냈다.

모두의 소망에 따라 다시 한 장을 더 틀었다. 상자 안으로부터 사람 목소리가, 남성의 목소리가 부드럽고도 힘차게 관현악의 반주와 함께 흘러 나왔다. 이탈리아의 유명한 바리톤 가수의 목소리였다. 이번에는 둔하고 먼 음색은 조금도 느껴지지 않았고, 멋진 목청은 천성의 성량을 남김없이 뽑아 올렸다. 특히 문을 열어 놓고 있는 옆방에서 기계를 보지 않고 귀를 기울이고 있으면 살롱에 성악가 자신이 악보를 가지고 실제로 서서 노래부르는 것 같았다. 성악가는 이탈리아 어로 오페라의 어려운 아리아를 불렀다.

「아, 이발사, 주인, 주인! 거기 가는 피가로, 저기 가는 피가로, 피가로, 피가로, 피가로.」

듣고 있는 사람들은 높은 가성(假聲)의 말하는 듯한 노래, 곰처럼 억센 목소리와 혀가 유창하게 움직이는 입의 능숙한 대조에 흥겨워 배꼽을 쥐고 웃었다. 음악을 잘 아는 사람들은 가수의 분절법(分節法)과 교묘한 호흡법에 귀를 기울이고 감탄했다. 청중을 흥분시키는 마력을 가지고 있어서 이탈리아 음악의 반복 취미의 대가인 듯한 이 성악가는, 마지막 주조음(主調音)으로 옮아가기 전에 아마 무대의 전방으로 걸어 나와서는 손을 올리고 마지막에서 두번째 음을 길게 끌어 부른 것 같았다. 그래서 베르크호프의 청중은 그 창법에 흥분되어 노래가 끝나는 것을 기다리지 않고 브라보를 계속 외쳤다. 멋진 것이었다.

레코드는 계속하여 틀어졌다. 어떤 한 장에서는 호른이 민요의 변주곡(變奏曲)을 신중하고도 아름답게 취주했다. 어떤 한 장에서는 소프라노 가수가 《라트라비아타》 속의 아리아를 낭랑하고도 멋들어지게, 단음(斷音)과 트레몰로를 잘 소화시키며, 더없이 사랑스러우며 냉정하고도 정확하게 불렀다. 또 어떤 한 장에서는 스피넷처럼 담백한 느낌의 피아노 반주로, 세계적으로 유명한 바이올린 연주가가 루빈스타인의 《로망스》를 연주했는데, 거기에는 역시 뭔가 베일을 통해서 듣는 것 같은 느낌이 있었다. 이리하여 희미하고 은은히 울리는 마법의 상자로부터는 종소리, 하프의 활주, 나팔의 유량(瀏喨)한 취주, 북의 연타(連打)가 흘러 나왔다. 마지막으로 댄스곡의 레코드도 두세 장 있었다. 예를 들면 항구의 술집용의 이국적인 탱고곡이었는데, 이것에 비하면 비엔나 왈츠 같은 것은 벌써 과거의 것이 되어 버린 것이다. 이 근대적인 스텝을 알고 있는 두 쌍의 손님이 융단 위에서 레코드에 맞추어 춤을 추었다. 베렌스는 한 개의 바늘을 한 번 이상 사용하지 말도록, 그리고 레코드를 『날계란과 꼭 같이』 취급하도록 주의하고 나가 버렸다. 나중에는 한스 카스토르프가 뒷일을 맡아 했다.

어찌하여 다른 사람 아닌 한스 카스토르프가 이 일을 맡아 하게 되었는가? 그것은 이러했다. 고문관이 나가 버린 뒤에 누군가가 바늘과 레코드를 바꾸고 전류를 연결하고 차단하는 일을 맡아 하려 하였을 때, 한스 카스토르프는 무뚝뚝한 목소리로 그를 가로막았다.

「나에게 시켜 주십시오!」

이렇게 말하며 그가 사람들을 밀치자 모두들 깨끗이 양보했다. 왜냐하면 그는 이런 기계에 대해서는 전부터 잘 만질 줄 알고 있는 듯했고, 또 누구나 다이 즐거운 샘 곁에 매달려 일을 하느니보다는 한가롭게 책임 없이 심심해질 때까지 듣고 있는 쪽이 좋겠다고 생각했기 때문이었다.

한스 카스토르프는 그렇지가 않았다. 그는 고문관이 새로운 구입품을 소개하고 있는 동안, 손님들의 뒤에 조용히 있으면서도 모두의 웃음과 브라보에도 가담하지 않고 긴장하여 음악에 귀를 기울이고 있었다. 그는 웬지 침착하지 못한 태도로 모두들 뒤에서 이쪽저쪽으로 자리를 바꾸다가 도서관에 들어가 귀를 기울이더니, 마지막에는 베렌스의 옆에 서서 뒷짐을 지고 성미가 까다로운 얼굴을 하고 마법 상자를 지켜 보면서 기계의 간단한 취급법을 관찰하고 있었다. 마음속으로 그는 『그렇다! 주의해라! 전기(轉機)다! 이것은 나를 위해 찾아온 것이다!』 하고 생각했다. 새로운 열정과 도취, 애정을 가질 수 있을 것이라는 강한 예감에 그는 마음이 산란해졌다. 그것은 젊은 아가씨를 한 번 본 순간, 큐피드의 갈고리 화살에 심장 한가운데를 맞은 평지의 젊은이의 기분과 꼭 같았을 것이다.

한스 카스토르프의 일거 일동은 곧 질투에 지배되기 시작했다. 공동의 재산이라고? 천만의 말씀! 정열이 없는 호기심만으로는 소유할 권리도 자격도 없는 것이다. 「나에게 시켜 주십시오!」 하고 그는 이빨 사이로 중얼거렸고 아무도 여기에 이의가 없었다. 모두는 한스 카스토르프가 튼 경음악의 레코드에 맞추어 한동안 춤을 추었고, 다음에 노래의 레코드를 또 한 장 틀었다. 그것은 가극 《호프만 이야기》의 곤돌라의 뱃노래의 이중창으로 귀를 감미롭게 했다. 노래가 끝나자 그는 뚜껑을 닫았다. 사람들은 가벼운 흥분에 취해 이야기를 하면서 안정 요양으로, 또는 잠자리로 돌아갔다. 한스 카스토르프는 그것을 기다리고 있었던 것이었다. 손님들은 모든 것을 어질러 놓은 채, 바늘 상자는 열어 놓고, 앨범은 꺼내 놓고, 레코드는 동댕이쳐 놓은 채 저마다 물러갔다. 그들이 할 만한 짓이었다. 한스 카스토르프는 사람들의 뒤를 따라가는 척하다가 사실은 계단 위에서 살짝 그들과 떨어져 살롱으로 되돌아가 문을 모조리 닫아 버리고는, 밤이 샐 때까지 축음기에 몰두했다.

그는 새로운 기계를 잘 연구하고 여기에 부속되어 있는 악곡의 보고(寶庫), 무거운 앨범에 수록된 레코드를 샅샅이 조사해 보았다. 앨범은 열두 권 있고 크기는 대소 두 종류가 있었다. 어느 앨범에나 레코드가 열두 장씩 들어 있었는데, 빽빽하고 둥그렇게 금이 새겨진 검은 반의 대부분은 양면용으로 그것도 많은 곡이 뒷면에까지 계속되어 있었을 뿐만 아니라, 대부분의 레코드가 앞뒤에 전혀 다른 곡이 취입되어 있어, 한동안은 간파할 수 없을 정도로 복잡하여 머리가 혼란해질 정도로 즐거운 기대에 찬 보고였다. 밤이 깊어졌으므로 주위에 폐가 되지 않도록, 사람들의 귀에 들리지 않도록 하기 위해 음향을 약하게 하는 부드러운 바늘을 사용하여, 그는 스물다섯 장 가량의 레코드를 틀어 보았다. 그래도 이쪽저쪽에서 유혹하듯 차례를 기다리는 레코드 수의 8분의 1에도 차지 않았다. 오늘 밤은 곡목을 대강 훑어 보고, 침묵하고 있는 둥그런 그래프의 어느 것이든지 적당히 꺼내어 틀어 보는 것으로 만족해야 했다. 에보나이트의 원반은 중심 부분의 색있는 레테르로 구별될 뿐 그밖에는 보기에 다 같은 것이었다. 어느 레코드에도 가느다란 금의 소용돌이가 중심 부분까지 혹은 중심 가까이에까지 새겨져 있어 모두 똑같았지만, 이 가느다란 금에는 모든 음악, 음악 예술의 모든 영역의 멋진 착상이 제일급의 연주에 의해 취입되어 있었다.

훌륭한 교향악의 서곡이나 악장(樂章)을 유명한 오케스트라가 연주한 레코드가 여러 개 있었는데, 여기에는 지휘자의 이름이 적혀 있었다. 다음으로 유명한 오페라 극장의 가수들이 피아노 반주로 노래부른 가곡이 여러 장 있었다. 여기에는 개성이 강한 예술가의 고도로 의식적인 작품도, 또한 소박한 민요도 있으며, 이 두 개의 말하자면 중간을 차지하는 것도 있었다. 이 중간이라는 것은 풍부한 정신에서 탄생한 예술인 동시에 민중의 마음과 느낌을 그대로 살려 그것을 겸손하게 반영하고 있어, 『위공적』이라는 말이 그 깊은 맛을 해치지 않는다면 『위공적 민요』라고도 부를 수 있는 것이었다. 특히 그 중의 하나는 한스 카스토르프가 어릴 때부터 알고 있는 노래였는데 지금 그것을 이 위에서 듣고 복잡하고 이상한 애정을 느꼈던 것이지만, 이 노래에 대해서는 언젠가 다시 언급하게 될 것이다. 이밖에도 어떤 것이 있었을까. 아니 그보다도 무엇이 없었을까? 오페라는 헤아릴 수 없을 만큼 많았다. 유명한 남녀 성악가들로 구성된 국제 혼성 합창단이 부드러운 오케스트라의 반주로 세련된 천부의 소리로 노래불렀다. 감격적이고 도취적인 남국의 노래, 장난기 있고 악마적인 독일의 민요풍의 노래, 프랑스의 본격적 오페라와 오페레타, 가극, 세계의 여러 지방과 여러 시대의 아리아, 2중창과 합창의 장면들이었다. 이것으로 끝났다는 말일까? 천만에 말씀이다. 4중주나 3중주의 실내악, 바이올린, 첼로, 플루트를 위한 기악 독주곡, 바이올린 콘체르트, 플루트 콘체르트, 그리고 피아노 독주곡도 있었다. 또한 조그만 재즈 밴드가 취입한 댄스용의 유행곡 등, 나쁜 바늘을 사용하는 편이 좋을 듯한 오락 레코드 같은 것들도 물론 있었다.

한스 카스토르프는 혼자서 부지런히 레코드를 찾아 냈다. 분류하거나 정리하거나 하면서 레코드의 일부분을 기계에 걸어서 잠자고 있는 소리를 눈뜨게 하기도 했다. 그리고 그의 왕자로서, 의형제로서 추억 속으로 들어간 인물 피테르 페페르코른과 최초의 술자리를 벌였던 날 밤처럼, 밤도 이슥해진 뒤에야 뜨거운 머리로 잠자리로 돌아가 새벽 2시부터 7시까지 마법 상자의 꿈만 꾸고 있었다. 그는 꿈속에서, 회전반이 눈에 보이지 않을 정도의 빠른 속도로 소리도 없이 도는 것을 보았는데 그것은 빙빙 도는 소용돌이 운동 외에 물결이 옆으로 치는 것 같은 독특한 파동 운동을 수반하고 있어, 그 때문에 회전반 위를 달리는 바늘을 받치고 있는 픽업이 탄력 있게 숨쉬는 것처럼 진동하였다. 이것은 현악기의 음과 성악가의 목소리의 떨리는 소리와 미끄러지는 소리를 재현시키는 데 아주 효과적인 것처럼 느껴졌다. 그러나 음향에 민감한 속이 빈 상자 위에서 바늘이 가느다란 금을 따라가 그것이 사운드박스의 엷은 진동막에 전달된다는 것만으로 어떻게 자고 있는 한스 카스토르프의 마음의 귀를 산란하게 하는 복잡한 결합음이 재현되는 것인지, 잠이 깨어 있을 때와 마찬가지로 꿈속에서도 납득이 가지 않았다.

한스 카스토르프는 다음날 아침, 벌써 아침 식사 전에 살롱에 와서 팔짱을 끼고 안락의자에 앉아, 상자의 내부로부터 멋진 바리톤이 하프의 반주로 〈고상한 모임을 바라보면……〉 하고 노래부르는 것에 귀를 기울였다. 하프 소리를 진짜로 듣는 듯했다. 바리톤의 충만된, 마치 숨쉬는 듯한, 음절을 또렷하게 자른 노랫소리를 반주하며 상자 속에서 흘러 나오는 그 하프 소리는 조금도 잘못되거나 왜곡되어 있지 않았다. 참으로 놀라운 일이었다. 그 뒤에 한스 카스토르프는 이탈리아의 근대 가극의 2중창을 들었다. 세계적으로 유명하여 이 앨범 속의 다른 많은 레코드에도 취입되어 있는 테너와 영롱한 구슬처럼 감미롭고 가련한 소프라노의 겸손하고 농도가 짙은 연모의 2중창이었다. 테너의 〈자, 팔을 주시오. 그리운 당신〉 하는 노래에 대답하는 소프라노의 소박하고 감미로운 급템포의 선율적인 소악절, 이보다 더 사랑스러운 것이 이 세상에 또 있을까 싶어질 지경이었다.

한스 카스토르프는 뒤에서 문이 열리는 소리를 듣고 깜짝 놀랐다. 고문관이 방을 들여다보고 있었다. 수술복의 가슴 주머니에서는 청진기가 비죽이 나와 있었고 문의 손잡이를 쥔 채로 문 입구에 잠깐 서서 기계 책임자에게 고개를 끄덕여 보였다. 한스 카스토르프가 어깨 너머로 고개를 끄덕여 답하자 문이 닫히고 창백한 볼 한쪽으로 치켜올라간 콧수염의 원장 얼굴은 그 너머로 사라졌다. 한스 카스토르프는 또다시 모습이 보이지 않으나 예쁜 목소리를 들려주고 있는 서로 사랑하는 두 사람의 목소리 쪽으로 주의를 돌렸다.

그날 점심 식사 후 한스 카스토르프는 청중을 앞에 놓고 레코드를 틀었다. 그 자신은 기계를 돌본다는 의미에서 청중의 한 사람은 아니었으나 그밖의 청중들은 쉬지 않고 들락거렸다. 한스 카스토르프 자신도 기계를 돌보는 사람으로 자처하고 있었고, 다른 사람들도 그가 공동 비품의 관리인 겸 감독자인 척하는 것을 처음부터 묵인하고 있었기 때문에, 그런 의미에서 그의 태도에 불평할 것은 없었다. 그것을 묵인한다고 해서 다른 사람들에게 손해가 갈 것은 없었다. 왜냐하면 음악 팬의 인기의 표적이 되고 있는 테너 가수가 윤기 있는 아름다운 목소리로, 정열의 밑바닥에서 흘러 나오는 세계적으로 아름다운 목소리로 소곡과 대곡을 노래부르는 것을 듣고, 그들은 피상적으로만 황홀해 하고 그 느낌을 입밖에 내서 말도 했지만, 그들에게는 사랑이 없었기 때문에 누가 기계의 일을 맡아 보든 모든 것을 일임하는 것에 이의가 없었기 때문이었다.

그런 관계로 레코드를 정리하고 앨범의 내용을 표지의 이면에 적어 놓고 희망과 주문에 응해 어떤 곡목도 곧 꺼낼 수 있게 하는 일, 기계를 취급하는 일이 모두 한스 카스토르프의 일로 되어 버렸다. 얼마 안 있어 그는 다루는 솜씨가 제법 익숙하게 되었다. 그들에게 이 일을 맡겼더라면 어떻게 되었을까? 그들은 한 개의 바늘을 여러 번 사용하여 레코드를 상하게 했을 것이고, 의자 위에 레코드판을 늘어놓았을 것이다. 또 훌륭한 곡도 110의 템포와 씩씩 하는 소리로 회전시켜 히스테릭한 시끄러운 소리를 내게 하고, 문자판의 바늘을 0으로 돌려 얼빠진 신음 소리를 내게 하여 축음기를 하찮은 장난감으로 만들어 버렸을 것이다……. 사실 그와 같은 짓을 그들은 했던 것이다. 그들은 환자이긴 했지만 난폭했다. 이리하여 한스 카스토르프는 얼마 안 있어 앨범과 바늘을 넣어 두는 벽장 열쇠를 보관하게 되었고, 레코드를 듣고 싶으면 그를 불러 오지 않으면 안 되게 되었다.

밤의 모임이 끝나 모두들 물러가 버리면 다음에는 그의 세상이었다. 그는 살롱에 그대로 남아 있든지 아니면 살짝 살롱으로 되돌아와 밤이 깊어질 때까지 혼자서 음악을 들었다. 요양원 내의 밤의 고요가 음악으로 채워지면 잠을 방해하지 않을까 하고 염려했지만 처음에 생각했던 것처럼 걱정할 필요는 없었다. 이 요정 같은 음악의 음파는 그렇게 먼 곳까지 들리지 않는 것 같았다. 가까이에서 들으면 깜짝 놀랄 정도로 크게 공기를 흔들었지만, 요정과 같은 것이 흔히 그렇듯이, 덧없는 것이어서 사실은 그렇게 강하지 않았다. 멀어짐에 따라 약해져 버렸다. 한스 카스토르프는 마법 상자, 바이올린용 재목으로 만든 낮고 작은 관 같은 까만색의 상자에서 흘러 나오는 마법의 멋진 음악을 혼자서 듣고 있었다. 쌍바라지 덧문을 좌우로 연 상자 앞 안락의자에 앉아 팔짱을 끼고 고개를 갸우뚱하고 입을 벌린 채, 흘러 나오는 화음에 몸을 맡겼다.

그가 들은 남녀 가수들은 모습은 나타내지 않고 그들의 몸은 아메리카, 밀라노, 비엔나, 페테르스부르크에 있지만, 어디에 있든지 상관이 없었다. 한스 카스토르프가 현재 여기서 들을 수 있었던 것은 가수들의 가장 순수한 것, 즉 목소리였기 때문이었다. 그는 이 순수화와 추상화를 기뻐했다.

이 추상화(抽象畫)에 의해 가수의 모습을 눈앞에 보는 경우의 불리한 점이 모두 없어지고, 동시에 충분히 감각성을 맛볼 수 있었다. 특히 가수가 같은 나라 사람, 즉 독일인인 경우에는 인간적인 점에서도 이것저것 주의하여 들을 수가 있었다. 가수의 발음, 어법, 출신지를 노래를 들어서 구별할 수 있었고, 목소리의 성질로 가수의 교양도 어느 정도 알 수 있었으며, 정신적 효과를 살리고 있는가 아닌가에 따라 그 지성의 정도도 알 수 있었다. 한스 카스토르프는 가수가 그것을 잘하지 못 하면 화가 났다. 거기다 녹음 기술의 졸렬함이 더해지면 그는 자기도 책임감을 느끼고 수치 때문에 입술을 깨물었다. 곧잘 신청되는 레코드의 어느 것인가를 틀었다가 목소리가 날카롭거나 잡음처럼 들리거나 하면 그는 안절부절 못했다. 이런 일은 특히 미묘한 여자의 목소리일 경우에 많이 일어났다. 그러나 그는 그것을 참았다. 사랑하는 자는 역시 번민하지 않으면 안 된다.

어떤 때는 그는 라일락 꽃다발 위에 몸을 구부리듯 하고 숨쉬는 것처럼 조용히 회전하고 있는 레코드 위에 얼굴을 가까이 대고 음의 구름에 휩싸였다. 또 때로는 쌍바라지 덧문을 연 상자 앞에 서서 나팔 소리가 들어가려고 할 때에 손을 들어 신호를 하여, 지휘자의 지휘하는 기쁨을 맛보려고 할 때도 있었다.

레코드 중에서 특히 그가 사랑하는 것이 있었는데, 그것은 성악곡과 기악곡의 몇 장으로, 몇 번 들어도 싫증을 느끼는 일이 없었다. 그가 좋아하는 레코드를 여기서 소개하는 것을 허락해 주기 바란다.

아름다운 멜로디에 넘치는 화려한 가극의 마지막 장면이 취입된, 여러 장 계속된 레코드가 그 하나였다. 이 가극은 세템브리니 씨의 위대한 동국인인 남국 이탈리아 가극의 거장이 전(前)세기 후반에 민족 결합의 공학의 힘에 의해 준공된 대사업을 인류 전체의 손에 넘겨 주는 엄숙한 기회에, 근동(近東)의 어느 왕의 위촉을 받고 작곡한 것이었다.

한스 카스토르프는 교양 있는 유럽 인으로서 이 가극의 줄거리를 알고 있었다. 상자의 내부에서 이탈리아 어로 노래부르는 라다메스, 암네리스, 아이다의 운명의 대강을 알고 있었기 때문에 세 사람이 부르는 노래의 내용도 대략 이해할 수 있었다. ! 이루 비길 데 없이 아름다운 테너, 음역(音域)의 한가운데에서 무어라고 말할 수 없이 아름다운 목소리의 변화를 들려 주는 멋진 알토, 은방울처럼 청순한 소프라노, 이 세 사람이 부르는 가사는 한마디 한마디를 모두 이해할 수는 없었지만 각 장면을 다 알아 그 장면에 친밀감을 가지고 있었다. 네댓 장의 그 레코드를 여러 번 들었던 탓에 어느덧 관심이 깊어져 마침내는 여기에 완전히 열중하여 버려 가사도 군데군데 이해할 수 있게 되었던 것이다.

처음에 라다메스와 암네리스가 서로 노래를 주고받다가 왕녀 암네리스는 죄수인 라다메스를 자기 앞으로 오게 한다. 죄수는 이교도의 여자 노예 때문에 조국과 명예를 버린 것이었지만, 왕녀는 그를 사랑하고 있어 그 애정 때문에 그의 생명을 무슨 일이 있어도 살려 주려고 한다. 죄수는 명예를 버렸을망정 그가 노래부르고 있듯이 『마음의 긍지는 버리지 않았다』. 죄를 범했어도 마음은 깨끗했다. 그러나 이것은 그의 죄를 가볍게 하지 않고 엄연한 죄과 때문에 성직자들의 재판에 회부된다.

인간성 같은 것을 고려하지 않는 종교 재판은 라다메스가 마지막 순간에 여자 노예를 단념할 것을 맹세하고, 음역의 한가운데에서 목소리의 변화를 들려주는 화려한 알토의 품으로 뛰어들어갈 생각을 하지 않는다면 그를 사정없이 처형할 것이다라고 했다. 확실히 이 알토는 목소리만이 문제라면 라다메스가 생각을 다시 해볼 만한 충분한 가치가 있었다. 비극적인 사랑에 눈이 멀어 살 생각이 없이 『저는 할 수 없습니다! 싫습니다!』를 되풀이하는 아름다운 목소리의 테너에게 암네리스는 여자 노예를 단념하지 않으면 생명을 잃게 된다고 애원을 계속하면서 열심히 설득한다.

「할 수 없습니다!」

「다시 한 번 생각해 봐요, 그녀를 단념하시라!」

「싫습니다.」

죽음에의 도취와 열렬한 사랑의 고통이 하나가 되어 2중창으로 노래부른다. 이 2중창은 이루 비길 데 없이 아름다웠지만 결합될 가망은 전혀 없었다. 이어서 땅 속에서 들려 오는 것처럼, 종교 재판관의 틀에 박힌 무서운 유죄 선고가 둔하게 들려 오자, 그 소리를 듣고 암네리스는 몇 번이나 고통스럽게 외친다. 불행한 라다메스는 그 동안 계속 침묵을 지키고 있다.

「라다메스, 라다메스.」 하고 재판장은 협박하듯 노래부르며 조국을 배반한 그의 죄를 통렬한 어조로 비난했다.

「해명하라!」 하고 모든 성직자가 합창하면서 촉구했다.

재판장은 라다메스가 계속 잠자코 있는 것을 성직자들에게 주의시키자, 성작자들은 공허한 목소리를 모아서 이구동성으로 유죄를 단정했다.

「라다메스, 라다메스!」 하고 재판장은 다시 노래불렀다. 「자네는 전쟁을 앞에 두고 진지를 떠났어.」

「해명하라!」 하고 성직자들이 두번째로 재촉구했다.

「보라, 그는 말이 없다.」 하고 완전히 편견에 사로잡혀 있는 재판장이 두번째로 단정하자, 이번에도 모든 재판관이 재판장과 목소리를 합쳐서 「유죄!」를 단정했다.

「라다메스, 라다메스!」 하고 준열한 논고자가 세번째로 말했다. 「자네는 조국과 명예, 그리고 왕에 대한 맹세를 깨뜨렸도다.」

「해명하라!」 하고 다시금 성직자들은 외쳤다. 그리고 라다메스가 이번에도 아무 말이 없는 것을 주의받자 이것을 마지막으로 몸을 떨면서 「유죄!」라고 단정했다. 이리하여 피할 수 없는 결과가 드디어 찾아왔다. 목소리로 보아 한데 뭉쳐 있는 듯한 합창단은 죄인에게 선고했다. 그의 운명은 정해지고 중죄인으로 사형에 처해져, 성난 신의 신전 아래에 있는 지하 감옥에 생매장될 것이라고.

성직자들의 무자비한 선고에 암메리스가 얼마나 분격했을까, 그것을 한스 카스토르프는 자기 나름대로 상상하는 수밖에 없었다. 레코드는 여기서 끝나 한스 카스토르프는 레코드를 바꾸어야 했다. 능숙하고 조용한 솜씨로, 말하자면 눈을 아래로 깔고 레코드를 바꾸고 다시 귀를 기울이려고 앉았을 때에는 멜로드라마의 마지막 장면이었다.

지하 감옥 밑바닥에서 라다메스와 아이다가 부르는 마지막 2중창이 울렸고, 두 사람의 머리 위의 신전에서는 광신적이고 잔인한 성직자들이 의식을 올리면서 두 손을 쳐들고 중얼거리고 있었다. 「그대도…… 이 지하 감옥에!」 하고 라다메스의 비길 데 없이 명쾌하고 감미로운 동시에 남성적인 목소리가 놀람과 기쁨에 넘쳐 노래불렀다. 그렇다, 그가 명예와 생명을 버리고 사랑한 애인 아이다는 지하 감옥의 그의 곁으로 남 몰래 들어와 있었던 것이다. 머리 위의 의식의 공허한 울림에 가끔 중단되어 가면서 두 사람이 교대로 또는 함께 부르는 죽음의 도취의 노래……, 밤이 깊어 혼자서 귀를 기울이고 있는 한스 카스토르프가 마음으로 매혹당한 것은 실은 이 마지막 노래로서 그는 이 장면의 내용 그리고 음악적 표현에 매혹되었던 것이다.

이 노래는 천국에 대해서도 노래했지만, 노래 그 자체가 천국의 소리 같았고 천사가 노래부르고 있는 것 같았다. 라다메스와 아이다의 목소리가 독창과 2중창으로 휘감긴 선율의 선은 기음(基音)과 제5음을 중심으로 한 곡선으로, 기음에서 점점 올라가 제8음의 반음(半音) 앞의 음에 이르러 그 음에 길게 힘을 주어 머물러 있다가, 드디어 그 계류음을 벗어나 제8음에 살짝 닿고는 제5음으로 내려왔다. 한스 카스토르프는 단순하고 감미로운 곡선이 이때까지 들은 선율 중에서 가장 청순하고 놀랄 만한 선율이라고 생각했다. 그러나 이 선율의 배후를 이루고 있는 장면의 내용이 없다면 그렇게까지 이 선율에 매혹당하지는 않았을 것이었다.

그 내용 때문에 그의 기분은 선율에서 생기는 감미로운 매력에 비로소 완전히 융합되었던 것이다. 아이다가, 죽지 않으면 안 되는 라다메스와 지하 감옥 속에서 영원히 운명을 같이 나누려고 살짝 들어가 있었던 것은 정말로 아름다웠다. 지하 감옥에 생매장된 라다메스가 이처럼 사랑스럽고 생명에 찬 아가씨를 죽음의 동반자로 하려 하지 않았던 것은 당연한 일이지만, 그의 애정에 찬 절망적인 「아니야, 아니야, 당신은 너무나 아름다워.」에는 이 세상에서 두 번 다시는 만날 수 없다고 믿고 있었던 애인과 영원히 결합되는 도취가 느껴져, 한스 카스토르프는 그 도취, 그 감격을 짐작하는 데에 상상력을 동원할 필요는 없었다. 한스 카스토르프는 이 모든 것이 판자의 틈으로부터 흘러 나오는 검고 작은 쌍바라지 덧문을 들여다보면서, 두 손을 모으고 귀를 기울였다.

그가 마지막으로 느끼고 깨닫고 맛본 것은, 현실의 현상의 추악상에 가해지는 고귀하고 움직일 수 없는 미화(美化)로서, 그것은 음악과 예술과 인간 심정의 자랑스러운 이상성(理想性)이었다. 우리들은 이 경우에 현실에서 일어난 현상을 상상하는 것만으로 충분하다! 생매장을 당한 두 사람은 지하 감옥 안의 가스에 숨이 막히고 공복(空腹) 때문에 몸부림을 치면서 두 사람이 함께, 경우에 따라서는 따로따로 생명이 끊어져, 두 사람의 신체는 썩어 차마 눈으로 볼 수 없게 되고 드디어 두 사람의 해골이 지하 감옥 속에 눕게 될 것이다. 이것은 현상의 현실적이고 실제적인 한 면으로서 어디까지나 독립된 일면이므로, 인간 심정의 이상주의는 전혀 이것을 문제삼지 않을 뿐 아니라 미와 음악의 정신은 자랑스럽게 이것을 암흑의 세계로 내몰아 버린다.

가극 속의 라다메스와 아이다에 있어서는 현실적으로 두 사람을 기다리고 있는 운명은 존재치 않는다. 두 사람의 목소리는 융합되어 제8음의 반음 앞의 음에 올라가 거기에서 계류되어, 천국의 문이 드디어 열려 두 사람의 동경에 영원한 빛이 비치기 시작한다고 노래불렀다. 이 현실 미화에 깃든 위로의 힘을 듣고 있는 한스 카스토르프에게는 이상하게 쾌감을 느끼게 했다. 그가 좋아한 레코드 가운데에서도 특히 이것을 즐겨 들은 것도 이 미화에 깃든 위로의 힘이 한스 카스토르프를 크게 움직였기 때문이었다.

이 가극의 공포와 기쁨을 맛본 뒤에, 한스 카스토르프는 소품이긴 하지만 강한 매력을 가진 곡, 드뷔시의 《목신(牧神)의 오후》를 듣고 한숨 돌리기로 하였다.

이것은 《아이다》에 비하면 훨씬 온건한 내용의 곡이었다. 전원시(田園詩)였지만 현대 음악의 간결한, 그러면서도 복잡한 수법으로 묘사되고 작곡된 곡이었다.

노래가 없는 순수한 관현악곡, 프랑스가 낳은 교향악적 서곡으로 현대 음악으로서는 규모가 작은 오케스트라로 연주되지만 현대 음악의 음향 기술의 아름다움을 다한 작품으로, 마음을 꿈의 세계로 유인하는 음악이었다.

한스 카스토르프가 이 음악을 들으면서 꾼 꿈은 이러한 것이었다. 그는 여러 가지 색깔의 별 모양을 한 꽃이 만발하고 햇빛이 반짝이는 풀밭에 누워, 불툭 튀어오른 땅바닥을 베개로 하고 한쪽 무릎을 조금 세워서 한쪽 다리를 그 무릎 위에 포개고 있었다. 그런데 포갠 두 다리는 산양의 다리였다. 풀밭엔 한스 카스토르프 이외에는 아무도 없어 자신을 즐겁게 하기 위해서지만, 그는 클라리넷 혹은 목적(牧笛)으로 보이는 목제의 작은 피리를 입에 대고 그 위에 손가락을 움직이면서 부드러운 콧소리를 끌어 내어 막연하게 음 하나하나를 계속 내고 있었는데, 그것이 저절로 아름다운 원무곡으로 되어 부드러운 콧소리는 푸른 창공으로 올라갔다. 그 하늘 밑에는 자작나무와 물푸레나무가 군데군데 서 있어, 나뭇잎이 바람에 나부끼며 햇빛에 반짝이고 있었다. 그러나 명상적이고 부드러운, 선율이라고도 할 수 없는 피리 소리만이 조용한 풀밭에 들려온 것은 그렇게 긴 시간은 아니었다.

더운 여름의 풀숲을 날아다니는 곤충의 붕붕 소리, 햇빛, 미풍, 나뭇가지 끝의 흔들림, 나뭇잎의 반짝임, 희미하게 움직이는 여름의 고요함이 모든 것이 뒤섞인 울림으로 되어, 그것이 한스의 단조로운 피리 소리에 끊임없이 변화하는 놀랄 만큼 아름다운 화성음을 주었다. 이 교향악적인 반주는 가끔 멀어져 없어졌지만 산양 다리를 한 한스는 목적(牧笛)을 계속 울려, 그 소박하고 단조로운 소리로 다시 자연의 멋진 음색의 악음을 끌어냈다.

이 아름다운 음악은 다시 한 번 잠잠해졌다가, 이번에는 이때까지의 아름다움을 능가하는 감미로운 울림으로 차례로 새로이 높은 기악음을 계속하여 더해 가면서, 이때까지 발표하기를 아끼던 모든 풍부함을 다 발표하여 그 순간의 감미롭고 완전한 충족감은 그 안에 영원을 간직하고 있었다. 젊은 목신(牧神)인 한스는 여름 풀밭에 누워 참으로 행복했다. 여기에는 『해명하라!』도 없고, 책임도 없고, 명예를 잊고 명예를 잃은 인간을 재판하는 성직자들의 군법 회의도 없었다. 여기에는 망각 그 자체, 충족한 정지, 시간을 모르는 천진난만이 있을 뿐이었다. 양심의 가책이 없는 방종, 유럽의 행동 정신을 부정하는 모든 입장을 이상화하고 신화(神化)하는 생활만이 있어, 그것이 자아내는 부드러운 분위기가 밤의 음악 애호가에게 이 레코드를 다른 많은 레코드보다도 즐기게 했던 것이다.

그리고 세번째 레코드가 있었다. 사실은 이것도 여러 장 계속된 레코드로서 석 장 또는 넉 장에 걸쳐 있었다. 이 가운데 테너가 부르는 노래만도 가운데까지 금이 새겨진 한쪽 면 전부를 차지하고 있었다. 이것도 프랑스 것으로 한스 카스토르프가 여러 번 극장에서 보고 듣고 하여 잘 알고 있었다. 한 번은 담화 속에서, 그것도 중요한 담화 속에서 그 줄거리를 언급한 적도 있는 가극의 발췌였다.

레코드는 제2막의 스페인의 주막, 넓은 선술집의 장면으로, 바닥에는 마루가 깔려 있고 주위에는 휘장을 드리운 무어 식의 낡은 건물의 주막이 있었다. 카르멘의 열정적이고 좀 쉰 듯한, 그러면서도 순수하고 호감이 가는 목소리가 젊은 상사 앞에서 춤을 추고 싶다고 노래부르자, 벌써 캐스터네츠가 울리기 시작했다.

그러나 그 순간 좀 떨어진 장소에서 나팔 소리, 연대의 신호 나팔이 되풀이하여 울렸다. 그것을 듣고 젊은 상사는 적지 않게 놀랐다. 「잠깐만! 잠깐만 멈추어 줘!」 하고 그는 외치고 귀를 말처럼 곤두세웠다. 카르멘이 「왜요?」 하고 묻고는 「도대체 무슨 일이 있단 말이에요?」 하는 말을 듣고 젊은이는 카르멘이 자기와 마찬가지로 나팔 소리에 놀라지 않는 것에 정말 놀라 외쳤다.

「저것이 안 들리나?」 저것은 병사(兵舍)에서 들려 오는 신호의 나팔 소리가 아닌가! 「귀영 시간이 왔어.」 하고 젊은이는 가극적으로 노래부르면서 말했다. 그러나 집시 여자는 그것을 이해할 수 없었다. 아예 이해하려고 하지 않았다.

「그럴수록 좋지 않아요.」 하고 그녀는 아무것도 모르는지 아니면 뻔뻔스러워서 그런지 알 수 없는 투로 말했다. 「이제는 캐스터네츠를 울리지 않아도 되겠네요, 신께서 춤추는 음악을 보내 주시니 말이에요.」 하고 노래불렀다. 「자, 춥시다, 라라라라!」 젊은이는 어쩔 줄을 몰랐다. 그는 카르멘에게 모든 것을 설명하고 이 세상의 어떤 사람도 귀영 나팔에는 거역할 수 없다는 것을 이해시키려고 열중한 나머지 자기의 낙담과 슬픔을 완전히 잊어버렸다. 이토록 중대하고 절대적인 것이 그녀에게 이해되지 않는다니 어찌된 일일까.

「나는 지금 당장 돌아가야 해요. 병사로 점호를 받으러!」 하고 그는 여자의 태연스러움에 어이가 없어 그렇지 않아도 무거운 기분이 더 무거워져서 외쳤다. 그러자 카르멘의 대답이 걸작이었다! 그녀는 미친 듯이 진심으로 성을 냈는데 그 목소리는 사랑을 배반당하고 짓밟힌 것을 원망하는 여자의 목소리였다. 또는 그와 같은 시늉을 했다.

「돌아가신다고요? 점호를 받으러? 그러면 내 기분은 어떻게 해주시겠어요? 당신한테 반해 있는 나를. 그래요, 나도 인정해요. 당신을 노래와 춤으로 위로해 드리려고 어쩔 줄 몰라 하는 가련하고 상냥한 이 심정을 어떻게 해주시겠어요?」『트라테라타』하고 그녀는 거칠게 비웃고는 손을 오목하게 하여 입에 대고 귀영 나팔 흉내를 냈다. 「트라테라타, 이것만으로도 이 바보는 금시 일어나 돌아가려고 하지요. 좋아요 돌아가세요! 여기 모자, 여기 군도와 혁대! 빨리요, 어서요, 병사로 돌아가 주세요!」

젊은이는 이해해 달라고 애원했다. 그러나 그녀는 거칠게 비웃으면서 나팔소리로 제정신을 잃어버린 것은 그가 아니라 그녀 자신 쪽이라는 듯이 흥분하여 보였다.

「트라테라타, 이제 점호예요, 어서요, 지금부터 서둘러도 지각이에요, 어서가세요. 점호 나팔이 부르고 있으니까요. 카르멘이 춤추어 드리겠다고 하는 순간에 나팔 소리를 듣고 미친 사람처럼 떠드는군요. 그것이 당신의 나에 대한 사랑이란 말이군요!」

괴로운 상태였다! 그녀는 모르고 있는 것이었다. 여자는, 집시 여자는 모르고 알려고도 하지 않았다. 그녀는 고의로 알려고 하지 않았다. 왜냐하면 그녀의 분격과 조소에는 분명히 이 경우만의 문제가 아닌 것, 그녀만의 문제가 아닌 것이 숨어 있었다. 프랑스 식의 나팔, 또는 스페인 식의 나팔의 형태를 빌려 사랑에 눈이 먼 젊은 병사를 다시 불러 가려는 원리에의 증오, 이브 이래의 적의가 숨어 있어 그 원리를 굴복시키는 것이 그녀의 최고의 야심, 여성으로서의 태어날 때부터의 야심이었다. 그녀는 이 싸움에 사용할 극히 간단한 무기를 가지고 있었다. 즉 그가 귀영하면 당신은 나를 사랑하지 않는다고 주장하기만 하면 되는 것이었다. 그리고 다름 아닌 이 말을 듣는 것이야말로 상자 속의 젊은 호세에게는 가장 괴로운 일이었다. 그는 자기에게 말할 기회를 달라고 애원했다. 카르멘은 그것을 승낙하지 않았다. 그래서 그는 무리를 해서라도 그녀에게 말해 보려고 했다. 숨가쁜 순간이었다. 음산하고 위협적인 악상이 관현악에 의해 연주되었지만 이 악상은 한스 카스토르프도 알고 있었던 것처럼 가극의 발단에서 파국적인 종말에 이르기까지 계속하고 있어 젊은 병사의 아리아의 서곡으로도 되어 있었다. 그 아리아는 계속 레코드에 들어 있었다.

「이 가슴에 깊이 간직한…….」

호세는 아주 아름답게 노래불렀다. 한스 카스토르프는 언제나 듣는 순서에 따르지 않고 이 아리아의 부분만을 가끔 틀었는데 그때마다 깊은 공감을 느끼면서 주의 깊게 들었다. 이 아리아는 내용적으로 깊이가 없었지만 애원적(哀願的)인 표현이 아주 감동적이었다. 병사는 카르멘을 처음으로 알았을 때 그녀가 던져 준 꽃을 노래하고 카르멘 때문에 영창(營倉)에 들어가 있는 동안도 그 꽃이 오직 그의 유일한 위안이었다고 노래불렀다. 카르멘을 알게 된 운명을 저주한 순간도 있었다고 아주 격정적으로 외쳤다. 그러나 그러한 것을 한시라도 생각한 것을 곧 맹렬히 후회하고 그녀를 다시 한 번 만날 것을 무릎 꿇고 신에게 기도드렸다고 노래했다. 『그리고』——이 『그리고』는 그 바로 전의 「아, 사랑하는 아가씨」라는 처음 음과 마찬가지로 높은 곡조로 불렀다. 또한 여기서 젊은 병사의 고뇌, 동경, 보답받지 못하는 애정과 감미로운 절망을 조금이라도 표현할 수 있는 관현악기의 마술이 남김없이 구사된 반주가 시작되었다. 『그리고』 그녀는 이번에도 그의 눈앞에 정말 운명적인 요염한 자태로 나타나 그는 한 가지를 분명히 깨달았다. 「이제는 파멸(破滅)이다」라는 것을(이 파멸이라는 말은 제1음절에 전음의 전타음(前打音)을 두고 흐느끼는 것처럼 불려졌다), 영원한 파멸이라는 것을. 「그대여 나의 기쁨, 나의 생명!」 하고 그는 여러 번 나타나는 선율로 절망적으로 노래불러, 이 선율은 오케스트라에서도 다시 한 번 흐느끼는 것처럼 연주했는데, 그것은 기음(基音)에서 2음 올라가 거기에서 열렬한 박자로 한 옥타브 아래의 제5음까지 내려갔다. 「나의 마음은 당신의 것.」 하고 병사는 같은 선율을 사용하여 자명한 것이지만 무어라고 말할 수 없는 부드러운 기분으로 맹세하고는, 음계를 제6음까지 올라가 「영원히 나는 당신의 것!」이라고 노래부른 다음, 목소리를 10음 내려서 격정적으로 예의 「카르멘, 나는 당신을 사랑한다!」라고 고백을 했는데, 이 가사의 마지막은 차례로 새로운 화음을 주는 계류음에 의해 안타까울 정도로 길게 끈 다음 드디어 『사랑한다』의 마지막 음절이 그 직전의 음절과 함께 기초 화음으로 흘러 들어갔다.

「그렇고말고, 그렇고말고!」 하고 한스 카스토르프는 우울한 만족을 맛보면서 마지막 곡도 틀었다. 전에 카르멘에게서 탈주를 권고받았을 때에는 놀랐던 젊은 호세도, 이번에는 상관과 충돌했기 때문에 연대로 돌아갈 수 없어 탈주병이 되지 않을 수 없었지만, 이 레코드에서는 모두 호세를 축하해 주었다.

아, 우리들과 함께 바위 많은 골짜기로 오라.
거칠지만 청순한 바람이 분다.

하고 그들은 합창했는데, 그들의 기분은 정말로 잘 이해할 수 있었다.

세상은 넓고, 마음을 괴롭히는 걱정도 없고,
그대의 조국에는 국경이 없다!
그대의 의지만이 최고의 힘,
나아가자, 가장 복된 기쁨이여.
자유는 웃는다! 자유는 웃는다!

「그렇고말고, 그렇고말고!」 하고 한스 카스토르프는 다시 중얼대고 네번째의 아주 가련한 부드러운 곡을 틀었다.

이번에도 프랑스 음악으로 역시 군인 정신에 가득 찬 곡이었지만, 우리들이 택한 곡이 아니기 때문에 우리들의 책임은 아니다. 삽입곡과 독창으로, 구노의 가극 《파우스트》 가운데서의 〈기도〉였다. 아주 호감이 가는 어떤 인물이 등장하였다. 이 인물은 발렌틴이라는 젊은이였지만 한스 카스토르프는 이 청년을 남 몰래 더 친근하고 그리운 이름, 즉 죽은 사촌의 이름으로 불렀다. 상자 속에서 노래부르는 젊은이는 사촌보다 훨씬 아름다운 목소리였지만, 한스 카스토르프는 그 젊은이를 사촌과 거의 동일한 사람으로 느끼고 있었다. 힘차고 풍부한 바라톤으로, 가사는 3절로 구성되어 서로 흡사한 전절과 중절은 경건한 느낌에 차 있어 거의 신교의 찬송가 스타일과 같았다. 중절은 용감하고 군인적이고 경쾌했지만 역시 경건했고, 그 점이 바로 프랑스적이고 군인적이었다. 보이지 않는 젊은이는 노래불렀다.

나의 사랑하는 조국을
떠나는 이때에.

그리고 젊은이는 출정하는 이 마당에 하늘에 계신 하나님에게 그가 없는 동안 사랑하는 누이동생을 지켜 주십시오! 하고 노래불렀다. 전쟁 장면이 되어 리듬은 일변하여 진취적이 되고, 근심과 비탄은 어딘가로 날아가 버린 것 같았다. 모습이 안 보이는 젊은이는 전투가 가장 심하고 위험이 가장 많은 장소에서 대담하고 경건하게 프랑스 식으로 적에게 대항하려고 했다. 그러나 신이 자기를 지극히 높은 곳으로 부르신다면 자기는 거기에서 『너』를 내려다보고 지켜 줄 것이다, 하고 노래불렀다 . 이 『너』는 누이동생이었지만 한스 카스토르프는 마음 깊이에서 여기에 감동해 그 감동은 끝까지 계속되었다. 마지막으로 상자 속의 기특한 젊은이는 힘찬 찬송가와 같은 화음에 맞춰 노래불렀다.

오, 하늘에 계신 아버지시여, 나의 기도를 들어주소서,
마르가레테를 보호해 주시옵소서.

이 레코드에 관해서는 그밖에는 할 말이 없다. 우리들이 이 레코드에 대해서도 간단하게 언급하여 두지 않으면 안 되겠다고 생각한 것은 한스 카스토르프가 이 레코드를 유달리 사랑하고 있었기 때문이며, 나중에 이상한 기회에 이 레코드가 어떤 역할을 하고 있기 때문이기도 하다. 그러면 그가 사랑하고 있었던 몇 개의 레코드 중 다섯번째인 마지막 곡을 소개하기로 하자. 물론 이 곡은 프랑스 음악이 아니라 전형적인 독일 음악이라고 할 수 있는데 가극이 아니라 가곡이었다. 민중의 재산이기도 하고 예술적인 명곡이기도 한 것인데, 이 두 가지 성질 때문에 특수한 정신적 세계관적 의의를 갖는 가곡의 하나였다. 그것은 슈베르트의 《보리수》이다. 즉 누구나 다 알고 있는 저 『성문 앞 우물가에』인 것이다. 테너 가수는 이 노래를 피아노 반주로 불렀는데, 절도 있고 취미가 높은 성악가는 그 단순하고 심오한 노래를 깊은 이해와 음악적인 섬세한 신경과 서창적(敍唱的)인 신중성을 가지고 노래불렀다. 우리들 모두가 알고 있듯이 이 훌륭한 노래는 민중과 아이들이 부를 때에는 본격적으로 부르는 경우와 좀 다른 창법으로 불려진다. 일반적인 창법은 단순화되어 있어 중심의 멜로디에 의해 한 절 한 절이 똑 같이 불려지는 것이 상례이다.

그러나 원래의 창법은 악보에서는 8행씩의 절의 제2절에서 벌써 단조의 변조가 나타나, 제5시행에서 아주 아름답게 장조로 돌아가 이에 계속되는 『찬 바람은』과 머리에서 날아가는 모자 부분에서는 멜로디가 극적으로 무너지고, 제3절의 마지막 4행에서 비로소 본래의 선율로 돌아가 멜로디를 노래로 끝맺기 위해 그 4행이 두번 불려진다. 멜로디의 정말로 압도적인 전회(轉回)는 세 번 있는데, 모두 전조(轉調)하는 후반에 나타난다. 따라서 제3회의 전회는 최후의 반절 『이제 나는 여러 시간을』의 반복으로 나타난다. 이 멋진 전회는 감

히 설명하지 않기로 하지만 『그토록 많은 아름다운 말』, 『나를 부르는 듯이』, 『그곳에서 멀리 떠나』라는 구에 주어져 있어, 성악가는 적절한 흐느낌을 느끼게 하는 밝고 따뜻한 목소리, 교묘한 호흡법으로 이 전회를 세 번 다 감정적으로 살려 노래불렀다. 특히 『그 나무에 언제나 끌리는』과 『이곳에서 그대는 안식처를 찾으리』에서 정말로 감정에 찬 노랫소리로 효과를 냈기 때문에, 한스 카스토르프는 들으면서 뜻밖의 감동을 받았다. 마지막에 되풀이되는 시구 『그대 그곳에서 안식처를 찾으리라』에서는 『찾으리라』를, 첫번째는 목소리를 높여 동경을 가지고 부르고 두번째는 아주 부드러운 은적(銀笛) 같은 소리로 조용히 불렀다.

보리수 가곡과 그 창법에 대해서는 이 정도만 하여 두자. 한스 카스토르프가 밤마다 있는 콘서트에서 특히 좋아한 곡목에 대하여 얼마나 따뜻한 관심을 기울였는가는, 지금까지 소개한 레코드의 경우에서 독자에게도 대개 짐작이 갔으리라고 믿는다. 그러나 마지막 레코드인 가곡 그리운 《보리수》가 그에게 얼마나 큰 의의를 가지고 있었는가를 설명하는 것은 물론 미묘하기 그지없는 일로, 플러스가 된다면 몰라도 마이너스가 되지 않으려면 극도로 주의하여 설명해야 할 것이다.

우리들은 다음과 같이 설명하려고 한다. 정신적인 대상, 즉 의의를 갖는 대상은 그 대상을 뛰어넘는 의의를 지니고 있기 때문에 『의의를 가지고』 있는 것으로, 한층 높은 정신적·보편적 세계, 감정과 사상을 가진 한 세계를 표현하고 대표하는 것으로, 그 세계를 다소라도 확실하게 상징하고 있는 것이지만, 그것을 상징하고 있는 정도에 의해 의의의 대소도 결정된다. 그리고 그런 의의를 갖는 대상에의 사랑 그 자체도 역시 『의의를 갖는』 사랑이다. 그러한 사랑은 그것을 품는 인간에 대해서도 시사해 줄 것이므로, 그것은 그 의의 있는 대상이 상징하고 있는 보편적인 세계, 의식하든 않든 간에 거기서 사랑받고 있는 세계에 대한 그 인간의 관계를 여실히 나타내는 것이다.

우리들의 단순한 주인공 한스 카스토르프는 밀봉 교육적인 연금술(鍊金術)에 여러 해 동안 연마되어 현재에는 정신적 세계에 깊이 들어가 그의 사랑의 『의의』와 그 사랑의 대상의 『의의』를 충분히 의식하고 있었다는 것을 단언하고 그것을 여기에서 이야기하는 바이다. 그에게 있어 보리수 가곡은 중요한 『의의』를 갖고 있으며 한 세계를 의미하고 있어, 그는 그 세계도 사랑하고 있었음에 틀림없었다. 그 세계를 사랑하고 있지 않다면 그 세계를 대표하고 상징하는 가곡에 그토록 열중하지는 않았을 것이다. 그 가곡이 정말로 자상하고 신비롭게 포함하고 있는 감정의 세계, 넓은 의미의 정신적 태도의 매력에 대해 그의 감정이 포로가 될 정도로 성숙하여 있지 않았다면, 그의 운명은 현재와는 다른 것이 되어 있었을 것이다. 우리들은 이와 같이 좀 수수께끼 같은 말을 첨부하지만 우리들이 마음내키는 대로 말하고 있는 것은 아니다. 현재의 그의 운명은 그의 정신을 향상시키고 모험과 인식을 초래하고 그의 마음에 술래잡기의 여러 문제를 제기하여, 그로 인해 그는 이 가곡이 상징하는 세계, 그 세계를 놀라울 만큼 참으로 훌륭하게 상징하고 있는 가곡, 그 가곡에 대한 애정에 회의적인 비판을 내리고, 그 세계와 가곡과 애정, 이 세 개를 양심적인 회의를 갖고 바라볼 수 있게까지 되었던 것이다.

그렇지만 회의가 사랑에 마이너스가 될 것이라고 말하는 사람이 있다면 그는 사랑의 본질을 전혀 모르는 사람이라고 말하지 않을 수 없다. 오히려 이러한 회의는 사랑을 더 깊게 하고, 사랑에 정열의 가시를 주는 것이기 때문에, 정열은 회의적인 사랑이라고 규정할 수도 있을 것이다. 그런데 한스 카스토르프는 매력적인 《보리수》와 그 세계에 대한 자기의 사랑이 허락된 사랑인지 아닌지를 양심적·철학적으로 의심했는데, 이 회의는 무엇에 기인하고 있는 것일까. 이 가곡의 배경이 되고 있는 세계는 그의 양심의 목소리에 따르면 사랑이 금지된 세계였는데 그렇다면 그 세계는 어떤 세계였을까?

그것은 죽음의 세계였다.

그러나 이것은 있을 수 없는 폭언이다! 그토록 멋진 가곡을! 민중의 심정의 가장 깊은 곳, 가장 신성한 곳에서 생긴 청순한 명곡, 최고의 보배, 친밀의 극치, 가련 그 자체인 것을! 얼마나 추악한 중상(中傷)인가.

그렇다, 그렇다. 그 분개는 정말로 당연한 것으로 정직한 사람이라면 누구든지 그렇게 분개할 것이다. 그러나 이 사랑스러운 가곡의 배후에는 역시 죽음이 숨어 있었다. 이 가곡은 죽음과 연관이 있어 그 연관을 사랑하는 것은 좋지만, 그 사랑이 어떤 의미에서는 불건전한 사랑이라는 것을 예감적으로 술래잡기의 사색에 의해서 확실히 해두어야 하겠다. 이 가곡의 그 본래의 성질에서 말한다면 죽음에 대한 공감을 나타내는 것이겠지만 그러나 이 가곡에 정신적인 공감을 가지게 된다는 것은 죽음에 공감을 가진다는 것이다. 처음에는 순수하고 경건하며 명상적이라고까지 말할 수 있는 것으로 이 점에 조금도 이론을 제기할 여지는 없겠지만, 그러한 태도를 계속하는 사이에 음산한 죽음에 공감을 가지게 되는 것이다.

한스 카스토르프는 도대체 무엇을 생각하고 있는 것일까? 그러나 여러분이 아무리 설득하려 해도 이 가곡에 정신적인 공감을 느끼게 되면 죽음에 공감을 느끼게 되는 것이다라고 하는 음산한 결과를 그는 믿어 의심치 않을 것이다. 접시 모양의 깃장식이 달린 검정 옷을 입은 고문리(拷問吏)의 감각과 반인간성, 그리고 사랑이 아니라 정욕, 이것이 순수하고 충실하게 보이는 경건한 태도의 결과인 것이다.

확실히 문학자 세템브리니는 한스 카스토르프가 이유 없이 신뢰할 수 있는 인물은 아니었지만, 이 두뇌가 명석한 선생으로부터 한때, 몇 년 전에, 즉 청년이 연금술적 인생 항로를 내딛기 시작했을 무렵 모종(某種)의 세계로 정신적인 『복귀』를 설교받았던 것을 생각한 한스 카스토르프 청년은, 이 설교를 신중히 《보리수》의 가곡에 맞추어 보는 것이 상책이라고 생각했다. 세템브리니는 이 복귀의 현상을 『병』이라고 규정했다. 그러나 이러한 복귀가 행해지는 세계의 모습 그 자체, 그러한 정신이 세력을 펴는 시기도 세템브리니 씨의 교육가적 감각에는 『병적』이라고 보였을지도 모른다. 그러나 그것은 또 왜 그럴까! 한스 카스토르프가 사랑하고 있는 향수(鄕愁)의 가곡, 그 가곡의 세계인 심정(心情)의 세계, 그리고 또 그 세계에의 사랑, 이것도 『병적』이란 말인가? 천만의 말씀이다! 그 가곡, 그 세계, 그 세계에의 사랑은 이 세상에서 가장 건전한 것이다. 그러나 그것은 이 순간 또는 이 순간 뒤의 어느 시점까지는 신선하고 윤기가 있고 건전하지만, 곧 썩어서 상하기 쉬운 과일과도 같다. 신선할 때 먹으면 심정을 상쾌하게 하여 주지만 먹는 것이 조금이라도 늦어지면 그것을 맛보는 사람은 부패와 파멸을 초래한다. 즉 이 가곡은 생명의 실과이긴 하지만 죽음에서 태어나 죽음을 잉태하고 있는 것이다. 이것은 영혼의 기적이다. 양심이 없는 미(美)의 관점에서는 아마 최고의 기적일 것이며 양심이 없는 미로 가득 찬 기적이지만, 책임감을 갖고 사색하는 인간의 생명과 유기적인 것에 대한 사랑의 관점에서는 정당한 이유에서 의심스러운 눈으로 바라볼 수 있는 것이며, 최고 재판관인 양심의 선고에 따르면 이것은 극기(克己)에 의해 극복해야 할 대상이다.

그렇다. 극기야말로 이 사랑, 음산한 결과를 초래하는 영혼의 마술을 극복하는 본질인 것이다! 한스 카스토르프의 명상 또는 예감에 찬 사고는 깊은 밤에 홀로 커다란 음악 상자 앞에 앉아 있을 때 높이 날아, 그의 사고력이 미치지 못하는 곳으로 날아올라 연금술적으로 고양된 사고가 되었다. 아, 영혼의 마술은 거대한 것이다! 우리들은 모두 이 마술의 아들인 것이며 이 마술에 봉사함으로써 지상에서 거대한 작업을 해낼 수 있는 것이다. 우리들은 가곡 《보리수》의 작곡가보다 천재적이 아니더라도 좀더 많은 재능만 가지고 있으면 영혼의 마술사로서 그 가곡에 거대한 윤곽을 주어 세계를 이것으로 정복할 수도 있을 것이다. 이 가곡 위에 여러 나라를 건설할 수도 있을 것이다. 지상적인 너무나 지상적인 나라, 아주 억세고 진보적이며 사실은 향수를 모르는 나라, 《보리수》의 가곡이 전기 축음기의 음악으로 타락하는 나라를. 그러나 영혼의 마술의 가장 훌륭한 사람은 그 마술의 극복을 위해 생명을 바쳐 죽는 것이다. 사랑의 새로운 말을, 그가 아직 표현할 수 없었던 말을 입가에 담으면서 그 마술의 가곡 때문에 죽는 것은 아주 의의 깊은 일이다. 그러나 그 노래 때문에 죽는 것은, 사실은 이미 그 노래 때문에 죽는 것이 아니라, 사랑과 미래의 새로운 말을 마음에 간직하면서 이미 새로운 것 때문에 죽는 것이며 그런 의미에서는 영웅의 죽음인 것이다.

아무튼 이것들이 한스 카스토르프가 사랑하는 레코드였다.

매우 의심스러운 이야기

크로코브스키의 강연은 요 몇 년 사이에 뜻하지 않은 방향 전환을 하고 있었다. 정신 분석과 인간의 꿈의 생활을 대상으로 하였던 그의 연구는 언제나 지하와 지하의 무덤을 연상시키는 성질을 띠고 있었는데, 요즈음 그것은 청중이 거의 알아차리지 못하는 느린 커브를 그리며 전회하여 마법 세계, 아주 신비스러운 세계에 접촉하기 시작했다. 그의 2주일마다 열리는 식당에서의 강연——요양원의 제일가는 인기 종목이며 안내서의 자랑거리로서, 프록코트에 샌들을 신고 식탁보를 덮은 작은 탁자를 앞에 하고 외국인다운 길게 빼는 악센트로 몸을 움직이지도 않고 경청하는 베르크호프의 환자들에게 들려 주는 강연——은 이제는 가장한 사랑의 활동이라든지 병의 의식화된 감정에의 환원 같은 것을 테마로 삼지 않게 되었고, 최면술이나 몽유병 같은 무의식의 이상한 현상, 독심술(讀心術)이나 정몽(正夢)이나 천리안 같은 현상, 그리고 이러한 이야기의 진전에 따라 철학적인 시야가 넓혀져, 청중의 눈에는 물질과 정신의 관계라는 수수께끼, 아니 생명의 수수께끼까지가 홀연히 깜박거리기 시작하여 생명의 수수께끼를 해명하려면 건전한 방법보다는 무섭고 병적인 방법을 택하는 편이 유망한 것처럼 생각하게 되었다.

우리들이 이렇게 말하는 것은, 경솔한 사람들이 아는 척하면서, 닥터 크로코브스키는 자기의 강연이 단조로워지는 것을 두려워하여 기분 전환의 목적으로 신비스러운 것을 테마로 삼았다고들 말하는 데 대해, 그들에게 부끄러운 생각이 들도록 하는 것이 우리들의 의무라고 생각했기 때문인데, 이런 험담을 하는 사람은 어느 세계에도 있는 법이다. 월요일의 강연에서 신사들은 이때까지보다도 더 열심히 귀를 기울여 목소리가 더 잘 들리도록 하였고, 레비 양은 그 어느 때보다도 더욱 가슴에 나사 장치가 되어 있는 납인형과 꼭 같았다는 것은 사실이었다. 그러나 이런 효과는 당연한 것으로, 이 점에 있어서 분석학자인 크로코브스키의 정신은 그 뒤에 걸어간 사고 발전의 경로와 같았으며, 학자의 그 경로가 단지 자연스러운 경로였을 뿐만 아니라 필연적인 경로였다고 할 수도 있을 것이다. 인간의 영혼 가운데 잠재의식이라고 불리는 어둡고 광범위한 영역은 이때까지도 그의 연구 영역이었다. 물론 이 잠재의식의 세계는 초의식의 세계라고 부르는 것이 좋을 것이다. 왜냐하면 이 세계에서 가끔 개인의 의식적 지식을 훨씬 넘는 지식이 번득거려, 개인의 영혼의 가장 깊고 어두운 부분과 전지전능한 만유(萬有)의 혼(魂) 사이에는 연결이나 관계가 있는 것이 아닌가라고도 생각되기 때문이다. 잠재의식의 세계는 문자 그대로 『잠재적』이지만, 그것은 좁은 의미에서 『신비적』이기도 한 것임을 곧 알 수 있다. 즉 이 잠재의식의 세계는 우리들이 임시 변통으로 신비라고 부르는 현상을 낳게 하는 원천의 하나인 것이다.

그뿐만 아니라 유기체의 병적 징조는 억압되고 히스테리화한 흥분이 의식화하여 생긴 것이라고 생각하는 사람은 물질 속에서도 정신이 창조력을 가지고 있음을 인정하는 것이 되는데, 이 창조력은 신비적인 제2의 원천이라고 부르지 않을 수 없다. 이렇게 하여 병리학적 관념론자라고는 하지 않더라도 병리학적인 것에 대한 관념론자는 존재 일반의 문제, 즉 정신과 물질의 관련 문제에 직결되는 사고의 출발점에 서는 것이 된다. 단순하고 완강한 철학의 산물인 유물론자는 정신적인 것을 물리적인 것의 인광적 산물(燐光的產物)에 지나지 않는다고 고집할 것이지만, 이와는 반대로 관념론자는 창조력을 가진 히스테리라는 원리에서 출발하여 정신과 물질의 우위 문제에 대해 유물론자와는 정반대의 생각을 가지기 쉬워, 언젠가는 이 사고 방식의 정당성을 확신하기에 이르게 된다. 즉 이것은 옛날부터의 논쟁, 닭이 먼저냐 계란이 먼저냐 하는 논쟁과 다를 것이 없다. 또한 닭이 낳지 않은 계란은 생각할 수 없고 닭이 낳은 계란에서 부화하지 않은 닭도 생각할 수 없다는 두 가지 사실에 의해 논쟁은 무섭게 혼란스럽게 되는 것이다.

닥터 크로코브스키는 근래부터 강연 속에서 이런 문제를 논하기 시작했다. 그는 유기적이고 논리적이며 합법적인 경로로 이 문제에 이르렀으며, 우리는 이 점을 아무리 강조해도 좋다고 생각한다. 크로코브스키가 이런 문제를 논하기 시작한 것은, 엘렌 브란트 양이 무대에 등장한 것으로 인해 그런 문제가 현실적이고 실험적인 단계로 들어갔을 때보다 훨씬 이전의 일이라는 것을 부언해 두기로 한다.

엘렌 브란트란 누구란 말인가? 물론 우리들에게는 이 이름이 친숙하지만 독자에게는 아직 알려지지 않고 있다. 그것을 멍청하게 잊어버릴 뻔했다. 엘렌 브란트란 누군가? 얼른 보면 특징이 거의 없는 소녀였다. 19세로서 엘리라고 불리고 아마빛 머리칼을 한 귀여운 덴마크 아가씨였는데 코펜하겐 태생이 아니라 퓌넨 섬의 오덴세 태생으로 아버지는 거기에서 버터 회사를 경영하고 있었다.

그녀 자신은 직업 여성으로 벌써 몇 년 동안 도시 은행의 지방 지점에서 일을 하여 오른팔에는 직무 커버를 끼고 회전의자에 앉아 두꺼운 장부 위에 몸을 구부리고 있었는데, 거기에서 병이 났던 것이다. 걱정할 만한 용태는 아니고 사실은 조금 의심스럽다는 정도의 용태였다. 물론 그녀는 날씬하여 얼른 보아서는 빈혈증인 듯했다. 그러나 어쨌든 호감이 가는 아가씨여서, 누구나 무심결에 그 아마빛 머리칼 위에 손을 얹고 싶어질 정도였다. 고문관도 식당에서 그녀와 이야기를 할 때는 언제나 그렇게 하였다. 북국 아가씨의 청순함, 유리처럼 순결하며 어린애 같고 처녀다운 분위기가 정말로 사랑스럽게 몸을 감싸고 있었다. 순진하게 바라보는 해맑은 푸른 눈길도, 그 말씨도 사랑스러웠다. 말이 또렷또렷 하고 음이 높은 얌전한 말투였지만, 『플라이쉬(살)』라고 하지 않고 『플라이휘』라고 발음하는 식으로 유형적(類型的)인 발음상의 조그만 실수가 있는 다소 서툰 독일어로 말했다.

얼굴에는 이렇다 할 특징이 없었지만 턱이 약간 짧았다. 그녀는 클레펠트와 같은 식탁에 앉아 있었는데 클레펠트가 그녀를 어머니처럼 돌보아 주고 있었다.

그런데 이 브란트 양, 에리 양, 자전거를 타고 다니는 귀엽고 작은 덴마크 아가씨, 은행 지점에서 사무를 보고 있던 상냥한 그녀에게는 그 밝은 모습을 한두 번 보아서는 상상도 할 수 없는 반면(半面)이 있었다. 이 반면은 그녀가 이 베르크호프에 온 지 2, 3주일 지나자 벌써 나타나기 시작했지만, 이것이 얼마나 특이한 반면인가를 완전히 드러나게 한 사람은 닥터 크로코브스키였다.

밤의 모임에서 함께 실내 유희를 했던 때의 일이 이 학자의 주의를 환기시켰던 것이었다. 모두는 여러 가지 수수께끼 놀이를 하기도 하고 또 피아노의 소리에 유도되어 감추어진 물건 찾기 놀이를 하기도 했다. 그 유희는, 찾는 사람이 감추어진 장소에 가까이 가면 피아노 소리가 높이 울리고, 방향이 틀리는 곳으로, 멀리 가면 피아노 소리가 낮게 울리는 것이었다. 이 유희 다음의 유희는 순번이 된 사람에게 밖으로 나가 달라고 하고 그 사이에 과제를 결정짓고, 여러 개로 연결된 과제를 틀림없이 옳게 차례로 풀게 하는 유희였다. 가령 누구와 누구 두 사람의 반지를 바꾼다든지, 누구누구에게 세 번 인사를 하고 댄스 상대역을 신청한다든지, 표지를 단 책을 도서실에서 가지고 와 그것을 누구누구에게 넘긴다든지 하는 종류의 것이었다. 이런 종류의 유희를 이때까지 베르크호프의 손님들 사이에서는 해본 적이 없다는 것을 말해 두어야겠다. 누가 도대체 이런 유희를 하자고 했는지 이제 와서는 알 수가 없다. 엘리가 아니라는 것은 확실했다. 그러나 그녀가 이곳에 오고 난 뒤 비로소 누군가가 생각해 낸 것만은 확실하다.

유희의 멤버는 거의 우리들이 잘 알고 있는 사람들로 한스 카스토르프도 그 중의 한 사람이었다. 과제를 꽤 훌륭히, 또는 그럭저럭 해낸 사람도 있고 또 전혀 손도 못 대는 사람도 있었다. 그러나 엘렌 브란트의 능력만은 무섭고 깜짝 놀랄, 괴상할 정도였다. 숨겨 놓은 물건을 찾아 내는 그녀의 육감(肉感)이 빠른 점에 대해서는 갈채와 감탄 그리고 웃음만으로 끝났을 터였지만, 한층 더 복잡한 유희가 되고부터는 모두들 숨을 죽이기 시작했다. 모두가 아무리 어려운 문제를 말해도 그녀는 방으로 다시 들어온 순간 조용한 미소를 띄고는 서슴지 않고, 피아노 소리에 유도되지도 않고 과제를 풀어 버렸다. 예를 들면 식당에서 한줌의 소금을 집어 와서 파라반트 검사의 머리에 뿌리고 난 뒤, 검사의 손을 잡고 피아노 앞으로 데리고 가 검사의 손가락으로 〈한 마리의 새가 날아왔다〉라는 노래의 첫부분을 연주했다. 그리고는 검사를 제자리로 데리고 가 무릎을 꿇고 그에게 인사를 하고 그의 발치에 받침을 끌어당겨 거기에 앉았는데 그것이 끝이었다. 모두가 있는 지혜를 짜서 그녀를 위해 생각해 낸 것과 조금도 다르지 않았다.

필경 살짝 엿들은 것임에 틀림없다고 모두들 말했다.

그녀는 얼굴이 붉어졌다. 그녀가 면목이 없다는 듯이 얼굴이 빨개진 것을 보고 오히려 모두는 안심하고 그녀에게 시비를 걸기 시작했다. 그러자 그녀는 단호히 말했다.

「아니에요. 그렇지 않아요. 그런 말씀 마세요. 방 밖에서, 문 밖에서 엿 듣다니, 어떻게 그럴 수가 있겠어요.」

「밖에서, 문 바로 옆에서 안 들었다고?」

「네, 어떻게 밖에서 들을 수가 있어요. 실례지만…….」 하고 그녀는 말했다. 그녀는 방에 들어왔을 때에 들었다고, 그걸 듣지 않을 수 없었다고 말했다.

「듣지 않을 수 없었다고? 이 방안에서?」

「나의 귀에 속삭여지는 거예요, 작은 목소리이긴 하지만 아주 확실하게요.」

이것은 문제가 되는 고백이었다. 분명히 엘리는 어떤 의미에서는 결백하지 않은 것을 알면서 모두를 속였던 것이다. 모든 것이 귀에 속삭여진다면, 이런 유희에는 참가할 자격이 없다는 것을 처음에 말했어야 할 것이다. 참가자의 한 사람이 초자연적인 능력을 가지고 있다면 유희는 인간적인 의미가 전혀 없어져 버린다. 스포츠 정신에서 볼 때 엘리는 갑자기 자격을 상실한 것이 되었지만, 그것도 그녀의 고백을 듣고 모두의 등골이 싸늘해진 의미에서 무자격자로 되었던 것이다. 여러 사람들이 이구동성으로 닥터 크로코브스키의 이름을 외쳤다. 그를 데리러 사람을 보냈다. 힘찬 미소를 지으면서 곧 이곳의 상태를 알아차리고는, 침착하고 밝은 기분으로 마음놓고 나를 믿어 달라는 태도를 나타내면서 크로코브스키는 들어왔다. 모두는 숨을 헐레벌떡해 가면서 보고했다. 엉뚱한 일이 있다, 천리안의 아가씨가 나타났다, 모든 것을 속삭임으로 듣는 아가씨가 나타났다고. 아니, 아니, 그래서요? 조용히 하십시오. 여러분! 이제 곧 확실해질 것입니다. 이것은 그의 전문 분야였다. 모두에게는 걷잡을 수 없고 진흙탕의 수렁처럼 바닥이 없는 세계였지만, 그는 그 속에서 자신만만하게 공감을 느끼면서 행동했다. 그는 질문하고 보고를 하게 했다. 아니, 아니, 이건 정말!

「그러면 당신에게는 그런 면이 있습니까, 아가씨?」

이렇게 말하고 그는 누구나가 하는 것처럼 소녀의 머리에 손을 얹었다. 아주 주목할 만한 일이기는 하지만 전혀 놀랄 것은 없다고 그는 말했다. 그는 살짝 손으로 엘렌 브란트의 머리에서부터 어깨와 팔을 어루만져 내려가면서 이국적인 다갈색의 눈으로 그녀의 하늘빛 눈을 바라보았다. 그녀는 다소곳이 그의 시선에 응했다. 즉 머리가 천천히 가슴과 어깨 쪽으로 드리워짐에 따라

차차 눈을 내리깔면서 더욱더 다소곳하게 눈을 쳐다보았다. 그녀의 눈이 멍해지기 시작하자 학자는 소녀의 얼굴 앞에서 손을 가볍게 흔들어 보고는 이제 걱정할 것 없다고 말하며, 흥분한 환자들 모두에게 밤의 안정 요양으로 돌아가도록 권하고, 엘렌 브란트만은 아직 좀 이야기할 것이 있다고 하면서 뒤에 남게 했다.

이야기한다, 그것은 의외의 일은 아니었다. 그러나 쾌활한 동지 크로코브스키가 할 수 있는 이 말을 듣고 아무도 좋은 기분이 되지는 않았다. 모두들 등골이 오싹하는 것을 느꼈다. 한스 카스토르프도 마찬가지였다. 그는 보통때보다 늦게, 잠들기에 안성맞춤인 침대 위자에 누워, 아까 엘리의 초인간적인 능력을 보고 그것을 그녀가 부끄럽다는 듯이 설명하는 것을 들었을 때, 발 밑의 땅바닥이 흔들리는 것 같아 어쩐지 기분이 이상해서 육체적으로도 위협을 당하는 듯한 느낌을 받고 가벼운 배멀미 같은 기분에 빠졌던 것이 생각나, 그는 새삼스레 등골이 오싹했다. 그는 지진을 한 번도 경험한 일은 없었지만 지진에도 이와 똑 같이 말로 표현하기 어려운 공포가 느껴질 것임에 틀림없다고 생각했다. 물론 엘렌 브란트의 이상한 능력은 한스 카스토르프에게 호기심을 느끼게 했다. 그리고 이 호기심에는 또한 깊은 본질을 규명하는 것은 단념하지 않으면 안 되겠다는 기분, 즉 호기심의 대상이 인식의 대상으로는 될 수 없는 영역이라는 의식, 따라서 그런 호기심이 무익한 호기심일 뿐만 아니라 죄악이 되는 것이 아닌가 하는 생각이 들기는 했지만, 그러나 역시 이것은 호기심임에는 틀림이 없었다. 누구나가 그러하듯이 한스 카스토르프도 지금까지 살아오는 동안 신비스러운 자연 또는 초자연 현상에 대해서는 이와 같이 듣고 있었다. 먼 조상 가운데에 천리안의 여자가 있었다는 것은 전에도 언급한 일이 있지만, 그는 이 여자에 대한 우울한 전설을 들어 알고 있었다.

그러나 그는 그런 세계를 이론적으로 국외자로서 인정했을 뿐, 이때까지 한 번도 개인적으로 그런 것에 접촉한 일은 없었고 현실적으로 견문한 일도 없었다. 그런 경험에 대한 그의 저항, 취미상으로의 저항, 심미감에 의한 저항, 인간적인 자부에서 오는 저항——우리들의 단순하기 그지없는 주인공에게 이러한 어마어마한 말을 사용해도 좋다면——그의 저항은 그러한 경험에 의해 강하게 느껴진 호기심에 필적하는 것이었다. 그러한 경험은 어떤 경과를 밟는다 해도 언제나 몰취미하고 이해할 수 없고 인간의 품위를 손상케 하는 경과를 밟게 될 것이라는 것을 처음부터 분명히 느끼고 있었다. 그런데도 그런 경험을 하는 것을 열망했다.

「무익한가, 그렇지 않으면 죄악인가.」 하는 것은 어느 한쪽이라도 좋지 않은데 이 경우에는 어느 한쪽이 아니라 어느 쪽도 될 수 있다는 것, 그리고 정신이 접근할 수 없는 영역이라는 것은 접근하는 것이 금지되어 있다고 말하는 것을 도덕 이외의 말로 표현한 데에 불과하다는 것, 그것을 한스 카스토르프는 이해하고 있었다. 그러나 이런 실험을 할 작정이라고 말을 하기만 하면 당연히 목소리를 거칠게 하여 비난할 인물에게서 배운 『실험 채택』이라는 사고가, 한스 카스토르프의 마음속에 단단하게 뿌리를 내리고 있었다. 그의 도덕적인 의식은 점차로 호기심과 구별할 수 없게 되었다. 그러나 사실은 이전부터 계속 이러했을 것이다. 수양 도상에 있는 청년의 이 무조건적인 호기심은 거물인 페페르코른의 신비에 주야로 접한 이래, 이번에 접촉하게 된 세계로부터도 멀리 떨어져 있지는 않았던 것이고, 게다가 금지된 세계에 대해서도 접근할 기회가 있으면 물러서지 않는다는 점에서 군인적이라고 할 수 있는 성질의 호기심이었다. 한스 카스토르프는 엘렌 브란트를 실험 재료로 하여, 이제부터 실험하는 일이 있으면 물러선다든가 경원하지 않을 것을 결심했다.

닥터 크로코브스키는 금후 아마추어가 브란트 양의 숨은 능력을 실험해 보는 것을 엄금했다. 그는 소녀에게 학자로서의 입장에서 봉인(封印)을 하고 지하 분석실에서 소녀와 여러 시간을 보내면서, 들리는 바에 의하면 그녀에게 최면술을 걸어 그녀 속에 잠자고 있는 힘을 불러 내어 그것을 훈련하고 그녀의 이때까지의 내면 생활을 조사하려는 것 같았다. 그리고 소녀를 돌봐 주고 있는 친구이자 보호자인 헤르미네 클레펠트도 이와 똑같은 것을 하고 있었는데, 절대로 남에게 말하지 않을 것을 약속하고 소녀에게 이것저것 캐물어서, 그것을 또 절대로 남에게 말하지 않는다는 조건하에 요양원 구석구석에까지 퍼뜨리는 바람에, 이야기는 결국 요양원의 수위실에까지 퍼지고 말았다. 가령 그녀는 소녀 엘리의 귀에 유희할 때의 과제를 속삭여 준 것은 홀거라는 사람 또는 물건으로서 이 홀거 청년은 엘리와 사이 좋은 영(靈), 이 세상 것이 아닌 투명한 존재로 엘리 소녀의 수호신이라는 것을 알아 냈다. 그렇다면 그 영이 한줌의 소금에 대한 것과 파라반트 검사의 둘째손가락에 대한 것을 속삭여 주었단 말인가? 「그래요, 눈에 보이지 않는 입술로 부드럽게 내 귀에 속삭여 주어 좀 간지러워서 나도 모르게 웃어 버렸어요.」 「학교에 숙제를 해가지 않았을 때에도 홀거가 대답을 속삭여 주었을 것이니 고마웠겠지?」 여기에 대해 엘리는 말이 없었다. 「홀거는 그런 짓을 해서는 안 되었을 것이에요.」 하고 엘리는 한참 뒤에 말했다. 「그런 진지한 일에 참견하는 것은 금지되어 있었을 것이고 홀거 자신도 숙제의 답을 잘 몰랐을 거예요.」

엘리는 어렸을 때부터 가끔 그런 일이 있었는데, 보이는 현상과 보이지 않는 현상을 경험했다. 그럼 보이지 않는 현상이란 도대체 어떤 현상인가? 가령 이런 것이다. 그녀는 16세 때의 어느 오후에 집 거실에서 둥근 테이블 곁에 앉아 뜨개질을 하고 있었다. 그녀 앞 융단 위에는 아버지가 사랑하는 불독 암놈인 표라이아가 누워 있었다. 테이블 위에는 아름다운 빛깔의 천이 덮여 있었는데, 이것은 나이 많은 부인들이 삼각형으로 접어서 어깨에 걸치는 터키식의 목도리로 비스듬히 놓인 삼각형의 모퉁이가 테이블가에서 조금 드리워져 있었다. 그때 엘리는 그녀에게서 가장 가까운 끝이 갑자기 천천히 말려 올라가는 것을 보았다. 조용히, 차근차근, 규칙적으로 테이블의 중심을 향해 상당한 길이에까지 말려 올라갔고, 말려진 폭이 마지막에는 꽤 길게 되었다. 이러는 동안 표라이아는 갑자기 뛰어 일어나 앞다리를 뻗고 털을 곤두세우고 옆방으로 도망쳐 소파 밑으로 기어들어갔다. 그로부터 이 개는 만 1년간을 아무리 해도 거실로는 한 발짝도 들어오려고 하지 않았다.

목도리를 말아올린 것이 홀거였느냐고 클레펠트 양은 물었다. 브란트 소녀도 그것은 모를 일이었다. 그때 당신은 도대체 무엇을 생각하고 있었는가? 그때에는 아무것도 생각할 수 없었으므로 아무것도 생각하지 않았다는 것이었다. 부모에게 그것을 말했는가? 아니오. 그건 이상한데요. 전혀 생각할 수가 없어서 생각하지 않았지만 엘리는 그때에도, 이와 비슷한 경우에 그것을 가슴속에 접어두고 부끄러운 것이라고 하여 아무에게도 말해서는 안 되는 것이라고 느꼈던 것이다. 그것을 무거운 짐이라고 생각했어요? 아니오, 그다지 무거운 짐이라고는 생각하지 않았어요. 그리고 테이블보가 말려 올라가는 것이 어째서 무거운 짐이 되는 거죠? 그렇지만 다른 일 때문에 무거운 짐으로 느낀 일이 있었어요. 가령 다음과 같은 일로 말이에요.

1년 전 역시 오덴세의 부모 집에서 엘리는 매일 아침 습관대로 부모가 식당에 나오기 전에 커피를 끓여 두려고, 아침 일찍 아직 밝기 전에 1층에 있는 자기 방을 나와 현관을 지나 식당으로 가려고 하였다. 계단이 구부러진 층계 근처까지 올라갔을 때에, 그곳 모서리 계단 곁에, 결혼하여 미국에 있는 조피 언니, 분명 틀림없는 언니가 서 있는 것을 보았다. 언니는 흰 옷을 입고 이상하게도 수련(睡蓮), 갈대와 비슷한 수련의 화관(花冠)을 머리에 쓰고 어깨 언저리에 두 손을 모으고 엘리에게 고개를 끄덕여 보였다.

「아니, 조피 언니, 언제 왔어요?」

어리둥절해서 그 자리에 서버린 엘리는 반은 기쁘고 반은 놀라서 물었다. 그러나 조피는 다시 한 번 고개를 끄덕이더니 모습이 희미해져 갔다. 투명하게 되고 다음으로는 더운 공기가 아지랑이처럼 흔들리는 정도로만 보이더니 완전히 없어져 엘리 앞에는 아무도 없게 되었다. 그러나 나중에 그 아침의 그 시각에 조피 언니가 미국 뉴저지 주(州)에서 심장병으로 죽은 것을 알았다.

한스 카스토르프는 그 말을 클레펠트에게서 들었을 때 그것은 황당무계하다고만 할 수 없다고 생각했다. 들어 둘 가치가 있는 이야기였다. 엘리의 눈앞에 환영이 나타나고 미국에서는 그 언니가 죽었다는 사실, 아무튼 이 두 가지 사실 사이에는 훌륭한 연관이 있다. 이렇게 말하고 그는, 모두가 참지 못하고 닥터 크로코브스키의 질투 같은 금지령을 살짝 깨뜨리고 엘렌 브란트를 중심으로 교령술(交靈術) 같은 실내 유희인 『유리잔 돌리기』를 하게 되었을 때, 이에 참석할 것을 동의했다.

이 모임은 헤르미네 클레펠트의 방이 무대가 되었고, 선발된 몇 사람만이 남 몰래 초대되었다. 접대자인 헤르미네 클레펠트, 한스 카스토르프와 브란트 소녀 외에 여자로는 슈퇴르 부인과 레비 양, 남성으로는 알빈 씨와 체코 인인 벤젤, 진부 박사가 출석했다. 밤 10시가 되기를 기다렸다가 남 몰래 모여 클레펠트가 준비해 둔 물건들을 속삭이면서 바라보았다. 방 한가운데에 테이블보를 덮지 않은 중간 정도 크기의 둥근 탁자가 놓여지고, 그 위에 포도주용의 유리잔이 다리를 위로 하고 거꾸로 엎어서 놓여졌고, 그 유리잔을 둘러싸고 테이블 가장자리에 적당히 간격을 두고 뼈로 만든 작은 패가 놓여 있었다. 이 패는 보통때는 카드놀이의 숫자 찾기에 사용되는 것이었지만, 오늘 밤에는 잉크로 26개의 알파벳 문자가 한 장에 한 글자씩 적혀 있었다. 클레펠트는 우선 마실 차를 내놓았다. 때마침 여자들 중 슈퇴르 부인과 레비 양은 오늘 밤의 실험이 동심으로 돌아가는 무죄한 실험이라는 것을 알면서도 수족이 차가워지고 가슴이 두근거린다고 하소연을 하고 있을 때인지라 이 차의 대접을 고마워했다. 차로 몸이 따뜻해지자 모두는 테이블을 둘러싸고 앉았다. 방 주인인 클레펠트는 기분을 북돋우기 위해 천장의 불을 끄고 사이드 테이블의 종이가 덮인 전기 스탠드만을 켜놓아 방은 희미하게 장밋빛으로 비쳤다. 그리고 모두들 그 장밋빛 불빛 속에서 각기 오른쪽 손가락 하나를 유리잔 다리에 살짝 대었다. 이것이 『유리잔 돌리기』 유희의 방법이었다. 모두는 유리잔이 움직이기 시작하는 순간을 고대하고 있었다.

유리잔은 간단히 움직일 수 있는 상태에 있었다. 테이블의 표면은 미끌미끌

했고 유리잔 끝도 미끄러웠으며 다리 위에 살짝 놓인 여러 개의 손가락은 가볍게 떨리고 있어서, 유리잔을 누르고 있는 그 힘이 손가락마다 똑같을 리는 없고 또 이쪽 손가락은 수직으로, 저쪽 손가락은 비스듬히 누르고 있기 때문에, 한참 그러고 있는 동안 유리잔이 처음의 한가운데의 위치에서 삐져나올 것은 당연하였다. 유리잔이 테이블의 끝을 따라 움직이면 주위에 둔 글자에 부딪칠 것이다. 만약 그 글자의 배합이 말이 되어서 무슨 의미를 갖게 되면, 이것은 내면적으로 불결하다고 할 수 있을 정도의 복잡한 현상을 의미하는 것이다. 즉 이것은 각자의 의식적, 반의식적, 잠재적인 요소가 뒤섞인 산물로, 각자가 이것을 의식하고 있든 있지 않든 각자의 소망에 뒷받침되어 각자의 영혼의 암흑 부분의 남 모를 양해, 무의식적 부분의 협력에 의해 생기면서도, 겉으로 볼 때에는 각자의 소망과는 관계가 없는 결과로 보이는 것이었다. 이리하여 나타난 결과에는 각자의 잠재의식이 많든 적든 관계하고 있고, 사랑스러운 엘리 소녀의 잠재의식이 가장 많이 관계하고 있을 것임에 틀림없었다.

이것은 모두가 처음부터 내심으로는 알고 있던 바이지만, 한스 카스토르프는 모두와 함께 벌벌 떨리는 손가락을 유리잔에 대고 기다리고 있는 동안, 예의 어조로 확실하게 그것을 말했다. 여자들의 수족이 차가워지고 심장이 뛴 것도, 남성들이 부자연스럽게 떠든 것도, 그것을 의식하고 있었기 때문이었다. 즉 자기들의 잠재의식과 불결하게 놀기 위해, 자기들의 영혼의 무의식 부분을 두려운 호기심으로 실험하기 위해 이렇게 깊은 밤에 모여, 신비적이라 불리는 사이비 현실적 또는 반현실적인 현상을 기다리고 있다는 것을 알고 있었기 때문이었다. 죽은 자의 혼이 유리잔을 통해 모인 사람들에게 말을 걸어온다는 것, 이것은 체재를 갖추기 위한 것으로, 즉 구실이었다. 알빈 씨는 전에도 교령술(交靈術)의 회합에 가끔 참석한 일이 있었던 관계로 오늘 밤도 자기 스스로 사회자역을 맡아 영이 나타나면 응대하기로 되었다.

20분이나 그 이상의 시간이 지났다. 속삭이는 말의 재료도 떨어지고 처음의 긴장도 풀어졌다. 모두는 오른쪽 팔꿈치를 왼손으로 받치고 있었다. 체코 인인 벤젤은 잠이 들려고 하고 있었다. 엘렌 브란트는 손가락을 유리잔에 가볍게 대고 어린애같이 순진한 큰 눈을, 가까이에 있는 물건을 지나 사이드 테이블의 전기 스탠드의 불빛에 향하고 있었다.

갑자기 유리잔이 기울어져 뛰어오르더니 주위에 앉아 있는 사람들의 손에서 도망치려고 했다. 손가락으로 그것을 쫓아가는 것은 고역이었다. 유리잔은 테이블 끝까지 미끄러져 가장자리를 따라 한동안 달리다, 다음에는 일직선으로 테이블의 한가운데까지 돌아왔다. 거기서 다시 한 번 뛰고 나서 움직이지 않았다.

일동의 놀람은 기쁨이기도 했고 공포이기도 했다. 슈퇴르 부인은 이제 그만해 달라고 울음섞인 목소리로 말했지만, 모두로부터 그럴 생각이었으면 처음부터 하지 말았어야 했으며, 지금에 와서는 가만히 있어야 한다고 야단을 맞았다. 드디어 사태가 진전될 것 같았다. 유리잔이 예스, 또는 노의 대답을 할 때에, 글자를 그때마다 더듬어 가지 않아도 예스일 때는 한 번, 노일 경우에는 두 번 뛰면 되는 것으로 하자고 모두는 의견을 모았다.

「영은 나타났는가?」 하고 알빈 씨는 엄숙한 얼굴을 하고 모두의 머리 너머로 허공을 향해 물었다. 주저하는 기척이 느껴졌다. 그리고 유리잔은 기울어지더니 한 번 뛰고서 그것을 인정했다.

「자네의 이름은?」 하고 알빈 씨는 묻는 어조를 강하게 하기 위해 머리를 흔들며 거의 힐문(詰問)하는 투로 물었다.

유리잔은 움직였다. 쉬지 않고 테이블 한가운데로 돌아오면서 글자에서 글자로 지그재그 모양으로 활발하게 달려갔다. 처음에 H로 달리고 다음에는 O, 그리고 L로 달리다 거기서 기운이 빠져 어디로 가야 할지 모르는 것 같더니 다시 가다듬어 GER 단어를 만들었다. 예상대로였다! 홀거 자신이었다. 학교의 숙제에는 참견하지 않았지만 한줌의 소금 같은 것은 알고 있었던 홀거의 혼이다. 그는 나타나서 공중에 머물러 주위에 떠돌고 있었다. 그러면 그를 어떻게 할 것인가? 일동은 웬지 모르게 겁을 먹었다. 홀거에게 무엇을 물어 볼 것이냐고 목소리를 죽여, 말하자면 그가 모르게 의논했다. 알빈 씨는 홀거 생전의 신분과 직업을 묻기로 했다. 그는 다시 힐문하는 말투로 눈썹을 찡그리면서 물었다.

유리잔은 한동안 움직이지 않게 되었다. 그러다가 비스듬히 비틀거리며 D로 갔다가 되돌아와 I를 가리켰다. 무슨 단어를 만들려는 것일까! 긴장은 대단했다. 팅푸 박사는 도둑(Dieb)이 아니었을까 하고 낄낄 웃으면서 걱정을 했다. 슈퇴르 부인은 히스테릭한 웃음의 발작을 일으켰지만 유리잔은 이것에는 개의치 않고 계속 움직여 비틀거리고 덜컹거리면서 C·H를 지나 T에 닿고는 글자를 하나 빠뜨리고 R로 끝났다. 시인(Dichter)이라는 단어를 만들었다.

아니 이건, 홀거는 생전에 시인이었단 말인가? 유리잔은 의기양양해진 모양이었다. 일부러 다시 한 번 기울어지더니 한 번 뛰었다. 시정 시인? 하고 클레펠트는 물었지만 한스 카스토르프는 그녀가 『서정』을 『시정』이라고 발음했기 때문에 눈썹을 찌푸렸다. 홀거는 그런 분류를 좋아하지 않는 것 같았다. 이 질문에는 대답이 없었다. 다시 한 번 시인이라는 단어를 아까 빠뜨린 E도 넣어서 빨리 자신 있고 확실하게 만들었다.

좋아, 좋아, 그러면 시인이로구나. 모두의 당황은 깊어졌다. 이것은 자기들의 내면 생활의 억제할 수 없는 부분이 이런 형태로 나타난 데에 대한 이상한 당황이었지만, 나타나는 방식이 본성을 숨기는 반현실적인 형식을 취했기 때문에 당황도 또한 외계적이고 형식적인 방향을 가지게 되어 버렸다. 홀거가 현재 상태를 즐겁고 행복하게 느끼고 있는지 어떤지를 모두는 알고 싶었다. 유리잔은 꿈을 꾸듯 『유유히』라는 단어를 만들었다. 그렇구나, 『유유히』라, 정말. 물론 아무도 자기 스스로는 이 말을 생각해 내지는 못했을 것이지만 유리잔이 말을 만들면 누구나, 정말, 하고 느끼고 좋은 말이라고 생각했다. 홀거는 이 『유유히』라는 상태를 도대체 얼마 동안을 계속하여 왔을까? 유리잔은 이번에도 아무도 생각해 낼 수 없을 말, '꿈꾸듯 계속 흐르는 말을 만들었다. 『잠깐 사이의 긴 한때』라고 하는 것이었다. 훌륭한 대답이었다! 『긴 한때의 잠깐 사이』라고 해도 좋았다. 저쪽 세상에서 시인이 복화술(腹話術)로 말하는 것 같아 특히 한스 카스토르프는 명대답이라고 느꼈다, 『잠깐 사이의 긴 한때』가 홀거의 시간 요소였다. 물론이었다. 그는 질문자들을 격언 비슷한 말로 처리하는 수밖에 없었고 이 세상의 말과 시간 단위를 취급하는 것은 잊어버리고 있었음에 틀림없었다. 그러면 홀거에게 또 무엇을 물어 볼까? 레비양은 홀거가 어떤 용모를 하고 있는지, 즉 생전에 어떤 용모였는지를 알고 싶다고 고백했다. 미남 청년이었는가? 그러자 알빈 씨는 그런 질문은 그의 품위를 해치는 질문이라고 생각했던지 레비에게 직접 그것을 질문하도록 명령했다. 그래서 레비는 홀거 영(靈)은 금발의 곱슬머리를 하고 있는 것이 아니냐고 다정스러운 어조로 물었다.

『아름다운 갈색의, 갈색의 곱슬머리』라고 유리잔은 『갈색』이라는 말을 두 번이나 만들어 대답했다. 일동은 즐거운 듯이 흥겨워했다. 부인들은 남의 눈을 꺼리지 않고 황홀해 했다. 그리고 비스듬히 천장 쪽으로 키스를 던졌다. 팅푸 박사는, 홀거 씨는 상당히 허영심이 강한 것 같다고 하면서 낄낄 웃었다.

유리잔은 화를 냈다! 미친 듯이 난폭하게 테이블 위를 달리고 거칠게 기울어지고 뒤집어지더니 슈퇴르 부인의 무릎 위에 굴러 떨어졌다. 슈퇴르 부인은 겁을 먹고 얼굴이 새파랗게 질려 두 팔을 펴고 유리잔을 내려다보고 있었다. 모두는 입을 모아 사과를 하고 유리잔을 공손하게 테이블 위로 돌려보냈다. 중국인인 팅푸는 꾸지람을 들었다. 어떻게 그런 말을 할 수 있습니까? 보십시오. 그런 지나친 말을 하니까 이런 일이 생겼습니다. 홀거가 화를 내고 가버리고 이제 아무 말도 하지 않게 되면 어떻게 하겠습니까? 모두는 열심히 유리잔을 달랬다. 무슨 시 같은 것을 만들어 줄 수는 없겠습니까? 『잠깐 사이의 긴 한때』에 둥둥 떠 있기 전에는 시인이었다고 하지 않았습니까. 아, 모두는 얼마나 당신의 시를 듣고 싶어하는지 모릅니다! 모두는 진심으로 경청할 것입니다.

그러자, 보라, 선량한 유리잔은 예스의 신호를 했다. 사실 그 승낙의 모양에는 마음이 착한 화해적인 데가 보였다. 저 세상에서의 복화술처럼 읊어진 시는 정말로 놀랄 만한 시로서 주위에 앉아 있는 사람들은 그것을 감탄하면서 함께 중얼댔지만, 마법적이고 현실적인 서이며 내용의 대부분인 바다와 같이 넓고 끝없는 시였다.

급사면의 모래 언덕이 줄지어 있는 섬의 크게 구부러진 만(灣), 그 좁다란 긴 기슭을 따라 바다 안개가 사방에 자욱히 끼어 있다. 아 보라, 넓고 끝없는 바다가 녹색으로 엷어져 영원한 수평선에 녹아 버리려고 하며, 베일 같은 안개 속에 여름 태양이 진홍과 젖빛의 부드러운 빛에 싸여 머뭇거리면서 잠겨 간다! 은빛으로 반짝이고 있던 물의 반사가 언제 어떻게 하여 오직 한 가지 색의 진줏빛의 미광(微光)으로 바뀌고, 다채로운 담색(淡色), 그리고 오팔색의 월장석(月長石) 같은 이루 말할 수 없는 빛깔의 유희가 모든 것을 덮었는데, 어떤 말로도 그것을 표현할 수는 없을 것이다. 아, 그러나 이 은밀한 마법은 나타났을 때와 마찬가지로 남 몰래· 사라져 버렸다. 바다는 잠잤다. 그러나 낙양(落陽)의 엷은 여파는 저 먼 바다 위에 떠 있다. 사방은 밤이 깊어질 때까지 어두워지지 않는다. 모래 언덕의 솔밭 속에는 엷은 어스름이 떠 있어 땅바닥의 흰 모래는 눈처럼 보인다. 겨울 숲과도 같은 숲은 침묵에 싸여 있고 나뭇가지 사이를 나는 부엉이의 무거운 날개짓 소리가 들릴 뿐이다. 이 시각이야말로 우리들이 머물러 있는 순간이 되게 하라! 저 아래에서는 바다가 유유히 숨을 쉬고 꿈을 꾸면서 조용히 속삭이고 있다.

자네는 다시 한 번 바다를 보고 싶은가? 그러면 빙하처럼 흰 모래 언덕의 사면으로 걸어나가 구두 속에 차게 스며드는 부드러운 모래를 밟으면서 올라가 보라. 관목들이 빽빽히 들어서 있는 육지는 돌이 많은 기슭에 급경사로 내려가 있고, 사라져 가는 지평선의 상공에는 저녁놀의 여파가 아직 희게 떠 있다. 모래 언덕 위에 있는 이 모래에 앉으라! 얼마나 차가운가. 가루나 비단처럼 부드럽지 않은가? 손에 쥐면 모래는 손가락 사이에서 흰 실과 같은 흐름이 되어 넘쳐 흘러 옆 땅바닥에 귀여운 모래 언덕을 만든다. 자네는 이 아름다운 모래의 흐름을 보고 생각나는 것이 없는가? 그것은 은자(隱者)의 암자를 장식하는 엄숙하고 섬세한 도구, 저 모래 시계의 좁은 곳을 소리도 없이 실처럼 흘러 떨어지는 모래의 모습이다. 암자 속에는 펼쳐져 있는 한 권의 책, 한 개의 두개골, 그리고 대(台) 위에는 간단한 얇은 유리관(管)이 있다. 그 속에는 무한한 세계에서 떠낸 한줌의 모래가 들어 있어 차분하고 신성한 불안을 느끼게 하는 그 시간의 영위를 계속하고 있다.

이렇게 홀거의 영은『서정적』즉흥시 가운데서 고향인 바다를 노래불러, 이상한 연상에서 은자와 그 명상, 생활의 반려인 모래 시계에 대해 노래하고 계속 또 여러 가지에 대해 노래불렀다. 그리고 인간과 신에 대해 몽상적인 대담한 말로 계속 노래불렀는데, 일동은 글자를 만들어 가면서 하는 그 말에 감탄하고 말았다. 유리잔은 지그재그 모양으로 눈부시게 달리고 미세한 것에까지 들어가 언제 끝날지 알 수 없어 모두는 황홀해 하는 갈채를 보낼 여유조차 없었다. 1시간이 지나도 시작(詩作)은 끝날 기색이 없고 분만(分娩)의 고통, 사랑하는 두 사람의 최초의 키스, 가시 면류관 신의 엄하고 자비로운 사랑에 대해 무궁무진하게 노래부르고, 피조물의 영에 대해 몰입하고, 갖가지 시대와 각 나라 그리고 천체에 대해 한없이 노래불렀다. 한 번은 칼데아 인과 십이궁(十二宮)에 대해서도 언급하였는데, 이 상태로 나가면 틀림없이 밤새도록 노래불렀을 것이다. 그래서 교령자 모두는 드디어 손가락을 떼고 홀거 혼에게 뜨거운 감사의 인사를 드리고 오늘 밤은 이것으로 충분하다고 말했다.

정말로 뜻밖의 멋진 시였는데 아무도 그것을 적어 두지 않은 것은 두고두고 유감스러운 일이었다. 이 시는 필경 잊혀질 것이다. 마치 꿈을 기억하고 있는 것이 곤란한 것과 마찬가지로 유감스럽게 벌써 시의 내용이 잊혀져 버렸다. 다음에는 처음부터 속기사를 고용하여 종이에 적게 하여 그것을 정리하여 읽는다면 얼마나 멋진 시가 될 것인지를 시험하여 보도록 하자. 그러나 오늘 밤은 홀거가『잠깐 사이의 긴 한때』의 유유한 상태로 돌아가기 전에 일동을 위해 두세 가지의 구체적인 질문에 대답을 해주었으면 대단히 고맙겠다. 아직 어떤 질문이 될는지는 알 수 없지만 아무튼 그렇게 되는 경우 홀거는 특별한 호의를 갖고 여기에 대답할 작정인지, 어떤지?

「예스.」라는 대답이었다. 그러나 무엇을 질문할 것인가 하고 일동은 서로의 얼굴을 쳐다볼 뿐이었다. 선녀나 난쟁이에게서 한 번만 질문할 것을 허락받고 그 귀중한 한 번을 하찮은 질문으로 헛되게 할 위험이 있는 동화의 경우와 마찬가지였다. 세상 일이나 미래에 관해 여러 가지로 알아 두어야 할 것이 있는 것같이 생각되어 질문을 택하는 것은 책임이 중대했다. 아무도 마음을 정할 수가 없는 것 같아 한스 카스토르프는 한 손가락을 유리잔에 대고 왼쪽 볼을 주먹에 받치고 말했다. 그가 이 위에 체재하고 있는 기간이 처음 예정이었던 3주일에서 몇 년 가량 더 연기될는지 알고 싶다고.

좋다. 이보다 더 멋진 질문을 생각해 낼 수 없다면 이 임시 변통의 질문에 대해 홀거 영은 그 풍부한 지식을 가지고 이 유일한 최상의 질문에 대답해 줄 것이다. 유리잔은 한동안 머뭇거리다가 움직이기 시작했다. 그러나 정말로 이상한, 질문과는 관계없다고 생각되는 글자를 만들었으므로 아무도 그것을 어떤 의미로 생각해야 좋을지 몰랐다. 유리잔은 『가라』는 글자를 만들고 다음으로 『비스듬히』라고 만들었는데, 이 말에 이르러서는 아무리 해도 해석해 낼 수가 없었다. 그리고 나서 유리잔은 한스 카스토르프의 방이라는 말을 나타낸 것 같았다. 따라서 이 짧은 지시를 종합하면 『질문자는 그의 방을 비스듬히 가라』고 하는 것이 되었다.

그의 방을 비스듬히 가라고? 34호실을 비스듬히, 그건 또 무슨 의미일까? 모두는 앉은 채로 의논을 하고 고개를 갸웃거리고 있었는데 갑자기 쾅 하고 주먹으로 문을 두드리는 소리가 났다.

모두는 피가 얼어붙는 것 같았다. 누가 급습한 것일까? 닥터 크로코브스키가 금지되어 있는 회합을 그만두게 하려고 문 밖에 서 있는 것일까? 모두는 당황하여 문을 쳐다보고 깜쪽같이 속은 조수가 뛰어 들어올 것을 각오하고 있었다. 그때 누군가 테이블의 한가운데를 탕 하고 두드렸다. 이번에도 주먹으로 힘자라는 대로 두드린 소리로, 말하자면 아까의 탕 하는 소리도 문 바깥에서가 아니라 방안에서의 소리라는 것을 알려 주기 위한 것이었다.

알빈 씨의 시시한 장난이었을 게 뻔하다! 그러나 알빈 씨는 자기는 그러지 않았다고 명예를 걸고 맹세했다. 그가 맹세할 것도 없이 일동 중의 누군가가 두드리지 않았다는 것은 다 알고 있었다. 그러면 홀거가 그랬을까? 모두는 곧 엘리가 잠자코 있는 태도가 이상하여 엘리를 지켜 보았다. 소녀는 손가락을 테이블 끝에 놓고 손목을 떨어뜨리고, 목을 갸우뚱하게 기울인 채, 눈썹을 치켜올리고 입술을 좀 작게 오므리고 의미있는 듯이 그리고 순진하게도 보이는 미소를 살짝 띠고, 의자등에 기대어 푸르고 공허한 어린애 같은 눈초리로 비스듬히 위를 쳐다보고 있었다. 모두는 그녀를 불러 보았지만 아무런 반응도 보이지 않았다. 그때 사이드 테이블의 전기 스탠드의 불이 꺼졌다.

왜 꺼졌을까? 슈퇴르 부인은 이제 참을 수 없어, 으악 하고 비명을 질렀다. 그녀는 스위치를 돌리는 소리를 들었다는 것이었다. 전깃불은 자연적으로 꺼진 것이 아니라 『보이지 않는 손』이라고 하면 좀 함축성 있는 말이지만 아무튼 그 손에 의해 꺼졌던 것이었다. 홀거의 손이었을까? 홀거는 이때까지는 아주 온건하고 예의바르고 시인다웠지만 이제부터 그가 하는 짓은 어린애 같은 장난, 나쁜 장난이 되기 시작했다. 문과 테이블을 주먹으로 두드린다든지 희롱삼아 전깃불을 끄는 손이 누구의 목을 조르지 않을 것이라고 누가 보장할 것인가? 모두는 어둠 속에서 성냥을, 회중 전등을 켜고 외쳤다. 레비 양은 꼬챙이 소리를 내면서 누군가가 이마의 머리칼을 잡아당겼다고 외쳤다. 슈퇴르 부인은 무서운 나머지 염치도 체면도 없이 큰 소리로 하느님께 기도를 드리기 시작했다.

「아 하느님, 이번만이라도!」

이처럼 외치고 큰 잘못을 한 죄를 용서하시고 자비를 베풀어 주소서 하면서 흐느껴 울었다. 전등 스위치를 돌리면 된다는 당연한 일을 알아차린 것은 팅푸 박사였다. 방은 곧 불빛으로 환하게 되었다. 모두가 사이드 테이블의 전기 스탠드가 역시 우연히 꺼진 것이 아니라 스위치가 돌려졌다는 것, 보이지 않는 손에 의해 행하여진 조작을 인간의 손으로 다시 한 번 되풀이하기만 하면 밝게 할 수 있다는 것을 확인하고 있는 동안에, 한스 카스토르프는 자기 혼자서 남 몰래 뜻하지 않은 사실을 발견했는데, 그것은 오늘 밤 여기서 활동하고 있는 어린애 같은 잠재의식이 그에게 특별한 관심을 쏟고 있다는 발견이었다. 그의 무릎 위에 무언지 가벼운 것, 언젠가 제임스 숙부가 조카의 장 위에서 집어들고 깜짝 놀라며 보았던 그 『기념품』, 클라브디아 쇼샤의 내면 초상이 찍힌 유리로 된 뢴트겐 사진이 놓여 있었다. 그런데 한스 카스토르프는 그 사진을 이 방으로 가지고 온 기억이 전혀 없었다.

그는 발견한 사실을 떠들어 대지 않고 그것을 살짝 호주머니에 넣었다. 모두는 엘렌 브란트에게 정신을 빼앗기고 있었다. 엘리는 아까 말한 그 자세로 공허한 눈을 하고 이상하게 뽐내는 얼굴 표정으로 의자에 앉아 있었다. 알빈 씨가 그녀에게 입김을 불어넣고 닥터 크로코브스키의 흉내를 내어 그녀의 얼굴을 손으로 아래에서 부채질을 하듯 하니 소녀는 생기를 되찾고, 웬지는 모르지만 조금 울었다. 모두는 소녀를 쓰다듬고 위로해 주고 이마에 키스해 주고는 방으로 자러 보냈다. 교양이 부족한 슈퇴르 부인이 무서워서 오늘 밤에는 혼자 잘 수가 없다고 해서, 레비 양이 아침까지 부인 방에서 같이 있어 주어도 좋다고 제안했다.

기념품을 가슴 안주머니에 넣어 둔 한스 카스토르프는 남자들과 함께 알빈 씨의 방에 들러 거기서 오늘 밤의 스산한 회합을 코냑 한 잔으로 마치는 것에 의의가 없었다. 그의 생각으로는 오늘 밤과 같은 사건은 영혼과 정신에는 자극을 주지 않지만 위의 신경에는 자극을 주는데, 그것도 지속적인 자극으로, 뱃멀미를 하는 자가 상륙한 후에도 몇 시간 동안 몸이 흔들리는 것 같아 구토를 느끼는 것과 같았다.

그의 호기심은 우선은 충족되었다. 홀거의 시는 그 경우의 즉흥시로는 나쁜 시는 아니었지만 처음부터 예감했던 대로 그날 밤의 모든 것이 내면적으로 쓸쓸하고 저속한 것이었음이 통감되었기에, 얼마 안 되기는 하지만 지옥의 불가루를 뒤집어쓴 것을 기회로 두 번 다시는 이런 실험에는 가담하지 않을 것을 결심했다. 세템브리니 씨가 한스 카스토르프로부터 그날 밤의 경험을 듣고 청년의 그 결심에 입을 모아 지지한 것은 능히 상상할 수 있었다.

「설마 그런 일까지는 하지 않으리라고 생각했는데.」 하고 그는 외쳤다. 「아, 서글프군, 서글퍼!」 그는 엘리 소녀를 말도 못 할 사기꾼이라고 다짜고짜로 단정했다.

제자는 그것에 찬성도 반대도 하지 않았다. 그는 어깨를 움츠리면서 말했다. 진실이란 무엇인가 하는 것은 아직 충분히 밝혀져 있지 않고, 따라서 또한 무엇이 사기인가 하는 것도 마찬가지다. 아마 이 두 가지의 사이에는 어느 쪽에도 속하지 않는 계단이 여러 개 있어, 즉 언어도 평가도 존재하지 않는 자연계에는 진실성의 단계가 여러 개 있어 그 단계를 결정하는 것은 불가능하며, 자기에게는 그러한 결정이 너무나 도덕적인 것같이 생각된다. 세템브리니 씨는 『사기』라는 말을 어떻게 생각하고 있는 것일까? 그 개념에는 꿈의 요소와 진실의 요소가 뒤섞여 있어, 그 혼합물이 자연계에 있어서는 우리들의 조잡한 이성적인 사고에 있어서처럼 이상하지는 않음에 틀림없지 않을까? 생의 비밀은 문자 그대로 규명할 수 없기 때문에, 거기에서 가끔 『사기』적인 현상이 나타났다고 해서 이상할 것은 없다, 등등을 말하면서 우리들의 주인공은 상냥하고 타협적이며 팔방미인적인 예의 말투로 말했다.

세템브리니 씨는 적당히 제자의 머리를 식히고 이 순간만이라도 청년의 양심을 불러일으켜 앞으로 그런 의심스러운 것에는 두 번 다시는 관계하지 않겠다는 약속을 시켰다.

「당신은,」 하고 세템브리니 씨는 말했다. 「당신 속에 있는 인간성을 좀더 존중해야 합니다, 엔지니어! 명쾌하고 인간다운 사상을 신뢰하고 미친 생각이나 정신적 진흙탕을 혐오하십시오! 사기? 생의 비밀? 친구! 사기와 진실을 결정하고 구별하는 윤리적 용기가 퇴폐하기 시작하면 생 그 자체, 비판, 가치, 헌신적 행위도 끝장이며 도덕적 회의가 무서운 분해 작용을 일으키기 시작합니다.」

인간은 만물의 척도라고 그는 계속 말했다. 선과 악, 진실과 사기를 구별하고 인식하는 인간의 권리는 포기할 수 없는 것으로, 이 창조적 권리에 대한 신앙을 허물어뜨리려는 자에게는 재난이 있어야 한다! 그런 인간은 차라리 자기 목에 연자맷돌을 달고 우물 속에 빠져 버리는 것이 나을 것이다.

한스 카스토르프는 고개를 끄덕이고 정말 한동안은 실험의 회합에 가까이 가지 않았다. 그는 닥터 크로코브스키가 지하의 분석실에서 엘렌 브란트를 재료로 하여 여러 번 실험을 거듭하고 손님들 중에서 선택한 사람만이 거기에 출석했다는 것을 들었다. 거기에 출석할 것을 딱 잘라 거절했지만 출석한 사람들과 닥터 크로코브스키 자신의 입에서 실험 결과에 관해 여러 가지를 들었던 것은 물론이었다. 클레펠트의 방에서는 질서도 지도도 없이 불러일으켜진 마술적인 현상, 즉 테이블과 벽을 두드린다든지 전등 스위치를 돌린다든지 이밖에 복잡한 것이 있었으나, 이번 회합에서는 동료 크로코브스키가 미리 소녀를 최면술로 잠재우고 꿈꾸는 상태로 옮겨 놓아 조직적으로 불순한 요소를 될 수 있는 대로 제거한 후 행해졌다는 것이었다. 음악 반주가 실험을 쉽게 한다는 것이 확실해졌기 때문에 회합의 밤에는 축음기가 그 장소에서 옮겨져서 마술가들에게 점령되었다. 이런 기회에 축음기를 담당한 체코 인 벤젤은 음악을 잘 이해하는 사나이로, 기계를 난폭하게 취급한다든지 깨뜨릴 걱정이 없었기에, 한스 카스토르프는 레코드의 앨범에서 특수한 용도에 맞을 곡목을 택해 그것을 한 권의 앨범으로 만들어 그에게 주었다. 각종 경음악으로 댄스곡, 경쾌한 서곡, 이밖의 명랑한 곡뿐이었지만, 엘리는 고상한 음악을 절대로 원하지 않았기에 그런 곡목으로 충분했다.

한스 카스토르프가 들은 바에 의하면 이런 음악의 반주에 따라 손수건이 저절로라기보다 손수건의 주름 중 하나에 숨어 있는 『손톱』에 끌려서 마루에서 허공으로 떠오르거나, 닥터 크로코브스키의 휴지통이 둥둥 천장으로 올라가

거나, 벽시계의 추가 『아무도 아닌 어떤 사람』의 손에 의해 정지되거나 다시 움직여지고, 테이블 위에 놓인 종이 『집어 올려져서』 울리거나, 이밖에 이와 비슷한 음산하고 사소한 장난이 계속 일어났다는 것이었다. 박식한 실험 지도자 크로코브스키는 이러한 실험의 성과를 거창한 학술적인 그리스 이름으로 부르면서 우쭐해 하는 것 같았다. 그는 그것을 강연에서나 사적인 담화에서도 『텔레키네제』라는 격동 현상(隔動現象)이라고 설명하고 과학이 『심령 물화 현상(心靈物化現象)』이라는 이름으로 부르는 현상 가운데에 편입시켰는데, 그가 엘렌 브란트의 실험에서 노린 것은 사실은 이 『심령 물화』의 실험이었다.

그의 용어를 빌리면 이것은 잠재의식적 관념 복합체가 물체에 유기적 심령적으로 투영하는 현상으로, 영매 상태(靈媒狀態), 즉 최면 상태를 그 현상의 원천으로 간주할 수 있고, 그 현상에 있어서 자연의 사념 물화(思念物化)의 능력이 실증되는 점에서 그 현상을 객관화된 잠재 관념으로 볼 수 있다. 사념 물화의 능력이란 사념이 물질을 끌어당겨 그 물질에 의해 한동안 물화하는 능력인 것으로, 어떤 조건하에서 사념이 획득하는 능력이다. 사념이 재료로 하는 물질은 영매의 육체에서 방사되어 육체 밖에서 생물학적이고 활동적인 말초 기관, 가령 파악하는 손 같은 것을 일시적으로 형성하여 이 손이 닥터 크로코브스키의 실험실에서 보여진 거와 같은 말초적인 기적을 행하는 것이다. 이 손 같은 것의 말초 기관은 경우에 따라서는 눈에도 보이고 만져 볼 수도 있고 파라핀이나 석고의 형태를 취할 수도 있다. 더 나아가 손 같은 것의 말초 기관의 형성에 머무르지 않고, 머리나 개인적 특징을 갖춘 인간의 얼굴 또는 전신상(全身像)이 실험자의 눈앞에 나타나 실험자와 모종의 교섭을 가지는 일까지 있다. 여기서부터 닥터 크로코브스키의 학설은 요괴성을 띠고 의심스럽게 되어 『사랑』에 관한 강연에서 느껴진 의심스러운 느낌을 띠기 시작했다. 왜냐하면, 영매와 그 수동적인 조력자들의 주관이 외계에서 객관화되는 현상에 대한 순수하고 과학적인 설에서 이미 벗어나고 있었으며, 적어도 막연하게 가능한 의미에서 이 세상 밖의 저쪽 세상의 자아(自我)라는 개념이 들어왔기 때문이었다.

가능한 의미에서이고 공공연하게 인식된 것은 아니지만, 생명을 가지지 않은 자아가 문제되기 시작하였다. 그것도 실험의 순간적 시간의 복잡하고 미묘한 기회를 잡고 물질 속으로 되돌아와 자기를 부르는 사람들 앞에 모습을 나타내는 자아의 문제가 되어, 한마디로 죽은 자를 교령술로 불러 내는 문제가 되었다.

동료 크로코브스키가 요즈음 자기 친구들과 함께 계속하고 있는 실험에서 노렸던 것은 그러한 성과였다. 뚱뚱하게 살찐 이 학자는 그런 진구렁과 같은 의심스러운 반인간적인 세계에도 밝아서, 그쪽 방면의 은밀하고 아주 의심스러운 것에도 훌륭한 지도자였다. 그는 씩씩하고 쾌활하게 미소짓고 일동에게 명랑한 신뢰를 촉구하면서 죽은 자를 불러 내는 것에 힘을 쓰고 있었다. 그는 엘렌 브란트의 출중한 능력을 발전시키고 그것을 훈련하는 것에 힘을 들였다. 한스 카스토르프가 들은 바로는 그녀의 그 탁월한 능력 덕분으로 실험은 성공할 것 같았다. 출석자의 두셋이 물화(物化)한 손에 접촉했던 것이다. 파라반트 검사는 저쪽 세상에서 뺨을 세차게 얻어맞았지만 이 구타를 학자답게 웃음으로 감수했을 뿐 아니라 더 때려 달라고 조르듯 다른 쪽 볼도 내밀었다는 것이다. 그는 신사이며 법률가이고 어떤 결투 클럽의 대선배였기 때문에, 이 세상의 누구에게서 맞았다면 체면상으로도 웃어 넘기지는 않았을 것이다. 고상한 것과는 인연이 없는 소박한 인종자인 안톤 카를로비치 페르게는 어느 날 밤의 회합에서 저쪽 세상의 손을 자기 손에 잡아 보고 그 손의 형태가 정상이고 완전하다는 것을 촉각으로 확인하고 예의를 잃지 않는 정도에서 그쪽 세상의 손을 힘껏 잡았지만, 저쪽 세상의 손은 그의 손으로부터 정확하게는 말하기 어려운 방법으로 빠져 나가 버렸다는 것이다. 실험은 오랫동안, 아마 1주일에 두 번씩 2개월 반 가량 동안에 계속되었는데, 드디어 어느 날 밤 이쪽 세상의 것이 아닌 손이(젊은 사나이의 손 같았는데) 붉은 종이로 덮은 전기 스탠드의 불빛에 벌겋게 비쳐 테이블 위에 손가락을 움직이면서 실험자들의 눈앞에 나타나, 도기 접시 속의 밀가루에 손의 모양을 남기고 갔다는 것이다.

그리고 다시 1주일 뒤에 닥터 크로코브스키의 조수들, 즉 알빈 씨, 슈퇴르 부인, 마그누스 부처가 12시 가까이 되어서 한스 카스토르프의 발코니에 흥분과 도취로 얼굴을 경련시키고 볼을 붉히며 나타나, 실을 에는 듯한 추위 속에서 졸고 있던 청년에게 엘리의 친구인 홀거가 드디어 모습을 나타낸 것을 앞을 다투어 보고했다. 홀거는 최면 상태의 엘리의 어깨 위에 머리 부분을 나타냈는데, 정말 『아름다운 갈색의, 갈색의 곱슬머리』를 가지고 있었고, 다시 사라지기 전에 잊을 수 없는 부드럽고 우울한 미소를 띄었다는 것이다.

그 고상한 우울과 홀거의 전날 밤의 행동, 단순한 어린아이 같은 장난과 유치한 짓, 가령 검사가 당한 전혀 우울하지 않은 구타 하고는 어떻게 조화할 것인가 하고 한스 카스토르프는 생각했다. 이 경우에 홀거에게 시종일관성 같은 것은 기대할 수가 없었다. 홀거의 기분은 노래 속에 나오는 꼽추인 작은 사나이, 『영원한 유태인』의 기분처럼 비애에 빠져 동정을 찾고 이로 인해서 오히려 얄미워져 있었을 것이다. 홀거의 찬미자들은 그런 것은 조금도 생각해 보려고 하지 않는 것 같았다. 그들이 계속 생각한 것은 한스 카스토르프가 참가를 꺼리는 것을 고쳐 주는 일이었다. 모든 것이 아주 잘되어 가기 때문에 한스 카스토르프도 다음 회합에는 꼭 출석해야 한다, 엘리는 최면 상태 속에서 요 다음에는 실험자들이 희망하는 죽은 사람을 누구라도 불러 내겠다고 약속했기 때문에.

어떤 사람이든 마음대로라고? 그러나 한스 카스토르프는 계속 출석할 것을 거절했다. 그러나 죽은 사람은 누구일지라도 하는 말이 그의 마음에 걸려 이 때문에 다음 3일 사이에 결심을 고치게 되었다. 정확하게 말하면 그에게 결심을 고치게 한 것은 3일 사이가 아니라 3일 사이 중의 몇 분 동안이었다.

음악 살롱에 밤중에 혼자 있으면서 저 발렌틴의 아주 호감이 가는 인품이 새겨져 있는 레코드를 돌리고 있을 때에 한스 카스토르프의 결심은 바뀌어졌던 것이다. 영광스러운 전쟁터로 달려가려고 고향을 떠나는 용감한 병사 발렌틴의 기도를 듣고 있는 사이에 기분이 변하였는데, 병사는 이렇게 노래불렀다.

만일 하느님께서 나를 부르신다면
나는 너를 하늘에서 지켜 보리라.
오, 마르가레테!

그러자 한스 카스토르프의 가슴속에는 심한 감동이 끓어올랐다. 그것은 이 노래를 들을 때는 언제나 느끼는 기분이었지만, 이날 밤은 모종의 예감 때문에 감동은 더한층 심해져 동경으로까지 바뀌었다. 무의미한 일이든 죄스러운 일이든 간에 아무튼 이것은 정말 희귀하고 아주 재미있는 모험이 될 것이다. 그가 불려져 나타나게 된다 해도 내가 알고 있는 그는 이것을 기분 나쁘게 생각하지는 않을 것이라고 그는 생각했다. 그리고 그는 전에 뢴트겐 실에서 보아서는 안 되는 것이 보고 싶어서 그것을 보아도 좋으냐고 물었을 때, 머리 위의 어둠 속에서 대답한 사촌의 꺼리낌없이 관대한 『좋아! 좋다니까!』 하던 말이 생각났다.

다음날 아침 한스 카스토르프는 그날 밤에 있는 회합에 출석할 것을 통보하고 저녁 식사 후 30분 지나서, 무시무시한 세계에 익숙해져 버린 친구들이 명랑하게 담소하면서 지하실로 내려가는 데 동행했다. 그가 계단에서 합류하여 닥터 크로코브스키의 밀실에서 자리를 같이한 사람들은 이 위에 뿌리를 박은 고참자 아니면 팅푸 박사, 그리고 체코 인 벤젤과 같은 고참자였다. 즉 페르게 씨와 베잘 씨, 파라반트 검사, 레비 양과 클레펠트 양들이었고, 홀거의 머리 부분이 나타난 것을 한스 카스토르프의 발코니에 보고하러 온 사람들과 영매(靈媒)인 엘렌 브란트는 물론이었다.

명함을 붙여 놓은 문에 한스 카스토르프가 발을 들여 놓았을 때에는 북극의 소녀는 벌써 닥터 크로코브스키의 보호를 받고 있었다. 예의 꺼먼 수술복을 입고 소녀의 어깨에 아버지와 같이 팔을 두른 닥터 크로코브스키와 소녀는 나란히, 지하실의 복도에서 조수의 방으로 내려가는 돌계단 옆에서 손님들을 기다리면서, 조수와 함께 손님들에게 인사를 했다. 모두들 그 인사에 마음 들뜬 양 밝고 명랑하게 답례를 했다. 새삼스럽게 딱딱한 것은 엄금이라는 것 같았다. 모두는 입을 모아 큰 소리로 농담 섞어 말했고, 서로 옆구리를 찌르면서 기운을 돋우고 모든 방법으로 태연한 태도를 취했다. 닥터 크로코브스키는 신뢰를 촉구하고 씩씩한 미소를 띄면서 수염 속으로 누런 이빨을 내밀고 『안녕하십니까?』를 되풀이하였는데, 말없이 머뭇거리는 얼굴을 한 한스 카스토르프를 보자 더한층 이빨을 드러내 보였다. 그는 청년의 손을 아플 정도로 꽉 쥐고 『용기를 내십지오. 친구!』라고나 말하는 것같이 머리를 흔들었다.

「낙담할 필요가 있습니까? 여기서는 위선자연할 필요도 없고 독실한 신자인 척할 필요도 없습니다. 필요한 것은 편견 없는, 탐구하는, 남성적인 명랑한 기분뿐입니다!」

몸짓으로 그렇게 말을 걸어 왔으나 한스 카스토르프는 기분이 밝아지지 않았다. 아까 우리들은 그가 출석을 결심했을 때 뢴트겐 실에서의 일을 상기했다고 했지만 그 연상만으로는 그의 심정을 나타내기에 충분치 않다. 오히려 그의 심정은, 그가 수년 전에 술김에 학우들과 함께 성 파울리 거리에 있는 창부의 집을 처음 찾아갔을 때의 저 혈기, 흥분, 호기심, 혐오, 경건심이 섞인 이상하고 잊을 수 없는 기분이었다.

그런데 전원이 다 모이자, 닥터 크로코브스키는 오늘 밤 조수로 뽑힌 마그누스 부인과 상아빛 레비 양을 거느리고 영매의 몸을 정돈하기 위해 옆방으로 물러갔다. 그 사이에 한스 카스토르프는 뒤에 남은 아홉 사람과 함께 의사의 진료실을 겸한 서재에 남아 옆방의 준비가 끝나는 것을 기다렸다. 그런데 이 준비는 과학적인 정밀성을 필요로 하여, 규칙적으로 되풀이되었지만 언제나

성과 없이 끝났던 것이다. 한스 카스토르프는 전에 이 진료실에서 요아힘 몰래 분석 학자와 어떤 이야기를 한 일이 있어 이 방 내부를 모두 알고 있었다. 왼쪽 안 유리문 옆에는 학자의 사무용 책상과 팔걸이의자, 방문객용의 안락의자가 있고, 옆문의 양 옆에는 언제나 필요한 책이 나란히 놓여 있고, 오른쪽 구석에는 접는 병풍으로 사무용 책상 세트가 있는 왼쪽을 막고 있었다. 거기에는 납칠한 천으로 덮인 긴 의자가 비스듬히 있고, 한구석에는 의료 기구를 넣은 유리장이 있었다. 이와 반대의 한구석에는 히포크라테스의 흉상이 놓여 있었다. 오른쪽 벽의 가스 난로 위에는 렘브란트의 인체 해부의 동판화가 걸려 있어, 전체가 여느 의사의 진료실과 조금도 다를 것이 없는 평범한 방이었다. 그러나 오늘 밤의 특별한 목적을 위해 모양이 바뀌어진 것이 두세 가지 눈에 띄었다. 보통은 방 한가운데 샹들리에의 바로 아래에, 거의 마루 전체를 덮은 붉은 융단 위에 놓여져 안락의자로 둘러져 있던 마호가니의 둥근 테이블은, 석고의 흉상이 놓여 있는 앞쪽의 왼쪽 구석으로 밀려나 있었고, 방의 중심에서 떨어져 건조한 열기를 보내면서 불타고 있는 가스 난로 가까이에는 조그만 덮개를 덮은 작은 테이블이 놓여 있었다. 그 위에는 붉은 덮개를 쓴 전기 스탠드가 있었고 그 바로 위의 천장에도 샹들리에와는 별도로 붉은 천 위를 다시 검정 망사로 덮은 전구가 드리워져 있었다.

이 작은 테이블 위와 옆에 문제의 물건들이 두셋 놓여 있었다. 그것은 탁상용의 종이라기보다는 구조가 각각 다른 두 개의 종으로서 하나는 손으로 흔드는 종, 또 하나는 위의 단추를 눌러 울리는 종이며 그리고 가루를 넣은 접시와 휴지통 등이었다. 제각기 다른 모양을 한 의자와 안락의자가 한 다스 정도 작은 테이블을 말굽 모양으로 둘러싸고 있었다. 이 말굽 모양의 한쪽 끝은 긴 의자의 끝부분 가까이에, 다른 한쪽 끝은 방의 한가운데 천장의 샹들리에의 아래에 위치하고 있었다. 이 끝 쪽의 의자 가까이 옆문까지의 중간에 음악의 마술 상자가 놓여 있었고, 경음악의 레코드를 넣은 앨범이 옆 의자 위에 있었다. 무대 장치는 이것뿐이었다. 붉은 망사로 덮은 전등불은 아직 모두 켜져 있지 않았다. 단지 천장의 샹들리에가 대낮같이 환한 빛을 던지고 있었다. 전방의 사무용 책상의 측면과 마주보고 있는 창에는 검정 커튼이 드리워져 있고, 그 위에는 또한 레이스처럼 구멍이 뚫린 크림빛의, 소위 발처럼 된 커튼이 드리워져 있었다.

10분 후에 닥터는 세 여성을 동반하고 이웃 밀실로부터 나왔다. 엘리 소녀의 복장은 아까와는 다른 것이었다. 보통때 입던 옷이 아니라 교령용의 의상이라고나 할까, 하얀 클레브로 만든 잠옷 같은 가운을 입고 허리에 끈과 같은 띠를 매고 가느다란 두 팔을 드러내고 있었다. 처녀다운 가슴의 선이 가운의 옷감에 부드럽고 뚜렷이 나타나 있었고, 가운 아래에는 거의 아무것도 입고 있지 않은 것 같았다.

모두는 흥분하며 소녀를 맞이하였다.

「야아, 엘리! 아주 아름답군! 마치 선녀 같은데. 부탁해, 귀여운 천사!」

그녀는 그 의상이 자기에게 잘 어울린다는 것을 알고 있는 듯 모두들 외치는 소리에 미소지었다.

「준비 상태, 네가티브.」하고 닥터 크로코브스키가 단정했다. 「자, 그러면 개시, 동료 여러분!」하고 혀를 입천장에 한 번만 치는 외국인다운 r발음으로 말했다. 모두들 소리를 내어 지껄이고 어깨를 치면서, 말굽 모양으로 나란히 놓인 의자에 자리를 잡기 시작했다.

한스 카스토르프도 동료라고 불린 데에 감격하면서 어딘가에 가서 앉으려고 하였는데, 닥터는 특히 그를 향해 말했다.

「나의 친구, 당신은(그는 프로인트, 친구라는 발음을 프라인트라고 했다),」하고 그는 말했다. 「손님 혹은 신입 회원으로 참가했으니 오늘 밤은 특별히 경의를 표하여 소중한 임무를 부탁드리겠습니다. 당신에게 영매의 감시를 부탁드립니다.」그는 청년을 말굽 모양으로 나란히 놓인 긴 의자와 병풍이 인접하여 있는 끝 쪽으로 오라고 했다. 거기에는 엘리가 방 한가운데보다는 돌계단 아래에 있는 입구의 문 쪽으로 얼굴을 향하고 흔히 있는 등(藤)의자에 앉아 있었다. 닥터 크로코브스키는 소녀와 닿을 만큼 바싹 마주 향하고는 역시 등의자에 앉아, 그녀의 두 무릎을 자기의 두 무릎으로 끼우듯하고 그녀의 두 손을 자기의 두 손으로 잡았다.

「이렇게 해주십시오!」하고 그는 명령하고 한스 카스토르프를 그 등의자에 앉혔다. 「이것으로 영매가 조금도 움직일 수 없다는 것을 알 것입니다. 필요 없겠지만 조수 한 사람을 붙여 드리겠습니다. 클레펠트 양 부탁드릴 수 있을까요?」

외국인다운 r발음으로 정중하게 명령받은 클레펠트는 한스 카스토르프와 함께 엘리의 가냘픈 손목을 두 손으로 꽉 잡았다.

한스 카스토르프는 티없이 깨끗한 불가사의한 소녀와 얼굴을 마주 대고 있으므로 아무래도 상대의 얼굴을 보지 않을 수가 없었다. 두 사람의 눈길이 마주치자 엘리는 그녀의 입장으로서는 당연한 부끄러움 때문에 눈을 옆으로 돌려 아래로 내리깔았다. 그녀는 전날 밤의 유리잔을 돌릴 때처럼 목을 갸우뚱하고 입술을 좀 뾰족히 하고는 다소 건방진 미소를 지었다. 젊은 감시인은 이 살짝 나타내는, 속마음을 속이는 것 같은 미소를 보고, 이와는 다른 먼 옛날에 있었던 일을 상기했다. 그와 요아힘이 카렌 카르슈테트를 데리고 『마을』 묘지의 아직 한 사람분 남아 있었던 영원한 휴식처 앞에 섰을 때에, 카렌도 지금의 엘리와 똑같은 미소를 지었던 것이다…….

말굽 모양으로 나란히 놓여진 의자에 모두는 앉았다. 체코 인인 벤첼을 제외하면 13인이었다. 이 체코 인은 축음기 담당자로서 언제나 자리를 비워 놓고 있었다. 축음기를 언제나 틀 수 있도록 준비가 끝나면, 방 한가운데에 나란히 앉은 모든 사람들의 뒤 축음기 옆의 발판에 가서 앉았다. 기타도 자기 옆에 놓아 두었다. 닥터 크로코브스키는 붉게 덮인 두 개의 전등을 켜고 이어서 천장의 밝은 샹들리에를 끄고, 말굽 모양으로 앉아 있는 한스 카스토르프들, 세 사람과 반대의 끝, 즉 샹들리에 밑으로 가서 앉았다. 부드럽고 붉은 어스름이 방을 채웠고, 떨어진 곳과 구석구석은 어둠에 묻혀 보이지 않게 되었다. 테이블 위와 그 바로 주위만이 어스름하게 붉은 빛을 던지고 있을 뿐이었다. 처음의 2, 3분 동안은 옆에 앉아 있는 사람도 분간할 수 없을 정도였다. 눈이 조금씩 어둠에 익숙해지게 되었는데, 난로에서 조그맣게 타고 있는 불길로 어느 정도 밝음이 더해진 불그레한 불빛 속에서 더욱 잘 보이게 되었다.

닥터는 조명에 대해 몇 마디 하고 조명이 과학적으로 볼 때 이상적이 아닌 점을 변명했다. 조명을 기분 조성이라든지 신비화라는 의미로 생각하지 말기 바란다. 유감스럽게도 최대한의 노력은 해보았으나 이상의 배광(配光)은 지금으로서는 희망할 수 없었다. 문제되고 있는 힘, 지금부터 실험하려는 힘은 밝은 빛 속에서는 발현하지 않고 활동하지 않는 성질의 힘이다. 이것은 어떻게 할 수 없는 사실로 미리 사실로서 인정하는 수밖에 없다고 말했다. 한스 카스토르프도 이것으로 만족하지 않을 수 없었다. 그에게는 어두운 것이 고마웠다. 어둠이 이 상황의 이상한 분위기를 부드럽게 해주었기 때문이었다. 게다가 그는 어둠을 시인하려고 하여, 전에 뢴트겐 실을 덮었던 어둠을 상기하였다. 그때도 그는 어떤 것을 『보기』 위해서 어둠 속에서 마음을 차분하게 가라앉히고 낮의 빛을 눈에서 씻어 버렸던 것이다.

닥터 크로코브스키는 분명히 한스 카스토르프에게만 일러 주는 머리말을 계속했다. 영매는 의사가 잠을 재우지 않아도 되는 상태에 있다. 감시자도 이제 알게 되겠지만 영매는 자연적으로 최면 상태에 들어간다. 그렇게 되면 그녀의 입을 통해 말하는 것은 영매의 수호신인 예의 홀거이기 때문에, 실험자들은 그녀에게가 아니라 이 홀거에게 원하는 것을 주문해야 한다. 이왕에 덧붙여 말하지만 이제부터 일어나는 현상에 대해 억지로 의지나 사고를 집중시켜야 한다고 생각하는 것은 잘못된 것으로, 실험을 실패로 몰고 갈지도 모른다. 오히려 말을 계속하여 주의를 반쯤 산만하게 해둘 필요가 있다. 한스 카스토르프는 무엇보다도 영매의 수족을 완전히 눌러 두도록 전력을 다해 주기 바란다.

「모두 서로 손을 잡아요!」하고 닥터 크로코브스키는 마지막으로 명령했다. 그러자 모두는 손을 맞잡았다. 그러나 어두워서 상대방의 손을 잡을 수 없는 사람들은 웃었다. 팅푸 박사는 헤르미네 클레펠트에게서 가장 가까운 의자에 앉아, 그녀의 어깨에 오른손을 얹고 왼쪽 손을 왼쪽 옆의 베잘의 오른손과 맞잡았다. 닥터 크로코브스키의 한쪽에는 마그누스 부처, 또 한쪽에는 안톤 카를로비치 페르게, 그리고 이 페르게는 한스 카스토르프가 잘못 보지 않았으면 오른쪽 옆의 상아빛 레비 양과 손을 잡았고, 이렇게 하여 모두 손을 잡고 있었다.

「음악!」하고 닥터 크로코브스키가 명령했다. 그러자 닥터와 마그누스 부처의 뒤에 대기하고 있던 체코 인이 레코드를 돌리고 바늘을 얹었다. 밀레커의 어떤 서곡의 첫절이 울려 나오는 동안 닥터는「잡담!」하고 다시 호령했다. 모두는 명령받은 대로 기운을 내어 두서없는, 아무래도 괜찮은 것을 이야기하기 시작했다. 저쪽에서는 이 겨울의 눈의 상황, 이쪽에서는 저녁 식사의 요리 코스, 또다른 쪽에서는 도착한 환자의 일과 자포자기의 출발 혹은 합법적인 출발 등등이 이야기되었고, 잡담은 음악으로 거의 끊어졌다가는 다시 시작되고 하면서 의식적으로 계속되었다. 2, 3분 동안이 이렇게 지나갔다.

레코드가 아직 끝나기 전에 엘리가 심하게 경련하였다. 그녀는 몸을 떨고 한숨을 짓고 상반신을 앞으로 기울였기 때문에 이마가 한스 카스토르프의 이마에 닿았다. 동시에 엘리는 감시하는 청년에게 손목을 잡힌 채 마치 펌프를 움직이듯 팔을 전후로 밀고 끌어당기고 하는 이상한 운동을 시작했다.

「최면 상태!」하고 실험에 경험이 있는 클레펠트가 보고했다. 음악이 멈춰지고 잡담도 딱 그쳐졌다. 갑자기 조용해진 가운데 닥터가 부드럽고 느린 악센트의 바리톤으로 질문하는 것이 들렸다.

「홀거는 나타났습니까?」

엘리는 다시 몸을 떨고 의자 위에서 흔들거렸다. 그러자 한스 카스토르프는 그녀가 두 손을 꽉 잡는 것을 느꼈다.

「그녀는 내 두 손을 꼭 잡았습니다.」 하고 그는 보고했다.

「홀거입니다.」 하고 닥터는 수정했다. 「그가 당신의 손을 꼭 잡은 것입니다. 즉 그가 나타난 것입니다. 안녕하십니까. 홀거?」 하고 그는 열렬한 어조로 계속했다. 「진심으로 환영합니다, 친구! 자, 그러면 생각해 보십시오! 당신은 지난번 우리들과 동석했을 때, 우리들이 지명하는 죽은 자를 누구든지, 형제이든 자매이든 불러 와 지상의 우리들의 눈에 보여 줄 것을 약속했습니다. 당신은 그 약속을 오늘 밤에 여기서 이행해 줄 수 있습니까. 이행할 수 있다고 생각하십니까?」

엘리는 다시 몸을 떨었다. 한숨을 쉬고 대답하는 것을 주저했다. 그녀는 자기의 두 손을 마주앉은 청년의 손과 함께 천천히 이마에 갖다 대고 무겁게 「네!」 하고 속삭였다.

뜨거운 입김과 더불어 귓가에 직접 「네.」 하는 소리를 듣고 우리들의 친구는 몸에 좁쌀이 일었다. 일반적으로 이것은 『소름』이라고 하는 것으로서 언젠가 고문관이 이 현상의 성질에 관해 설명해 준 적이 있었다. 우리들이 피부에 좁쌀이 생겼다고 말하는 이유는 순전히 생리 현상을 심리 현상에서 구별하고 싶기 때문인 것으로, 몸이 오싹했다고는 말할 수 없기 때문이다. 한스 카스토르프가 생각한 것은 대체로 『아니, 아가씨는 대단한 일을 떠맡았는데!』 하는 정도의 것이었지만, 동시에 그는 감동, 아니 흥분을 느꼈다. 그것은 감동과 흥분이 뒤섞인 기분이었는데, 즉 젊은 아가씨의 손을 꼭 잡고 있는데다가 또 그녀가 자기의 귓가에 『네』 하고 속삭였다는 어딘지 착각을 일으킬 것 같은 장면에서 생긴 어리둥절한 기분이었다.

「그는 『네』라고 말했습니다.」 하고 한스 카스토르프는 보고했고 혼자 얼굴이 붉어졌다.

「좋습니다. 홀거!」 하고 닥터 크로코브스키는 말했다. 「우리들은 당신의 『네』를 믿습니다. 당신이 당신의 임무를 착실하게 이행해 줄 것을 모두 믿습니다. 우리들이 모습을 보고 싶어하는 고인의 이름을 곧 당신에게 지명하겠습니다. 동료 여러분,」 하고 이번에는 모두에게 말했다.

「사양 말고 말해 주십시오! 부르고 싶은 사람이 있는 분은 없으십니까? 우리들의 친구인 홀거에게 누구를 불러 달라고 하겠습니까?」

아무도 말이 없었다. 모두 누군가가 무엇이라고 말해 줄 것을 기다리고 있다. 누구나 자기가 무엇을, 누구를 불러 볼 것인가를 요 며칠 동안 생각하였을 것이다. 그러나 죽은 자의 소생, 아니, 그보다 소생이 소망스러운 것인지 아닌지는 까다롭고 델리키트한 문제이다. 사실은 그리고 정직하게 말해서, 그것은 소망스러운 것이 아니고 그것을 소망하는 것은 그릇된 일이며, 잘 생각해 보면 그런 것을 소망하는 것은 죽은 자가 소생한다는 것과 마찬가지로 불가능한 것이다. 이것은 죽은 자의 소생이 가능하게 되는 경우를 생각해 보면 수긍이 갈 것이다. 우리들이 죽은 자를 애도하는 것은 죽은 자를 소생시킬 수 없는 것이 슬퍼서라기보다 죽은 자의 소생을 소망하는 것이 전혀 허용되지 않는 것이 슬프기 때문이다.

모두는 막연하지만 이렇게 느끼고 있었다. 그리고 오늘 밤의 경우는 죽은 자가 실지로 다시 살아난다는 것이 아니라 단지 기분상의 연극적인 행사에 불과하며, 죽은 자의 모습을 본다는 것만으로는 마음에 걸리는 일은 없었지만, 자기가 남 몰래 생각하고 있는 죽은 자를 보는 것이 무서워 모두들 옆사람에게 주문을 양보할 생각이었다. 한스 카스토르프도 저 선량하고 관대한, 「아니, 좋고말고!」하는 사촌의 목소리가 어둠 속에서 들려 오는 것 같았지만 역시 잠자코 마지막 순간까지 누군가 다른 멤버에게 발언을 양보하려고 했다. 그러나 모두의 침묵이 너무 오래 계속되었으므로 드디어 그는 얼굴을 실험 지도자에게로 돌리고 쉰 목소리로 말했다.

「나는 죽은 사촌, 요아힘 짐센을 보고 싶습니다.」

이제 모두는 한숨을 돌렸다. 모든 사람 가운데 팅푸 박사와 체코 인 벤젤과 영매 자신만이 지명된 죽은 자와 안면이 없었다. 다른 멤버는 페르게도 베잘도 알빈 씨도 검사도 마그누스 부처도 슈퇴르 부인도 레비도 클레펠트도 기쁜 듯이 큰 소리로 찬성하고, 닥터 크로코브스키도 요아힘이 생전에 정신 분석에 대해 그다지 협조적이 아니었기 때문에 두 사람의 관계는 언제나 냉담한 것이었지만 만족스레 고개를 끄떡였다.

「좋습니다.」하고 닥터는 말했다. 「들었습니까, 홀거? 지명된 고인은 생전에 당신이 몰랐던 인물입니다. 당신은 저 세상에서 이 인물을 알아 낼 수 있습니까? 그리고 우리들한테로 데리고 올 생각이 있습니까?」

모두는 숨을 죽이고 기다렸다. 잠을 자고 있는 소녀는 몸을 흔들고 한숨을 쉬더니 몸을 부르르 떨었다. 그리고 이쪽저쪽으로 엎어지려고 하면서 한스 카스토르프의 귀에 또는 클레펠트의 귀에 의미를 알 수 없는 말을 속삭이고는 무언가를 찾는 것 같은 태도를 보였다. 드디어 한스 카스토르프는 그녀의 두 손에 자기의 두 손이 꽉 잡히는 것을 느꼈다. 이것은 『네』라고 하는 의미였다.

그는 그것을 보고했다. 그러자 닥터 크로코브스키는 「좋습니다!」하고 외쳤다. 「일을 시작하십시오, 홀거. 음악!」 그는 말했다. 「자, 잡담!」 그리고 그는 모두에게, 사고를 집중시킨다든지 이제부터 시작하려는 것만을 생각한다든지 하지 말고 오히려 가볍게 여유 있는 기분으로 있는 것이 실험에 있어서 효과적이라는 주의를 되풀이하였다.

그 뒤에, 우리들의 젊은 주인공이 이때까지의 생애에서 경험한 것 중에서 가장 이상한 몇 시간이 시작되었다. 그의 모습은 이야기의 어떤 부분에서 우리들의 시야에서 없어져 버리기 때문에 이 이후의 그의 운명은 우리들에게는 완전히 모르게 되어 버리지만, 그러나 이 몇 시간의 경험은 그가 이때까지 경험한 것 중에서 가장 이상한 것이었다고 생각한다.

몇 시간이었지만 쉽게 말한다면 두 시간 이상, 즉 홀거의 『작업』이라기보다는 사실은 엘리의 작업이 시작되고 난 후 도중에서 중단된 시간도 계산을 넣으면 두 시간 이상이었다.

이 엘리 양의 『작업』은 좀 길어져 급기야는 모두 그것이 성공할 것을 의심하기 시작했고, 이 작업이 동정을 불러일으킬 정도로 괴로운 것 같고, 이것을 떠맡은 소녀의 연약한 체력에는 힘겨운 것같이 느꼈기 때문에 모두 마음으로 동정한 나머지 실험을 중단하는 편이 좋겠다는 유혹을 여러 번 느꼈다. 우리들 남성은 인간 생활을 도피하지 않는 한 일생의 어떤 시기에 참을 수 없는 동정을 경험한다. 그런데 우습게도 이 동정은 누구에게도 이해되어지지 않으며, 물론 잘못된 생각에서 우러난 것이겠지만 우리들의 가슴속으로부터는 자기도 모르게 『이제 그만!』 하는 분노의 외침이 새어 나올 것만 같게 된다. 그러나 『그것은』 이제 그만으로 끝나 버리는 것이 아니고 또 끝나서는 안 되며 무슨 일이 있어도 최후까지 『그것을』 계속하지 않으면 안 되는 것이다.

독자도 이미 알겠지만 우리들 남성의, 남편으로서, 아버지로서의 입장, 해산(解産)의 작업을 말하고 있는 것이다. 사실 엘리의 고투는 틀림없이 이 해산의 고통과 흡사하였다. 그래서 한스 카스토르프 청년처럼 해산하는 것을 한 번도 본 일이 없는 사람도 그것을 연상하지 않을 수 없었다. 그는 인간 생활을 도피하지 않았기 때문에 눈앞의 모습에 유기적(有機的) 신비에 찬 해산의 작업을 느꼈던 것이지만 그것은 어떠한 모습이었던가! 그리고 그것은 무엇 때문에였던가! 또 어떤 상황하에서였던가! 좌우간 이 모든 것은 의심스럽다고 말하지 않을 수 없었다. 붉은 불빛에 비친 산실(産室)의 모양도, 산들산들하는 잠옷을 입고 두 팔을 드러낸 산모의 처녀 같은 모습도, 그리고 이밖의 상황, 즉 쉬지 않고 울리고 있는 경쾌한 레코드 음악도, 말굽 모양으로 나란히 앉은 사람들이 지도자에게 명령받아 의식적으로 계속하고 있는 잡담도, 그 사람들이 산모의 고투에 힘을 북돋아 주기 위해 밝게 부르는 「자아, 홀거! 용기를 내요! 조금만 더하면 돼요! 힘을 빼지 말아요, 홀거. 힘을 내요. 그렇게 하면 성공이야!」하고 불러 대는 소리도 모든 것이 의심스러웠다. 그리고 희망을 말한 한스 카스토르프를 산모의 남편이라고 간주할 수 있다면, 『어머니』의 두 무릎을 자기의 두 무릎에 끼우고 두 손을 자기의 두 손으로 잡고 있는 『남편』의 모습과 입장도 의심스러운 것의 예외는 아니었다. 엘리의 예쁜 손은 전에 라일라 소녀의 손처럼 땀에 젖어, 『남편』은 쉬지 않고 그것을 다시 꼭 잡지 않으면 그의 손에서 미끄러져 나갈 것 같았다.

왜냐하면 여기 앉아 있는 사람들의 뒤에서 가스 난로가 열기를 뿜고 있었기 때문이었다.

신비롭고 엄숙한 광경이었을까? 천만의 말씀이다. 눈이 어스름에 익숙해짐에 따라 방의 모양이 꽤 잘 식별할 수 있게 되었는데, 붉은빛에 비친 어두운 방안의 광경은 요란하고 저속했다. 음악과 불러 대는 목소리, 구세군(救世軍)의 요란한 광신자들의 전도를 아직 한 번도 보지 못한 사람들에게도 그런 연상을 머리에 떠올리게 했다. 방의 광경은 결코 요괴스러운 의미에서가 아니라 자연스럽고 유기적인 의미에서 신비적이고 비밀에 차 있어서 감수성이 강한 사람에게 경건한 기분을 품게 했던 것이다. 그리고 그것이 어떤 장면을 연상시키는가는 이미 언급한 대로이다. 엘리의 고통은 진통처럼 사이를 두고 있었다. 그 고통이 없을 때는 의자에서 옆으로 녹초가 되어 기울어졌고 혼이 빠진 모습이었는데, 닥터 크로코브스키는 이것을 『깊은 최면 상태』라고 불렀다. 이윽고 그녀가 갑자기 몸을 일으켰다고 생각되더니 신음하고 몸부림치며 감시자들로부터 빠져 나가려고 버둥거렸다. 그러다가 그들의 귀에 뜨거운 헛소리를 속삭여 무엇인가를 자기 몸속으로부터 쫓아 내려는 것처럼 몸을 옆으로 내던지는 시늉을 하다가 이를 갈고, 한 번은 한스 카스토르프의 소매끝을 깨물기까지 했다.

엘리의 고투는 한 시간 이상이나 계속되었다. 그러자 실험 지도자는 이쯤에서 쉬는 것이 어느 점으로 보나 필요하다고 생각했다. 기분 전환을 위해 축음기를 끄고서 아주 멋지게 기타를 타고 있던 체코 인 벤첼은 기타를 옆에 내려

놓았다. 모두는 한숨 돌리면서 잡고 있던 손을 놓았다. 닥터 크로코브스키는 벽 쪽으로 걸어가 천장의 전등을 켰다. 갑자기 환한 빛이 비쳤기 때문에 모두는 어둠에 익숙했던 눈을 근시안처럼 가늘게 떴다. 엘리는 얼굴을 거의 무릎 위로 내리고 꾸벅꾸벅하며 연상 무언가 이상한 동작을 계속하였다. 이 동작은 다른 사람에게는 낯익은 동작인 것 같았지만 한스 카스토르프는 이상하게 생각하고 주의하여 바라보았다. 즉 그녀는 몇 분 동안 한쪽 손바닥을 오목하게 하여 허리 근처를 쓰다듬다가 나중에는 그 손을 뻗쳐 무언가를 퍼내는 듯 또는 끌어당기는 듯이 움직였는데, 마치 무엇인가를 긁어모으는 듯한 시늉을 하였던 것이다. 이윽고 그녀는 여러 번 꿈틀하다가 제 정신으로 돌아가, 역시 근시안과 같이 눈을 가늘게 뜨고 불빛에 눈을 깜박이면서 미소를 지었다.

그녀는 미소지었다. 사랑스러우면서도 좀 수줍어하는 기색이 보였다. 그녀의 고민에 동정을 느낀 것은 정말로 바보짓이라는 생각이 들었다. 그녀는 그렇게까지 피곤한 것 같지는 않았다. 아마 아무것도 기억하고 있지 않을 것이다. 그녀는 창가의 사무용 책상 저쪽의, 즉 긴 의자를 에워싸고 있는 스페인 식의 한쪽 벽과 창 사이에 있는 닥터의 손님용 안락의자에 앉아 있었다. 그녀는 의자의 방향을 좀 바꾸고서 한쪽 팔을 사무용 책상 위에 얹은 자세로 방안을 바라보았다. 이리하여 그녀는 모두가 흥분에서 깨지 않은 눈으로 바라보거나 여기저기서 힘을 북돋우는 듯이 고개를 끄덕이는 가운데 말없이 앉아 있었다.

그야말로 중간 휴식이라는 형식이었다. 모두는 긴장에서 풀려나 이때까지 해낸 작업을 뒤돌아보고 유유히 만족감에 젖어 있었다. 남자들은 담배 케이스를 열었다. 유유히 담배를 피우면서 여기저기에 나란히 선 채 오늘 밤 회합의 인상을 이야기하였다. 이 인상 때문에 실망하여 오늘 밤의 회합이 실패로 끝날 것이라고 생각할 필요는 조금도 없었다. 그런 소심한 생각을 할 필요가 전혀 없음을 보여 주는 징조가 있었다. 말굽 모양의 끝, 영매와 반대의 끝쪽에 닥터 가까이에 앉아 있던 사람들은, 언제나 현상이 일어나려고 할 때 영매의 몸에서 일정한 방향으로 흘러나오는 찬 입김을 오늘 밤도 확실히 여러 번 느꼈다고 이구동성으로 말했다. 또다른 사람들은 빛의 현상, 흰 빛의 반점, 떠 있는 에너지의 덩어리가 접을 수 있는 병풍 앞에 여러 가지 모양으로 나타난 것을 보았다고 주장했다. 요컨대 여기서 중단해서는 안 되는 것이다. 실망할 필요는 없다. 홀거는 약속을 한 것이고 그가 약속을 이행하지 않으리라고 생각할 이유는 조금도 없었다.

닥터 크로코브스키는 실험을 재개할 신호를 했다. 그는 모두가 각자의 의자로 돌아가는 동안 엘리의 머리를 쓰다듬어 주면서 그녀를 스스로 고행(苦行)의 자리로 다시 데리고 왔다. 모든 것이 아까와 마찬가지로 진행되었다. 한스 카스토르프는 제일 감시자의 역할을 그만두고 싶다고 말했지만 실험 지도자는 그것을 물리쳤다. 지도자는 영매에게 기만적인 행동을 가할 여지가 없다는 것을, 사촌을 보고 싶다고 희망한 한스 카스토르프에게 그 점을 직접 확인해 달라고 말했다. 이렇게 하여 한스 카스토르프는 또다시 엘리에 대해 기묘한 입장을 취하게 되었다. 불이 꺼지고 방안은 붉은 어스름으로 바뀌었다. 엘리는 또다시 급격한 경련을 일으키고 펌프를 움직이는 동작을 시작했다. 이번에는 한스 카스토르프가 『최면 상태』를 보고했다. 의심스러운 분만(分娩)의 고통이 계속되었다.

얼마나 심한 난산이었던가! 해산은 조금도 진행될 것 같지 않았다. 도대체 진행될 수 있을까. 얼마나 어이없는 망상일까! 어떻게 수태(受胎)가 가능할 것인가? 해산? 어떻게 하여 무엇을?

「살려 주세요! 살려 주세요!」 하고 소녀는 신음했는데 그녀의 진통은 산부인과의 전문의가 자간(子癎)이라고 부르는 저 무익하고 위험한 지속성 경련으로 변하려 하고 있었다. 소녀는 진통의 사이사이에 닥터에게 손을 대어 달라고 부탁했다. 닥터는 힘을 주어 격려하면서 손을 대어 주었다. 그러자 일종의 최면술적 작용이 움직여서 소녀에게 계속 싸울 수 있는 힘이 솟아났다.

이렇게 하여 다시 한 시간이 지났는데 그동안 기타가 울렸고 축음기가 경음악의 선율을 실내에 울렸다. 밝은 불빛에 익숙했던 사람들의 눈은 다시 방의 어스름에 어느 정도 익숙해졌다. 이때 작은 사건이 일어났다. 이것을 일으킨 것은 한스 카스토르프였다. 그가 혼자 생각하고 있던 어떤 소망과 생각을 말했는데 그는 그것을 좀더 빨리 입밖에 냈어야 했을 것이다. 마침 엘리는 손목을 잡힌 두 손 위에 얼굴을 엎고 『깊은 최면 상태』에 있었고 체코 인 벤젤은 레코드를 갈든가 뒤집어 놓으려 하고 있었는데, 그때 우리들의 주인공은 결심을 하고 제안할 것이 있다고 말했다. 물론 대단한 제안은 아니지만 실행해 보면 도움이 될는지 모른다. 자기한테, 즉 음악실의 레코드 속에, 구노의 〈마르가레테〉 속의 오케스트라의 반주가 달린 바리톤이 부르는 발렌틴의 기도가 있는데, 이것은 아주 흥미있는 것으로 이것을 한 번 틀어 보면 어떨까 생각한다고 말했다.

「그건 또 무엇 때문입니까?」 하고 닥터는 붉은 어스름의 저쪽에서 물었다.

「무드를 만들기 위해, 즉 기분의 문제입니다.」 하고 청년은 대답했다. 이 곡목의 정신은 특이하고 개성적이다. 한번 시험해 볼 필요가 있다. 이 곡목의 정신과 성격이 여기서 문제되고 있는 실험을 촉진시킬 수 있으리라 생각한다고 그는 말했다.

「그 레코드는 여기에 있습니까?」 하고 닥터는 물었다.

아니, 여기에는 없다, 그러나 곧 가져올 수 있다, 이렇게 한스 카스토르프는 말했다.

「무슨 그런 말을 하는 거요!」 크로코브스키는 단호하게 거절했다. 무어라고? 왔다갔다하여 무엇을 가지고 와 한번 중단한 실험을 다시 계속하겠다는 말인가? 모든 것이 수포로 돌아가 처음부터 다시 하게 될지도 모른다. 게다가 과학적인 엄밀성을 생각하는 점에서도 그렇게 자유로 출입하는 것은 생각만 해도 좋지 않다. 문에는 자물쇠가 감기어져 있고 그 열쇠는 자기 크로코브스키가 호주머니에 보관하고 있다. 요컨대 그 레코드가 바로 여기에 있으면 몰라도 그렇지 않으면 유감이지만…….

닥터가 아직 계속 지껄이고 있을 때 체코 인이 축음기 옆에서 끼여들었다.

「그 레코드라면 여기에 있습니다만.」

「여기에?」 하고 한스 카스토르프는 물었다.

「그렇습니다, 여기에 있습니다. 〈마르가레테 속의 발렌틴의 기도〉라고 적혀 있습니다. 자, 보세요.」 이렇게 체코 인이 말했다. 이 레코드만이 분류상 들어가 있어야 할 녹색 아리아 앨범 제2에 들어 있지 않고 경음악의 앨범에 예외적으로 끼여들어 있었다. 우연이라 할까 괴상하다고 할까 부주의한 일이었지만 기쁘게도 저속한 레코드 속에 섞여 있어 회전반에 올려 놓기만 하면 되는 것이었다.

한스 카스토르프는 여기에 대해 무어라 말할 것인가? 그는 아무 말도 하지 않았다.

「그거 잘됐어.」 하고 말한 것은 닥터였는데, 몇 사람도 그 말을 되풀이했다. 바늘이 레코드 위에 올려지고 뚜껑이 덮였다. 그러자 성가 같은 반주에 따라 남자다운 목소리가 울리기 시작했다.

「이제 고향을 떠나야 하는 나…….」

아무도 말이 없었다. 모두 열심히 듣고 있었다. 노래가 시작되자 엘리는 곧 『작업』을 시작했다. 몸을 급격히 일으키고 떨고 신음하며 펌프를 움직이는 것 같은 동작을 하고 땀으로 젖은 두 손을 또다시 이마에 갖다 대었다. 레코드는 계속 돌아갔다. 한가운데 부분이 되자, 선율이 일변하여 전쟁과 위험이 지배하는 용감하고 경건한 프랑스 식의 장면으로 바뀌었다. 이것이 끝나자 마지막 부분이 되고 처음 선율이 이번에는 오케스트라의 억센 반주로 힘차게 되풀이 되었다. 「아, 주여, 나의 기도를 들어주소서.」

한스 카스토르프는 엘리를 열심히 누르고 있었다. 소녀는 일어서려고 목을 펴서 숨을 들이쉬고는 길게 한숨을 내뿜으면서 축 늘어지더니 조용해졌다. 한스 카스토르프는 불안해져서 소녀 위에 몸을 구부렸다. 그러나 그때 그는 슈퇴르 부인이 우는 듯한 가느다란 목소리로 신음하는 것을 들었다.

「짐……센!」

한스 카스토르프는 얼굴을 들지 않았다. 입안에서 쓴맛이 났다. 다른 목소리가 무겁고 냉정하게 대답하는 것이 들렸다.

「나는 그를 아까부터 보고 있었습니다.」

레코드는 끝나고 마지막 플루트의 협화음도 사라졌다. 아무도 기계를 멈추려 하지 않았다. 조용한 실내에는 바늘이 레코드 한가운데서 헛돌아가는 잡음만이 울리고 있었다. 이윽고 한스 카스토르프는 얼굴을 들고, 찾을 것도 없이 눈을 돌려야 할 장소로 돌렸다.

방안의 사람 수가 이때까지보다 한 사람이 더 늘어 있었다. 모두와는 떨어져서 방 깊숙이에, 사무용 책상 긴 쪽의 한편과 병풍 사이에, 아까 중간 휴식 때 엘리가 앉았던 의자, 방 쪽으로 향한 닥터의 손님용 안락의자에, 붉은 어스름이 새까맣게 변하려 하고 눈이 거의 아무것도 분간할 수 없는 곳에 요아힘이 앉아 있었다. 죽을 때처럼 볼이 쑥 들어가고 군인 수염이 자라고 수염 속에 입술이 볼록 자랑스럽게 부푼 요아힘이었다. 의자의 등에 기대어 두 다리를 포개고 앉아 있었다. 수척한 얼굴은 모자로 그림자가 져 있었지만 고뇌의 빛을 볼 수 있었고, 또 임종 때 사나이답고 아름답게 보였던 저 엄격하고 진지한 표정도 볼 수 있었다. 미간에는 두 줄의 주름이 새겨졌고 눈은 뼈가 나온 눈두덩 안에 깊게 들어가 있었지만, 저 아름답고 크게 열린 검은 눈의 부드럽고 온화한 눈초리는 잃지 않고 있었다. 그 눈길은 한스 카스토르프에게만 조용히 따스하게 보내지고 있었다. 전에 요아힘의 사소한 괴로움이었던 튀어나온 귀가 모자 밑으로부터 내다보이고 있었다. 그러나 그것은 이상한 모자로 아무도 그것이 어떤 모자인지 알 수 없었다. 사촌인 요아힘은 양복 차림은 아니었다. 포개어진 두 다리의 허벅지에 군도를 세우고 있는 듯, 두 손을 자루에 대고, 권총 케이스 같은 것을 벨트에 차고 있는 것 같았다. 그러나 요아힘이 입고 있는 것은 정식 군복도 아니었다.

번쩍거리는 것도 빛깔 있는 것도 보이지 않고, 노동복 같은 깃과 옆 호주머니가 달려 있으며, 어딘가 훨씬 아래쪽에 십자훈장이 달려 있었다. 요아힘의 두 발은 매우 크게 보였으나 두 다리는 아주 가늘게 보였고 두 정강이에는 각반 같은 것이 딱딱하게 쳐져 있었는데, 그 느낌은 군인이라기보다 스포츠맨 같았다. 그리고 머리에 쓴 것은 어떤 것일까? 군대용 밥통과 냄비를 머리에 쓰고 끈으로 턱을 매고 있는 것 같았다. 그러나 그 모양이 오히려 고풍스럽고 용병(傭兵)같아 이상하게도 군인같이 잘 어울렸다.

한스 카스토르프는 엘렌 브란트의 입김을 두 손 위에 느꼈다. 그리고 이웃의 클레펠트의 거친 숨소리도 들었다. 이밖에는 끝난 레코드에 아무도 손을 대지 않아서 바늘이 놓인 채 계속 돌아가 쉴사이 없이 잡음이 들릴 뿐이었다. 한스 카스토르프는 멤버의 아무도 보지 않았다. 누구의 일도 돌보려고 하지 않았고 생각하려고도 하지 않았다. 그는 자기 무릎 위에 놓인 엘리의 두 손과 머리 위에서 비스듬히 몸을 일으켜, 붉은 어스름을 통해 안락의자의 방문객을 계속 응시했다. 순간 그는 위가 뒤틀어지는 것 같았다. 목이 죄어지고 네 번 내지 다섯 번 계속하여 흐느낌이 심한 경련으로 닥쳐왔다.

「용서해 줘!」하고 그는 목소리를 삼키며 속삭였다. 눈물이 하염없이 쏟아져 아무것도 보이지 않게 되었다.

그는「그에게 말을 걸어 보시오.」하고 속삭이는 목소리를 들었다. 닥터 크로코브스키의 바리톤이 그의 이름을 엄숙하고도 밝게 부르고 이 명령을 다시 한 번 되풀이했다. 한스 카스토르프는 이 명령에 따르지 않고 엘리의 얼굴 밑에서 두 손을 빼고 일어섰다. 또다시 닥터 크로코브스키가 이번에는 엄격하게 경고하는 어조로 그의 이름을 불렀다. 그러나 한스 카스토르프는 몇 발자국 나아가 입구문의 계단 있는 데로 가서 단호한 손 동작으로 스위치를 돌려 불을 켰다.

브란트 소녀는 심한 쇼크를 받아 몸을 움츠리고 클레펠트의 두 팔 속에서 경련하고 있었다. 안락의자에는 이제 아무 모습도 보이지 않았다.

한스 카스토르프는 서서 항의하고 있는 닥터 크로코브스키를 향해 그의 코끝에까지 다가갔다. 말을 하려고 했지만 입술에서는 한 마디의 말도 나오지 않았다. 그는 거칠게 요구하듯, 머리를 흔들고 손을 내밀었다. 도어 열쇠를 받자 닥터의 얼굴을 노려보면서 위협하는 듯이 여러 번 고개를 끄덕여 보이고 한 바퀴 빙 돌아 방에서 나갔다.

병적 흥분

이렇게 하여 세월이 흐름에 따라, 베르크호프 요양원에는 어떤 악령(惡靈)이 배회하기 시작했다. 한스 카스토르프는 이 악령이 전에 그 불길한 이름을 들어 둔 그 악마의 직계(直系)일 것이라고 막연하게 느끼고 있었다. 수양 중에 있는 젊은이의 구속 없는 호기심에서 한스 카스토르프는 이 악마를 연구했을 뿐만 아니라, 주위의 사람들이 이 악마에게 봉사하고 있는 기괴한 태도에 자기 역시 간단하게 동조해 버릴 것 같은 위험성을 확인해 본 것이었다. 만연하기 시작한 정신 상태는 이전의 둔감 상태와 마찬가지로 이전부터 언제나 그런 징조가 있어서 여기저기서 얼굴을 내민 적이 있지만, 한스 카스토르프는 그 기질로 보아 그런 위험에 빠질 염려는 적었다. 그런데도 그는 자기도 기분을 해이하게 가지면 주위의 사람들이 예외없이 사로잡히고 있는 정신 상태에 얼굴 표정이나 말씨와 동작 등이 전염될 것을 느끼고 깜짝 놀랐던 것이다.

도대체 무엇이 시작되었다는 말인가? 무엇이 일어나기 시작했단 말인가? 그것은 싸움이었다. 일촉즉발(一觸卽發)의 상태로 형언하기 어려운 짜증스러운 신경과민이었다. 누구나가 서로 독설을 퍼붓는 경향, 분노의 폭발…… 그렇다, 격투를 시작할 것 같은 기세였다. 격한 언쟁, 걷잡을 수 없는 욕설이 매일같이 어떤 사람들 간에 또는 그룹 사이에서 벌어졌는데, 싸움의 국외자들은 아우성치는 당사자들의 모습을 언짢게 느낀다든지 중재에 나서는 대신 오히려 그 모습에 공감을 하고, 열중하여 꼭 같이 도취해 버리는 것이 특색이었다. 국외자들도 얼굴이 새파래져서 몸을 부들부들 떨고 눈이 도전적으로 번쩍이며 입술이 무참하게 일그러지는 것이었다. 그리고 눈앞에 히스테리를 일으키는 사람들을 아우성을 칠 수 있는 권리와 기회 때문에 부러워하는 것이었다. 아우성을 치는 사람들의 흉내를 내고 싶은 초조에 빠져 몸이 근질근질해서 자기 혼자의 세계로 도망칠 자제력을 가지고 있지 않는 자는 누구나 소용돌이 속으로 곧장 휘말려들어가 버리는 것이었다. 베르크호프에서는 보잘것없는 싸움, 베르크호프 당국자에의 진정서 제출이 끊이지 않아, 당국자들은 조정에 계속 심혈을 기울였지만 그들도 격분하는 아우성에 놀랄 만큼 쉽게 전염되어 버리는 것이었다.

어느 정도 평정한 정신 상태로 외출하는 사람도 어떤 상태로 이곳으로 돌아오게 될지 예측할 수 없었다. 일류 러시아 인석의 멤버로 민스크에서 와 있는 아주 고상하고 아직 젊으며 가벼운 증세를 가지고 있는 시골 귀부인——3개월의 체재를 선고받았을 뿐이었다——이 어느 날 거리의 프랑스 인이 경영하는 블라우스 상점으로 쇼핑하러 내려갔다. 이 가게에서 그녀는 여점원과 심한 언쟁을 벌여 몹시 흥분되어 돌아와서는 각혈을 했는데, 그로부터 불치의 환자가 되고 말았다. 전보로 불려 온 그녀의 남편은 부인이 영원히 이 위에서 머물러야 한다는 것을 선고받았던 것이었다.

이것은 만연되어 있는 현상의 한 예에 지나지 않았다. 우리들은 마음이 내키지는 않지만 실례를 더 들기로 하자.

독자 가운데는 잘로몬 부인의 식탁 멤버로 동그란 안경알을 낀 생도, 예전의 생도를 기억하고 있는 분도 있을 것이다. 요리를 접시 위에 우선 잡채처럼 잘게 잘라 놓고는 식탁에 팔꿈치를 대고 그것을 허겁지겁 삼키고 그 사이에 가끔 냅킨을 안경의 두꺼운 렌즈 뒤로 넣는 빈약한 소년이다. 이 청년은 지금도 생도 또는 옛날 생도로서 현재도 같은 식탁에 앉아 허겁지겁 먹고 눈을 냅킨으로 닦고 있었지만, 이제까지는 전혀 주의를 끌지 않는 생도였다. 그런데 어느 날 아침의 일이었다. 첫번째 아침 식사 때에 정말 뜻하지 않게, 말하자면 청천벽력이라고 할까, 이 소년이 발작을, 즉 히스테리를 일으켜 모두를 떠들썩하게 하여 식당 안의 전원을 일어나게 했다. 먼저 그가 앉아 있는 장소 부근이 소란해졌다. 보니 그가 파랗게 질린 얼굴을 하고 거기에 앉은 채로 아우성을 치면서 옆에 서 있는 난쟁이 식당 아가씨에게 막 대들고 있는 것이었다.

「당신은 거짓말쟁이야!」 하고 그는 높은 소리로 외쳤다. 「이 홍차는 차요, 당신이 가져온 이 홍차는 얼음처럼 차요! 나는 이런 건 질색이야. 속이기 전에 자신이 직접 한번 마셔 봐요. 이런 미지근한 구정물 같은 홍차가 어디 있어요. 이게 신사가 먹을 수 있는 홍차요? 이렇게 얼음처럼 찬 홍차를 잘도 나한테 가지고 왔어. 이런 구정물 같은 것을 내가 마실 줄 알고 나한테 가져오다니! 도대체 당신은 나를 뭘로 알고 그러는 거요. 나는 못 마시겠어. 절대로 안 마시겠어.」 하고 그는 쉿소리를 내어 외치고는 두 손을 불끈 쥐고 식탁 위를 두드리기 시작했으므로, 식탁 위의 그릇이 울려 춤을 추게 되었다.

「나는 뜨거운 홍차가 필요해! 펄펄 끓는 뜨거운 홍차가 말이야. 이것은 신들에게도 인간에게도 통할 수 있는 나의 권리야. 이것은 싫어. 나는 혓바닥이

데일 정도로 뜨거운 것이 필요해! 이런 건 죽어도 한 모금도……. 얄미운 병신 같으니라구!」

말하자면 단숨에 마지막 자제심을 훌랑 벗어 버리고 광란의 최후의 일선으로 황홀하게 뛰어들어가 갑자기 『병신』이라고 외쳤다. 이렇게 외치면서 두 주먹을 에메렌티아를 향해 휘두르고, 문자 그대로 거품을 문 이빨을 그녀에게 내밀었다. 그리고는 식탁을 계속 두드리고 발을 구르며 『필요하다』, 『싫다』 소리를 외쳐 댔는데, 그 동안 식당 안에 있는 사람들은 언제나와 똑같은 반응을 보였다. 무서울 정도로 긴장된, 공감에 찬 눈이 미쳐 날뛰는 생도의 모습에 쏠려 있었다. 몇 사람은 의자에서 일어나 주먹을 불끈 쥐고 이를 악물고 눈을 번쩍이면서 그를 쳐다보았다. 또한 다른 사람들은 얼굴이 새파랗게 질려 앉은 채로 눈을 아래로 깔고 벌벌 떨고 있었다. 모두들 생도가 다시 가져오게 한 뜨거운 홍차를 앞에 두고 그것을 마시지도 않고 피곤하여 축 늘어져 앉아 버린 뒤에도 흥분이 가라앉지 않았다. 이것은 도대체 어찌된 영문일까?

최근에 베르크호프의 주민들 사이에 한 사나이가 들어왔다. 이 사나이는 전에는 상인이었는데 나이는 30세 가량으로, 벌써 오랫동안 열이 있어 요양원에서 요양원으로 전전하고 있었다. 그는 유태인을 싫어하는 유태인 배척자로, 주의(主義)로서 또는 스포츠라도 하는 것처럼 즐겁게 열중하여 유태인 박해자로서 자처하고 있었는데, 이 몸에 밴 유태인 부정이 그의 생활의 자랑이기도 하고 내용이기도 했다. 그는 한때 상인이었지만 그것은 이전의 일이고 지금은 이 세상에서 하는 일이라고는 없었는데, 유태인의 적이라는 것만은 현재도 다를 바 없었다. 병은 중한 편이라 괴로운 기침을 하였는데 폐로 재채기를 하듯이 높은 소리를 내면서 짧게 한 번만 기분 나쁜 기침을 했다. 그러나 어쨌든 그는 유태인은 아니었다. 그리고 그것이 그가 유일하게 취할 점이었다. 그의 이름은 비데만이라고 하는 훌륭한 그리스도교의 이름으로 불결한 이름은 아니었다. 비데만은 《아리아 인의 등불》이라는 잡지를 구독하고 있었는데 가령 이런 식으로 말을 했다.

「나는 A고원의 X요양원으로 옮겼었습니다. 안정 홀에 누워 있으려고 했는데 말입니다. 나의 옆 의자에 누가 누워 있었다고 생각합니까? 히르쉬라는 인물입니다. 그리고 오른편에는 누가 누워 있었겠습니까? 볼프라는 인물입니다. 물론 나는 곧 떠나 버렸습니다.」 등등.

『자네 같은 사람은 그런 일을 당해야지!』 한스 카스토르프는 혐오를 느끼면서 생각했다.

비데만은 눈이 나쁜 사람들이 보여 주는 그런 눈을 하고 있었다. 그것은 정말 문자 그대로 그의 코앞에는 무언가 눈에 거슬리는 것이 달려 있어서, 그것을 심술궂은 눈으로 보고 이 방해물 뒤의 것은 아무것도 보이지 않는다는 식이었다. 그가 걸려 있는 망상은 곧 병적인 시의심(猜疑心)과 쉴사이 없는 박해증으로 바뀌어, 이로 인해 그는 자기 주변에 숨어 있는, 또는 모습을 바꾸어 배회하고 있는 불결한 것을 밝은 데로 끌어 내어 능욕시키지 않고는 못 배기는 충동에 사로잡혔다. 요컨대 그의 유일하게 취할 점은 유태인이 아니라는 것으로, 그 취할 점이 없는 사람을 적발하고 탄핵하는 것에 정력을 쏟는 것이 그가 매일 하는 일이었다.

우리들이 암시해 온 정신 상태는 비데만의 시의심을 극도로 악화시켰다. 그는 물론 이 베르크호프에서도 그가 가지지 않아도 되는 오점을 가진 인간을 만나지 않을 수 없었으므로, 주위의 상황에도 영향받아 드디어 끔찍한 장면을 일으키고 말았다. 그리고 한스 카스토르프도 이 현상을 목격하게 되었는데, 우리들은 여기서 문제가 되고 있는 현상의 또 하나의 실례로서 이 장면도 소개하여 두기로 한다.

사실은 여기에 또 한 명의 사나이가 있었는데, 이 사나이에 관해서는 정체를 밝힐 필요가 없으며, 그것은 아주 분명했다. 이 남자는 존넨샤인이라는 이름으로 이보다 더 유태인다운 이름은 생각할 수 없었기 때문에 이 존넨샤인의 존재는 첫날부터 비데만의 코앞에 달려 있는 눈엣가시가 되었다. 비데만은 그것을 근시와 같은 눈으로 심술궂게 넘겨다보고는 손을 뻗치려고 했지만, 이것은 눈에 거슬리는 것을 쫓아 내려는 것보다 오히려 그것을 진자(振子)처럼 흔들게 해놓고 자기의 기분을 더한층 초조하게 만들기 위한 것 같았다.

존넨샤인은 비데만과 마찬가지로 전에는 상인이었고 역시 병이 중한데다 병적으로 신경과민이었다. 상냥한 사나이로 바보가 아니고 농담을 즐기는 성질까지 가지고 있었는데, 비데만이 싫은 소리를 하거나 눈에 거슬리는 듯한 취급을 하기 때문에 드디어 이 사람 쪽에서도 비데만을 병적으로 미워하게 되었다. 이리하여 어느 날 오후 비데만과 존넨샤인 두 사람은 홀에서 짐승처럼 처절한 싸움을 벌여 모두들 홀로 달려갔던 것이다.

그것은 무섭고 비참한 광경이었다. 두 사람은 악동(惡童)처럼 서로 붙잡고 싸웠는데 어른끼리 벌인 싸움이니 그야말로 죽을 지경이었다. 그들은 서로의 얼굴을 할퀴고 코와 목을 붙잡고 때리고 감고 하여 무서우리만큼 맹렬하게 마루 위를 뒹굴고 침을 뱉고 차고 밀고 끌어당기고 때리면서 거품을 내뿜었다.

달려온 사무국의 직원들이 이빨로 물고 손톱으로 할퀴고 있는 두 사람을 겨우 떼어 놓았다. 비데만은 거품을 뿜고 피를 흘리면서 분노 때문에 바보스러운 얼굴을 하고 노발대발 머리칼을 곤두세우고 있었다. 한스 카스토르프는 그런 모양을 이제까지 본 적이 없었고 실지로 이런 일이 있으리라고는 상상도 하지 못했다. 비데만은 머리칼을 곤두세운 채 거기에서 달려가 버렸다. 존넨샤인은 한쪽 눈이 검푸르게 부어올랐고 숱이 많은 고수머리 속에 피묻은 상처를 입고 있었는데, 사무국 사람을 따라 사무실에 가 앉아서 두 손으로 얼굴을 덮고 소리내어 울고 있었다.

비데만과 존넨샤인의 소동은 이런 식이었다. 이 광경을 목격한 사람들은 모두 그 뒤 몇 시간 동안 부들부들 떨고 있었다. 이런 비참한 이야기와는 달리 역시 이 무렵에 있었던 참다운 의미에서의 명예훼손에 대해서 말하는 것은 그래도 다행스러운 일이다. 이 사건은 그것이 처리된 점잖은 형식주의 때문에 명예훼손이라는 이름이 우스울 정도로 잘 어울리는 사건이었다. 한스 카스토르프는 이 사건의 각각의 단계를 목격한 것이 아니고 이 까다로운 신파조의 경위를 이에 관한 문서 성명서 기록으로 알았지만, 이 사건에 관한 이들 서류는 베르크호프의 원내와 원외, 즉 이 땅과 이 지방과 이 나라뿐만 아니라 외국과 미국에도 사본이 유포되어 이 사건에 조금도 관심을 가지고 있지 않는 사람들, 가질 수 없다는 것이 명백한 사람들에게도 연구하기 위해 배포되었던 것이다.

이것은 폴란드 인들 사이에서 일어난 사건, 즉 최근 베르크호프로 모여든 폴란드 인들 사이에서 일어난 명예 문제들이었다. 이 폴란드 인 그룹은 그야말로 작은 식민지를 만들고 있어 일류 러시아 인석을 점령하고 있었다(한마디 부언해 두지만 한스 카스토르프는 지금은 이 식탁의 멤버가 아니고 시간이 흐름에 따라 클레펠트의 식탁, 잘로몬 부인의 식탁으로 옮겼다가 이제는 레비양의 식탁에 앉아 있었다.) 이 폴란드 인 그룹은 아주 신사적이고 기사적이어서 누가 눈썹을 찌푸리는 것만으로도 결투를 신청할 정도였는데, 한 쌍의 부부와 신사들 중의 한 사람과 각별한 사이가 된 아가씨 하나와 이밖에는 신사만의 그룹이었다.

신사들의 이름은 폰 주타브스키, 치스진스키, 폰 로진스키, 미카엘 로디고브스키, 레오 폰 아자라페티안 등등이었다. 그런데 베르크호프의 식당에서 샴페인을 마시고 있을 때 야폴 아무개라는 사나이가 다른 두 신사의 면전에서, 폰 주타브스키 부인에 관한 일과 로디고브스키 씨와 은밀한 사이인 크릴로브스 양의 일로 입밖에 내서는 안 될 말을 지껄였다. 이것이 원인이 되어 여러 가지 절차 조치 형식이 취해져서, 이것이 외국에까지 배포되어 문서의 내용으로 보내졌던 것이었다. 한스 카스토르프는 그것을 읽었다.

『성명서, 폴란드 원문으로부터의 번역, 19××년 3월 27일, 슈타니슬라브 폰 주타브스키 씨는 닥터 안토니 치스진스키와 슈테판 폰 로진스키에 대해 양씨가 그의 대리인으로 카지미르 야폴 씨를 방문하고 동씨가 야누츠 테오필 레나르트 씨와 레오 폰 아자라페티안과의 담화에 있어서 야드비가 폰 주타브스키 부인에게 가한 중대한 모욕과 중상에 대해 명예권에 관한 법률이 정한 수속에 따라 카지미르 야폴 씨에게 결투를 신청하도록 의뢰함. 11월 말에 있은 전기 담화를 폰 주타브스키 씨는 수 일 전에 전해 듣고 이 담화에서 가해진 모욕의 진상과 사실 내용에 대해 완전한 확증을 입수하기 위해 행동을 개시함. 이리하여 작년 19××년 3월 27일에 이르러 명예훼손 언사와 풍자가 행하여진 전기 담화의 직접 증인인 레오 폰 아자라페티안 씨의 증언에 대해 중상 및 모욕의 사실이 확인됨. 따라서 슈타니슬라브 폰 주타브스키 씨는 즉각 카지미르 야폴 씨를 상대로 명예권에 관한 수속을 밟을 전권을 위임하게 됨.

아래 서명자는 다음과 같이 성명함.

1. 19××년 4월 9일 카지미르 야폴 씨에 대한 라디슬라고 고들레즈니 씨의 소송 사건에 관한 한쪽 당사자인 즈드치스타브, 치굴스크 씨와 타도이스츠, 카디야 씨에 의해 렘베르크에서 작성한 조서 및 19××년 6월 18일부 해당 사건에 관한 렘베르크 명예 재판소의 판결은 모두 카지미르 야폴 씨가 신사의 자격에 합치하지 않은 언동을 재삼 행한 데 비추어 동씨를 신사로 인정할 수 없음을 확인한 점에 일치함.

2. 아래 서명자는 이상의 두 판결에 의거하여 전기 사실에서 귀납되는 결론을 전면적으로 인용하고, 카지미르 야폴 씨가 어떤 형식에 있어서도 결투 신청에 응할 자격이 없음을 판정함.

3. 아래의 서명자는 자기의 재량에 의해 신사의 자격이 없는 자에 대해 명예 문제에 관한 소송을 하고 동문제에 관해 중재(仲裁)를 하는 것은 불가능하다고 생각함.

상기 사항을 감안할 때 아래 서명자는 카지미르야폴 씨에 대해 명예권에 의거한 수속에 따라 권리 회복을 요구하는 것이 무의미하다는 것을 슈타니슬라브 폰 주타브스키 씨에게 주의시키고, 카지미르 야폴 씨처럼 결투 신청에 응할 자격이 없는 인물로부터 금후 다시 명예훼손을 받는 일이 없도록 본사건을 형사 재판에 옮길 것을 충고함.

(연월일, 서명)

닥터 안토니 치스친스키, 슈테판 폰 로진스키』

한스 카스토르프는 계속 읽었다.

『다보스에 있는 요양 호텔 내 바에서 1911년 4월 2일 오후 7시 반부터 45분 사이에 슈타니슬라브 폰 주타브스키, 미카엘 로디고브스키 두 사람과 카지미르 야폴, 야누츠 테오필 레나르트 두 사람 사이에 일어난 사건의 전말에 관한 증인의 조서.

슈타니슬라브 폰 주타브스키 씨는 대리인인 닥터 안토니 치스친스키 씨와 슈테판 폰 로진스키 씨의 성명에 의거하여 1911년 3월 27일의 카지미르 야폴 씨의 사건에 관해 숙고한 결과 아내 야트비가 부인에 대한 『중대한 훼손과 중상』에 대해 상기 대리인으로부터 제안이 있었던 대로 카지미르 야폴 씨에 대한 형사 소송을 일으키는 것은 아래의 두 가지 이유로 아무런 만족을 가져오지 못했다는 확신에 도달함.

1. 카지미르 야폴 씨는 지정된 시각에 재판소에 출두하지 않을 의혹이 농후한 데다 동씨가 오스트리아의 국적을 소유하고 있음을 고려할 때, 동씨에 대한 징계를 발전시키는 일은 곤란할 뿐 아니라 거의 불가능하다고 생각함.

2. 카지미르 야폴 씨가 슈타니슬라브 폰 주타브스키 씨와 그의 아내 야트비가 부인의 명예와 가문에 대해 중상적인 언사로 가하려고 한 모욕은 형사적 처벌에 의해 보상받을 성질의 것이 아님.

이상 두 가지 이유에 의거하여 슈타니슬라브 폰 주타브스키 씨는 카지미르 야폴 씨가 다음날 이곳을 떠날 의향이 있음을 전해 듣고, 가장 간단한 동씨의 확언에 의하면 가장 철저한 사정으로 생각하여 가장 적절하다고 생각되는 방법을 택할 것으로 하고,

그 결과 슈타니슬라브 폰 주타브스키 씨는 1911년 4월 2일 오후 7시 반부터 45분 사이에 야트비가 부인, 미카엘 로디고브스키 씨, 이그나츠 폰 멜린 씨 입회 하에 해당 요양 호텔 내의 아메리칸 바에서 야누츠 테오필 레나르트 씨 및 면식이 없는 두 여성과 알콜 음료를 마시고 있던 카지미르 야폴 씨의 얼굴을 여러 차례 구타함.

그러자 미카엘 로디고브스키 씨는 카지미르 야폴 씨의 얼굴을 구타하고, 이것은 크릴로브스 양과 동씨에게 가해진 중대한 모욕에 대한 응수라는 주석을 붙임.

그러자 곧 미카엘 로디고브스키 씨는 주타브스키 씨 부처에게 가해진 중대한 모욕에 대해, 야누츠 테오필 레나르트 씨의 얼굴을 구타하고,

한시도 놓치지 않고 슈타니슬라브 폰 주타브스키 씨는 동씨와 동부인 및 크릴로브스 양에 대한 전대미문의 모욕에 대해 야누츠 테오필 레나르트 씨의 얼굴을 반복하여 여러 번 구타함.

카지미노 야폴 씨와 야누츠 테오필 레나르트 씨는 마지막까지 구타를 그저 감수함.

(연월일, 서명)

미카엘 로디고브스키, 이그나츠 폰 멜린』

한스 카스토르프는 어느때 같으면 이 형식적인 연발적 구타를 웃었을 것이지만, 현재의 지배적인 정신 상태는 그에게 웃을 기분을 주지 않았다. 그는 성명서를 읽으면서 떨었다. 당사자의 한쪽의 예의범절과, 다른 한쪽의 비겁하고 연약한 철면피가 성명서의 각 행으로부터 확실히 느껴져, 이 대조가 어느 정도 너무 박혀 있기는 했지만 인상적이어서 한스 카스토르프의 기분을 심각하게 뒤흔들었다. 모두가 그러했다. 폴란드 인들의 명예 문제는 곳곳에서 열심히 연구되고 이를 악물고 논의되었다. 카지미르 야폴 씨의 반박의 팜플렛이 모두의 열광에 찬물을 끼얹는 역할을 했다. 야폴 씨의 팜플렛에 의하면, 폰 주타브스키 씨는 야폴 씨가 전에 렘베르크에서 오만한 멋쟁이들로부터 결투의 신청에 응할 자격이 없다고 단정된 일이 있음을 너무나 잘 알고 있으며, 야폴 씨가 결투의 신청에 응할 걱정이 없음을 처음부터 알고 있었기 때문에, 씨의 전격적인 행동은 모두 순전한 연극에 불과하다는 것이었다. 게다가 폰 주타브스키가 야폴 씨를 고소할 것을 단념한 것은 폰 주타브스키 부인이 몇 명의 사나이들과 내통하고 있음을 모르는 사람은 하나도 없고 남편도 이것을 잘 알고 있기 때문이라는 것이다. 또한 결투의 신청에 응할 자격이 없다고 증명된 것은 야폴 씨뿐으로, 그의 담화의 상태가 되었던 레나르트의 자격은 부정되어지지 않았는데도 폰 주타브스키 씨는 야폴 씨의 무자격을 구실로 삼아 일신의 안전을 도모한 것이었다. 아자라페티안 씨가 이 사건에서 행한 역할에 대해서는, 야폴 씨는 아무것도 말하고 싶지 않은 것 같았다.

요양 호텔 바에서의 장면에 대해서도 한마디 한다면, 야폴 씨는 말을 잘하고 해학을 즐기기는 하지만 아주 힘이 없는 인간이었으며, 게다가 그와 레나르트가 동반하고 있던 두 여성도 유쾌한 여성이긴 했지만 암탉처럼 겁이 많은데 반하여, 폰 주타브스키 씨에게는 여러 명의 남성 친구 외에 무섭게 힘센

부인이 붙어 있어 육체적으로는 훨씬 우세했으므로, 야폴 씨는 야만스러운 난투를 벌여 대중 앞에서 추태를 부리는 어리석음을 피하기로 하여, 저항하려는 레나르트를 얼려서 대항할 것을 단념시키고 폰 주타브스키 씨와 로디고브스키 씨의 순간적인 사교적 접촉을 감수시켰던 것인데, 양씨의 접촉은 별다른 데가 없어 주위에 있었던 사람들도 이것을 친구 사이의 농담으로 간주했다는 것이다.

이것이 야폴의 반박문 내용이었지만 물론 그는 그것으로 크게 명예가 회복될 수 있는 인간은 아니었다. 그의 반박은 상대방의 주장에서 느낄 수 있는 명예와 비열의 명백한 대조를 약화시킬 수 없었던데다, 야폴은 주타브스키 쪽처럼 선전 수단을 가지고 있지 못하여 반박문을 타자기로 복사하여 배포했을 뿐이었다. 이와는 반대로 주타브스키 측의 문서는 아까도 말했지만, 모든 사람의 손에 배포되고 전혀 관계가 없는 사람들에게도 교부되었다. 가령 나프타와 세템브리니에게도 배포되었는데, 한스 카스토르프는 두 사람이 그것을 가지고 있음을 보았을 뿐 아니라, 두 사람 다 이를 악물고 이상하게 열광된 태도로 읽고 있는 것을 보고 놀랐던 것이다. 한스 카스토르프는 퍼져 나가고 있는 이상한 정신 상태 때문에 용맹심을 불러일으킬 수 없이 되어 있었지만, 세템브리니 씨에게는 팜플렛을 명쾌하게 비웃을 만한 냉정을 기대하고 있었다. 그러나 한스 카스토르프가 자기 주위에서 본 퍼져 나가는 전염병은 이 프리메이슨 단원의 명쾌한 두뇌에도 마력을 끼친 모양으로, 그 때문에 세템브리니 씨는 비웃을 수가 없게 되고, 이 구타 사건의 피를 끓게 하는 흥분에 심각하게 말려들어가 있었다. 게다가 또 그의 건강 상태가 비웃는 듯이 때로는 좋아지는 것처럼 보이다가 조금씩 계속 악화되어 가고 있었던 것도 이 생활 애호가의 기분을 어둡게 했다. 그는 자신의 건강 상태를 저주하며 증오와 여러 가지 혐오를 갖고 이것을 부끄러워하고 있었다. 그는 요즈음에 와서는 며칠마다 누워 있어야 했다.

세템브리니 씨의 동숙자이고 논적(論的)인 나프타의 용태도 좋지 않았다. 예수회 회원으로서의 그의 장래를 중도에서 단념시킨 신체적 원인——또는 표면적 원인이라고 말할 수 있을지는 몰라도——이었던 병은 그의 유기체의 내부에서 계속 악화하여, 지금 살고 있는 이 고원의 희박한 공기도 병의 진정을 막아 낼 수가 없었다. 그도 가끔 누워 버렸다. 말을 하면 금이 간 접시를 두드리는 것 같은 목소리의 울림이 심해졌고 열이 높아진 동시에 말수도 더욱 많아져, 말하는 것이 한층 더 신랄해졌다. 세템브리니 씨는 병과 죽음에 정신적 저항을 계속하면서, 이 저항력이 천한 자연의 우세한 힘에 패배해 가는 것을 아주 슬퍼했다. 그러나 작은 나프타는 그런 저항은 모르는 듯이 건강 상태의 악화에 대해 보인 태도도 비탄과 번민이 아니라 철저하게 비웃는 명랑과 논쟁벽, 회의와 부정과 궤변벽이었다. 우울한 세템브리니는 이 때문에 극도로 초조하게 되었고, 두 사람의 논쟁은 날이 갈수록 날카로워졌다. 물론 한스 카스토르프는 자기가 입회(立會)한 논쟁에 대해 알고 있을 뿐이었지만, 그는 자신이 입회하지 않은 논쟁은 하나도 없었다고 믿고 있었고, 교육적 대상인 자기의 입회가 주요한 응수의 불꽃을 튀게 하기 위해 필요하다는 것도 상당한 확신을 갖고 단언할 수 있었다. 그리고 그는 언젠가 나프타의 신랄한 말투는 들을 가치가 있다고 말해 세템브리니 씨를 슬프게 한 일이 있었지만, 그런 그도 나프타의 말이 점차로 절도를 잃고 정신적으로 건강하다고 할 수 없는 말로 되어가기 시작했다는 것을 인정하지 않을 수 없었다.

이 나프타라는 환자는 병을 이겨내는 힘도 생각도 없고, 세계를 병의 모습과 상징으로 보고 있었다. 그는 물질이 정신을 실체화하기 위한 재료로서는 너무나 부적당한 소재라고 규정했는데, 세템브리니는 이에 분개하여 귀를 기울이고 있는 제자를 방 밖으로 나가게 하든가, 제자의 귀를 막아 버리려고 하는 것 같았다. 물질에 의해 정신에게 형태를 부여하려는 생각은 바보 같은 것이라고 나프타는 말했다. 그것으로 인해 무엇이 생긴다는 말인가? 희화(戱画)뿐인 것이다! 찬미되고 있는 프랑스 혁명의 현실적인 산물인 자본주의적 부르주아 국가인 것으로, 정말로 좋은 선물이다! 이 선물을 개선하려고 하지만 그 결과는 이 추악한 괴물을 세계에 퍼뜨릴 뿐이다. 세계 공화제, 정말로 세계의 행복이 될 것이다, 아마. 진보? 진보란 몸의 위치를 돌리면 고통이 없어질 것이라고 생각하여 쉬지 않고 누워 있는 자세를 바꾸는 유명한 환자의 이야기와 마찬가지다. 입밖에 내서 말할 수는 없지만, 세계 곳곳에까지 미치고 있는 전쟁열은 이러한 헛된 소망의 한 표현인 것이다. 전쟁은 올 것이다. 그리고 이 전쟁을 계획하고 있는 사람들이 기대하고 있는 것과는 다른 결과를 초래할 것이지만, 어쨌든 좋은 일이다. 이렇게 나프타는 안전 제일주의의 시민적 국가를 경멸했다.

그가 이 경멸을 입밖에 내게 된 계기는 가을 어느 날 모두 함께 요양가의 큰 거리를 산책하고 있을 때 비가 내리기 시작했으므로 모두들 당황하여 약속이나 한 듯이 우산을 편 일로부터였다. 나프타의 말에 따르면 이 습관은 문명의 산물인 겁과 비굴한 연약함을 상징하는 것에 불과했다. 기선 『타이타닉

호』의 침몰이라는 경고적이고 드문 사건은, 사실은 상쾌한 느낌도 주었는데, 그후 곧 교통의 안전 강화를 요구하는 소리가 크게 일어났다. 『안전』이 조금이라도 위협을 받게 되면 예외없이 일대 분노를 터뜨린다. 정말 불쌍하기 짝이 없는 일로, 이 인도주의적인 소심증은 부르주아 국가가 하고 있는 경제 전쟁의 탐욕적인 야만성과 파렴치와 좋은 한 쌍을 이루고 있는 것이다. 전쟁, 전쟁, 전쟁! 찬성이다. 세계 모든 곳이 전쟁열로 들떠 있는 것은 그래도 정직하여 좋다.

그러나 세템브리니 씨가 『정의』라는 말을 들고 나와 이 고매한 원리를 내정(內政)과 외정(外政)의 파탄을 방지하는 수단이라고 하자, 나프타는 여태까지 정신이란 지극히 고귀한 것으로, 여기에 현실적 형태를 부여하려는 시도는 성공할 리 없다고 주장하여 온 것을 잊은 것처럼, 이번에는 정신을 회의의 대상으로 하고 이것을 비방하는 데에 열을 올렸다. 정의가 그렇게 찬미할 만한 개념이란 말인가? 신성한 개념인 것인가? 제일급의 개념이란 말인가? 신과 자연은 공평하지 못하다. 그들에게는 총아가 있고 편을 드는 것이 있어서, 어떤 인간은 위험스러운 영광으로 장식하고, 어떤 인간은 안이하고 평범한 일생을 보내게 한다. 그런데 의욕적인 인간은 어떠한가? 그에게 있어서 정의는 한편으로는 의지를 꺾는 장애물이고, 회의 그 자체이다. 또 한편으로는 과격한 행위로 몰아 대는 진군 나팔 소리인 것이다. 따라서 인간은 윤리성을 잃지 않기 위해서는 후자의 의미인 『정의』를 전자의 의미인 『정의』로 계속 수정하지 않으면 안 되는데, 그렇게 되면 『정의』라는 개념의 절대성이나 급진성은 어떻게 될 것인가? 더욱이 우리들에게는 한 입장에 대해 『공정』한가, 그리고 이와는 다른 입장에 대해서 『공정』한가가 있을 뿐인 것이다. 이밖의 『공정』은 자유주의인 것으로 오늘날 그런 것에는 개들도 식욕을 느끼지 않았다. 『정의』란 부르주아 수사학의 공허한 말로, 행동하기 위해서는 무엇보다 먼저 어떤 정의를 목적으로 하는가를 알아야 한다. 각자에게 그 사람대로의 권리를 주려는 정의인가, 만인에게 평등한 권리를 주려는 정의인가, 이것을 알아야 한다.

우리들은 나프타가 얼마나 이성을 교란하는 일에 전념하였는가에 대해, 헤아릴 수 없이 많은 실례 중에서 택하지 않고 한 가지 예만을 끄집어 낸 데 불과하다. 그러나 나프타가 과학을 입밖에 냈을 때 혼란은 더 심해졌다. 그가 믿지도 않는 과학을……. 자기는 과학을 믿지 않는다고 그는 말했다. 과학을 믿는가, 믿지 않는가 하는 것은 인간의 자유이기 때문이다. 과학은 다른 신앙과 마찬가지로 신앙이라 볼 수 있지만 다만 다른 신앙보다 악질이고 우매한 신앙이라는 것뿐이다. 『과학』이라는 말 그 자체부터가 가장 우매한 리얼리즘의 말, 즉 개체가 인간의 지성에 투영하는 환영(幻影)에 가까운 영상을 진실이라고 생각하고, 또는 그것을 진실이라고 칭하고, 인류가 이제까지 경험한 가장 우매하고 비참한 도그마를 거기에서 끄집어 내어 부끄러워하지 않는 리얼리즘의 말인 것이다. 가령 객관적으로 존재하고 있는 현상 세계라는 개념은 모두 자기 모순의 인간이라는 유기체의 인식 형식, 즉 현상계의 생기(生起)를 규정하는 공간, 시간, 인과율을 인간의 의식과는 독립하여 존재하는 실재적 관계라고 주장하는 형이상학적 전제에 기초를 두고 있을 뿐이다.

이 일원론(一元論)은 인간의 정신에 행해진 가장 비열한 주장이다. 공간, 시간, 인과율, 이것은 일원론적으로는 진전이지만, 이것이야말로 자유 사상적이고 무신론적인 사이비 종교의 중심적 도그마인 것이다. 이 도그마에 의해 그들은 모세의 제1서를 뒤집어엎고, 황당무계한 모세의 우화 대신 계몽적인 지식을 넓히려 하고 있다. 마치 헤겔이 천지창조의 현장에라도 입회나 한 것처럼.

경험적 지식이라고! 우주의 에테르는 과연 정밀하게 계산할 수 있을까? 원자, 즉 이 『최소의 불가분의 소단위』라는 유쾌하게 짝이 없는 수학적 농담은 증명되었다는 말인가? 공간과 시간의 무한성이라는 설은 기경험에 의한 지식인 것인가? 조금이라도 논리적으로 생각한다면, 공간과 시간의 무한성이라든지 실재성이라는 도그마는 유쾌한 경험이나 결론으로, 즉 무(無)의 결론으로 인도될 것이다. 즉 리얼리즘은 사실은 니힐리즘이라는 인식에 이를 것이다. 왜 니힐리즘이란 말인가? 이유는 간단한 것으로, 무한에 비하면 아무리 큰 것이라 해도 무와 같기 때문이다. 무한한 공간 속에서는 크기가 없고, 영원한 시간 속에서는 계속도 변화도 있을 수 없다. 무한한 공간 속에서는 거리도 수학적으로 제로와 같기 때문에 나란히 선 두 점도 있을 수 없고, 더구나 물체나 운동 같은 것은 있을 수 없다. 이런 것을 특별히 말하는 것은, 하고 나프타는 말했다. 유물적 과학이, 『우주』에 관한 바보스러운 수다에 지나지 않는 천문학적 실없는 소리를, 절대 인식이라고 칭하고 있는 뻔뻔스러움에 대항하기 위함이다. 무의미한 숫자를 자랑스럽게 보이고, 자기가 얼마나 미소한 존재인가를 통감하고, 자기의 가치에 대한 열정을 잃어버린 불쌍한 인류! 인간의 이성과 인식이 지상에서 떠나지 않고 있고, 지상에 있어서의 주관적, 객관적 현상에 관한 경험을 실재로서 취급하는 것뿐이라면 참을 수도 있다고 하겠다.

그러나 지상의 경험을 넘어서 영원한 신비를 규명하려고 하여 소위 우주론, 우주 개벽론을 시작하면 이것은 이제는 웃을 일이 아니라, 불손하기 그지없다고 하겠다. 지구로부터 하나의 별까지의 거리를, 제로가 몇 십 개 달린 킬로미터나 광년(光年)으로 계산하여 그러한 어마어마한 숫자로 인간의 정신으로 하여금 무한과 영원의 본질을 엿보게 한다고 우쭐댄다는 것은 정말 얼마나 한심스럽고 모독적인 넌센스란 말인가. 무한은 크기와는 전혀 관계가 없고 영원은 시간적 거리와는 아무런 관계도 없어, 무한도 영원도 자연 과학의 개념이 될 수 없으며, 오히려 우리들이 자연이라고 부르고 있는 것의 지양(止揚)까지도 의미하고 있는 것이다. 그렇다, 일원론적 과학이 『우주』에 관해 논하고 공허하고 비상식적이며 불손한 모든 수다에 비하면, 어린아이들이 별을 하늘에 펼쳐진 천막의 구멍이라고 생각하고 그 구멍으로부터 영원한 빛이 새어 나온다고 믿고 있는 단순성은 수천 배 호감을 느끼게 한다.

세템브리니는, 그렇다면 나프타 자신도 어린아이들과 똑같은 것을 믿고 있느냐고 물었다. 여기에 대해 나프타는 자기는 회의와 겸손과 자유를 자랑으로 삼고 있다고 대답했다. 나프타의 이 대답으로도 그가 『자유』를 어떤 의미로 해석하고, 또 그런 해석이 어떤 결론을 얻을 것인가를 상상할 수 있었다. 한스 카스토르프가 이런 모든 것을 경청할 가치가 있다고 생각하는 것이 아닐까 하고 걱정하는 이유가 세템브리니 씨에게 없었으면 좋았겠지만.

나프타의 악의는 자연을 정복하려는 진보의 약점을 쑤셔 대고, 진보의 지지자나 선구자들이 인간으로서 비합리적인 미신으로 되돌아가는 실례를 지적하는 기회를 노렸다. 비행사와 항공사는, 하고 나프타는 말했다. 아무튼 아주 불쾌하고 의심스러운 인물인 경우가 많지만, 무엇보다도 이들은 대단한 미신가(迷信家)들이다. 그들은 마스코트로서 비행기 안에 돼지나 까마귀를 가지고 와, 세 번 여기저기 침을 뱉는다든지, 운이 좋았던 조종사의 장갑을 받아서 끼기도 한다.. 이런 원시적 미신과 같은 것이 그들의 직업의 기초가 되어 있는 세계관과 어떻게 조화할 것인가? 나프타는 자기가 지적한 모순이 재미있다면서 이에 만족하고 오랫동안 이것을 계속 조롱하였다. 우리들은 나프타의 악의의 견본을 무수한 실례 가운데서 닥치는 대로 끄집어 내보았지만, 사실은 구체적이라고 말하기조차 어리석은 한 사건을 이야기하지 않으며 안 되겠다.

2월의 어느 날 오후, 일동은 몬슈타인으로 소풍을 가게 되었다. 거기까지는 모두가 매일 지내고 있는 장소로부터 썰매로 한 시간 반의 거리였다. 일행은 나프타와 세템브리니, 한스 카스토르프, 페르게 그리고 베잘, 다섯 사람이었다. 한 필의 말이 이끄는 썰매 두 대를 빌려 타고 출발했는데, 한스 카스토르프는 인문주의자와 함께 탔고, 나프타는 페르게와 베잘과 함께 탔다. 베잘은 마부석에 앉았다. 모두 몸이 따스하도록 입었다. 오후 3시에 나프타와 세템브리니의 하숙 앞을 출발하여 조용한 눈풍경 속을 방울 소리를 부드럽게 울리면서 오른편 사면을 따라 프라우엔키르히와글라리스의 산록을 지나 남으로 남으로 갔다. 앞길의 하늘에는 어느새 눈구름이 퍼져 갔다. 이윽고 먼 래티콘 산맥의 상공에 물색의 푸른 하늘이 띠처럼 보일 뿐이었다. 추위가 심해져 연산에는 가스가 끼어 있었다. 썰매가 달리는 길은 험한 바위와 골짜기 사이에 만들어진 좁고 평탄한 길로, 울짱도 없고 전나무가 밀생하고 있는 사면은 급경사로 올라가고 있었다. 썰매는 천천히 달렸다. 일인승(一人乘) 썰매로 내려오는 사람을 가끔 만났지만, 이런 사람들을 만나면 썰매에서 내려야만 했다. 길이 커브로 된 저쪽으로부터 방울 소리를 딸랑딸랑 경고하듯 울리면서 쌍두말을 세로로 연결한 썰매가 지나갔으나, 지나갈 때에는 신중을 필요로 했다.

목적지가 가까워지자 쥐겐스트라세의 암벽 일부의 멋진 풍경이 나타났다. 일행은 몬슈타인의 『요양 호텔』이라는 작은 여관 앞에서 담요에서 빠져 나와 썰매를 내려 썰매는 기다리게 하고, 몇 발자국 걸어가 동남의 『슈틀저 그라트』를 바라보았다. 높이 3천 미터의 거대한 암벽은 안개로 덮여 있었다. 어떤 일부분만 하늘을 찌르는 바위 끝이 안개 속으로부터 하늘의 집처럼 멀리, 숭고하게 접근할 수 없는 느낌으로 솟아 있었다. 한스 카스토르프는 감탄한 나머지 모두도 감탄하도록 부추겼다.

압도당해 『접근할 수 없는』이란 말을 입밖에 낸 것도 그였는데, 세템브리니 씨는 그 말을 듣자 이 암벽은 오늘까지 여러 번 정복된 일이 있음에 틀림없다고 강조했다. 대체로 접근할 수 없는 것이란 존재하지 않으며 인간의 발자국이 찍히지 않는 자연 같은 것은 존재하지 않는다. 그러자 나프타는 그것은 조금 과장이며 호언장담이라고 응수했다. 그리고 그는 에베레스트 산을 끄집어내어, 이 산은 인간이 우쭐해 하는 것에 대해 오늘날까지 계속 냉담한 거절의 태도를 보여 왔고, 앞으로도 그 인간 경원의 태도를 계속 고수할 것이라고 말했다.

인문주의자는 이 농담에 성을 냈다. 모두는 『요양 호텔』로 돌아왔는데, 그 문 앞에는 그들의 썰매와 나란히 말을 푼 다른 썰매가 두세 대 서 있었다.

이 여관은 숙박하고 싶을 만한 여관이었다. 2층에는 호텔식의 번호 달린 방이 죽 있고 식당도 2층에 있었는데, 시골식 구조였지만 난방은 잘되어 있었다. 일행은 손님 접대를 잘하는 안주인에게 중참과 커피, 벌꿀, 흰빵, 이 지방의 명물인 말린 배를 넣어서 만든 빵을 주문했다. 두 사람의 마부에게도 붉은 포도주를 보내 주었다. 스위스 인과 네덜란드 인 손님들이 다른 테이블에 앉아 있었다.

한스 카스토르프 일행의 테이블에서는 아주 맛있고 뜨거운 커피로 몸을 녹인 다섯 명이 고상한 담화의 꽃을 피우기 시작했다라고 말했으면 좋겠지만 실은 그렇지가 않았다. 왜냐하면 대화는 거의 나프타의 독백으로 시종되어서, 다른 멤버가 두세 마디 말한 뒤에는 나프타 혼자서 말을 채갔다. 또한 이 독백은 정말로 이상한, 사교적으로 무례한 태도로 계속되었다. 즉 전의 예수회 회원은 그 옆에 앉아 있는 한스 카스토르프에게만 상냥하게 설명하여 들려 주듯 했고, 다른 한편에 앉아 있는 세템브리니 씨에게는 등을 돌리고 다른 두 사람은 완전히 무시했다.

한스 카스토르프는 나프타의 즉흥적인 독백에 소극적인 찬의를 표시하면서 고개를 끄덕이고 있었지만, 이 독백의 테마를 확실하게 표현하는 것은 곤란하였다. 사실 일관된 테마는 없고 정신 세계를 막연하게 돌아다니며 이것저것이 문제가 언급되고 있었는데, 대체로 정신 생활의 여러 현상은 모두 애매한 것이라는 점, 정신에서 얻어진 위대한 개념은 일정하고 확실한 성질은 갖고 있지 않으며 그 호전성은 아무 쓸모가 없다는 것을 회의적인 태도로 지적하고, 절대적이라고 불리는 것이 얼마나 가지각색으로 바뀌는 옷을 입고 지상에 나타나는 것인가를 설명하려고 했다.

나프타의 연설은 자유의 문제에 대한 연설임에는 틀림없었지만, 그는 이 문제를 혼란시키려는 듯이 취급했다. 그는 이야기하는 가운데 낭만주의에 대해서도 언급하고 19세기 초에 유럽에서 일어난 이 운동의 현혹적이고 이면적(二面的)인 본질에 대해서도 말했다. 이 운동에 있어서 반동과 혁명이라는 두 개념은 좀더 높은 차원의 제3개념에 의해 통일되지 않는 한 그 의미를 잃어버린다고 말했다. 왜냐하면 혁명이라는 개념을 오로지 진보와 돌진적인 계몽에만 결부시켜 생각하려는 것은 아주 우습기 짝이 없기 때문이다. 유럽의 낭만주의는 무엇보다 자유 운동이었다. 반의고주의(反擬古主義), 반형식주의로서, 프랑스의 의고적 취미와 시대에 뒤떨어진 이성주의(理性主義)에 반항하는 운동으로, 이성주의의 대변자를 시대에 뒤떨어진 형식가라고 비웃는 운동이었다고 나프타는 말했다.

그리고 나프타는 계속하여 나폴레옹에 대항한 자유 전쟁, 피히테의 감격,

참을 수 없는 전제(專制)에 대한 민족의 열광적이고 감격적인 고양(高揚)에 대해서도 언급했다. 그런데 이 전제라는 것은 유감스럽게도, 헤헤, 자유, 즉 혁명적인 여러 이념이 구현한 것이다. 정말 유쾌한 이야기인데, 낭만주의자들은 반동적인 군주 전제를 옹호하여 혁명적 전제를 분쇄하려고 소리 높이 노래를 부르면서 주먹을 휘둘렀지만, 이것도 역시 자유를 위해서였다.

이것으로 한스 카스토르프 청년은, 하고 나프타는 계속 말을 이었다. 외면적 자유와 내면적 자유의 다른 점, 또는 대립을 알아차렸을 것이고, 어떠한 예속(隷屬)이 한 국민의 명예와 가장 잘 조화할 수 있는가, 조화하지 않는가 하는 델리케이트한 문제도 알아차렸을 것이다.

자유란 사실은 계몽적 개념이라기보다는 오히려 낭만적인 개념이다. 왜냐하면 자유의 개념은 인간의 자기 확충 본능과 열정적이고 수축적인 자기 강조가 결합하여 교착(交錯)하고 있는 점에서 낭만주의와 일치하고 있기 때문이다. 개인주의적인 자유 본능은 국민적인 것의 역사적이며 낭만적 예찬을 불러일으켰지만, 이 예찬은 호전적인 것으로 인도적 자유주의로부터는 음산한 예찬이라고 불리운다. 그러나 인도적 자유주의도 역시 개인주의를 주장하고 있는 것에는 변함이 없고 주장하는 방법이 좀 다를 뿐이다. 개인주의는 개인의 무한하고 우주적인 중요성을 믿는데, 이 신념에서는 영혼불멸설, 지구중심설, 점성술이 생기는 점에서 낭만적, 중세적이다. 한편 또 개인주의는 자유주의적 인문주의의 경향을 띠고 있는데, 이 자유주의적 인문주의는 무정부주의로 나아가는 성질을 가지고 있지만 아무튼 개인을 집단의 희생물이 되는 것으로부터 지키려고 한다. 어느 쪽의 개인주의도 다 개인주의인 것으로, 내용이 다른 것을 동일한 명칭으로 부르고 있는 것이다.

그러나 자유를 찾는 열정이 자유의 찬란한 적을 만들고, 죄 받을 파괴를 일삼는 진보에 대해 전통을 지키는 총명한 기사를 낳은 것도 인정하지 않을 수 없다. 이렇게 말하고 나프타는 개인주의를 미워하고 귀족주의를 찬미한 아른트의 이름을 들고, 그리스도교 신비설을 저술한 괴레스의 이름을 들었다. 도대체 신비 사상은 자유와는 전혀 관계가 없는 것일까? 신비 사상은 반스콜라적, 반독단적, 반교권력이 아니었을까? 교권 제도는 군주 전제의 무제한의 요구를 저지했기 때문에, 그 점에서 교권 제도를 당연히 하나의 자유 세력이라고 간주해야 할 것이다. 그러나 중세 말기의 신비 사상은 종교 개혁의 선구라는 의미에서 자유 세력적인 본성을 나타냈다. 그리고 이 종교 개혁은, 자유와 중세적 반동이 풀어질 수 없게 긴밀히 결합되어 만들어진 직물(織物)이었던 것이다…….

루터의 행위…… 그렇지, 그렇지, 그의 행위는, 행위 그 자체, 행위 일반의 의심스러운 본질을 역력히 나타낸다는 특징을 가지고 있다. 한스 카스토르프 청년은 행위란 무엇인가를 알고 계시는가? 행위란, 가령 애국 학생 조합원 잔트가 추밀원 고문관(樞密院顧問官)인 코체부를 암살한 것과 같은 것이다. 범죄(犯罪) 학자의 어조를 빌리면, 무엇이 잔트 청년에게 『흉기를 손에 쥐게 했는가』 하는 것이다, 물론 자유에의 열광에서 한 것이다. 그러나 더 자세히 들여다보면, 정말은 자유에의 열광에서가 아니라 도덕적 광신에서 온 것이며, 비민족적(非民族的) 부박성(浮薄性)에 대한 증오에서였던 것이다. 물론 코체부는 러시아의 앞잡이, 신성 동맹의 앞잡이이기도 했기 때문에 잔트는 역시 자유를 위해 암살한 것이지만, 그러나 또한 잔트의 친구 가운데에는 예수회 회원이 여러 명 있었다는 사정을 생각하면 이상스러워진다. 요컨대 행위는 어떤 것이든지 간에, 신념을 명백히 하는 수단으로서 적당하지 않고, 정신적 문제의 해결에도 도움이 되는 것이 아니다.

「실례지만, 물어 보겠는데요, 그 의심스러운 강의는 이제 곧 끝을 내시는 게 어떨는지요?」 하고 세템브리니 씨는 물었지만, 어조는 날카로웠다. 그는 그때까지 앉은 채로, 테이블 위를 손가락으로 딱딱 치고 콧수염을 계속 비틀고 있었다. 그는 드디어 참을 수가 없었던 것이다. 그는 반듯이, 아니 뒤로 몸을 젖히고 다시 앉았다. 파랗게 질린 얼굴을 하고, 말하자면 앉은 채로 발끝으로 서 있었기 때문에 허벅지 뒤쪽만이 의자에 닿은 채, 이런 자세로 그는 검은 눈을 번쩍이면서 적을 노려보았다. 나프타는 짐짓 깜짝 놀란 표정를 지으면서, 세템브리니 쪽을 뒤돌아보았다.

「당신은 지금 무어라고 했습니까?」 하고 나프타는 되물었다.

「나는,」 하고 이탈리아 인은 말하고 침을 삼켰다. 「나는, 이 순진한 청년을 당신이 그런 의심스러운 말로 이 이상 더 괴롭히는 것을 막을 결심이라는 것을 말씀드리는 것입니다!」

「나는, 당신이 말을 조심해 줄 것을 요구합니다!」

「그 요구는 필요없습니다. 나는 평소부터 말을 조심하고 있습니다. 그렇지 않아도 방황하기 쉬운 청년의 마음을 정신적으로 방황케 하고, 유혹하고, 윤리적으로 무력하게 만드는 당신의 태도는 파렴치한 것이며, 아무리 엄한 말로 징계하여도 부족하다는 것을 나는 주의시켜 드리지만, 나의 이 말은 사실을 사실대로 말한 데에 지나지 않습니다…….」

『파렴치』라는 말을 입에 담았을 때, 세템브리니는 손바닥으로 테이블을 두드리고, 의자를 뒤로 밀며 일어섰다. 이것이 신호라도 된 듯이 모두 일어섰다. 다른 테이블의 손님들이 귀를 곤두세우고 이쪽을 보았다. 스위스 인들은 벌써 떠나버리고 없었으므로 하나의 테이블만 점령되어 있었을 뿐인데, 이 테이블의 네덜란드 인들이 깜짝 놀란 얼굴로 돌발스런 언쟁에 귀를 기울이고 있었다.

다섯 사람 모두 테이블을 사이에 두고 꼿꼿이 서 있었다. 한스 카스토르프와 당사자인 두 사람은 테이블의 이쪽에, 페르게와 베잘은 저쪽에서, 다섯 사람 모두 얼굴이 새파랗게 질려 눈을 크게 뜨고 입술을 떨고 있었다. 당사자가 아닌 세 사람이 두 사람을 달랜다든가, 농담을 섞어 절박한 분위기를 부드럽게 한다든가, 온당한 충고로 모든 것을 원만하게 해결한다든가, 그런 시도를 해볼 수는 없었단 말인가? 아무도 그것을 하지 않았다. 그런 시도를 말이다. 막연하게 있던 정신 상태가 그것을 하지 못하게 했다. 모두는 일어서서 떨며 자기도 모르게 손을 불끈 쥐었다. 고상한 것은 아무것도 모른다고 언명하던 안톤 카를로비치 페르게, 이 언쟁의 깊은 의미를 비판하는 것을 처음부터 완전히 단념하고 있었던 그까지도 이 언쟁은 이것만으로는 끝나지 않을 것이고, 그 누구도, 페르게 자신도 여기에 말려들어가 사건의 격화를 수수방관(袖手傍觀)하는 수밖에 없다는 것을 확신했다. 페르게의 선량한 듯한 풍성한 콧수염이 심하게 올라갔다 내려갔다 하고 있었다.

고요해졌다. 이 고요 속에서 나프타의 이를 가는 소리가 들렸다. 이것은 한스 카스토르프에게는 비데만의 성난 머리칼이 거꾸로 선 것을 본 것과 같은 경험이었다. 그는, 이를 간다는 것은 다만 형용으로만 말한 뿐 실제로는 있을 수 없는 일이라고 생각했다. 그러나 나프타는 조용해진 속에서 정말로 이를 갈았던 것이다. 아주 불쾌하고 광폭하고 기괴한 소리였지만, 어쨌든 이것은 나프타가 무서울 정도의 자제를 계속하고 있다는 것을 의미하였다. 그는 아우성을 치지 않도록 낮은 목소리로, 다만 헐떡이는 듯이 낮은 조소의 목소리를 내면서 말했다.

「파렴치? 징계한다고? 도덕광도 드디어 성을 냈습니까? 문명의 교육가적 경찰관은 칼을 뽑는 데까지 흥분했습니까? 시작으로서는 성공이라고 하겠습니다. 아주 쉽게 성공을 거두었다고, 멸시와 더불어 나는 덧붙이고 싶습니다. 왜냐하면 도덕적 감시인을 성나게 하는 데에는 대수롭지 않은 야유로 충분했으니까 말입니다! 금후의 일은 당연한 결과가 되겠지요. 그 『징계』

한다는 것도 말입니다. 당신이 나에게 대하여 어떤 의무가 있는지는, 문화적인 원칙을 가지고 있는 당신이 모를 리 없다고 생각합니다. 만일 모르고 계신다면, 나는 당신의 문화인으로서의 원칙을 어떤 수단으로 시험해 보지 않을 수 없습니다. 그 수단이라는 것은…….」

세템브리니가 험악한 몸짓을 했기 때문에 나프타는 계속했다.

「아, 그렇습니까, 시험할 필요도 없습니다. 나는 당신의 방해물, 당신은 나의 방해물입니다……. 좋습니다. 우리들이 이 작은 분쟁을 언제가는 적당한 장소에서 해결하도록 합시다. 현재로는 단 한 가지만을 말해 두겠습니다. 즉 당신은 자코벵당 혁명의 스콜라 철학적 관념 국가에 대해서 성자와도 같은 불안을 느끼고는, 청년에게 회의를 심고, 범주를 뒤엎고, 모든 이념에서 아카데믹하고 거드름을 피우는 도덕성을 벗겨 버리려는 것을 교육적 범죄라고 생각하고 있습니다. 당신의 그 불안에는 당연한 이유가 있습니다. 당신의 인도주의는 끝이 났기 때문입니다. 그것을 명백히 말씀드려야겠습니다. 일이 일어났고 끝이 났습니다. 그런 것은 이미 오늘에는 시대 착오, 고전적 골동품, 정신적 잔해로서 하품만 자아낼 뿐입니다. 우리들의 혁명, 새 혁명은 그 유물을 쓸어 없애려고 행동을 개시하고 있습니다. 우리들 교육자가, 당신들의 미온적인 계몽 사상이 꿈에도 생각지 않았던 심각한 회의를 심어 보려고 하는 것은, 남 몰래 생각하는 바가 있어서 그러는 것입니다. 시대가 요구하는 절대 사상, 신성한 공포는 과격한 회의와 도덕적 혼란에서만 생기는 것입니다. 나의 입장을 설명하고 당신을 계몽하기 위해 이상의 것을 말해 둡니다. 이 이상의 것은 다른 기회로 미루기로 하겠습니다. 하여튼 인사를 드립니다.」

「틀림없이 인사를 하겠으니 그렇게 알아 두십시오.」하고 세템브리니 씨는 나프타의 뒤에서 외쳤다. 나프타는 테이블을 떠나 털가죽 외투를 가지러 옷걸이 쪽으로 바삐 갔다. 프리메이슨 단원인 세템브리니는 의자에 털썩 주저앉으면서 두 손으로 심장을 눌렀다. 「파괴자! 미친 개! 피에 굶주린 사나이!」하고 그는 헐떡이면서 부르짖었다.

다른 세 사람은 테이블 옆에 계속 서 있었다. 페르게의 콧수염은 계속 올라갔다 내려갔다 하였다. 베잘은 아래턱을 이지러뜨리고 있었다. 한스 카스토르프는 목이 떨렸기 때문에, 할아버지를 흉내내어 목을 가슴으로 당기고 있었다. 세 사람 다 여기에 올 때에는 이런 결말은 꿈에도 예상하지 못했음을 생각했다. 모두 다, 세템브리니 씨도. 한 대의 썰매에 다섯 사람이 함께 타지 않고, 두 대의 썰매를 빌려 온 것은 얼마나 다행스러운 일인가 하고 생각했다. 우선은 돌아가는 길에 서글픈 심정이 되지 않아도 좋게 되었다. 그러나 그 다음에 오는 것은?

「그는 당신에게 결투를 신청했지요?」하고 한스 카스토르프는 불안한 듯이 말했다.

「그렇습니다.」하고 세템브리니는 대답하고, 나란히 서 있는 한스 카스토르프를 힐끗 쳐다보았지만, 곧 눈길을 다른 데로 돌리고 손으로 머리를 받쳤다.

「응하시겠습니까?」하고 베잘이 물었다.

「그것을 묻고 싶습니까?」하고 세템브리니는 대답하고, 역시 베잘을 힐끗 쳐다보았다. 「여러분,」하고 그는 말을 계속하면서 완전히 냉정을 되찾고 일어섰다. 「나는 우리의 즐거운 소풍이 이런 결말로 된 것을 슬프게 생각합니다. 그러나 일생을 살아가다 보면 이런 우발 사건은 누구나 만나게 된다는 것을 각오해야 합니다. 나는 이론적으로는 결투에 찬성하지 않습니다. 나는 법률을 존중합니다. 그러나 실제 문제가 되고 보면 이야기는 달라집니다. 경우에 따라서는 반대의 생각이……. 요컨대 나는 저 인물의 요구에 응하겠습니다. 다행히 나는 젊었을 때 칼을 조금 만져 본 일이 있습니다. 두세 시간만 연습하면 손목이 다시 유연해질 것입니다. 자, 갑시다! 자세한 것을 타협지어야 하니까요. 아마 저 인물은 썰매에 말을 달도록 이미 명령했을 것입니다.」

한스 카스토르프는, 돌아오는 썰매 속에서도, 이제부터 일어날 일의 기괴함에 현기증을 느끼는 순간이 있었다. 특히 나프타가 베고 찌르고 하는 결투에는 귀를 기울이지 않고 권총으로 쏘는 것을 주장한다는 것, 그리고 명예의 개념에 대해 모욕을 당한 것은 나프타였기 때문에, 무기의 종류를 결정하는 권리는 그에게 있다는 것이 확실해졌을 때, 한스 카스토르프는 순간적으로 정신이 아찔하여 어지러웠다. 그리고 청년은 모든 사람을 사로잡고 장님으로 만들고 있는 정신 상태로부터 어느 정도 자기 정신을 해방시켜, 이런 결투 소동은 미친 짓이니 무슨 일이 있어도 그만두게 해야겠다고 진지하게 생각하는 것이었다.

「모욕의 사실이 있었다면 말입니다만!」하고 한스 카스토르프는 세템브리니, 페르게, 베잘과 말을 하면서 외쳤다. 베잘은 돌아가는 길에, 나프타에게서 입회인 역할을 부탁받고 쌍방에게 연락을 하고 있었다. 「민사적, 사회적인 모욕이라면 몰라도! 어느 한편이 상대방의 명예 있는 이름을 더럽혔다든지 여자에 관한 문제가 게재되어 있다든지 하는 그런 구체적이고 실질적인 얽힘이 있어 화해하는 것이 전혀 불가능하다면 몰라도! 그렇습니다. 그런 경우에는 최후 수단으로 결투도 하나의 해결 방법인 것입니다. 그리고 이로 인해 명예가 보상되고 사건이 원만히 해결되어, 즉 당사자들이 화해를 하여 헤어지게 된다면, 결투도 좋은 방법으로, 어떤 종류의 분쟁 문제에는 유효하고 실용적인 수단이라고도 할 수 있습니다. 그러나 그는 무엇을 했다는 것입니까? 나는 그를 두둔할 생각은 없습니다만, 그가 당신에게 무슨 모욕을 했는가 그것을 묻고 있는 것입니다. 그는 모든 범주를 뒤엎었습니다. 그의 말을 빌리면, 모든 이념에서 아카데믹한 거드름을 벗겨 버렸습니다. 당신은 이것으로 모욕을 당했다고 느꼈습니다. 그것이 당연하다고 가정하더라도…….」

「가정한다고?」하고 세템브리니 씨는 되풀이하며 한스 카스토르프를 쳐다보았다.

「물론, 당연한 일입니다. 그는 이로 말미암아 당신을 모욕했습니다. 그러나 그는 당신을 비방(誹謗)한 것은 아닙니다! 이것은 크게 다른 점입니다. 실례지만, 모든 것이 추상적인 문제, 정신적인 문제에 관한 것이었습니다. 정신적인 문제에서는 모욕할 수는 있어도 비방할 수는 없습니다. 이것은 어떤 명예재판소에서도 인정받는 원칙입니다. 나는 맹세코 이렇게 단언할 수 있습니다. 따라서 당신이 그에게 『파렴치』, 『엄한 징계』라고 말씀하신 것도 비방은 아닙니다. 그것도 정신적 의미에서 말했던 것이기 때문에, 모든 것이 정신 세계에 머물러 있어 개인적인 것과는 아무런 관련이 없습니다. 비방이란 것은 개인적인 일에만 존재하는 것이기 때문입니다. 정신적인 문제는 결코 개인적인 문제가 될 수 없습니다. 이것이 아까의 원칙의 보충과 주석입니다. 그렇기 때문에…….」

「당신은 잘못 생각하고 있습니다, 친구.」하고 세템브리니 씨는 눈을 감고 대답했다. 「당신은 정신적인 문제가 개인적인 성질을 띄는 일이 없다고 가정하는 점에서 첫째로 잘못 생각하고 있습니다. 그렇게 생각해서는 안 됩니다.」 이렇게 말하고 그는 그의 독특한, 점잖으면서도 비통한 미소를 지었다. 「그러나 당신은 무엇보다도 정신적인 문제를 평가하는 점에서 잘못 생각하고 있었습니다. 현실 생활에는 결투 외엔 해결 방법이 없을 듯한 마찰이나 열정이 동반하지만, 정신적인 문제에서는 그다지 심한 마찰이나 열정을 일으키는 힘이 없다고 생각하는 것 같습니다만, 그것은 정반대인 것입니다! 추상적인 것, 순수한 것, 이념적인 것은 동시에 또한 절대적인 것입니다. 따라서 준엄한 것입니다. 그리고 이것이야말로 사회적 생활보다 훨씬 심각하고 과격한 증오를, 절대적이고 타협 없는 적대 관계를 일으킬 가능성을 지니고 있는 것입니다. 추상적이고 정신적인 문제 쪽이 사회적 생활보다 더욱 직접적이고 용서 없이 『너 아니면 나』의 국면, 참된 의미에서의 과격한 국면, 결투의 국면, 육체와 육체와의 투쟁의 국면으로 몰고 간다고 말한다면, 당신은 그것을 이상하다고 생각합니까? 결투는 이 세상에 흔히 있는 그런 유의 『제도』는 아닙니다. 결투는 말하자면 최후적인 것, 자연의 원시 상태에로의 복귀입니다. 남자는 누구든지, 아무리 자연 상태로부터 멀리 떨어져 있다 해도 언제나 이 국면에 응할 수 있도록 준비가 되어 있어야 합니다. 언제 그런 국면으로 몰려 갈는지 알 수 없기 때문입니다. 이념을 위해 자기의 모든 것을, 팔을, 피를 걸 수 없는 인간은 그것을 입밖에 낼 자격이 없습니다. 그리고 아무리 정신적인 존재가 되어도 어디까지나 남자로 머물러 있는 것, 이것이 중요한 일입니다.」

한스 카스토르프는 오히려 설교를 당한 셈이 되고 말았다. 여기에 대해 무엇이라고 대답할 것인가? 그는 침울하게 생각에 잠겨 잠자코 있었다. 세템브리니 씨의 말은 침착하고 이론 정연한 것이긴 했지만, 그의 말로서는 역시 기괴하고 부자연스러운 느낌을 주었다. 그가 입밖에 낸 생각은 자신의 생각은 아니었다. 결투에 관한 것이 그가 스스로 생각해 낸 것이 아니라 테러리스트인 작은 나프타에게 강요받은 것인 것처럼, 그가 입밖에 낸 생각도, 그의 명쾌한 지성을 노예로, 도구로 만들어 버린 주위의 정신 상태에 감염된 생각이었다. 정신적인 것은 준엄하기 때문에 동물적 상태로, 육체와 육체와의 투쟁에 의한 해결로 가차없이 몰려 들어간다는 말인가? 한스 카스토르프는 그런 생각에 반발을 했다. 또는 반발하려고 했다. 그리고 이것이 불가능하다는 것을 알고 깜짝 놀랐다. 주위의 정신 상태는 그의 마음속에도 퍼져 있어 그도 이 상태에서 빠져 나갈 힘이 없어져 있었다. 비데만과 존넨샤인이 두 마리의 짐승처럼 서로 붙잡고 뒹굴던 기억이 생생하게 떠올라 한스 카스토르프는 마지막으로 호소할 수 있는 것은 결국 육체적인 것, 손톱이라든지 이빨이라는 것을 알고 깜짝 놀랐다. 그렇다, 결투를 할 수밖에 없다. 그러면 적어도 저 기사도적인 조정에 의해 원시적 상태를 완화시킬 수 있기 때문이다……. 한스 카스토르프는 세템브리니 씨의 입회인을 지원했다.

그런데 거절당했다. 아니, 그것은 좋지 않다. 온당하지 않다는 것이었다. 처음에는 세템브리니 씨가 예의 그 점잖고 비통한 미소를 짓고 거절했으며, 다음으로는 페르게와 베잘이 한참 동안 생각한 다음 이렇다 할 이유도 들지 않고, 한스 카스토르프가 입회인으로서 결투장에 나가는 것은 좋지 않다고 말했다. 판정인으로서라면 현장에 모습을 나타내도 좋을 것이다. 야수성을 완화하는 기사적 조정 수단으로서 그것은 정해져 있기 때문이다. 나프타도 그의 의뢰인인 베잘을 통해 같은 의견을 전해 왔으므로 한스 카스토르프는 그것이 좋겠다고 대답했다. 입회인이든 판정인이든 간에 그는 결투 조건의 결정을 견제하는 기회를 부여받았는데, 그것이 크게 필요한 것임을 알게 되었다.

왜냐하면 나프타가 어처구니없는 비정상적인 조건을 내걸었기 때문이었다. 그는 다섯 발짝의 간격과, 필요하면 세 번씩 쏠 것을 주장했다. 그는 이 미치광이 같은 조건을, 충돌하던 날 밤, 베잘을 통해 통고해 왔다. 베잘은 완전히 그 야만스러운 관심의 대변자, 대표자가 되어 버려서 반은 나프타의 위임에 의해서, 반은 자기 자신의 취미에서 완강하게 그 조건을 주장했다. 물론 세템브리니는 여기에 반대하지는 않았지만, 입회인인 페르게와 판정인인 한스 카스토르프는 완전히 분격하여, 한스 카스토르프는 한심한 베잘에게 호통을 치기까지 했다. 현실적인 모욕이 있었던 것도 아니고 순전히 추상적인 결투인데도 그런 야만스럽기 짝이 없는 조건을 내거는 게 부끄럽지 않은가! 권총으로 한다는 것만으로도 야만스럽기 짝이 없는데 그런 잔인한 조건까지 끄집어내다니, 그렇게 되면 기사도도 아무것도 있을 수 없다. 차라리 코와 코를 맞대고 쏘아 대는 것이 좋을 것이다. 베잘은 그런 가까운 거리에서 자기가 직접 당하는 것이 아니니까 그런 피에 굶주린 말을 술술 입밖에 낼 수 있는 것이다, 하고 한스 카스토르프는 말했다. 베잘은 어깨를 움츠려 보이면서 정세는 그렇게까지 절박해 있다는 것을 무언으로 암시하는 바람에, 쉽사리 그런 정세를 잊어버리려는 상대방은 이것으로 기세가 꺾였다. 그러나 다음날도 절충이 계속되어 이럭저럭 한스 카스토르프 측은, 무엇보다도 세 번씩 서로 쏘는 것을 한 번으로, 다음에 간격의 건은 두 사람의 결투자가 15보의 간격으로 대치하고 쏘기 전에 각자는 다섯 발짝만 전진할 수 있는 권리를 가지도록 한다고 개정할 수 있었다.

그러나 이것도 화해의 시도는 하지 않는다는 것을 굳게 약속하고 겨우 승낙을 받았던 것이었다. 그런데 이들 다섯 사람 중 아무도 권총을 가지고 있지 않았다.

알빈 씨가 권총을 가지고 있었다. 여자들에게 겁을 집어먹게 하기 위해 사용하는 소형의 번쩍이는 선회식 권총 말고 벨벳으로 덮인 케이스 속에 나란히 보관되어 있는 한 쌍의 장교용 권총을 가지고 있었다. 그것은 벨기에 제(製)

의 브라우닝의 자동식 총으로, 갈색 목재의 손잡이 안에 탄창(彈倉)이 있고, 기계 부분은 푸른 강철제로 번쩍번쩍 빛나는 총신 끝에 작은 조준이 붙어 있었다. 한스 카스토르프는 허풍쟁이 알빈 씨의 방에서 그런 권총을 언젠가 본 일이 있었기 때문에, 결투에는 반대하였지만, 평소의 솔직한 기질에서 그 권총을 알빈 씨로부터 빌릴 것을 떠맡았다. 알빈 씨에게 권총을 무엇 때문에 사용한다는 것을 감추지는 않았지만, 한스 카스토르프 자신의 명예 문제인 것처럼 얼버무려, 허풍쟁이의 기사도 정신에 호소하여 쉽게 빌릴 수 있었다. 알빈 씨는 탄환의 장정법을 가르쳐 주고, 바깥에서 한스 카스토르프와 함께 두 개의 권총을 시사(試射)해 보였다.

이런 일로 시간이 걸렸으므로 대결하기까지는 이틀과 사흘 밤이 지나갔다. 대결 장소는 한스 카스토르프가 생각한 대로 그가 『술래잡기』를 위해 혼자 있던 한 회화적인 장소, 여름이면 푸른 꽃들이 만발하는 장소가 제안되어 거기로 결정되었다. 그 장소에서 문제의 언쟁이 있었던 날로부터 3일째 되는 날 아침, 밤이 밝아 옴과 함께 사건의 결말을 보게 되었다. 완전히 흥분하고 있었던 한스 카스토르프는 전날 밤에야 비로소, 그것도 늦은 시간이 되어서야 결투장에 의사를 데리고 갈 필요가 있음을 느꼈다.

그는 이것을 곧 페르게에게 상담했는데, 그것은 아주 까다로운 문제라는 것을 알 수 있었다. 라다만트는 학생 조합의 선배였기 때문에 결투를 이해는 하고 있겠지만, 그러나 요양원의 원장인 그가 비합법적인 사격, 그것도 환자끼리의 사격에 협조해 줄 것을 바란다는 것은 가망이 없었다. 대체로 중환자 사이의 권총 사격에 협조해 줄 수 있는 의사를 찾는다는 것은 거의 바랄 수 없는 일이었다. 크로코브스키로 말하면, 이 영계(靈界)의 의사는 상처의 치료에 대해 충분히 알고 있는지 없는지도 의심스러웠다.

베잘에게 상담했더니, 나프타는 이 점에 대해서도 의견을 말했다. 즉 의사가 와주지 않았으면 좋겠다는 의견을 말했다는 것이다. 나프타에 의하면, 결투를 희망하는 것은 약을 바른다든가 붕대를 감기 위해서가 아니라, 서로를 쏘기 위해, 그것도 이미 목숨을 걸고 쏘기 위해서라고 했다. 서로 쏜 결과가 어떻게 될 것인가 하는 것은 자기에게는 관심이 없으며, 그때 가면 알게 될 것이라고 말했다. 이것은 어딘지 불길한 성명이긴 했지만, 한스 카스토르프는 그것을, 나프타는 의사를 부를 필요가 없을 것이라고 남 몰래 생각하고 있다고 해석하려 했다. 세템브리니도, 그 일로 나프타에게 보낸 페르게를 통해 의사 건은 흥미가 없으므로 그 문제는 거론하지 않았으면 좋겠다고 전갈하지 않았는가? 두 사람의 당사자는 어느 쪽도 사실은 피를 흘릴 생각이 없는 것이라고 기대해도 그다지 부조리하다고는 말할 수 없을 것이다. 두 사람은 저 언쟁이 있던 날부터 이틀 밤을 잤고, 앞으로 하룻밤을 더 자게 된다. 점차 흥분이 가시고 머리가 냉정해질 것이다. 이런 감정이라는 것은 시간의 움직임에 좌우되기 때문이다. 내일 새벽 무기를 손에 들었을 때는, 서로 대치하는 두 사람은 이미 그 말다툼을 하던 날 밤과는 다른 기분이 되어 있을 것이다. 그날 밤 같으면 화가 나서 본정신으로 서로 쏘았을지 모르지만, 내일 아침이 되면, 이제 그런 뚜렷한 자유 의지는 없어지고 다만 그저 기계적으로 체면상 할 수 없이 움직일 뿐일 것이다. 그들이 과거의 기분에 구애를 받아 목전의 기분을 부정하는 그런 일은 무슨 일이 있어도 막을 수 있음에 틀림없을 것이다.

한스 카스토르프의 이 예상은 아주 잘못된 생각은 아니었다. 유감스럽게도 그가 꿈에도 생각지 못했던 형태이긴 했지만, 그의 예상은 세템브리니 씨에 관한 한은 그대로 적중했다. 그러나 그는 나프타가 마지막 순간까지, 또는 최후 순간까지, 혹은 최후 순간에 이르러서 생각을 어떻게 바꿀 것인가를 예상했다면, 이러한 모든 것을 낳게 한 정신 상태가 어떤 것이었든지 간에, 눈앞에 다가온 결투를 어떻게 해서라도 그냥 두지는 않았을 것이다.

한스 카스토르프가 불안한 하룻밤을 지낸 뒤, 약속한 장소로 가기 위해 아침 7시에 베르크호프 요양원을 나왔을 때에는, 해는 아직 산 위에 떠오르지 않았지만 자욱한 안개가 간신히 걷혀지기 시작했다. 홀을 청소하던 하녀들이 일손을 쉬고 그를 놀란 얼굴로 쳐다보았다. 바깥 현관문은 벌써 잠겨 있지 않았다. 페르게와 베잘이, 전자는 세템브리니를, 후자는 나프타를 결투장으로 안내하기 위해, 따로따로 갔는지 또는 두 사람이 함께 갔는지는 몰라도 이 문을 지나갔음에 틀림없었다. 한스 카스토르프는 판정인이라는 자격으로서 어느 쪽하고도 동행할 수 없었기 때문에 혼자서 떠났다.

그는 지금의 정세를 생각하니 마음이 무거웠지만 체면상 할 수 없이 기계적으로 갔던 것이다. 결투에 입회하는 것은 명백한 일, 당연한 일이었다. 이 결투를 피하고 침대 안에서 결말을 기다리고 있을 수는 없다. 왜냐하면 첫째로, 그러나 그는 첫째 이유를 드는 것을 주저하고, 곧 두번째의 이유로 넘어가, 대체로 모든 것을 이처럼 되는 대로 내버려 둘 수만은 없기 때문이라고 생각했다. 고맙게도 아직 불길한 일은 일어나지 않았고, 반드시 일어난다고 정해 있지도 않으며, 일어날 것 같지도 않았다. 아직도 전등불이 켜져 있는 시각에 일어나 아침 식사도 하지 않고, 몹시 추운 이른 아침에 바깥에서 만나지 않으면 안 되었지만, 그것은 그렇게 약속한 것에 따랐을 뿐인 것이다. 그러나 마지막 순간이 되면, 한스 카스토르프가 그 장소에 있음으로 해서 모든 것이 어떻게 해서든지 호전되어 경사스럽고 밝은 결말이 보이게 될 것임에 틀림없다. 어떤 형태가 될 것인지는 지금부터 예상할 수는 없고, 그것을 상상하여 보려고 하지 않는 것이 현명하기도 할 것이다. 아무리 미소한 사건이라도 우리들이 미리 상상한 것과는 전혀 다른 경과를 밟는다는 것은 경험이 가르쳐 주는 바이다.

그러나 어떻든 그날 아침은, 한스 카스토르프가 기억하고 있는 가운데서 가장 불유쾌한 아침이었다. 피곤하고 수면 부족으로 신경질이 되어 이가 떨렸고, 마음속 깊은 곳에서는 지금 막 생각한 위안이 이미 믿어지지 않게 되어 있었다. 말다툼으로 불치의 환자가 되어 버린 민스크 부인, 홍차 일 때문에 계속 아우성을 부린 생도, 비데만과 존넨샤인, 폴란드 인들의 구타 사건들이 매우 기분 나쁘게 생각났다. 그는 자기의 눈앞에서, 자기가 입회하고 있는 앞에서, 두 인간이 서로 쏘고 피를 흘린다는 것은 상상도 할 수 없었다. 그러나 현재 자기의 눈앞에서 비데만과 존넨샤인이 실제로 행한 것을 생각하면, 그는 자기 자신과 주위의 사람들을 신용할 수 없게 되어, 털가죽의 저고리를 입고 있으면서도 오싹오싹 한기가 몸에 스며드는 것이었다. 그러나 또 한편으로는, 그가 지금 놓여 있는 상태의 이상하고도 비참한 느낌이, 이른 아침의 고무(鼓舞)하는 듯한 상쾌한 느낌과 결합되어 우울해지기 쉬운 청년의 기분을 북돋우고 싱싱하게 해주었다.

이렇게 얽히고 뒤바뀌는 여러 가지 기분과 생각에 잠기면서, 한스 카스토르프는 점점 밝아 오는 새벽 속을 썽썰매의 코스 종점에서 좁은 들판길을 따라 비스듬히 올라가, 깊은 눈에 덮인 숲에 이르렀다. 썽썰매의 코스에 걸린 나무다리를 지나, 삽이 아닌 사람의 발로 만들어진 길을 따라 나무 사이를 걸어갔다. 빨리 걸어갔기 때문에 곧 세템브리니와 페르게를 따라잡았다. 페르게는 긴 망토 밑에 한쪽 손으로 권총 케이스를 들고 있었다. 한스 카스토르프는 주저하지 않고 두 사람과 합류했는데, 두 사람과 나란히 얼마쯤 걸어가고 있는 사이에, 조금 앞을 걸어가고 있는 나프타와 베잘의 모습이 보였다.

「추운 아침인데요, 적어도 18도는 내려갔을 겁니다.」 하고 한스 카스토르프는 머리를 써서 한 말이라고 생각했지만, 자기 말의 경박함에 깜짝 놀라 덧붙였다. 「여러분, 나는 확신합니다…….」

다른 두 사람은 말이 없었다. 페르게의 선량한 콧수염이 올라갔다 내려갔다

했다. 얼마 뒤에 세템브리니는 발걸음을 멈추고, 한스 카스토르프의 손을 쥐고 그 손 위에 자기의 한쪽 손을 얹고 말했다.

「나는 죽이지 않습니다. 죽이지는 않습니다. 그러나 나는 그의 탄환을 향해 설 것입니다. 내가 남자로서 해야 할 일은 이것으로 전부입니다. 나는 죽이지 않습니다. 믿어 주시오!」

세템브리니는 한스 카스토르프의 손을 놓고 다시 걷기 시작했다. 한스 카스토르프는 깊이 감동했지만 몇 발짝 걷다가 비로소 말했다.

「참으로 좋은 생각입니다, 세템브리니 씨. 그러나 상대방이……, 그쪽에서 혹시…….」

세템브리니는 머리를 흔들었을 뿐이었다. 한스 카스토르프는 한쪽이 쏘지 않으니 상대방도 쏠 리가 없다고 생각하고 이것으로 모든 것이 잘 끝나리라 느껴져 자기의 예상대로 될 것처럼 생각이 들었다. 기분이 한결 가벼워졌다.

그들은 협곡에 걸려 있는 다리를 지났다. 여름에는 물방울을 튀기면서 떨어져 이 그림과 같은 장소의 분위기를 더한층 깊게 해주는 폭포는, 지금은 얼어붙어 소리를 내지 않았다. 전에 한스 카스토르프가 누워 이상하게 선명한 회상에 잠기면서 코피가 멎기를 기다렸던 벤치 위에는, 눈이 희고 두텁게 쿠션처럼 쌓여 있었다. 나프타와 베잘이 그 벤치 앞 눈 위를 이리저리 걷고 있었다. 나프타는 담배를 피우고 있었다. 한스 카스토르프는 그것을 보고 자기도 피워 볼 생각이 있는지 없는지를 생각해 보았지만, 피우고 싶은 생각이 조금도 없었기 때문에, 아무래도 나프타가 피우고 있는 것은 평정을 가장하기 위함이 틀림없다고 생각했다. 한스 카스토르프는 이곳을 방문할 때마다 느낀 쾌감을 맛보며, 사랑하는 장소의 웅대하고 친밀감이 가는 경치를 둘러보았다. 눈과 얼음에 덮인 장관은 푸른 꽃들이 만발하는 여름 풍경에 못지않게 아름다웠다. 눈앞에 비스듬히 튀어나와 있는 한 그루의 전나무 줄기와 가지 위에도 눈이 무겁게 쌓여 있었다.

「안녕히 주무셨습니까!」하고 한스 카스토르프는, 그 장소의 분위기를 부드럽게 하고 불행을 날려 보내기 위해 명랑한 목소리로 인사를 했다. 그러나 그것은 아무런 효과도 없었고, 아무도 대답을 해주지 않았다. 모두가 교환한 인사는 오직 무언의 인사로, 그것도 했는지 안 했는지 모를 정도로 어색한 인사였다. 그러나 한스 카스토르프는 도착한 직후의 흥분, 격한 큰 호흡, 겨울 새벽녘에 빨리 걸었기 때문에 몸 안에 축적된 열을, 때를 놓치지 않고 불행을 막으려고 하는 훌륭한 목적을 위해 활용할 것을 결심하고 입을 열었다.

「여러분, 나는 확신합니다…….」

「당신의 확신이라는 건 다른 기회에 하도록 하십시오.」하고 나프타는 냉랭하게 그의 말을 가로막았다. 그리고는「무기를 받고 싶습니다.」하고 역시 오만하게 덧붙였다.

한 대 얻어맞은 한스 카스토르프는, 페르게가 외투 밑에서 불길한 케이스를 꺼내고 옆으로 걸어온 베잘이 권총 한 자루를 받아 그것을 나프타에게 넘겨주는 것을 보고 있는 수밖에 없었다. 세템브리니가 페르게의 손에서 다른 한 자루를 받았다. 다음에는 장소를 만들게 되어, 페르게가 입속으로 중얼거리면서 모두에게 옆으로 비켜 달라고 부탁했다. 그는 거리를 발걸음으로 계산하고 눈으로 표적을 정하기 시작했는데, 바깥선은 구두의 뒤꿈치로 눈 속에 짧은 선을 그어 나타내고, 안쪽의 다섯 발자국 간격 선은 페르게 자신과 세템브리니의 산보용 지팡이를 가로놓아 명시했다.

선량한 인종자인 페르게는 도대체 무슨 일을 하고 있는 것일까? 한스 카스토르프는 자신의 눈을 믿을 수가 없었다. 다리가 긴 페르게는 그 긴 다리를 완전히 벌려 발걸음을 계산했기 때문에 15보의 간격은 상당한 간격으로 되긴 했지만, 그러나 그 안쪽에는 저주스러운 두 개의 지팡이가 놓여 있어, 이 두 지팡이의 간격은 얼마 떨어져 있지 않았다. 그렇다, 페르게는 진지하게 일을 하고 있는 것이었다. 그러나저러나 이런 끔찍한 준비를 태연히 하고 있는 이 사나이는 대체 어떤 악마에게 홀려서 그 머리가 돌아 버렸단 말인가.

나프타는 털가죽 망토를 벗어 안에 댄 담비털이 보이게 눈 위에 던져 버리고는, 권총을 한 손에 들고 방금 구두 뒤꿈치로 만든 바깥선 있는 데로 걸어갔다. 페르게는 그때 아직도 다음 선을 긋기 위해 구두 뒤꿈치로 눈 위를 차고 있었다. 페르게가 끝내기를 기다렸다가 세템브리니도 낡아빠진 털가죽의 저고리 앞을 벌린 채 정해진 위치에 섰다. 그때까지 멍하니 마비된 것같이 서 있던 한스 카스토르프는 다시 한 번 용기를 내어 급히 앞으로 나아갔다.

「여러분.」하고 그는 숨이 막힐 듯한 목소리로 말했다. 「서두를 건 없습니다! 어쨌던 나는 의무로서…….」

「가만히 있어요!」하고 나프타가 날카롭게 부르짖었다. 「신호를 해주십시오.」그러나 아무도 신호를 하지 않았다. 여기에 대해서는 충분히 타협이 되어 있지 않았다. 『시작!』이라는 호령을 내리는 것이 판정인의 역할이라는 것을 아무도 생각하지 못했는지, 아무튼 여기에 대해서는 한 마디도 사전에 의논이 없었다. 한스 카스토르프는 잠자코 있었다. 그러자 아무도 그를 대신

하여 호령을 내리는 사람은 없었다.

「그러면 시작합시다!」하고 나프타가 선언했다. 「전진하여 나오십시오, 그리고, 쏘십시오!」하고 그는 상대방을 향해 외치고, 팔을 뻗어 권총을 세템브리니의 가슴 높이로 향하면서 전진하기 시작했다. 믿을 수 없는 광경이었다. 세템브리니도 이와 똑 같이 행동했다. 나프타가 방아쇠에 손을 대고 이미 안쪽 선에 이르렀을 때, 세템브리니는 세 발자국 앞으로 나아가 권총의 총구를 쑥 위로 올리고 방아쇠를 당겼다. 날카로운 총소리가 산울림이 되어 되풀이해서 울렸다. 주위의 산들에 울리고 그것이 또 섞여 울려 골짜기가 이 소리로 채워졌다. 한스 카스토르프는 사람들이 달려오지나 않을까 하고 걱정했다.

「당신은 하늘을 향해 쏘았습니다.」하고 나프타는 권총을 내리면서 분노를 참고 말했다.

세템브리니는 대답했다.

「나는 내가 쏘고 싶은 데를 쐈습니다.」

「다시 한 번 쏘시오.」

「그럴 생각은 없습니다. 다음에는 당신이 쏠 차례입니다.」

세템브리니 씨는 얼굴을 들고 하늘을 쳐다보면서 나프타에게는 몸을 정면으로 향하지 않고 조금 옆으로 향해 서 있었는데, 감동적인 모습이었다. 그는, 결투에서는 상대방에게 가슴 정면을 향하지 않는 것이 예의라는 것을 듣고 있어, 이것을 실행했다는 것을 누구나 알 수 있었다.

「비겁자!」하고 나프타는 외쳤다. 그는 이 외침을 통해, 쏘는 사람이 공격을 받는 사람보다도 더 용기를 필요로 한다는 인정(人情)을 시인했던 것이었다. 그리고는 그는 결투하고는 전혀 관계없는 방법으로 권총을 위로 올리고는 탄환을 자신의 머리에 쏘았다.

처참한, 잊을 수 없는 광경이었다! 주위의 산들이 이 처참한 행위의 날카로운 총성을 여러 번 메아리치고 있는 동안, 나프타는 두 다리를 앞으로 차올리고 뒤로 두세 걸음 비틀거리며 넘어지면서, 몸 전체를 오른쪽으로 던지듯 비틀고 얼굴을 아래로 하여 눈 속으로 거꾸러졌다.

모두는 한순간 멍하니 서버렸다. 세템브리니는 권총을 멀리 던지고, 누구보다도 먼저 나프타의 곁으로 달려갔다.

「이건 또 무슨 짓인가!」하고 그는 외쳤다. 「이것이 신에 대한 사랑에서 행한 일인가!」

한스 카스토르프는 세템브리니를 도와 나프타의 몸을 반듯하게 뉘었다. 관자놀이 옆에 검붉은 구멍이 보였다. 얼굴은 차마 똑바로 볼 수가 없었으므로, 그들은 나프타의 앞주머니에서 한쪽 귀퉁이가 내다보이는 비단 손수건으로 그것을 덮었다.

청천벽력

한스 카스토르프는 이 위에 7년간 있었다.

7이라는 수는 십진법(十進法)의 신봉자에게는 어중간한 수이지만, 그러나 이것은 이것대로 훌륭하고 알맞는 수로서, 말하자면 신화적이고 회화적(繪畫的)인 뜻을 갖는 시간 단위인 것이다. 예를 들면 반 다스, 『6』 같은 평범하고 무미건조한 수 보다도 마음을 만족시켜 준다. 한스 카스토르프는 식당의 일곱 개의 식탁 어느 것에도 앉아 보았다. 어느 식탁에나 각각 1년씩의 꼴로 앉았다. 그는 마지막엔 이류 러시아 인석에 앉아 두 사람의 아르메니아 인, 두 사람의 핀란드 인, 한 사람의 러시아의 부카라 인, 이란에서 온 한 사람의 쿠르트 인과 함께 지냈다. 그는 작은 턱수염을 기르고 그 식탁에 앉아 있었다.

이 턱수염은 언제부터인지 모르게 길렀던 것인데 모양이 꽤 산만한 카나리 아빛의 수염으로, 외모에 대한 그의 철학자다운 무관심의 산물이라고 생각하지 않을 수 없는 수염이었다.

아니, 우리들은 더욱 나아가서 그 자신이 스스로에 대해 무관심하게 된 것과 꼭 마찬가지로 주위의 사람들도 그에 대해 무관심하게 되었다는 것을 보고 해야 하겠다. 베르크호프 당국은 그를 위해 기분 전환을 생각하는 일을 그만두고 말았다. 고문관도 이제는 특별히 한스 카스토르프에게 가끔 말을 거는 일도 하지 않아, 『잘 잤습니까?』 하는 아침 인사가 거의 전부로 되어 버렸다. 이것도 다만 수사적인 언어로서 말을 생략하여 하는 데 지나지 않았다. 아드리아티카 폰 밀렌동크도(그녀는 요즘에도 또 예의 큰 다래끼를 달고 있었다) 며칠에 한 번 정도도 말을 걸지 않았다. 더 정확하게 말하면 좀처럼 혹은 한 번도 말을 걸지 않았다. 사람들은 그를 혼자 있게 내버려 두었다. 낙제하여 그 학년에 그냥 남아 있도록 결정되어 이제는 문제가 되지 않은 채 질문도 하지 않고 공부를 하지 않아도 괜찮다는 이상하고 통쾌한 특전을 향락하는 것이 허락된 생도, 그는 어느 정도 이런 존재가 되어 버렸던 것이다. 이것은 자유 중에서도 방종한 형태의 자유라고 우리들은 덧붙이고 싶지만, 그러나 자유라는 것에 이밖의 뜻이나 형식의 자유라는 것이 있을 수 있을까 하고 의심해 보고 싶어지기도 한다. 아무튼 한스 카스토르프는 자포자기의 반항적인 출발의 결심을 할 염려는 없다고 단정을 내렸기 때문에, 베르크호프 당국이 금후 신경을 써서 일을 돌봐 줄 필요가 없는 인물이었다. 여기를 떠나 어디로 가면 좋을지 그런 것은 훨씬 전에 벌써 알 수 없게 되었고, 평지로 돌아가려는 것도 이제는 전혀 생각할 수 없게 된 안전한 존재, 종신적(終身的)인 존재였다. 그가 이류 러시아 인석으로 옮겨졌다는 사실에도 그에 대한 안도감이 나타나고 있는 것은 아닐까?

물론 이렇게 말한다고 해서 소위 이류 러시안 인석을 조금이라도 깎아내리려는 생각은 없다! 일곱 식탁 사이에는 이렇다 할 우열은 조금도 존재하고 있지 않았다. 대담하게 말한다면 어느 식탁이나 똑같이 인정받는 민주제였던 것이다. 이류 러시아 인석에서도 다른 여섯 개의 식탁과 마찬가지로 굉장히 양이 많은 요리가 서비스되었고 라다만트 자신도 순번이 오면 그 식탁으로 가끔 와 앉아 큰 손을 접시 앞에 모으고 있었다. 그 식탁에서 식사를 하고 있던 사람들은 라틴어는 전혀 모르며 먹는 데에 있어서도 특별히 때가 벗은 점을 보이지는 않았지만, 그래도 모두 인류의 훌륭한 일원임에는 틀림이 없었다.

시간, 그것은 정거장 시계의 장침(長針)처럼 5분마다 생각이 난 듯 꿈틀꿈틀 전진하는 것이 아니라, 말하자면 바늘의 전진이 거의 눈에 보이지 않는 아주 작은 시계처럼 전진하는 것이며, 또는 풀이 은밀하게 그 성장을 계속하고 있는데도 그것이 아무의 눈에도 띄지 않다가 어느 때가 왔을 때 비로소 그것이 분명하게 밝혀지는 것처럼, 시간은 그런 식으로 걸음을 계속해 가는 것이다. 시간, 그것은 연장(延長)을 가지고 있지 않는 점(點)만으로 구성되어 있는 선과 같은 것이다(이렇게 말하면 그 불행한 죽음을 한 나프타가 분명 어째서 길이가 없는 점만의 집합이 길이가 있는 선이 될 수 있느냐고 힐문할 것이겠지만). 즉 그런 시간이 유유히 눈에 보이지 않는, 은밀하고 또한 부지런한 전진으로 계속 변화를 일으키고 있었다. 한 가지만 예를 든다면, 테디 소년은 어느 날부터——물론 특정한 『어느 날』이 아니라 아주 막연한 언젠지 모르는 어느 날부터라고 함이 옳을 것이다——이미 소년이 아니었다. 그가 가끔 침대에서 일어나 잠옷을 스포츠복으로 바꾸어 입고 아래로 내려가도 부인들은 이제는 그를 무릎 위에 안을 수 없게 되어 있었다. 언제부터인지 주객이 전도되어, 그런 경우에는 그가 부인들을 자기 무릎 위에 앉게 하였다. 그런데 그것은 어느 쪽에나 여태까지와 마찬가지로, 아니 여태까지보다 훨씬 즐거운 일이었다. 그는 홍안의, 미남 청년이라고는 할 수 없었지만, 어쨌든 키가 큰 청년으로 자랐다. 한스 카스토르프는 그 과정을 알아차리지 못하고 있었는데, 어느 날 갑자기 그런 결과를 알아차리게 되었다. 그러나 결국 시간이 흘러서 키는 컸지만, 그것은 테디 청년에게는 아무 소용이 없었다. 그런 성장이 그에게는 맞지 않았던 것이다. 끝내 그는 시간의 행복을 누리지 못하였다.

21세를 일기(一期)로 하여 그는 그 약한 체질을 침범하고 있던 병 때문에 죽었다. 이리하여 그의 방은 소독되었다. 그의 이때까지의 수평 상태는 이제부터의 영원한 수평 상태와 별로 다를 것이 없었기 때문에, 우리들은 그의 죽음을 침착한 목소리로 말하고 있는 것이다.

그러나 더 중대한 뜻을 갖는 죽음이 있었다. 우리들의 주인공에게 가장 가까운 관계를 갖는, 또는 전에 가지고 있던 평지 사람의 죽음이다. 즉 먼 기억 속에 있는 한스의 종조부이자 양아버지이기도 했던 늙은 티나펠 영사의 죽음이다. 노인은 건강에 해로운 기압을 조심스럽게 피하여, 그런 기압 속에서 수치를 당하는 것은 제임스 숙부에게 맡겼던 것인데, 그러나 마침내 뇌일혈을 피할 수는 없었다. 이리하여 어느 날 한스 카스토르프의 기분좋은 침대 의자로 노인의 사망을 알리는 전보, 간결하지만 단정하고 위로에 찬 전보가 왔다. 이것을 읽은 한스 카스토르프는 테두리를 한 종이를 사서, 그 위에다 사촌이나 다름없는 숙부들에게 편지를 썼다. 내용은, 어려서 부모를 잃은 자기는 이로써 세번째로 고아가 되었다고 생각하지만, 여기를 떠날 수 없는 몸이므로 종조부의 장례에도 참석할 수 없으니 슬픔은 더한층 깊다고 했다.

그가 비탄에 빠진 것처럼 쓴 것은 그럴 듯하게 꾸민 것이겠지만, 그러나 그 무렵의 그의 눈은 여느때보다도 더 생각에 잠긴 빛을 띠고 있었다. 종조부에 대해서는 전부터 그다지 깊은 애정을 느끼지 않았고, 요 몇 년 동안의 꿈과 같은 절연 상태 때문에 거의 아무 느낌도 없어지게 되었던 것이지만, 그러나 이 노인이 죽었다는 것은 평지 세계와의 연관 관계가 또 하나 끊어져 버린 것이어서, 한스 카스토르프가 옳게도 자유라고 부른 현재의 경우를 완전한 것으로 하는 사건이었다. 정말이지 우리들이 지금 말하고 있는 시기에는, 그와 평지와의 연관은 완전히 끊어져 있었다. 그는 평지로 소식을 전하지 않았고, 평지에서도 소식을 보내지 않았다. 그는 이젠 평지로부터 마리아 만치니를 구입하지 않고 있었다. 이 위에서 마음에 드는 시거를 발견해, 전에 애용했던 시거와 꼭 마찬가지로 이것을 애용하고 있었다. 그것은 극지 탐험가가 빙설로 갇힌 극지에서 아무리 심한 노고라도 잊게 해줄 만한 시거로, 이것만 있으면 해변에 누워 있는 것과 마찬가지로 어떤 일에도 견디어낼 수 있을 것 같았다. 담뱃잎의 하엽(下葉)으로 만든 특제의 시거로, 이름을 『뤼틀리의 맹세』라고 하는데, 마리아보다 좀더 뭉툭하고 쥐색이며, 허리에 푸른 띠가 둘러져 있고 맛이 부드럽고 연했다. 재는 새하얀데 떨어지지 않고, 재가 되어서도 외권엽(外巻葉)의 엽맥(葉脈)이 또렷하게 보였다. 타는 모양이 균등하기 때문에, 이 시거를 피우고 있으면 모래가 균등하게 흘러내리는 모래 시계 대신으로 쓸 수도 있을 듯하였는데, 실상 그는 필요에 따라서는 시계 대신으로도 사용했다.

한스 카스토르프는 회중 시계를 가지고 있지 않게 되었기 때문이다. 시계는 어느 날 사이드 테이블 위에서 떨어졌는데, 그것을 다시 시간을 가리키도록 고치지 않았기 때문에, 그 뒤로는 죽 움직이지 않게 되었다. 이것은 그가 달력을 비치하여 놓고 그것을 매일 한 장씩 떼어 버린다든가 날짜나 축제일을 미리 조사하는 일을 오래 전부터 그만두어 버린 것과 똑같은 이유, 즉 『자유』를 위해서라는 이유에서였다. 다른 말로 표현하면, 해변의 산책, 10년이 하루와도 같은 현재와 영원을 위해서였고, 인생으로부터 이탈한 그가 걸리기 쉬운, 소질을 나타낸 연금술적 마술 때문이었다. 이 마술은 그의 영혼의 모험의 핵심을 이루고 있어, 단순한 실험 재료인 한스 카스토르프의 연금술적 모험은 모두 그 속에서 행해졌던 것이다.

이렇게 하여 그는 침대 의자에 누워 있었다. 그리고 이렇듯 그가 이 위를 찾아온 계절인 한여름이 다시 돌아왔고, 세월은 그 후 일곱 번——그는 이것을 모르고 있었지만——순환했던 것이다.

그때 천지가 울렸다.

그러나 우리들은, 그때 일어난 사건을 여기서 과장하여 이야기한다는 것은 수치와 두려움 때문에 할 수 없다. 여기서는 호언장담, 허풍을 떠는 것은 어울리지 않는다! 오히려 목소리를 억제해 가면서 말하는데, 우리들 모두가 알고 있는 어떤 청천벽력이 울려 퍼졌던 것이다. 즉 오랫동안의 울적한 무감각과 흥분병의 불길한 혼합물이 우리를 귀머거리로 만들 정도로 폭발했던 것이다. 외경심을 가지고 말한다면 지구의 모든 토대를 뒤흔든 역사적인 벽력으로서, 우리들에게 있어서는 마(魔)의 산을 분쇄하고, 7년 동안이나 단잠을 자고 있던 한스 카스토르프를 거칠게 문 밖으로 내던져 버렸던 벽력이었다. 재삼 훈계를 받으면서도 마이동풍격으로 신문을 읽는 것을 게을리했던 사나이는 깜짝 놀라 풀 위에 앉아 눈을 비볐다.

지중해 연안에서 태어난 친구이자 선생인 세템브리니는 언제나 신문을 읽지 않는 그를 조금 도와 주려고 하여, 스스로 교육을 떠맡은 이 걱정거리 자식에게 평지의 사건의 대강을 가르치려고 배려를 해왔지만, 생도인 한스 카스토르프는 그다지 열심히 듣고 있지 않았다. 현실계의 정신적 영상에 대해서는 『술래잡기』에 의해 여러 가지 방법으로 명상하는 일이 있었던 생도도, 현실계 그 자체에 대해서는 주의를 돌리려고 하지 않았다. 이것은 영상을 진실이라고 생각하고 진실을 영상이라고만 생각하는 오만한 경향 때문이었지만, 진실과 영상의 관계는 오늘날까지도 명백히 규명되어 있지 않기 때문에, 한스 카스토르프만을 엄하게 꾸지람할 수도 없는 것이다.

이전에는 세템브리니 씨가 갑자기 방을 밝게 하고는 수평 상태로 있는 한스 카스토르프의 침대 옆에 앉아, 생과 죽음의 문제에 대해 청년의 사고에 교정적인 영향을 주려고 하였던 것이다. 지금은 이것이 반대로 되어, 한스 카스토르프가 두 손을 무릎 사이에 넣고 작은 침실의 인문주의자의 침대 옆에 앉아, 또는 카르보나리 당원인 할아버지가 쓰던 의자와 물이 든 물병이 있으며, 떨어져 있어서 마음이 안정되는 다락방의 침대 의자 옆에 앉아, 그를 상대하면서 선생이 세계 정세를 논하는 것을 공손히 경청하고 있었다. 로도비코 씨는 요즈음 침대에서 일어나 있는 일이 별로 없었기 때문이었다. 나프타의 무참한 최후, 날카롭고도 절망에 찬 저 논쟁가의 공포에 찬 행위는, 세템브리니의 민감한 심신에 심한 충격을 주어, 이 충격으로부터 그는 회복되지 못하고 그 뒤 완전히 쇠약해져, 금방 쓰러질 것만 같았다. 《사회 병리학》의 편집에 협력하여 인간의 고뇌를 다루어 문학상의 걸작을 집대성할 작정이었지만 이 일도 중단되어 진척을 못 보고. 예의 진보 조성 동맹(進步組成同盟)이 계획하고 있는 백과사전 중의 문학에 예정된 책 한 권이 완성되기를 헛되이 기다리고 있었다. 이렇게 하여 세템브리니 씨는, 진보 조성에 말만으로 협력하는 수밖에 없게 되었지만, 여기에는 한스 카스토르프의 우정에 의한 방문이 유일한 기회를 주었다. 만일 이 방문이 없었으면, 그는 구두(口頭)로 협력한다고 하는 기회까지도 잃어버리지 않으면 안 되었을 것이다.

세템브리니 씨는 사회적 수단에 의한 인류의 자기 완성에 대해, 연약한 목소리이긴 했지만 아름다운 말로 열을 올려 많은 것을 이야기했다. 그의 이야기는 비둘기의 발걸음처럼 조용한 투였지만, 자유를 획득한 민족이 전세계의 행복을 실현하기 위해 단결하는 화제로 옮겨지면, 그의 말은——그는 아마 그럴 생각도 없고, 그것을 알아차리지도 못했지만——독수리의 날개 소리와 같은 느낌을 주었다. 이것은 로도비코에게서 아버지의 인문주의적 유산과 결합하여 문학을 이룬 할아버지의 정치적 유산임에 틀림없었다. 마치 인도주의와 정치가 문명이라는 고귀하고 화려한 사상 속에 결합하여 있는 것과 마찬가지로, 이 문명이라는 사상, 비둘기의 온화함과 독수리의 용맹성에 찬 사상은 보수와 정체(停滯)의 원리가 타도되고 시민적 민주주의 신성동맹이 실현되는 날을, 민족 여명의 아침을 기다리고 있었다. 요컨대 여러 가지로 모순을 느끼게 하는 이야기였다. 세템브리니 씨는 인도주의자였지만, 이와 동시에 반은 공공연하게 전투적(戰鬪的)이기도 했다. 그는 음산한 나프타와의 결투에서는 인간답게 행동했지만, 그러나 인간성이 감격에 넘치면서 정치와 결합하여 문명이라는 자랑스러운 지배적인 사상을 만들고 시민의 창(槍)을 인류의 제단에 바친다는 큰 문제를 떠나게 되면, 그가 손에 피를 묻히는 것을 꺼려할 것이라고는 단언할 수 없었다. 그렇다. 세템브리니 씨의 훌륭한 신념도 주위의 정신상태에 영향을 받아 비둘기의 온화한 요소가 점점 사라지고 독수리의 용맹한 요소가 점차로 강해져 가고 있었다.

세계 정세의 큰 국면에 대한 세템브리니 씨의 기분은 가끔 분열하고 의혹에 차 동요하고 있었다. 최근에도, 물론 2년인가 1년 반 전의 일이지만, 그의 조국 이탈리아가 알바니아에서 오스트리아와 외교적으로 공동 보조를 취했기 때문에 그의 말은 안정을 잃었다. 이 공동 보조는 라틴어를 이해 못 하는 아시아적 러시아, 태형(笞刑)과 슈뤼셀부르크의 도시에 대해 행해졌다는 점에서 세템브리니 씨를 감격시켰지만, 그러나 한편으로는 불구대천(不俱戴天)의 원수, 보수와 민족 예속의 원리인 비엔나와의 슬픈 결합이었던 점에서 그의 마음을 괴롭혔다. 그로부터 작년 가을, 러시아가 폴란드에 철도망을 부설하는데 프랑스가 러시아에 거액의 융자를 해준 것이 역시 그에게는 똑같은 모순된 기분을 주었다. 왜냐하면 세템브리니 씨는 조국 이탈리아의 친프랑스적인 당파에 속해 있었기에, 그것은 그의 할아버지가 7월 혁명의 수일 동안을 천지창조의 6일간과 동일시하였던 것을 생각하면 조금도 놀랄 일은 아니다. 이 문명 개화의 프랑스 공화국이 비잔틴 운명의 스키테 인 국가와 손을 잡는다는 것은 그의 양심을 당황하게 만들었다. 그러나 러시아가 계획하고 있는 철도망의 전략상의 의의를 생각하자 흥분하여 숨을 거칠게 쉬면서, 고뇌는 희망과 기쁨으로 바뀌려고 하였다. 그러자 저 황태자 사살 사건이 일어났다. 이것은 세계 정세에 친숙치 않은 독일인들을 제외한 모든 사람들에게는 폭풍 경보였고, 사정을 잘 아는 사람들에게는 위협 신호였는데, 우리들은 이들 중의 한 사람으로 당연히 세템브리니 씨를 꼽아야 할 것이다.

한스 카스토르프는 세템브리니 씨가 황태자 사살 행위에 대해 개인으로서, 인간으로서 몸을 떠는 것을 보았지만, 그 범행이 씨의 증오하는 반동의 아성(牙城)인 비엔나에 대한 민족적인 해방 행위라는 점에서 씨의 가슴이 높이 뛰는 것도 보았다. 물론 이 범행은 모스크바의 위정자들의 책동에 의한 결과라고 생각하지 않을 수 없었기에, 세템브리니 씨는 가슴이 답답해졌지만, 3주일 뒤에 오스트리아가 세르비아에 최후 통첩을 보냈을 때에는 그 통첩을 인류의 오욕, 무서운 죄악이라고 부르는 것을 서슴지 않았다. 그러나 씨는 이 통첩에 의해 일어날 결과를 예견하는 눈을 가지고 있어 숨을 헐떡거리면서 이 결과를 환영했다…….

요컨대 세템브리니 씨의 기분은 그가 급속도로 파국으로 돌입하는 것을 본 유럽의 운명과 마찬가지로 복잡했다. 그는 민족적인 예의와 동정에서 제자에게 솔직한 의견을 말하지 않았지만, 반암시적인 말로 유럽의 운명을 보는 눈을 뜨게 하려고 노력했다. 최초의 동원, 최초의 선전 포고가 있었던 때에, 씨는 방문하는 한스 카스토르프에게 두 손을 내밀어 청년의 손을 꽉 쥐곤 했다. 단순한 청년은 상대방의 그 감동이 잘 이해는 안 갔지만 심한 감동을 받았다.

「친구！」하고 이탈리아 인은 말했다. 「화약과 인쇄술, 물론입니다, 이것은 당신들이 발명한 것입니다！ 그러나 우리들이 혁명의 나라 프랑스로 향해 진군할 것이라고 생각한다면……, 친구…….」

숨이 막히고 불안한 기대의 나날이 계속되어, 유럽에의 신경이 참을 수 없게 긴장을 거듭하고 있는 동안, 한스 카스토르프는 세템브리니 씨를 방문하지 않았다. 한스 카스토르프의 발코니에 평지로부터 피비린내나는 내용의 신문이 직접 전달되어 베르크호프를 뒤흔들었고, 식당뿐만이 아니라 중환자와 위독 환자의 방에까지 숨막히는 유황 냄새로 가득 차게 했다. 그것은 오랫동안 단잠에 빠져 있던 한스 카스토르프가 무슨 일이 일어났는지 모른 채 슬슬 풀 위에서 몸을 일으키고 앉아 눈을 비볐던 순간이었다……. 그의 마음의 동요를 이해하기 위해 우리들은 그 장면을 마지막까지 그려 보기로 하자. 그는 두 다리를 끌어당기고 일어서서 주위를 살폈다. 그는 마력(魔力)에서 풀리고 구출되고 해방된 것을 알았다. 자기 힘으로 해방된 것이 아니라, 자연의 힘인 외부의 힘에 의해 마의 산으로부터 풀려 나왔던 것이지만, 그도 이것을 인정하고 얼굴이 붉어지지 않을 수 없었다. 그러나 그 외부의 힘에게는 그의 해방 같은 것은 아주 보잘것없는 부차적 현상일 뿐이었다. 그러나 그의 작은 운명은 세계 전반의 운명에 말려들어가 보이지 않게 되어 버렸다고 하더라도, 이 벽력에는 역시 그를 위에서도 생각하는 바 있었던 신의 자비와 정의가 나타났던 것이 아닐까? 인생이 이 죄 많은 걱정거리 자식을 다시 품안에 받아들이기 위해서는, 그렇게 쉬운 방법으로는 만족치 않고 역시 이렇게 심각하고 준엄한 형태, 청천벽력의 형태로 받아들이지 않을 수 없었던 것이다. 그리고 이 벽력은 죄 많은 한스 카스토르프에게는 생명을 의미하는 것은 아니고 이 경우야말로 그의 무덤 위에서 소총으로 쏘아지는 세 번의 예포(禮砲)를 의미할는지도 모른다. 그러자 그는 무릎을 꿇고 얼굴을 하늘로 향한 채 두 손을 높이 쳐들었다. 유황 냄새가 나는 암담한 하늘이었지만, 이제 죄 많은 마의 산의 동굴의 천장은 아니었다.

세템브리니 씨는 한스 카스토르프가, 이렇게 무릎을 꿇고 있는 것을 발견했다. 이것은 물론 비유적인 표현으로, 우리들도 알고 있듯이, 우리들의 주인공의 검소한 예의범절로는 실제로 그런 몸짓은 할 수 없는 일이었다. 실제에 있어서 세템브리니 선생은 제자가 짐을 꾸리고 있는 것을 보았다. 한스 카스토르프는 눈을 뜬 순간에, 평지의 폭발적인 벽력에 놀란 사람들이 독단적인 출발에 광분하는 혼란과 소용돌이 속에 말려 들어갔다. 『고향』이라고 부른 베르크호프는 우왕좌왕하고 있는 개미떼와도 같았다. 이 위의 사람들은 시련을 겪고 있는 평지에로, 5천 피트의 높이로부터 말하자면 곧장 거꾸로 추락하여 갔다. 그들은 작은 기차로 쇄도하여 승강구에까지 넘쳐, 경우에 따라서는 짐을 플랫폼에 줄지어 놓은 채 그것을 버리고 떠났다. 이 혼잡을 이룬 정거장의 상공에, 눋는 냄새가 나는 갑갑한 바람이 평지에서 불어오는 것 같았다. 그리고 한스 카스토르프도 함께 추락하여 갔다. 혼잡한 가운데서 로도비코는 한스 카스토르프를 껴안았다. 문자 그대로 그를 팔에 안고 이탈리아 인답게(혹은 러시아 인처럼) 그의 두 볼에 키스를 하여 무모한 출발을 감행한 청년을 완전히 감동케 했고 좀 어색하게도 만들었다. 그리고 드디어 기차가 출발했을 때, 세템브리니 씨는 청년을 『조반니』라고 부르며, 문명 개화한 유럽에서 흔히 사용하는 『당신』 대신 『자네』 라고만 불러서 한스 카스토르프는 정말 어찌할 줄 몰랐다.

「드디어 돌아가는군요.」 하고 세템브리니 씨는 말했다. 「드디어 돌아가는 군요! 안녕히 가시오. 조반니! 나는 자네가 이와는 다른 식으로 떠나가는 것을 보고 싶었소. 그러나 괜찮소. 이것이 신의 뜻이니 이외에는 별도리가 없었던 거요. 나는 취업(就業)을 하러 떠나가는 자네를 전송하고 싶었지만, 자네는 이제부터 조국의 형제들과 함께 싸울 것이오. 아, 우리들의 소위님이 아니라 자네가 싸우게 되었다니. 인생은 장난꾸러기요……. 서로 피로 맺어진 편에 서서 용감하게 싸워 주시오! 이 이상의 것은 현재로는 아무도 할 수 없다오. 그러나 나는 조국으로 하여금 정신과 신성한 이기주의가 명령하는 편에 서서 싸우도록 하기 위해, 나에게 남겨진 힘을 바치기로 하였으니 그것을 용서해 주시오. 안녕!」

한스 카스토르프는 기차의 작은 창틀에 가득 찬 머리들 사이로 얼굴을 내밀었다. 그리고 손을 흔들었다. 세템브리니 씨도 오른손을 흔들고 왼손의 약손가락 끝으로 한쪽 눈시울을 남 몰래 닦았다.

우리는 어디에 있는 것일까? 저것은 무엇일까? 꿈은 우리들을 어디로 데리고 갔을까? 어스름, 비, 진흙, 흐린 하늘을 태우고 있는 불꽃, 은은하게 울리는 포성, 휙휙거리는 날카로운 소리와 악마처럼 미친 듯이 날아오는 으르렁 소리가 습기찬 공기를 찢고 떨어진 장소에서 폭발하여 튀어오르고 분쇄하여 불타오르자, 신음 소리와 부르짖음, 찢어져라고 불어 대는 나팔 소리, 점점 급템포로 두들겨 대는 북소리가 공기를 채우고 있었다. 저기에 숲이 있다. 그 숲으로부터 회색의 덩어리가 잇따라 나와, 달리고 넘어지고 뛴다. 저쪽에는 언덕이 나란히 있고 그 뒷머리에는 불길이 보이며 이 불길이 가끔 하나로 뭉쳐 활활 타오른다. 우리들의 주위에는 밭이 물결처럼 넘나들고, 사방은 포탄으로 패이고 무너졌다. 진흙투성이의 한 줄기의 가도가 뻗어 있고 그 위에는 꺾어진 나뭇가지가 가득 흐트러져 있어 흡사 숲과 같다. 패어져 진흙구덩이로 되어 버린 한 줄기의 들길이 가도에서 갈라져 활 모양을 그리며 언덕 쪽으로 사라져 있다.

나무줄기는 가지가 꺾여 쓸쓸한 모습으로 찬비를 맞고 서 있다. 여기에 도표(道標)가 있다. 그러나 보아도 소용이 없다. 저녁때라 글자를 읽을 수 없고 탄환이 뚫고 지나가 널빤지가 부서졌다. 동쪽일까, 서쪽일까? 여기는 평지다. 전쟁이다. 우리들은 길가에 겁을 먹고 멈추어 서 있는 그림자이며, 아무 위험이 없는 그림자라는 상태를 부끄럽게 생각하고, 큰소리와 허풍을 떨어 볼 생각은 조금도 없다. 그러나 우리가 『이야기의 영(靈)』에 인도되어 여기에 온 것은, 저 숲속으로부터 달려나와 뛰고 넘어지고 하며 북소리를 따라 전진하는 회색의 전우들 중에 우리가 오랜 세월 동안 반려자가 되었던 죄 많고 선랑한 청년, 우리가 몇 년간을 두고 목소리를 들었던 친구가 있기 때문이다. 우리는 그의 모습이 영원히 시야에서 사라지기 전에 다시 한 번 저 단순한 얼굴을 보아 두자는 것이다.

이 전우들이 출동한 것은 벌써 하루 종일 계속되는 전투에 최후의 일격을 가하기 위해서였고, 전방에 연해 있는 언덕과 저 멀리 후방에서 불타는 촌락이 이틀 전에 적에게 탈취된 것을 다시 탈환하는 것이 이 전투의 목적이었다. 지원병으로만 편성된 연대인데, 거의가 청년뿐이고 학생으로, 일선에 온 지 아직 며칠 되지 않았다. 그들은 밤 사이에 출동 명령을 받고 아침까지 기차로 운반되어 비 오는 가운데 점심때가 지나도록까지 진흙길을 행진했다. 그것은 길이라고 말할 수는 없는 것이었다. 가도라는 가도는 모두 막혀 있었기에 그들은 비를 흠뻑 맞아 무거운 외투를 입고 돌격 장비 그대로 밭과 질벅거리는 땅을 일곱 시간이나 강행군하여 왔던 것인데, 이것은 저 결핵 요양소의 기분 좋은 산책 같은 것은 아니었다. 구두를 진흙에 빼앗기지 않으려고, 거의 한 발자국 디딜 때마다 엎드려 손가락을 가죽끈 사이에 넣어 끌어당기면서, 발을 진흙탕으로부터 빼내어야 했다. 이런 관계로 작은 풀밭을 지나는 데에 한 시간이 걸렸고, 이렇게 해서 그들은 여기에 도착한 것이었다. 젊은 혈기는 모든 장애를 뛰어넘었던 것이다. 모두 흥분하였고 피로의 극에 달해 있었지만 마지막으로 남은 에너지를 다해 긴장을 하고 있는 육체는, 잠을 자지 못하고 먹지도 못했던 강행군의 뒤에도 잠과 먹을 것을 찾지 않았다.

비와 땀에 젖고 흙탕물이 튄 가죽끈을 턱에 걸고 있는 얼굴은, 회색 천으로 덮은 철갑이 미끄러내린 밑에서 불타는 듯이 붉게 되어 있었다. 그들의 얼굴은 긴장 때문에, 그리고 진흙탕이 된 숲속을 진격하는 도중에 아군의 손해를 보았기 때문에 붉게 타고 있었다. 그들의 진격을 안 적은, 유산탄(榴散彈)과 구경이 큰 유탄을 집중적으로 퍼부어 진격을 막으려고 했다. 이 진격 저지 포화는 이미 숲을 진격하고 있을 때부터 그들의 대열 속에 퍼부어져 윙윙 울리며 튀어올랐고, 갈아엎은 넓은 밭에도 볼을 뿜은 유탄들이 퍼부어졌다.

흥분한 3천 명의 청년은 돌진해 가야 했다. 그들은 증원 부대로서 연해 있는 언덕 전후의 참호와 불타는 촌락을 향해 총검 돌격을 감행하여, 지휘관의 호주머니에 들어 있는 명령서에 씌어진 모지점까지 전투를 단행하는 것에 협력하지 않으면 안 된다. 그들이 언덕에, 그리고 촌락에 이르기까지는 1천 명의 인명을 잃는다고 보고 3천 명의 편성을 했던 것으로, 이것이 3천이라는 숫자의 의미였다. 그들은 아무리 막대한 인명 피해를 내도 계속 싸워 이겨야 한다. 비록 낙오하여 흩어져나가는 자가 있어도 계속 천의 목소리를 합하여 승리의 만세를 외치지 않으면 안 된다. 그들은 그러한 의도하에 편성된, 말하자면 한낱 커다란 육체일 뿐이다. 벌써 여러 사람이 고립하고 낙오되어 쓰러져 갔다. 어리고 약한 자는 이 강행군을 견뎌 내지 못했다. 그들은 얼굴이 창백해지고 비틀거리면서 이를 악물고 견디려고 하지만 그래도 결국 낙오하는 것이었다. 전진하는 종대 옆에서 한동안 몸을 질질 끌면서 걸어가지만, 차례로 대열에서 처져 드디어 모습을 감추고 진흙 속에 넘어진 채로 움직이지 못하고 죽음을 기다리는 것이었다. 이렇게 하여 청년들은 탄환이 작렬하는 숲속에 도착했지만, 숲에서 달려나오는 자의 수도 또한 많았다. 3천 명의 청년들은 약간의 사상(死傷)에는 꿈쩍도 하지 않고 여전히 밀집(密集)한 부대를 형성하고 있었다. 그들은 벌써 우리들의 눈앞의 우중에 포탄이 퍼붓는 지대, 가도, 들길, 진흙탕이 되어 버린 밭으로 일제히 돌진하여 나와, 길가에 멈추어 서 있는 그림자인 우리들은 그들의 한가운데로 들어가게 되었다. 숲 가장자리로 나가자, 그들은 익숙하게 손을 놀려 칼을 총끝에 꽂았다. 나팔 소리가 바삐 울렸고, 북이 둔한 소리로 울렸다. 청년들은 날카로운 함성을 지르고 밭의 진흙이 납덩이처럼 무겁게 붙어 있는 꼴사나운 구두를 악몽 속에서처럼 질질 끌면서 무작정 돌격해 갔다.

윙윙 소리를 내며 날아오는 포탄 속에서 몸을 엎드렸다가는 다시 뛰어 일어나곤 하여, 포탄에 맞지 않는 한은 용감하고 날카로운 함성을 지르면서 전방으로 돌진한다. 혹은 그들은 포탄에 맞아 이마를, 심장을, 복부를 꿰뚫리어 팔을 뻗으면서 쓰러진다. 어떤 자는 얼굴을 진흙 속에 파묻고 누워서 움직이지 않는다. 어떤 자는 배낭을 깔고 넘어져 후두부를 땅에 처박은 채 두 손으로 허공을 잡는다. 그러나 숲으로부터는 계속 쉬지 않고 새 병력이 보내져, 엎드렸다 일어났다 하면서 쓰러진 전우들의 사이를 외치거나 또는 묵묵히 비틀거리면서 돌진해 간다. 배낭을 등에 지고 칼을 꽂은 총을 메고, 외투도 구두도 진흙투성이가 된 청년들!

우리들은 인문주의적이고 심미적(審美的)인 방법으로 그들의 다른 모습을 상상할 수도 있는 것이다. 말을 몰아넣고 있는 근사한 기마병의 모습, 애인과 해변가를 거닐고 있는 모습, 정다운 약혼녀의 귀에 입술을 대고 속삭이는 모습, 행복하고 다정스럽게 활을 쏘는 법을 가르치고 있는 모습을 상상하고 그려 볼 수도 있을 것이다. 그러나 여기선 그렇지가 않다. 그들은 지금 포탄이 쏟아지는 진흙 속에 얼굴을 처박고 누워 있다. 그들은 무한한 불안과 이루 말할 수 없는 어머니에의 모정(慕情)을 가슴에 품으면서 기꺼이 이곳으로 온 것이었다. 그것은 정말 숭고한, 그리고 우리들로 하여금 부끄러움을 느끼지 않을 수 없게 하는 모습이다. 그러나 그것이 그들을 이러한 모습으로 빠뜨려도 좋다는 이유는 되지 않을 것이다.

저기에 우리들의 친구가 있다. 저기에 한스 카스토르프가 있다! 그가 이류 러시아 인석에 있을 때부터 길렀던 작은 턱수염으로, 우리들은 아주 멀리에서도 그라는 것을 알 수 있었다. 그도 다른 청년들과 마찬가지로 흠뻑 젖어 얼굴을 빨갛게 하고 있다. 칼이 꽂힌 총을 쥔 손을 내리고, 발의 진흙이 붙은 구두를 끌면서 달리고 있다. 보라, 그는 쓰러져 있는 전우의 손을 밟았다. 징을 박은 무거운 구두로, 나뭇가지가 흐트러져 있는 진흙 속에서 전우의 손을 꽉 밟아 버렸다. 그러나 역시 그임에 틀림없다. 그런데 웬일일까. 그는 노래를 부르고 있다. ! 얼어붙은 듯한 머리가 마비될 듯한 흥분 속에서 자기도 모르게 중얼거리듯, 숨을 헐떡이며 낮은 목소리로 《보리수》를 부르고 있다.

가지에 새기어 놓았노라,
많은 희망의 말을…….

그는 넘어졌다. 아니 몸을 엎드린 것이다. 지옥의 탄환이, 거대한 폭열탄(爆裂彈)이, 무시무시한 원추형(圓錐形)의 덩어리가 악마처럼 으르렁대며 날아왔기 때문이다. 그는 얼굴을 차가운 진흙탕 속에 파묻고, 두 다리를 벌리고 발끝을 비틀어 발꿈치를 땅에 대고 엎드려 있었다. 야생화(野生化)해 버린 과학의 산물이 가장 무서운 힘을 숨기고 날아와서 그로부터 비스듬히 30보 가량 전방 지면에 마치 악마의 화신(化身)처럼 깊숙이 들이박혀 땅 속에서 굉장한 힘으로 작렬하여 흙덩이와 불과 철과 산산조각이 난 인체(人體)를 집보다 높이 공중으로 분수처럼 퉁겨 올렸다. 거기에는 두 명의 병사가 엎드려 있었다. 두 사람은 친구인데, 위험을 느껴 무의식중에 나란히 엎드린 것이었다. 그러나 이제 그들은 뒤범벅이 되어 없어져 버렸다.

아, 우리들은 그림자의 안전한 장소에서 보고 있는 것이 부끄럽다! 퇴장하자! 이야기하는 것을 그만두자! 우리들의 친구, 저 한스 카스토르프는 당했을까? 그는 순간 당했다고 생각했다. 큰 흙덩이가 정강이에 부딪쳐 아팠지만 괜찮았다. 일어서서 진흙이 무겁게 붙은 구두를 질질 끌고 절름거리면서, 다시금 비틀비틀 전진을 계속하며 무의식중에 흥얼거렸다.

가지는 흔들려서
말하는 것같이…….

이리하여 그는 혼란 속으로, 비 속으로, 어스름 속으로 우리들의 눈에서 사라져갔다.

안녕, 한스 카스토르프, 인생의 성실한 걱정거리 녀석! 자네 이야기는 끝났다. 우리들은 자네 이야기를 끝마쳤다. 짧지도 않고 길지도 않은 이야기, 연금술적인 이야기였다. 우리들은 이야기 그 자체가 목적이었기에 이야기한 것이지, 자네를 위해 이야기한 것은 아니었다. 자네는 단순한 젊은이였으니까 말이다. 그러나 생각해 보면 이것은 결국 자네의 이야기였다. 이런 이야기가 자네에게 일어난 것을 보면 자네도 보기와는 달리 보통내기가 아니었음이 분명하다. 또한 우리들은 이 이야기를 하면서 자네에게 다분히 교육자다운 애정을 느끼기 시작한 것도 부정하지는 않는다. 그리고 이 애정 때문에 앞으로 자네를 볼 수도 없고 목소리를 들을 수도 없으리라 생각하니, 우리들은 손가락 끝으로 살그머니 눈시울을 누르고 싶어진다.

안녕…… 자네가 살아 있든, 또는 이야기의 주인공으로서 머무르든 간에 이것으로 작별이다. 전도가 결코 밝지는 않다. 자네가 말려들어간 사악한 무도(舞蹈)는 아직도 여러 해 동안 그 죄 많은 춤을 계속할 것이다. 자네가 거기서 무사히 돌아오리라고는 크게 기대하지 않겠다. 솔직히 말해, 우리는 그 의문은 의문으로서 별로 신경을 쓰지 않기로 하고 있는 것이다. 자네가 겪은 육체와 정신의 모험은 자네의 단순성을 높여서, 자네가 육체에 있어서는 아마도 이처럼 오래 살지 못했을 것을 정신의 세계에서 오래 살게 해주었던 것이다. 자네는 『술래잡기』에 의해 죽음과 육체의 방종 속에서 예감으로 충만되어 사랑의 꿈이 탄생하는 순간을 체험했다. 이 세계를 덮는 죽음의 향연 속에서, 비내리는 밤하늘을 태우고 있는 저 끔찍한 열병과 같은 업화(業火) 속에서, 그러한 것들 속에서도 언젠가는 사랑이 탄생할 것인가?

■감상과 해설

편 집 부

토마스 만(Thomas Mann)은 1875년 6월 6일 북부 독일의 한자 동맹에 속하는 자유 도시 뤼벡의 거상(巨商) 가문에서 태어났다.

아버지 요한 하인리히 만은 시 참사회원(市參事會員)과 부시장의 공직을 지낸 사람으로서 토마스 만은 이 아버지의 혈통에서 인생을 엄숙하게 살아가는 시민 기질을 이어받았다.

어머니 율리아 와 브룬스는 남미에서 농원을 경영하는 독일인과 포르투갈계 브라질 여인 사이에 태어난 여성으로서 이 라틴적, 남방적인 피를 이어받은 어머니에게서 토마스 만이 물려받은 것은 낙천적인 예술가 기질이었다.

토마스 만은 이렇듯 얼핏 보기에 상반되는 기질을 한몸에 받았다는 의미에서 아버지에게는 시민적 정신을, 어머니에게서는 풍부한 예술가적 천분을 이어받은 괴테와 비슷하다.

토마스 만보다 4년 연장인 하인리히 만(1950년 사망)은 소설가 겸 평론가로서 크게 알려진 존재이고, 두 누이동생 중의 카를라는 여배우가 된다(그녀는 1910년에 자살했고 그 동생 율리아도 그로부터 17년 뒤에, 그리고 토마스 만의 장남인 작가 클라우스 만도 1949년에 자살했다)는 식으로 상인이었던 만가(家)의 사람들은 모두 예술가로 전신하고 있다.

그리고 이러한 일가의 예술가적 전신을 촉구하게 된 계기는 1890년의 아버지 요한 하인리히의 죽음과 거기에 이은 상회의 해산, 일가의 뮌헨으로의 이주였다.

토마스 만은 지원병의 자격을 따기 위해 뤼벡에 머물며 계속 실업 학교에 다녔는데, 이미 이 무렵, 동인 잡지를 만들며 시와 단편을 발표하였다. 1893년, 학교를 중퇴하고 뮌헨으로 옮겨 온 그는 화재 보험 회사의 견습 사원이 되었으나, 1년 뒤에는 문사 지망을 선언하고 회사를 사퇴, 대학의 청강생이 되었고, 이윽고 형 하인리히의 권유로 이탈리아로 가서 로마 근교에서 독서삼

매로 1년 간을 보냈다.

뮌헨으로 돌아온 토마스 만은 잡지 〈진프리티심스〉의 편집에 관계하며 《전락》을 비롯한 몇 편의 단편 소설을 발표했는데 1900년에는 만 가의 역사를 다룬 장편 《부덴브로크스 가의 사람들·어느 가족의 몰락》이 출판되어 그는 신진 작가의 화려한 명성를 얻게 된다.

이어서 3년 뒤에는 주옥 같은 단편 《토니오 크레겔》이 발표되었다. 세기말적인 뮌헨에서 작가에의 길을 걷기 시작한 토마스 만은 보헤미안적인, 또는 퇴폐적인 예술가 타입을 눈앞에 보면서 예술가의 생활 방식을 심각한 문제로 생각하지 않을 수가 없었다.

그의 핏속에는 이른바 예술가적 기질이 몸속에 흐르고 있었다. 그리고 그것은 아버지에게서 이어받은, 인생을 진지하게 살아가려는 시민 기질이었다.

여기에서 예술가 기질과 시민 기질을 어떻게 융화시키느냐 하는 문제가 발생한다. 자기 자신의 자질 속에 숨어 있는 두 가지의 동경에 대한 모순 때문에 괴로워하며, 오랜 편력 뒤에 평범한 인생을 사랑함으로써 자기의 예술을 고귀한 것으로 만들려고 결심하는 청년 시인 토니오 크레겔을 그린 이 소설은 작가 자신의 젊은 날의 자화상이며, 또한 작가 자신의 청춘 시절의 위기 극복을 그린 기념비이기도 했다.

1905년, 토마스 만은 뮌헨 대학의 수학 교수인 프링그스하임의 딸 카챠와 결혼을 했다. 두 사람 사이에서는 3남 3녀가 태어났는데 모두 각 방면에서 유능한 인물이 되었다. 장남 클라우스는 작가, 차남 고로는 역사가가 되었고, 3남이며 막내인 미하엘은 비올라 연주가로서 동양으로 연주 여행을 온 일도 있었다.

1909년에 발표된 소설 《대공 전하(大公殿下)》는 행복한 결혼 생활을 즐기는 토마스 만의 자화상이다.

《대공 전하》에 이어서 《사기꾼 펠리크스 크룰르의 고백》의 집필이 시작되고 1911년에는 『제1부·유년 시대』의 어느 장(章)이 발표되었다.

이미 《토니오 크레겔》 속에, 예술가라는 것은 범죄자의 사촌과 같은 것이라는 문구가 보이는데, 사기꾼 게오르크 마노레스크의 회상록에서 힌트를 얻어 씌어지기 시작한 이 악한의 이야기의 의도는 그러한 예술가의 하나의 특성을 범죄자적인 것으로 번안해 보려는 것이었다.

토마스 만은 이 작품의 집필을 일시 중단하고 베니스 여행을 했는데, 거기에 이어서 쓴 것이 예술가의 비극을 다룬 《베니스에서 죽다》이다.

1912년, 카차 부인이 병을 얻어 스위스 다보스의 요양소에 입원을 한다. 간병을 하느라 거기에서 3주일을 지낸 토마스 만은 그 고원 요양소에서의 견문을 바탕으로 하여 단편 소설을 써서 그것을《크룰르의 고백》속에 한 삽화로서 집어 넣을 것을 계획한다. 그러나 이것이 완성되기까지에는 12년의 세월을 소요하게 되는 장편 소설《마의 산》이 되고 말았다.

1914년, 제1차 세계대전이 발발했다. 이 전쟁에 애국자 토마스 만은 무기를 드는 대신 펜을 잡고 조국을 지키려 했다.

1915년에 발표한 논문《프리드리히와 대동맹》은 독일을 변호한 글이다. 다시 그는 1918년에 방대한 논문《비정치적 인간의 고찰》을 발표했다. 밀려오는 서구 민주주의의 물결로부터 독일 문화의 전통을 옹호하려고 하는 것이 이 대 논문의 기본적 태도이다. 서구의 민주주의를 단순한 정치적인 것으로 생각하여 정신적이며『비정치적』인 독일 문화와는 서로 모순되는 것이라고 하는 당시의 토마스 만의 사고 방식에는 인간성의 존엄에 뿌리박은 민주주의의 본질에 대한 이해가 결여되어 있었다. 그의 싸움이 처음부터 승산이 없다는 것은 알고 있었다. 그리고 그러한 사고 방식의 오류를 깨닫고 정신의 고귀함과 민주주의를 화해시키기 위해서는 인간성 탐구의 고된 작업이 다시 계속되지 않으면 안되었다.

가령《독일 공화국에 대하여》라든가《괴테와 톨스토이》같은 논문은 그의 새로운 휴머니즘을 확립하기 위한 노력의 표현이며, 그리고 그것이 문학 작품으로서 열매 맺은 것이 이《마의 산(Der Zauberberg)》인 것이다.

1922년에는《페리크스 크룰르의 고백·제1부》가 발표되었고, 2년 뒤인 1924년《마의 산》이 완성 출판되어 유럽의 지식인들을 열광시켰다.

다음해인 1925년, 탄생 50주년을 축복받은 토마스 만은 또다시 큰 작업을 시작하게 된다. 그것은 16년 뒤에 그 완성을 보게 되는 4부작《요제프와 그의 형제》이다.

인간성의 이를테면 원형을 찾아서 토마스 만은 먼 과거의 구약 성서 시대를 거슬러 올라간다. 그러나 그 16년 간은 토마스 만의 생애에서 가장 파란이 많았던 시기이기도 했다.

1929년은《부덴브로크스 가의 사람들》을 주요 대상으로 하여 노벨 문학상이 수여된 빛나는 해임과 동시에 파시즘의 출판을 예언이라도 하듯이 소설《마리오와 마술사》가 씌어졌고, 또 레싱이나 프로이트에 관한 강연이 행해지는 등 무척 활동적인 해이기도 했다.

1930년에는 자전인 《약전(略傳)》을 발표하고 32년에는 괴테 백년제를 기념하여 《시민 시대의 대표자로서의 괴테》, 《문사로서의 괴테의 경력》이라는 두 가지 강연을 실시했다.

다음해인 1933년 1월, 아돌프 히틀러가 정권을 쥐고 12년 간에 걸친 독일의 암흑 시대가 시작된다.

토마스 만은 2월 10일 뮌헨 대학에서 《리하르트 바그너의 고뇌와 위대성》이라는 제목의 강연을 행한 뒤 그날 중으로 강연 여행을 떠났는데 이것이 곧 10여년 간에 걸친 망명의 길이 되었다.

일단 스위스의 취리히 근교에 거처를 정한 그는 다음해인 1934년에는 미국으로 여행을 떠났고 다시 유럽 각지를 순회하며 강연했다.

나치스는 처음 한동안에는 위대한 작가 토마스 만의 선전적 가치를 인정하여 협력을 요청했으나 토마스 만이 그것을 승낙할 까닭이 없어 여기에서부터 그의 나치즘에 대한 투쟁이 시작되었다.

1936년, 그의 독일 시민권은 박탈되었고 이어서 본 대학으로부터 명예 박사 칭호를 박탈한다는 통지를 받게 된다. 1937년에는 〈척도(尺度)와 가치(價値)〉라는 제목의 잡지를 창간, 이 잡지를 나치스의 문화 파괴 정책에 저항하는 언론 활동의 거점으로 삼았다.

그리고 다음해인 38년, 만은 드디어 미국으로 이주했다. 이렇듯 불안한 시기에 있어서 토마스 만의 문학 활동과 휴머니즘 연구에 한층 더 박차가 가해졌다는 것은 특필할 만하다.

1933년 4부작의 제1권 《야코브 이야기》, 다음해인 1934년 《젊은 요제프》, 1936년에 《이집트의 요제프》가 출판된 외에 소설 《바이마르의 롯테》가 씌어지기 시작했고 또 1935년에는 평론집 《거장의 고뇌와 위대성》이 출판되었다. 또 1936년에는 《프로이트와 미래》라는 중요한 강연이 실시되었다.

미국으로 건너간 뒤에도 이 활동은 계속 활발하게 진행되어 창작에 정진하는 한편 그는 프린스턴 대학을 비롯한 각처에서 독일의 문학과 문화에 대한 숱한 강의와 강연을 실시했고, 또 《다가올 민주주의 승리에 대하여》라는 강연과 정치 논문집 《유럽에 고한다》의 간행을 통해 한때의 『비정치적 인간』은 이제 위대한 민주주의자로서 등장하게 된다.

그와 동시에 앵글로 색슨 민족의 문화에 접근하게 되어 독일의 국민성이나 문화의 특질에 대해서는 새로운 통찰을 얻게 된다. 그리하여 1943년에 《양육하는 사람 요제프》를 완성한 뒤에 씌어지기 시작한 장편소설 《파우스투스 박사》는 과거의 독일 문화에 대한 복잡하고 심각한 비판서가 되었다.

1941년에 뉴욕에서 캘리포니아로 이주한 토마스 만은 1944년에는 미국 시민권을 획득했다. 그러나 이것은 그가 독일인으로서의 자기를 부정했다는 것을 뜻하는 것은 아니다. 오히려 그는 일개 독일인에서 세계의 시민으로 성장했다고 보아야 할 것이다.

나치스에 대한 적개심이 점점 더 격렬해짐과 동시에 고국에 대한 애정은 한층 더 강렬해져 갔다. 그 애정은, 예를들면 전쟁중 5년 동안에 걸쳐서 BBC 방송을 통해서 행해진 대독 방송의 원고집 《독일의 여러분》 등에도 잘 나타나 있다.

히틀러 치하의 독일에는 야만은 있어도 문화는 존재하지 않았다. 독일의 문화는 미국을 비롯한 각국에 망명해 있던 독일 문화인들에 의해 보존되고 있었다. 캘리포니아에도 많은 독일의 예술가, 학자들이 모여서 문화적인 사업을 계속하고 있었는데 그 중심은 토마스 만이었다.

전쟁이 끝날 때까지의 토마스 만의 문학 작품, 논문, 강연 등의 제목을 나열해 보면 그의 왕성한 창조력이 어떤 것이었는가는 일목요연할 것이다. 소설가로서는 이미 열거한 것 외에 《갈아 끼워진 목》, 《십계(十誡)》 등이 있고 논문과 강연으로는 《괴테의 파우스트》, 《안나카레니나론》, 《괴테의 『베르테르』》, 《자유의 문제》, 《독일과 독일인》 등이 있다.

전후, 1947년에 완성한 《파우스투스 박사·한 친구가 말하는 독일의 작곡가 아드리안 레베르퀸의 생애》는 또다시 예술가의 문제를 다룬 장편인데 주제를 이루는 문제의 중요성도 그러하지만 소설 기술의 극치를 보여주는 이 작품 구성은 공전 절후의 것이라고 해도 과언이 아니다.

1949년, 이 소설의 경과를 쓴 소설 《파우스투스 박사의 성립》이 출판되었다. 그리고 1951년에는 이미 76살이 된 작가의 손에 의해 중세의 그레고리우스 전설에서 취재한 죄와 은총의 이야기 《선택받은 사람》이 발표되었다. 그리고 그 사이에도 그는 도스토예프스키, 니체, 괴테에 관한 평론이나 강연을 통해 과거의 문화 유산에 대한 현대적 의의를 추구했다.

1952년, 토마스 만은 오랫동안 살아온 미국을 떠나 유럽(스위스)으로 돌아왔다. 그리고 다음해에 발표된 것이 단편 소설 《기만당한 여자》이다.

그 뒤, 한동안 중단된 채로 있던 《크룰르의 고백》이 다시 착수되어 1954년에 그 제1권이 마침내 완결되었다. 또 같은 해에 평론 《체호프 시론(試論)》을 발표했고 《크라이스트와 그 소설》이라는 강연도 했다.

1955년, 80살이 된 토마스 만은 전세계의 친구들로부터 생일 축하를 받았다. 그러나 그는 그 나이에도 불구하고 활동을 쉬지 않았다. 마침 실러의 1백50 주기에 해당하는 이 해에 그는 기념 강연을 위해 여행을 떠났는데, 이 여행 도중에 병을 얻어 8월 12일 쮜리히에서 운명했다. 원문으로 1백 페이지 남짓한 이 《실러 시론(試論)》이 그의 마지막 저작이 되었다.

토마스 만이 《베니스에서 죽다》와 짝을 이룰 유머러스한 단편을 쓸 셈으로 《마의 산》의 작업을 시작한 것은 1913년 7월경이며 이때 그는 38살이었으나 이것이 1천2백 페이지의 대작 《마의 산》으로서 세상에 나온 것은 1924년 11월 28일이며 그때 그는 49살이 되었다. 이것은 처음 이 소설을 쓰기 위해 붓을 들었을 때에는 그 자신도 예상하지 못했던 사태였다.

《마의 산》은 독일 문학사가들이 말하는 이른바 교양 소설(또는 발전 소설)의 계열에 속한다. 순진하고 무지한 소년이 성장함에 따라 여러 가지 경험을 쌓고 여러 사람을 만나며, 한 사람의 인간으로 성장해 가는 과정을 그린 소설을 이렇게 부른다. 주인공은 처음에는 『백지(白紙)』이다. 이 백지 위에 여러 가지 색깔이 칠해지고 마지막에 주인공은 독립된 한 인격으로서, 한 사람 몫의 인간으로서 세상을 살아가는 것이다.

《마의 산》에서 한스 카스토르프의 정신을 에워싸고 있는 정신면에는 세템브리니, 나프타, 베렌스가, 생명면에서는 쇼샤 부인, 페페르코른, 짐센 등이 있어서 서로 다툰다.

「이들 인물은 독자의 감정에 있어서는 여기에 그려져 있는 것 이상의 것입니다. 그들은 다만 몇몇 정신적 영역, 원리, 세계의 대변자, 대표자, 사자(使者)인 것입니다」라고 토마스 만은 1939년의 《『마의 산』 안내서·프린스턴 대학의 학생을 위하여》 속에서 말하고 있다.

그러면 이 소설의 정점은 어디인가. 얼핏 보기에 그것은 제6장 제7절 『눈(雪)』일 것이다. 토마스 만 자신도 앞의 프린스턴 대학에서의 강연 속에서 이 『눈』이라고 제목 붙여진 부분이 그것이라고 말하고 있다. 그러나 자세히 읽어보면, 또 몇 번씩이나 음미해 가며 읽어보면, 이런 종류의 소설에는 흔히 말하는 클라이맥스라는 것은 있을 수 없는 일로 생각된다.

이 소설은 『눈』의 대목에서 끝낼 수도 있었을 것이고 거기에서 끝난다고 해서 절대로 부자연스럽지도 않고 흉하지 않다. 만일 『눈』의 대목에서 끝났다면 『눈』은 클라이맥스라고 불리기에 어울리는 대목일 테지만 보는 바와 같이 이 소설은 그 뒤에도 끝없이 계속되어 제1차 세계대전이라는 것이 없었다면, 그리고 『끝(FINIS OPERIS)』이라는 라틴어가 없었다면(토마스 만은 이 작품의 마지막을 이 라틴어로 마감하고 있다) 언제 끝날지도 몰랐을 것이다. 그렇듯이 이 《마의 산》도 소설이 끝난 것도 같고 끝나지 않은 것도 같은, 이 소설은 읽고 난 우리들에게 뭔가 미진한 감정을 가져다 주기 때문이다.

여기에는 원래 끝이 있을 수 없는 것이 그려져 있는 것이다. 그래서 작가도 피니스 오페리스라는 라틴어를 가져다가 그냥 두면 언제까지도 끝나지 않을 이 소설을 억지로 끝내고 만 것이다.

그렇지 않아도 언어의 마술사인 토마스 만은 이 소설 안에서는 거의 방약무인하다고 평하고 싶을 만큼 언어를 조종하고 구사한다. 독일인이라면 이 소설이 표현하고 있는 뉘앙스는 우리와는 비교도 할 수 없을 만큼 정확하게 받아들일 수 있는 것이다. 언어의 벽 때문에 우리로서는 음미할 수 없는 대목이 무척 많으리라고 생각된다.

이 소설을 정독할 때 발견하게 되는 것은 인물을 퇴장시키는 방법이 아주 교묘하다는 것이다. 가령 고문관 베렌스 박사는 이런 식으로 자취를 감춘다.

「다시 한 번 우리는 베렌스 고문관의 목소리를 듣게 된다. ——잘 들어 두는 것이 어떨까. 그의 목소리를 듣는 것도 어쩌면 이것이 마지막이 될 테니까. 이 이야기만 하더라도 언젠가는 끝나는 것이다. 벌써 꽤 오래 계속되어 왔다. 아니 그렇다기보다는 차라리 이 이야기의 내용적 시간이 이미 그칠 줄 모를 만큼 진전되었고 아울러 그것을 이야기하는 음악적 시간도 서서히 없어져 가고 있으니까 상투적인 문구를 애용하는 라다만튜스의, 저 명랑한 변설에 귀를 기울일 기회도 이제 다시는 없을지도 모르기 때문이다. 그는 한스 카스토르프를 향해 말했다.」

멋지게 사라져 간다——이것은 《마의 산》에 등장하는 모든 인물에 해당되는 말이기도 하지만 그렇다면 저 마담 쇼샤는——한스 카스토르프에게 있어서 운명적으로 중대한 역할을 한 클라우디아 쇼샤는 어떤 식으로 사라지는가.

그녀는 놀랍게도 하나의 부문장(副文章) 속에서 사라져 간다.

「큰 인물인 페페르코른과의 교섭이 저렇게 이상한 결말을 짓고, 그 결말이 『베르크호프』에서 갖가지 동요를 초래케 하여 클라우디아 쇼샤가 저 위대한 패배의 비극에 압도되어 파트롱이 살아 남은 친구 한스 카스토르프와 신중하고 조심스럽게 『안녕』을 주고받으며 이곳 사람들에게서 또다시 떠나가 버린 이래——」 이것은 작가의 기량이라고 해야 할 것이다.

마(魔)의 산 Ⅱ

■ 저 자 / 토 마 스 만
■ 역 자 / 오 계 숙
■ 발행자 / 남 용
■ 발행소 / 一信書籍出版社

주소 : 121 - 110 서울 마포구 신수동 177 - 3
등록 : 1969. 9. 12. NO. 10 - 70
전화 : 영업부 703 - 3001 ~ 6
편집부 703 - 3007 ~ 8
FAX 703 - 3009

값 13,000원